山海經

一窺神祇異獸的起源，
最值得典藏的上古百科全書

徐　客—編著

目錄

奇幻瑰麗的《山海經》

一部想像力非凡的驚世之作

《山海經》是中國先秦古籍，被認爲是一部富有神話色彩的最古老地理書，也是一部關於中國古代物種演化、地理變遷的傳奇之作。在物慾橫流、市聲喧囂的現代社會，對於習慣「速食式閱讀」的現代人來說，它是一片靜土，是遠古時期極富想像力的驚世之作。它透過詭異的文字與形象的繪畫，讓我們依稀解讀那些或已進化、或已絕跡的遠古生命，瞭解我們的祖先在幾千年前的生活和思想，感悟那天、地、人、獸的無窮奧祕。

《山海經》主要記述古代地理、物產、神話、巫術、宗教等資訊，也包括古史、醫藥、民俗、民族等方面的內容。有些學者認爲《山海經》不單是神話，也是遠古地理，包括了海內外豐富的山川、鳥獸資源。除此之外，《山海經》還以流水帳的方式記載了一些奇聞軼事，然而這些事件至今仍然存有較大的爭議。《山海經》全書十八卷，其中《山經》五卷、《海經》八卷、《大荒經》四卷、《海

炎帝神農氏

佚名 遼山西省雁北地區工作站收藏

《山海經》不單是一部瑰麗古老的地理著作，它還蘊含了豐富奇幻的神話傳說，而這些傳說雖不敢說是真的歷史，但在某種程度上也是真實歷史演變而成的。「炎黃子孫」早已成為中華民族的稱謂，關於炎帝的傳說，《山海經》中已有詳述。他就是傳說中的上古帝王神農氏。

內經》一卷。記載了一百多個邦國、五百五十座山、三百條水道以及諸多邦國山水的地理、風土、物產等資訊。中國古代也一直把《山海經》當作史書看待，它是中國各代史家的必備參考書。由於該書成書年代久遠，連司馬遷寫《史記》時也認為：「至《禹本紀》，《山海經》所有怪物，餘不敢言之也。」

明清《山海經》圖本
明清兩代至民國初年，《山海經》流傳廣泛，出現了十四種附圖的《山海經》刻本。

《山海經》的作者與成書年代，眾說紛紜。過去認為是禹、伯益所作，大約出於周、秦人的記載。然而北齊《顏氏家訓·書證篇》又根據《山海經》文中有長沙、零陵、桂陽、諸暨等秦漢以後的地名，認為絕非禹、伯益所作。後世，隨著考古學的發展，禹、伯益之說日趨被否定。現代中國學者一般認為《山海經》的成書非一時，作者也非一人，時間大約是從戰國初年到漢代初中期，於西漢成書時才合編在一起，而且書中有許多的內容可能來自口頭傳說。《山海經》現在最早的版本是經西漢劉向、劉歆父子校刊而成的。晉朝郭璞曾經為《山海經》作註，考證註釋者還有清朝畢沅的《山海經新校正》和郝懿行的《山海經箋疏》等。

彙集中國歷史上最優美的神話

《山海經》是一部極具挑戰性的古書、怪書，同時又是我們民族某些根深蒂固思想的泉源。在古代，它曾以異端邪說之淵源的身分，對「不語怪力亂神」的正統思想提出挑戰，對

《山海經圖贊》書影 晉 郭璞
《山海經》集歷代眾人的智慧而成，它是我國最早有圖、有文的經典。據記載，最早提到《山海經》是有圖的，是東晉學者、訓詁學家郭璞，在他的注文與《圖贊》中，多次出現「圖」、「像」、「畫」等文字。

夸父追日

《山海經》中記載了大量的神話傳說，「夸父追日」即是其中一個。夸父邁開大步追趕太陽的情景，相對於人類面對自然初期重視「神性」一例如「女媧補天」來說，是人類征服自然過程中自身能力逐步提高的一種表現。夸父執著地追求光明，正是中華民族不屈不撓精神的表現。

通行的經、史、子、集圖書分類有某種潛在的威脅；而在現代，它又給既定的學科劃分專業界限，造成很大的麻煩。無論是中國古時候的知識分類、還是現代國際通行的學科體制，都無法使它對號入座。地理學家、歷史學家、宗教學家、方志學家、科學史家、民族學家、民俗學家、文學批評家，乃至思想史家都不能忽視它的存在，而且無論是誰也無法將它據為己有。「它不屬於任何一個學科，卻又同時屬於所有學科。」

《山海經》最重要的價值之一在於它保存了大量神話傳說，這些神話傳說除了我們大家都很熟悉的「夸父追日」、「大禹治水」、「精衛填海」等之外，還有許多是人們不大熟悉

牛耕圖

晉　彩墨　磚畫　縱 17 釐米　橫 36 釐米　甘肅省嘉峪關市文物管理所收藏

《山海經》中記載了大量先人的發明創作，反映了當時的科技水準。「農業先祖」后稷教導人們播種百穀，百姓生活漸漸安定；他的孫子叔均發明牛耕，使農業的發展又邁進了一大步。牛耕這項技術延續了幾千年，直至今天有些地方還在使用。

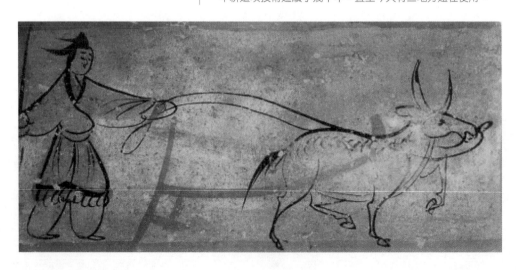

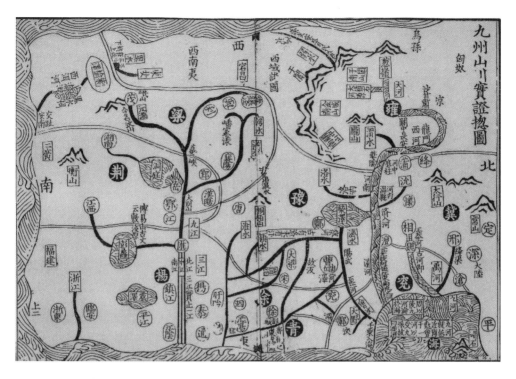

的。如《海外北經》中記載的禹殺相柳的神話傳說，充滿了奇幻色彩，可從文學或神話學的角度來研究，從中也不難看出共工、相柳和禹三人之間的關係，由此可見古代民族部落之間的戰爭。《山海經》中大量存在的這些神話傳說，是現今天我們研究原始宗教時難得的珍貴資料。

九州山川實證總圖　宋 雕刻 墨印

《山海經》是一部古老的地理書，記載了遠古地理風貌、古老中國的山川河流走向、豐富的鳥獸資源及各地風土民俗等，堪稱我國最早的山川河流地理書。在古代，九州泛指全中國，這幅《九州山川實證總圖》為中國現存最早的雕版墨印地圖實物。圖中所轄範圍，《山海經》中多有記述。

撥開神話見歷史

　　《山海經》中的神話傳說不僅僅是神話傳說，某程度上又是歷史。雖然由於濃郁的神話色彩和較強的誇飾性，事物本身的真實性要大打折扣，但是，它們畢竟留下了歷史的身影。如果把幾項類似的史料加以比較，還是不難看

到歷史的眞實面貌。例如《大荒北經》中黃帝大戰蚩尤的記載，剔除其神話色彩，我們可以從中看到一場古代部落之間的殘酷戰爭。

同時，《山海經》又是一部科技史，既記載了古代科學家的創造發明，也記載了他們的科學實踐活動，還反映了當時的科學思想以及科學技術水準。例如，關於天文、曆法，《大荒西經》記載：「帝令重獻上天，令黎邛下地。下地是生噎，處於西極，以行日月星辰之行次」；《海內經》記載：「噎鳴生歲十有二。」關於農業生產，《海內經》記載：「后稷是始播百穀」，「叔均是始作牛耕」；《大荒北經》記載：「叔均乃爲田祖。」關於手工業，《海內經》記載：「義均是始爲巧倕，是始作下民百巧。」諸如此類的記載不勝枚舉。

地理價值不容小覷

《山海經》在地理學史上也佔有很重要的位置。作者以《中山經》所記地區爲世界的中心，四周由《南山經》、《西山經》、《北山經》、《東山經》所記地區構成大陸，大陸被海包圍著，四海之外又有陸地和國家，再外還有荒遠之地，這就是古人心目中原始的「世界」。《山海經》的結尾還指出：「天地之東西二萬八千里，南北二萬六千里。」這在科學發展迅速的今天，似乎是幼稚可笑的，但卻也反映了兩千多年前《山海經》的作者及當時的人類已認爲世界不是不可知的，而是可以認識

鄭振鐸為胡文煥《山海經圖》寫的按語

明清十四種帶圖的山海經刻本中，明代胡文煥的《山海經圖》在內容和藝術上頗具特色，是已見山海經圖的代表作之一。受到著名藏書家鄭振鐸的高度讚譽，圖為他在《中國古代版畫叢刊二編》中為胡文煥《山海經圖》寫的按語。

的；世界是有極限的，是可以測量的。這在地理學研究史上是極爲珍貴的資料。

《山經》以山爲綱，分中、南、西、北、東五個山系，分敍時把有關的地理知識附加上去。全文以方向與道路互爲經緯，有條不紊。在敍述每座山嶽時，還記述山的位置、高度、走向、陡峭程度、形狀、谷穴及其面積大小，並記錄了兩山之間的相互關聯，有的還涉及植被覆蓋密度、雨雪情況等，顯然已具備了山脈的初步概念。在敍述河流時，也一定言明其發源及流向，還注意到河流的支流或流進支流的水系，包括某些水流的伏流和潛流的情況，以及鹽池、湖泊、井泉的記載，堪稱我國最早的山川河嶽地理書。

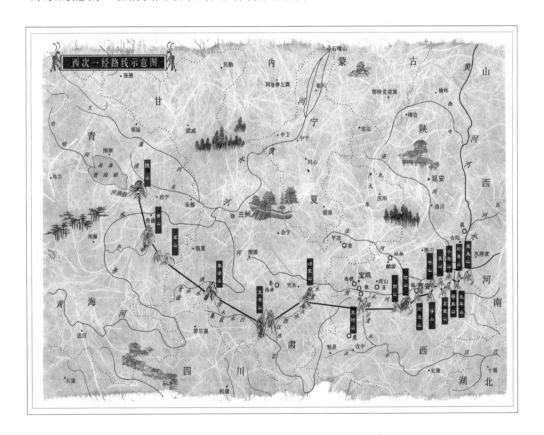

《山海經》考證地圖

張步天教授認爲，《山經》是古人根據西漢之前，歷朝歷代人所走的二十六條路線的考察結果而寫成，《海經》則主要來自荒遠地區的記聞。據此，張步天教授經過潛心研究繪成三十幅《山海經》考據地圖，清晰地標註了古山川在後世中的方位，使《山海經》變得真實及具體。這幅《西次一經線路圖》即是其一。由於各路線並非成於一時，故各圖所反映的年代也有分別。

《山海經圖》圖本內圖　明　胡文煥
圖與文並舉是胡氏圖本的一個特點，而體態飄逸、線條流暢的孟槐，則代表了胡本的繪圖風格。

《山海經存》圖本內圖　清　汪紱
汪紱所繪圖像極為生動傳神，雖是神怪，仍不失寫實之風；著墨自然，筆力蒼勁，圖像多桀驁獨特。

　　《山海經》在物質資源分布的篇幅中，對於礦產的記載尤其詳細，提及礦物產地三百餘處，有用礦物達七、八十種，並把它們分成金、玉、石、土四類。《山海經》中還注意到礦物的共生現象，並根據其硬度、顏色、光澤、透明度、構造、敲擊聲、醫藥性等特性，闡述識別礦物的方法，詳細記述動植物形態、性能和醫療功效。因此，《山海經》在礦物學分類上有著突出的貢獻。撰寫《中國科學技術史》，被譽為「百科全書式的人物」的英國科學家李約瑟說：「《山海經》是一個名副其實的寶庫，我們可以從中得到許多古人是怎樣認識礦物和藥物之類物質的知識。」

圖畫是《山海經》的靈魂

　　《山海經》是中國最早一部有圖又有文字的經典，圖畫可以說是《山海經》的靈魂。有人說，《山海經》是先有圖後有文的一部奇書。郭璞在註解《山海經》的時候，為它配了整套的插圖；梁武帝時期張僧繇畫《山海經圖》十卷；唐代張彥遠《歷代名畫記》三卷記載了在唐代業已失傳的《山海經圖》；北宋舒雅根據皇家圖書館保存的張僧繇之圖重畫了《山海經圖》十卷等等。令人惋惜的是，

《山海經廣注》康熙圖本內圖 清 吳任臣

該圖本是清代最早的《山海經》圖本，流傳非常廣。其形象多源自胡文煥圖本。

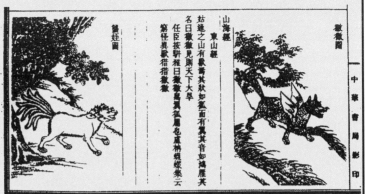

《古今圖書集成·博物彙編·禽蟲典》圖本內圖

《禽蟲典》圖本和《神異典》圖本的圖像較為相似，最大的不同可能就是《禽蟲典》中圖像有的有設置背景，而有的沒有背景。

這些古老的《山海經圖》都失傳了。但這些曾經存在過的古圖，以及出土文物中與《山海經》同時代的圖畫，卻開啓了我國古代以圖記事的文化傳統。《山海經》出現的時代，可以說是人類文字出現之初真正意義的讀圖時代。

集大成者的新版本

《山海經》這部蘊含中華古文明的上古百科全書，它的神祕詭異和璀璨多姿，在幾千年後的今天仍讓人無限神往。本書吸取了前人豐富的研究成果，並立足於《山海經》與古代文明的衍生關係，有以下幾點創新之處。

一、圖像豐富。關於《山海經》圖畫，今日所見均爲明清以後所畫，共有十四種刻本，本書引用了其中十個版本中的三百二十多幅圖畫，並對其進行比較，做成「珍貴古版插圖類比」。 同時，編者還在分析明清諸多《山海經》圖本的基礎上，選取明代蔣應鎬所繪圖畫，在每幅圖畫的上方附上圖中地理位置和出現神靈的星形點陣圖，清晰地標註出《山海經》中所記載的山川地理及奇禽異獸，不僅具有較強、較好的視覺效果，而且形象生動的畫面可以使讀者對《山海經》中所出現的神仙、怪獸有較客觀、全面的瞭解。

《山海經》之女床山周邊

明 蔣應鎬圖本

將故事設置在山川湖海、樹木屋宇等環境中，神、獸、人皆各得其所，是蔣本的重要特點，而山神又是蔣氏圖本中形象最為豐富的篇章。《西次二經》中的人面馬身神和人面牛身神，神態莊嚴地立於自己所管轄的山頭之上。縝密流暢的構圖流露出蔣氏對《山海經》的獨特理解。

二、古地圖眞實可考。書中收錄了三十幅《山海經》地理位置考察路線圖以及十餘幅古老山河圖，古樸的色彩、河流山川清晰的走勢，加強了《山海經》的遠古氣息和磅礴氣勢。著名的《山海經》研究專家張步天教授認爲，經中所記載山川走向應是前人實地探索、考察的結果，而對考察時沿途所經的地理風貌加以記載所繪製的路線，可能就是《山海經》的眞正由來。張步天教授在中國「山海經」研究領域

鈴山至萊山　女床山

小次山　鹿台山

【本圖山川地理分布定位】

人面牛身神　鸞鳥

人面馬身神

朱厭　麠㺇

【本圖人神怪獸分布定位】

本書參考古今《山海經》版本			
作者	著作	年代	特點
蔣應鎬	《山海經（圖繪全像）》	明萬曆二十五年	屬萬曆金陵派插圖式刻本，共七十四幅圖，包括神與獸三百四十八例。
胡文煥	《山海經圖》	明萬曆二十一年	共一百三十三幅圖，合頁連式，右圖左文，無背景。
汪紱	《山海經存》	清光緒二十一年	神與獸共四百二十六例，無背景。一圖多神或一圖一神的編排格局。
陳夢雷、蔣廷錫	《古今圖書集成·博物彙編·禽蟲典》	清雍正四年	圖像分有背景和無背景。
吳任臣	《山海經廣注》康熙圖本	清康熙六年	共一百四十四幅圖，按神、獸、鳥、蟲、異域分五類。
吳任臣	《增補繪像山海經廣注》近文堂圖本	清	屬民間粗本，一函四冊，共一百四十四幅圖。
畢沅	《山海經》圖本	清光緒十六年	一函四冊，十八篇，收圖一百四十四幅。
郝懿行	《山海經箋疏》	清光緒十八年	一函六冊，有圖五卷，一百四十四幅圖。
蔣廷錫	《古今圖書集成·博物彙編·神異典》	清	一圖一說，有背景。
陳夢雷	《方輿彙編·邊裔典》	清	共五十二幅圖，多描繪《海經》中的異國異人。

註：按各版本在本書中所引用的比重排序。

一直享有盛譽，成就頗豐。他經過多年潛心研究，繪製有二十六幅《山經》考察路線圖，和四幅《海經》地理位置圖，不但一一註明了每條路線及經文的形成時期，而且根據自己的考證結果，將《山海經》中古山川、古國度的方位在現代地圖中加以詳細標註。此三十幅圖畫本書中皆有收錄，相信對研究古老民族地域、原始山川河流走向及遠古地理情況有著積極的意義。在此謹對張步天教授及那些對《山海經》研究做出傑出貢獻的專家、學者致以誠摯的謝意！

除此之外，本書還收集了很多能夠反映《山海經》文化的上古時期出土文物圖像，並對其器形、紋理做了研究，驚奇地發現它們負載了濃郁的《山海經》文化。另外，由於《山海經》在地理方面的貢獻，經中所記載的諸多山水，很多都已考證出今日的所在地，我們也選取其中一部分的考據位置製作成專題，希望對讀者想更進一步地瞭解《山海經》中的地理環境有一定的幫助。

《山海經》這部宏大瑰麗的巨著，能夠破解中國兩千多年來遙遠而神祕的舊夢，尋求根源於荒古時代影響民族觀念的巨大力量，揭開中國五千年文明的神祕面紗。我們在查閱大量資料及前人研究成果的基礎上，整理編譯了這部神祕傳奇的古代巨著，試圖探討「山海經圖」的學術價值及歷史影響，並尋找古老文明遺留下的文化軌跡。希望本書的出版對《山海經》的傳播有積極推動之作用。

《南山經》記錄了以招搖山、櫃山及天虞山為首的三
列山系的自然風貌、其間出沒的鳥獸及出產的物品。

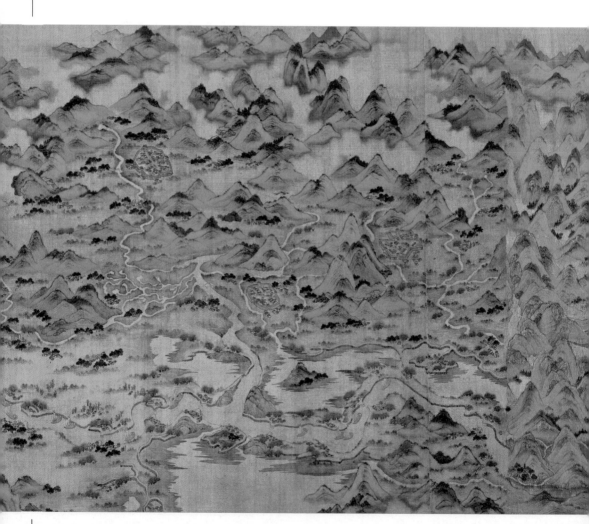

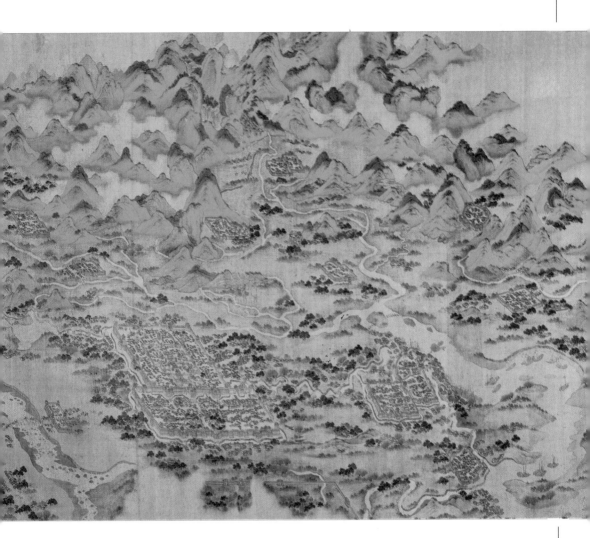

京杭道裡圖（局部） 清中期 絹底 彩繪 青綠設色 縱 78.5 釐米 橫 1783.6 釐米 浙江省博物館藏

這幅清代中期的地圖，從北京到杭州，將大運河沿途的地形用繪畫的形式表現出來，既有相應的地理方位，也反映了當時的山水風光，堪稱一幅地圖與繪畫相結合的傑作。

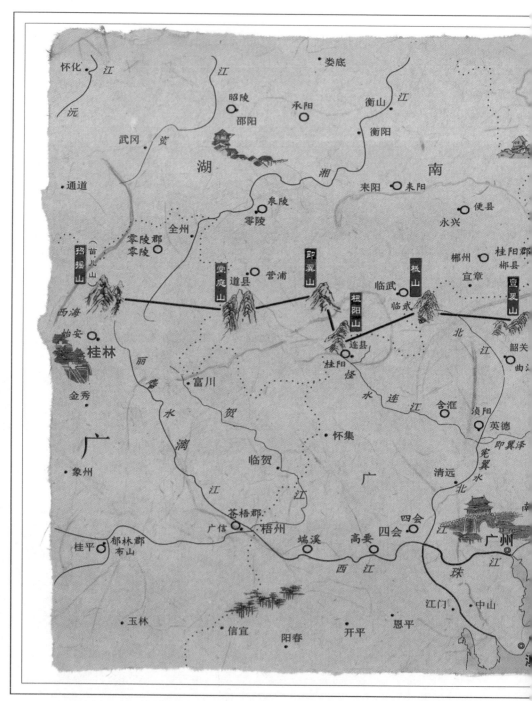

關於《山海經》的成書，《山海經》研究專家張步天教授認為，它是古人根據西漢之前各朝各代人所走的二十六條路線的考察結果寫成。由於各路線並非成於一時，故各圖所反映的年代也有別。本圖根據張步天教授《〈山海經〉考察路線圖》繪製，圖中記載了《南次一經》中招搖山至箕尾山的地理位置，經中所記十座山，實則只有九座。

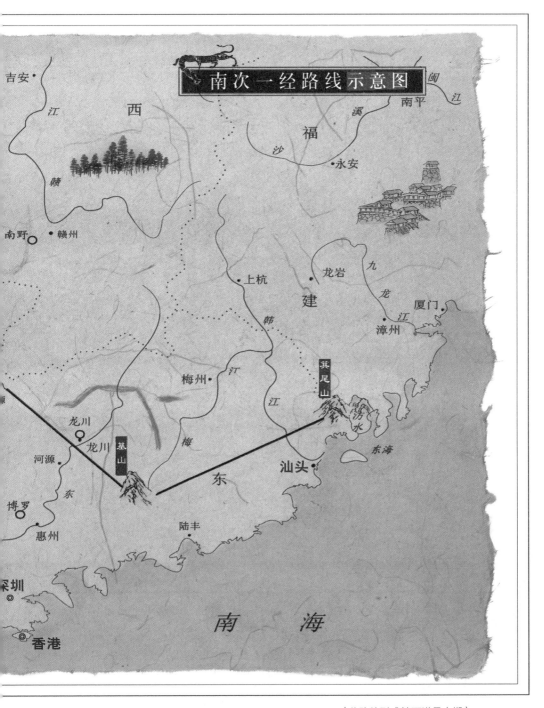

南次一经路线示意图

吉安

西

江

赣

南野

赣州

闽

江

南平

福

沙

溪

永安

上杭

龙岩

九

龙

江

厦门

漳州

建

韩

江

其尾山

沂

水

梅州

江

江

汕头

东海

海

基山

东

龙川

龙川

河源

东

博罗

惠州

陆丰

深圳

香港

南　　海

（此路線形成於西漢早中期）

南次一經

招搖山

招搖山一帶 明　蔣應鎬圖本

招搖山上那個後腿直立、猿猴模樣的
獸是狌狌。堂庭山上生長著茂盛的梂
木，上有幾隻攀緣玩耍的白猿。即翼
山上多怪獸、怪木，從山後探出半個
身子的獸，即為經中所說的怪獸；山
前水濱的怪木上匍匐著一條頭上有針
的蝮蟲；樹根處還纏繞著一條怪蛇。

南方首列山系叫作䧿（ㄑㄩㄝˋ）山山系。
䧿山山系的頭一座山，也是最西邊的一座山，
是招搖山，它屹立在西海岸邊，山上生長著許
多桂樹，並蘊藏著豐富的金屬礦物和玉石。山

【本圖山川地理分佈定位】

【本圖人神怪獸分佈定位】

狌狌 該圖本是清代最早的《山海經》圖本，流傳非常廣。其形象多源自胡文煥圖本。

→明 蔣應鎬《海內南經》　　　→清《吳友如畫寶》　　　→明 胡文煥《山海經圖》

中有一種草，形狀像韭菜，卻開著青色的花朵，名字叫祝餘，人吃了它就不會感到饑餓。山中又有一種樹木，形狀像構樹，卻呈現黑色的紋理，它的花開放後會發出耀眼的光芒，照耀四方，名字叫迷穀，人們將它佩帶在身上，就不會迷失方向。

狌狌

　　山中還有一種野獸，外形像猿猴，但有一雙白色的耳朵，既能匍匐爬行，又能像人一樣直立行走，名字叫狌狌（ㄕㄥ）。狌狌就是現在的猩猩，性情頗像人，高約四、五尺，口內有三十二顆牙齒，鼻樑塌陷。狌狌在山林中用樹葉建造小屋，然後居住其中。如果在年幼時將其捕捉，則能夠被馴化，而和主人和諧相處。古代的人認為，吃了牠的肉可以使人走得飛快。遠古時期，中國南方氣候濕熱，類似於今天東南亞的熱帶島嶼，到處是原始森林，當時

◇《山海經》考據

招搖山是《山海經》中記載的第一座山，關於它的地理位置，有四種說法：一為今岷山；二是今雅魯藏布江源頭的狼阡喀巴布山；三指今廣東連縣；四即今廣西興安縣的苗兒山。其中，認為招搖山應為廣西苗兒山的說法最可信。苗兒山海拔二千一百四十一米，是廣西乃至華南地區的第一高峰，山中及附近一帶以產桂著稱。從招搖山發源的麗水是灕江。

刺桐

刺桐是一種古老的植物，高大挺拔，枝葉茂盛，花色鮮紅欲滴，如一串串火紅的辣椒。原始先民把它當作祥瑞的象徵，認為如果頭年花期偏晚，且花勢繁盛，那麼來年一定會五穀豐登，六畜興旺，否則相反。

靈巧的「猿」手 漢 高 13.3 釐米 重 0.16 千克 河北省博物館收藏

古人對猩猩的認識，除了能像人一樣直立行走外，還在於牠們靈巧的軀體和長而有力的手臂，以及牠們幾分像人的形貌。所以，一些原始部落把牠們作為圖騰來崇拜；還有一些能工巧匠模仿牠們的形態製作一些器具，這件花形懸猿銅鉤即是其一。

也許就有猩猩棲息。現在印尼的原始雨林中還有紅毛猩猩分布，招搖山的猩猩大概就屬這個種類。

古人傳說猩猩會說人話，經常結為一群，出沒在山谷之中，牠們知道過去卻不能預測未來，還特別貪心，喜歡喝酒和玩弄草鞋。於是當時的土人便常在路上擺酒，旁邊還放上幾十雙繫在一起的草鞋，猩猩走過便知道放置這兩樣東西的土人和他們祖先的名字。一開始牠們會喊著土人和他們祖先的名字，還一邊大罵：「又來誘惑我，才不上你們的當呢！」然後就走開。但過了一會兒，牠們又返回，如此來回幾次，終因抵擋不住酒和草鞋的誘惑，便相互嚷著要喝酒，還把草鞋套在腳上。結果喝得大醉，這時土人便出來捕捉牠們。牠們知道人類擺酒的目的，卻因為貪心，禁不住誘惑而成為人類的盤中餐。古人認為猩猩的嘴唇很好吃，猩唇是「山八珍」之一。猩猩唇不光味道甘美，吃了牠的肉，便能吸收猩猩「善走」的本領，進而健步如飛。估計中國古代的猩猩就是因此而滅絕的吧！

招搖山除了有猩猩，還孕育了麗䴚（ㄐㄧˇ）水，這條河從山澗發源後，向西奔騰流入大海。水中有許多叫作育沛的東西，人將它佩帶在身上就不會生臌脹病。

堂庭山 白猿 梂木

招搖山往東三百里是堂庭山，山上生長著茂密的梂（ㄧㄢˇ）木，梂木是一種喬木，其

■ 《山海經》珍貴古版插圖類比

白猿 胡本刻畫了長臂伸展、蒼勁有力、雙目炯炯有神的白猿形象。汪本的白猿在從山石中伸出的椄木虯枝上攀緣嬉戲。

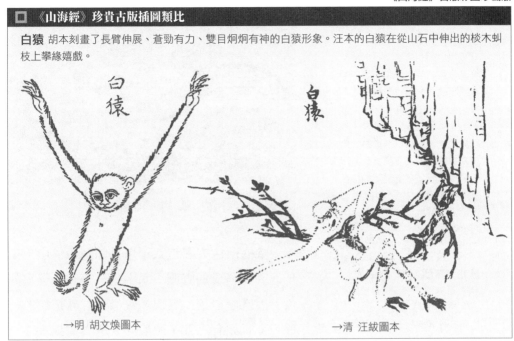

→明 胡文煥圖本　　　　　　　　　　　　　　→清 汪紱圖本

果實紅了就可以吃。山中又有許多白色猿猴，白猿樣子像猴，手臂粗大有力，動作敏捷，擅長攀緣，其喊叫的聲音聽起來很哀怨，古有「猿三鳴而人淚下」之說。擅長攀緣和獨特的鳴叫是白猿的兩大特徵。傳說，猿是長壽的動物。古人認爲猴子活到八百歲就變成了猿。李時珍在《本草綱目》中也說，猿產於神山廣川之中，手臂非常長，能夠吸取自然之精氣，所以其壽命很長。堂庭山中的白猿估計以椄樹的果子爲食吧。堂庭山還盛產水晶，這種水晶也叫水玉，傳說神農時代的雨師赤松子，正是因爲服用了這種水玉，不但能夠教神農，還能入火自燒而不死；炎帝的小女兒曾效法赤松子，也成了神仙。除了水玉以外，堂庭山中還蘊藏著豐富的黃金。

蝮蟲 清《爾雅音圖》

蝮蟲又被稱為蝮蛇。在古代傳說中，是一種非常可怕的怪物。屈原在《離騷·大招》的招魂詞中，就呼喚靈魂不要去南方，因為南方有千里炎火、蝮蛇和其他一些可怕的動物。

彩繡金龍　清　絹底彩繪

龍這種虛幻、有鱗有爪，又能興風作雨的神異動物，被中國人賦予強大的力量和神祕的色彩，而成為中國文化的象徵。凡是有中國人或受中華文化薰陶的地方，都有龍的蹤跡；龍成為中國人的代名詞，龍的活動領域也就是華夏文明的覆蓋區域。中國的龍文化歷史悠久，源於盤古劈開混沌之始，且後續無限。

原始狩獵圖　彩墨　磚畫　縱 17 釐米　橫 36 釐米　甘肅省嘉峪關市文物管理所收藏

馬因其善奔跑的習性，成為古人不可替代的交通工具，是將士馳騁戰場、奮勇殺敵的有力助手，也是狩獵時的必備工具。古人將馬視為祥瑞之物，連鹿蜀之類的其他一些瑞獸，也被賦予馬的形態。

即翼山　野獸　蝮蟲　怪蛇

　　堂庭山往東三百八十里是即翼山。山上生長著許多怪異的野獸，水中生長著許多怪異的魚，還盛產白玉，有很多蝮蟲。蝮蟲是蛇的一種，身長只有三寸，頭如同人的大拇指大小。另有說法認為蝮蟲又叫反鼻蟲，顏色像紅白兩色的綬帶紋理，鼻子上還長有針刺，大的重量可達百斤。牠們棲息在怪樹上，綬紋就是其保護色。除了即翼山以外，後面將提到的羽山、非山都有牠的分布。除蝮蟲外，即翼山還有很

鹿蜀 吳本的鹿蜀為一隻虎斑紋馬，正站立著凝視前方。而汪本之鹿蜀全身披有刺毛，形貌、四蹄與尾巴都不像馬。

→清 汪紱圖本

→清 吳任臣康熙圖本

多奇怪的蛇和樹木，十分險惡，人是上不去的。

柤陽山　鹿蜀　旋龜

　　即翼山往東三百七十里，就到了柤陽山。山的南坡盛產黃金，山的北坡盛產白銀。柤陽山有一種瑞獸，名叫鹿蜀，牠的外形像馬，白頭、紅尾，全身是老虎的斑紋，牠的鳴叫像是有人在唱歌。據說只要披上牠的皮毛，便可以子孫滿堂，因此牠們經常遭到人們捕殺，但鹿蜀十分警覺，一有動靜就立刻藏匿。怪水從柤陽山發源，向東流去，注入憲翼水。水中經常會發出一種像是敲擊木頭的怪異聲音，這是一種叫旋龜的動物發出來的。牠外形像普通的烏龜，但卻長著鳥頭和蛇尾。旋龜時而在岸邊爬行，時而在水中游動。據說佩帶旋龜甲能使人的耳朵不聾，而且牠還可以用來治療腳繭。傳聞大禹治水時，應龍在前面用尾巴劃地，指引禹沿著牠所劃的地方開鑿水道，將洪水引入大海，而旋龜則背上馱著息壤，跟在禹的身後，以便禹能隨時把一小塊一小塊的息壤投向大地，息壤落到地面後便會迅速的生長，很快就把恣意的洪水填平了。可見旋龜是治水的重要角色之一。

柢山　鯑

杻陽山再往東三百里是柢（ㄌㄧˇ）山，山間河流眾多，但山上卻怪石嶙峋，沒有花草樹木。這裡有一種魚，外形像牛，棲息在山坡

杻陽山附近 明　蔣應鎬圖本

杻陽山上樣子像馬卻身披豹紋的神獸名叫鹿蜀。怪水從此山發源，水中有鳥頭蛇尾的旋龜游著。柢山的山坡上趴著一條名為鯑的怪魚。亶爰山起伏的山陵中，有一隻叫作類的雌雄共體神獸。

【本圖山川地理分布定位】　【本圖人神怪獸分布定位】

□ 《山海經》珍貴古版插圖類比

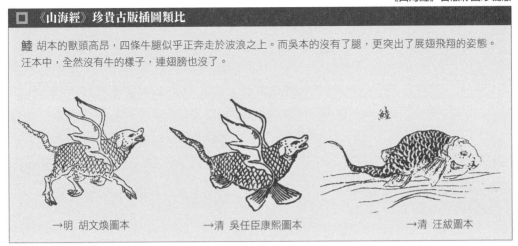

鮭 胡本的獸頭高昂，四條牛腿似乎正奔走於波浪之上。而吳本的沒有了腿，更突出了展翅飛翔的姿態。汪本中，全然沒有牛的樣子，連翅膀也沒了。

→明 胡文煥圖本　　　→清 吳任臣康熙圖本　　　→清 汪紱圖本

上而不在水中，有著像蛇一樣的尾巴，並且肋下有翅，能在天空飛翔，牠吼叫的聲音像犁牛，而這種魚的名字叫鮭（ㄌㄨˋ）。鮭冬天蟄伏而夏天復甦，聽說吃了牠的肉就能使人不患膿瘡疾病。這類被神化了的爬行動物，常以不同的姿態出現於殷商銅器的紋飾中。

亶爰山 類

抵山再往東四百里是亶爰（ㄉㄢˇ ㄩㄢˊ）山，山間也有很多河流，山上怪石嶙峋，草木不生，人難以攀登。山中有一種野獸，外形像野貓，卻長有長頭髮，名叫類。牠雌雄同體，據說吃了牠的肉就會使人不產生妒忌心。相傳在明朝時，雲南蒙化府一帶經常可以見到這種野獸，當地人稱它為香髦。又有傳說在南海山谷中有一種形貌像狸的靈貓，自為雌雄，可能也是類。

崇奉陰陽同體 新石器時代
馬廠文化 高 33.4 釐米
傳統宗教裡，如同「類」這種雌雄同體的生靈，被看作集陰陽雙性於一體，統領天地之間，擁有威力至上和強大神祕的神性與神格。這件彩陶壺即是這種思想的表現之一，其表面被捏塑出一個裸體雙性人像，下腹誇張地一同塑出男女兩性生殖器。

基山　猼訑　鵸鵌

　　亶爰山再往東三百里是基山，基山的南坡盛產玉石，而北坡生長著許多奇怪的樹木。山中有一種野獸，外形像羊，長有九條尾巴和四隻耳朵，眼睛卻長在背上，名字叫猼訑（ㄅ　ㄛ　ˊ　一　ˊ），相傳人披上牠的毛皮就會勇氣倍增，無所畏懼。山上還有一種鵸鵌（ㄅ　一　せ　ㄈ　ㄨ　ˊ）

基山周圍山水

明　蔣應鎬圖本

基山的山坡上那個形似羊、卻雙目長在背上的怪獸是猼訑；還有一種三首六目、六足三翼的奇鳥叫鵸鵌。青丘山的山坡上，九尾狐在回首下望；山頂上立著樣子像鳩的鳥叫灌灌。英水由此山發源，南流注入即翼之澤，水中有人面魚名赤鱬。

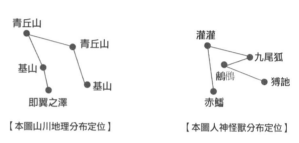

【本圖山川地理分布定位】　　　【本圖人神怪獸分布定位】

鳥，牠長相似雞，卻有三個頭、六隻眼睛、六隻腳、三個翅膀。由於三個頭經常意見不一致，所以常常打架，把身體打得遍體鱗傷。傳說人若吃了類似這種多個眼睛的禽鳥的肉，可以不必閉上眼睛睡覺。相傳古代富人買下牠給自己的雇工吃，可以使他們不知疲勞一直工作。

青丘山 九尾狐 灌灌 赤鱬

□ 《山海經》珍貴古版插圖類比

九尾狐 胡本中，碩大尾巴是九尾狐作為瑞獸的標誌，靈性的大眼睛又表明牠同時具有靈獸與神獸的神格。郝本的九尾狐圖像採自胡本，但圖說卻清楚地交代了此獸食人的特性。

九尾狐

青丘之獸九尾之狐有述荀見出則符瑞作瑞當又以樣

九尾狐在青丘其身九尾能食人出其山

→明 胡文煥圖本　　→清 郝懿行圖本

基山再往東三百里是青丘山，山上向陽的南坡盛產玉石，而背陰的北坡則盛產青雘（ㄏㄨㄛˋ）。青雘是一種礦物顏料，古人常用它來塗飾器物。山中有一種奇獸，外形像狐狸，卻長有九條尾巴，吼叫的聲音如同嬰兒在啼哭。牠很兇猛，能吞食人，吃了牠的肉能使人不中妖邪毒氣。在中國古代，九尾狐同時又是祥瑞和子孫昌盛的徵兆。傳說禹治水直到三十歲時，還沒有娶妻。有一次他走過塗山，見到一隻九尾白狐，不禁想起塗山當地流傳的一首民間歌謠，大意是說：誰見了九尾白狐，誰就可以為王；誰娶了塗山的女兒，誰就可以使家道興旺。於是禹便娶塗山女子嬌為妻。結果禹果然為王，而且子孫繁盛，統治中國。除此之外，古人還傳說當為王者不好色、政治清明的時候，九尾狐就會出現。漢畫像石中常見九尾狐與玉兔、金蟾、三足鳥等並列於西王母身旁，既是西王母的使者、

吉祥之鳥——朱雀

漢 高 11.2 釐米 重 0.24 千克 河北省博物館收藏

和一些長相怪異、象徵災難的凶鳥不同，朱雀是中國古代傳說中的神鳥，南方之神，被人們當作如同鳳凰一類的祥瑞之鳥加以崇拜。這件朱雀銜環銅杯全身裝飾金銀花紋，雀身鑲嵌綠松石，羽翼伸展，不僅造型精美，而且是件吉祥之物。

夏禹王像

馬麟　立軸　絹本　設色　縱249釐
米　橫113釐米　中國臺北故宮博
物院收藏

夏禹，傳說中古代夏後氏部落的
領袖，華夏文明的先祖，人人稱
頌的治水英雄。他的一生被賦予
濃烈的神話色彩：他是天神鯀死
後在腹中孕育三年而生；他治水
有應龍、神龜相助；九尾狐顯現
預示他必將成王。這種種傳說都
表現了人們對這位賢德之主的愛
戴和崇敬。

隨從與動物夥伴，又是祥瑞與子孫興旺的象徵。九尾狐具有祥瑞的品格，源於牠的一些習性，如牠死後一定要將頭朝向牠出生地的方向，於是古人認爲牠不忘本。而牠的九條尾巴蓬鬆美麗，古人則認爲象徵子孫繁衍、後世昌盛。然而，九尾狐作爲古代神話中的重要角色，其寓意卻不斷產生變化，由祥瑞之獸演變成靑丘山的食人畏獸，再到蠱惑人的妖獸。如《封神演義》中，九尾狐就是妖精，控制妲己，迷惑紂王，搞得殷商天下大亂，九尾狐又成了妖精、亂世的象徵。傳說牠不僅迷惑中國帝王，還東渡日本，化作名爲玉藻前的美女，成爲日本鳥羽天皇的寵姬，企圖禍國殃民，後來被識破，現出九尾狐原形，在東國下野的那須野原被殺，化作殺生石。

靑丘山中還有一種禽鳥，名叫灌灌，牠的樣子像斑鳩，啼叫的聲音如同人在互相斥罵。據說灌灌鳥的肉很好吃，尤其是烤熟以後，味

□　《山海經》珍貴古版插圖類比

赤鱬　赤鱬的形象到清代後產生了變化，畢本的赤鱬雖仍保留人面形象，但已沒了人頭。汪本中，赤鱬純粹
成了魚形神，人面的特點已消失殆盡。

→清　汪紱圖本　　　　　　　　　　　　　　　→清　畢沅圖本

□ 《山海經》珍貴古版插圖類比

鳥身龍首神 胡本的鳥身龍首神雖長著龍頭，但像鳥多一點；作者稱之鵲神。汪本的山神龍首高昂，鳥羽華麗，雙翼伸展，頗有山神的威武姿態；作者稱之南山神。而《神異典》中，此神雖頭上生有龍角，但面目似人，有披肩圍腰，並如人一般站立在起伏的山巒中。

→明 胡文煥圖本　　　　　→清 汪紱圖本　　　　　　→清《神異典》

道十分鮮美。據說把牠的羽毛插在身上，就不容易被迷惑了。

英水從這青丘山發源，然後向南流入卽翼之澤。澤中有很多赤鱬（ㄖㄨˊ），形狀像普通的魚，卻有一副人的面孔，大概就是人魚吧！牠發出的聲音如同鴛鴦在叫，吃了牠的肉就能使人不生疥瘡。

由青丘山往東三百五十里是箕尾山，它雄踞於東海之濱，山上沙石很多。汸（ㄈㄤ）水從這座山發源，然後向南流入淯（ㄩˋ）水，水中盛產白色玉石。

南方首列山系諸山神

總計䧿山山系之首尾，從招搖山起，直到箕尾山止，一共是十座山，東西蜿蜒二千九百五十里。諸山山神沒有神名，形象都是鳥的身體、龍的頭。他們彼此之間沒有統屬關係，沒有等級之分，沒有至上之神，也不受其他天神的統領。祭祀這些山神的禮儀，卽是把畜禽和璋一起埋入地下，祀神的米皆用稻米，並用白茅草當作神的座席。從山神的形貌來看，這一山系所居住的族群都以鳥爲信仰；另外，看他們用稻米來祭祀的情形，他們應該屬於農耕民族或處於農耕階段。

本圖根據張步天教授《〈山海經〉考察路線圖》繪製，圖中記載了《南次二經》中櫃山至漆吳山共十七座山的地理位置。

南次二经路线示意图

（此路線形成於西漢早中期）

南次二經

櫃山　狸力　鴸鳥

　　南方第二列山系的首座山是最西邊的櫃山，牠的西邊臨近流黃酆氏國和流黃辛氏國。英水從這座山發源，向西南流入赤水，水中

櫃山一帶

明　蔣應鎬圖本

南方首列山系誰山山系的山神都是鳥身龍首神。南方第二列山系的首座山櫃山中，棲息著豬形雞足的怪獸名狸力；天空還飛翔著人足鳥鴸鳥。長右山上蹲坐著名叫長右的四耳怪猴。堯光山的洞穴中，人面怪獸猾裹（ㄏㄨㄞˊ）探出頭來。

離山山系
長右山　　　　　
　●─────●
　│　　　　　 ╲
櫃山　　　　　 ●
　●　　　　　　
　 ╲　　　　　　
英水 ●　　 ● 堯光山

【本圖山川地理分布定位】

　　　　　　● 鴸
長右　　　　　　　 鳥身龍首神
 ●　　╱╲　　 ●
　╲ ╱　 ╲ ╱ ╲
　 ●　　　 ●　 ╲
　狸力　　　　　 ● 猾裹

【本圖人神怪獸分佈定位】

有很多白色玉石和丹砂。山中有一種野獸，外形像普通的小豬，但卻長著一雙雞爪，叫聲如同狗叫，其名字叫做狸力。哪個地方出現狸力，那裡就一定會有繁多的水土工程。山中還有一種鳥，外形像鷂鷹，卻有著像人的手一樣的爪子，啼叫的聲音如同痹鳴，名字叫鴸（ㄓㄨ）。鴸是一種不祥之鳥，牠在哪個地方出現，那裡就會有文士被流放，因爲牠是流放者靈魂的化身。傳說鴸是堯的兒子丹朱所化，丹朱是堯的十個兒子中最年長、最不成器的一個。他爲人傲虐而頑凶，喜歡玩樂，那時候洪水爲害，他便整天坐著船玩樂。後來，洪水被大禹治理平息了，他仍指使人晝夜不停地替他推船，這便是「陸地行舟」的由來。堯看丹朱實在沒有治理國家的能力，便把天下讓給了舜，而把他流放到南方的丹水去做諸侯。當時「三苗」的首領很同情丹朱，便聯合他一起抗堯，結果失敗，三苗首領也被殺了。丹朱逃到了南海，進退無路，於是自投南海而死，死後他的靈魂便化爲鳥。由於鳥外形兇惡，十分不吉利，因此招人厭惡。而丹朱的後裔在南海建立了一個國家，叫驩（ㄏㄨㄢ）頭國，也就是丹朱國。那裡的人都長著人臉和鳥的翅膀，但背上的鳥翅膀不能飛，只能當拐杖扶著走路。

被堯打敗的三苗

三苗是傳說中黃帝至堯舜禹時代的古老民族，主要分佈在長江中游以南。堯時，三苗曾作亂，堯發兵征討，與其大戰於丹水，三苗被擊敗，其首領兜被殺，也有人認為兜向堯俯首稱臣，成為「諸侯」。相傳三苗敢公然反對堯，是因為兜聯合了堯的忤逆子丹朱，打著「子承父業」的旗號，認為抗堯之戰志在必得。未料想，落得個身敗名裂的下場。有學者認為，現代的苗族就是三苗的後裔。

□ 《山海經》珍貴古版插圖類比

鴸 胡本的滿頭長髮和一臉笑容的人面下，是羽翼豐滿的鳥身，兩隻人手代替鳥的雙足穩穩地站著。汪本中，全身黑色羽毛，伸展雙翅，正欲俯衝；其人面、人手的形態均未顯現。

→明 胡文煥圖本　　　　　　　　　　　　　　→清 汪紱圖本

凝聚神力的鐵匕首

漢 長 36.7 釐米 刃長 23 釐米 寬 4.3 釐米 重 0.39 公斤

河北省博物館收藏

在遠古的戰爭中，人們認為勝利主要取決於神性的力量，而在兵器上雕刻種種獸面紋及祥雲紋，將會使神賜予他們更多的力量，賜予他們在戰爭中勝利。這件鐵匕首的匕身為一面火焰紋、一面雲紋，環首鏤空鑲嵌金片，形成卷雲紋，而在環首靠近莖部也鑲嵌金片組成獸面紋，這些都有助於使用者得到強大無比的神性。

長右山　長右

　　從櫃山往東南四百五十里，是長右山。山上沒有花草樹木，但水源豐富。山中有一種野獸，外形像猿猴，卻長著四隻耳朵，名字也叫長右，其叫聲如同人在呻吟。傳說有人曾在山中看到了長右，並且聽到了牠的叫聲，結果當地出現了百年不遇的大洪水。第二年當地又出現了長右，結果發生了更大的水災。看來長右的出現是水災的徵兆。有人推測長右可能是傳說中被禹制服的巫支祁一類的猴形水怪。傳說禹治理洪水時，曾三次到過桐柏山，那裡總是雷電交加，狂風怒號，使治水工程無法進展。禹知道是妖物作怪，於是號召群神，齊心合力地終於將水怪擒獲。那怪物能說人話，其外形像猿猴，白首青身，眼睛閃耀萬道金光，力氣敵過九頭大象。禹命人用大鐵鍊鎖住怪物脖頸，

鼻孔裡又穿上金鈴，然後鎮壓在江蘇淮陰的龜山腳下。從此，禹的治水工作才得以順利進行，淮水從此也平安流入大海。據說千年以後，明洪武時，太祖皇帝經過淮水，曾命人將鐵鍊拉出來，眾人費盡力氣，終於將長長的鐵鍊拉到底。傳說中的水怪出現了，牠忽然跳到船上，說起了人話，眾人皆驚愕訝然。

堯光山　猾褢

從長右山往東三百四十里，是堯光山，山南陽面多產玉石，山北陰面多產金。山中有一種怪獸，外形像人卻全身長滿豬樣的鬣毛，冬季蟄伏在洞穴中，夏天才出來活動，名字叫猾褢（ㄏㄨㄞˊ），其叫聲如同砍木頭時發出的聲響。猾褢形象醜惡，人們往往把牠和災禍聯

◇《山海經》考據

長右山—金華山

南次二經中的長右山，在今日的何地，有兩種比較普遍的說法。一是認為長右山曾經被認為在會稽山之右，故曰「長右」，漢末時考據在今金華縣，已經無所謂右，所以將「右」字去掉而稱長山，即今日的金華山。原文中有長右山多水的記載，至今金華三洞地下暗流泉水常年流淌，正符合多水之說。第二種說法認為「長右」應是「長舌」的誤寫，在今湖南省新化縣一帶。

□ 《山海經》珍貴古版插圖類比

狸力 汪本的狸力，豬頭、豬身、豬尾和四隻雞爪尤其明顯。而《禽蟲典》中，狸力的豬首、豬身、豬尾、豬足，與家豬無異。

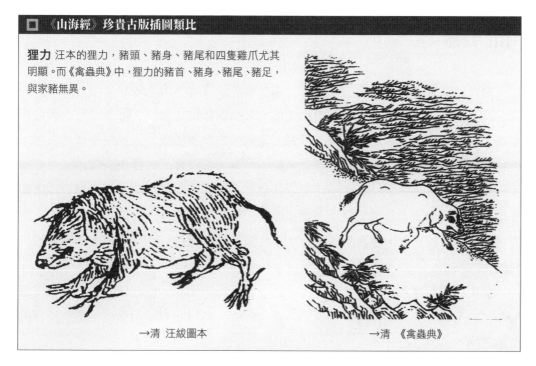

→清 汪紱圖本　　　　　　　　→清 《禽蟲典》

《山海經》珍貴古版插圖類比

長右 四隻耳朵是長右作為水怪的特徵，吳本突出了牠的這一特性。而《禽蟲典》中，一猴形怪獸置身於滔滔水邊，表現了長右與水的關聯。

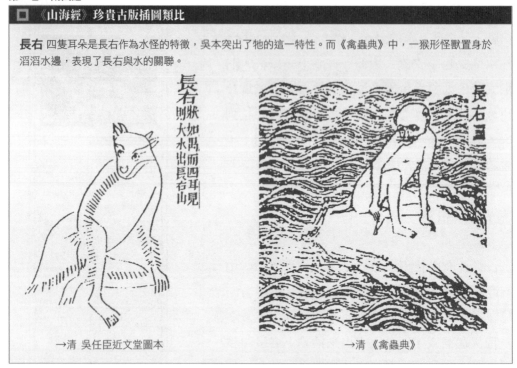

→清 吳任臣近文堂圖本

→清 《禽蟲典》

繫在一起，認為哪個地方出現猾裹，那裡就會出現動亂。

羽山 蝮蟲

　　堯光山往東三百五十里，是羽山，山下有許多流水，山上經常下雨，但山中卻沒有花草樹木。這草木不生的羽山也是治水先驅鯀犧牲的地方。傳說由於人類做錯了事，天帝降下大洪水懲罰人類。於是，整個大地洪水滔天，人民幾乎無法生存。大神鯀也就是天帝的孫子，看見百姓所受的災難，心痛難忍，便決心想辦法平息洪水，解救蒼生。終於，趁天帝不注意，他偷了息壤到下界填堵洪水。可是這件事很快就被天帝知道了，他盛怒之下，便派赤帝祝融奪回息壤，並將鯀殺死在羽山。鯀死後，不但身體不化，還孕育了大禹，來完成他未完成的心願。所以，鯀就是禹的父親。

　　羽山往東三百七十里，是瞿父山，山上沒有花草樹木，但蘊藏有豐富的金屬礦物和各色玉石。瞿父山再往東四百里，是句餘山，特徵和瞿父山類似，都有豐富的金屬礦物和各色玉石。

浮玉山 彘 鮆魚

　　句餘山再往東五百里，是浮玉山，登上
山頂，向北可以望見具區澤，向東可以望見諸
毗水，山中有一種野獸，外形像老虎卻長著牛
的尾巴，發出的叫聲如同狗叫，名字叫彘（ㄓ
ˋ），會吃人。牠與長右一樣，也是淹大水的
象徵。苕水從這座山的北麓發源，向北流入具
區澤。水裡面生長著許多鮆（ㄐㄧˋ）魚。具
區澤就是現在江蘇省境內的太湖，古代太湖有
很多名稱，如具區、震澤、洞庭等。太湖盛產魚，
也就是刀魚，牠頭長而身體狹薄，腹背如刀刃，
嘴邊有兩條硬鬍鬚，鰓下有長長的硬毛像麥芒
一樣，肚子底下還有硬角，鋒利如快刀，故名
刀魚；大的有一尺多長。

鮆魚

清 《禽蟲典》

鮆魚又叫刀魚，其頭長而身體窄
薄，腹背如刀刃。吃了牠的肉可
防狐臭。

成山附近

　　由浮玉山往東五百里，是成山，它的形狀
像四方形的三層土壇，高高聳立著，山上盛產

■ 《山海經》珍貴古版插圖類比

猾褢 胡本的猾褢為人面猴，全身披毛，四肢呈猴狀，四足均為人手。汪本的猾褢身披黑毛，俯臥在地，
人手人足異常刺眼。

→明 胡文煥圖本　　　　　　　　　　→清 汪紱圖本

金屬礦物和玉石，山下則盛產青雘。閻（ㄕ ˋ）喜水從這座山發源，然後向南流入虖（ㄏㄨ）勺水，河水的沙石中蘊藏有豐富的黃金。

再往東五百里，是會稽山，它也呈現四方形，山上有豐富的金屬礦物和玉石，山下盛產晶瑩透亮的砆（ㄈㄨ）石。勺水從這座山發源，然後向南流入湨（ㄐㄩ ˊ）水。會稽山就在今

南方第二列山系中山水

明　蔣應鎬圖本

浮玉山上有虎形牛尾獸名彘。苕水從此山北面發源，水中生活著背如刀刃的紫魚。洵山的山坡，樣子像羊卻沒有口的怪獸羬正昂首行走。鹿吳山上似鳥非鳥的食人怪獸是蠱雕。南方第二列山系的山神都為龍身鳥首神。

【本圖山川地理分布定位】　【本圖人神怪獸分佈定位】

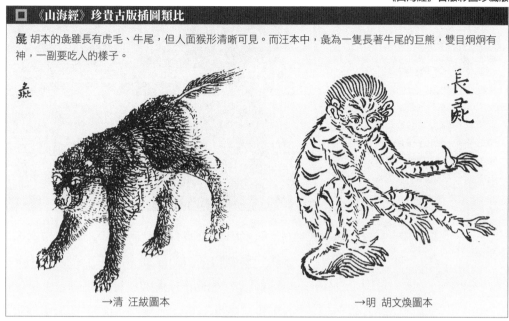

■ 《山海經》珍貴古版插圖類比

猼 胡本的猼雖長有虎毛、牛尾，但人面猴形清晰可見。而汪本中，猼為一隻長著牛尾的巨熊，雙目炯炯有神，一副要吃人的樣子。

→清 汪紱圖本　　　　　　　　　　　　　→明 胡文煥圖本

天浙江紹興，是古代和「五嶽」齊名的「五鎮」之一，自古以來就是中華名山，文化積澱深厚，大禹、勾踐、秦始皇、王羲之、葛洪、王守仁等歷史名人，都曾在會稽山留下他們的動人故事，天下第一行書《蘭亭集序》就出自這裡。

夷山周邊

會稽山往東五百里，是夷山，山上沒有花草樹木，沙石遍佈。湨水從這座山發源，然後向南流入列塗水。

再往東五百里，是僕勾山，山上有豐富的金屬礦物和美玉，山下有茂密的花草樹木，但山中沒有禽鳥野獸，也沒有河流和水源。

再往東五百里，是鹹陰山，山上沒有花草樹木及流水。

虎牛相鬥 戰國 長 12.7 釐米 寬 7.4 釐米 重 237.625 克

在人類尚未佔據先進的生存優勢時，老虎、野牛之類的猛獸活動猖獗，遠古人類對牠們很敬畏，把牠們看作勇氣和力量的象徵，於是除了出現類似「猼」這種虎牛同體的怪獸的神話傳說外，猛獸相鬥的紋飾也漸漸出現於人們的生活中，這件虎牛咬鬥金牌即是其一。

飲酒寫詩的文人

孫位 唐 絹本 設色 縱45.2釐米 橫168.7釐米 上海博物館收藏

會稽山一帶山嶺，其岩石歷史非常悠久，為一億年前侏羅紀火山噴發期的沉積岩所構成，經億萬年風、日、水的洗禮後，形成了後世的奇峰怪石。除了奇異的自然風光，會稽山還有燦爛的歷史文化遺產；遙想當年，王羲之和眾賢士會集此山，揮毫潑墨，留下了天下第一行書《蘭亭集序》。圖為魏晉時期飲酒作詩的「竹林七賢」。

鹹陰山往東四百里，是洵山，其山南陽面盛產金屬礦物，山北陰面多出產玉石。山中有一種野獸，外形像普通的羊卻沒有嘴巴，不吃不喝也能生存，名字叫𧲰（ㄏㄨㄢˋ）。洵水從這座山發源，然後向南流入關（ㄊˋ）澤，水裡面有很多紫色螺。

洵山往東四百里，是虖勺山，山上到處是梓樹和楠木樹，山下生長許多牡荊樹和枸杞樹。滂水從這座山發源，然後向東流入大海。

再往東五百里，是區吳山，山上沒有花草樹木，沙石遍佈。鹿水從這裡發源，然後向南流入滂水。

鹿吳山周邊

再往東五百里，是鹿吳山，山上沒有花草樹木，但有豐富的金屬礦物和玉石。澤更水從這座山發源，然後向南流入滂水。水中有一種

《山海經》珍貴古版插圖類比

𧲰 胡本的𧲰鼻子長在口的部位，以表明沒有嘴，其表情一副不可殺的凜然傲氣。汪本中，𧲰一身黑毛，回首仰望，若有所思；其造型顯得別具風采。

→明 胡文煥圖本

→清 汪紱圖本

□ 《山海經》珍貴古版插圖類比

蠱雕 胡本的蠱雕為獨角巨豹，卻長著一副雕的嘴喙，揚起的巨大豹尾，顯示出食人猛獸的威風。汪本中，蠱雕凌空飛舞，似乎在注視著澎湃的激流，其雙翅伸展，流露出食人巨雕的霸氣。

→清 汪紱圖本　　　　　　　　　　　　　→明 胡文煥圖本

叫蠱雕的野獸，其外形像普通的雕鷹，但頭上長角，叫聲如同嬰兒啼哭，十分兇猛，是能吃人的。

再往東五百里，是漆吳山，這是南方第二列山系中最東邊的一座山。山中沒有花草樹木，盛產可以用作棋子的博石，但不產玉。這座山突兀於東海之濱，在山上遠望丘山，有神光閃耀，這裡是觀看日出的好地方。

南方第二列山系群山神

總計南方第二列山系之首尾，從櫃山起到漆吳山止，一共十七座大山，蜿蜒全長七千二百里。諸山山神的形狀都是龍的身體、鳥的頭。其鳥、龍結合的形象具有相同的鳥信仰的文化含義。他們的祭禮和第一列山系基本相同，把畜禽和玉璧一起埋入地下，並精選稻米以供神享用。所以，可以認爲這兩個山系的農耕方式與鳥的信仰傳統是相互適應的。

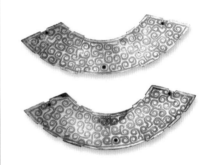

美玉何來？

戰國 長 10.3 釐米 寬 2.4 釐米 厚 0.3 釐米

可以說，「玉」的身上承載了中國人的信仰，如仁義禮智信，如生則益性靈，葬則屍免腐朽等。然而，美麗純潔的玉從何而來呢？《山海經》中曾有關於玉的記載，那些野獸出沒的原始山林中，往往也蘊藏著豐富的玉石；後世逐漸開採並加工成精美絕倫的玉器。這件玉璜為青白色，圓潤飽滿，立體感強，幾千年前隨主人一起深埋於地下。

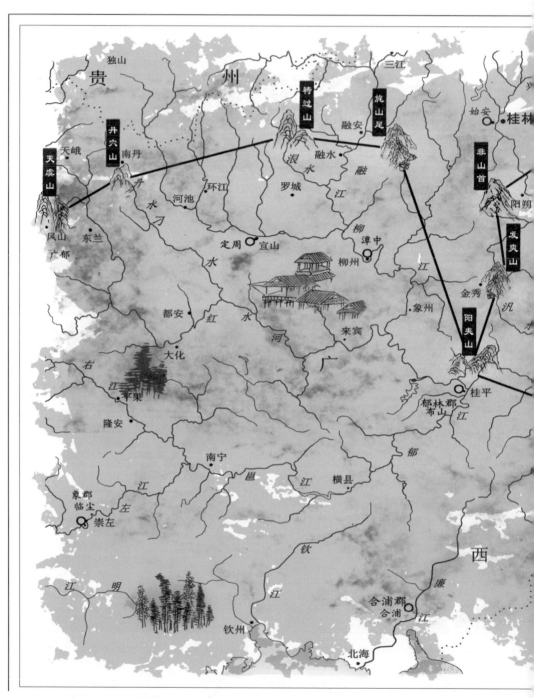

本圖根據張步天教授《〈山海經〉考察路線圖》繪製，圖中記載了《南次三經》中天虞山至南禺山的地理位置，
經中所記共十四座山，實則只有十三座。

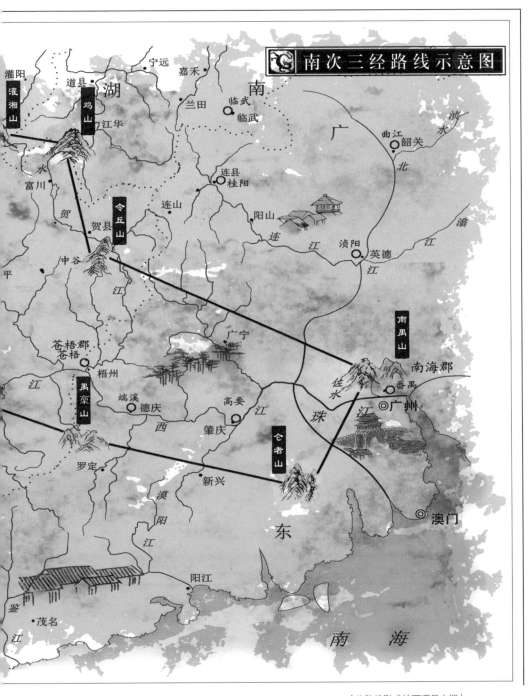

南次三经路线示意图

（此路線形成於西漢早中期）

南次三經

禱過山 犀 瞿如 虎蛟

南方第三列山系最西一座山，是天虞山，山下到處是水，人很難攀登上去。

禱過山周邊

明　蔣應鎬圖本

禱過山上棲息著形似犀牛的三角怪獸名犀；還生活著人面三足鳥瞿如。泿水從此山發源，水中游著魚身蛇尾的虎蛟。雞山是黑水的發源地，水中有種身披豬毛的怪魚叫鱄魚。令丘山上貌似貓頭鷹的人面鳥叫顒。南方第三列山系的山神皆是龍身人面神。

天虞山到南禺山　令丘山
禱過山
泿水　　　　　禱過山
黑水

【本圖山川地理分佈定位】

龍身人面神　　　顒
瞿如　　　犀
虎蛟　　鱄魚

【本圖人神怪獸分佈定位】

從天虞山往東五百里，是禱過山。山上盛產金屬礦物和玉石，山下有很多犀、兕。禱過山的犀樣子像水牛，全身黑色，頭像豬、腳似象，只長了三隻腳，但體態健壯。牠頭上長有三隻角，一隻在頭頂上，一隻在額頭上，還有一隻在鼻子上。犀喜歡吃荊棘、刺草，所以口唇常常流著鮮血。野生犀牛如今在中國已經絕跡了，但在古代，犀牛曾經廣泛分佈於中國南方。古人認為犀角是犀牛的精靈所聚，可解百毒，是名貴的中藥材。傳說有一種叫通天犀的靈獸，牠吃草時只吃有毒之草，吃樹木時則專挑有刺的吃，從來不嚐柔滑鮮嫩的草木；牠這麼做的目的是以身試藥，練就一身本領，然後為人解毒。犀被認為是靈異之獸，是勇者的化身，是威武與力量的象徵；後世的青銅器中出現了大量犀的形象。犀角也被認為是神物，具有通靈、避邪的功用。人們還常常將犀角雕刻成精緻的工藝品，以供賞玩。正是因為人們對犀角的喜愛，犀牛被大肆捕殺，到二十世紀，

獨角獸

獨角獸　魏晉　彩繪磚　長 17.5 釐米　寬 36.5 釐米　甘肅嘉峪關魏晉 13 號墓

關於獨角獸的記載，可追溯到西元前三百九十八年，牠們身形高大，前額正中長出一隻鋒利的角，約半米長。古人視這些奇異的龐然大物為神獸，認為牠們的獨角集天地精華，可驅邪除惡。事實上，那些神奇的獨角獸就是犀牛。禱過山中就出現了以身試毒的通天犀和獨角犀牛兕。

可避邪的犀牛

戰國　長 17.5 釐米　高 6.5 釐米

六千萬年前，地球上就有了犀牛的身影，牠身軀龐大，在陸生動物中僅次於大象，位居第二。古人認為犀牛是神獸，其犀角乃神靈所聚，可避邪，故很多裝飾品被製作成犀牛的形態而隨身攜帶。這件犀牛帶鉤造型逼真，其鼻向前伸、身體後坐的姿態栩栩如生。

中國境內最後一隻犀牛被殺死，犀牛終於在中國滅絕了。現在印尼和非洲等地還有犀牛分佈，但數量已經相當稀少。兕（ㄙˋ）和犀牛相似，全身黑色，但牠只有一隻角，是種獨角獸，牠的藝術形象經常出現在青銅器上。傳說除非遇到絕境，兕是不咬人的。《左傳》還記載著「犀兕甚多」，但之後就再無跡可考了，估計在春秋戰國之際就滅絕殆盡了！除了犀、兕，禱過山還有很多大象，這三種大型野獸都和平共處於禱過山之中。

除野獸之外，禱過山中有一種禽鳥，其外形像鴂（ㄐㄧㄠ），卻是白色的腦袋，長有三隻腳和人一樣的臉，其名字是瞿如。

泿（ㄧㄥˊ）水從禱過山發源，奔出山澗，然後向南流入大海。河水裡有一種叫虎蛟的動物，身體像普通的魚，卻長著蛇一樣的尾巴，其叫聲

犀《禽蟲典》中，獨角犀體態飄逸，正舉頭望月。《吳友如畫寶》中，雙角犀身形巨大，體格健壯如水牛。而汪本中，三角犀坐臥在地，回首觀望。

→清　汪紱圖本　　　　→清　《禽蟲典》　　　　→清　《吳友如畫寶》

□ 《山海經》珍貴古版插圖類比

瞿如 胡本的瞿如三首二足，正閒庭信步。汪本之瞿如三足並生而有力，圓眼怒視下方，正欲振翅高飛。《禽蟲典》本的瞿如，是諸圖本中比較符合瞿如形象的。

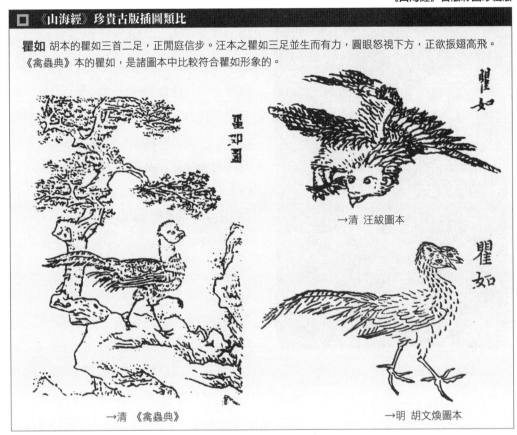

→清 汪紱圖本

→清 《禽蟲典》

→明 胡文煥圖本

和鴛鴦很像，吃了牠的肉就能使人不生毒瘡，還可以治癒痔瘡。

丹穴山　鳳凰

　　從禱過山往東五百里，就到了丹穴山，山上盛產金屬礦物和玉石。丹水從這座山發源，然後向南流入渤海。山中有一種鳥，外形像普通的雞，全身上下長滿五彩羽毛，名叫鳳凰，牠頭上的花紋是「德」字的形狀，翅膀上的花紋是「義」字的形狀，背部的花紋是「禮」字的形狀，胸部的花紋是「仁」字的形狀，腹部的花紋是「信」字的形狀。這種叫作鳳凰的鳥，動作很自然從容，

枸橘

枸橘是一種落葉灌木或小喬木，高可達 三公尺，別名臭橘、野橙子。它的分佈極其廣泛，其珍貴的藥用價值也逐漸被發現。其根皮、樹皮屑、棘刺、葉、幼果、即將成熟的果實和種子，都是良好的藥材。

鳳龍引導靈魂升天圖

戰國 帛畫 墨筆 設色 縱 31.2 釐
米 橫 23.2 釐米 湖南省博物館收
藏

神鳥鳳凰，代表了高尚的德行，
乃天下太平的祥瑞之兆。同時，
牠美麗的姿態又是對女子美好的
祝願和比喻，常出現在女子的衣
物、飾品及名號中。這幅楚墓中
的帛畫，畫面中間的細腰女子為
墓主人形象，她上方展翅高飛的
鳳和盤旋飛舞的龍，是引導她的
靈魂升天的仙界神靈。

一出現天下就會太平。相傳黃帝時期，社
會安定，人們安居樂業，黃帝便穿上黃
袍、繫上黃帶、戴上黃帽，站在殿中祈禱，
鳳凰便遮天蔽日地飛來，在殿上盤旋，黃
帝叩首再拜， 鳳凰便棲于黃帝東園的梧
桐樹上，久久不肯離去。牠的出現，就是
對黃帝治理天下成績的最好表彰。

發爽山 猿猴 怪鳥 鱄魚

丹穴山往東五百里，是發爽山，山上
沒有花草樹木，山中多流水，山上棲息很
多白色猿猴。汎（ㄈㄢ ˋ）水從這座山
發源，然後向南流入渤海。

再往東四百里，便到了旄山的尾端。
此山的南面有一個大峽谷，叫作育遺谷，谷中生
長著許多奇怪的鳥，還從中吹出來溫和的南風。

再往東四百里，便到了非山的盡頭。山上盛
產金屬礦物和玉石，沒有水，山下到處是蝮蟲。

□ **《山海經》珍貴古版插圖類比**

鱄魚 《禽蟲典》本的鱄魚蛇身細長，拖著豬的尾巴，再配上四隻
魚鰭，樣子頗為奇怪。汪本中，鱄魚細長的身上未見豬毛，不過張
著嘴似乎要發出豬嚎般的叫聲。

→清 汪紱圖本

→清 《禽蟲典》

□ 《山海經》珍貴古版插圖類比

顒 胡本的顒人面鳥身，四目大耳二足，一臉詭異的笑容。汪本中，一隻大鳥棲於枝頭之上，濃密的羽毛間隱約可見四目，但未見人臉。

→清 汪紱圖本

→明 胡文煥圖本

再往東五百里，是陽夾山，山上沒有花草樹木，但水源卻很豐富。再往東五百里，是灌湘山，山上生長著茂密的樹林，但卻不生雜草，山中還有許多奇怪的禽鳥，卻沒有野獸。

雞山一帶

再往東五百里，是雞山，山上有豐富的金屬礦物，山下則盛產一種叫丹雘的紅色塗料。黑水從這座山發源，然後向南流入大海。水中有一種鱅（ㄓㄨㄢ）魚，外形像鯽魚，卻長著豬毛，發出如小豬一樣的叫聲；也有種說法認為魚的樣子像蛇，卻長著豬的尾巴。傳說鱅魚是美味佳餚。和長右相反，牠一出現就會天下大旱。

雞山往東四百里，是令丘山，沒有花草樹木，到處是野火。山的南邊有一峽谷，叫做中谷，從這個谷裡吹出來的是十分強勁的東北風。山中有一種禽鳥，外形像貓頭鷹，卻長著一副人臉、四隻眼睛和耳朵，名字叫顒（ㄩㄥˊ），牠發出的叫聲就像在呼喚自己。和鱅魚一樣，顒也是大旱的徵兆。傳說在明萬曆二十年，顒鳥曾在豫章城寧寺聚集，燕雀不喜歡牠，都鼓噪起來，結果在當年的五月至七月，豫章郡酷暑異常，夏天滴雨未降，禾苗都枯死了。

漆盒上的孔雀圖

（日）正倉院收藏

孔雀是如同鳳凰一樣美麗的大鳥，由於鳳凰是古人虛構而成，並非真實存在，孔雀則確有此鳥，且有著驚人的美貌和高貴的氣質，所以孔雀在民間被叫作鳳凰，並成為百鳥之王。古人認為孔雀可以避邪除惡，事實上，《本草綱目》記載，孔雀肉確實可以解百毒。孔雀的形象曾大量出現在古人的生活用具中，此圖即是鏤刻在漆盒上的孔雀圖案。

牛皮靴

西漢

龐大、靈性的犀牛曾影響了古代人的生活及信仰，而和犀牛體形很像的家牛，也在人們生活中扮演了重要的角色，例如牠的肉可以使人們免受饑餓，而皮能幫助人們抵禦風寒。這雙靴子即為一千多年前樓蘭人用牛皮製成的。

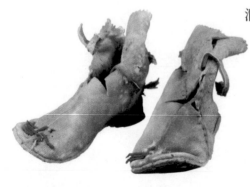

侖者山附近

令丘山往東三百七十里，是侖者山，山上有豐富的金屬和玉石礦物，山下盛產青色的塗料。山中有一種樹木，形狀像一般的構樹，卻有紅色的紋理，其枝幹能分泌出一種像漆一樣的汁液，味道像用麥芽做的酒，很甜，人喝了它就不會感到饑餓，也不會覺得煩惱。這種汁液叫白䓘（ㄐㄧㄡˋ），可以用它把玉石染得鮮紅。

侖者山往東五百八十里，就到了禹橐（ㄍㄠˇ）山，山中有很多奇怪的野獸，還有許多大蛇。

從禹橐山再往東五百八十里處，是南禹山，南禹山是南方第三列山系最東邊的一座山。山上盛產金屬礦物和玉石，山下有很多溪水。山中有一個洞穴，水在春天流入洞穴，在夏天便流出洞穴，在冬天則閉塞不通。佐水從這座山發源，然後向東南流入大海，佐水流經的地方有鳳凰和鵷（ㄩㄢ）雛棲息。鵷雛是和鳳凰、鸞鳥同類的神鳥，也是純潔、吉祥的象徵。莊子曾說：「鵷雛從南海飛向北海，沿途非梧桐不棲，非練食（竹子的果實）不吃，非醴泉不飲」，可見其聖

潔。南禺山既有鳳凰又有鵷雛，想必是非常神聖的地方。

南方第三列山系諸山神

　　總計南方第三列山系之首尾，從天虞山起到南禺山止，一共十四座山，共蜿蜒六千五百三十里。諸山山神都是龍身人面。祭祀山神時，都是用一條白色的狗作祭牲，用血塗祭；祀神的米用稻米。這種所謂的「祭祀」是一種非常古老的祭祀儀式，有時不必殺牲，僅以牲血塗抹祭祀之物以祭神。

　　以上是南方群山的記錄，大大小小總共四十座山，一萬六千三百八十里。

■ 《山海經》珍貴古版插圖類比

龍身人面山神《禽蟲典》中，山神姿態似人，站立於高山之上。頭部兩旁的祥雲，是山神偉大神性的標誌。汪紱認為《南山經》三個山系以鳥的信仰為主，故其山神應以鳥形來描繪。

天虞山至南
禺山共十四
山之神圖

南山神

→清 《禽蟲典》　　　　　→清 汪紱圖本

第二卷

《西山經》記錄了以錢來山、鈐山、崇吾山及陰山為首的四列山系，其豐富的物產及山間出沒的種種異獸，令人留下深刻印象。

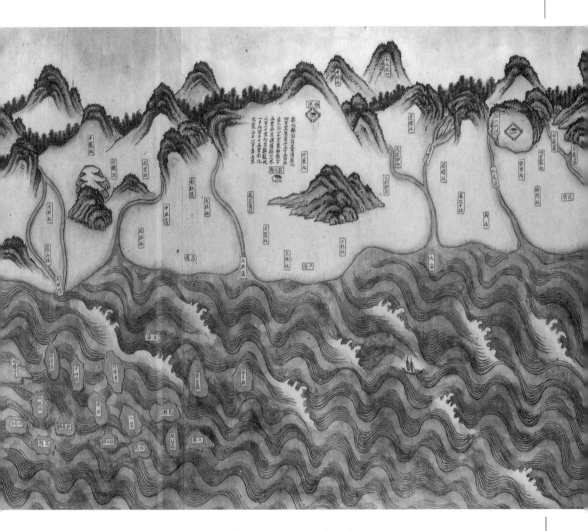

台灣省地理全圖 清　彩繪　縱 40.5 釐米　橫 440 釐米　北京圖書館收藏

台灣因與大陸距離遙遠，自古就被賦予某種神祕色彩。這幅台灣地理圖是中國現存最早的手繪台灣地圖之一，圖中重點表現了西部的地形、水系及居民地，還標示了炮台等軍事內容，使地圖兼有軍事用途。

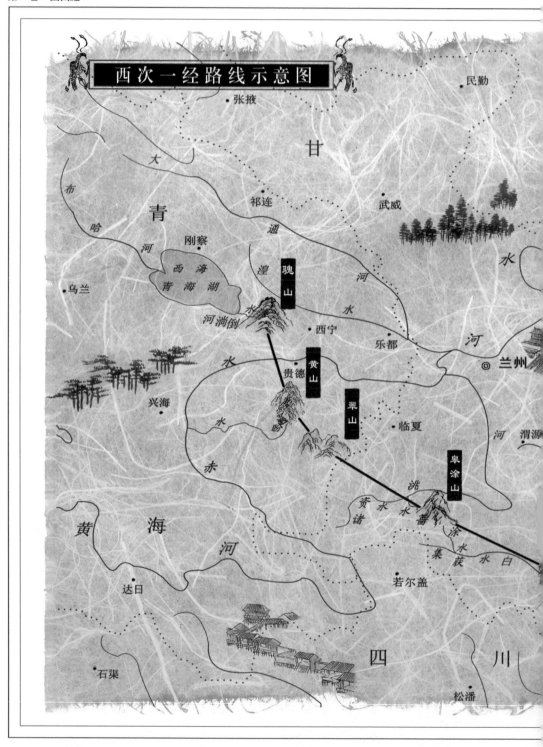

本圖根據張步天教授《〈山海經〉考察路線圖》繪製，圖中記載了《西次一經》中錢來山到騩山共十九座山的地理位置。

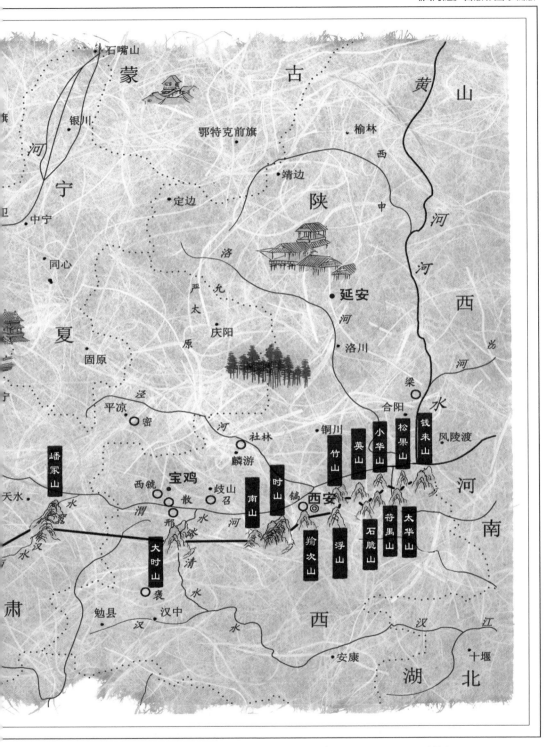

西次一經

錢來山　羬羊

錢來山周邊

明　蔣應鎬圖本

錢來山的山坡上有羊身馬尾的羬羊。松果山上有種形似野雞卻黑身紅爪的奇鳥叫螐渠。太華山上有著可怕的六足四翼毒蛇叫肥遺。符禺山上有野羊蔥聾，樹枝上棲息著名為鴟的紅嘴奇鳥。

西方第一列山系華山山系之首座山，叫做錢來山，山上有許多松樹，山下有很多洗石，這

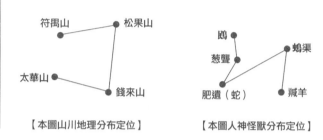

符禺山　　　●松果山

太華山●　　　　●錢來山

【本圖山川地理分布定位】

鴟●
蔥聾●　　　●螐渠

肥遺（蛇）　●　　　●羬羊

【本圖人神怪獸分布定位】

羶羊 胡本的羶羊正回首眺望。郝本之羶羊伸頭引頸，似在探尋什麼。汪本中，羶羊雙角直立，站姿端莊，一副泰然自若的模樣。

→清 郝懿行圖本　　　　　→明 胡文煥圖本　　　　　→清 汪紱圖本

些洗石含鹼性，可以用來洗掉身上的污垢。山中有一種野獸，外形像普通的羊，卻長著馬的尾巴，名字叫羶（ㄑㄧㄢˊ）羊。據說普通的羊長到六尺就變成羶，羶羊的油脂可以治療乾裂的皮膚，傳說古代大月氏國就有這種羶羊。

松果山　太華山

從錢來山往西四十五里，是松果山。濩（ㄏㄨㄛˋ）水從這座山發源，向北流入渭水，水中蘊藏著豐富的銅礦石。山中有一種名叫螐（ㄊㄨㄥˊ）渠的鳥，其外形像一般的野雞，卻有著黑色的身體和紅色的爪子，古人認為牠可以避災殃，是一種奇鳥。

松果山往西六十里，是太華山，也就是現在大名鼎鼎的西嶽華山。華山以險峻而聞名天下，當初古人對華山的險峻就有深刻的認識，說它的山崖陡峭，像刀劈斧削一樣，整個山呈現四方形，高五千仞，寬十里。禽鳥野獸無法棲身，但山中卻有一種蛇，名叫肥遺，牠長著六隻腳和

◇《山海經》考據

太華山—美麗的華山

西次一經中的太華山，經考證就是現在的華山。華山由一塊碩大且完整的花崗岩體構成，如《山海經》所述：「太華之山，削成而四方，其高五千仞，其廣十里。」它的歷史演化可追溯到一億二千萬年前。

《西次一經》中其它山的地理位置考證如下：錢來山在陝西潼關附近，符禺山在陝西羅敷一帶，瀚（ㄩˊ）次山在陝西高塘附近，大時山是陝西太白山，嶓塚山為陝西甯強嶓塚山，皋塗山在甘肅理川，而騩山在川西若爾蓋附近。

象徵長生不老的鳩杖

漢　高 5.7 釐米　重 0.1 公斤

河北省博物館收藏

鳥類在天空中展翅飛翔的情景，讓古人非常羨慕，於是許多鳥類被賦予超凡和吉祥的寓意；比如鶴（ㄊㄨㄥˊ）渠被認為可以躲避災難，鳩鳥則象徵著長生不老。周朝時，人們就有獻鳩敬老的風俗；到漢朝時，取鳩鳥長壽吉祥之意，將玉杖之首雕成鳩鳥之形送給長者，期盼長者能長命百歲，這件鳩杖即是其中之一。

四隻翅膀，是一種毒蛇，和鱄魚、顒（ㄩㄥˊ）一樣，牠也是乾旱的象徵。傳說商湯曾經在陽山下看到牠，結果商朝乾旱了七年。古人常說「商湯賢德，亦不免七年之旱」，就源於此。據說現今華山還有肥遺穴，當地人叫老君臍，明末大旱時，肥遺曾在那裡現身。

小華山　赤鷩　葶藶

再往西八十里，是小華山，山上的樹木大多是牡荊樹和枸杞樹，山中的野獸大多是㸲（ㄗㄨㄛˊ）牛，據說其重可達千斤。山北陰面盛產磬石，山南陽面盛產㻬琈（ㄊㄨˊ ㄈㄨˊ）玉。山中有叫赤鷩（ㄅㄧˋ）的鳥，牠很像山雞，但比山雞小，羽毛非常鮮豔，冠背金黃色，頭綠色，

□ 《山海經》珍貴古版插圖類比

肥遺 畢本的肥遺六足四翼，全身披有鱗甲，頭頸毛髮豎立，盤旋的身姿頗具龍的氣勢。汪本中，肥遺蛇形明顯，口吐長舌，四翼伸展，非常恐怖。

肥遺為物與災
合契鼓翼陽
山以表亢厲
桑林既禱俟
忽潛逝

肥蟥則大見出太華山
蛇形六足四翼見

→清　汪紱圖本

→清　畢沅圖本

胸腹和尾部赤紅色，十分漂亮。也因為漂亮，所以性格非常自戀。據說牠們自戀於自己豔麗的羽毛，而整天在水邊看著自己水中的倒影，結果羽毛的光芒把自己折射得頭暈目眩，最後不小心跌入水中溺死。雖然自戀，赤鷩卻是一種奇鳥，古人相信飼養牠可以避免火災。

　　小華山中還有一種叫做萆（ㄅㄧˋ）荔的草，形狀像烏韭，生長在石縫裡，有些也攀緣樹木而生長，人吃了牠就能治癒心病。

符禺山　蔥聾　鴖鳥

　　從小華山再往西八十里，有座符禺山。其向陽的南坡蘊藏有豐富的銅，背陰的北坡則蘊藏有豐富的鐵。山上還有一種樹木，名叫文莖。牠的

華山圖

王履　明　冊頁　紙本水墨　縱 34.5
釐米　橫 50.5 釐米

北京故宮博物院收藏

華山是中華民族的重要發祥地之一，歷代帝王如秦始皇、漢武帝、唐高祖、唐玄宗、宋真宗、清康熙皇帝，都曾到華山上舉行過封禪和祭典。華山也流傳著許多動人的神話傳說，如「巨靈劈山」、「沉香劈山救母」、「吹簫引鳳」等。《華山圖冊》是王履在華山一帶登山採藥歸來後，歷時半年整理的圖稿，此圖是其中之一，雖畫幅不大，卻蘊含深邃宏偉的氣概。

□ 《山海經》珍貴古版插圖類比

蔥聾 胡本的蔥聾尾巴不太像羊尾。吳本的蔥聾造型採自胡本，但線條與形象簡單而充滿童趣，顯示了民間通俗的樸素風格。汪本中，蔥聾毛色深重，神情桀驁。

蔥聾

蔥聾

蔥聾狀如羊而赤出符禺山

蔥聾

→明 胡文煥圖本　　　　→清 吳任臣近文堂圖本　　　　→清 汪紱圖本

以瑞獸裝飾的銅燈

漢　高 18.5 釐米　長 23 釐米　重 1.75 公斤　河北省博物館收藏

「羊」在古代有吉祥之意，因此，很多想像中的祥瑞之獸或多或少都用羊來代表；羊形的器物也逐漸出現，這個臥羊銅燈即為其中一個。羊脖上裝有活紐，臀部有小提紐，可將羊背向上翻開平放於羊頭上作為燈盤。不需照明時，即可將燈盤內剩餘燈油，透過流嘴傾倒於羊腹中。除了方便在日常生活使用，也有吉祥之意。

果實就像棗，可以用來治療耳聾。山上生長一種條草，其形狀就像山葵菜，但開出的花是紅色的，結的果實則是黃色的，聽說吃了牠就不會被邪氣迷惑。山間有條名叫符禺水的溪流，向北流入渭河。山上有一種名叫蔥聾的野獸，牠的外形像羊，但長著紅色的鬍鬚。棲息在山上的鳥大多是鴖（ㄇ一ㄣˊ）鳥，其外形像一般的翠鳥。據說翠鳥有兩種，一種是山翠，深藍色羽毛，體形如鳩鳥般大小；還有一種是水翠，體態嬌小如燕，紅嘴喙，尾巴短小，羽毛為鮮豔的藍色。鴖鳥形貌像山翠，卻有著水翠的紅嘴喙。和赤鷩（ㄅㄧˋ）一樣，飼養鴖鳥也可以避免火災。

符禺山再往西六十里，是石脆山。山上大多是棕樹和楠木樹，而草大多是條草。和符禺山的條草不同，這裡的條草形狀與韭菜相似，但開白色花朵，結黑色果實，人吃了這種果實就可以治癒疥瘡。山南坡盛產㻬琈玉，而北坡盛產銅。灌水從這座山發源，然後向北流入禺水。這條河裡有硫黃和赭（ㄓㄜˇ）黃，將牠塗抹在牛、馬的

身上，就能使牛、馬更加強健。

英山 鮃魚 肥遺

石脆山往西七十里，就到了英山，山上到處是杻樹和橿（ㄐㄧㄤ）樹，山的北坡盛產鐵，而南坡則盛產黃金。禺水從這座山發源，向北流入招水，水中有許多鮃（ㄅㄤˋ）魚，外形像一般的鱉，發出的聲音如同羊的叫聲。山的南面生長著許多箭竹和籲（ㄇㄟˋ）竹。箭竹是竹子中的一種，這種竹子節長、皮厚、根深，筍可食用，味道十分鮮美。野獸大多是柞牛、羬羊。山中還有一種禽鳥，外形像一般的鶉鶉，但卻是黃身、紅嘴巴，名字叫肥遺，人吃了牠的肉就能治癒瘋癲病（精神疾病），還能殺死體內寄生蟲。太華山的肥遺是毒蛇，一出現就會有旱災，而英山的

棕樹─棕櫚樹

石脆山上生長著茂盛的棕樹，據考證為今日的棕櫚樹。棕櫚樹是亞熱帶常綠木。其皮很特別，呈片狀，可以編織成各種日常用具，人們常用它編製草鞋；還用它的樹葉製作扇子。棕櫚樹現在的分佈已縮到長江以南；山海經時代黃河流域濕熱狀況遠比現在優越，渭河以南秦嶺一帶多生長高大的棕櫚樹。

木槿

古時野山中不僅蟒蛇毒獸出入頻繁，還長著許多植物，它們很多都是珍貴的藥材。木槿即為其中一種，其花、根、莖、果部位，皆有解毒止痛、利水消腫的效果，為珍貴藥材。

肥遺是鳥，能治病殺蟲。

竹山 黃藋 鮫魚

從英山西行五十二里，就到了竹山，山上到處是高大的樹木，山的北坡蘊藏有豐富的鐵。山中有一種名叫黃藋（ㄍㄨㄢˋ）的草，形狀像樗

英山一帶

明 蔣應鎬圖本

英山上生活著形如鵪鶉的益鳥肥遺。竹山上有種樣子像豬的野獸豪彘（ㄓˋ）。翰（ㄩˊ）次山中有擅於投擲的猴形獸䂮（ㄒㄧㄠ）；還有一種人面獨足鳥叫橐𧄸（ㄊㄨㄛ ㄈㄟˊ）。南山上口銜長蛇的巨獸是猛豹。嶓塚山上住著很多兒（ㄋㄧˊ：野獸），露出半個身體的獨角獸便是。

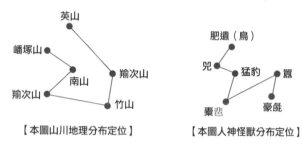

【本圖山川地理分布定位】

【本圖人神怪獸分布定位】

■ 《山海經》珍貴古版插圖類比

豪豬 豪豬和野豬相像，《吳友如畫寶》中的野豬圖，並説此獸「其力甚大，其性極凶」。胡本的豪豬身體像豬，腳像狸，全身是刺，奔跑起來橫衝直撞。

→明 胡文煥圖本　　　　　　　　　→清 《吳友如畫寶》

（ㄕㄨ）樹，但葉子像麻葉，開白色的花朵，結紅色的果實，將它浸在水裡沐浴可治癒疥瘡，還可以治療浮腫病。竹水從山的北坡發源，向北流入渭水。

竹山向陽的南坡生長著茂密的箭竹，還蘊藏著很多青色的玉石。丹水從這裡發源，向東南流入洛水，水中出產水晶石，還有很多人魚。這裡的人魚就是鯢魚，牠外形似鯰魚，卻有四隻腳，叫聲如同小孩啼哭，所以俗稱牠爲娃娃魚。鯢用腳走路，古人覺得很神奇，甚至說牠們會上樹。傳說在大旱的時候，鯢便含水上山，用草葉蓋住自己的身體，將自己隱藏起來，然後張開口，等著小鳥飛到牠口中飲水，就乘機將鳥吸入腹中吃掉。

葬禮中的石豬

西漢 大者長 18.3 釐米 小者分別長 4.9 釐米、4.5 釐米、3.7 釐米

相對於豪豬的野蠻和危險，古人更喜歡溫順的家豬，並且把牠當作財富的象徵。甚至在墓葬中，豬都是必不可少的隨葬；漢代時，還流行隨葬石豬、玉豬。在中國古代，死者手中放置的玉器或其他器物在喪葬禮儀中被稱為「握」，也稱作「握豬」或「握豚」等。握豬在漢魏六朝盛極一時，延續於唐宋及元明，隨後日漸衰微。

性情中「花」——曼陀羅

曼陀羅是一種古老的常綠花木，開花於冬春之際，花姿綽約，花色鮮豔，它也是一種「怪」花。相傳，此花笑著採去釀酒飲，會令人發笑；舞著採去釀酒飲，則令人起舞。它這種「怪異」的性情為其蒙上一層神祕的面紗，也使人們將其看做神性之花。而曼陀羅的花及根部，都是非常珍貴的藥材。

豪彘

竹山山中還有一種野獸，外形像小豬，卻有白色的毛，毛如簪子粗細，其尖端呈黑色，名字叫豪彘（ㄓ　ˋ），也就是現在的豪豬。豪豬經常二、三百頭成群結隊地去偷吃農民的莊稼，給人們帶來很大的困擾。在被驅趕或追捕時，豪彘會使勁力氣，將自己身上又尖又長的刺發射出去，刺傷獵食者，因而救自己一命。不過有意思的是，這刺能保護自己，卻也給豪彘帶來諸多不便。傳說寒冷時，豪彘聚在一起拼命地簇擁著相互取暖。但是由於每頭豪彘的身上都長滿了尖刺，靠得太近，牠們就會痛得不停嚎叫，於是，豪彘又互相閃開，本能地拉開距離。但過不久，牠們又禁不住寒冷擠在一起，然後疼痛又讓牠們再次分開。就這樣分分合合，不停地循環。

竹山再往西一百二十里是浮山，山上長著茂密的盼木，這種樹長著枳樹一樣的葉子卻沒有刺，樹木上的蟲便寄生於此。山中還有一種熏草，葉子像麻葉，卻長著方方的莖幹，開紅色的花朵，結黑色的果實，氣味像蘼蕪，味道很香，把牠插在身上就可以治療瘋癲病。

羭次山　囂　橐𩔖

再往西七十里，是羭（ㄩˊ）次山。漆水發源於此，向北流入渭水。山上有茂密的棫（ㄩˋ）

樹和橿樹，山下有茂密的小竹叢，山北陰面有豐富的赤銅，而山南陽面則遍佈嬰垣
之玉。山中有一種野獸，外形像猿猴且雙臂很長，擅長投擲，名字叫䍺，也有人稱
做獼猴。山中還有一種禽鳥，外形像貓頭鷹，長著人一樣的面孔，卻只有一隻腳，
叫做橐𩿧（ㄊㄨㄛˊ ㄈㄟˊ）。牠的習性比較特殊，別的動物都是冬眠，而牠卻是
夏眠，常常在冬天出現而夏天蟄伏，夏天打雷都無法把牠震醒。正因為如此，古人
認為把牠的羽毛放在衣服裡就能使人不怕雷。類似橐𩿧這種形態奇異的獨足鳥，
受到後世很多學者的關注。李時珍在《本草綱目》中對獨足鳥有專門的記載，認為
獨足鳥性情乖僻，晝伏夜出，喜愛成群在一起大聲鳴叫；牠們只吃小蟲豸（ㄓˋ），
不食稻穀。《河圖》中也說，獨足鳥是一種祥瑞之鳥，傳說陳朝快要滅亡的時候，

■ 《山海經》珍貴古版插圖類比

䍺 汪本的䍺騰空躍起，突出牠的猿形特點。《禽蟲典》本的䍺坐在地上拋擲石子，呈現擅長投擲的特性。
胡本中，䍺為人面獸，身披長毛。

→清 汪紱圖本

→明 胡文煥圖本

→清 《禽蟲典》

□ 《山海經》珍貴古版插圖類比

猛豹　《爾雅音圖》中的猛豹樣子像熊，但長著象鼻。胡本的猛豹既不像豹，也不像熊，倒像一隻會吃銅鐵的長尾巨兔。汪本中，猛豹為一隻渾身黑色硬毛的巨豹。

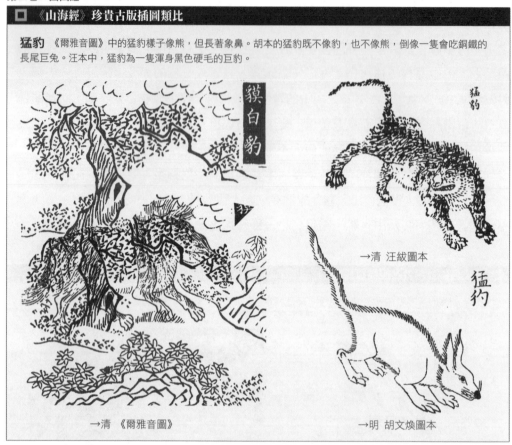

→清　《爾雅音圖》

→清　汪紱圖本

→明　胡文煥圖本

就有一群獨足鳥聚集在宮殿裡，紛紛用嘴畫地寫出救國之策的文字。那些獨足鳥就是橐萆。《拾遺錄》中也記載，有一種名叫青鸛（ㄉㄧˊ）鳥的獨足鳥，長有人面鳥嘴和八個翅膀。民間傳說青鸛鳥鳴叫就意味著太平盛世。遇到太平昌盛年間，青鸛鳥便在一些湖澤邊飛翔，棲息於山川之中。只要青鸛鳥聚集的地方，必定有聖人出現。

時山一帶

　　羭次山再往西一百五十里，就到了時山，山上沒有花草樹木。逐水從這座山發源，向北流入渭水，水中有很多水晶石。

　　時山往西一百七十里是南山，南山上遍佈粟粒大小的丹砂。丹水從這座山發源，向北流入渭水。山中的野獸大多是猛豹，和現在的豹不一樣，古人認為猛豹的身體像熊，但毛皮光澤且有花紋，能吃蛇，還能吃銅鐵，一頓甚至可以吃數十斤。傳說睡在猛豹的皮上可以避免瘟疫，而將牠的形象畫在畫上就可以避邪。南山上猛豹的鄰居，

是一種名叫屍鳩的鳥。據說牠體型和鳩差不多大
小，羽毛爲黃色，鳴叫時會相互呼應，卻不聚集
在一起。牠們自己不會築巢，大多居住在樹穴或
空的喜鵲巢中。牠們哺育幼鳥的習慣很有趣，早
上從上向下餵，晚上則由下往上餵。牠們在二月
穀雨後開始鳴叫，一般要到夏至後才會停止。還
有一種說法認爲屍鳩就是布穀鳥，在農務繁忙時，
飛翔在田地，大聲鳴叫著「布穀、布穀」，提醒
農民可以播種了。

南山再往西一百八十里，是大時山，山上有
很多構樹和櫟樹，山下則有很多杻樹和橿樹，北
面盛產銀，而南面有豐富的白色玉石。大時山還
孕育了涔、清二水，涔水從大時山北坡發源，向
北流入渭水；清水則從南坡發源，向南流入漢水。

幡塚山　兕

再往西三百二十里，是幡（ㄅㄛˋ）塚山，
漢水發源於此，然後向東南流入沔（ㄇㄧㄢˇ）

◇《山海經》考據

屍鳩—布穀鳥

南山中棲息著一種名叫屍鳩
的鳥，有人認爲就是布穀
鳥。布穀鳥學名杜鵑，傳說
中「杜鵑啼血」的杜鵑鳥，
就是俗稱布穀鳥的四聲杜
鵑。布穀鳥產蛋時自己不會
築巢，而是選擇一些比牠小
的鳥類的巢，在十五秒內移
走原來那窩蛋中的一個，並
產下自己的蛋取而代之。幼
鳥會比其他蛋先孵化，出來
後立刻把別的蛋扔出巢外。
牠這樣做是因爲牠很快就會
長得很大，需要吃光養母找
到的全部食物。圖中的小布
穀鳥已經比餵養牠的京燕體
型還大。

■ 《山海經》珍貴古版插圖類比

兕《爾雅音圖》中的兕正沿著山坡往下奔走，頭上長長的獨角向斜後方直立著。胡本的兕昂首闊步中，
頭上的獨角呈半圓形向前彎曲，非常威風。

→明 胡文煥圖本　　　　　　　　　→清 《爾雅音圖》

兕似牛

水；囂水也從這裡發源，向北流入湯水。山上是蔥蘢的桃枝竹和鉤端竹。和禱過山一樣，嶓塚山也有很多的犀牛和兕（ㄙˋ），兕是犀牛一類的獸，形狀也像水牛，毛皮爲青色，且非常堅厚，可以用來製作鎧甲；兕的頭上有獨角，體重達千斤。這種獨角獸，被看作高尚德操的象徵；也常常與虎並稱，用來比喻威猛與危險。除此之外，還有很多熊和羆（ㄆㄧˊ）。羆是熊的一種，俗稱人熊。傳說鯀（ㄍㄨㄣˇ）治水失敗後，被赤帝祝融所殺，死後便化身爲熊，牠在陸地上時叫熊，而在水裡就叫「能」。羆跟熊很像，只是頭比較長。熊和羆都十分兇猛，傳說黃帝戰炎帝時，就曾經讓有熊氏驅趕熊、羆來衝鋒陷陣。

　　嶓塚山水草豐美，棲息著許多鳥類，最多的就是白翰和赤鷩（ㄅㄧˋ）。赤鷩就是小華山上可以避火且十分自戀的鳥；白翰就是白雉，是一種吉祥之鳥，只有統治者德及鳥獸、天下萬物太平的時候，牠才會出現。山中有一種草，葉子長得像蕙草葉，莖幹卻像桔梗，開黑色花朵但不結果實，名叫菁（ㄍㄨ）蓉，人吃了它就會失去生育能力。

天帝山　溪邊

　　嶓塚山再往西三百五十里，是天帝山，其山上生長著茂密的棕樹和楠木樹，山下佈滿了茅草和蕙草。山中有一種野獸，外形像普通的狗，名字叫溪邊。人坐臥時鋪上溪邊獸的皮，就不會中妖邪毒氣。但畢竟溪邊是傳說中的獸，人是捉不到的，所以人們無法

充滿神異色彩的星相

南宋　碑刻　碑高 181.3 釐米　寬 95.8 釐米 蘇州市碑刻博物館收藏

幽幽蒼穹中的璀璨明星，其實也是傳說中的神異動物的來源之一，人們透過豐富的聯想，將每顆星星用線條連起來，勾勒出某種神獸的形象；再附加各種美麗或驚奇的傳說，增加了神奇色彩；後世就此可能形成某種圖騰。一些占星學家也透過星體位置，預測地球上發生的事。這是目前發現最早的石刻科學星圖，共記錄了一千四百三十四顆恆星。

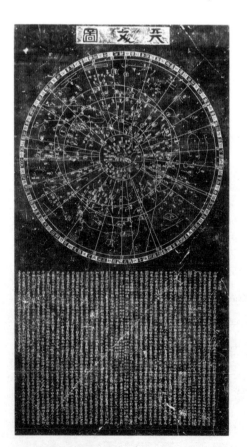

眞正用牠來驅邪。幸好溪邊長得像犬，犬幾乎家家都有，於是人們便殺白犬，用牠的血塗在門上，來達到和溪邊一樣的避邪作用。就因爲長得像，無辜的狗便成了溪邊的替死鬼。

天帝山中還有一種禽鳥，外形像一般的鵪鶉，但長著黑色的花紋和紅色的頸毛，名字叫櫟，吃牠的肉可以治癒痔瘡。山中有一種草，形狀像葵菜，但散發出和蘼蕪一樣的氣味，名叫杜衡。馬

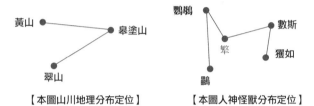

【本圖山川地理分布定位】　【本圖人神怪獸分布定位】

皋塗山附近

明 蔣應鎬圖本

皋塗山上生活著的四角怪獸名玃（ㄐㄩㄝˊ）如；還有叫數斯的人足鳥在山坡上。黃山的山坡上奔跑著大眼黑牛，山頂上空還飛翔著會說話的靈鳥鸚鵡。翠山上站著的二首四足怪鳥名鸓（ㄌㄟˇ）。

獲

獲如

明　胡文煥圖本

胡本的獲如鹿首、鹿身，頭上兩隻鹿角，身上還有梅花斑點，前胸有長毛，尾巴分成三股，前兩腳似人手，後二腳似馬蹄。充分表現了獲如集鹿、馬、人為一體的特徵。

吃了它就會成為千里馬，而人吃了它就可以治癒脖子上的贅瘤。

皋塗山　獲如　數斯

天帝山往西南三百八十里，是皋（《ㄠ）塗山，薔水發源於此，奔出山澗後向西流入諸資水；塗水也從這裡發源，然後向南流入集獲水。山的南坡佈滿了如粟粒大小的丹砂，山的北坡則盛產黃金、白銀。山上長著茂密的桂樹林。山中有一種白色的石頭叫礜（ㄩˋ），它可以用來毒死老鼠。山中又有一種名叫無條的草，形狀像稾茇（《ㄠˇ ㄅㄚˊ），葉子像葵菜的葉子，背面是紅色的，也可以用來毒死老鼠。山中有一種野獸，外形非常奇特，集鹿、馬、人的特點於一身，外形像普通的鹿，卻長著白色的尾巴、馬一樣的腳蹄、人一樣的手，還有四隻角，名字叫獲（ㄐㄩㄝˊ）如。據說牠很擅長爬樹、登山。山中有一

□《山海經》珍貴古版插圖類比

數斯 汪本的數斯頭部和羽翼有幾分像貓頭鷹。胡本中，數斯樣子像烏鴉，一雙人腳正在邁步。

→明　胡文煥圖本　　　　　　→清　汪紱圖本

種鳥，形狀像鷂（一ㄠˋ）鷹，卻長
著人一樣的腳，名叫數斯，人吃了牠
的肉能治癒贅瘤。

黃山　犛　鸚鵡

　　皋塗山再往西一百八十里，就是
黃山，有人認爲是現在的安徽黃山。
當時黃山上沒有花草樹木，到處是鬱
鬱蔥蔥的竹叢。盼水從這裡發源，向
西流入赤水，水中有很多玉石。山中
有一種野獸，外形像普通的牛，但其
皮毛是黝黑色的，眼睛比一般的牛眼
要大，名叫犛（ㄇㄧㄣˊ）。山中還
有一種鳥，外形像一般的貓頭鷹，卻
長著青色的羽毛和紅色的嘴，還有像
人一樣的舌頭，能學人說話，名叫鸚
鵡（ㄨˇ），也就是鸚鵡。古人認爲
鸚鵡學舌就像是小孩跟母親學說話，
因此組成其名字的這兩個字裡面有
「嬰」、「母」兩個偏旁。也有人認

爲鸚鵡能說人話，是因爲這種鳥的舌頭構造像小
孩的舌頭，而且牠眨眼的時候，上下眼瞼如同人
眨眼時一樣，而只有這種鳥有這種特性。

翠山　旄牛　麝

　　黃山再往西二百里，是翠山，山上有茂密的
棕樹和楠木樹，山下到處是竹叢，山的南坡盛產
黃金、美玉，山的北坡則生活著很多旄（ㄇㄠˊ）

鸚鵡戲蝶圖

清　立軸　絹本　設色　縱 98.2
釐米　橫 50.3 釐米

上海博物館收藏

鸚鵡出現的歷史非常悠久，山經
時代就已經有牠的身影。鸚鵡能
模仿人說話，所以古人相信牠們
有人類的靈魂，而將其視爲可通
往冥界的神靈之鳥。後世中，鸚
鵡成了歡樂的象徵，出現在眾多
的文藝作品中。圖中鸚鵡戲蝶的
可愛神情，令人心情愉悅。

牛、羚羊和麝。旄牛又叫氂牛，身上的毛很長，尤其是尾部、背部、後頸和膝上的毛特別長，古人便將牠的毛剪下來繫在旗幟的頂端，用以顯示軍隊的威嚴。羚羊跟羊類似，只是角比較細長。據說晚上將羚羊角掛在木頭上，可以避免災患。麝，也稱香獐，會產生麝香的動物，外形像鹿，但比鹿小，雌雄都沒有角。雄麝的臍與生殖孔之間有麝香腺，發情期特別發達。麝香自古就是名貴的中藥材，也是頂級的香水，十分貴重，正因為如此，麝遭到了人類的大肆捕殺。傳說麝的個性剛烈，當被狩獵者逼至懸崖絕壁，走投無路時，便扯破自己的香囊，然後投崖而死，所以人們常

鸀鳥止火

清《點石齋畫報》

鸀，是一種樣子像鵲的奇鳥，黑色，二首一身四足，被視為避火之鳥。傳說翠山曾燃起大火，火勢無人能控制。正當人們幾近絕望之時，鸀鳥翩然而至，於是火焰漸漸熄滅。

說「投岩麝退香」，用來比喻「寧爲玉碎，不爲瓦全」的精神。

鸓鳥

翠山中的禽鳥大多是鸓（ㄌㄟˇ）鳥，外形像一般的喜鵲，卻長著紅黑色的羽毛、兩個頭和四隻腳，飼養牠可以避免火災。傳說翠山中有一次突然失火，火勢越來越大，無法控制，忽然看見一隻鳥翩然落下，火焰漸漸熄滅。衆人仔細觀看那隻鳥，發現其相貌很像喜鵲，但長著兩個頭和四隻腳，有人說那就是鸓鳥。正因爲牠有避火的神性，鸓鳥的畫象常常出現在古代宮殿之中。翠山再往西二百五十里，就到了騩（ㄍㄨㄟ）山，它坐落於西海之濱，山中寸草不生，卻蘊藏有豐富的玉石。淒水從這座山發源，向西流入大海，水中有許多彩石，色彩斑斕，還有黃金和許多如粟粒大小的丹砂。

用於祭祀的玉璧

戰國　直徑 11.4 釐米　厚 0.5 釐米　陝西省咸陽市旬邑縣博物館收藏

祭祀是古人生活中非常重要的儀式，每逢初一、十五，都會祭天或祭神。在這項莊嚴神聖的典禮中，除了美酒和牲畜外，美玉自然是少不了的。首先將美玉埋入地下，再陳列上玉珪和玉璧。中國的古代文化認爲，玉器集天地之靈性，能夠傳達人們對神的敬意，並有利於得到神的賜福。這種傳統一直流傳到後世，《周禮》就有「以蒼璧禮天」之說。

西方第一列山系諸山神

總計西方第一列山系之首尾，自錢來山起到騩山止，一共十九座山，蜿蜒二千九百五十七里。華山神是諸山神的宗主，祭祀華山山神的禮儀是用豬、牛、羊齊全的三牲作祭品獻祭。羭次山神是神奇威靈的，也要單獨祭祀，祭祀羭次山山神用燭火，齋戒一百天後用一百隻毛色純正的牲畜，伴隨一百塊美玉埋入地下，燙上一百樽美酒，再陳列上一百塊玉珪和玉璧。祭祀其餘十七座山神的儀式相同，都是用一隻完整的羊作爲祭品。所謂的燭，就是用百草製作的火把。而祭神的席是用各種顏色的花紋，參差有序地將邊緣裝飾起來的白茅草席。

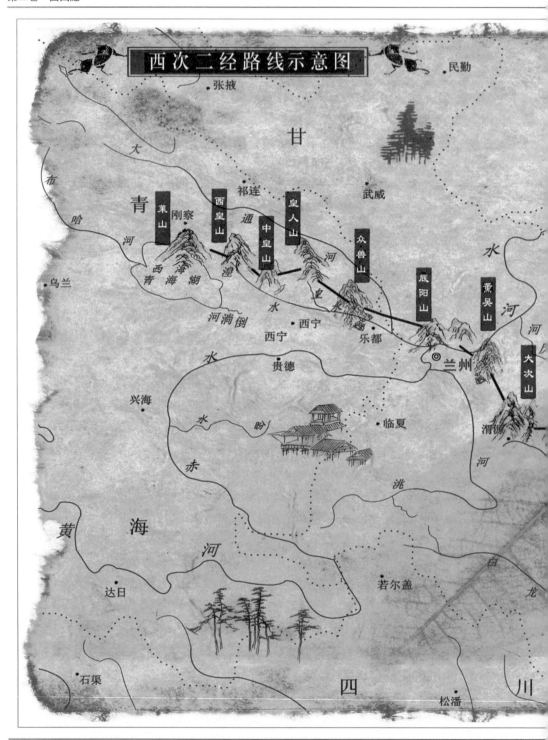

本圖根據張步天教授《〈山海經〉考察路線圖》繪製，圖中記載了《西次二經》中鈐山至萊山共十七座山的考據位置。

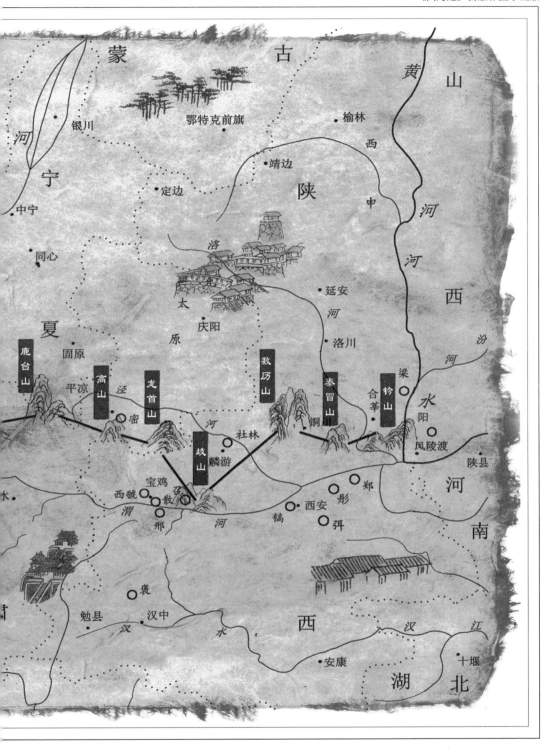

（此路線形成於西周早中期）

西次二經

鈴山周邊

西方第二列山系之首座山，叫作鈴（ㄑㄧㄢˊ）山，山上盛產銅，山下盛產玉，山中樹木茂盛，以杻樹和橿樹最多。

女床山周邊

女床山上有美麗的祥瑞之鳥鸞鳥。鹿臺山上的人面鳥名鳧徯（ㄈㄨˊ ㄒㄧ）。小次山上形如猿猴、白首赤足的凶獸是朱厭。西方第二列山系的山神有兩種樣貌，人面馬身神管轄其中十座山；而另外七座山則由人面牛身神主管。

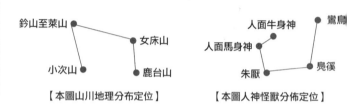

鈴山至萊山　女床山　小次山　鹿臺山
【本圖山川地理分布定位】

人面牛身神　鸞鳥　人面馬身神　朱厭　鳧徯
【本圖人神怪獸分佈定位】

《山海經》古版彩圖珍藏版

鸞鳥

清 蕭雲從《離騷圖》

鸞鳥是與鳳凰同類的祥瑞之鳥，其聲如鈴。屈原《離騷》有「鸞皇為餘先戒兮，雷師告餘以未具」的佳句。圖中左上方的二鳥即為「鸞皇」，鸞為傳說中鳳凰一類的神鳥，皇為凰，鳳凰中雄為鳳，雌為凰。

◇《山海經》考據

鈐山在今韓城附近

經考證，鈐山在今陝西韓城附近。韓城的歷史非常悠久，當地的居民很早就定居在此，他們四方的房屋形態從祖先時代就流傳至今，非常有特色，被譽為是「東方人類古代傳統居住村寨的活化石」。

《西次二經》中其他山的地理位置大致為：泰冒山在陝西合陽一帶，而數曆山在陝西銅川附近；龍首山在甘肅彭陽周邊，鳥危山可能在甘肅會寧附近；皇人山、中皇山和西皇山則在青海境內的湟水岸邊，萊山即為今天青海的托來山。

　　鈐山向西二百里，是泰冒山，其山南坡盛產黃金，山北坡盛產鐵。洛水從這座山發源，向東流入黃河，水中有很多帶紋理的美玉，還有很多白色的水蛇。

　　再往西一百七十里，是數曆山，山上盛產黃金，山下盛產白銀，山中的樹木以杻樹和橿樹為主，而禽鳥大多是鸚鵡。楚水從這座山發源，然後向南流入渭水，水中有很多白色的珍珠。

　　再往西北方向五十里的山叫高山，山上有豐富的白銀，山下到處是青碧、雄黃，山中大多是棕樹，而草大多是小竹叢。涇水從這座山發源，然後向東流入渭水，水中有很多磬石、青碧。

《山海經》珍貴古版插圖類比

鳧徯 胡本的鳧徯身如雄雞，頭頂有髮，微笑的人臉。汪本中，由於《山海經》圖不斷流傳和演變，鳧徯已經沒有人臉的特徵了。

→明　胡文煥圖本

→清　汪紱圖本

鳳圖騰

商後期　長 13.6 釐米　厚 0.7 釐米

在中國，鳳凰是與龍並稱的圖騰，其代表陰柔。《史記》中記載，殷契的母親簡狄在戶外洗澡時，吃了玄鳥（即鳳凰）卵而懷孕生了契，即所謂「天命玄鳥，降而生商」。契成年後協助大禹治水有功，後來成為殷商的始祖。殷商崇信玄鳥，因而商代的青銅器上鑄有很多鳳紋圖案。商王武丁之妻婦好的墓出土了很多玉龍，而玉鳳僅此一件，說明婦好對鳳的極端重視。

女床山　鸞鳥

高山往西南三百里，是女床山，山的南坡多出產紅銅，而北坡多出產可作染料的黑石脂，山中的野獸以老虎、豹、犀牛和兕居多。山裡有一種禽鳥，外形像野雞，卻長著色彩斑斕的羽毛，名叫鸞鳥。鸞鳥是傳說中和鳳凰同類的神鳥，牠也分雌雄，雄的叫鸞，雌的叫和，牠的叫聲有五個音階，十分動聽。傳說西域的罽（ㄐㄧˋ）賓王養了一隻鸞，三年不曾鳴叫。後來用鏡子照牠，鸞看到自己在鏡中的樣子，便悲傷地鳴叫起來，然後衝上雲霄不見蹤跡。後來古人便用「鸞鏡」來表示臨鏡生悲。鸞鳥不輕易現身，要政治清明、天下太平時才會出現。因為鸞鳥的聲音動聽如鈴，周朝時有種大備法車，車上常綴有大鈴，類似鸞鳥的聲音，後世所稱鑾車即是由此而來。

龍首山　鳧徯

　　女床山往西二百里，是龍首山，其南坡盛產黃金，北坡則盛產鐵。苕（ㄊㄧㄠˊ）水從這座山發源，向東南注入涇水，河水中有很多美玉。

　　龍首山再往西二百里，就到了鹿臺山，山上盛產白玉，山下盛產銀，山中的野獸以牦牛、羬羊、白豪居多。白豪與竹山的豪彘類似，也是豪豬的一種，只是牠的毛是白色的，所以稱白豪。山中還有一種禽鳥，外形像普通的雄雞，卻長著人一樣的臉，名叫鳧徯（ㄈㄨˊ　ㄒㄧ），牠的叫聲就像是自呼其名，牠出現在哪裡，那裡就會有戰爭。傳說某年夏天大旱，莊稼無收，農民生活困頓，郴江地區就出現了鳧徯；儘管當時的人整日擔憂、處處小心，但第二年還是發生了戰爭。

◇《山海經》考據

朱厭—白頭葉猴

小次山中的朱厭，後人認為是白頭葉猴。牠和人類的樣貌有著驚人的相似度：頭上的白冠如人老後的蒼髮，臉形幾乎和人類一樣，而較平的口型及潔白整齊的牙齒，是任何動物都沒有的。這種白頭葉猴即使在山經時代也非常少見，且頭頂白髮，所以被古人視為不祥。圖為和白頭葉猴同樣珍貴的狐猴。

□　《山海經》珍貴古版插圖類比

朱厭《禽蟲典》本的朱厭白首白身，正抓耳撓腮，作跳躍狀。汪本中，朱厭白首黑身，四肢細長，姿勢頗為古怪。

→清　汪紱圖本　　　　　　　　　　　→清《禽蟲典》

烏危山一帶

鹿臺山往西南二百里，是烏危山，山的南坡多出產磐石，而山的北坡則有檀樹和構樹，山中生長著很多女床草。烏危水從這座山發源，向西流入赤水，水中也有許多如粟粒大小的丹砂。

再往西四百里是小次山，山上盛產白玉，山下盛產赤銅。山中有一種野獸，外形像普通的猿猴，但頭是白色的、腳是紅色的，名叫朱厭，和鴟鴞一樣，牠也是兵亂的徵兆，牠一出現就會硝煙四起，天下大亂。

大次山周邊

小次山往西三百里，是大次山，其南坡盛產堊（ㄜˋ）土，而北坡則多出產碧玉，山中的野獸以牲牛、羚羊居多。

由大次山再往西四百里，是薰吳山，山上不生長草木，卻盛產金屬礦物和玉石。

薰吳山再往西四百里，是底（ㄉㄧˇ）陽山，山中的樹木大多是水松樹、楠木樹、枕樹和樟樹。傳說枕樹和樟樹在幼小時十分相像，人們無法分辨，等到長了七年之後才能分別。底陽山的野獸大多是犀牛、兕、老虎、牲牛和犳（ㄓㄨㄛˊ），犳是一種長得像豹但沒有豹紋的野獸。

底陽山再往西二百五十里，是衆獸山，山上遍佈瑈（ㄊㄨˊ）珛玉，山下到處是檀香樹和構

賈鹿圖

清　立軸　紙本　設色　縱 198.3 釐米　橫 93 釐米　北京故宮博物院收藏

鹿是長壽的仙獸，傳說千年為蒼鹿，二千年為玄鹿，民間傳說中的老壽星總是與鹿相聯繫。鹿乃純陽之物，生命力極強，動作矯健，有「草上飛」之稱，即使腿骨折斷，不需治療也能自然癒合。「鹿」字又與三吉星「福、祿、壽」中的祿字同音，因此常被用來表示長壽和繁榮昌盛。圖中為一隻體形健壯的賈鹿，在山坡上駐足張望。

樹，還蘊藏著豐富的黃金，野獸以犀牛、兕居多。

再往西五百里，是皇人山，山上蘊藏有豐富的金屬礦物和玉石，山下有豐富的石青、雄黃。皇水從這裡發源，向西流入赤水。

皇人山再往西三百里，是中皇山，山上多出產黃金，山下長滿了蕙草和棠梨樹。

西皇山 麛 羅羅鳥

再往西三百五十里，是西皇山，山的南坡多出產金，山的北坡多出產鐵，山中的野獸以麛、鹿、柞牛居多。麛就是有名的「四不像」，其角似鹿非鹿，頭似馬非馬，身似驢非驢，蹄似牛非牛。鹿在古代分佈很廣，古人十分喜歡鹿，認為牠是瑞獸，是長壽的象徵。鹿一般在夏至左右蛻去鹿茸，古代傳說如果鹿到了夏至仍不蛻去鹿茸，將會天下大亂。

西皇山往西三百五十里，是萊山，山中大多是檀香樹和構樹，而禽鳥大多是羅羅鳥，這種鳥非常兇猛且會咬人。

西方第二列山系群山神

自鈐山起到萊山止，一共十七座山，東西全長四千一百四十里。其中十座山的山神是人臉馬身。七座山的山神是人臉牛身，長著四隻腳和一條胳膊，拄著拐杖行走，這就是所謂的飛獸之神。祭祀這七位山神，要用豬、羊作祭品，將其放在白茅草席上。而祭祀另外十位山神，則用一隻公雞做祭品，祀神時不用米，毛物的顏色要雜而不必純一。

金的應用

漢　高 17.6 釐米　寬 8.1 釐米
長 44.1 釐米　重 3.4 公斤

河北省博物館藏

黃金從原始山林中開採出來後，立刻因其絢麗的色澤和穩固的質地而被人們崇奉，認為是富貴、吉祥、權威的象徵。這件出自王室之家的銅枕，兩端配以龍首，四角為龍爪形。

人面牛身神

清　汪紱圖本
人獸合體的山神，如獸行走樣，展現山神的獸性特徵。

本圖根據張步天教授《〈山海經〉考察路線圖》繪製，圖中記載了《西次三經》中崇吾山到翼望山的考據位置，經中所説二十三座山，實則只有二十二座。

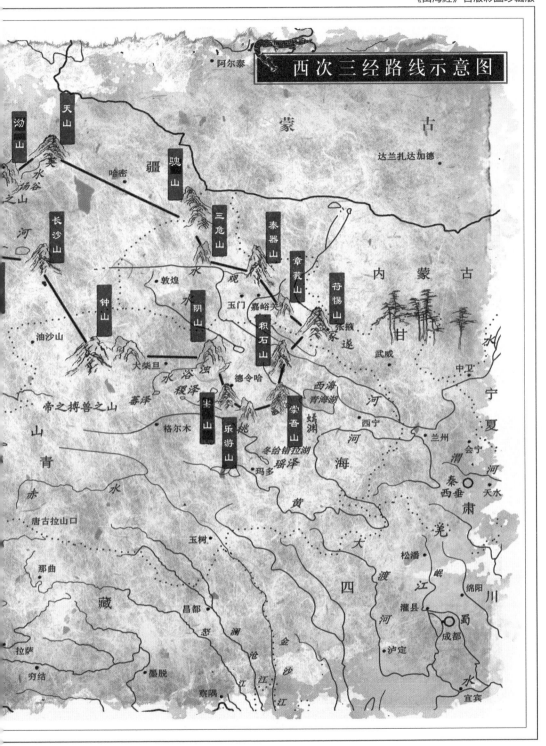

西次三经路线示意图

阿尔泰

蒙　　古

达兰扎达加德

天山

沙山

骢山

哈密

疆

三危山

泰器山

内　蒙　古

长沙山

章莪山

敦煌

符惕山

甘

玉门

嘉峪关

钟山

阴山

武威

油沙山

积石山

中卫

宁

犬柴旦

德令哈

西海 青海湖

夏

帝之搏兽之山

毒泽

格尔木

蜻渊

西宁

会宁

秦

堇山

乐游山

崇吾山

兰州

渭

西垂

山

青

冬给错拉湖

瑶泽

玛多

河

甘

天水

唐古拉山口

玉树

海

黄

肃

羌

那曲

松潘

岷

藏

昌都

四

大

渡

河

江

绵阳

蜀

拉萨

穷结

墨脱

察隅

金沙江

澜沧江

怒江

泸定

灌县

成都

川

宜宾

水

鴨形禮尊

戰國　高28釐米　河北省文物研究所收藏

比翼齊飛、出入成雙的比翼鳥，有著鴨子一樣不起眼的形貌，卻代表了共結連理的美好願望而流傳至今，成為白頭偕老的代名詞。外貌相像的鴨子並沒有這種美麗的寓意，但卻為人們帶來更實在的美味享受，牠的形象還被做成酒器，躋身為禮器一員。

西次三經

崇吾山　舉父　蠻蠻

　　西方第三列山系最東邊的一座山，叫做崇吾山，它雄踞於黃河的南岸，在山頂向北可以遠眺塚遂山，向南可以望見望畚（一ㄠˊ）澤，向西可以看到天帝的搏獸丘，向東可以望見蟜淵。山裡有一種樹木，圓圓的葉子、白色的花萼及紅色的花朵，花瓣上有黑色的紋理，結的果實與枳實相似，人吃了就會兒孫滿堂。山中有一種野獸，外形像猿猴，而胳膊上卻有斑紋，並長著像豹一樣的尾巴，牠會舉起石頭擲人，所以名為舉父。

□ 《山海經》珍貴古版插圖類比

舉父 《爾雅音圖》中，舉父坐在樹下，左顧右盼。汪本的舉父樣子像猴，雙臂奇長。《禽蟲典》本之舉父正欲投擲石塊，突顯了舉父擅投的特點。

→清 汪紱圖本　　　　→清 《爾雅音圖》　　　　→清 《禽蟲典》

另外，山中還有一種鳥，外形像一般的野鴨子，卻只有一個翅膀和一隻眼睛，因此無法獨自飛翔，需要兩隻鳥成雙比翼而飛，牠的名字叫蠻蠻。牠一旦出現，就會發生水災。蠻蠻也就是比翼鳥，羽毛為青紅色，若不成雙就無法飛翔，因此古人把牠當作夫妻同心的象徵，而有「在天願做比翼鳥」的說法。周成王六年時，燃丘國獻來一對雌雄比翼鳥，牠們築巢時從南海銜來丹泥，從昆侖山銜來元木。遇到聖賢的人治理國家時，牠們就會飛出來聚集在一起，這也是周公治國有方、天下大治的祥瑞之兆。傳說崇丘山有種鳥，只有一隻腳、一個翅膀和一隻眼睛，必須兩隻鳥在一起才能飛翔。這是種吉鳥，人們如果見到牠，就會有好運；而如果能騎上牠，則可長壽千歲。南方還有種比翼鳳，無論飛翔、靜止或飲食，都不分離；即使死去也要在一起。除了比翼鳥之外，古人還有比目、比翼、比肩的說法。《爾雅‧釋地‧五方》中記載，東方有叫鰈的比目魚，雙魚交繞，一起游動；西方有比肩獸，與一種叫邛邛岠虛（ㄑㄩㄥˊ ㄑㄩㄥˊ ㄐㄩˋ ㄒㄩ）的獸相伴，經常餵食邛邛岠虛吃甜草根，一旦遇到災難，牠就會背著邛邛岠虛行走；北方還有比肩民，他們共同進食、生活。古人視成雙成對為吉祥，因此不比不飛、不比不行的觀念，成為中國吉祥文化的重要理念。

長沙山一帶

崇吾山往西北三百里，是長沙山。傳說當年周穆王西遊瑤池，拜會西王母，歸國時，西王母

戲水鴛鴦

明末清初　縱 115 釐米　橫 47.3 釐米

鴛鴦跟比翼鳥一樣是永結同心、相親相愛的美好象徵，有人認為「鴛鴦」二字是「陰陽」二字諧音轉化而來，取牠們「止則相偶，飛則相雙」的習性。人們甚至認為鴛鴦一旦一方不幸死亡，另一方也不再尋覓新的配偶，只願孤獨終老。其實這只是人們透過聯想產生的想像，人們將自己的理想賦予在鴛鴦上。

□ 《山海經》**珍貴古版插圖類比**

互比 中國吉祥文化中，除了比翼鳥外，還有雙眼位於身體同一側的比目魚、互為首尾的雙頭蛇、並肩行走的比肩獸及二體相合的比肩民。

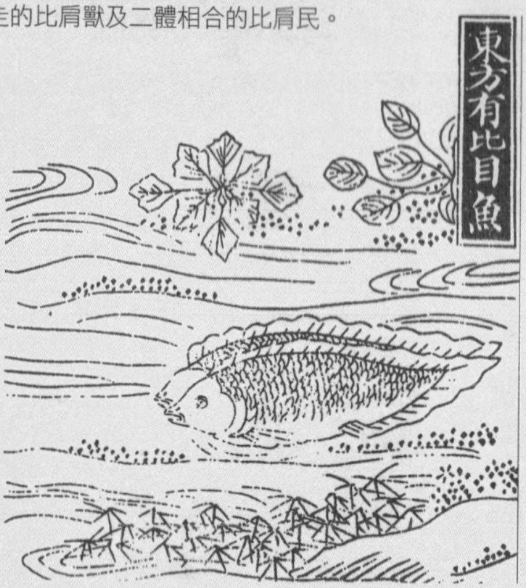

比目魚　清　《爾雅音圖》

比翼鳥　清　《爾雅音圖》

雙頭蛇　清　《爾雅音圖》

比肩獸　清　《爾雅音圖》

比肩民　清　《爾雅音圖》

曾送穆王到長沙山。泚（ㄘ ˇ）水從這裡發源，
流出山澗後便向北奔入泑（一ㄡ）水，山上寸草
不生，但盛產石青和雄黃。

長沙山再往西北三百七十里，是不周山。
不周山很高，是天柱之一。其山形有缺，有不
周全的地方，因而名叫不周山。它不周全，是
共工怒觸所致。水神共工與顓頊（ㄓㄨㄢ ㄒㄩ
ˋ）爭奪帝位失敗，將天柱撞斷，使得繫著大

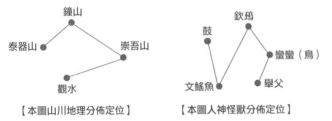

【本圖山川地理分佈定位】　　【本圖人神怪獸分佈定位】

崇吾山一帶

明　蔣應鎬圖本

崇吾山上站立著叫舉父的大猴；
天空中還飛翔著雙頭鳥蠻蠻。鐘
山上站立著人面龍身的山神鼓；
高高的天空中，災鳥欽䲹在虎視
眈眈地飛翔。泰器山是觀水的發
源地，水中游著魚身鳥翼的文鰩
魚。

◇《山海經》考據

《西次三經》中諸山的位置

《西次三經》脫離了西山經的地理方位順序，越過二經到四經之間正常排序的地理方位，直接放在四經以北、以西的地域，明顯與西次一、二、四經相分離。三經所記載地域的各山位置分別為：崇吾山應在陝西佳縣一帶，不周山則應在內蒙古準噶爾旗到山西平朔間，泑澤可能在內蒙古黃河前套（土默川盆地），鐘山、槐江山大致在內蒙古烏拉特前旗地區，昆侖丘應該在陝西鄂爾多斯高原西南方，蠃母山大概是寧夏賀蘭山，玉山應在甘肅冷龍嶺或烏鞘嶺，三危山疑是甘肅敦煌三危山，翼望山應在今日的新疆羅布泊地區。

地的繩子也斷了，於是天往西北方向傾斜，而大地則往東南方向塌陷。因為天向西北方傾斜，所以日月星辰都是東起西落；因為大地向東南方塌陷，所以大江大河紛紛改道，流向東海。站在不周山山頂，向北可以望見諸毗（ㄆㄧˊ）山，向東可以望見泑（ㄧㄡ）澤；泑澤是河水潛入地下而形成的，從地下流出的水猶如噴泉湧出一樣。這裡還有一種特別珍貴的果樹，結出的果實與桃子很相似，葉子卻像棗樹葉，開黃色的花朵，而花萼卻是紅色的，人吃了這種果實就可以治癒憂鬱症。

崟山　丹木　玉膏

不周山西北四百二十里，是崟（ㄇㄧˋ）山，山上生長著茂密的丹木，其紅色的莖幹上長著圓形的葉子，開黃色的花朵、結紅色的果實，果實的味道很甜，人吃了就不會覺得饑餓。丹水從這

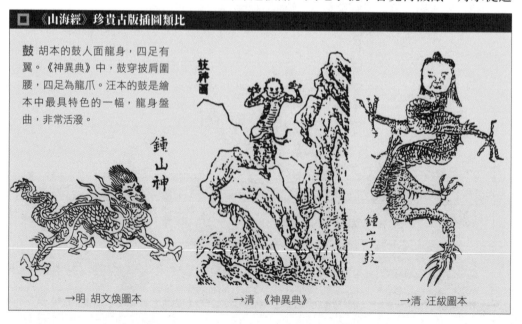

■《山海經》珍貴古版插圖類比

鼓　胡本的鼓人面龍身，四足有翼。《神異典》中，鼓穿披肩圍腰，四足為龍爪。汪本的鼓是繪本中最具特色的一幅，龍身盤曲，非常活潑。

→明 胡文煥圖本　　　→清《神異典》　　　→清 汪紱圖本

座山發源，向西流入稷（ㄐㄧˋ）澤，水中有很多白色的玉石。這裡有玉膏，黃帝常常服用這種玉膏。這裡還出產一種黑色玉膏（玉的脂膏，古代傳說中的仙藥），用這裡湧出的玉膏，去澆灌丹木，丹木再經過五年的生長，便會開出美麗的五色花朵，結下味道香甜的五色果實。黃帝於是就採摘峚山中的玉石精華，而投種在鐘山南坡。後來便生出瑾和瑜這類美玉，堅硬而精緻，潤厚而有光澤。無論是天神還是地鬼，都來享用；君子佩帶它，就能吉祥如意，避免災禍。從峚山到鐘山，間隔四百六十里，其間全部是水澤。在這裡生長著許多奇鳥、異獸、神魚，都是非常罕見的動物。

鐘山　鼓

　　峚山再往西北四百二十里，是鐘山。鐘山山神叫鼓，祂是鐘山山神燭陰的兒子，其形貌是人面龍身。鼓在西方第三列山系的諸山神中佔有較高地位，祂不但是鐘山山神，而且還兼有其他神職；雖然沒有固定的祭祀儀式，但仍然受到世人祭拜。傳說古時天上諸侯常有紛爭，有一次，鼓聯合一個叫欽䲹（ㄆㄟˊ）的天神，在昆侖山南面將名叫葆江的天神殺死了，天帝因此在鐘山東面一個叫崚崖的地方，將肇事者鼓與欽䲹殺死。二神死後靈魂不散，欽䲹化為一隻大鶚，外形像普通的雕鷹，但卻長有黑色的斑紋和白色的頭，還有紅色的嘴巴和老虎一樣的爪子，發出的叫聲如同晨鵠（ㄏㄨˊ）鳴叫。欽䲹

蒼鷹圖

明　立軸　紙本　設色　縱 127 釐米　橫 57.5 釐米　上海博物館藏

鐘山山神鼓死後所化的鳥，樣子像鷂鷹，卻是種災鳥，和鷹形象慣有的寓意稍有出入。鷹這種蒼勁有力的猛禽，歷來是自由、力量、勇猛和勝利的象徵。牠銳利的雙眼、極速的俯衝、捕獵時的果決，都讓古人為之震驚。這幅蒼鷹佇立在梅樹上的圖，是畫者用手指所作，相當精彩。

《山海經》珍貴古版插圖類比

文鰩魚 胡本的文鰩魚鳥翅魚身，身上有黑斑，嘴邊沒有鬚，正展翼飛翔。汪本中，文鰩魚身上有深色斑紋，展翅飛翔時魚鬚隨風飄動。

→明 胡文煥圖本

→清 汪紱圖本

是一種災鳥，牠一出現就會有戰爭。鼓死後也化為鳥，外形像鷂鷹，但長著紅色的腳和直直的嘴，身上是黃色的斑紋，頭卻是白色的，牠在哪裡出現，那裡就會有旱災。

泰器山　文鰩魚

　　鐘山再往西一百八十里，是泰器山，觀水從這裡發源，向西流入流沙。這觀水中有很多文鰩魚，外形像普通的鯉魚，有著魚的身體和鳥的翅膀，渾身佈滿蒼色（灰色）的斑紋，卻有白色的頭和紅色的嘴巴，常常在西海行走、在東海暢游、在夜間飛行。有人見過文鰩魚在南海游動，大的有一尺多，身上長著與尾巴相齊的翅膀，也有人把牠叫做飛魚，牠們群飛過海面時，海邊的人以為起了大風。傳說歙（ㄒ一ˋ）州赤嶺下有條很大的溪流，當地人在那裡造一條橫溪，文鰩魚半夜從此嶺飛過。人們於是張網進行捕捉，文鰩魚飛過時，有一部分穿過了網，很多沒穿過網的就

人物畫陶尊

漢　高約 18 釐米　口徑 21 釐米　河南省洛陽市文物工作隊收藏

人類在不斷摸索的發展過程中，思想逐漸從那些偉大神秘的圖騰轉移到了「人」，意識到自身的重要性。於是很多圖騰式的神獸都被賦予人的面孔，連生活中器物上的圖案也逐漸添加了人的形象。這件陶尊最吸引人之處，就在於它的彩繪人物畫，線條流暢、人物傳神。

變成了石頭。直到今日，每每下雨，那些石頭就
會變成紅色，赤嶺因此得名。文鰩魚發出的聲音
如同鸞雞啼叫，肉味酸中帶甜，人吃了可治好癲
狂病（精神病），牠一出現天下就會五穀豐登。

槐江山　英招

　　再往西三百二十里，是槐江山。丘時水從這
座山發源，向北流入泑水。水中有很多螺獅，傳

【本圖山川地理分布定位】

【本圖人神怪獸分佈定位】

槐江山附近

明　蔣應鎬圖本

槐江山旁的水邊站立著山神英
招；山中還生活著雙頭怪獸，
被稱為天神。昆侖山中生活著
人面虎身的九尾獸名陸吾；山
坡上走動的四角如羊的怪獸是
土螻；天空中還飛翔著名叫欽
原的毒鳥。

□《山海經》珍貴古版插圖類比

英招　《神異典》本的英招穿披肩圍腰，前蹄抱拳於胸前，後蹄似人穩穩站立於水面之上。汪本中，英招人面馬身，四蹄著地，一副粗獷桀驁之相。

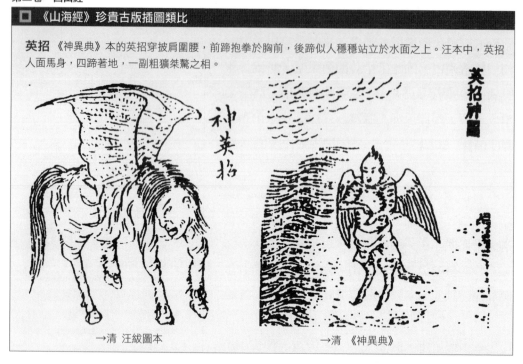

→清　汪紱圖本　　　　　　　　　　　　　　　→清　《神異典》

說神農氏教百姓播種五穀之前，原始先民多以螺為食物。槐江山上蘊藏著豐富的石青、雄黃，還有很多的琅玕（ㄌㄤˊ ㄍㄢ，似玉的美石）、黃金、玉石，山的南坡佈滿了粟粒大小的丹砂，而山的北坡多出產黃金、白銀。槐江山可以說是天帝懸在半空的園圃，它由天神英招主管，而天神英招有著馬的身體和人的面孔，身上的斑紋和老虎類似，還有一對翅膀。祂巡行四海而傳佈天帝的旨命，發出的聲音如同轆轤（ㄌㄨˋ ㄌㄨˊ，汲水器具）抽水時的聲響。

在槐江山山頂向南可以望見昆侖山，那裡光焰熊熊，氣勢恢弘。向西可以望見大澤，那裡是后稷死後埋葬之地。后稷是周的始祖，是姜嫄踏上巨人腳印受孕而生。傳說他剛出生時，就非常聰穎，他在堯舜時期擔任掌管農業的官職，教百姓種植農作物。他死後便遁入湖中，化身為大澤之神。大澤裡面蘊藏有豐富的美玉，其南岸則生長許多奇形怪狀的樹木。站在槐江山頂，向北可以望見諸毗山，是一個叫做槐鬼離侖的神仙所居住的地方，也是鷹鸇（ㄓㄢ）等飛禽的棲息地。山頂向東還可以望見恒山，窮鬼們居住在那裡。那裡還有一條叫淫水的河流，它清澈澄淨，清冷徹骨。有個天神住在恒山中，祂的外形像普通的牛，卻長著八隻腳、兩個頭，還有馬的尾巴，祂叫起來的聲音如同人在吹奏樂器的竹片時發出的聲音。祂是兵禍的象徵，在哪個地方出現，

那裡就會有戰爭。

昆侖山 陸吾 土螻 欽原

槐江山往西南方向四百里，是昆侖丘，它是天帝在人界的都邑，由天神陸吾主管。這位天神有著老虎的身體、九條尾巴、人的面孔及老虎的爪子。祂兼管天上九域之部界，以及天帝苑圃（中國古典園林）之時節，因此又稱天帝之神。《山海經》中，昆侖山共有三位山神，分別是《西次三經》中的陸吾，《海內西經》中的開明獸和《大荒西經》中的人面虎身神。這三位山神雖名字不同，實則同一。祂們神職相同，都是昆侖山神，且祂們的形象都爲人面虎。這三位英名顯赫的山神，其形象大量出現在後世的器具上或畫像中。山中還有一種野獸，外形像普通的羊，卻長著四隻角，名叫土螻（ㄌㄡˊ），會吃人。山中還棲息著一種鳥，外形像一般的蜜蜂，大小卻和鴛鴦差不多，名叫欽原。這種欽原鳥有劇毒，如果牠螫了其他鳥獸，這些鳥獸就會死掉，牠刺螫樹木，也會使樹木枯死。除欽原外，山中還有另一種禽鳥，名叫鶉（ㄔㄨㄣˊ）鳥，牠主管天帝日常生活中的各種器具和服飾。山中生長著一種樹木，像普通的棠梨樹，卻開黃

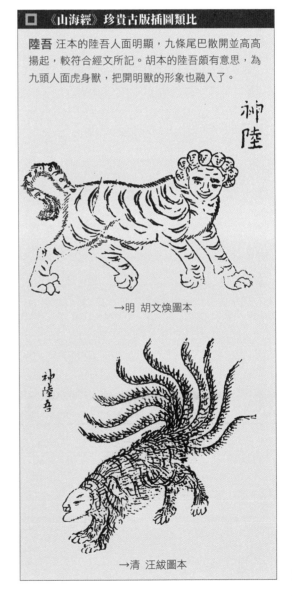

□ 《山海經》珍貴古版插圖類比

陸吾 汪本的陸吾人面明顯，九條尾巴散開並高高揚起，較符合經文所記。胡本的陸吾頗有意思，為九頭人面虎身獸，把開明獸的形象也融入了。

→明 胡文煥圖本

→清 汪紱圖本

色的花朵，結出紅色的果實，味道像李子卻沒有核，名字叫沙棠，可以用來避水，人吃了它就能入水不沉。山中還有一種蓍（ㄆㄣˊ）草，形狀很像葵菜（冬莧菜），味道與蔥相似，吃了能使人解除煩惱憂愁。黃河水從這座山發源，向南而東流注入無達水。赤水也發源於這座山，向東南流入氾天水。洋水也發源於這座山，向西南流

樂游山周邊

明　蔣應鎬圖本

樂游山是桃水的發源地，水中有四足蛇形魚鰇（ㄏㄨㄚˊ）魚。嬴（ㄌㄨㄛˊ）母山上站著長著豹尾的山神長乘；天空中還飛著一隻名叫勝遇的長尾鳥。玉山上，山神西王母在一團祥雲環繞之中；還有一隻樣子像狗的吉獸是狡。

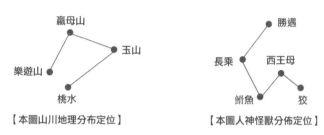

【本圖山川地理分布定位】　【本圖人神怪獸分佈定位】

入醜塗水。黑水也發源於這座山，向西流到大杅（ㄩˊ）山，這座山中有許多奇怪的鳥獸。

樂游山 鰩魚 長乘

昆侖山再往西三百七十里，是樂游山。桃水從這座山發源，向西流入稷澤，這裡到處有白色玉石，水中還有很多鰩（ㄏㄨㄚˊ）魚，外形像普通的蛇，卻長著四隻腳，會吃其他魚類。傳說鰩魚在晚上會發光，其叫聲和鴛鴦類似，牠在哪裡出現，那裡就會有旱災。

往西走四百里水路，就到了流沙，從這裡再西行二百里便到羸母山。天神長乘主管這裡，祂是上天的九德之氣所化，其外形像人，背後卻長著一條似狗的尾巴。相傳大禹治水到洮（ㄊㄠˊ）水時，有一個長人代表天帝，把黑玉書交給了他，這個人就是長乘。羸母山上有很多美玉，山下則青石遍佈，而沒有水。

玉山 西王母

羸母山再往西三百五十里，就到了玉山，這是西王母居住的地方。西王母的形貌與人很像，但卻長著像豹一樣的尾巴和老虎一樣的牙齒，而且喜歡吼叫。祂蓬鬆的頭髮上戴著玉勝，相貌十分怪異，祂就是掌管災癘和刑殺的天神。傳說東方天帝帝俊有十個太陽兒子，祂們非常頑劣，常常一起出現在天空，烤得大地禾苗不生，百姓叫苦連連。神人后羿帶著妻子嫦娥來到凡間，看到民不聊生的情況，便拉開神弓射下了九個太陽，使人間又恢復了生機。可是因射死了帝俊的九個

《山海經》古版彩圖珍藏版

華貴的王母

清 任薰 立軸 紙本 設色 縱 243.5 釐米 橫 122.2 釐米 天津藝術博物館收藏

西王母又稱王母娘娘，是中國神話中的重要人物。西王母之名最初見於《山海經》，為半人半獸形象，由混沌道氣中升華至妙之氣集結成形。有人認為她可能是母系氏族時期，原始部落的女首領，是部族的最高權威，是天地鬼神的代言人，負責主持祭祀。後世中，西王母的形象逐漸演變為美貌華貴的女神，且擁有至高權力。圖中雲霧繚繞的瑤池裡，眾仙女彈唱演奏著美妙的樂曲。仙樂飄飄中，五彩斑斕的彩鳳載著她從雲端徐徐降落。

□ 《山海經》珍貴古版插圖類比

西王母 汪本的西王母為一老婦，長裙下露出一對獸爪，突出了原始山神的形態特徵。《神異典》本的西王母以君主的身分出現，身邊的三青鳥也演變為三侍女了。

→清 汪紱圖本　　　　→清 《神異典》

象徵權力的杜嶺方鼎

商　高100釐米　河南省博物院收藏

大禹治水之後曾鑄九鼎以示權威，從此鼎便成為王侯身分與權力的象徵。杜嶺方鼎是商代中期體形最大的禮器，斗形方腹、立耳，四個圓柱足形，腹部裝飾有饕餮（ㄊㄠ ㄊㄧㄝ丶，傳說中凶惡貪食的野獸）紋和乳釘紋。

兒子，后羿和妻子嫦娥被貶下了凡間，不允許再踏上天庭一步。嫦娥懼怕人間的生老病死，就叫后羿到西王母那裡求取不死靈藥，以求長生不死。后羿到了玉山後，西王母非常慷慨地給了后羿兩份由不死樹的果實煉成的不死藥；結果兩份靈藥都被嫦娥偷吃，嫦娥也因此飛上了月宮。到周穆王西遊時，到了玉山，曾受到西王母的盛情款待。穆王心存感激，向西王母施以大禮。當晚，西王母在瑤池為天子作歌，祝福他長壽，並希望他下次再來。穆王也即席對歌，承諾頂多三、五載，將再來看望故人。玉山中還棲息著一種野獸，其外形像普通的狗，身上長著如豹般的斑紋，頭上還長著一對牛角，名字叫狡（ㄐㄧㄠˇ），牠吼叫起來如同狗叫。狡是一種瑞獸，牠在哪個國家出現，那個國家就會五穀豐登。另外，山中還有一種鳥，外形像野雞，全身長著紅色的羽毛，名叫勝遇，是一種會吃魚的水鳥，牠的叫聲如同鹿鳴，是水災的象徵。哪個國家出現勝遇，那個國家便會發生水災。

軒轅丘周邊

玉山再往西四百八十里，是軒轅丘，山上沒有花草樹木。洵水從軒轅丘發源，向南流入黑水，

水中有很多粟粒大小的丹砂，還有很多石青、雄黃。相傳軒轅丘是軒轅黃帝居住的地方，黃帝曾在此娶西陵氏女，因此這座山叫做軒轅丘。

軒轅丘再往西三百里，是積石山，山下有一個石門，黃河水漫過石門向西流去。此山物產豐富，無所不有。傳說大禹治理黃河時，曾經鑿開黃河水通過，並率領眾人疏導黃河，一直到龍門。大禹治水的千秋功業，就是從積石山開始的。

積石山再往西二百里，是長留山，天神白帝少昊居住在這裡。少昊是西方的天帝，金天氏，名摯，傳說祂曾在東海之外的大壑，即五神山之一的歸墟，建立了少昊之國，少昊之國是一個鳥的王國，其百官由百鳥擔任，而少昊摯（鷙，ㄓˋ）便是百鳥之王。後來，祂來到西方做了西方天帝，和祂的兒子金神蓐收共同管理著西方一萬二千里的地方。長留山的物產都帶有花紋，山中的野獸都是花尾巴，而禽鳥都是花腦袋，連玉石也有五彩的花紋。山上有惟員神魂（ㄎㄨㄟˇ）氏的宮殿，這個神主要掌管太陽落下西山後向東方的反照之景。

鶴—有仙性的神鳥

東漢　高 67 釐米

中國人的思維中，鶴總是跟「仙」字聯結在一起，稱為仙鶴。這種聯結並非憑空而起，而是源於很久以前，人類虛幻的具有某種象徵意義的神獸，如「畢方」之類的神鳥即有著鶴的模樣。後來，鶴又成了長壽的象徵，古人有仙人駕鶴西去的傳說。這件陶鶴似乎在向天鳴唳，又彷彿欲振翅高飛，形象簡練卻栩栩如生。

章莪山　猙　畢方

長留山再往西二百八十里，是章莪（ㄜˊ）山，山上寸草不生，卻遍佈著瑤、碧一類的美玉。山中有一種野獸，外型像赤豹，但卻長著五條尾巴和一隻角，吼叫的聲

□ 《山海經》珍貴古版插圖類比

猙 胡本的猙身披豹紋，獨角偏右，五條尾巴向下捲曲，滿臉威猛地朝我們走來。汪本的猙渾身黑色，五條尾巴高高揚起，正昂頭向天呼喚。

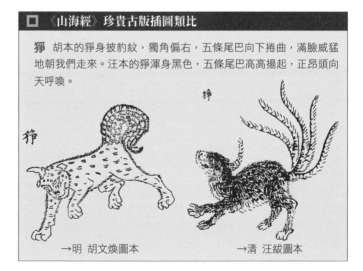

→明 胡文煥圖本　　　　→清 汪紱圖本

音如同敲擊石頭的聲響，牠的名字叫猙。山中還有一種禽鳥，外型像仙鶴，但只有一隻腳，身上的羽毛是青色的，上面有紅色的斑紋及白色的嘴，名字叫畢方，牠整天叫著自己的名字。畢方是一種神鳥，傳說是木頭所生，故被稱爲木之精。相傳當年黃帝在西泰山上召集鬼神時，畢方就是隨行神鳥的護衛角色。六條蛟龍爲黃帝駕象車，畢方隨車而

章莪山邊的群山

明　蔣應鎬圖本

章莪山上生活著獨角五尾怪獸猙；山頂上還站立著獨足長嘴的奇鳥畢方。陰山中形似狸貓的怪獸為天狗。三危山上的四角怪獸名徵徊（一せ）；站在高山岩上的鳥是鴟（彳）。天山上的四翼怪物是帝江。

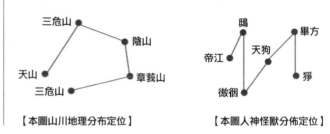

【本圖山川地理分布定位】　　【本圖人神怪獸分佈定位】

行，蚩尤在前面開道，風伯掃塵，雨師掃道，虎狼在前，鬼神在後，騰蛇在地上匍匐，鳳凰在天空飛舞，整個隊伍氣勢壯觀，威風異常。傳說漢武帝時期，其他國家曾經獻獨足鶴作爲貢品，滿朝官員都沒看過，只有東方朔知道牠是《山海經》裡所記載的畢方，於是，滿朝皆習《山海經》。畢方還是一種兆火之鳥，牠在哪個地方出現，那裡就會發生怪火。傳說畢方常常銜著火種在人家屋子上興怪火。據說陳後主時，很多獨足鳥彙聚在大殿上，紛紛用嘴劃地，並寫出文字，大意爲：獨足鳥上高臺，一切都要化爲灰燼。古人把畢方看作火之兆，某地發生大火之後，當地文人往往以爲是畢方所爲，於是便撰《逐畢方文》之類的文章以禳（ㄖㄤ ˊ，祈求解除災禍的祭祀）災。因爲畢方形貌似鶴，而鶴被古人認爲是一種壽禽，所以也有畢方主壽的說法，認爲人如果見到畢方鳥，就能得到長壽。

陰山附近

從章莪山再往西三百里，是陰山。濁浴水從這裡發源，向南流入番澤，水中有很多五彩斑斕的貝類。山中棲息著一種野獸，外形像狸貓，白色的頭，名字叫天狗，常發出喵喵的叫聲，人飼養牠便可以抵禦凶害之事。傳說白鹿原上原本有一個叫狗枷堡的村子，在秦襄公的時候，曾有天狗降臨，只要有賊，天狗便狂吠而保護了整個村子。天狗有食蛇的本領，牠也被當作是可以抵禦凶災的奇獸。

陰山再往西二百里，是符惕（ㄉㄤ ˋ）山，山上森林茂密，樹木以棕樹和楠木樹爲主，山下蘊藏豐富的金屬礦物和玉石，一個叫江疑的神居住於此。

畢方 《禽蟲典》本的畢方為人面大鳥，立於山頭之上，俯視眾生。受畢方主壽說法的影響，胡本的畢方為獨足鶴形。

畢方

→明 胡文煥圖本

畢方圖

→清 《禽蟲典》

出獵

狗做為人類的摯友，幾千年來，一直承擔著看守家園的重任。牠極度的忠誠及對外人防備，使其逐漸扮演了保護神的角色，狗枷堡的村民就有天狗守護。不過，狗也不乏其他方面的用途，例如打獵時，牠就如同弓箭、駿馬一樣，不可或缺。在忽必烈龐大的出獵隊伍中，獵犬早已衝出了視線。

在這座山上，常常落下怪異之雨，風和雲也從這裡興起。

三危山　三青鳥　傲洇

符惕山往西二百二十里，是三危山，也就是現在敦煌的三危山。上古帝堯時期，三苗作亂，堯發兵征討，戰敗三苗於丹水，三苗首領驩（ㄏㄨㄢ）兜暫時「臣服」。哪知他安靜一段時間後又多次作亂，堯便將三苗的一部分民眾流放到西北的三危山。三青鳥就棲息在這三危山中，青鳥就是專門為西王母取食的神鳥。這座三危山占地廣闊，方圓百里。山上有一種野獸，外形像普通的牛，身體卻是白色的，頭上有四隻角，牠身上的硬毛又長又密，好像披著蓑衣，名字叫傲洇，是兇猛的食人獸。山中還棲息著一種奇怪的鳥，牠只有一個頭，

□ 《山海經》珍貴古版插圖類比

鴟　鴟俗稱貓頭鷹，《吳友如畫寶》中有貓頭鷹圖。胡本的鴟形態似雕，未見一首三身的特徵。汪本中，鴟一首三身，是諸繪本中與經文最貼切。

　　→清 汪紱圖本　　　　　　→明 胡文煥圖本　　　　　　→清 《吳友如畫寶》

卻有三個身體，外形與鶆（ㄌㄨㄛˋ）鳥很相似，名字叫鴟（ㄔ），據說就是貓頭鷹。鴟是一種神鳥，牠常作為威猛與勝利的象徵，大量出現在商周的禮器中。鴟的形象還帶有某種神聖的性質，常常見於與喪葬有關的繪畫中。而在後世中，這種猛禽由於其外形與聲音醜惡，卻一直被視為不祥之鳥。

騩山 天山 耆童 渾沌

三危山再往西一百九十里，就到了騩（ㄍㄨㄟ）山，山上遍佈美玉，卻沒有石頭。天神耆童居住在這裡，他發出的聲音像是在敲鐘擊磬，他是顓頊（ㄓㄨㄢ ㄒㄩˋ）之子，相傳是音樂的創始人。騩山山下到處是一堆一堆的蛇。

從騩山再往西三百五十里，是天山，山上蘊藏有豐富的金屬礦物和玉石，還盛產石青和雄黃。英水從這座山發源，然後向西南流入湯谷。山裡住著一個神，外形像黃色口袋，皮膚紅得像丹火，長著六隻腳和四隻翅膀，沒有臉和眼睛，但祂卻精通唱歌跳舞，還是原始先民的歌舞之神，祂就是帝江。帝江就是渾沌，是中央之帝。傳說東海之帝倏和南海之帝忽常常會相會於渾沌之地，渾沌待之極好。倏與忽便商量要報答渾沌的深情厚誼，祂們認為，人人都有眼耳鼻口七竅，用來視、聽、食、息，唯獨渾沌什麼都沒有，便決定為渾沌鑿開七竅。於是祂們一日一竅，一連鑿了七天；七竅鑿成，渾沌卻死了。

鴟尊 *安陽殷墟婦好墓出土*

商周時期，鴟的形象做為威猛與必勝的象徵，大量出現在當時的禮器中，與後世形成鮮明對比。這件大型的鴟尊，全身佈滿紋飾，帶有神聖的氣質。漢代時，貓頭鷹因其大眼睛，也被做為靈魂世界的引導者、守護者，常見於與喪葬有關的繪畫中。

飾蛇紋的玉人

商後期 高7釐米

崇奉龍的中國人，似乎對蛇也有著某種虔敬和畏懼。可追溯到遠古時期，蛇被當作龍的近親，成了具有神性的生靈，但凡頗具神力的神或怪都能控制蛇，蛇彷彿就是其偉大神格的標誌。蛇的神性被流傳到後世，這件玉人的腿即飾有蛇紋，再配上人物雍容的氣度，他可能是上層的奴隸，主人為貴族或官臣。

泑山　翼望山

　　再往西二百九十里的地方，是泑（一ㄡ）山，天神蓐（ㄖㄨˋ）收居住在這裡。蓐收是西方天帝少昊的兒子，爲西方的刑神、金神，掌管上天的刑獄。蓐收和祂的父親少昊，同時又是司日入之神，蓐收又名神紅光，指的是太陽升降時，日光在天空中遇到不同的雲層，呈現不同的顏色和

西方第三列山系中的諸山

明　蔣應鎬圖本

泑山上，人面獸身的山神蓐收高踞於雲端。翼望山中的獨目怪獸名讙；高山之巔還站立著三頭奇鳥名鴟鵂。西方第三列山系的山神均為羊身人面神。

翼望山　　　　　　　泑山

翼望山

崇吾山至翼望山

【本圖山川地理分布定位】

鴟鵂　　　　　蓐收

羊身人面神

讙

【本圖人神怪獸分佈定位】

不同形狀的光彩。傳說蓐收右耳有蛇，長著人的臉和老虎的爪子，還長著一條白色的尾巴，手上拿著斧鉞（ㄩㄝˋ），威風凜凜。泑山山上盛產一種可作頸飾的玉石，在其向陽的南坡，遍佈著瑾、瑜一類美玉，而其北坡則遍佈石青、雄黃。站在這座

渾沌 胡本的渾沌頗符合圖文所記，在一副肉皮囊上長有四翼六足。汪本中，混混沌沌的一堆周圍，伴有火光，以表示渾沌作為中央之帝的神性。

→明 胡文煥圖本　　　　→清 汪紱圖本

□ 《山海經》珍貴古版插圖類比

山上，向西可以望見太陽西下的情景，紅日渾圓，氣象萬千。天神紅光，也就是蓐收掌管著日落時的景象。

　　從泑山往西走一百里水路，便到了翼望山。山上光禿禿的，沒有花草樹木，但蘊藏有豐富的金屬礦物和玉石。山中有一種野獸，體形和一般的狸貓類似，但只有一隻眼睛和三條尾巴，名字叫讙（ㄏㄨㄢ）。牠能發出上百種動物的叫聲，飼養牠可以避凶除邪，人吃了牠的肉就能治好黃疸病。山中還棲息著一種鳥，外形像普通的烏鴉，卻長著三個頭、六條尾巴，經常發出如人笑聲般的聲音，牠的名字叫鵸鵌（ㄑㄧˊㄊㄨˊ），人吃了牠的肉，就不會做噩夢，還可以避邪。《北山經》中的帶山上有種鳥，也叫鵸鵌，牠的樣子像烏鴉，羽毛為有紅色紋理的五彩色，雌雄同體，可自行繁殖；與翼望山的鵸鵌名字相同，但外形卻不同。

瑪瑙串飾

戰國　每粒長 0.8 ～ 2 釐米　河北省文物研究所收藏

瑪瑙色澤溫潤，瑰麗華美，與珍珠齊名。中國自古盛產瑪瑙，數千年來，瑪瑙一直作為中國雕飾的重要材料。這套串飾即由瑪瑙製成，簡單大方卻又精美絕倫。

□ 《山海經》珍貴古版插圖類比

讙　《禽蟲典》本的讙為狸狀怪獸，其獨目為縱目，長在臉的正中間。胡本中，讙形象獨特，為二隻眼、五條尾巴的豹狀怪獸，五個尾巴高高揚起。

→清《禽蟲典》　　　　→明 胡文煥圖本

西方第三列山系諸山神

　　總計西方第三列山系之首尾，從崇吾山起，到翼望山止，一共二十三座山，連綿六千七百四十四里。諸山山神的形貌都是羊的身體、人的面孔。祭祀山神時，要把祀神的一塊吉玉埋入地下，祀神的米用稷米。

本圖根據張步天教授《〈山海經〉考察路線圖》繪製，圖中記載了《西次四經》中陰山到崦嵫山共十九座山的今日考證位置。

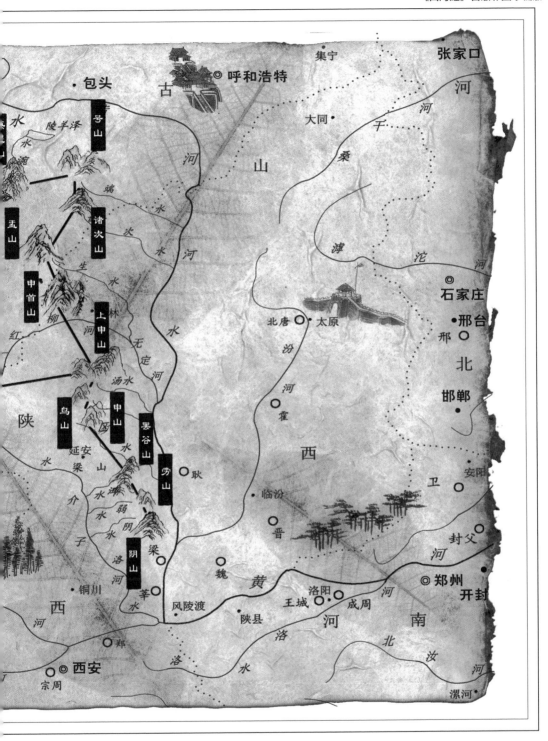

西次四經

陰山一帶

上申山附近

明　蔣應鎬圖本

上申山上空飛翔著長尾的當扈鳥。剛山上站立著獨足山神魃。剛山之尾的山丘上，伸頭的長尾小獸是蠻蠻。英鞮山是浣水的發源地，水中游著的怪魚為冉遺魚。中曲山的山坡上走動著獨角怪獸駮。

西方第四列山系之首座山，叫作陰山，山上生長著茂密的構樹，但沒有石頭。這裡的草以蓴

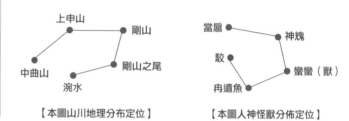

【本圖山川地理分布定位】　　【本圖人神怪獸分佈定位】

（彳ㄨㄣˊ）茱、蕃草爲主。陰水從這座山發源，向西注入洛水。

　　陰山往北五十里，是勞山，生長著茂盛的紫草。弱水從這座山發源，向西流入洛水。

　　勞山往西五十里，是罷父山，洱水從這裡發源，向西流入洛水，水中有很多紫石、碧玉。

　　往北一百七十里，是申山，山上生長著茂密的構樹林和柞樹林，山下則主要是枏樹和橿樹，山南坡還蘊藏有豐富的金屬礦物和玉石。區水從這裡發源，然後向東流入黃河。

　　再往北二百里，是鳥山，山上是茂密的桑樹林，山下則到處是構樹林。山的北坡盛產鐵，而山的南坡盛產玉石。辱水從這座山發源，然後向東流入黃河。

上申山　白鹿　當扈鳥

　　鳥山再往北二十里，是上申山。山上草木不生，大石裸露。而山下則生長著茂密的榛樹和楛（ㄏㄨˋ）樹。榛樹的幼枝有軟毛及腺毛，葉子呈圓形，頂端較平整，雌雄同株，種子可用來食用或榨油。山上的野獸以白鹿居多，白鹿是一種瑞獸，據說普通的鹿生長千年後毛皮就會變成青色，再生長五百年，其毛皮才能變白，足見白鹿之珍貴。古人認爲只有天子體察民情、政治清明的時候，白鹿才會出現。上申山裡最多的禽鳥是當扈（ㄏㄨˋ）鳥，外形像普通的野雞，但脖子上長著髯毛（鬍鬚），牠飛翔時不用翅膀，而是用髯毛當翅膀。傳說吃了牠使人不再需要眨眼睛。湯水從這座山發源，向東流入黃河。

模擬動物鳴叫的骨哨

新石器時代　河姆渡文化

骨哨是用一截禽類的骨管製成的，有的骨管內還插有一根可以移動的肢骨，用來調節聲調。骨哨的發明主要是為了模擬動物的叫聲，特別是鹿的鳴叫，用以引誘進而伺機獵殺。骨哨的出土，證明了樂器最初的發源，是來自於生產勞動。

◇《山海經》考據

陰山在今黃龍山附近

西方第四列山系的首座山陰山，據考證應在陝西黃龍到韓城之間。黃龍是一個很奇異的地方，其岷山主峰終年積雪，一條長 3.6 公里的金色鈣化體從山峰中滾滾而下，宛若一條金色巨龍飛騰而出，當地人以為是神意使然，對其膜拜之情幾千年不減。

諸次山周邊

上申山往北八十里，是諸次山。諸次水從這裡發源，向東流入黃河。在諸次山上，到處生長著茂密的林木，卻沒有花草，也沒有禽鳥、野獸，但有許多蛇聚集在這裡。

再往北一百八十里，是號山。山裡的樹木大多是漆樹、棕樹，而草以白芷、蘼（ㄒ一ㄠ）草、川芎等香草爲主。山中還盛產汵（ㄍㄢˋ）石，它又叫雲泥，石質非常柔軟，就像泥一樣。端水從這座山發源，向東流入黃河。

號山再往北二百二十里，就到了孟山。這座山的北坡盛產鐵，南坡盛產銅。山中的動物都是白色的，野獸大多是白狼和白虎。白虎是一種瑞獸，牠和蒼龍、朱雀、玄武並列，是天之四靈之一，是守護西方之神。古人認爲只有當君主德至鳥獸、仁政愛民時，白虎才會出現。山上的飛鳥也大多是白色的野雞和白色的翠鳥。生水從這座山發源，向東流入黃河。

白於山　鴞鳥

孟山再往西二百五十里，是白於山。山上是茂密的松樹林和柏樹林，山下是茂密的櫟樹和檀香樹，野獸大多是牜乍（ㄗㄨㄛˊ）牛和羬（ㄑ一ㄢˊ）羊，而禽鳥則以鴞（ㄒ一ㄠ）居多。牠的喙和爪都彎曲呈鉤狀，並且十分銳利；牠的兩隻眼睛不像一般的鳥一樣生在頭部的兩側，而是在臉的正前方。牠是在夜間和黃昏才會出來活動，主要捕食鼠類、小鳥和昆蟲，屬農林益鳥。除此以外，洛水發源於這座山的南麓，向東流入渭水；夾水發源於這座山的北麓，也向東流注入生水。

白於山往西北三百里，是申首山。山上沒有花草樹木，山頂終年積雪。申水從山上發源，形成壯觀的瀑布，一路奔流到山下，水中有很多精美的白色美玉。

再往西五十五里，是涇谷山。涇水從這座山發源，向東南流入渭水，山上蘊藏著豐富的白銀和白玉。

剛山　塊　蠻蠻

再往西一百二十里，是剛山。山上覆蓋著茂密的漆樹林，盛產璡琈（ㄊㄨˊ ㄈㄨˊ）玉。剛水從這裡發源，向北流最後注入渭水。這裡有很多名叫塊（ㄏㄨㄟ）的神，祂有著人的臉孔和野獸的身體，但只有一隻腳、一隻手，發出的聲

朱雀白虎圖（左頁圖）
戰國　墓內棺漆畫

孟山之中有白虎，白虎乃天下四靈獸之一。傳說中這種屬陽的神獸具有驅邪避惡的能力。古老的星宿信仰中，它和青龍、朱雀、玄武共同掌管天空。四神之中，朱雀跟鳳凰一樣，是祥瑞的象徵，是東方部族最初崇拜的圖騰。白虎因體態勇武，被人們當作避邪的神靈，其形象多出現在宮闕、殿門、墓葬建築及其器物上。這幅曾侯乙墓內棺上的朱雀白虎漆畫，用以震懾邪魔，保衛墓主的靈魂安寧。

□　《山海經》珍貴古版插圖類比

神塊 胡本的神塊側身站立，獨手獨腳。《神異典》本的神塊一臉鬍鬚，獨足著地，如同人站立著。汪本中，神塊長著右手左腿，和其他繪本中手腳同側的形象不同。

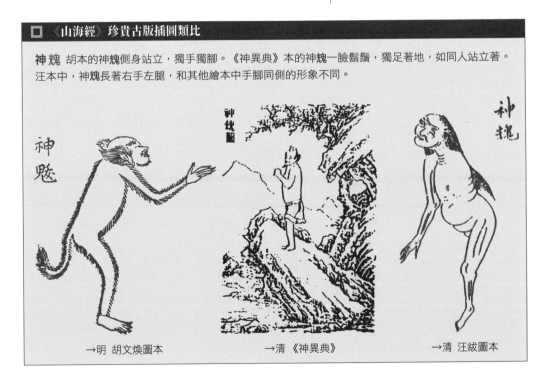

→明　胡文煥圖本　　　　→清　《神異典》　　　　→清　汪紱圖本

黃河—養育了中華民族的「高祖河」

明　碑刻　縱 119.2 釐米　橫 93.3 釐米
陝西省碑林博物館收藏

黃河是中國人的偉大圖騰，黃河流域是一部碩大的史書；它不但孕育了輝煌的華夏文明，也有水神河伯和龍王的美麗神話傳說。可以説，它是養育了華夏民族的「高祖河」。這幅碑刻地圖是中國現存最早的治理黃河的水利工程圖，分別記載了黃河五次入運河及自明初以來治理黃河運河的史實。

音就像是人在呻吟般；也有一種説法認爲祂叫的聲音如同人們打呵欠。

再往西二百里，便到了剛山的尾端。洛水發源於此，向北流入黃河。這裡有很多蠻蠻，但不是比翼鳥蠻蠻，而是一種野獸，外形像普通的老鼠，卻有著甲魚的頭，叫聲如同狗叫，牠生活在水邊，以捕魚爲生。

英鞮山　冉遺

從剛山尾部再往西三百五十里，是英鞮（ㄉㄧ）山。山上生長著茂密的漆樹，山下蘊藏著豐富的金屬礦物和美玉。山上棲息的禽鳥野獸都是白色的。涴（ㄩㄢ）水從這座山發源，然後向北流去，注入陵羊澤。水裡有很多名叫冉遺的魚，牠長著魚的身體、蛇的頭，還有六隻腳，眼睛長長的，輪廓就像馬的耳朵。吃了冉遺的肉，就能使人睡覺不做噩夢，也可以驅凶避邪。

英鞮山往西三百里，是中曲山。其山向陽的南坡盛產玉石，

□ 《山海經》珍貴古版插圖類比

駮 蔣本的駮為無角獸，樣子不像馬。胡本的駮虎爪鋸牙，顯示了該神獸可食虎、豹的無畏氣勢。汪本中，駮雖體態健壯，但較不像馬。

駮

駮

→明 胡文煥圖本　　　　→清 汪紱圖本　　　　→明 蔣應鎬圖本《海外北經》圖

背陰的北坡則盛產雄黃、白玉和金屬礦物。山中有一種野獸，外形像普通的馬，卻有著白色的身體和黑色的尾巴，頭頂還有一隻角，牙齒和爪子就和老虎一樣鋒利，發出的聲音如同擊鼓的響聲，名字叫駮（ㄅㄛ ˊ）。牠是非常兇猛的野獸，能以老虎和豹為食，飼養牠可以避免兵刃之災。傳說齊桓公騎馬出行，迎面來了一頭老虎，老虎不但沒有撲過來，反而趴在原地不敢動。桓公感到很奇怪，便問管仲，管仲回答說：「你騎的馬，是能吃虎和豹的，所以老虎很害怕，不敢上前。」《宋史》中記載，順州山中有種奇異的怪獸，樣子像馬，卻能吃虎、豹。當地人沒看過，便請教劉敞，劉敞回答那是駮，還仔細描述出駮的外形。問話的人感到很驚奇，問他怎麼知道的，他說是讀了《山海經》和管子的書才得知的。山中還生長有一獨特的樹木，其形狀像棠梨，但葉子是圓的，並結有紅色的果實，果實如木瓜大小，名字叫櫰木，吃了它能增強體力。

以馬為原型的駒尊

西周　高 32.4 釐米　長 34 釐米　重 5.68 公斤

此器為駒形，昂首站立，豎耳垂尾，是西周少數寫實的動物形尊之一。頸下有銘文九行九十四字，記述周王在某地舉行執駒典禮，賜某官駒兩匹，該官感謝皇恩，特鑄駒尊一對，以紀榮寵。《山海經》中異獸的靈性在駿馬身上也可發現，牠們性情剛烈，極富力量，甚至可以與虎、狼一搏。

邽山 窮奇

中曲山往西二百六十里,是邽(ㄍㄨㄟ)山。山上有一種野獸,外形像一般的牛,但全身長著刺蝟毛,名叫窮奇,牠發出的聲音如同狗叫,會吃人。傳說窮奇能聽懂人話,牠聽到有人爭鬥,便會將勝利的一方吃掉。聽說誰忠信,便會吃掉

邽山周邊山水

明 蔣應鎬圖本

邽山的山坡上站著虎視眈眈的惡獸窮奇。鳥鼠同穴山上有一鳥一鼠共處一個洞穴;渭水從此山發源,水中游著形似鱔魚的災魚名為鰠魚;濫水中還有魚鳥共體的有翼奇魚叫絮䰷。崦嵫山的山坡上站著人面有翼怪獸孰湖;天空中還飛翔著人面鳥。

【本圖山川地理分布定位】

【本圖人神怪獸分佈定位】

《山海經》珍貴古版插圖類比

窮奇 蔣本的窮奇形態似虎，背生雙翼，一臉凶相。汪本中，窮奇形貌像牛，身披長毛，作站立狀。

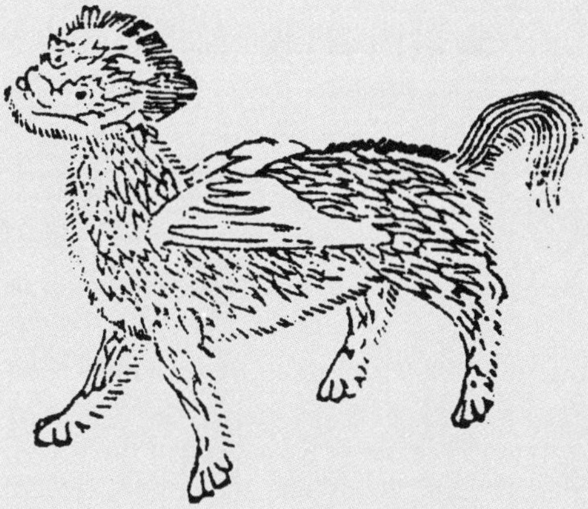

→明 蔣應鎬圖本《海內北經》圖

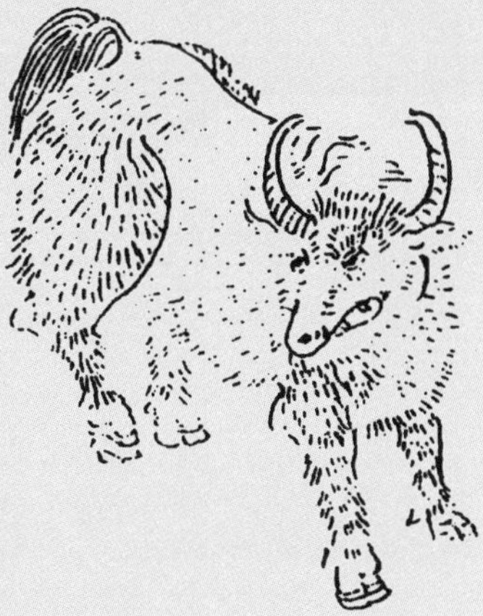

→清 汪紱圖本

那人的鼻子；但當知道誰惡逆不善時，反而會銜獸肉獎賞他。窮奇顚倒是非、獎惡懲善，就好似人間的走狗。相傳天帝少昊有一個不肖之子，他詆毀忠良、包庇奸人，所作所爲跟窮奇獸類似，人們十分痛恨他，就也稱呼他爲窮奇。窮奇又是大儺（ㄋㄨㄛˊ）十二神中食蠱的逐疫之神，又稱天狗，衆妖邪見了祂，無不倉皇逃走；後世畫像中的窮奇大多以大儺之神的面目呈現。濛水從邽山發源，向南注入洋水，水中有很多黃貝，還有一種蠃（ㄌㄨㄛˇ）魚，牠雖然是魚卻擁有鳥的翅膀，發出的聲音就像是鴛鴦；牠在哪個地方出現，那裡就會發生水災。

鳥鼠同穴山 鰠魚 絮魮魚

邽山再往西二百二十里，就到了鳥鼠同穴山，山中有鳥鼠同穴，鳥的名字叫鵌（ㄊㄨˊ），鼠的名字是鼵（ㄊㄨˊ），牠們穿鑿地面數尺深，鼠在裡面，鳥在外面，二獸和睦相處。山上有白虎以及白玉遍佈。渭水從這座山發源，然後向東流入黃河，水中生長著許多鰠（ㄙㄠ）魚，外形就像一般的鱣（ㄓㄢ）魚，牠在哪個地方出沒，傳說那裡就會有兵災發生。濫水從鳥鼠同穴山的西面發源，向西流入漢水。水中有很多絮魮（ㄖㄨˊ ㄆㄧˊ）魚，絮魮魚是類似珠母蚌且魚鳥同體的奇魚。外形很奇特，像一個反轉過來的溫器，在鳥狀腦袋的下面，長著魚翼和魚尾，叫聲就像敲擊磬石發出

玉魚

西周　長10釐米　中寬3.1釐米　厚0.4釐米　陝西省歷史博物館收藏

中國玉石的文化歷史悠久，早在七、八千年前，中國先人就已知道如何發現和利用美玉。在濫水中生活的䰷䰼魚具有一種奇異的特性，牠的身體能夠孕育出美玉。這件玉魚形態小巧，雕琢精美，展現了中國古人琢玉水準的高超技術。

的聲響，最奇怪的就是牠體內能夠孕生出珍珠及美玉。

崦嵫山　丹樹　孰湖

鳥鼠同穴山往西南三百六十里，是崦嵫（一ㄢ　ㄗ）山，山上有茂密的丹樹，這種樹的葉子像構樹葉，果實有瓜那麼大，果皮是紅色的，果肉是黑色的，人吃了它可以治癒黃疸病。山南面有很多烏龜，山北面則遍佈玉石。苕（ㄊ一ㄠˊ）水從這座山發源，向西流入大海，水中有很多砥礪石，這種石頭可以用來磨刀。山中有一種野獸，牠的身體像馬，卻有鳥的翅膀、人的面孔和蛇的尾巴，很喜歡把人舉起來，名字叫孰

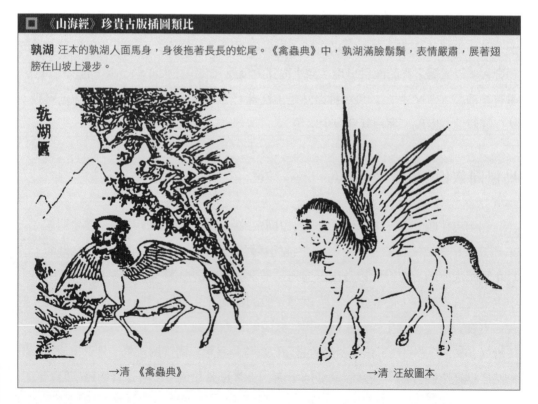

《山海經》珍貴古版插圖類比

孰湖 汪本的孰湖人面馬身，身後拖著長長的蛇尾。《禽蟲典》中，孰湖滿臉鬍鬚，表情嚴肅，展著翅膀在山坡上漫步。

→清　《禽蟲典》

→清　汪紱圖本

湖。山中還棲息著一種禽鳥，外形像貓頭鷹，卻長著人的面孔、猴子的身體及一條狗尾巴，牠啼叫起來就像是在呼喚自己的名字。這種鳥在哪個地方出現，那裡就會有大旱災。

西方第四列山系群山神

總觀西方第四列山系，從陰山到崦嵫山為止，一共十九座山，連綿三千六百八十里。祭祀諸山山神的禮儀，都是用一隻白色的雞獻祭，祀神的米用精選的稻米，並用白茅草編織的席子作為神的座席。

以上就是西方諸山的紀錄，總共七十七座山，蜿蜒長達一萬七千五百一十七里。

殺雞圖

晉　彩墨　磚畫　縱 16 釐米　橫 35 釐米　甘肅省博物館收藏

雞作為家禽至今有幾千年的歷史，已經成為人們日常飲食中不可缺少的一部分。而遠古時代，雞除了食用外，還有一種重要的用途，即為祭祀。祭祀一般是選用健壯的公雞，再根據不同的祭祀物件選擇不同的毛色，如《西次四經》中的山神要用白雞獻祭。此畫像磚描繪了兩位侍女殺雞宰禽的情景。

第三卷

《北山經》記錄了以單狐山、管涔山、太行山為首的三列山系，其中「沙漠之舟」囊駝、蚩尤被皇帝斬首後腦袋化作的饕餮，都頗具神奇色彩；祭祀諸山神的禮儀也獨具特色。

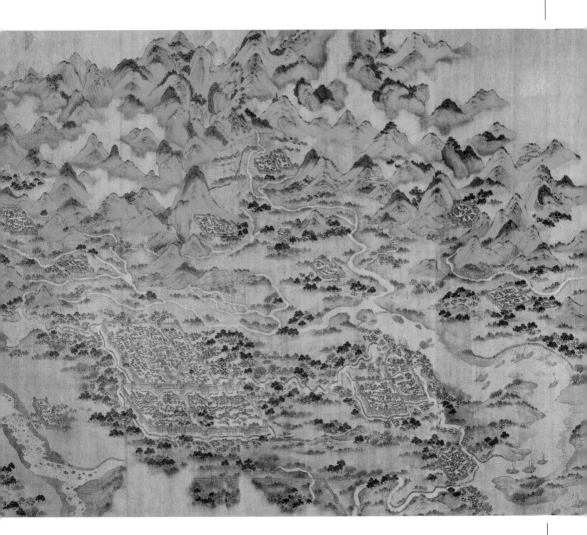

九邊圖 明 彩色摹繪本 縱 208 釐米 橫 567.6 釐米 遼寧省博物館收藏

這是一幅明朝典型的軍事邊防地圖。以青綠重彩將中國北方的崇山峻嶺、滔滔黃河、彎曲綿延的長城及大小城堡繪在十二條幅上，色彩奪目耀眼，氣勢雄壯渾厚。

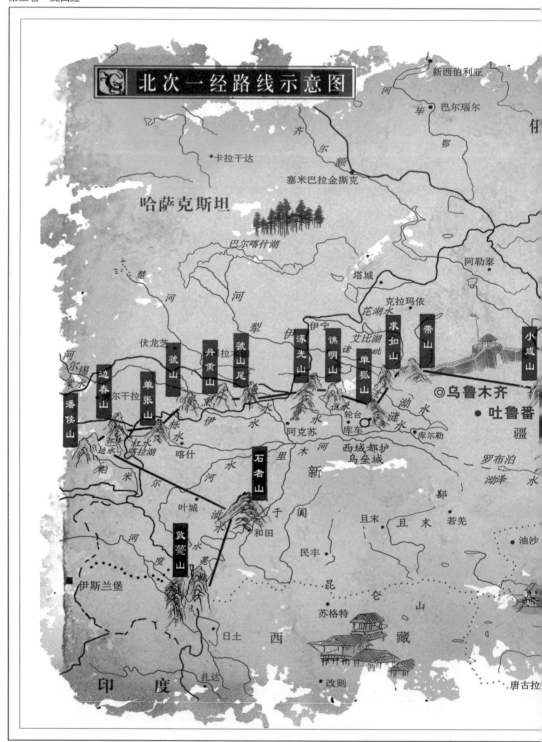

本圖根據張步天教授《〈山海經〉考察路線圖》繪製，圖中記載了《北次一經》中單狐山到隄山的地理位置，此山系共有二十五座山。

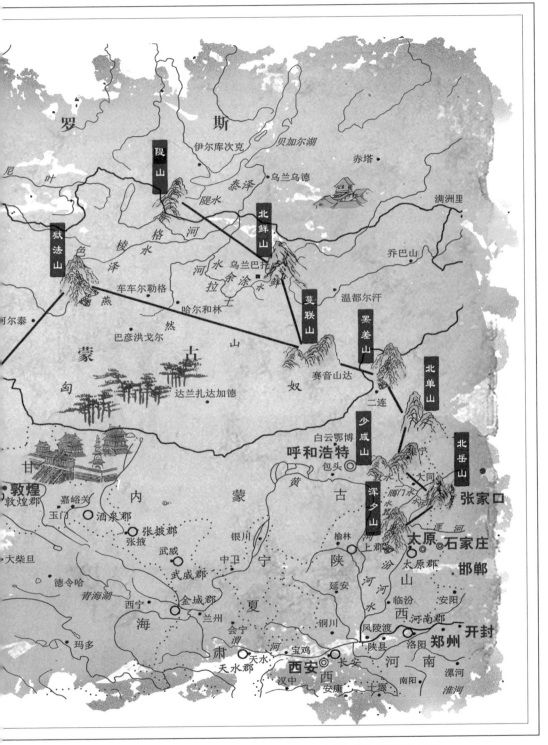

北次一經

求如山一帶

明　蔣應鎬圖本

求如山是滑水的發源地，水中游著形似黃鱔的滑魚。帶山上的獨角獸名䑏（ㄑㄩㄢˊ）疏；山的上空飛翔著可自為雌雄的䳅鵌鳥。彭水由此山發源，水邊站著的六足怪魚是儵（ㄕㄨˋ）魚。譙明山中有似豪豬的怪獸名孟槐。譙水從此山發源，水中生長著許多一頭十身的何羅魚。涿光山下的水中游動著鳥魚共體的鰼鰼（ㄒㄧˊ）魚。

單狐山

北方第一列山系之首座山，叫做單狐山，山上生長著茂密的榿（ㄑㄧ）樹，和華草。滏（ㄈ

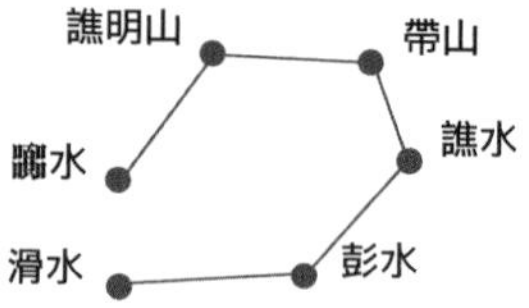

【本圖山川地理分布定位】

【本圖人神怪獸分佈定位】

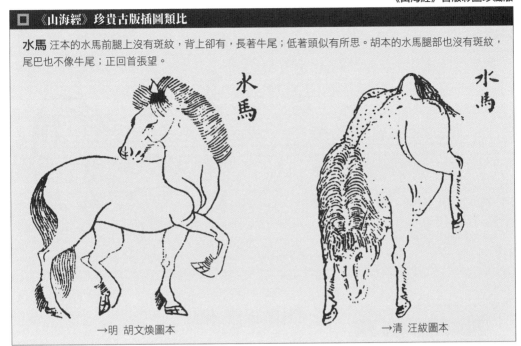

水馬 汪本的水馬前腿上沒有斑紋，背上卻有，長著牛尾；低著頭似有所思。胡本的水馬腿部也沒有斑紋，尾巴也不像牛尾；正回首張望。

水馬

水馬

→明 胡文煥圖本

→清 汪紱圖本

ㄥˊ）水從這座山發源，向西流入泑水，水中有很多紫石和紋石。

求如山 滑魚 水馬

單狐山往北二百五十里，是求如山。山上蘊藏著豐富的銅，山下有玉石，整座山岩石裸露，沒有花草樹木。滑水從這座山發源，向西注入諸毗水。水中有很多滑魚，外形像一般的鱓魚，卻有著紅色的脊背，發出的聲音就像人在低語一樣，人吃了這種滑魚，能治好贅疣病（皮膚息肉）。水中還生長著很多水馬，其外形與一般的馬相似，但前腿上長有花紋，及一條如牛尾般的尾巴，牠叫的聲音就像人在呼喊般。水馬是一種靈瑞之獸，牠的出現是吉祥的徵兆。史書中記載，歷代多次在河水、方澤中得到的神馬、異馬，其實都是龍馬，牠被稱為龍精。

避邪的馬頭鹿角金飾件

北朝 高 16.2 釐米 重 70 克
古人羨慕鹿與馬的靈活、矯健身姿，進而把牠們當成是美好的象徵。南北朝鮮卑族貴婦頭上模仿鹿與馬的形象製成的「馬頭鹿角金步搖」，就具有避邪和祥瑞的意義。飾件上的桃形葉片是活動的，隨著佩戴者腳步的移動，葉片會搖擺發出清脆的聲響。

□ 《山海經》珍貴古版插圖類比

儵魚 胡本的儵魚四魚首三魚身三魚尾，六足不明顯，「狀如雞」的特徵也沒有表現出來。吳本的儵魚為雞形，六足三尾，但「四首」變成了「四目」。

→明　胡文煥圖本　　　　　　　　→清　吳任臣近文堂圖本

◇《山海經》考據

譙明山在今庫車以北

《北次一經》的譙明山，經考據可能在今天新疆維吾爾自治區的庫車東北一帶。庫車意為悠久、長久；古時稱龜茲。據說龜茲國離洛陽八千二百八十里，國內城池都建造三重城牆。國人以農耕及畜牧為業，男女都將頭髮剪至脖子長短。佛教在龜茲國盛行了兩千多年，其國有佛塔廟幾千所，石窟壁畫無數。這種神祕的菱形圖案是龜茲佛窟獨有的特色。

帶山　䑏疏　儵魚

　　求如山往北三百里，是帶山，山上盛產玉石，山下則盛產青石碧玉。山中有一種野獸，外形像普通的馬，但頭頂長著一隻角，如同粗硬的磨刀石，名叫䑏（ㄑㄩㄢˊ）疏，人飼養牠可以避火。山中有一種禽鳥，體形與普通的烏鴉相似，但渾身有紅色斑紋的五彩羽毛，名稱是鵸鵌（ㄑㄧˊㄊㄨˊ），這種鳥雌雄同體，吃了牠的肉就能使人不患癰疽（ㄩㄥㄐㄩ，毒瘡）病。彭水從這座山發源，向西注入芘湖。水中有很多儵（ㄕㄨˋ）魚，外形像一般的雞，卻長著紅色的羽毛，以及三條尾巴、六隻腳、四顆頭（有一說是長著四隻眼睛），牠的叫聲與喜鵲相似，吃了牠的肉就能使人樂而忘憂，傳說儵魚還可以禦火。

譙明山　何羅魚

　　帶山再往北四百里，是譙（ㄑㄧㄠˊ）明山。

譙水從這座山發源，向西流入黃河。水中有很多何羅魚，牠們都只長著一個頭，卻有十個身體，發出的聲音似狗叫，人吃了這種魚就可以治癒癭（ㄩㄥ）腫病（毒瘡），傳說十首一身的姑獲鳥就是由何羅魚變化而來。譙明山中還有一種野獸，外形像豪豬，但毛是紅色的，叫聲如同轆轤抽水的響聲，名稱是孟槐，人飼養牠可以避除凶邪之氣。

涿光山 鰼鰼魚

　　譙明山再往北三百五十里，是涿光山。嚻水從這座山發源，向西注入黃河。水中生長著很多鰼鰼（ㄒㄧˊ）魚，外形像一般的喜鵲，卻有十隻翅膀，鱗甲全長在翅膀的前端，叫聲就像喜鵲在鳴叫，牠可以避火，人如果吃了牠的肉就能治好黃疸病。鰼鰼魚有十翼，但能否飛翔，歷來說

「沙漠之舟」駱駝

唐　長 56.8 釐米　高 81 釐米
陝西省咸陽博物館收藏

虢（ㄍㄨㄛˊ）山中的野獸以橐（ㄊㄨㄛˊ）駝居多，而橐駝也就是駱駝。這種動物體形龐大而優雅，背上的肉峰可以貯存水份和養份，可以數十天不飲食，具有極佳的耐力。這件唐代的三彩駱駝單峰高聳，引頸昂首，張口嘶鳴，健壯的腳和勻稱的體態，顯示其雄健的體魄，是難得一見的珍品。

■ 《山海經》珍貴古版插圖類比

何羅魚 吳本的何羅魚一首十身，十身作稱排列。汪本中，何羅魚也是一首十身，頭向左，十身向右作扇形排列。

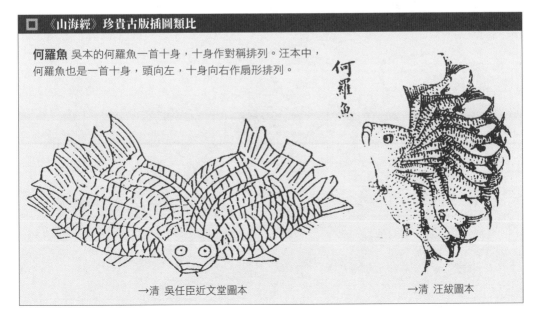

何羅魚

→清 吳任臣近文堂圖本　　→清 汪紱圖本

法不一。涿光山上有茂密的松樹林和柏樹林，而山下則由棕樹林和檀樹林。野獸以羚羊居多，禽鳥則以蕃鳥爲主。

虢山　橐駝　寓鳥

涿光山再往北三百八十里，是虢（《ㄨㄛ˙）山，

虢山周邊

明　蔣應鎬圖本

虢山中的野獸以橐駝為多；天空中還飛著像鼠的寓鳥。丹熏山上跑著兔首麋身的獸是耳鼠。石者山上的長尾獸名孟極。邊春山中，在山坡上的猴形獸是幽鴳（一ㄢˋ）。蔓聯山上，那個非猴非牛非馬的獸是足訾（ㄗ）；上空還飛翔著名為鴗（ㄐㄧㄠ）的鳥。

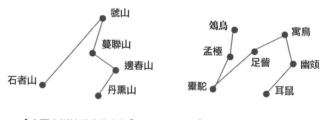

【本圖山川地理分佈定位】　　　【本圖人神怪獸分佈定位】

《山海經》古版彩圖珍藏版

橐駝

清 《吳友如畫寶》

橐駝即今日之駱駝。其背上有駝峰，善於在沙漠中行走，據說能日行三百里，能背負千斤重物，而且知道水源所在的方位。

天山出行圖

清 立軸 紙本 設色 縱 159.1 釐米 橫 52.8 釐米 北京故宮博物院收藏

駱駝在中國有著悠久的歷史，早在兩千多年前，就有不少的駱駝分佈在天山南北。古代除將駱駝奉為上貢的奇畜外，還將其作為交通和戰爭的主要運輸工具；牠還被以畜牧為主的牧民尊為「萬牲之王」。圖中白雪皚皚的天山腳下，一人一駝在雪地上緩步前行。

山上覆蓋著茂密的漆樹林，山下有茂密的梧桐樹和槬（《ㄨㄟˋ）樹。向陽的南坡，遍佈各色美玉，而背陰的北坡，有豐富的鐵。伊水從這座山發源，向西流入黃河。山中的野獸以橐（ㄊㄨㄛˊ）駝為最多，橐駝就是駱駝，是著名的「沙漠之舟」。古人認為駱駝擅長在流沙中行走，可以身負千斤重量，並知道水源；只要有駱駝的地方，就會有泉渠。而山中的禽鳥大多是寓鳥，牠的外形與一般的老鼠相似，但長著鳥一樣的翅膀，發出的聲音就像羊叫，據說人飼養牠可以避除邪氣，不受兵戈之苦。

再往北四百里，便到了虢山的尾端，山上到處是美玉。魚水從這裡發源，向西流入黃河，水中有很多五彩繽紛、花紋斑斕的貝類。

□ 《山海經》珍貴古版插圖類比

幽䳜 汪本的幽䳜為猿猴狀，全身未見有斑紋。胡本的幽䳜則全身斑紋，臥倒在地。《禽蟲典》中，一全身斑紋的人面猴，側臥於山坡之上。

→明 胡文煥圖本

→清 汪紱圖本

→清 《禽蟲典》

丹熏山 耳鼠

從這裡再往北二百里，是座丹熏山，山上生長著茂密的臭椿樹和柏樹，山上的草以韭薤（ㄒㄧㄝˋ）為多，除此之外，這座山還盛產丹雘（可供塗飾的紅色顏料）。熏水從這座山的山麓發源，向西流入棠水。山中有一種名叫耳鼠的野獸，其體形像一般的老鼠，卻有著兔子的頭和麋鹿的耳朵，發出的聲音如同狗在叫，牠的翅膀和尾部由寬而多毛的薄膜連在一起，能夠借此滑翔，故又被稱為飛生鳥。人吃了牠的肉就可以不做噩夢，還可以避除百毒之害。

石者山 孟極 幽䳜

丹熏山再往北二百八十里，是石者山。山上岩石裸露，沒有花草樹木，但有很多

瑤、碧之類的美玉。泚（ㄘ）水從這座山發源，向西流入黃河。山中棲息著一種野獸，外形像普通的豹，額頭上有斑紋，毛皮是白色的，名字叫孟極。牠善於伏身隱藏，叫聲就如同呼喚自己的名字。

石者山再往北一百一十里，是邊春山。山上生長著茂盛的野蔥、葵菜、韭菜、野桃樹和李樹等植物。杠（ㄍㄤ）水從這座山發源，向西注入泑澤。山中有一種野獸，外形像獼猴，全身有斑紋，喜歡嬉笑，一看見人就倒地裝睡，叫作幽鴳（ㄧㄢˋ），吼叫時的聲音就像自呼其名。

蔓聯山　足訾　鵁

邊春山再往北二百里，是蔓聯山，山上光禿禿的，不生長花草樹木。山中有一種野獸，體形像猿猴卻身披鬣（ㄌㄧㄝˋ）毛，還長著牛的尾巴、馬的蹄，前腿上有花紋，一看見人就叫，牠的名字叫足訾（ㄗ），牠的叫聲就跟牠的名字一樣。山中棲息著一種禽鳥，牠們喜歡成群棲息、結隊飛行，其尾巴與雌野雞相似，名稱是鵁（ㄐㄧㄠ）。人吃了牠的肉就能治好瘋痹病（痛風症）。據說可以避火，古時江東人家便飼養牠以避除火災。李時珍在《本草綱目》中說，將牠烤熟了食用，可以解各種魚蝦的毒。在《詩經》中也被叫做雞雉，脖子細、身體長，脖子上還長著白色羽毛，能夠入水捕魚。

縷懸式指南針

單張山以西的泑澤中出產大量磁鐵石，人們很早就發現了這些磁鐵石引鐵的能力，把它們視為「金鐵之母」。中國最早的指南針是用天然磁石製成勺狀，放在地盤上任其自由轉動，靜止時即是指向南方。以一支磁化的鐵針指向的縷懸式指南針，出現的時間相對較晚，但體積輕便，易於攜帶。

單張山　諸犍　白鵺

蔓聯山再往北一百八十里，是單張山。山上山石裸露，沒有花草樹木。山中有一種野獸，外形像豹，有一條長長的尾巴，以及人的臉和牛的耳朵，但卻只有一隻眼睛，叫作諸犍（ㄐㄧㄢ），喜歡大聲吼叫。行走時牠就用嘴銜著尾巴，休息

單張山附近諸山

明　蔣應鎬圖本

單張山上棲息著獨眼銜尾的怪獸諸犍；天空還飛翔著長相像雉的白鵺。灌題山上奔跑著的野獸則是那父；在山上觀望的人面鳥為竦（ㄙㄨㄥˇ）斯。潘侯山上奔跑的㕙（ㄇㄠˊ）牛；大咸山上則盤曲著恐怖的長蛇。

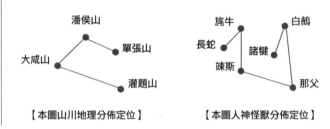

【本圖山川地理分佈定位】　　　【本圖人神怪獸分佈定位】

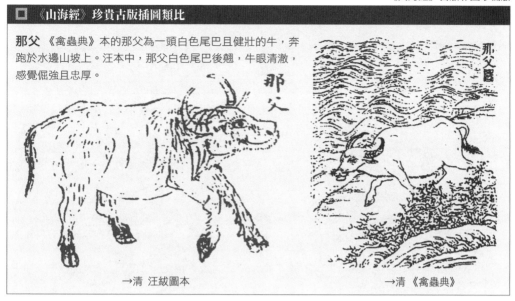

那父 《禽蟲典》本的那父為一頭白色尾巴且健壯的牛，奔跑於水邊山坡上。汪本中，那父白色尾巴後翹，牛眼清澈，感覺倔強且忠厚。

→清 汪紱圖本

→清 《禽蟲典》

時就將尾巴盤蜷起來。山中還生長著一種鳥，外形像普通的野雞，但頭上有花紋，翅膀上的羽毛是白色的，腳則是黃色的，牠的名字叫白鵺（一ㄝˋ），人吃了牠的肉就能治癒咽喉疼痛、癡呆症、癲狂病（精神錯亂、神志不清的疾病）。櫟（ㄌ一ˋ）水從這裡發源，向南注入杠水。

灌題山 那父 竦斯

單張山再往北三百二十里，是灌題山。山上生長著茂密的臭椿樹和柘（ㄓㄜˋ）樹，山下到處是流沙及磨刀石。山中棲息著一種野獸，外形像普通的牛，卻有一條白色的尾巴，發出的聲音如同人在高聲呼喊，名為那父。山中還有一種鳥，外形像一般的雌野雞，但卻長著人的面孔，一看到人就會跳躍起來，名字是竦（ㄙㄨㄥˇ）斯，牠的叫聲就像呼喚自己的名字。匠韓水從這座山

騎牛的星宿神

唐 長卷 絹本 設色 縱28釐米 橫491.2釐米 （日）大阪市立美術館收藏

牛這種動物，雖體高力大，卻非常溫順，在中國農業的發展過程中有著不可替代的作用。牠的形象也曾作為力大勇猛的獸類象徵，如《山海經》中多次出現的犀和兕，以及灌題山中牛形的那父。除了野獸以外，牛還被賦予神異的色彩，如圖中五星二十八宿之一的星宿神，就騎著一頭健壯的黑牛。

□ 《山海經》珍貴古版插圖類比

長蛇 胡本的長蛇身上有斑紋，盤曲引頸，
口吐長信。《禽蟲典》本的長蛇造型採自胡
本，只是置身於險山叢林之中。

長蛇圖

→明 胡文煥圖本　　　　　　→清 《禽蟲典》

發源，向西流入泑澤，水中有很多磁鐵石，中國四大發明之一的指南針，就是用磁鐵
石製成的。

潘侯山 旄牛

　　灌題山再往北二百里，是潘侯山，山上覆蓋著茂密的松柏林，山下則生長著茂密
的榛樹和楛（ㄏㄨˋ）樹。其山向陽的南坡遍佈著豐富的玉石，背陰的北坡則蘊藏著
豐富的鐵。山中有一種野獸，外形像一般的牛，但四肢關節上都長著長長的毛，所以
牠的名稱就叫旄（ㄇㄠˊ）牛。古代軍隊行軍打仗時，先鋒部隊或指揮陣營的旗杆上
就會綁上旄牛的長毛，做爲先鋒和指揮之用，成語「名列前茅」之典故就出自於此。
邊水發源於潘侯山，向南流入櫟澤。

小咸山附近 赤鮭

　　潘侯山再往北二百三十里，是小咸山。山上沒有花草樹木，冬季和夏季都有積雪。
　　小咸山往北二百八十里，是大咸山，山上也沒有花草樹木，山下盛產各色美玉。

這座大咸山，山體呈四方形，巍峨陡峭，人是攀登不上去的。山中有一種蛇叫做長蛇，身體長達數十丈，身上還長著像豬鬃一樣的剛毛，發出的聲音就像是有人在敲擊木魚般。傳說這種長蛇食量驚人，甚至能吞下整頭鹿。據說當年天帝派后羿到下界去鏟除禍害人民的惡禽猛獸，長蛇就是其中之一。牠被后羿殺死在洞庭，墓穴就在巴陵的巴丘一帶。

少咸山一帶山水

明　蔣應鎬圖本

少咸山上觀望的人面獸為窫窳（一ㄚ、ㄩˇ）。獄法山上奔跑著的人面狗形獸是山狸；灢澤水從此山發源，水邊站著的雞足魚名為鰖（ㄗㄠˇ）魚。北嶽山上的四角獸叫諸懷。從此山發源出諸懷水，水裡有叫鮨魚的狗頭魚。渾夕山中吐舌的雙尾蛇是肥遺。

【本圖山川地理分佈定位】　【本圖人神怪獸分佈定位】

　　大咸山再往北三百二十里，是敦薨（ㄏㄨㄥ）山。山上有棕樹和楠木樹，山下是大片的紫色草。敦薨水從這座山發源，向西注入泑澤。這泑澤位於昆侖山的東北角，是黃河的源頭，水裡有很多赤鮭。那裡的野獸以兕（ㄙˋ）、氂牛為最多，而禽鳥大多是布穀鳥。

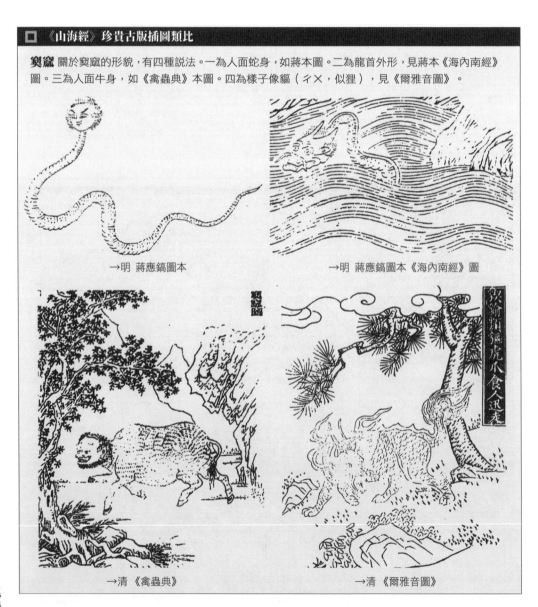

□《山海經》珍貴古版插圖類比

窫窳 關於窫窳的形貌，有四種説法。一為人面蛇身，如蔣本圖。二為龍首外形，見蔣本《海內南經》圖。三為人面牛身，如《禽蟲典》本圖。四為樣子像貙（ㄔㄨ，似狸），見《爾雅音圖》。

→明 蔣應鎬圖本

→明 蔣應鎬圖本《海內南經》圖

→清《禽蟲典》

→清《爾雅音圖》

■ 《山海經》珍貴古版插圖類比

山獋 《爾雅音圖》中的山獋形如狒狒，毛髮很長，行走急速，食人。胡本中，山獋人面犬身，一臉笑容。

山獋

狒狒如人被髮迅走食人

→明 胡文煥圖本

→清 《爾雅音圖》

少咸山 窫窳

　　敦薨山再往北二百里，是少咸山，山上岩石裸露，沒有花草樹木，但遍佈著青石碧玉。山中棲息著一種野獸，外形像普通的牛，卻長著紅色的身體、人的臉孔及馬的腳，名叫窫窳（ㄧㄚˋㄩˇ），牠發出的聲音如同嬰兒啼哭般，是會吃人的獸。傳說窫窳是古代的一個天神，人面蛇身，後來犯了一點過失，便被另一位天神貳負殺死。天帝憐憫牠，便命巫師用不死之藥將牠救活。窫窳復活後，便以野獸的面目出現，以吃人為生，成了禍害人間的惡獸。後來在帝堯時期，窫窳和鑿齒、九嬰、修蛇等怪物出來害人，堯便命令后羿為民除害，將害人的窫窳殺死。敦水從少咸山

玉羽人

商晚期　高 11.5 釐米　厚 0.8 釐米

《山海經》中出現了許多人身獸面或人面獸身的怪獸，獄法山中的山獋即是其一。商代的玉器之中也發現一種奇特的鳥頭人身玉羽人。這件玉羽人呈赭（ㄓㄜˇ）紅色（咖啡色偏紅），側身蹲坐，粗眉、頭戴高羽冠，冠後有三個長圓形的活結。

滋養大地的黃河

清 絹底 彩繪

水從渾夕山發源，流向西北，最終注入大海。而華夏大地上最偉大的河流—黃河，則發源於青康藏高原，然後一路向東奔流入海。多條河流的滋養使遠在六、七千年前的華夏文明就已進入農耕社會，而後才出現「禹、稷躬稼而有天下」、「帝俊生后稷，稷降以百穀」，以及「后稷教民稼穡，樹藝百穀，五穀熟而民人育」的傳說。該圖精細地描繪了西自黃河交匯口、東至大海的黃河及其兩岸的形勢，河道的走勢猶如一條巨龍。

發源，向東流入雁門水，水中有很多鮸鮸（ㄅㄟˋ）魚，人吃了牠的肉會中毒而死。

獄法山 鰺魚 山𤟟

少咸山再往北二百里，是獄法山。瀤（ㄏㄨㄞˊ）澤水從這裡發源，向東北流入泰澤。水裡有很多鰺（ㄗㄠˇ）魚，其形狀像鯉魚，卻長著如雞的腳，是一種半魚半鳥的怪物，人吃了牠的肉就能治癒贅瘤（囊腫）病。山中還有一種野獸，其外形像普通的狗，卻長著一張人臉，擅長投擲，一見人就哈哈大笑，名叫山𤟟（ㄏㄨㄟ）。牠健步如飛，行走神速，往往能帶起一陣大風。只要牠一出現，天下就會刮起大風。也有人認為山𤟟就是舉父，為梟陽之類的動物，長有巨大的嘴巴，喜歡吃人肉。

北嶽山 諸懷 鮨魚

獄法山再往北二百里，是北嶽山，山上到處是枳（ㄓˇ）樹、荊棘等帶刺的灌木，和檀木、柘（ㄓㄜˋ）木等質地堅硬的喬木。山中棲息著一種野獸，外形像普通的牛，但有四隻角，頭上還長著人的眼睛、豬的耳朵，發出的聲音如同鴻雁鳴叫，名字是諸懷。牠十分兇惡，會吃人。諸懷水就從這座山發源，向西流入囂（ㄒㄧㄠ）水。水中有很多鮨（ㄧˋ）魚，牠們有魚的身體，卻長著狗的頭，叫的聲音像嬰兒啼哭般，人吃了牠的肉就能治癒癲狂病（精神錯亂的疾病）。有學者認為，鮨魚的魚身、魚尾和狗頭的外形，與現今的海狗很像，極有可能就是海狗。

渾夕山 肥遺

北嶽山再往北一百八十里，是渾夕山。山上沒有花草樹木，但盛產銅和玉石。囂水從這座山發源，向西北注入大海。這裡有一種長著一個頭、兩個身體的蛇，名叫肥遺，牠只要在哪個國家出現，那個國家就會發生旱災。在

禦龍升天圖

戰國 帛畫 墨筆 設色 縱37.5毫米 橫28毫米 湖南省博物館收藏

古人相信人死後，生命雖息，靈魂未止；魂魄還會進入一個更廣闊的世界，進而擁有活著時所無法擁有的神力。於是，尊敬死去的人成為古人德行的一部分。在一些喪葬習俗中，人們在已故者的墓室中畫上涸水之精肥遺，以期保持墓室乾燥；掛上畫有墳墓主人升天的帛畫，祝願逝去的人得道成仙。這幅帛畫描繪的就是墳墓主人手駕龍舟，遨遊天際，迎風而行的飄逸形象。

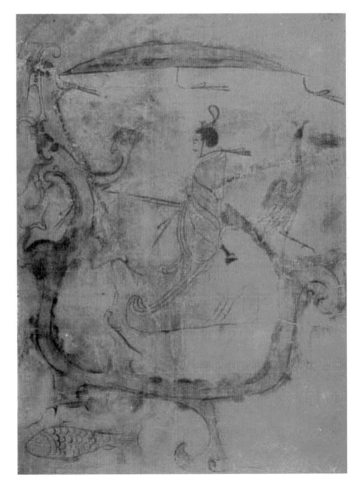

《西次一經》中的太華山也有提到肥遺，太華山的肥遺有六隻腳，還長著四個翅膀。而渾夕山的肥遺則是一個頭、兩個身體。這兩個肥遺都是天下大旱之兆。由於肥遺會帶來大旱，古人便認為肥遺是涸水之精，常常將牠的形象畫在墓室牆壁或棺槨上，以達到保持墓室乾燥、保護墓主的目的。

北單山周邊

渾夕山再往北五十里，是北單山，山上有茂盛的野蔥和野韭菜。再往北一百里，是罷（ㄆㄧˊ）差山，山上也沒有花草樹木，卻有很多野馬。再往北一百八十里，是北鮮山。鮮水從這座山發源，向西北流入塗吾水。

再往北一百七十里，是隄山。這裡也生活著許多野馬。另外，山中還有一種野獸，外形似豹，頭上長有斑紋，名稱是狕（ㄧㄠˇ）。隄水從這座山發源，向東注入泰澤，水中有很多龍龜。傳說龍龜名叫吉吊，蛇頭龜身，是由龍生的三個卵中的一個孵化而來，既能在水中生活，也能上樹。

隄山周邊群山
明　蔣應鎬圖本

隄山上正在奔跑著的豹形獸為狕。隄水從此山發源，水中有許多龍龜。北方第一列山系的山神都是人面蛇身神。敦頭山上棲息著非牛非馬的獨角神獸，名為䮝（ㄅㄛˊ）馬。鉤吾山上人面羊身的怪獸是狍鴞（ㄆㄠˊ　ㄒㄧㄠ）。北山上向下張望的獸為獨狢（ㄩˋ）；山頂上的人面鳥為鶯鶹（ㄆㄢˊ　ㄇㄡˋ）。

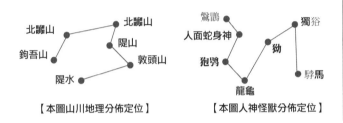

北嚻山　　北嚻山　　　　　鶯鶹　　　　　獨狢
鉤吾山　　　　隄山　　人面蛇身神　　　　　狕
　　　敦頭山　狍鴞　　　　　　　　䮝馬
隄水　　　　　　　　龍龜

【本圖山川地理分佈定位】　　【本圖人神怪獸分佈定位】

□ 《山海經》珍貴古版插圖類比

人面蛇身神 汪本中，人面蛇身神人頭向右，神情嚴肅。《禽蟲典》本的此山神一臉祥和，四周圍繞著祥雲，表示山神所具有的神性。

→清 汪紱圖本　　　　　　　　　　　　→清 《禽蟲典》

北方第一列山系諸山神

　　總計北方第一列山系之首尾，自單狐山起到隄山止，一共二十五座山，綿延五千四百九十里，諸山山神的形狀都是人的面孔、蛇的身體。祭祀山神的禮儀是：將一隻帶毛的雞，和一隻帶毛的豬埋入地下，吉玉則是用一塊珪，也將其埋入地下，祀神不用精米。住在這些山北面的人，都吃生食，而不用火將食物煮熟。可知當時那裡的人還處於較古老的階段，他們祭祀山神的方式也比較原始。

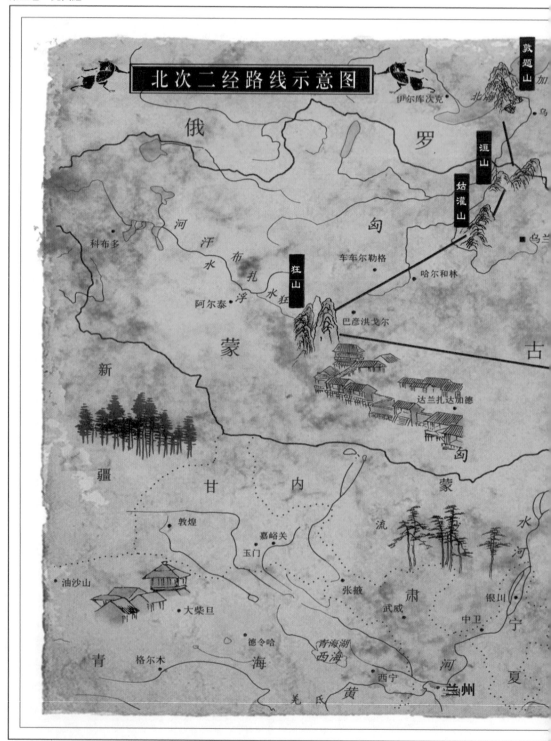

本圖根據張步天教授《〈山海經〉考察路線圖》繪製，圖中記載了《北次二經》中管涔山到敦題山共十七座山的地理位置。

（此路線形成於戰國中期）

北次二經

管涔山——汾河的發源地

管涔山確有其山，就在現在的山西省甯武、岢（ㄎㄜˇ）嵐等縣境內，是山西的母親河汾河的發源地。從管涔山發源的汾水即是汾河，據說以前汾河之水流量很大，從管涔山上伐下的木材，都靠汾河運送。汾河附近降雨充沛，五千多年前，平均氣溫比現在高約 2～3 度；當地除了豐富的農作物外，養殖業也很發達。

管涔山一帶

　　北方第二列山系的頭一座山，坐落在黃河的東岸，山的頭部枕著汾水，這座山叫管涔（ㄘㄣˊ）山。山上沒有高大的樹木，到處都是茂密的花草，山下盛產玉石。汾水從這裡發源，向西流入黃河。

　　管涔山往北二百五十里，是少陽山。山上盛產玉石，山下盛產純度很高的白銀。酸水從這座山發源，向東流入汾水，水中有很多優質赭石。按方位和距離推斷，這座少陽山在今山西省境內，現今山西人愛食醋，也許就是長期

毛茛

毛茛（ㄌㄤ ˊ）是一種株幹低矮但生命力強的植物，漫山遍野都可見到。它喜愛涼爽濕潤的半陰環境，花色富於變化。具有很強的藥用價值，主治瘧疾、黃疸、偏頭痛、胃痛、風濕關節痛、膿瘡、惡瘡、疥癬、牙痛。

飲用酸水養成的飲食習慣吧。

少陽山再往北五十里，是縣雍山。山上蘊藏著豐富的玉石，山下蘊藏著豐富的銅。山中生活的野獸主要是山驢和麋鹿；而禽鳥則以白色野雞和白鵺（ㄩˋ）居多，白鵺就是前文所提到的白翰。晉水從縣雍山發源，然後向東南流淌，注入汾水。水中有很多𩽹（ㄘˇ）魚，形狀像小儵（ㄕㄨˋ）魚，卻長著紅色的鱗片，發出的聲音就如同人的吼叫聲，聽說吃了牠的肉，就不會有狐臭。

狐岐山周邊

縣雍山再往北二百里，是狐岐山。山上光禿禿的，沒有生長花草樹木，但卻遍佈著名貴的青石碧玉。勝水從這裡發源，然後向東北流入汾水，水中還有很多蒼玉。

狐岐山再往北三百五十里是白沙山，方圓三百里。白沙山山如其名，山上到處是沙子，一片荒涼，既沒有花草樹木，也沒有禽鳥野獸。鮪水從這座山的山頂發源，然後潛流到山下，水中有很多白色美玉。

白沙山再往北四百里，是爾是山，山上也沒有花草樹木且十分乾燥，沒有河流發源。

爾是山再往北三百八十里，是狂山。山上山石裸露，沒有生長花草樹木。這裡氣候寒冷，山間終年有雪。狂水從這座山發源，向西流淌注入浮水，水中有很多珍貴的美玉。

狂山再往北三百八十里，是諸餘山。

灰陶狗
漢　高 36.5 釐米　長 43 釐米
河南省博物館收藏

狗是中國古代六畜之一，是重要的肉食來源；並因其天性忠誠，還被用來狩獵和看家。這件灰陶狗身軀肥大、形象逼真，正虎視眈眈、昂首狂吠，像是看守犬的形象。

■ 《山海經》珍貴古版插圖類比

䮀馬 汪本的䮀馬獨角直立，鬃毛長而硬，張口瞪目，似在嘶鳴。《禽蟲典》本中，䮀馬身後垂著牛尾，做站立回首狀。

→清 汪紱圖本

→清《禽蟲典》

山上蘊藏著豐富的銅和玉石，山下則長著茂密的松樹和柏樹。諸余水從這裡發源，然後向東流入旄（ㄇㄠˊ）水。

敦頭山 䮀馬 狍鴞

諸餘山再往北三百五十里，是敦頭山，山上蘊藏有豐富的金屬礦物和玉石，但不生長花草樹木。從這座山發源，向東流入邛（ㄑㄩㄥˊ）澤。山中有很多䮀（ㄅㄛˊ）馬，牠有牛一樣的尾巴和白色的身體，頭上還長著一隻角，發出的聲音如同人在呼喊。馬是一種神獸，有角的就叫䮀，沒有角的則稱爲騏。據記載，在東晉年間，曾經有人在九眞郡（就是現在的越南）捕獲過一匹䮀馬。

敦頭山再往北三百五十里，是鉤吾山。山上遍佈著各色美玉，山下則蘊藏著豐富的銅。山中棲息著一種野獸，其身體像羊，長著人的臉孔，但眼睛卻長在腋窩下面，牙齒像老虎牙，腳上的爪子又像人的手指，發出如嬰兒啼哭般的聲音，名字叫狍鴞（ㄆㄠˊ ㄒㄧㄠ），十分兇惡且會吃人。狍鴞就是饕餮（ㄊㄠ ㄊㄧㄝˋ），傳說黃帝大

戰蚩尤，蚩尤被斬，其首落地化爲饕餮。這種怪獸十分貪吃，把能吃的都吃掉之後，竟然把自己的身體也吃了，最後只剩下一個頭部。在商周的青銅鼎上面就鑄上了牠的形象，但因爲身體已經被牠自己吃掉了，所以只有頭部。鼎最初是用來盛食物的，其上面鑄饕餮紋就是爲了讓食客引以爲戒。傳說縉雲氏有個不肖之子，貪於美食，奢侈斂財，十分令人厭惡，天下百姓就把他稱爲饕餮，從此饕餮就成了貪吃者的稱號。由於饕餮的形象兇惡可怕，商周以後，銅器上的裝飾有裂口巨眉、兩眉直立、有首無身等全都被歸爲饕餮；而牠作爲貪吃者的寓意逐漸產生變異，而增加了驅邪避兇的功能，牠莊嚴肅穆、冷酷猙獰的模樣，古人會用來避禍求福。

帶饕餮紋的銅鼎

饕餮因是蚩尤死後所化，故性情格外兇殘而貪吃。商周時期用於獻祭的禮器常以饕餮爲紋飾，希望能憑藉它的威猛來守護器中的食物。饕餮紋多以鼻爲中心，眉、眼、口皆對稱雕飾，有些還帶有突出的獠牙。

□ 《山海經》珍貴古版插圖類比

狍鴞 汪本的狍鴞人面羊身，大大的臉上鼻眼分明，齜著虎牙，一隻眼睛長在腋下。《禽蟲典》本中，狍鴞巨口大張，似在大聲咆哮，給人一種恐怖之感。

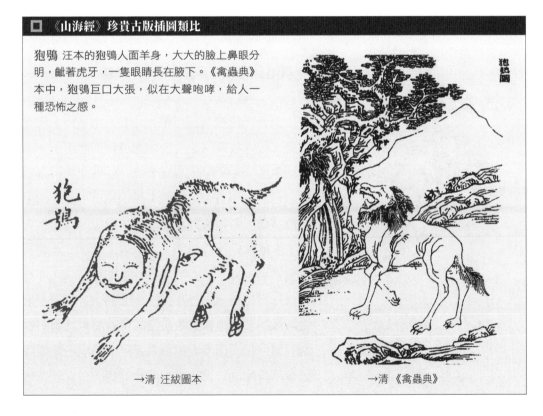

→清 汪紱圖本　　　　　　　　→清 《禽蟲典》

□ 《山海經》珍貴古版插圖類比

居暨 《爾雅音圖》中的居暨形態像鼠，毛如刺蝟。汪本的居暨儼然是一隻小刺蝟。《禽蟲典》中，居暨既不像鼠也不像刺蝟，而是一隻肥頭小獸。

→清 汪紱圖本　　　　→清 《爾雅音圖》　　　　→清 《禽蟲典》

狙

清 汪紱圖本

狙集鳥、猴、狗三牲於一身，樣子像猴，卻長著兩對翅膀和狗尾巴，一隻眼睛長在臉的正中間，伸著兩隻前爪，像在行走般。

北囂山　獨狢　鬿鵲

鉤吾山再往北三百里，是北囂山。山上沒有石頭，其南坡遍佈著青碧，北坡遍佈著美玉。山中棲息著一種野獸，其樣子像一般的老虎，身體是白色的，卻長著狗的頭、馬的尾巴，身上的毛就像豬鬃，名叫獨狢（ㄩˋ）。山中還有一種禽鳥，外形像一般的烏鴉，卻長著人的面孔，名稱是鬿鵲（ㄆㄢˊ ㄇㄠˋ），牠屬於鵂鶹（ㄒㄧ ㄡ ㄌㄧㄡˊ，貓頭鷹）類，體形較大，如今都把牠叫做訓狐。牠的眼睛在夜間可以看見細小的蚊蟻，但在白天卻連大山都看不見。所以，牠要等到夜幕降臨之後，才出來捕食蚊蟲，白天時就會

蟄伏休息。吃了鷔鵲的肉可以治癒熱病和頭痛。

洤水從北嚻山發源，向東流入邛澤。

梁渠山 居暨 嚻

北嚻山再往北三百五十里，是梁渠山。山上不生長花草樹木，但蘊藏有豐富的金屬礦物和玉

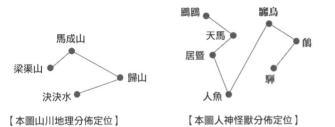

【本圖山川地理分佈定位】　【本圖人神怪獸分佈定位】

梁渠山周邊
明　蔣應鎬圖本

梁渠山上生活著小獸居暨；天空中還飛翔著四翼狗尾的騂鳥。歸山上觀望的四角獸是騂；山岩上還站著六足鳥鴒（ㄈㄣ丶）。龍侯山是決決水的發源地，水中游著人魚。馬成山上飛著名叫天馬的狗頭獸；山岩頂端棲息著的鳥為鷗鶋（ㄑㄩ ㄐㄩ）。

陶樓

漢　高 147 釐米　河南省博物館收藏

這件陶樓造型奇特，共分三層，全體施釉。最下面一層有五人在相聚言談；第二、三層均有一臥榻。漢代時，這種高大的閣樓空前盛行，它一方面是莊園的望樓，居高臨下，易守難攻，是軍事防守的據點；另一方面，它又是財富的象徵。這種高臺樓閣反映了東漢時期，封建莊園經濟的發展，也是豪強貴族聚族而居，塢壁林立的一種真實寫照。

石。脩（ㄒㄧㄡ）水從這裡發源，然後注入雁門水。山中的野獸以居暨為最多，居暨外形像老鼠，但渾身長著和刺蝟一樣的毛刺，只是其顏色是紅的，牠發出的聲音如同小豬叫。山中還棲息著一種禽鳥，形狀像前文提到的如猿猴模樣的舉父，長著四隻翅膀，卻只有一隻眼睛，身後還有一條狗尾巴，名稱是䴅，牠的叫聲與喜鵲相似。人吃了牠的肉可以止住肚子痛，還可以治好腹瀉。

姑灌山一帶

梁渠山再往北四百里，是姑灌山。山上沒有花草樹木。這裡氣候寒冷，冬天、夏天都有雪。

姑灌山再往北三百八十里，是湖灌山。其山向陽的南坡盛產玉石，背陰的北坡則盛產碧玉。山上生活著許多個頭較小的野馬。湖灌水從這裡發源，向東流入大海，水裡有很多鱔魚。山中長著一種樹木，其葉子像柳樹葉，卻有紅色的紋理。

湖灌山再往北行五百里水路，然後又經過三百里流沙，便到了洹（ㄏㄨㄢˊ）山，山中蘊藏著豐富的金屬礦物和各色美玉。山上長著一種名叫三桑的樹木，這種樹枝幹筆直，不長枝條，樹幹高達八十丈。除三桑樹外，山上還生長著各種果樹，山下則棲息著很多怪蛇。

洹山再往北三百里，是敦題山。山上岩

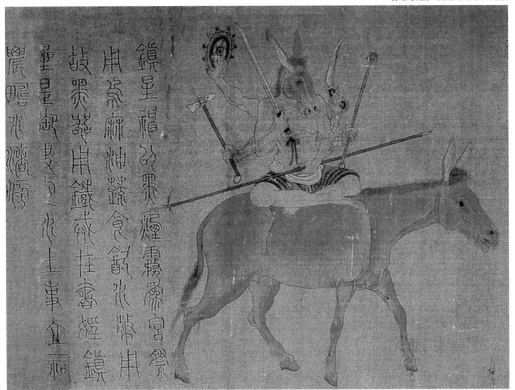

石裸露，草木不生，但蘊藏有豐富的金屬礦物和各色美玉。它雄踞魚北海岸邊，北望大海。

北方第二列山系山神的祭祀

總計北方第二列山系之首尾，自管涔山起到敦題山止，一共十七座山，綿延五千六百九十里。諸山山神的形象都是蛇的身體、人的面孔。祭祀這些山神的禮儀：從帶毛的禽畜中精選一隻公雞、一頭豬一起埋入地下，再選用一塊玉璧和一塊玉珪，一起投向山中，祭祀時不能用精米來祭祀神。

形貌奇異的星宿神

唐 長卷 絹本 設色 縱 28 釐米 橫 491.2 釐米 （日）大阪市立美術館收藏

遠古時代，凡頗具威力的神、怪、獸等，都被賦予不平常的相貌，多為幾獸共體或人獸共體，如《山海經》中的諸山神，基本上沒有一個面相端正的。連星宿神也因和占卜有相關聯，也被賦予人、鳥、獸等形象。圖為驢首人身、六條手臂持有各種兵器的熒惑星神。

1. 饒山 2. 陸山 3. 沂山 4. 維龍山 5. 繡山 6. 敦與山 7. 松山 8. 柘山 9. 景山 10. 題首山 11. 小侯山 12. 彭毗山 13. 孟門山 14. 沮洳山 15. 馬成山 16. 發鳩山 17. 蟲尾山 18. 賈閒山 19. 龍侯山 20. 歸山 21. 王屋山 22. 天池山 23. 教山 24. 平山 25. 景山 26. 陽山 27. 少山 28. 泰頭山 29. 高是山

本圖根據張步天教授《〈山海經〉考察路線圖》繪製，圖中記載了《北次三經》中太行山到無逢山共四十六座山的地理位置。

（此路線形成於西周早中期）

北次三經

太行山—太行山脈

北方第三列山系的首座山太行山，即今天山西、河北之間的太行山脈。經中雖以「太行之山」為名，但所記的四十六山並非都在今天的太行山沿線上。太行山為古名，據記載，南起河南濟源縣，北達京郊昌平縣，綿延八百里。其首山歸山的所在位置有三種説法，一説在大樂嶺，其山高一千八百五十五米；清朝畢沅主張歸山在河南省輝縣西北；還有種説法認為在山西省永濟縣西南的雷首山。

太行山　𩣡　鶹

北方第三列山系之首座山，叫做太行山。太行山很長，其首端叫歸山，山上蘊藏著豐富的金屬礦物和各色美玉，山下有珍貴的碧玉。山中棲息著一種野獸，外形像普通的羚羊，頭上卻有四隻角，及馬的尾巴和雞的爪子，名稱是𩣡（ㄏㄨㄣˊ）。牠不僅樣貌奇異，並且能夠輕易翻越高山險峰，牠的叫聲就如同在呼喚自己的名字。山中還有一種禽鳥，外形和普通喜鵲相似，卻長著白色身體、紅色尾巴，腹部還長著六隻腳，名稱是鶹（ㄈㄣˊ），這種鳥十分有警覺性，牠啼叫起來也像是在呼喚自己的名字。

龍侯山　鰼魚

太行山往東北二百里，是龍侯山。山上山石遍佈，不生長花草樹木，有豐富的金屬礦物和各

□　《山海經》珍貴古版插圖類比

鶹　《禽蟲典》本鶹的樣子像鵲，探頭翹尾，一副機警的樣子。而汪本的鶹體態圓胖，六足交錯，正張嘴鳴叫。

鶹

鶹鳥圖

→清　汪紱圖本

→清　《禽蟲典》

色美玉。決決水從這座山發源，向東流入黃河。水中有很多人魚，外形像一般的鯑（ㄊㄧˊ）魚，長有四隻腳，發出的聲音像嬰兒哭啼，吃了牠的肉就不會患上瘋癲病（精神疾病）。這裡的魚就是現在的大鯢，也就是俗稱的娃娃魚，是一種兩棲類動物，西山第一列山系的竹山上面的人魚也是這種魚。

相傳東漢末年，在武陵山區澧（ㄌㄧˇ）水源頭，四周都是懸崖峭壁，沒有人煙。一位五十來歲的文人老先生攜妻子為逃避戰亂來到這裡，身體虛弱又饑寒交迫，走投無路正準備投江自盡時，卻發現水中有一群長有四條腿，叫聲酷似嬰兒啼哭的魚。這位老者就釣了幾尾煮來充饑，其肉鮮甜味美。老者吃了後精神煥發，蒼白的頭髮漸漸變黑，脫落的牙齒又長了出來，視物觀象直通鬼神，身體也日漸強壯。他妻子也年輕了許多，就好像枯木逢春。一直無後的他們後來生下了八個孩子，個個健康強壯、聰明伶俐。這時蜀中道士張道陵（道教的創始人）尋藥來此，遇到了這位老者，向他討了一碗湯喝。喝完後張道陵頓覺身體變輕，一道霞光閃過，眼前出現了兩尾魚頭尾交替的場

琴高乘鯉圖

明 立軸 絹本 設色 縱 164.2 釐米 橫 95.6 釐米 上海博物館收藏

鯉魚這種今天仍非常普通的魚，從一開始就被賦予神話色彩一如「鯉魚躍龍門」，與形態怪異的娃娃魚一樣，成了仙家之物。得道成仙的琴高正騎在鯉魚背上，回身抱拳，向眾弟子辭別，這位仙人就要消失在渺茫的江水之中。

吳王青銅器

春秋　高 35 釐米　口徑 57 釐米

青銅是人類歷史上一項偉大的發明，它是紅銅和錫、鋁的合金，也是金屬冶煉史上最早的合金。中國早在六、七千年前就發明並使用青銅，將其鑄造成各種器皿。這件盛水或冰的器具，是吳王光嫁女於蔡的陪嫁品。吳王光，即吳王闔閭，他曾在硯石山上建築館娃宮，宮內裝飾有大量金銀和珠玉。

面，感到十分驚訝，便問老者原由，老者介紹了自己的離奇經歷。道士聽完後便到深淵一探究竟，頓時領悟到陰陽變化的玄機，創建了太極圖，並為這種魚取名為鯢，意思就是送兒的魚，從此這種魚就叫大鯢了。人魚最大的特徵就是魚以足行，並由此衍生出美人魚之類的神奇故事。魚在遠古時代，可能是一部分族群崇拜的動物，從後世出土的一些畫有人魚形象的陶器看，新石器時代，居住在西北高原一帶的原始先民就可能以鯢魚為圖騰。

馬成山 天馬 鴟鴟

龍侯山再往東北二百里，是馬成山。山上遍佈著帶有紋理的美石，其背陰的北坡還蘊藏著豐富的金屬礦物和各色美玉。山裡棲息著一種神獸，外形像普通的白狗，卻有著黑色的頭；牠還長著翅膀，一看見人就騰空飛起，其名字就叫天馬，牠叫起來猶如在呼喚自己的名字。

天馬是我國古人喜歡的一種神獸，傳說牠在天上名叫勾陳，在地下就叫天馬，其形象經常出現在各種裝飾器物上。文人所用的「天馬行空」之語，可能指的就是這類神獸。天馬也是駿馬的名字，《史記‧大宛列傳》中記載，漢武帝曾得到一匹非常好的烏孫馬，名叫「天馬」。牠體格強壯，日行千里，比得上大宛的汗血寶馬了。後來，漢武帝將那匹烏孫馬改名為「西極」，而叫大宛馬為「天馬」。

馬成山裡還生長著一種禽鳥，其體形像普通

的烏鴉，卻長著白色的頭和青色的身體，腳爪是黃色的，名字叫鶹鶹（ㄑㄩㄐㄩ），牠的名字也就是牠的叫聲，吃了牠的肉就不會覺得饑餓，還可以治癒老年健忘症。

咸山 器酸

馬成山再往東北七十里，是咸山。山上有美玉，山下則盛產銅，山上覆蓋著茂密森林，森林中的樹以松柏為主，草以紫草最多。條菅（ㄐㄧㄢ）水從這座山發源，然後向西南奔湧而去，注入長澤。澤中出產一種叫器酸的東西，這種器酸三年才能收成一次，吃了它就能治癒人的瘋癲病。

天池山 飛鼠

咸山再往東北二百里，是天池山。山上山石裸露，沒有花草樹木，但遍佈著帶有花紋的美石。山中有一種野獸，其外形像兔子，卻長著老鼠的頭，牠背上長著很長的毛，平時收斂，要飛的時候就將毛揚起，借助背上的毛飛行，飛的時候仰面朝上，牠的名字是飛鼠。據說明天啟三年十月時，鳳縣出現很多大鼠，牠們長著肉翅而沒有腳，

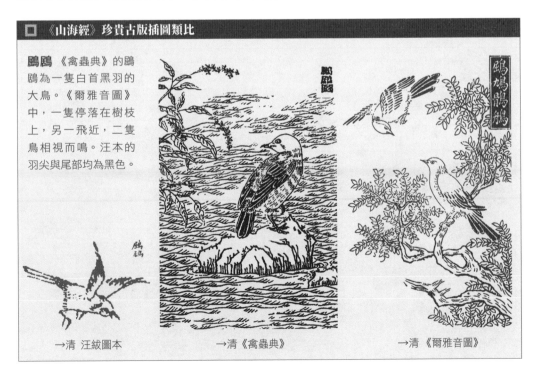

■ 《山海經》珍貴古版插圖類比

鶹鶹 《禽蟲典》的鶹鶹為一隻白首黑羽的大鳥。《爾雅音圖》中，一隻停落在樹枝上，另一飛近，二隻鳥相視而鳴。汪本的羽尖與尾部均為黑色。

→清 汪紱圖本　　　　→清 《禽蟲典》　　　　→清 《爾雅音圖》

有著黃黑色毛，尾巴毛皮豐滿似貂，能夠飛著吃糧食，當地人懷疑就是這類飛鼠。楊慎也在《山海經補注》中說，這類飛鼠在雲南姚安蒙化也有，他就親眼見過；飛鼠的肉可以食用，皮還能治療難產。除此澠（ㄇㄧㄢˇ）水從這座山發源，水中有很多黃色塈（ㄜˋ）土。

天池山附近

明　蔣應鎬圖本

天池山中生活著名的飛鼠。陽山上走著的牛形怪獸為領胡；山坡上站著自為雌雄的奇鳥名象蛇。留水由此山發源，水中的魚首豬身怪魚是鮯父魚。景山中，水邊三足六目的怪鳥為酸與。發鳩山上，精衛鳥在天空展翅飛翔。泰戲山上回首張望的獨角獸是辣辣（ㄌㄨㄛˋ）。

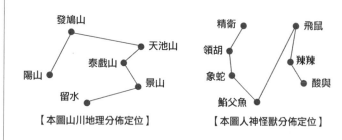

【本圖山川地理分佈定位】　【本圖人神怪獸分佈定位】

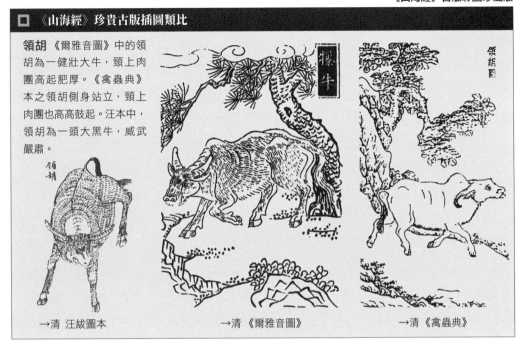

領胡 《爾雅音圖》中的領胡為一健壯大牛，頸上肉團高起肥厚。《禽蟲典》本之領胡側身站立，頸上肉團也高高鼓起。汪本中，領胡為一頭大黑牛，威武嚴肅。

→清 汪紱圖本　　　　→清 《爾雅音圖》　　　　→清 《禽蟲典》

陽山 領胡 象蛇 鮯父魚

　　再往東三百里，是陽山。山上佈滿了各色美玉，山下蘊藏著豐富的金銅。山中有一種野獸，外形像牛，有紅色的尾巴，脖子上有肉瘤，高高凸起，形狀像斗一樣，其名稱是領胡。牠發出的吼叫聲就像是在呼喚自己的名字，人吃了牠的肉就能治癒癲狂症（精神錯亂）。據說這種牛能日行三百里，後世在很多地方都出現過。山中還棲息著一種鳥，外形像雌性野雞，羽毛上有五彩斑斕的花紋，牠同時有雄雌兩種性器官，能自我繁殖，名稱是象蛇。留水從這座山發源，向南流入黃河。留水中生長著鮯（ㄒㄧㄢˋ）父魚，其形狀像普通的鯽魚，長著魚的頭，而身體卻像豬，人吃了牠的肉就可以治癒嘔吐。

紅藍

古人很早就善於利用天然物品製成染料，山頂洞人時期就出現了染紅的繩、獸牙等物品。又名紅花、黃藍的紅藍花，也是染劑最常見的來源之一。它的花為管狀，多為紅色或橘紅色，可以製成紅色的染料。它也是一種藥材，有活血通經的效用。

賁聞山附近

陽山再往東三百五十里，是賁聞山。山上蒼玉遍佈，山下則盛產黃色堊土，還有許多可以用來做黑色染料的黑石脂。

賁聞山再往北一百里，是王屋山。山上岩石裸露，㶌水從這裡發源，向西北流去，注入泰澤。王屋山就在河南省境內，「愚公移山」的故事就發生在這裡。

王屋山再往東北三百里，是教山，山上到處是各色美玉而沒有普通石塊。教水從這座山發源，向西流入黃河，教水是條時令河，到了冬季便乾枯了，只有夏季汛期到來時才有少量流水，的確可以說是條乾河。教水的河道中有兩座小山，方圓各三百步，因為它們就像天神所發射的兩顆彈丸，故名曰發丸山。發丸山雖小，但卻蘊藏著豐富的金屬礦物和各色美玉。

景山　酸與

教山再往南三百里，是景山。在景山山頂，向南可以遠眺鹽販澤，向北可以遠眺少澤。山上生長著茂密的草和藷藇（ㄓㄨ　ㄒㄩ　ˋ），這裡的草以秦椒最多，其山背陰

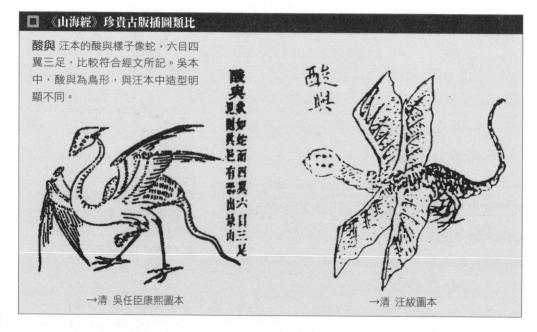

■ 《山海經》珍貴古版插圖類比

酸與 汪本的酸與樣子像蛇，六目四翼三足，比較符合經文所記。吳本中，酸與為鳥形，與汪本中造型明顯不同。

→清　吳任臣康熙圖本

→清　汪紱圖本

北坡多出產赭石，向陽的南坡則盛產美玉。山裡棲息著一種鳥，外形像蛇，卻有兩對翅膀、六隻眼睛、三隻腳，名字叫酸與，牠啼叫起來就像是在呼喚自己的名字。酸與是一種凶鳥，牠在哪裡出現，那裡就會發生可怕的事情。據說吃了牠的肉可以使人千杯不醉。

孟門山一帶

　　景山再往東南三百二十里，是孟門山。山上遍佈著精美的蒼玉，有豐富的金屬礦物，山下則是黃色堊土及可以製作黑色染料的黑石脂。

　　孟門山再往東南三百二十里，是平山。平水從這座山的頂上發源，然後潛流到山下，水中有很多優質美玉。

　　平山再往東二百里，是京山。山上盛產美玉，生長著很多漆樹，還有很多竹林，在這座山的南坡出產赤銅，北坡出產黑色磨刀石。高水從這座山發源，奔騰向南注入黃河。

　　京山再往東二百里，是蟲尾山。山上蘊藏有豐富的金屬礦物和各色美玉，山下竹林密佈，還

長江名勝圖

白甫　清　絹底　彩繪　縱 25.2 釐米　橫 1119 釐米　北京圖書館收藏

長江亦是華夏文明的源頭之一，至今在它流經的地域還可找到為數眾多的古代遺址。而沿岸豐富的銅礦資源，成就了其中最為璀璨的、與黃河文明不同的青銅文明。這幅地圖以傳統的山水畫表現手法，描繪了長江兩岸的風光。

龍紋觥

商後期　長 24.1 釐米
山西石樓花莊出土

草木叢生的山中多半有蛇，太華山、渾夕山上都出產一種名叫肥遺的怪蛇。怪蛇是扭曲升騰的龍的原型，象徵著強大的神祕力量，常被用來作為器皿上的飾物。這尊酒觥（《ㄨㄥ）的首部為雙角龍，龍口有齒，可作為注酒之用。

木之精華——柏

礦藏豐富的謁戾山上生長著茂密的柏樹，古人稱樹木本是氣化而生，根葉華實，堅脆美質。柏樹的樹形較為高大，果實如同小鈴鐺，散發著甘甜的香味，服用後可使人耳聰目明，不饑不老。

出產很多青石碧玉。丹水從蟲尾山發源，向南注入黃河；薄水也從這裡發源，卻向東南流淌，注入黃澤。

彭毗山　肥遺

蟲尾山再往東三百里，是彭毗（ㄆㄧˊ）山。山上光禿禿的，沒有花草樹木，但蘊藏有豐富的金屬礦物和各色美玉。山麓水源豐富，蚤林水從這裡發源，向東南流入黃河；肥水也從這裡發源，卻向南流淌，最後注入床水，水中有很多叫做肥遺的蛇。此肥遺是太華山的六足四翼蛇，還是渾夕山的一首兩身蛇，不得而知。

彭毗山再往東一百八十里，是小侯山。明漳水從這座山發源，向南流入黃澤。山中棲息著一種禽鳥，其外形像一般的烏鴉，羽毛上有白色斑紋，名稱是鴣鵰（《ㄨ ㄒㄧˊ），吃了牠的肉就能使人的眼睛明亮而不昏花。

小侯山再往東三百七十里，是泰頭山。共水從這座山發源，向南流入虖（ㄏㄨ）沱水。山上有豐富的金屬礦物和各色美玉，山下佈滿竹叢。

軒轅山　黃鳥

泰頭山再往東北二百里，是軒轅山。山上盛產銅，山下生長著茂密的竹林。山中棲息著一種禽鳥，其外形像一般的貓頭鷹，卻長著白色的頭，名字叫黃鳥，人如果吃了牠的肉，就不會產生妒嫉心。古人誤以為這黃鳥就是黃鶯，因此認為黃鶯也可以治療嫉妒心。傳說梁武帝蕭衍的皇后郗

（ㄒㄧ）氏生性多疑，對梁武帝的其他嬪妃嫉妒不已，梁武帝曾讓她信佛，還請高僧爲她講經，但她依然嫉妒如故。梁武帝以黃鶯做膳給郗氏吃，希望黃鶯能治癒她的嫉妒心，結果於事無補。後來郗氏三十歲就死了，死後化爲蛇，還托夢給梁武帝，向他懺悔。

謁戾山　丹林

黃鶯圖

宋　團扇　絹本　設色　縱約 25 釐米　橫約 25 釐米　北京故宮博物院收藏

黃鶯在很早之前就存在，牠圓潤清脆的歌聲讓古人爲之著迷，於是把牠的鳴唱稱爲「鶯歌」、「黃簧」，牠美妙的歌聲也被看作對君王明治的讚譽。黃鶯非常柔弱，剛捕獲的野生黃鶯常會因膽怯而拒食，並漸漸體力衰竭而死。黃鶯還被視爲一種治療嫉妒的奇鳥，梁武帝就曾以黃鶯做膳來給他生性愛嫉妒的妻子郗氏吃。

　　軒轅山再往北二百里，是謁戾（ㄧㄝˋㄌㄧˋ）山。山上生長著茂密的松樹和柏樹，還蘊藏著豐富的金屬礦物和各色美玉。沁水從這座山發源，向南流入黃河。在謁戾山的東面有一片茂密的樹林，叫做丹林。丹林水便從這裡發源，向南流入黃河；嬰侯水也從這裡發源，卻向北流淌，注入汜水。到了西元前二〇二年，漢高祖登上皇帝位時，就是在汜水之陽。

　　謁戾山再往東三百里，是沮洳（ㄖㄨˋ）山。山上岩石裸露，但蘊藏有金屬礦物和各色美玉。濝（ㄑㄧˊ）水從這座山發源，向南注入黃河。

　　沮洳山再往北三百里，是神囷（ㄐㄩㄣ）山。山上有很多帶有花紋的漂亮石頭，山下則有許多白蛇和飛蟲。黃水從這座山發源，然後向東流入洹水。滏水也從神囷山發源，卻向東流入歐水。

鋒利的銅矛

戰國　高 28.3 釐米　四川省彭
州市博物館收藏

兵器在漢代之前都稱刺兵，取
其刺殺之意，為求刃部的尖銳
鋒利，就以磨刀石反覆磨。《山
海經》中少山東北的錫山即以
盛產磨刀石聞名。這是兩柄古
矛，一鋒兩刃，刃口尖利，在
矛尖根部飾有精美的蟬形花紋。

發鳩山　精衛

神囷山再往北二百里，是發鳩山。山上生長
著茂密的柘樹林。山中棲息著一種禽鳥，外形像
烏鴉，頭部的羽毛上有花紋，還有白色的嘴巴、
紅色的足爪，名字叫精衛，牠發出的叫聲就像自
己的名字。精衛鳥原是炎帝的小女兒，名叫女娃。
她到東海遊玩，不慎淹死在東海裡，死後她的靈
魂就變成了精衛鳥。她悲憤自己年輕的生命葬送
海底，因此常常銜著西山的樹枝、石子，投到東
海裡，想把大海填平。傳說現在的山東半島和遼
東半島，就是精衛填成的。傳說這種鳥就住在海
邊，和海燕結成配偶，生下的孩子，雌的像精衛，
雄的像海燕。至今東海還有精衛誓水的地方，因
為曾經淹死在那裡，就發誓不再喝那裡的水，所
以精衛又稱為誓鳥、信鳥，古人認為牠是一種有
志氣的禽鳥，把牠當作追求理想和毅力的化身。

　　精衛的父親炎帝就是神農氏，他是少典娶有
氏而生的孩子，最早居住在姜水流域，後來向東
發展，一直到中原地區。炎帝曾與黃帝在阪泉大

■ 《山海經》珍貴古版插圖類比

精衛　胡本的精衛為一隻長尾美麗的大鳥，寄託著人們無限的希望。《禽蟲典》本的精衛造型採自胡
本。汪本中，精衛身小尾短，顯得桀驁執著。

→明　胡文煥圖本　　　　　　　→清　《禽蟲典》　　　　　　　→清　汪紱圖本

戰，結果兵敗，退避到南方苟且偷安，做了南方的天帝。在炎帝時代，天上降下穀粟，炎帝把這些穀粟收集起來後種在地下，於是百果結實，五穀豐收，吃了這些食物的人從此長壽不死。因此，炎帝又叫神農。精衛棲息的這座發鳩山孕育了漳水，漳水向東流淌，注入黃河。

少山一帶

發鳩山再往東北一百二十里，是少山。山上蘊藏有金屬礦物和各色美玉，山下則蘊藏著銅。清漳水從這座山發源，向東流去，注入濁漳水。

少山再往東北二百里，是錫山。其山上也遍佈著各色美玉，山下則盛產磨刀石。牛首水從這座山發源，然後向東流去，注入滏水。

錫山再往北二百里，是景山。山中遍佈著各種精美的玉石，品質上乘。景水從這座山發源，向東南流淌，最後注入海澤。

景山再往北一百里，是題首山。這裡也出產美玉，山上怪石突兀高聳、山勢峻峭，且十分乾燥，沒有河流從這裡發源。

題首山再往北一百里，是繡山。山上盛產美玉、青碧，山中生長的樹木大多是枸樹，而生長

劉海戲蟾

明 劉俊 立軸 絹本 設色 縱139釐米 橫98釐米 中國美術館收藏

蟾蜍是有著極高藥用價值的動物，牠雖然外表醜陋，卻有美麗的傳說。相傳月宮中有三條腿的蟾蜍，因此後人把月宮也叫蟾宮，後世用「蟾宮折桂」來比喻考取進士。民間還流傳劉海戲金蟾的神話故事。相傳憨厚善良的劉海在仙人的指點下，獲得一枚金光奪目的金幣，後來劉海就用這枚金幣引出了井裡的金蟾，進而得到了幸福，於是蟾有幸福的象徵。

美玉之斧

紅山文化　高 17.5 釐米　寬 0.7 釐米

自白馬山向北的連綿山脈之中，絕大多數都盛產美玉，其色澤、質地卻不盡相同。這枚玉斧是由岫（ㄒㄧㄡˋ）岩玉所製，呈透明的碧綠色，光潔可愛，但已失去了最早的石斧加工砍鑿的作用，而演變為標誌古代部落酋長身份的一種禮器。

的草則以芍藥、芎藭（ㄑㄩㄥ ㄑㄩㄥˊ）之類的香草為主。洧（ㄨㄟˇ）水從這座山發源，向東流入黃河，水中有很多鱯魚和黽（ㄇㄧㄣˇ）蛙。鱯魚體態較細，呈灰褐色，頭扁平，其背鰭、胸鰭相對有一硬刺，後緣有踞齒。黽蛙是青蛙的一種，體形和蛤蟆相似，但小一些，皮膚青色。

松山一帶

繡山再往北一百二十里，是松山。陽水從這座山發源，然後向東北流入黃河。

松山再往北一百二十里，是敦與山，山上光禿禿的，沒有生長花草樹木，但蘊藏著豐富的金屬礦物和各色美玉。溹水從敦與山的南麓發源，然後折向東流，注入泰陸水；泜（ㄓ）水從敦與山的北麓流出，折向東流，注入彭水；槐水也發源於這座山，然後向東注入泜澤。

敦與山再往北一百七十里，是柘（ㄓㄜˋ）山。其山南坡蘊藏有豐富的金屬礦物和各色美玉，山的北坡蘊藏著豐富的鐵。曆聚水從這座山發源，向北流入洧水。

柘山再往北三百里，是維龍山。山上盛產碧玉，山的南坡蘊藏有豐富的黃金，山的北坡蘊藏著豐富的鐵。肥水從這座山發源，然後向東流入皋（ㄍㄠ）澤，水中有很多高聳的大石頭。敞鐵水也發源於這裡，但向北流淌，最後注入大澤。

維龍山再往北一百八十里，是白馬山，山的南坡遍佈著石頭和美玉，山的北坡則蘊藏有豐富的鐵及赤銅。木馬水從這座山發源，然後向東北流入虖（ㄏㄨ）沱水。

　　白馬山再往北二百里，是空桑山。山上沒有花草樹木，山上氣候寒冷，冬天、夏天都有雪。空桑水從這座山發源，向東流入虖沱水。

泰戲山　辣辣

　　空桑山再往北三百里，是泰戲山。山上寸草不生，十分荒涼，但蘊藏著豐富的金屬礦物和各種玉石。山中有一種野獸，其長相怪異，外形像普通的羊，卻只長著一隻角、一隻眼睛，而且眼睛在耳朵的背後，名稱是辣辣（ㄉㄨㄥˋ），牠發出的叫聲便是自身的名稱。傳說是一種吉祥之獸，牠出現的話當年就會獲得豐收。但也有人說牠是凶兆之獸，一出現皇宮中便會發生禍亂。虖沱水從這座山發源，然後向東流入漊水。液女水發源於這座山的南麓，然後向南流入沁水。

石山周邊

　　泰戲山再往北三百里，是石山。山中有豐富的金屬礦物和各色玉石。濩濩水從這

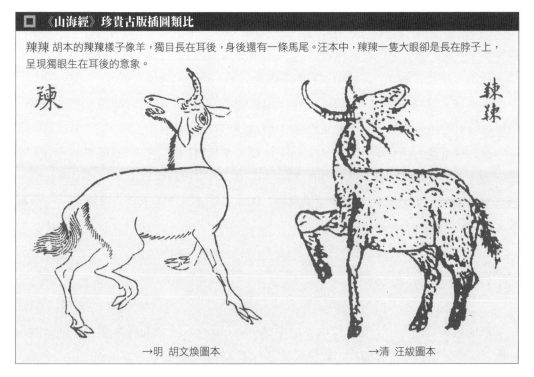

□ 《山海經》珍貴古版插圖類比

辣辣 胡本的辣辣樣子像羊，獨目長在耳後，身後還有一條馬尾。汪本中，辣辣一隻大眼卻是長在脖子上，呈現獨眼生在耳後的意象。

辣

辣辣

→明 胡文煥圖本　　　　　　　　→清 汪紱圖本

獂 畢本的獂，低垂的尾巴不太像牛尾。《禽蟲典》中，獂雙角奇長，坐於山坡之上。汪本的獂毛色深重，雙角直立，牛眼圓睜。

獂

鴢鵁三頭獂獸
三尾俱禦不祥
背凶辟味君子
服之不逢不躄

獂牛形三足
出乾山

獂圖

→清 汪紱圖本　　　→清 畢沅圖本　　　→清《禽蟲典》

座山發源，然後向東流入虖沱水；鮮於水也從這座山發源，但卻向南流淌，注入虖沱水。

石山再往北二百里，是童戎山。皋塗水從這座山發源，向東流入漊液水。

童戎山再往北三百里，是高是山。滋水發源於此，向南流入虖沱水。山上草木茂盛，林中大多是棕樹和條草。滱（ㄎㄡˋ）水也從這座山發源，向東流入黃河。

高是山再往北三百里，是陸山。山中遍佈各色晶瑩的美玉。鄻（ㄐㄧㄤ）水從陸山發源，奔騰向東，最後注入黃河。

陸山再往北二百里，是沂山。般水從這裡發源，然後向東注入黃河。

沂山往北一百二十里，是燕山。山上出產很多的嬰石，這是一種像玉一般，但帶有彩色條紋的漂亮石頭。燕水發源於燕山，然後向東流入黃河。

燕山往北走五百里陸路，又走五百里水路，便是饒山。這是一座石頭山，山上寸草不生，遍佈著名貴的瑤、碧一類的美玉。山中的野獸以駱駝爲主，禽鳥則屬𪃸鶘鳥最多。曆虢（ㄍㄨㄛˊ）水從這座山發源，向東流入黃河，水中有很多師魚，這種魚有劇毒，吃了牠的肉會中毒而死。

乾山　獂

饒山再往北四百里，是座乾山。這也是一座石山，山上沒有花草樹木。其山向陽的南坡蘊藏著豐富的金屬礦物和各色玉石，而背陰的北坡則蘊藏豐富的鐵。山間乾燥，

沒有水流從這裡發源。山中有一種野獸，其外形
很像普通的牛，卻只長著三隻腳，名稱是獂（ㄩ
ㄢˊ），牠的吼叫聲就如同呼喚自己的名字。

　　乾山再往北五百里，是倫山。倫水從這座山
發源，向東流入黃河。山中有一種野獸，外形像
麋鹿，但肛門卻長在尾巴上面，名字是羆（ㄆㄧ

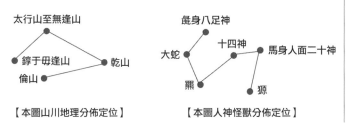

太行山至無逢山
錞于毋逢山
倫山　　　乾山

【本圖山川地理分佈定位】

彘身八足神
大蛇　　十四神　　馬身人面二十神
羆　　　　　獂

【本圖人神怪獸分佈定位】

乾山周邊

明　蔣應鎬圖本

乾山中生活著形似牛的三足獸
是獂。倫山上貌似麋鹿的獸為
羆（ㄆㄧˊ）。錞（ㄔㄨㄣˊ）
於毋逢山上盤繞身軀的為大蛇。
北方第三列山系的四十六座山，
分別由三種不同神容的山神掌
管，分別為彘（ㄓˋ）身八足
神、十四神和馬身人面二十神。

祭祀的禮器——提梁卣

西周早期　高 24 釐米　腹部 15 釐米　中國社會科學院考古研究所收藏

強烈而充滿變化的自然之力令古人充滿敬畏，於是他們想像出許多具有好惡取向的神靈加以祭祀，祈求能借獻祭而獲得平安。卣（ㄧㄡˇ）是一種酒器，專用以盛放祭祀使用的一種香酒，盛行於商代和西周時期。卣的形狀通常是橢圓口、深腹、圈足、有蓋和提梁，腹部或圓或橢圓或方形，也會做成野獸狀。這件西周早期的卣設計複雜，紋飾繁繞，顯得古樸大方，娟秀典雅。

馬身人面神　清　汪紱圖本

此獸形神，長著長長的人臉，管理太行山到少山的二十座山，故稱馬身人面廿神。

ˊ），又稱罷九，牠和像熊的罷不是同一種野獸。

倫山再往北五百里，是碣（ㄐㄧㄝˊ）石山。繩水從這裡發源，奔出山澗後向東流淌，注入黃河，水中有很多蒲夷魚。這座山上遍佈著晶瑩剔透的玉石，山下有很多美麗的青石碧玉。

碣石山再往北行五百里水路，便到了雁門山。這是一座石頭山，山上沒有花草樹木。

雁門山再往北行四百里水路，便到了泰澤；泰澤煙霧籠罩，中央還屹立著一座帝都山，方圓有一百里左右。帝都山雖然神奇，但山上卻很荒涼，只蘊藏有一些金屬礦物和各種玉石。

錞於毋逢山　大蛇

帝都山往北五百里，是錞（ㄔㄨㄣˊ）於毋逢山。錞於毋逢山山體巍峨，站在山頂，向北可以望見雞號山，從那裡吹出強勁的大風，十分寒冷。向西可以望見幽都山，浴水就從那裡奔湧而出。幽都山中還棲息著一種大蛇，紅色的頭，白色的身體，長長的身體能夠盤繞幽都山兩周；牠伸頭吐舌，發出的聲音如同牛叫，令人膽戰心驚。牠在哪個地方出現，那裡就會有大旱災。

北方第三列山系諸山神

總計北方第三列山系之首尾，自太行山起到無逢山止，一共四十六座山，共綿延一萬二千三百五十里。其中有二十座山，山神都是馬身人面，稱為二十神，祭祀祂們的禮儀是：把用作祭品的藻和茝之類的香草埋入地下。還有十四

座山的山神有豬一樣的身體，卻佩戴著玉製飾品。祭祀這些山神的禮儀是：用祀神的玉器禮祭，不埋入地下。另外十座山的山神也有豬一樣的身體，卻長著八隻腳和蛇一樣的尾巴，祭祀這些山神的禮儀是：用一塊玉璧禮祭，然後將其埋入地下。總共四十四個山神，都要用精選的米來祭祀，這些山神都只吃生食，不吃煮熟的食物。四十六座山卻只祭祀四十四位山神，是因為這四十四位山神是吃生食的，而另外兩位太行山和高是山的山神是吃熟食的，需要單獨祭祀。

以上就是北山經中北方諸山的概況，總共是八十七座山，蜿蜒長達二萬三千二百三十里。

吃熟食的生活

十六國時期　紙本　設色　縱46.2釐米　橫105釐米　新疆維吾爾族自治區博物館收藏

對北方第三列山系山神的祭祀中，有兩位山神要用熟食做祭品，反映出當時的人已經告別茹毛飲血的原始階段，而過著有火、吃熟食的定居生活。這幅描繪墓主人生前生活的圖中，一女僕正忙碌於爐灶邊，為主人備食；美味的食物旁有各種調味品。太陽下還畫有樹木、田地和農具。

十神　清　汪紱圖本

十神是陸山到無逢山十座山的山主，汪本中，此神除長有八條腿外，其他和豬頭神基本無異。

第四卷

《東山經》所記述的神異內容，主要是圍繞以樕山、空桑山、屍胡山、北號山為首的四列山系進行的，除了獨特的地貌及豐富的物產，山中能預測水災、旱災及兵災的各種神奇動物，更是讓人驚歎不已。

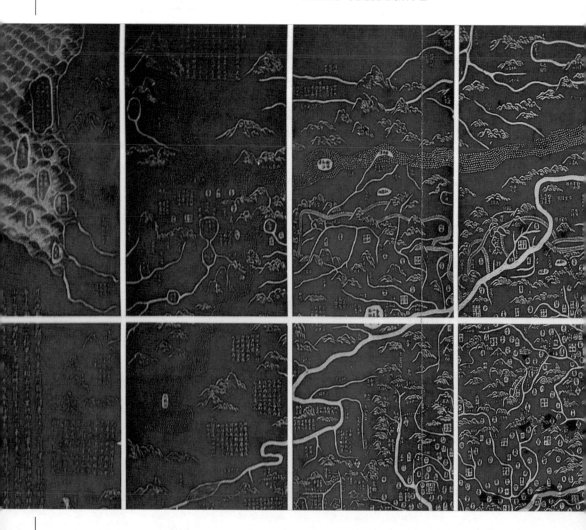

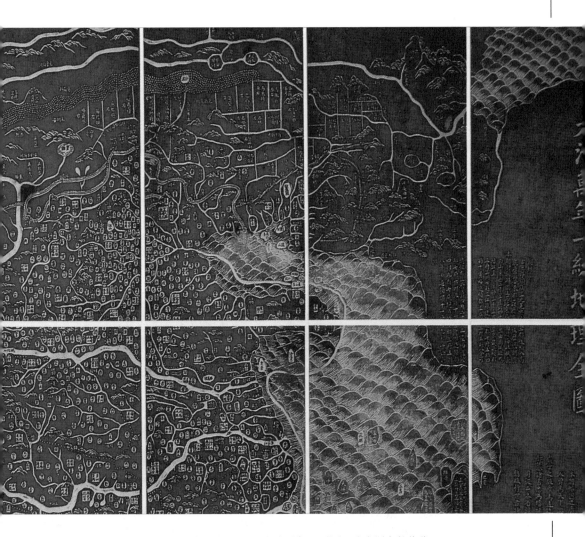

大清萬年一統地理全國 清 雙色套印 縱 134 釐米 橫 236 釐米 北京圖書館收藏

這幅由二十四塊拼合起來的清代地圖中，對黃河的表示較為突出，河源顯示正確。清代的省、府、州、縣及長城、洞庭湖等內容在圖中也得到詳細標繪。此圖色彩雅正，極富氣勢，非常精美。

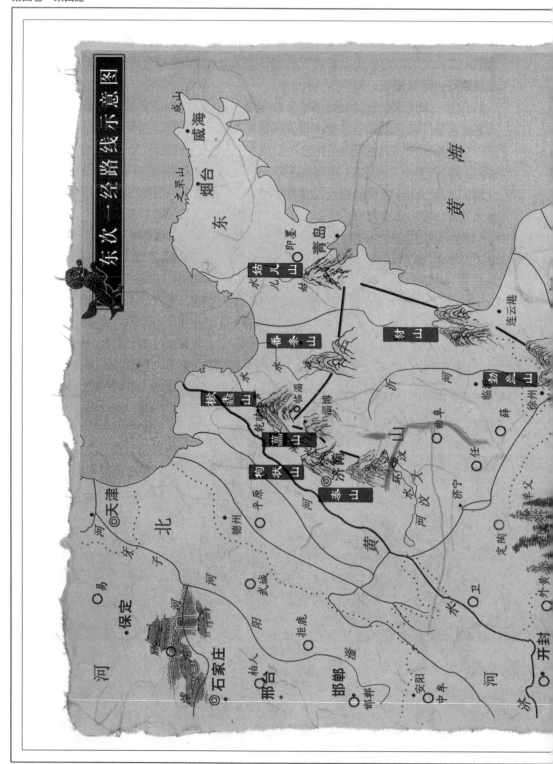

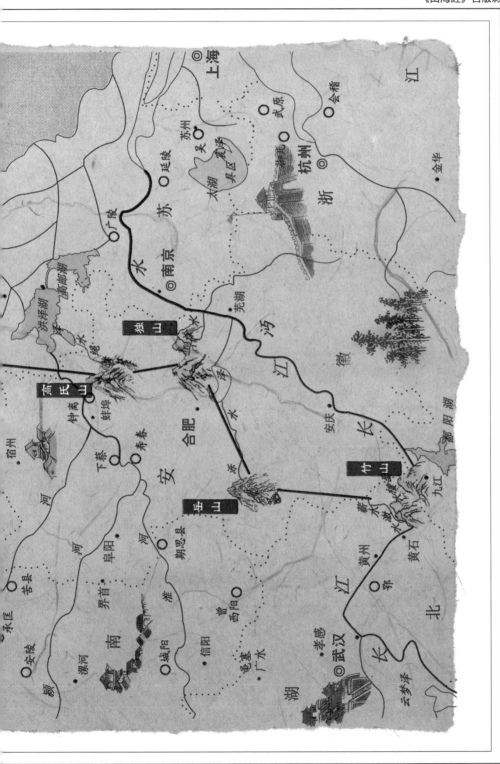

本圖根據張步天教授《〈山海經〉考察路線圖》繪製，《東次一經》中㤑山（ㄑㄩˊ、ㄓㄨˊ）山到竹山的
十二座山，其地理位置皆在此圖中有所表現。

（此路線形成於戰國時期）

東次一經

楸螽山周邊群山

明　蔣應鎬圖本

楸螽山是食水的發源地，水中生活著牛頭魚尾的鱐鱐魚。枸狀山上的六足怪獸名從從；站在山頂上形似雞的鳥是蚩（ㄔˊ）鼠。獨山上棲息著有翼怪獸名儵鱐（ㄊㄧㄠ ㄩㄥˊ）。泰山上行走的豬形獸叫狪狪（ㄊㄨㄥˊ）。東方第一列山系的山神都是龍首人身。空桑山上四處張望的牛形獸為軨軨（ㄌㄧㄥˊ）。

楸螽山　鱐鱐魚

東方第一列山系之首座山，叫做楸螽（ㄙㄨˋ ㄓㄨ）山，其北面與乾昧山相鄰。食水從這座

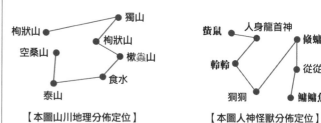

【本圖山川地理分佈定位】

【本圖人神怪獸分佈定位】

鱅鱅魚 汪本的鱅鱅魚頭部像牛，但沒有角，體形龐大。《禽蟲典》的鱅鱅魚頭像牛，也沒有角，魚尾極長，徜徉於食水中。

→清 汪紱圖本　　　　→清《禽蟲典》

山發源，向東北流最後注入大海。水中有很多鱅鱅（ㄩㄥ）魚，牠的外形像犁牛，發出的聲音如同豬叫。鱅鱅魚因為體形像牛，也被稱作牛魚，傳說牠還生活在東海中，外皮能夠預測潮汐。將牠的皮剝下後懸掛起來，當要漲潮時，皮上的毛就會豎起來；潮水退去時，毛就會伏貼。鱅鱅魚還特別愛睡覺，而且受驚後發出的聲音很大，一里外都能聽見。

蘲山附近

楸蟲山再往南三百里，是蘲（ㄌㄟˇ）山。山上遍佈各色美玉，而山下則蘊藏有豐富的黃金。湖水從這座山發源，奔出山澗後，向東注入食水，水裡有很多蝌蚪。

蘲山再往南三百里，是枸狀山。山上蘊藏有豐富的金屬礦物和各色美玉，山下則遍佈晶瑩剔透的青碧石。山中棲息著一種野獸，外形像普通

魚足陶鼎

新石器時代　良渚文化　高 31.6 釐米

東方山系中的楸蟲山盛產一種鱅鱅魚，牠的皮可以使人預知潮水的漲落。以魚為造型的器物在中國新石器時代就已經出現。這件夾砂灰陶鼎是一種炊具，鼎下部有三個魚鰭形扁足，足表面還刻有象徵鰭骨的線紋。工匠似乎是在模仿魚鰭在支撐魚的身體的設計。這種造型的陶鼎是良渚（ㄓㄨ）文化特有的器型之一。良渚文化遺址還出土了稻穀、玉器、刻紋黑陶、竹編器物、絲麻織品等，都反映出該地區這一時期的高文化水準。

蚩鼠 胡本的蚩鼠樣子像雞，長長的尾巴高高翹起，怎麼看都不像鼠尾。汪本中，蚩鼠無論造型還是神態，都像一隻黑色的公雞。

→清 汪紱圖本

→明 胡文煥圖本

的狗，但卻長著六隻腳，名叫從從，牠發出的叫聲就像在叫自己的名字。據說從從是一種吉獸，當皇帝體恤百姓、政治清明時，牠才會出現。山中還有一種禽鳥，外形像普通的雞，卻長著像老鼠一樣的尾巴，名稱是蚩（ㄔˊ）鼠，牠在哪裡出現，那裡就會有大旱災。泜（ㄓˇ）水從枸狀山山麓發源，向北注入湖水。水中有很多箴（ㄓㄣ）魚，長著像針一樣的喙，牠也因此而得名。據說人吃了箴魚的肉，就不會染上瘟疫。

勃壵山周邊

　　枸狀山再往南三百里，是勃壵（ㄑㄧˊ）山。山上岩石裸露，沒有花草樹木生長，也沒有河流從這裡發源。

　　勃壵山再往南三百里，是番條山。山上荒蕪，沒有花草樹木生長，而且到處是沙子，是座沙山。減水從這座山發源，然後向北流入大海，水中有很多鱤（ㄍㄢˇ）魚。鱤魚又叫竿魚，是一種黃色鯰魚，吻長口大，生性兇猛，專以其他小魚為食。

　　番條山再往南四百里，是姑兒山。山上覆蓋著茂密的漆樹林，山下則生長著很多桑樹和柘（ㄓㄜˋ）樹。姑兒水從這座山發源，向北流入大海，水裡面有很多鱤魚。

　　姑兒山再往南四百里，是高氏山。山上遍佈著各種晶瑩美玉，山下則盛產可用來製作醫療器具砭（ㄅㄧㄢ）針的箴石。諸繩水發源於這裡，向東流淌注入湖澤，河床上蘊藏著豐富的沙金和各色美玉。

　　高氏山再往南三百里，是嶽山。山上覆蓋著鬱鬱蔥蔥的桑樹林，山下生長著茂密的臭椿樹。灤（ㄌㄨㄛˋ）水從這座山發源，向東流入湖澤，水中的河床上也蘊藏有豐富的沙金和各色美玉。

　　嶽山再往南三百里，是犲（ㄔㄞˊ）山。山上荒蕪蒼涼，沒有花草樹木，但山下水流很多，水中有很多堪𥥦（ㄒㄩˋ）魚。山中有一種野獸，外形像猿猴，卻長著一身豬毛，發出的聲音如同人在呼叫，是一種不祥之獸，一旦現身就會出現大洪水。

獨山　鯈鱅

　　犲山再往南三百里，是獨山。山上蘊藏有豐富的金屬礦物和各色美玉，山下則遍佈各種五顏六色的漂亮石頭。末塗水從這座山發源，然後向東南流淌，最後注入沔水，水中有很多鯈鱅（ㄊㄧㄠˊ ㄩㄥˊ），外形與黃蛇相似，而且還長著跟魚一樣的鰭，在水中閃閃發光，牠在哪裡出現，那裡就會發生大旱災。因為鯈鱅出入水中會閃閃發光，於是古人將牠和火聯想，認為牠的出現是火災的徵兆，將牠視為一種不祥的動物。

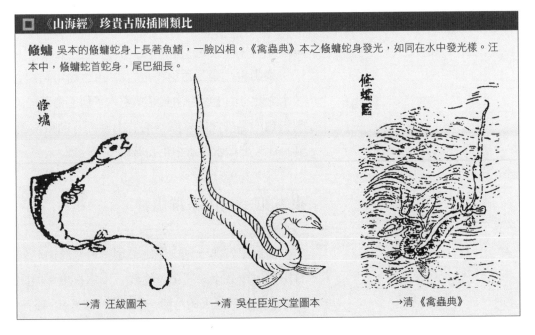

□ 《山海經》珍貴古版插圖類比

鯈鱅 吳本的鯈鱅蛇身上長著魚鰭，一臉凶相。《禽蟲典》本之鯈鱅蛇身發光，如同在水中發光樣。汪本中，鯈鱅蛇首蛇身，尾巴細長。

→清 汪紱圖本　　　　→清 吳任臣近文堂圖本　　　　→清 《禽蟲典》

汶水—巢湖

《東次一經》中的泰山經考證並非今天山東境內的泰山，而應是安徽境內的霍山。此處的汶水指安徽的巢湖，戰國時即有此湖，環水東流注入湖中，今天仍有此水。巢湖是中國第五大淡水湖，湖形狹長，從空中鳥瞰，像鳥巢般，故名為「巢湖」。歷史上，這裡曾發生過許多耐人尋味的故事，如「商湯放桀於巢湖」、「伍子胥過韶關」、「楚霸王烏江自刎」等家喻戶曉故事。

泰山　狪狪

　　獨山再往南三百里，是泰山。山上遍佈各色美玉，山下蘊藏有豐富的金屬礦物。山中有一種奇獸，外形與豬相似，但牠體內卻會孕育珍珠，名叫狪狪（ㄊㄨㄥˊ），而牠發出的叫聲猶如在呼喚自己的名字。珍珠一般只是蚌類才會生產，傳說中也只有龍、蛇等靈性動物才有，而狪狪作為獸類，也能孕育珍珠，因此古人認為牠很奇特。又因為牠體形像豬，所以也把牠叫做珠豚。環水從泰山發源，向東流入汶水，水中有很多晶瑩剔透的水晶石。人們習慣稱妻子的父親為泰山，原因不僅是泰山上有丈人峰，還有一個小故事。唐開元十三年，李隆基封禪（指天子登上泰山祭天）於山東省泰山，命張說擔當封禪使。舊例封禪後，次高官員以下皆升一級。張說的女婿鄭鎰本來是九品官，驟升為五品。玄宗知道後很驚訝，便問隨從，但隨從無言以對，只有一個叫黃幡綽的人機靈回答：「此泰山之力也。」從此便將岳父叫泰山，岳母叫泰水。

　　泰山再往南三百里，是竹山。這座山座落於汶水之畔，山上沒有生長花草樹木，但遍佈著瑤、碧一類的晶瑩美玉。激水從竹山發源，向東南流淌，注入娶檀水，水中生長著很多紫色螺。

東方第一列山系群山神

　　總計東方第一列山系之首尾，自樕螽山起到竹山止，一共十二座山，途經三千六百里。諸山山神的形貌都是人的身體、龍的頭。祭祀山神時，

從帶毛的禽畜中選用一隻狗作爲祭品，不將其殺死，只取其血塗抹在祭器上，同時選一條魚，也用其血來塗抹祭器。以血塗祭器的祭祀方式在民俗研究中非常重要，從殺牲血祭到以血塗祭器，代表著人與神之間的一種變化；類似這種在神的口邊抹血的祭祀習俗，目前在中國及世界許多民族中還有保留。

源於祭祀的古老樂舞圖瓷扁壺

北齊　高 20.5 釐米　口徑 5.1 釐米　足徑 10.1 釐米

東方山系的山神都是人身龍首的模樣，爲了祭祀祂們，古人必須以活狗與活魚來獻祭，而後祭祀的儀式逐漸轉化爲民間的舞蹈。這件瓷壺體呈扁圓，兩面飾有一模一樣的胡人樂舞圖像。從舞蹈者和伴奏者的形象、服飾來看，是典型的西域樂舞，來自當時的「石國」（即今中亞塔什干地區），也就是後來盛行於唐代的「胡騰舞」。

升天圖

漢　帛畫　設色　縱 205 釐米　上橫 92 釐米　下橫 47.7 釐米　湖南省博物館收藏

祭祀是古人生活中重要的一部分，其對象、種類及儀式繁多，他們獻祭的目的除了祈求生活平安外，死後升天也是他們極其嚮往的。他們相信生前多行善、多敬神，死後是可以升天的。這幅馬王堆墓中的帛畫，表現的就是墓主人升天的情景。構圖分天上、人間、冥府三部分，畫面中部的「人間」中，年邁的老婦人即墓主人，在三個侍女的陪同下，緩緩升天。

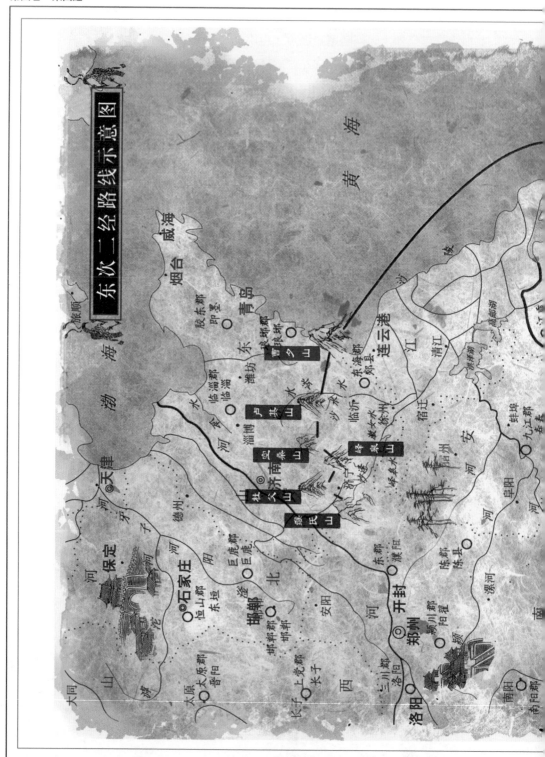

本圖根據張步天教授《〈山海經〉考察路線圖》繪製，圖中記載了《東次二經》中空桑山到�山共十七座山的地理位置。

（此路線形成於秦代初期）

東次二經

葛山一帶

明　蔣應鎬圖本

葛山是瀝水的發源地，水中游動著的六足怪魚叫珠蟞（ㄅㄧㄝ）魚。餘峨山上有如兔子的怪獸名犰狳（ㄑㄧㄡˊ ㄩˊ）。耿山上側臥著的怪獸是朱獳（ㄖㄨˊ）。盧其山的河岸邊站著叫鵹鶘（ㄊㄧˊ ㄏㄨˊ）的怪鳥。姑逢山上有長尾翼怪獸獙獙（ㄅㄧˋ）。鳧（ㄈㄨˊ）麗山上有九頭九尾怪獸蠪（ㄌㄨㄥˊ）蛭。

空桑山

東方第二列山系之首座山，叫做空桑山。這座山北面臨近食水，山勢高峻，站在山頂上向東

鳧麗山——耿山　蠪蛭——朱獳
盧其山　餘峨山　鵹鶘　犰狳
姑逢山——瀝水　獙獙——珠蟞魚

【本圖山川地理分佈定位】　【本圖人神怪獸分佈定位】

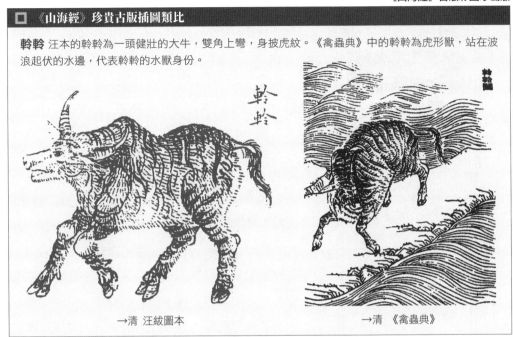

□ 《山海經》珍貴古版插圖類比

軨軨 汪本的軨軨為一頭健壯的大牛，雙角上彎，身披虎紋。《禽蟲典》中的軨軨為虎形獸，站在波浪起伏的水邊，代表軨軨的水獸身份。

→清 汪紱圖本

→清 《禽蟲典》

可以望見沮吳，向南可以遠眺沙陵，向西則可以看到湣（ㄇㄧㄣˇ）澤。山中棲息著一種野獸，其外形像普通的牛，毛皮上卻有老虎一樣的斑紋，名稱是軨軨（ㄌㄧㄥˊ）。牠叫起來的聲音就像人在呻吟，又像是在呼喚自己的名字。牠是洪水的徵兆，一旦出現，天下就會發生大水災。

空桑山再往南六百里，是曹夕山。山下生長著鬱鬱蔥蔥的構樹，但沒有河流從這裡發源，山上棲息著成群的禽鳥野獸。

曹夕山再往西南四百里，是嶧（ㄧˋ）皋山。山上蘊藏著大量的金屬礦物和各色美玉，山下有豐富的白堊土。嶧皋水從山中奔湧而出，向東注入激女水，水中有很多大蛤和小蚌，牠們的殼十分漂亮，可以用作刀柄和弓箭上的裝飾品。

嶧皋山再往南行五百里水路，又經過三百里流沙，便到了葛山的尾端。這裡荒蕪蒼涼，沒有花草樹木，遍佈著可以用來磨刀的粗糙磨刀石。

珠蟞魚　犰狳

從葛山尾端再往南三百八十里，就到了葛山的首端。這裡也很荒蕪，山上沒有花草樹木。澧（ㄌㄧˇ）水從這裡發源，向東注入余澤，水中有很多珠蟞（ㄅㄧㄝ）魚，這種魚的外形像動物肺葉，頭上有四隻眼睛（也有人說二隻或六隻），還長著六隻腳，而且能吐出珍珠。這種珠蟞魚的肉酸中帶甜，人吃了牠的肉就不會染上瘟疫。

從葛山之首再往南三百八十里，是餘峨山。這座山生氣勃勃，山上生長著茂密的梓樹和楠木樹，山下則覆蓋著蓊郁的牡荊樹和枸杞樹。雜余水從這座山發源，向東流入黃水。山中棲息著一種野獸，外形像一般的兔子，卻長著鳥的喙、鴟（ㄧㄠˋ）鷹的眼睛和蛇的尾巴。牠十分狡猾，看見人會躺下裝死，名叫犰狳（ㄑㄧㄡˊㄩˊ），牠是蟲災的徵兆，一旦出現就會蟲蝗遍野、田園荒蕪。現今也有犰狳，是美洲特產的穴居動物，牠腿很短，耳朵豎著，腳上有五個爪子，全身覆蓋著堅硬的鱗甲，這是牠最佳的保護武器。一旦遇到敵害，牠便將身體蜷起來，只露出鱗甲，借此保護自己柔弱的肉體。犰狳以蔬菜、昆蟲為食。

鵜鶘　《爾雅音圖》中的鵜鶘樣子像鷹，未見人足。《吳有如畫寶》中的鵜鶘有點像鴨子，連腳掌都像鴨子。汪本中，鵜鶘的一雙人腳特別明顯。

→清 汪紱圖本

→清 《吳有如畫寶》

→清 《爾雅音圖》

大蛇　朱獳

　　餘峨山再往南三百里，是杜父山。山上岩石裸露，沒有生長花草樹木，十分荒涼，但這裡水源十分豐富。

　　杜父山再往南三百里，是耿山。山上很荒涼，沒有花草樹木，遍佈著晶瑩剔透的水晶石，還有很多大蛇。除此之外，山中有一種野獸，其外形像狐狸，卻長著魚鰭，名稱是朱獳（ㄖㄨˊ），牠發出的叫聲就像在叫自己的名字。朱獳是一種凶獸，牠在哪個國家出現，那個國家就會發生大恐慌。

泌斑的玉玦

自餘峨山再向南，各座山峰十分
荒涼，幾乎寸草不生，如此荒涼
的地域卻是美玉的盛產地。古人
自山中所採的玉石，根據其質地
的優劣，可被加工為禮器或飾
物。這塊西周的玉玦以白玉製
成，雕紋為雙龍，紋飾簡單大
方。

盧其山　鵁鶘鳥

耿山再往南三百里，是盧其山。山上荒蕪
蒼涼，沒有生長花草樹木，沙石遍佈。沙水從
這座山發源，奔出山澗後，向南流入涔水，水
邊棲息著很多鵁鶘（ㄊㄧˊ ㄏㄨˊ）鳥，也
叫鵜鶘（ㄉㄧˊ ㄏㄨˊ），其體形像鴛鴦，
但卻長著人腳，發出的鳴叫聲猶如呼喚自己的
名字；牠在哪個國家出現，那個國家就會增加
很多水土工程。傳說秦始皇修築萬里長城的時候，
鵁鶘就曾經和狸力（古代中國神話傳說中的神獸
之一）在中原現身。

姑射山周邊

盧其山再往南三百八十里，是姑射（ㄧㄝˋ）
山。山上荒蕪，沒有花草樹木，了無生氣，但山
上到處流水潺潺，瀑布倒掛。卽便如此，姑射山
仍是一座神山，《莊子‧逍遙游》中曾提到：「藐
姑射之山，有神人居焉；肌膚若冰雪，綽約若處子；
不食五穀，吸風飲露；乘雲氣，禦飛龍，而游乎
四海之外；其神凝，使物不疵癘而年穀熟。」

姑射山往南行三百里水路，再經過一百里流
沙，就到了北姑射山。山上也很荒涼，沒有花草
樹木，到處是奇形怪狀的石頭。

北姑射山再往南三百里，是南姑射山。與姑
射山一樣，山上荒涼，沒有花草樹木，但水源很
豐富。

南姑射山再往南三百里，是碧山。山上環境
險惡，岩石裸露，沒有花草樹木，還棲息著許多

大蛇，但這裡遍地都是精美的碧玉、水晶石，碧山也因此
而得名。

　　碧山再往南五百里，是緱（《ㄡ）氏山。山上光禿，
也是個不生長花草樹木的荒山，但蘊藏有豐富的金屬礦物
和各色美玉。原水從這座山發源，奔出山澗後向東流淌注
入沙澤。

臮麗山　蠱蛭

　　姑逢山再往南五百里，是臮（ㄈㄨ）麗山。山上
盛產各種金屬礦物和美玉，山下盛產可以製成醫療器具砭

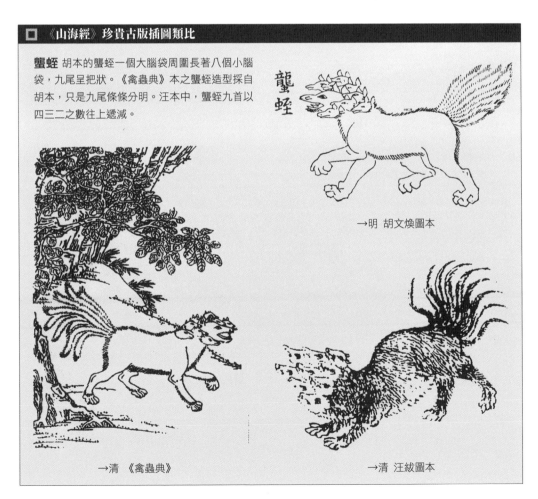

□ 《山海經》珍貴古版插圖類比

蠱蛭 胡本的蠱蛭一個大腦袋周圍長著八個小腦
袋，九尾呈把狀。《禽蟲典》本之蠱蛭造型採自
胡本，只是九尾條條分明。汪本中，蠱蛭九首以
四三二之數往上遞減。

蠱蛭

→明 胡文煥圖本

→清 《禽蟲典》

→清 汪紱圖本

碸山周邊

明　蔣應鎬圖本

山上的四角怪獸叫被被（一ㄡ）；高山上還站著一隻怪鳥名絜（ㄒㄧㄝˊ）鉤。東方第二列山系的山神皆為鹿角獸身人面神。屍胡山上形似麋鹿的怪獸名媭（ㄩㄢˋ）胡。岐山上有隻探出半個身子的虎。跂踵山下深澤水中游著名叫鮯鮯（ㄍㄜˊ）魚的六足怪魚。蹖（ㄇㄨˇ）隅山中，牛狀怪獸精精在四處張望。

針的箴石。山中棲息著一種野獸，外形像一般的狐狸，卻有九條尾巴、九個頭，腳上還有像虎爪一樣的爪子，名叫蠱蛭（ㄉㄨㄥˊ ㄓˋ），牠的叫聲就像嬰兒啼哭。蠱蛭十分兇惡，是一種食人惡獸。

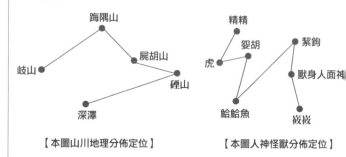

【本圖山川地理分佈定位】　　【本圖人神怪獸分佈定位】

硬山 㹬㹬 絜鉤

　　䃌麗山再往南五百里，是硬（一ㄣ）山。它南面臨近硬水，從山頂向東遠眺可望見湖澤。山中有一種野獸，外形像普通的馬，卻長著羊的眼睛、牛的尾巴，頭上還有四個角，牠發出的聲音如同狗叫，名稱是㹬㹬（一ㄡ），牠是種不祥之獸，在哪個國家出現，那國家的朝廷裡就會有很多奸詐小人，不得安寧。山中還有一種鳥，外形像野鴨子，但卻長著跟老鼠一樣的尾巴，擅長攀緣樹木，名叫絜（ㄒㄧㄝˊ）鉤。絜鉤是一種凶鳥，牠在哪個國家出現，那個國家就會瘟疫橫行，萬民悲戚。

東方第二列山系諸山神

　　總計東方第二列山系之首尾，自空桑山起到硬山止，一共十七座山，綿延六千六百四十里。諸山山神的形貌都是野獸的身體、人的面孔，頭上還戴著麇鹿角。麇鹿曾經廣泛分佈於中國東部，東山神頭戴麇鹿角，顯示了中國古代東部地區居民對麇鹿的崇拜。祭祀麇山神的禮儀是：在帶毛禽畜中用一隻雞取血塗在祭器上，然後將一塊玉璧獻祭後埋入地下。

可嚇阻凶獸的象紋銅鐃

商・越　高 69.5 釐米　鐵距 56.5 釐米

愈是偏遠的原始山林中，愈是有許多性情兇猛的異獸。䃌麗山中九頭九尾的蠱蛭就是以人為食。敲擊銅鐃發出的轟然巨響，可嚇阻凶獸，使之遠離人類的居住場所。這件銅鐃是同類器物中比較大型的，口部裝飾一對伸鼻相向的象紋，器身則採用凸鑄法，以雲雷紋為飾。

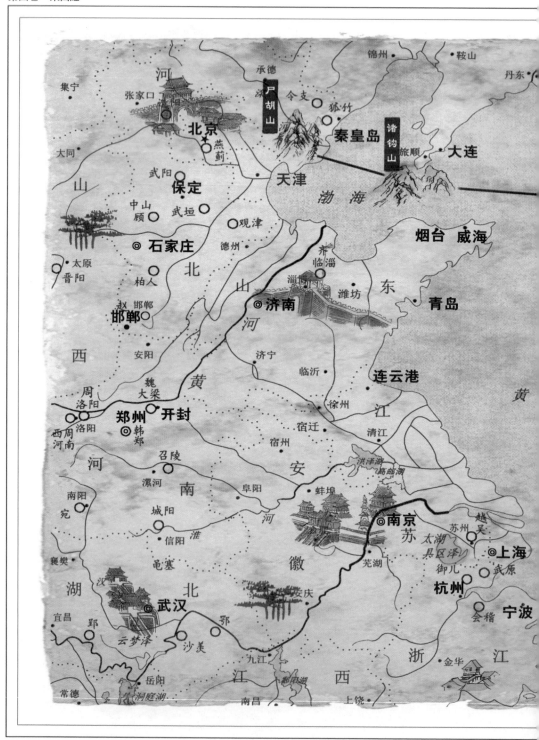

本圖根據張步天教授《〈山海經〉考察路線圖》繪製，《東次三經》中屍胡山至無皋山共九座山的地理位置在圖中皆有呈現。

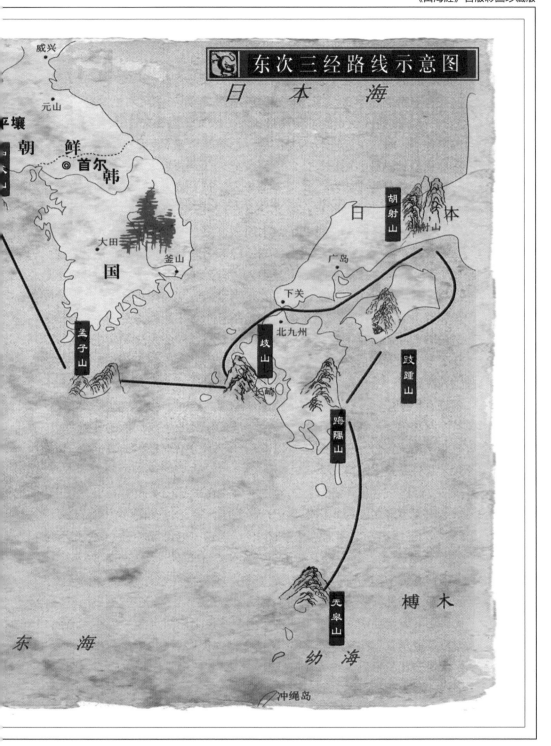

東次三經

◇《山海經》考據

屍胡山在渤海岸北部

據考證，本經中的屍胡山應該在渤海海岸北部。渤海古稱滄海，是一個古老而神祕的地方。幾千年來，沿海兩岸坐落著許多村落。據説渤海村是依雞蛋形狀設計的，小偷進來偷東西就很難走出去。村子裡大大小小的路都是鵝卵石鋪成，圖案非常精美。參照屍胡山的位置，從屍胡山向北望見的山，可能就是今天的燕山餘脈或某山峰，地處河北省盧龍縣以北。

屍胡山　妴胡

東方第三列山系的頭一座山，叫做屍胡山。其山勢高峻，從山頂向北可以望見殚（ㄒㄧㄤˊ）山，山上蘊藏著豐富的金屬礦物和各色美玉，山下則生長有茂盛的酸棗樹。山中棲息著一種野獸，其樣子像麋鹿，卻長著一對魚眼，名稱是妴（ㄩㄢˋ）胡。清朝人郝懿行就曾經見過妴胡，據他記述，他在嘉慶五年奉朝廷之命冊封琉球回國，途中在馬齒山停泊，當地人就向他進獻了兩頭鹿，毛色淺、眼睛很小，像魚眼，當地人說是海魚所演化，但郝懿行認爲牠就是妴胡。

屍胡山再往南行八百里水路，就到了岐山。山上生氣勃勃，草木繁茂，山中樹木大多是桃樹和李樹，野獸也有很多種，但以老虎爲主。虎是有名的猛獸，山林之王，古人說牠長著鋸子一樣的牙齒和鉤子一樣的爪子；舌頭大如手掌，上面還長著倒刺；能夠夜視，到了晚上眼睛放著光看東西；吼叫起來就像打雷，百獸震恐。古人認爲虎是陽氣之盛，古書中也有關於虎彙集陽氣的記載。書中說三九二十七，七這個數字是陽氣之成，所以虎是七月出生；虎身虎尾長七尺，連虎身上的斑紋，也被看作陰陽混雜。虎是威猛的獸中之王，古人把牠當成吉祥的象徵，古代有很多民族把虎作爲圖騰崇拜，並畫在各種器物上或是掛在牆上，希望能震懾野獸，還能避邪驅魔。

諸鉤山周邊

　　岐山再往南行五百里水路，就到了諸鉤山。山上荒蕪，沒有生長花草樹木，到處是碎沙石。這座山方圓大約百里，山下的水裡有很多寐魚。寐魚又叫嘉魚、卷口魚，古人稱爲鮇（ㄨㄟˋ）魚。這種魚身體修長，前部呈圓筒狀，後部扁狀，身體爲暗褐色，有兩對鬚，吻褶發達，裂如纓狀。

　　諸鉤山再往南行七百里水路，就到了中父山。山上荒蕪，沒有生長花草樹木，到處是沙子，了無生氣。

　　中父山再往東行一千里水路，就到了胡射山。山上荒蕪一片，沒有花草樹木，都是碎石沙子。

游魚圖

宋　長卷　絹本　水墨　縱 26.4
釐米　橫 252.2 釐米　（美）聖
路易斯藝術博物館收藏

魚成為人類幾千年不能離棄的朋友，牠美味的口感或許不是全部原因；魚在水中輕靈自在的游動，被古人視為一種理想中的自由狀態，幾千年來，伴隨人類追求心靈自由的與日俱增，對魚類的羨慕甚至崇拜也絲毫未減。此畫的作者正是透過對悠遊自在的魚的描繪，來寄託自己嚮往自由的情懷。

孟子山　鱣魚　鮪魚

　　胡射山再往南行七百里水路，就到了孟子山。山上的樹木大多是梓樹和桐樹，另外還有很多桃樹和李樹，而山中的草則大多是菌蒲類植物。由於植物茂盛，孟子山養育了很多野獸，最多的就是麋和鹿。這座孟子山方圓約百里，有條叫碧陽的河流從山上發源，水中生長著很多鱣（ㄓㄢ）魚和鮪魚。鱣魚，據古人說是一種大魚，約有二、三丈長，體形像魚而鼻子短，口在頜下，體有斜行甲，沒有

神龜圖

金　長卷　絹本　設色　縱 26.5
釐米　橫 55.3 釐米　北京故宮博
物院收藏

荒古時期惡劣的自然環境，不光
誕生了大禹、后羿這類神奇人
物，還產生了許多奇異的神獸，
龜就是其一。相傳女媧斬斷巨龜
的四足作為擎天之柱；大禹治水
時，神龜馱（ㄊㄨㄛˊ）息壤
（指神龜背負著能自己生長、膨
脹的土壤）幫助他平息滔天洪
水；後來還有神龜負洛書、神龜
馱東海三山、神龜馱碑等傳說。
圖中，這隻祥瑞之獸在岸邊沙灘
上倔強地昂著頭，似乎想以傳說
中千年的壽命對抗永不停息的濤
濤江水。

鱗，肉是黃色的，所以又被稱為黃魚。鱣魚是一種肉食性魚類，其捕魚方式很有趣。相傳鱣魚在每年二、三月份便逆流而上，隱藏在石縫激流中，然後張開大口守株待兔，等待小魚自動流進嘴裡，所謂吃自來食就是從這裡來的。而鱣魚，據古人說就是鱘魚，體形像魚而鼻子長，身上沒有鱗甲。傳說山東、遼東一代的人稱鮪魚為尉魚，認為此魚是漢武帝時期的尉仲明溺死海中所化。還傳說鮪魚三月份的時候就成群結隊地溯黃河而上，到達龍門受阻；如果有哪條鮪魚能夠戰勝激流，越過龍門，便能化身為龍。鯉魚躍龍門的傳說，大概就是從這裡演化而來的吧！

跂踵山　蠪龜　鮯鮯魚

孟子山往南行五百里水路，再經過五百里流沙，又能看到一座山，叫做跂踵（ㄑㄧˊ ㄓㄨㄥˇ）山。此山方圓二百里，山上荒涼，沒有生長花草樹木，卻有很多大蛇及各色美玉。這裡有一個水潭，深不可測，潭的面積有方圓

四十里，多噴湧的泉水，其名稱是深澤。水中有很多蠵（ㄒㄧ）龜。蠵龜也叫赤蠵龜，據古人說是一種大龜，甲有紋彩，像玳瑁但要薄一些（玳瑁是海中動物，形似龜，背面角質板光亮，有褐色和淡黃色相間的花紋，大的可達數尺）。古人將龜按其功能、棲息地不同而分為十種：神龜、靈龜、攝龜、寶龜、文龜、筮龜、山龜、澤龜、水龜、火龜，而深澤的蠵龜就是一種靈龜，善於鳴叫，其龜甲可以用來占卜，又因為其龜甲像玳瑁而有光彩，所以也常常用來裝飾器物。深澤裡面還生長著一種奇魚，其外形像常見的鯉魚，卻長有六隻腳和鳥一樣的尾巴，名稱是鮯鮯（ㄍㄜˊ）魚。鮯鮯魚在深不可測的深澤中，能夠潛入非常深。傳說鮯鮯魚不像一般的魚是卵生，而是

李子

李樹適合在山丘上生長，果實成熟時間因品種不同，從四月至十一月不等。夏天，趁李子尚未完全成熟，顏色微黃的時候採下，用鹽醃製後，味道奇佳，很適合配酒。

□ 《山海經》珍貴古版插圖類比

蠵龜 《禽蟲典》本的蠵龜，甲上有紋彩。汪本中，蠵龜甲上也有紋理，且長有六足；關於六足一說，經文中未見記載。

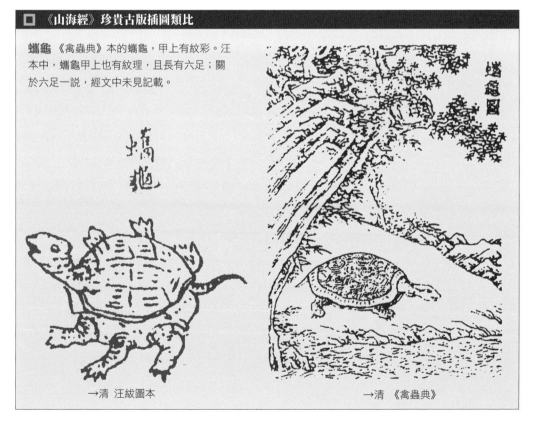

→清 汪紱圖本

→清 《禽蟲典》

龜《爾雅·釋魚》中記，龜因其功能有異及所處環境不同，可分為十種，深澤中的蠵龜屬其中的靈龜。

→神龜　→靈龜　→攝龜　→寶龜　→文龜

→筮龜　→山龜　→澤龜　→水龜　→火龜

靈龜卜甲

商

龜的壽命極長，是古代靈獸之一，牠的堅甲因而也被賦予一種神奇的魔力。商人常用龜甲占卜，在以火灼烤龜甲時，龜甲發出的劈啪之聲常被理解為是神在傳達旨意，而同時出現的龜甲裂紋在他們看來，似乎也充滿了無窮的玄妙。

踇隅山一帶

　　跂踵山再往南行九百里水路，就到了踇隅（ㄇㄨˇㄩˊ）山。山上覆蓋著茂密的花草樹木，蘊藏著豐富的金屬礦物和各色美玉及許多赭石。山中棲息著一種野獸，外形像普通的牛，卻長著馬尾巴，名字叫精精，傳說牠能夠避邪。明萬曆二十五年，擴倉得到一種避邪異獸，其頭上長著堅硬的雙角，毛皮上佈滿鹿紋，還長有馬尾牛蹄；當時有人懷疑此獸就是精精。

　　踇隅山再往南行五百里水路，經過三百里流沙，便到了無皋山。這座山山勢險峻，從山頂上向南可以望見幼海，向東可以遠眺榑（ㄈㄨˊ）木。榑木就是扶桑，是傳說中的神木，其葉似桑樹葉，高達數千丈，樹幹大小約二十圍（約二十個成人才能圍一圈），兩兩同根生長，以便相互

倚靠，而太陽就是從這裡升起的。無皋山環境惡劣，山上沒有花草樹木，一年四季到處刮大風。

東方第三列山系群山神

　　總計東方第三列山系之首尾，自屍胡山起到無皋山止，一共九座山，綿延六千九百里。諸山山神的形貌都是人的身體卻長著羊角。祭祀山神的禮儀是：在帶毛的牲畜中選用一隻公羊做祭品，祀神的米用黍（玉米）。這些山神都是兆凶之神，必須小心祭祀，祂們一出現就會起大風、下大雨、淹大水，而使農田絕收。

《山海經》古版彩圖珍藏版

銅三鋒戟形器

戰國　高 119 釐米　重約 56 千克　河北省文物研究所收藏

東方山系的山神人身羊首，性情兇猛，人們祭祀時必須特別小心謹慎地對待。這件大型銅戟（ㄐ一ˇ）被命名為「三鋒戟形器」；其上部為三尖鋒，兩下角延伸迴旋成雷紋，下部中間有圓孔，孔內出土時殘存木灰，說明它原本是插在木柱上。此武器威嚴莊重，可能是早期祭祀用的禮器之一。

□ **《山海經》珍貴古版插圖類比**

人身羊角神 汪本中，人身羊角神頭上左右各生一羊角，一身武士打扮，雙手作揖。《神異典》本的此山神造型和汪本相似，也是武士打扮；雖是山神，但身後卻不見彩雲。

→清 汪紱圖本　　　　　　　　　　→清《神異典》

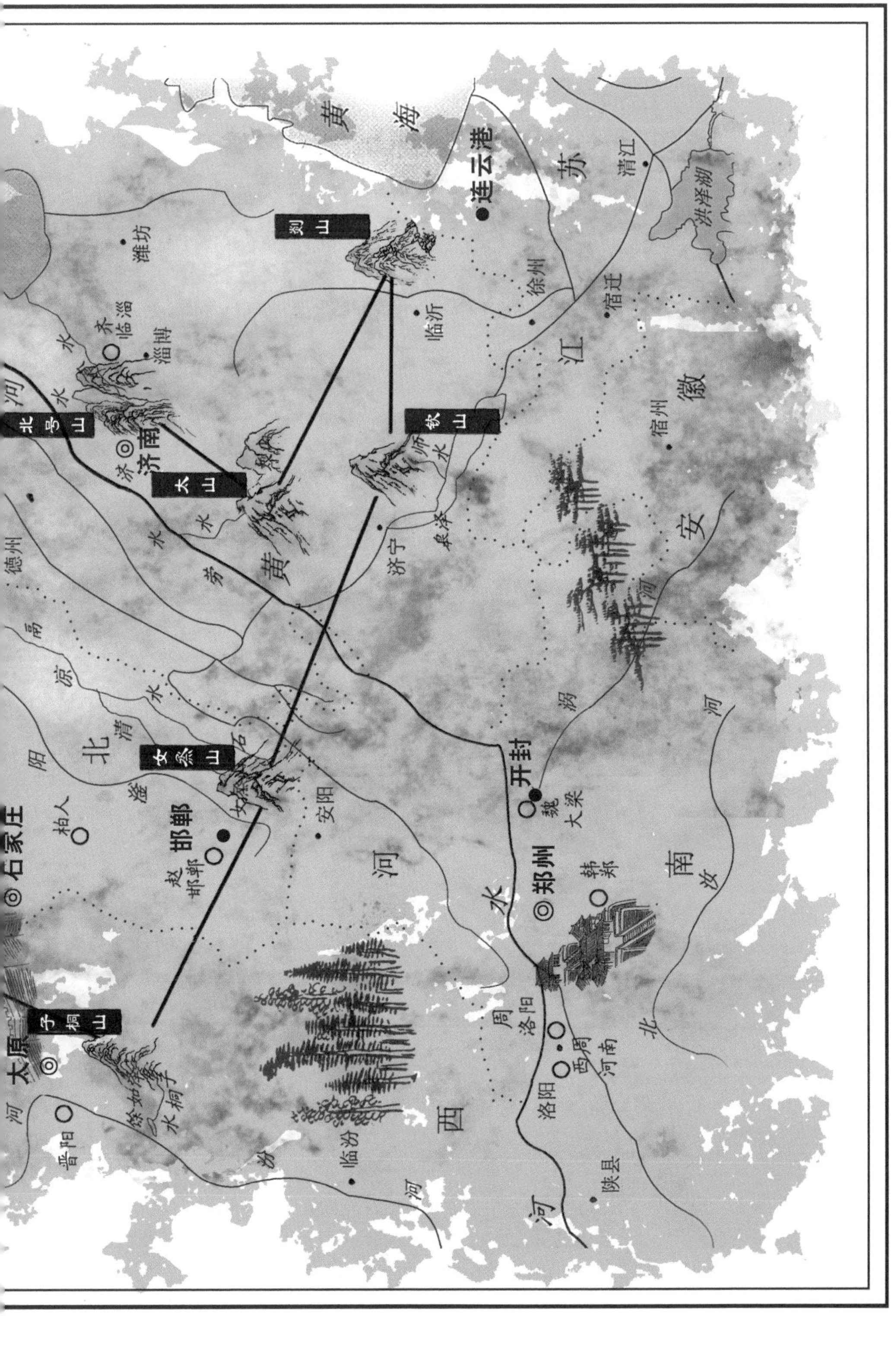

黃　海

連云港

刘　山

苏

清江

洪泽湖

潍坊

徐州

临沂

临沂

宿迁

齐　临淄

淄博

牧　山

江

济南

北号山

大　山

徐州

淄

德州

黄

济宁

卓泽

安

河

沭

泗

阜阳

周口

河

北

清

涡

河

石家庄

女岔山

漳

黎阳

柏人

安阳

开封

魏

大梁

河　南

郑州

韩

赵　邯郸

邯郸

水

河

太原

子桐山

西

周口

洛阳

西周　河南

北

晋阳

洛

临汾

洛阳

汾

河

陕县

河

本圖根據張步天教授《〈山海經〉考察路線圖》繪製，圖中記載了《東次四經》中北號山至太山共八座山的

（此路綫形成於戰國時期）

今日考據位置。

東次四經

北號山　獚狟　𩿫雀

東方第四列山系之首座山，叫做北號山，巍峨地屹立於北海之濱。山中生長著一種奇特的樹木，外形像普通的楊樹，但卻開著紅色花朵，結

北號山附近

明　蔣應鎬圖本

東方第三列山系的山神，都是如山坡上拱手站立的人身羊角神。北號山的山坡上衝下來的狼狀怪獸名獚狟；山上還有叫𩿫雀的大鳥。㞑山是蒼體水發源地，水中是叫鱤魚的大頭魚。

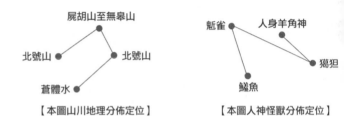

屍胡山至無皋山

北號山 ●　　　　　● 北號山

蒼體水 ●

【本圖山川地理分佈定位】

𩿫雀 ●　　　　　● 人身羊角神

　　　　　　　　● 獚狟

鱤魚 ●

【本圖人神怪獸分佈定位】

《山海經》珍貴古版插圖類比

鬿雀 《天問圖》中的鬿雀雞身鼠頭虎爪，樣子十分可怕。《禽蟲典》本之鬿雀為一隻羽毛華麗、鼠腿虎爪的大鳥。汪本中，鬿雀樣子像雞，虎爪明顯。

→清 汪紱圖本

→清 蕭雲從《天問圖》

→清 《禽蟲典》

的果實與棗相似卻沒有核，味道酸中帶甜；吃了它，人就不會患上瘧疾。食水從北號山發源，奔出山澗後，向東北流入大海。山中棲息著一種野獸，體形像狼，但長著紅色的腦袋，腦袋上還長著一雙老鼠眼睛，發出的聲音就如同豬叫，名稱是獦狚（ㄍㄜˊ ㄉㄢˋ），牠生性兇猛，會吃人，並經常侵擾周邊居民和路人。山中有一種禽鳥，其外形像普通的雞，腦袋卻是白色的，還長著如老鼠一樣的腳、跟老虎一樣的爪子，名稱是鬿（ㄑㄧˊ）雀，也是會吃人的。傳說明朝崇禎年間，鳳陽地方出現很多惡鳥，兔頭雞身鼠足，大概就是鬿雀。當時人們說牠肉味鮮美，但骨頭有劇毒，人吃了會被毒死。牠和獦狚一樣，經常禍害人類。

◇《山海經》考據

旄山在張家口東北

東次四經中的旄山，經考證可能在河北省張家口東北。張家口是一座古城，城內至今聳立著獨具特色的古代建築群，雞鳴驛城即是其一，位於河北省張家口市懷來縣境內，距今已有七百八十多年的歷史。因該城位於雞鳴山下，故取其名。雞鳴驛城作為驛站的歷史長達六百九十四年，其間兼有軍驛、民驛兩種功能。

旄山　鱃魚

　　北號山再往南三百里，是旄山。山上岩石裸露，一片荒涼。蒼體水從這座山發源，然後向西流淌注入展水。水中生長著很多鱃（ㄒㄧㄡ）魚，形狀像鯉魚，頭長得很大。吃了牠的肉，皮膚上就不會長疣，有人說鱃魚就是泥鰍。

女烝山一帶

明　蔣應鎬圖本

女烝（ㄓㄥ）山是石膏水的發源地，水中游著一種獨目怪獸叫薄魚。欽山上行走的豬形怪獸是當康。子桐山中，子桐水從這裡發源，水中有許多奇魚名鱃魚。剡（ㄧㄢˇ）山上的人面獸叫合窳。太山上生長著獨目怪獸蜚。

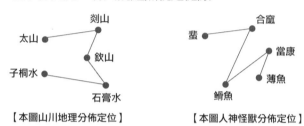

剡山　　　　　合窳
太山　　　　　　蜚
　　　欽山　　　　　　當康
子桐水　　　　　　　　薄魚
　　　石膏水　　　鱃魚

【本圖山川地理分佈定位】　【本圖人神怪獸分佈定位】

當康 汪本的當康滿嘴豬牙外露，有點像野豬。胡本的當康雖有豬蹄，但耳、身、尾都不像豬。《禽蟲典》中，當康外形似豬，但尾巴不像豬尾。

→清《禽蟲典》　　　→清《汪紱圖本》　　　→明 胡文煥圖本

旄山再往南三百二十里，是東始山。山上多出產蒼玉。山中生長著一種奇特的樹木，其外形像普通的楊樹卻有紅色的紋理，從樹幹中流出的汁液紅得像血，這種樹不結果實，名字叫芑（ㄑㄧˇ），如果把它的汁液塗在馬的身上就可使馬馴服。泚水從這座山發源，然後流向東北，最後注入大海，水中有許多美麗的貝類。河水裡面還有很多茈（ㄗˇ）魚，其外形像平常的鯽魚，只有一個頭，卻有十個身體，牠還散發出與蘼蕪草（香草）相似的香氣。

女烝山 鬲水 薄魚

東始山再往東南三百里，是女烝（ㄓㄥ）山。山上荒蕪，沒有花草樹木。石膏水從這座山發源，然後向西流淌，最後注入鬲（ㄍㄜˊ）水。水中有很多薄魚，其外形像一般的鱣魚，卻只長了一隻眼睛，發出的聲音如同人在嘔吐。牠是一種凶魚，一旦出現，天下就會發生大旱災，也有一說是發生水災。

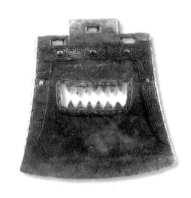

飾有獠牙的雲雷紋鉞

商後期　高 36.8 釐米　江西省博物館收藏

鉞（ㄩㄝˋ）是商代以後常見的兵器，也是一種刑具，中間有如當康的大獠牙一般兇惡猙獰的圖案設計，威嚴恐怖，極富權威。這件銅鉞的援部呈方形，肩部飾有兩組雲雷紋樣。它在中國古代兵器中出現較早，外形變化也較大。

《山海經》珍貴古版插圖類比

蜚 汪本的蜚（ㄈㄟˇ）為一巨牛，獨眼長在牛臉正中間，身後拖著長長的蛇尾。《禽蟲典》的蜚造型與汪本中相似，正從崇山峻嶺之中奔跑下來。

→清 汪紱圖本

→清 《禽蟲典》

女烝山再往東南二百里，是欽山。山中只有遍地的黃金美玉而沒有普通的石頭。師水從這座山發源，然後向北注入皋澤。山中棲息著一種野獸，其外形像豬，卻長著大獠牙，名字叫當康。因為他像豬又長著大獠牙，所以也被稱為牙豚。傳說當天下要豐收的時候，牠就從山中出來啼叫，告訴人們豐收將至。所以他雖樣子不太好看，卻是一種瑞獸。據《神異經》中記載，南方有種奇獸，樣子像鹿，卻長著豬頭和長長的獠牙，能夠滿足人們祈求五穀豐登的願望，可能就是這種當康獸。

子桐山　鰩魚

欽山再往東南二百里，是子桐山。子桐水從這座山發源，然後向西流淌，注入餘如澤。水中生長著很多鰩（ㄏㄨㄚˊ）魚，其外形與一般的魚相似，卻長著一對鳥翅，出入水中時身上會閃閃發光，而牠發出的聲音如同鴛鴦鳴叫。鰩魚是不祥之魚，一旦出現，天下就會發生大旱災。

子桐山再往東北二百里，是剡山。山上蘊藏有豐富的金屬礦物和各色美玉。山上棲息著一種野獸，其外形像豬，卻長著一副人的面孔，黃色的身體後面長著紅色尾巴，名字叫合窳（ㄩˇ），牠發出的吼叫聲就如同嬰兒啼哭。這種合窳獸生性兇殘，會吃人，也以蟲、蛇之類的動物為食。牠一旦出現，天下就會洪水氾濫。

太山 蜚

剡（一ㄢˇ）山再往東二百里，是太山。山上有豐富的金屬礦物和各色美玉，有茂密的女楨樹林。山中棲息著一種野獸，其外形像普通的牛，頭卻是白色的，只有一隻眼睛，還有條蛇一樣的尾巴，名字叫蜚（ㄈㄟ）。蜚是一種可怕的災獸，牠行經有水的地方水就會乾涸，行經有草的地方草就會枯死，而且一旦出現，天下就會瘟疫橫行。傳說春秋時，蜚曾出現過一次。當時江河枯竭，草木枯萎，人畜瘟疫流行，天地灰暗了無生氣。鉤水也從這發源，向北注入勞水。

總計東方第四列山系之首尾，自北號山起到太山止，一共八座山，全長一千七百二十里。以上是東方諸山的紀錄，總共四十六座山，蜿蜒長達一萬八千八百六十里。

牛耕圖

晉　彩墨　磚畫　縱 17 釐米　橫 36 釐米　甘肅省嘉峪關市文物管理所收藏

將牛的形象放在類似蜚這種災難之獸身上，是少之又少的。因為牛自古就是忠誠、勤勞的象徵，有了它就相當於有了祥瑞和財富。牠強健的體魄也是力量的象徵，或許正是因為這一點，蜚之類的猛獸才被賦予牛的形象。圖中，正在耕田的牛揚蹄奮力前進，身上筋骨隱約可見。

第五卷

《中山經》是《山海經》中所記地區的中心，也是記述最詳盡、內容最豐富的一部分。其中記述了薄山山系、濟山山系、薁山山系、釐山山系等十二列山系的山川地貌，《中山經》所載山脈佔據了廣闊的地域，其間河流遍佈，山神常受人祭祀。

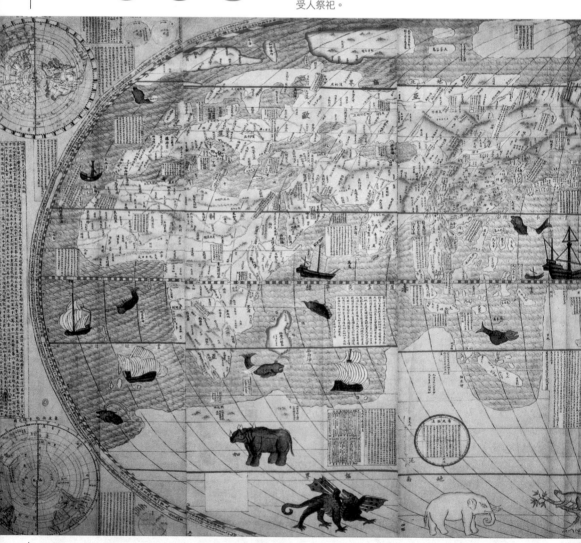

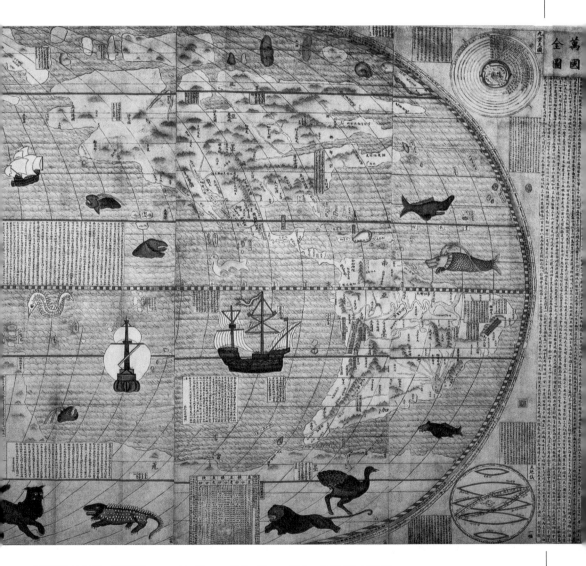

坤輿萬國全圖　利瑪竇　1602 年　縱 192 釐米　橫 346 釐米　南京博物館收藏

這是義大利傳教士利瑪竇在中國繪製的世界地圖之一。它由六幅條屏拼接而成，主圖是一幅橢圓形的世界大地圖，中國居於圖的中心位置。各大洋中繪有帆船和鯨、鯊、海獅等海生動物；南極大陸上畫著犀、象、獅等陸生動物，形象生動、簡樸易懂。

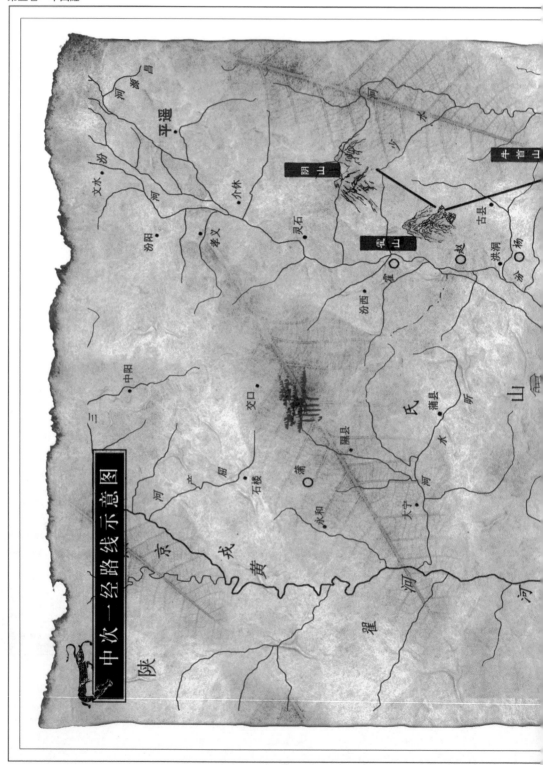

（此路線形成於春秋、戰國時期）

本圖根據張步天教授《〈山海經〉考察路線圖》繪製，圖中記載了甘棗山至鼓鐙山共十五座山的考據位置。

中次一經

甘棗山 籜 難

中央第一列山系叫做薄山山系，其首座山叫做甘棗山。共水從這座山發源，然後向西流淌，

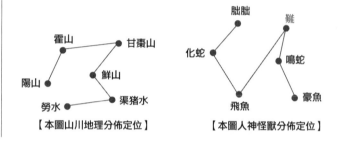

【本圖山川地理分佈定位】

【本圖人神怪獸分佈定位】

甘棗山周邊山水

明 蔣應鎬圖本

甘棗山上四處張望、拖著長尾巴的獸是難。渠豬山是渠豬水的發源地，水中游著許多豪魚。牛首山乃勞水的發源地，水中躍起的名為飛魚。霍山山嶺上的長尾獸是胐胐（ㄈㄟ丶）。鮮山上生長著一種叫鳴蛇的四翼怪蛇。

《山海經》珍貴古版插圖類比

難 《禽蟲典》本的難為一隻長尾的深色小獸，正探著腦袋往山坡下走。汪本的難也是長尾深色小獸，正仰頭抬爪，作跳躍狀。

難

→清 汪紱圖本

→清《禽蟲典》

最後注入黃河。山上生長著茂密的樹林。山下生長著一種奇特的草，它有葵菜一樣的莖幹和杏樹一樣的葉子，開黃色的花朵，結帶莢的果實，名稱是籜（ㄊㄨㄛˋ），人吃了它可以治癒眼睛昏花，使盲人復明。山中棲息著一種野獸，其外形像犾（ㄌㄨˊ）鼠，但額頭上有花紋，名稱是難（ㄋㄨㄛˊ），吃了牠的肉就能治好人脖子上的贅瘤，據說還可以治好眼病。

甘棗山再往東二十里，是歷兒山。山上生氣勃勃，草木叢生，林中生長著很多櫪樹和枥（ㄌㄧˋ）樹。這種枥樹很奇特，其莖幹是方的，而葉子是圓的，開黃色的花，而花瓣上還有細細的絨毛，它結的果實就像楝樹的果實。據說楝樹的果實搗碎後可以洗衣，人服食則可以益腎。而這種枥樹的果實也很有用，人吃了它可以增強記憶力而不健忘。

渠豬山一帶

　　曆兒山再往東十五里，是渠豬山。山上覆蓋著茂密的竹林。渠豬水從這座山發源，然後向南流去，注入黃河。水中有很多豪魚，其外形像一般的鮪魚，但長著紅色的喙，尾巴上有紅色的羽毛，人吃了牠的肉就能治癒白癬之類的痼疾。

　　渠豬山再往東三十五里，是蔥聾山，山中有很多又深又長的幽谷。山上盛產堊土之類的塗料，到處是白堊土，還有黑堊土、青堊土、黃堊土。

　　蔥聾山再往東十五里，是湋（ㄨㄟ）山。山上蘊藏有豐富的黃銅，而山上背陰的北坡還盛產鐵。

高聳入雲的樹

遠古時代，人類征服大自然的初期，地球上物種豐富，除了怪異的動物外，也有很多奇異的植物。如：可增強記憶力的枥樹果實，巨杉也是其中一種，它不但生長快，而且壽命極長；最高的巨杉可達三十多丈，樹幹的直徑也有十多米，若從中央開一個洞，可並駕通過兩匹馬；因此它又被稱為「世界爺」。可惜的是，巨杉與其他古老而珍貴的植物一樣，遭過度砍伐幾近消失。

脫扈山周邊

　　湋山再往東七十里，是脫扈山。山中出產一種神奇的草，其形狀像葵菜的葉子，但開紅色的花，結帶莢的果實，果實的莢就像棕樹的果莢，名稱是植楮（ㄔㄨˇ），它可以治癒抑鬱症，服食它還能使人不做噩夢。

　　脫扈山再往東二十里，是金星山。山中生長著很多叫天嬰的東西，其形狀與龍骨相似，而龍

骨就是生長在死龍脫骨之處的一種植物。天嬰也有藥用，可以用來治療青春痘。

金星山再往東七十里，是泰威山。山中有一道幽深的峽谷，叫做梟穀，那裡蘊藏著豐富的鐵。

泰威山再往東十五里，是橿穀山，山中蘊藏有豐富的赤銅。

橿穀山再往東一百二十里，是吳林山，山中生長著茂盛的蘭草。

牛首山　飛魚

吳林山再往北三十里，是牛首山。山中生長著一種叫鬼草的奇特植物，葉子與葵菜葉相似，而莖幹卻是紅色的，開的花像禾苗吐穗時開的花絮，服食這種草就能使人無憂無慮。勞水從這座山發源，向西注入滫（ㄩˋ）水。水中有很多飛魚，其外形像一般的鯽魚，喜歡躍出水面，人吃了這種飛魚的肉就能治癒痔瘡和痢疾。還有人認為這種魚能夠飛入雲層中，牠的翼像蟬一樣清透明亮，牠們喜好群體飛躍。

銅尊

春秋　高 25.5 釐米　口徑 27 釐米

《山海經》中記載，例如淩山的很多山上都蘊藏著大量的銅，銅是珍貴的金屬資源，後世廣泛用於一些器皿的製造。這件春秋時期的銅尊，銅質精良，造型大方。

蘭草

吳林山中出產一種蘭草，香氣十分馥鬱。它生長在水邊的低濕處，葉片對生，古人常用它的葉子擠出汁液製成香膏，用來塗抹頭髮。

可避邪的獸面紋玉鋪首

西漢 高 34.2 釐米 寬 35.6 釐米 厚 14.7 釐米 重 10.6 克 陝西省咸陽市茂陵博物館收藏

希望透過外物驅除邪惡，以保護自身的思想，似乎從遠古時期流傳至今，古時人們認為飼養朏朏可以消愁；而後世則將怪獸形象放於門上，認為可以避邪。這件玉鋪首中央的獸面紋，張目卷鼻，牙齒外露，狀甚兇猛。

霍山附近

　　牛首山再往北四十里，是霍山。山上林木蓊鬱，生長著茂密的構樹林。山中棲息著一種野獸，其外形像普通的野貓，但卻長著一條長長的白色尾巴，身上長有鬃毛，名稱是朏朏（ㄈㄟˇ），人飼養牠就可以消除憂愁。

　　霍山再往北五十二里，是合穀山。山中生長著很多薔（ㄓㄢ）棘一類的植物。

　　合穀山再往北三十五里，是陰山。山中遍佈著可以用來磨刀的礪石，還有很多色彩斑斕的漂亮石頭。少水從這座山發源。山中生長著蒼翠茂盛的雕棠樹林，這種雕棠樹的葉子像榆樹葉，不過呈四方形，結的果實和紅豆相似，十分漂亮，服食這種果實可以治癒耳聾。

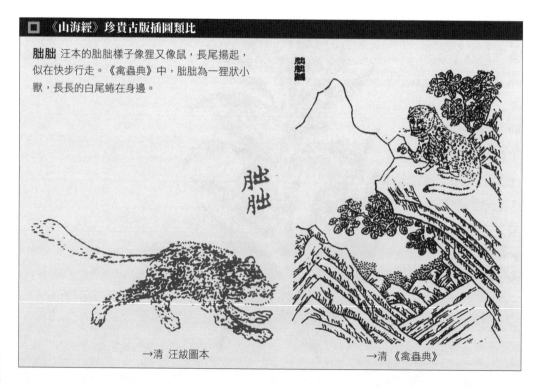

□ **《山海經》珍貴古版插圖類比**

朏朏 汪本的朏朏樣子像狸又像鼠，長尾揚起，似在快步行走。《禽蟲典》中，朏朏為一狸狀小獸，長長的白尾蜷在身邊。

朏朏

→清 汪紱圖本　　　　　　　→清《禽蟲典》

陰山再往東四百里，是鼓鐙（ㄉㄥˋ）山。山中蘊藏有豐富的赤銅。山上生長著一種草，名叫榮草，其葉子與柳樹葉相似，根莖卻好像雞蛋，人如果吃了它，就能治癒瘋痹病。

薄山山系山神

總計薄山山系之首尾，自甘棗山起，到鼓鐙山止，一共十五座山，綿延六千六百七十里。曆兒山是諸山的宗主，祭祀曆兒山山神的禮儀是：在帶毛的禽畜中，選用豬、牛、羊三牲齊全的牲禮，再懸掛上吉玉獻祭。祭祀其餘十三座山的山神，則只需在帶毛禽畜中選用一隻羊做祭品，再懸掛上祀神玉器中的藻珪獻祭就可以了。祭禮完畢把它埋入地下，而不用米祀神。所謂藻珪，就是藻玉，其下端呈長方形，而上端有尖角，中間有圓形穿孔，上面還貼有黃金作爲裝飾。

武當山山神真武大帝

明 銅像

古人相信不僅天地有神主宰，連各座山、各條河均有山神、水神管轄，從甘棗山起到鼓鐙山當然也不例外，對山神的祭祀也是古人生活中不可馬虎的事情。山神的概念後世仍有遺留，明代時期認爲武當山的山神乃真武大帝。真武大帝以「四靈」之一的玄武爲原型，後來受到人們日益強烈的崇拜，享有和玉皇大帝相當的地位。

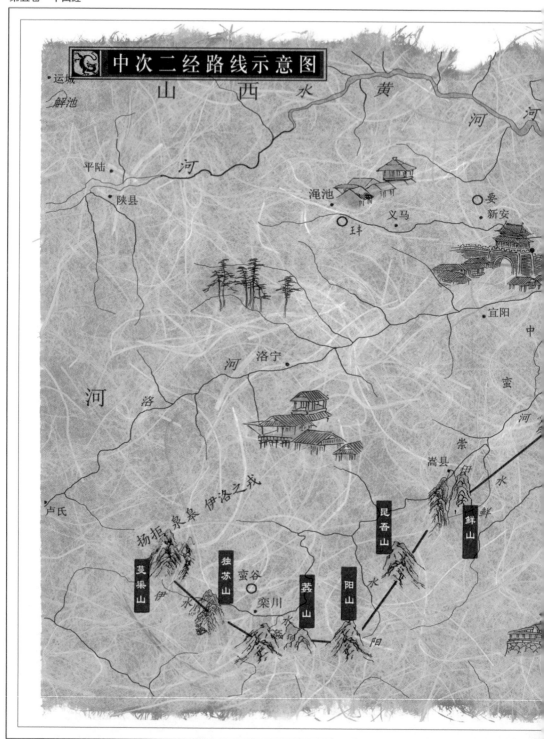

本圖根據張步天教授《〈山海經〉考察路線圖》繪製，圖中記載了《中次二經》中煇諸山到蔓渠山共九座山的地理位置。

中次二經

煇諸山　鶡鳥

　　中央第二列山系叫濟山山系，它的頭一座山，叫做煇（ㄏㄨㄟ）諸山。山上生長著茂密的桑樹林，山中棲息著很多飛禽走獸，野獸以山驢和麋鹿爲最多，而禽鳥則大多是鶡（ㄏㄜˊ）鳥。鶡鳥體形與野雞類似，比野雞稍大一些，羽毛爲青色，長有毛角，天性兇猛好鬥，而且爭鬥起來決不退卻，直到鬥死爲止，於是人們把牠看作勇猛的象徵。傳說黃帝與炎帝在阪泉大戰時，黃帝軍隊舉著畫有雕、鷹之類猛禽的旗幟，其中就有畫鶡鳥的，因爲牠有勇猛不畏死的特質。古時英勇武士的帽子上面，就插有兩隻鶡尾羽毛，左右各一，叫做鶡冠，以此顯示武士的勇猛。戰國時有一個楚人，十分英勇，就號稱「鶡冠子」。

　　煇諸山再往西南二百里，是發視山，山上蘊藏有豐富的金屬礦物和各色美玉，山下則遍佈可以用來磨刀的砥礪石。卽魚水從這座山發源，奔出山澗後向西流淌，最後注入伊水。

□ **《山海經》珍貴古版插圖類比**

鳴蛇 畢本的鳴蛇背生四翼，伸頭吐舌，樣子非常可怕。《禽蟲典》本的鳴蛇與畢本造型相似。汪本中，鳴蛇四翼兩兩相對。

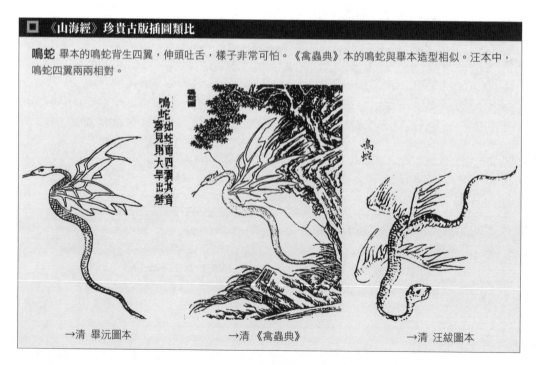

鳴蛇如蛇面四翼其音著見則大旱出變

→清　畢沅圖本　　　　　→清《禽蟲典》　　　　　→清　汪紱圖本

發視山再往西三百里，是豪山。山上礦產豐富，蘊藏著大量的金屬礦物和各色美玉，但卻非常荒涼，沒有生長花草樹木。

鮮山　鳴蛇

豪山再往西三百里，是鮮山。跟豪山一樣，這裡也蘊藏有豐富的金屬礦物和各色美玉，而不生長花草樹木。鮮水從這座山發源，然後向北流淌注入伊水。水中生活著很多鳴蛇，其樣子像普通的蛇，卻有兩對翅膀，叫聲如同敲缽一樣響亮；牠在哪個地方出現，那裡就會發生大旱災。牠和肥遺一樣，雖然是種災獸，但也有好的地方；古人常常將牠和肥遺的形象畫在墓室或棺槨上，希望牠會帶來乾旱的說法，可以使墓室保持乾燥，屍體不腐。

陽山　化蛇

鮮山再往西三百里，是陽山。山上岩石遍佈，怪石嶙峋，沒有花草樹木，十分荒涼。陽水從這座山發源，向北流去，注入伊水。水中棲息著很多化蛇，牠長著人的頭，卻有像豺（ㄔㄞˊ）一樣的身體，背上也長有翅膀，卻只能像蛇一樣蜿蜒爬行，發出的聲音就如同人在喝斥般。牠在哪個地方出現，那裡就會發生大水災。鳴蛇和化蛇

充滿霸氣的陽陵虎符

秦　長 8.9 釐米　寬 2.1 釐米　高 3.4 釐米

雕、鷹之類的猛禽在我國自古以來就是勇氣、力量的象徵，牠們的形象被用來裝飾在勇者身上；和牠們擁有同種寓意的老虎，則享有獸中之王的聲譽。這件虎符為秦始皇授予部下的軍令，呈現出一種至上的權威和勇者的威猛氣概。

都是蛇類，而且比鄰而居，但形象卻不太一樣，性情更是完全相反。鳴蛇兆旱，化蛇兆水。

昆吾山　蠪蚳

陽山再往西二百里，是昆吾山，山上蘊藏有豐富的赤銅。這裡所產的赤銅和別的地方所產的不一樣，它是昆吾山所特有的一種銅，色彩鮮紅，就

昆吾山附近山水

明　蔣應鎬圖本

昆吾山上生活著一種有角豬叫蠪蚳。蔓渠山上跑下來的人面獸是馬腹。敖岸山中，四角獸夫諸在山丘上四處張望。青要山上站著人面山神武羅。畛（ㄓㄣˋ）水從此山發源，水中棲息著名叫鴢（一ㄠ）的禽鳥。

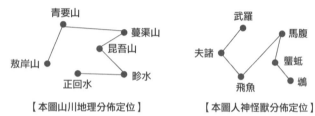

【本圖山川地理分佈定位】　【本圖人神怪獸分佈定位】

《山海經》珍貴古版插圖類比

蠪蚳　《禽蟲典》本的蠪蚳為一頭健壯的大豬，頭上長著兩隻角。汪本中，蠪蚳也是豬形，頭上長有獨角，豬尾高揚。

→清　汪紱圖本

→清　《禽蟲典》

如同赤火一般。用這種赤銅所製作的刀劍，非常鋒利，切割玉石就如同削泥一樣。傳說周穆王曾經征伐昆戎，昆戎便獻昆吾之劍，其劍鋒利無比。而這把神奇的昆吾之劍，就是由昆吾山特產的銅打造的。昆吾山中棲息著一種野獸，外形與一般的豬相似，但頭上卻長角，牠吼叫起來就如同人在嚎啕大哭，名字叫蠪蚳（ㄌㄨㄥˊ　ㄓˋ）；吃了牠的肉，就不會做惡夢。

　　昆吾山再往西一百二十里，是蓣（ㄐㄧㄢ）山。蓣水從這座山發源，然後向北流淌，最後注入伊水。山上蘊藏有豐富的金屬礦物和各色玉石，山下則盛產石青、雄黃一類礦物。山中生長著一種高大如樹木的草，其形狀像棠梨樹，而葉子是紅色的，名稱是芒草；它是一種毒草，

◇《山海經》考據

昆吾山在今嵩縣境內

《淮南子‧天文訓》將一天分成十五個時段，其中太陽升至昆吾山時，就是正中午。周人也將此山周邊的伊水和洛水視為天下正中。昆吾山是銅的盛產地，山海經中只說產銅沒有說產鐵，可能是因為當時的兵器都是錫銅合金所鑄。此山的顏色赤紅，質地純正，著名的幹將劍即為此山的赤銅所鑄。經考證，昆吾山在河南省嵩縣境內。昆吾山以西的獨蘇山應在河南省欒川縣西北；蔓渠山在河南省盧氏縣以東；伊水現今是叫伊河，它最西邊的發源地名為核桃岔。

龍吐珠

龍吐珠的花形狀頗為神奇，由三片乳白色苞片緊緊合抱，紅色的花瓣從苞片中探出頭，再配上伸出來長長的雌雄花蕊，像傳說中怒龍噴火的形狀，故得此名。其紅白相嵌，美麗異常，為常見的觀賞盆栽花卉，同時也具有較高的藥用價值。

能夠毒死魚。

　　薤山再往西一百五十里，是獨蘇山。山上光禿荒蕪，沒有生長花草樹木，但是到處流水潺潺，溪流奔騰。

蔓渠山　馬腹

　　獨蘇山再往西二百里，是蔓渠山，山上蘊藏有豐富的金屬礦物和各色玉石，山下則草木蓬勃，到處是小竹叢。伊水從這座山發源，奔出山澗後向東注入洛水。山中棲息著一種野獸，名稱是馬腹，其外形奇特，有人的臉孔、老虎的身體，吼叫的聲音就如同嬰兒啼哭。牠是一種兇狠的野獸，會吃人。傳說馬腹又叫水虎，棲息在水中，身上還有與鯉魚類似的鱗甲。牠常常將爪子浮在水面吸引人靠近，如果有人去戲弄牠的爪子，牠便將人拉下水殺死。民間稱馬腹為馬虎，因其異常兇

□《山海經》珍貴古版插圖類比

馬腹 胡本的馬腹人面虎身，尾巴奇長，人面上一臉笑容。汪本中，馬腹為一巨型人面虎，坐在自己長長的尾巴上，一臉嚴肅。

馬腹

→清　汪紱圖本　　　　　　→明　胡文煥圖本

狠的性情，古人常用其嚇唬頑皮的孩子說：「馬虎來了！」孩子們便立即不敢作聲。

濟山山系山神

　　總計濟山山系之首尾，自輝諸山起到蔓渠山止，一共九座山，蜿蜒一千六百七十里。諸山山神的外形都是人的臉孔、鳥的身體。祭祀山神時，要用帶毛的牲畜做祭品，再選一塊吉玉，將它投向山谷，祀神時不用精米。

人面鳥身的神醫
東漢　墓室內裝飾圖像　長 94.5釐米　寬 91.5 釐米　厚 24 釐米山東省微山市雨城鎮出土

山經時代開始，人們就非常廣泛的對鳥富有崇拜之情，濟山山系中的居民大多以展翅飛翔的鳥為圖騰，將那一帶山的山神想像成人面鳥身的形象，這種崇拜也延續到後世。這幅針灸圖拓片中，左邊有一個人面鳥身的神醫，手執醫針，正在為病人做針灸治療。把醫者畫成鳥的形象，一方面是對鳥的崇拜，另一方面也是為了象徵戰國名醫扁鵲（扁鵲與華佗、張仲景、李時珍並稱中國古代四大名醫）。

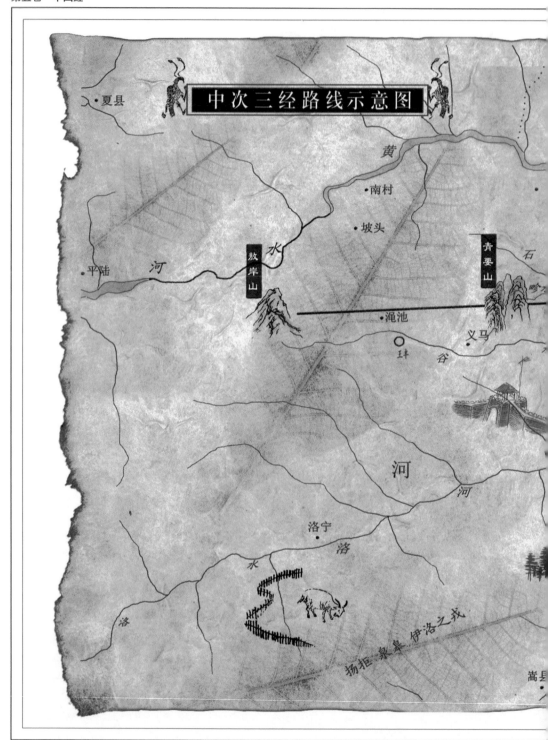

本圖根據張步天教授《〈山海經〉考察路線圖》繪製，圖中記載了《中次三經》中敖岸山至和山共五座山的考據位置。

中次三經

夫諸
清《禽蟲典》

樣子像白鹿，頭卻生四角；在水邊奔跑，以示夫諸象徵大水的特性。

敖岸山　熏池　夫諸

　　中央第三列山系叫萯（ㄅㄟˋ）山山系，它的首座山，叫做敖岸山。其山南坡多出產瑂（ㄊㄨˊ）珸玉，而山的北坡則多出產赭石、黃金。這座山上居住著一位叫熏池的天神，因此敖岸山還常常能生出美玉來。敖岸山山勢高峻，站在山頂向北可以望見奔騰的黃河和蔥郁的叢林，它們的形狀好似茜草和櫸柳。山中棲息著一種野獸，外形似白鹿，頭上卻長著四隻角，牠的名稱是夫諸，是一種不祥之獸；據說牠在哪個地方出現，那裡就會發生大水災。

□ 《山海經》珍貴古版插圖類比

武羅　《離騷圖・九歌》中的武羅神為女性形象。《神異典》本的武羅身有豹紋，雙耳掛金環，看不出是女神。汪本中，武羅大嘴及耳，姿態怪異，呈現另一種風格。

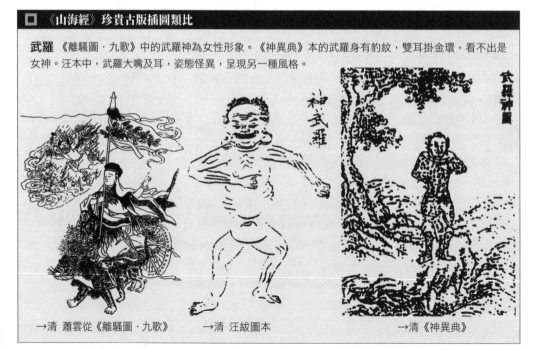

→清　蕭雲從《離騷圖・九歌》　　　→清　汪紱圖本　　　→清《神異典》

青要山 武羅 鴢 荀草

敖岸山再往東十里，是座青要山。這座山實際上是天帝的密都。從青要山向南可以遠眺墠（ㄕㄢˋ）渚。傳說大禹的父親鯀（ㄍㄨㄣˇ）偷天帝的息壤到下界平息水災，天帝知道後，派火神祝融將他殺死在羽山。鯀的屍體三年不化的事被天帝知道後，天帝大驚，便派一個天神帶了一把叫「吳刀」的寶刀下去，剖開鯀的肚子。就在鯀的肚子被劃開時，忽然跳出一條虯（ㄑㄧㄡˊ）龍飛上了天，這條龍就是鯀的兒子禹。而鯀則化成一頭黃熊（也有傳說化作一條黃龍），跳進羽山旁邊的深澤，那深澤便是這裡的墠渚。水中棲息著很多蝸牛及貝殼。山神武羅掌管這裡，她有著一張人的臉孔，卻全身有著豹一樣的斑紋，腰身細小，耳朵上還穿掛著金銀環，她的叫聲就像是玉石在碰撞般，十分動聽。這座青要山氣候溫和，物產豐富，很適宜女子居住。畛（ㄓㄣˇ）水從這座山發源，向北流淌注入黃河。水濱棲息著一種禽鳥，名稱是鴢（ㄧㄠ），其外形就像普通的野鴨，有著青色的身體，卻長著淡紅色的眼睛和深紅色的尾巴，吃了牠的肉就能使人子孫興旺。據說南宋時，都陽出現一種妖鳥，鴨身雞尾，停在百姓的屋頂上，當地人不認識，以為是某種妖鳥，其實可能就是鴢。山中還生長著一種草，其形狀像蘭草，卻有著方形的莖幹，開黃色的花朵，結紅色的果實，根就像槁（ㄍㄠˇ）本這種香草的根，它的名稱是荀草，女子服用它就能使皮膚紅潤有光澤。

美麗的耳飾

西周　長 8.1 釐米 14.8 釐米　重 5.2 克　9.9 克　陝西省咸陽市淳化縣文化館收藏

《山海經》中記載，青要山是座適合女子生活的山，其山神腰身嬌小，牙齒潔白，特別是耳朵上穿掛著的金銀環，光彩照人，非常美麗。於是，女性對耳飾的追求流傳下來。這對黃金耳飾形如弓，又似彎月，華貴雋秀，金光燦爛。

◇《山海經》考據

敖岸山—堯山

《中次三經》所記的萯山山系，有學者認為應在黃河以南、谷水以北。谷水也稱潤水，西邊從崤（ㄧㄠˊ）山發源，在洛陽近郊注入洛河。萯山山系的首座山敖岸山，據考證可能是堯山，在河南省澠池縣以西。

玉骨冰肌吳彩鸞　閑扮的瓣翻翻餐天明玲瑳綽綽　山去手輕淋滿未乾

雪羊一百怪

與虎相伴的山鬼

羅聘　清代　立軸　紙本　設色
縱 91 釐米　橫 35 釐米　清華大
學美術學院收藏

「山鬼」在舊注中被認為是山中
的鬼怪，後人則認為是巫山神
女，今人多以為是女性山神。青
要山的山神就被認為是耳戴金環
的山鬼形象。此圖中的山鬼是一
位儀態萬千的清秀女子，如不是
身上披有木蓮，身旁伴一猛虎，
幾乎會被誤認為是一位大家閨
秀。

騩山　飛魚

　　青要山再往東十里，是騩（ㄍㄨㄟ）山。山上盛產味道甜美的野棗，而背陰的北坡還盛產琁珸玉。正回水從這座山發源，然後向北流去注入黃河。水中有許多飛魚，其外形像豬，卻渾身佈滿了紅色斑紋；吃了牠的肉就能使人不怕打雷，還可以避免兵刃之災。

　　山再往東四十里，是宜蘇山。山上蘊藏有豐富的金屬礦物和各色玉石，山下則生長著繁茂的荊棘類灌木。滽滽水從這座山流出，然後向北注入黃河，水中生長著很多黃色的貝類。

和山　泰逢

　　宜蘇山再往東二十里，是和山。山上荒蕪光禿，但到處遍佈著瑤、碧一類的美玉。這裡實際上是黃河上游九條水源所彙聚的地方。這座山蜿蜒盤旋，共轉了五圈，一共有九條河水從這裡發源，然後匯合起來向北注入滔滔黃河，水底的河床中鋪滿了名貴的蒼玉。吉神泰逢主管這座山，祂的樣子像人，但卻有一條老虎的尾巴。泰逢喜歡住在山向陽的南坡，祂每次出入和山時，都會發出神奇的閃光。泰逢有變化天地之氣的法力，能感天動地、興風布雨。傳說晉平公在澮水曾遇見過泰逢，有狸的身體而老虎的尾巴，晉平公還以為祂是個怪物。遇到過泰逢的還有夏朝的昏君孔甲，他在打獵時，泰逢出現，並運用法力刮起一陣狂風，頓時天地昏暗，使孔甲迷了路。會懲罰昏君的泰逢不愧是一個吉神。

薘山山系山神

總計薘山山系，自敖岸山起到和山止，一共五座山，綿延四百四十里。祭祀泰逢、熏池、武羅三位山神的禮儀，是用一隻開膛的公羊和一塊吉玉來祭拜。其餘兩座山（驒山、宜蘇山）則是用一隻公雞獻祭後埋入地下，再撒上祀神用的稻米。

【本圖山川地理分佈定位】　　【本圖人神怪獸分佈定位】

和山附近

明　蔣應鎬圖本

和山上，一團祥光中站立著人形虎尾的山神泰逢。扶豬山上的長尾小獸叫䴦。釐山上有種牛狀怪獸名犀渠；山坡上還有隻奔跑著身披鱗甲的怪獸㺍（ㄒ一ㄝˇ）。中央第四列山系的山神均為人面獸身神。首山上站著名為䲩（ㄅ一ˋ）鳥的三目奇鳥。

中次四经路线示意图

本圖根據張步天教授《〈山海經〉考察路線圖》繪製，圖中記載了《中次四經》中鹿蹄山到舉山共九座山的所在位置。

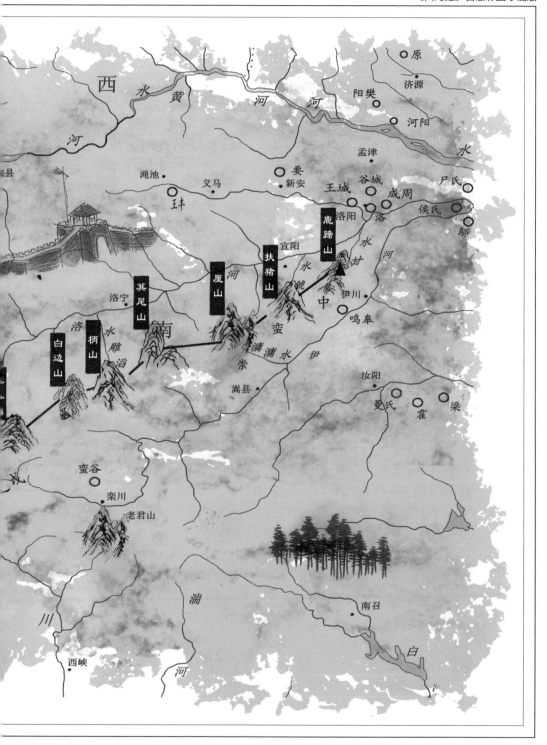

中次四經

鹿蹄山周邊

　　中央第四列山系叫釐山山系，其頭一座山叫做鹿蹄山。這是一座寶山，山上遍佈璀璨的美玉，山下則盛產黃金。甘水從這座山發源，奔出山澗後向北流淌，注入洛水，水底的河床上佈滿了柔軟如泥的泠（ㄍㄢˋ）石。

　　鹿蹄山往西五十里，是扶豬山。山上遍佈著礐（ㄖㄨㄢˇ）石，礐石雖不如玉名貴，但也是一種美石。山中棲息著一種野獸，其外形像貉，臉上卻長著人的眼睛，名字叫𪓨（ㄧㄣˊ）。虢（ㄍㄨㄛˊ）水從扶豬山發源，然後向北流淌，最後也注入洛水，水底的河床上也有很多礐石。據說山上的礐石是白色的，像冰一樣透明；

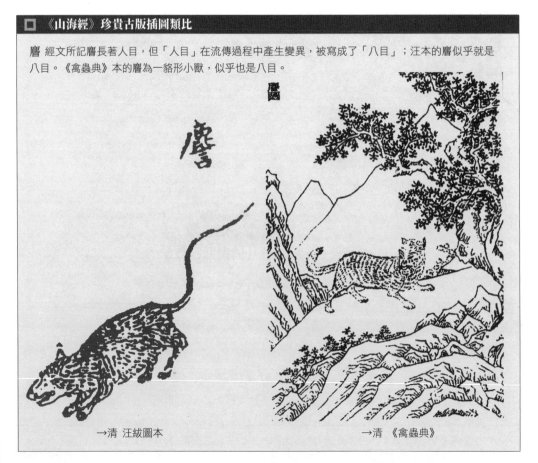

□ 《山海經》珍貴古版插圖類比

𪓨 經文所記𪓨長著人目，但「人目」在流傳過程中產生變異，被寫成了「八目」；汪本的𪓨似乎就是八目。《禽蟲典》本的𪓨為一貉形小獸，似乎也是八目。

→清 汪紱圖本　　　　　　　　　　　　→清 《禽蟲典》

梧桐

梧桐又叫白桐，是一種古老的樹種，它的葉子與臭椿樹的樹葉十分相像。陸璣《草木疏》中說，白桐宜製琴瑟。柄山上有種怪木，葉似梧桐，其枝、葉、果均有劇毒。但和它不同的是，梧桐非但沒有毒，還可作藥用，有消腫、生髮的功效。

而水中的礝石卻是紅色的。

釐山 犀渠 獩

扶豬山再往西一百二十里，是釐山。其山向陽的南坡遍佈各色美玉，而背陰的北坡則生長著茂密的茜草。山中有一種野獸，其外形如一般的牛，全身青黑色，發出的吼叫聲卻如同嬰兒啼哭。牠不像牛那麼溫馴，而是十分兇惡，甚至會吃人，名稱是犀渠。瀟瀟水從這座山發源，然後向南流去，最後也注入伊水。水邊還棲息著一種野獸，名字叫獩（ㄒㄧㄝˊ），其外形似犬，身披鱗甲，毛從鱗甲的縫隙中間長出來，又長又硬，就好像豬鬃一樣。

◇《山海經》考據

釐山山系背靠伊河和洛河

《中次四經》釐山山系之名取自第三山釐山。據查，五藏三經中凡有山系的，其命名方法有兩種：一是取山系中某山之名；二是另取他名。釐山山系自東向西，橫亙洛河、伊河之間，起自洛陽西南。洛陽因地處洛河之陽而得名，是華夏文明的主要發源地之一，也是佛教獲得發展的重要之地。伊河兩岸山崖峭壁間至今尚存兩千餘座窟龕（ㄎㄢ）和十萬餘尊石像，堪稱一座大型石刻藝術博物館。

釐山山系的首座山鹿蹄山可能在河南省伊川、宜陽兩縣之間。而以其名為山系命名的釐山，則在河南省嵩縣境內。

曼德拉草

《山海經》中描繪了很多怪草，曼德拉草雖不在其中，但也屬於不折不扣的怪草。它的根形狀非常奇特，很多都像具有胳膊和腿的人體。因為它的怪狀，人們便常常把它和傳說及迷信聯想一起，認為它是詭異而危險的植物。傳說曼德拉草的根被挖出時會伴隨著呻吟聲，遠古時人們會叫狗將其拉出。將曼德拉草的根和鴉片混合，是古時手術必備的麻醉藥物。

箕尾山一帶

螿山再往西二百里，是箕尾山。山上生氣勃勃，生長著茂密的構樹林，山坡上盛產很軟的塗石，山頂上還遍佈著精美的瑤琈玉。

箕尾山再往西二百五十里，是柄山。山上遍佈著精美的玉石，山下則蘊藏有豐富的銅。滔雕水從這座山發源，然後向北流淌，最後注入洛水。山中棲息著許多羬羊。山中還生長著一種樹木，其形狀像臭椿樹，葉子卻像梧桐葉，結出帶莢的果實，名字叫茇（ㄅㄚˊ），它的枝幹、樹葉、果實都有毒，能將魚毒死。

柄山再往西二百里，是白邊山。山上蘊藏著豐富的金屬礦物和各色玉石，山麓則盛產石青、雄黃。

白邊山再往西二百里，是熊耳山。這座山生氣勃勃，山上生長著茂密的漆樹林，山麓則生長著鬱鬱蔥蔥的棕樹林。浮濠水從這座山發源，然後向西流淌，流入洛水，水底的河床上有很多水晶石，水中有許多人魚，也就是娃娃魚。岸邊生長著一種草，形狀像蘇草，卻開紅色的花，名稱是葶苧（ㄊㄧㄥˊ ㄋㄧㄥˋ），這種草也有毒，其毒性能把魚毒死。

熊耳山再往西三百里，是牡山。山上遍佈著各種色彩斑斕紋理的石頭，山麓則到處生長著竹箭、竹䉋（ㄇㄟˋ）等各類竹子。山中有大量的飛禽走獸，其中野獸以㸲（ㄗㄨㄛˋ）牛、羬（ㄑㄧㄢˊ）羊為最多，而禽鳥則以赤鷩（ㄅㄧˋ，也稱為錦雞）為主。

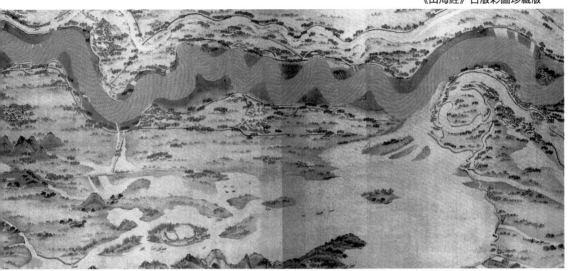

牡山再往西三百五十里，是舉山。雒（ㄌㄨ
ㄛˋ）水從這座山發源，向東北流淌，注入玄扈
水。玄扈山棲息著很多馬腸，就是蔓渠山上人面
虎身又會吃人的馬腹獸。在舉山與玄扈山之間，
流著奔騰湍急的洛水。

釐山山系山神

總計釐山山系之首尾，自鹿蹄山起到舉山止，
一共九座山，綿延一千六百七十里。諸山山神的
形貌都是人的面孔、獸的身體。祭祀山神的方法
是在帶毛禽畜中選用一隻白色雞獻祭，祀神不用
精米，祭祀時要用彩色絲織布把白雞包裹起來。

文明的源頭

清　絹底　彩繪　縱80釐米　橫
1260釐米

華夏始祖黃帝的部落，就生活在
黃河中游的黃土高原之上，當時
的部落還過著一種遷徙不定的遊
牧生活。華夏歷史上最著名的一
次大戰——黃帝與蚩尤的對決，
也發生在這裡。蚩尤是上古時代
九黎族部落的首領。蚩尤作亂，
禍害民生，於是當時的聯盟首領
炎帝，聯合黃帝擊敗了蚩尤的部
落，建立起新的秩序，華夏文明
也自此開始。

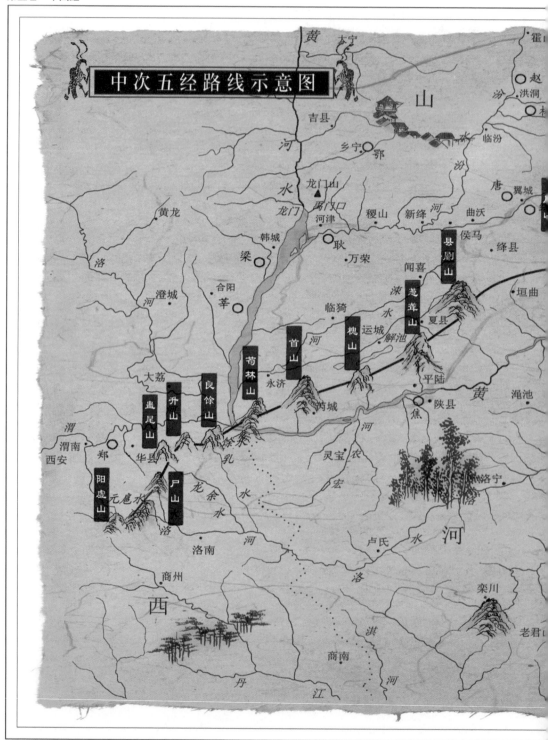

本圖根據張步天教授《〈山海經〉考察路線圖》繪製，圖中記載了《中次五經》中苟林山到陽虛山的所在位置，經中所記共十六座山，實則只有十五座。

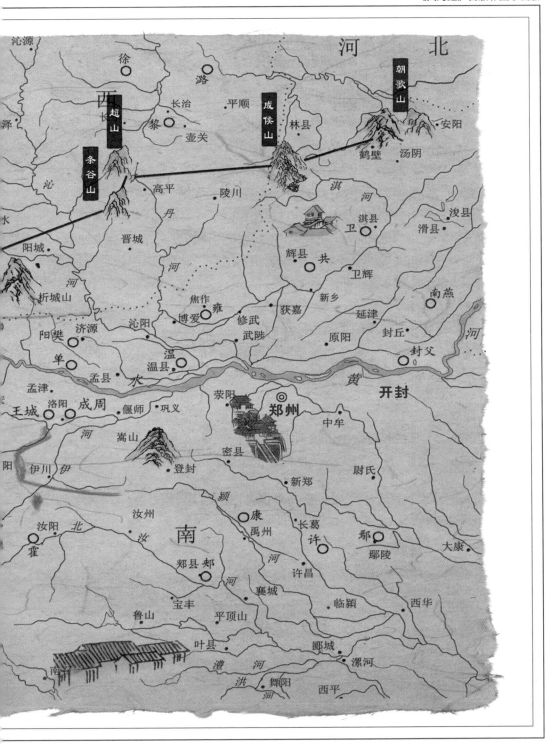

中次五經

苟林山一帶

　　中央第五列山系叫薄山山系，其首座山叫做苟林山。山上光禿荒蕪，沒有任何花草樹木生長，漫山遍野怪石嶙峋，了無生氣。

　　苟林山往東三百里，是首山。山上草木蔥蘢，其背陰的北坡有茂密的構樹、柞樹，而樹林裡則以蒼術、白術、芫（ㄩㄢˊ）華爲主。向陽的南坡則盛產琂珚玉，坡上也覆蓋著茂密的森林，林中樹木以槐樹居多。這座山的北面有一道峽谷，名叫機谷。機谷裡棲息著許多䟱（ㄉㄧˋ）鳥，其外形像貓頭鷹，卻有三隻眼睛及耳朵，發出的啼叫聲就如同鹿在鳴叫，人吃了牠的肉就能治癒濕氣病。

　　首山再往東三百里，是縣斸（ㄓㄨˊ）山。山上荒蕪，岩石裸露，寸草不生，卻佈滿了色彩斑斕帶有紋理的漂亮石頭。

　　縣斸（ㄓㄨˊ）山再往東三百里，是蔥聾山。山上也是光禿荒蕪，沒有花草樹木生長，但到處是琈（ㄅㄤˋ）石，它雖然沒有玉石名貴，但也是一種美石。

　　蔥聾山往東北五百里，是條谷山。山上生氣勃勃，草木蔥蘢。林中的樹木大多是槐樹和桐樹，而山中的草類則以芍藥和門冬草爲主。

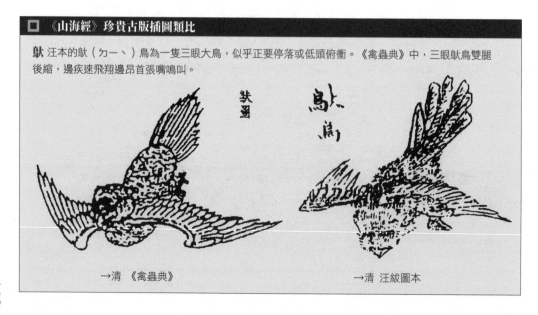

□ 《山海經》珍貴古版插圖類比

䟱　汪本的䟱（ㄉㄧˋ）鳥為一隻三眼大鳥，似乎正要停落或低頭俯衝。《禽蟲典》中，三眼䟱鳥雙腿後縮，邊疾速飛翔邊昂首張嘴鳴叫。

䟱圖

䟱鳥

→清 《禽蟲典》　　　　　　　→清 汪紱圖本

條谷山再往北十里，是超山。山上背陰的北坡盛產蒼玉，而其向陽的南坡則有一泉水。這個泉是有時令的，冬天乾燥時反而有水，而到夏天濕潤時卻乾枯了。

超山再往東五百里，是成侯山。山上生長著茂密的櫄樹林，櫄樹很高大，可以用來製作車轅（車前駕牲畜的兩根直木）。林中的草則以秦芃（ㄑ一ㄡˊ）居多。

成侯山再往東五百里，是朝歌山。山上溝壑縱橫，峽谷眾多，山谷裡有各色優質堊土。

槐

槐山 后稷

朝歌山再往東五百里，是槐山。山上溝壑縱橫，山體支離破碎，形成許多峽谷，峽谷裡礦產豐富，蘊藏有豐富的金和錫。槐山就是稷（ㄐㄧˋ）山，后稷教百姓種植莊稼，就是在這座山下，山上還有稷祠。后稷，名字叫棄，他的母親姜嫄是帝嚳（ㄎㄨˋ）的元妃。姜嫄到野外遊玩時，發現巨人足跡，她好奇地踏在巨人腳印上，因而懷孕生子，此子就是后稷。他善於耕耘種植，並將這些技術傳授給老百姓，帝堯便封他為農師。

關於農業始祖后稷不平凡的出生，還有一個美麗的故事。相傳帝嚳平息共工（共工為中國古代神話中的帝王，也被當成水神）後去西北巡狩，一天帝嚳攜妻子姜嫄到泰山一帶，遠遠看見東南角上有座山，山上有許多樹林，林中隱約有一所房屋，非常高大。帝嚳感到很好奇，就問當地百姓，得知那是一個叫悶宮的女

槐樹

槐樹在地球上出現的歷史非常悠久，早在荒古時代就有了它的身影。它因挺拔的身姿及結實的木質，被認為是長壽的象徵，而它的果實確實可以使人延年益壽。《太清草木方》記載，槐是虛星的精華，十月上巳日採子服用，可祛百病，長壽通神。《梁書》中說，虞肩吾經常服用槐果子，已經七十多歲了，仍髮鬢烏黑，雙目有神。

農耕圖

南北朝　壁畫　縱 82 釐米　橫
101 釐米　甘肅酒泉丁家閘北涼
墓

后稷，古代周族的始祖，農業的
先祖；傳說為其母姜嫄踏巨人腳
印懷孕而生。他年幼時就喜歡
種植各種樹木、麻、豆等穀物；
成年之後，更是酷愛農耕，他所
耕作的穀物，皆成果豐碩，農人
紛紛效仿他。堯知道後，封他為
「農師」，讓他教人民種植與收
割。因為有了后稷對農業的貢
獻，才有圖中春耕繁忙的景象。

稷

稷是一種非常古老的農作物，在
后稷教民稼穡時代就已經普遍存
在。它種植廣泛，是遠古先民主
要的食用穀物，而且古人也用它
來祭祀祖先。稷還具有較高的醫
用價值，稷米可補中氣、解熱毒；
稷的根可治心氣痛和難產。

娲娘娘廟，當地人每逢祭祀或者有重大的事情，
必須經過討論商量後，才去開這個廟門；其餘
日子廟門是關著的，所以稱它悶宮。而且只要
沒有兒子的人，誠心祭祀祈求，就會立刻有子，
非常靈驗。帝嚳聽後，忽然心有所動。當天晚
上，帝嚳對姜嫄說：「女娲娘娘是創世之神，
而且古今的人都叫她神媒，專管天下男女婚姻
之事。男女婚姻無非爲了生兒育女，所以她既
然管了婚姻之事，想必也兼管生子之事。剛才
百姓說向她求子非常靈驗。我們已成婚多年，
你還沒有生育，從明天起齋戒三日，和我一起
去那裡求子，怎麼樣？」姜嫄笑著回答：「我
差不多都老了，哪還能生子呢？」帝嚳說：「不
會的。古有五、六十歲的婦人還能生產，何況
你呢？而且這位女娲娘娘是位善心的女神。我
們只要誠心去求，肯定會靈驗的。」說完，立
刻就讓姜嫄齋戒三日，並挑了一隻毛色純黑的
牛做祭品，往悶宮而去。到了廟門，只見路旁

泥濘中有一個巨大的腳印，五個腳趾，足有八尺多長；單就那個大腳趾，比尋常人的整隻腳還要大。看它的方向，足跟在後，腳趾朝著廟門，應該是走進廟的時候所踏的。那時帝嚳正仰著頭仔細看廟宇的結構，沒有注意到。而姜嫄低著頭走，一眼就看見了，非常吃驚，心想天下竟有這樣大的腳，這個人一定非常高大吧。姜嫄正想著，竟不知不覺一腳踏到那巨人的腳印上，踏的位置正好是大腳趾。誰知一踏上之後，姜嫄如觸電一般，覺得全身酥軟、飄飄欲仙，幾乎要伏倒在地。當天晚上，姜嫄做了一個夢，夢見一個非常高大的人告訴她：「我是天上的蒼神，閟宮前面的大腳印就是我踏的。你踏上我的大腳趾，我奉女媧娘娘之命，和你做了夫妻，現在你已經有孕在身。」姜嫄又驚又羞，驟然醒來。

十月懷胎後，姜嫄沒有任何痛楚地分娩了，誰知卻生下一個怪胎：既不是貓，也不是狗，而是一個圓圓的肉球。姜嫄害怕極了，以為是不祥之物，派人暗地裡把它拋到宮牆外的小巷中。但那領命的下人回來後講起一樁奇怪事，說肉球拋在路上，連路過的牛羊都小心謹慎地繞道走，生怕踩傷了它。姜嫄聽了，半信半疑地說：「既然這樣，那就把它丟遠點，扔到山林裡去吧。」那個人接到命令再次出發，但是不久又捧著肉球回來：「這次我把它丟在樹林裡，卻突然不知從哪來了許多砍樹的人，他們把它撿起

踏巨人足印而生后稷的姜嫄

姜嫄，傳說為周始祖、農業先祖－后稷之母。據傳，姜嫄在外遊玩時，看見一隻巨大的足印，出於好奇，她將自己的腳踩了上去，不料這一踩，竟然懷孕生下了后稷。這是先民對后稷的神化崇拜，也表達了對后稷發展農業、教人耕作的尊敬和感謝之情。

◇《山海經》考據

河北涉縣也有女媧宮

河北省涉縣　西元 6～19 世紀

在中國遠古神話傳說中，女媧是曾以「造人」、「補天」而被尊崇，帶有濃郁神祕色彩的女神。因她製造了人類，古人也向這位女神求子。女媧被尊稱為媧皇，古代祭祀女媧的宮廟也被稱為媧皇宮。河北涉縣的媧皇宮建於涉縣西北鳳凰山的山腰上，當地俗稱「奶奶頂」；由四組建築群組成，其中的廣生宮（子孫殿）是一座獨立的廟宇，即為神話中求子的地方。

耕作圖

唐　敦煌第 23 窟

傳說后稷到天上將各種穀物的種子帶到人間，叔均又開創了耕田的方法，使人們獲得了糧食。在這幅圖中，農人戴著斗笠辛勤耕作，頭上的滾滾烏雲帶來了降雨，為農田提供充足的水分，預示著豐收的好年景。

來又還給我了。」無奈之下，姜嫄狠下了心說：「那就把它拋到池子裡去吧。」當時池子裡已經結冰，這人把肉球拋到池子裡後，忽然有一隻大鳥從天邊飛來，繞著寒冰上的肉球迴旋悲鳴。最後落在肉球旁邊，用一隻翅膀蓋在肉球上面，另一隻翅膀墊在肉球下面使它溫暖，恰像母親懷抱愛兒一般。這人看了，更是覺得驚奇，便踏著冰層想到池子中心去看個究竟。

大鳥見有人過來，便嘎地怪叫了一聲，丟開肉球，從池面飛起，向著天空邊飛邊叫，遠飛而去。這鳥剛剛飛去，就聽見呱呱的孩子哭泣聲從肉球當中傳來。這人走近前去一看，肉球已經像蛋殼般裂開，露出了一個胖壯結實的小嬰孩，他渾身都凍得通紅，正躺在裂開的肉球裡大哭。這人又是驚訝、又是歡喜，急忙把小嬰兒抱起來，用衣裳包裹著他，小心翼翼地帶回去給他的母親姜嫄。

姜嫄抱著這個險些被丟棄的嬰兒，真是喜出望外，回想種種神異經歷，確信孩子長大後

《山海經》古版彩圖珍藏版

觀音送子

清　彩色畫像　蘇州

在古代，除了女媧可以滿足人們求子的願望外，佛教進入中國後，觀音也有送子神仙的身份，關於觀音送子還有一段傳說。相傳古時有一對夫妻，相濡以沫，善良純樸，一生省吃儉用只為救濟更多貧困的人，可是他們直到年老，膝下也無兒女，這件事感動了觀音娘娘，於是在他倆年逾花甲時喜得一子。從此，觀音娘娘也叫送子觀音。百姓每年廟會都會朝拜，祈求觀音娘娘賜福。圖中觀音懷中抱著一個孩子，端坐於菩提樹葉壇上。

雀麥

后稷被奉為最早的穀物之神，他傳授的五穀耕種之法，使華夏民族徹底告別了以漁獵為生的遊牧階段。雀麥是一種常見的作物，又稱牛星草，苗與麥極為相似，但穗小而稀少，結出的麥粒去皮可製成麵粉。

必有一番作為，於是盡心竭力地養育他。因為他曾經被拋棄過，所以取名字叫「棄」。他從小就喜歡農藝，長大後又教人民栽種五穀的方法，所以他的子孫又尊稱他作「后稷」。

曆山周邊

　　槐山再往東十里，是曆山。山上森林茂密，林中樹木大多是槐樹。山上向陽的南坡還盛產各

酸棗

蠱尾山上生長著許多酸棗樹，這種樹直至今天仍普遍存在著。其樹高幾丈，木理極細，樹皮細且硬，紋如蛇鱗，因此被古人視為具有某種神性。酸棗還是珍貴的中藥材，主治心腹寒熱、邪結氣聚、四肢酸痛等。

種美玉。

曆山再往東十里，是屍山，山上遍佈著貴重的蒼玉，山中野獸成群，尤以麋鹿為最多。屍水從屍山發源，向南流淌注入洛水，水底的河床上有很多精美的玉石。

屍山再往東十里，是良餘山。山上生長著茂密的構樹林和柞樹林。這裡草木茂盛，覆蓋住整座山，甚至連石頭都看不到。余水從良餘山北麓發源，然後向北奔騰注入黃河；乳水則從良余山南麓流出，向東南流淌注入洛水。

良余山再往東南十里，是蠱尾山。山上盛產磨刀用的礪石，還蘊藏有豐富的赤銅。龍余水從蠱尾山發源，奔出山澗後，向東南流去，注入洛水。

蠱尾山再往東北二十里，是升山。山上被森林所覆蓋，樹木主要是構樹、柞樹和酸棗樹，而草則主要是山藥、惠草和寇脫草。傳說寇脫草有一丈多高，葉子與荷葉相似，莖幹裡面還長有純白色的瓤（ㄖㄤˊ，肉瓣）。黃酸水從升山發源，向北注入黃河，河床上有很多璿玉。璿玉雖不如玉石珍貴，但也十分精美。

陽虛山　倉頡造字

升山再往東二十里，是陽虛山。山上蘊藏著豐富的黃金，陽虛山的山腳下就是玄扈水。傳說倉頡造字時，就曾登臨陽虛山，並在玄扈水、洛水之畔漫步，河中的靈龜將龜背上許多青色花紋組成的文字天書傳授給他，倉頡便以此為基礎，創造了文字。相傳倉頡造字之後，刻了二十八個字在陽虛山的石室內，後來的秦相李斯只認識其

中八個字，其餘二十字並不認識。
這二十八個字，雖經寒暑變遷，物
換星移，其跡猶存。由於歷代官員、
名流紛紛來此拓印，以附庸風雅，
對當地百姓騷擾甚大，他們便趁雷
電之時，以火焚燒，再澆水毀之，
致使字頹石裂，若隱若現，難以辨
識。所幸清朝道光元年，知縣王森
文從民間徵得拓印眞本，請石匠鑿
碑，豎立於陽虛山下的許家廟村。
碑高 1.6 米，寬 0.65 米，正面題額
爲「龜鳳呈瑞」，下書爲「倉頡授
書處」；背面題爲「陽虛鳥跡」，下爲倉頡二十八字。

取像鳥跡始作文字
辨治百官領理萬事

倉頡

薄山山系山神

　　總計薄山山系之首尾，自苟林山起到陽虛山止，一
共十六座山，綿延二千九百八十二里。升山是薄山山系
諸山的宗主，祭祀升山山神的禮儀是：在帶毛禽畜中選
取豬、牛、羊齊全的三牲做祭品，祀神的玉器要選用精
美的吉玉。首山，也是有神靈顯應的大山，祭祀首山山
神時要用稻米，以及純黑色皮毛的豬、牛、羊各一頭和
美酒一起獻祭。祭祀時還要手持盾牌起舞，旁邊擺上鼓
並敲擊應和，以示莊嚴隆重，祀神的玉器要用一塊玉璧。
屍水是上通到天的，其中有神靈，也需要祭祀。祭祀屍
水神時要用肥壯的牲畜做祭品獻祭，選用一隻黑狗做祭
品供在上面，然後用一隻母雞做祭品供在下面，並殺一
頭母羊，取其血獻祭。祀神的玉器要選用精美的吉玉，
並用彩色絲織布來裝飾祭品，請神享用。

造字的倉頡

倉頡《歷代古人像贊》　明弘
治十一年刊本

倉頡是傳說中黃帝的史官，相
傳他長著雙瞳四目，非常聰明，
因此才能由鳥跡龜紋中領悟造
字的方法。他創造的字大多是
模仿大自然中，山川日月的形
狀，就是象形字最早的起源。

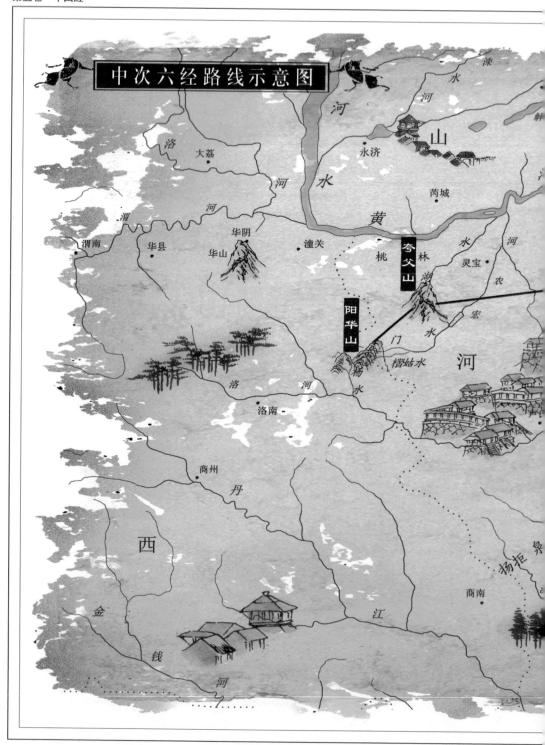

中次六经路线示意图

本圖根據張步天教授《〈山海經〉考察路線圖》繪製，圖中記載了《中次六經》中平逢山至陽華山共十四座山的地理情況。

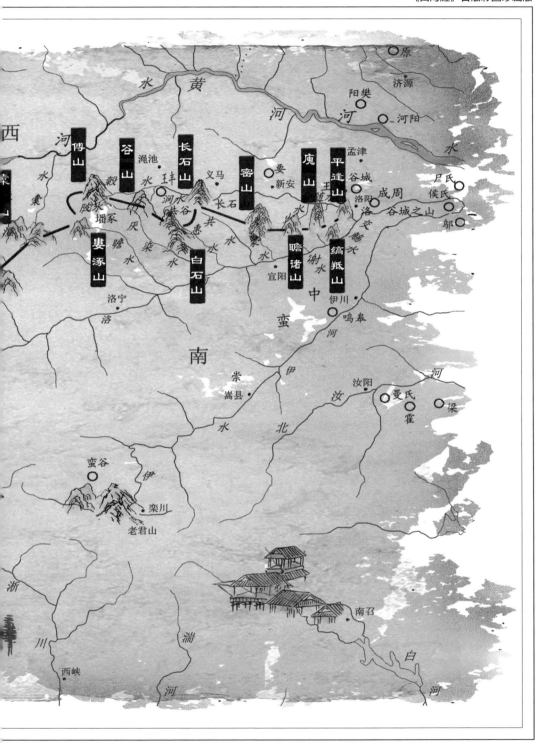

（此路線形成於春秋、戰國時期）

中次六經

平逢山　驕蟲

平逢山周邊山水

明　蔣應鎬圖本

平逢山上站著雙頭山神驕蟲。廆（ㄍㄨㄟˊ）山上的長尾鳥名鴒鷾。豪水從密山發源，水邊張望的鳥首龜為旋龜。大苦山是狂水的源頭，水中是三足龜。半石山下是來需之水，水中有許多鯩魚。中央第七列山系的山神有兩種形貌，其一為豕（ㄕˇ）身人面十六神；其二為人面三首神。

中央第六列山系叫縞羝（ㄍㄠˇ ㄉㄧ）山山系，山系的首座山叫做平逢山。平逢山山勢高聳，從峰頂向南可以望見伊水和洛水，向東可以遠眺

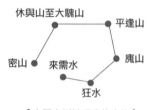

【本圖山川地理分佈定位】

【本圖人神怪獸分佈定位】

驕蟲 胡本的驕蟲二首一身，第二個腦袋從耳朵旁並排長出。《神異典》本的驕蟲披長披肩，作武士打扮。汪本中，此神的另一個頭從右臉長出；周圍飛舞著蜂，以示他是蜂的首領。

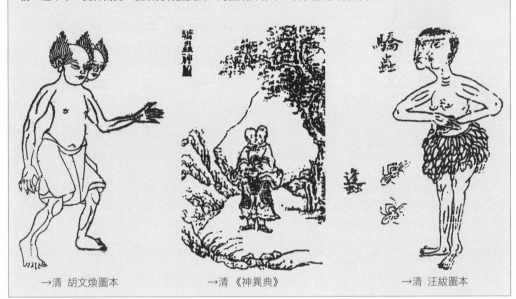

→清 胡文煥圖本　　　　　→清 《神異典》　　　　　→清 汪紱圖本

谷城山，這座山的環境惡劣，山中沒有花草樹木，也沒有河流從這裡發源，遍佈山坡的都是沙子、石頭。山中有一個山神，其形貌像人，卻有兩個頭，這個神的名字叫驕蟲，是所有能蜇人的昆蟲的首領，所以牠所管轄的這座平逢山，成了各種蜜蜂聚集築巢的地方。祭祀這位驕蟲神，要用一隻雄雞做祭品，祈禱牠為人們驅除災禍，使蜜蜂蜇蟲不蜇人。作為祭品的雄雞不必殺死，在祭祀祈禱完畢後就把牠放掉。平逢山往西十里，是縞羝山。山上山石裸露，荒涼一片，但這裡蘊藏有豐富的金屬礦物和各色玉石。

羱山 鴒鸚

　　縞羝山再往西十里，是羱（ㄍㄨㄛ）山，山

◇《山海經》考據

平逢山在今洛陽北郊

《中次六經》所記的縞羝山山系，應該是在洛河以北，其首座山平逢山應在河南省洛陽北郊。平逢山向東可望見谷城山，谷城山的位置大致在河南省洛陽市的西北。洛陽是中華古文明和北方佛教底蘊深厚的古城，擁有「中國第一古剎」白馬寺；每年的12月31日，人們會聚集白馬寺舉辦「馬寺鐘聲」的撞鐘活動，以祈求來年的平安順利。

青銅禮器

西周　高 20.7 釐米　口寬 8 釐米　陝西省咸陽市淳化縣文化館收藏

「爵」是最早出現的青銅禮器，為溫飲酒器。青銅器「爵」當屬最早期的酒杯。此器中間有雲雷、獸面紋，是禮器中比較典型的紋飾。美酒、三牲再配上美玉，是祭祀、禮天儀式中不可缺少的物品。此「爵」內有「亞又口」三字，故名「亞又口爵」。

上遍佈著精美的琈珹玉。在這座山的北面有一道峽谷，名叫蕅（《ㄨㄢˋ）谷，這裡林木蒼翠，林中的樹木大多是柳樹、構樹。山中還棲息著一種鳥，其外形像野雞，卻長著長長的尾巴，身上羽毛顏色鮮豔，通體赤紅就好似一團火，而喙是青色的，名叫鴒鸚（ㄉㄧㄥˊ一ㄠˋ），人吃了牠的肉就不會做惡夢，據說還可以避妖。交觸水從這座山的南麓發源，向南流入洛水；俞隨水則從這座山的北麓發源，向北流入谷水。

瞻諸山附近

厖山再往西三十里，是瞻諸山。山上向陽的南坡蘊藏有豐富的金屬礦物，背陰的北坡則遍佈著帶有花紋的石頭。渷（ㄒㄧㄝˋ）水從瞻諸山發源，奔向東南，最後注入洛水；少水從這座山

□　《山海經》珍貴古版插圖類比

鴒鸚　《禽蟲典》本的鴒鸚為一隻美麗的長尾大鳥，站在樹枝上探頭下望。汪本中，鴒鸚也是一隻美麗的長尾大鳥，張著嘴似在大聲鳴叫。

→清　汪紱圖本　　　　　　　　　　　　　　→清　《禽蟲典》

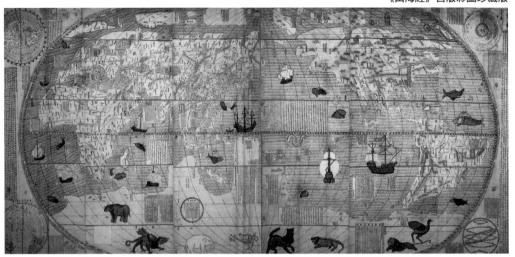

的北麓流出，奔出山澗後折向東流，注入谷水。

　　瞻諸山再往西三十里，是婁涿（ㄓㄨㄛˊ）山。山上荒蕪光禿，沒有花草樹木，但這裡礦產豐富，蘊藏著豐富的金屬礦物和各色美玉。瞻水從這座山的南麓發源，然後向東流淌，注入洛水；陂（ㄆㄧˊ）水從這座山的北麓流出，然後直接向北流淌，注入谷水，水底的河床上遍佈著精美的紫色石頭和帶有花紋的石頭。

　　婁涿山再往西四十里，是白石山。惠水從白石山的南麓發源，向南流去，注入洛水，水底的河床上有很多水晶石。澗水則從白石山的北麓流出，向西北流去，注入谷水。澗水的河床上佈滿了可用來畫眉的眉石和黑色的丹砂。

　　白石山再往西五十里，是谷山。山上綠意盎然，山上山下都被森林覆蓋，山上生長的是茂密的構樹林，山下生長的則是茂密的桑樹林。爽水從這谷山發源，向西北流淌，注入谷水，水底的河床上有很多綠色的孔雀石。

坤輿萬國全圖

利瑪竇　1602年　縱192釐米　橫346釐米　江蘇省南京博物館收藏

人類很早就開始探索自身居住環境的祕密。這幅坤輿萬國全圖，即為世界地圖，是利瑪竇在中國傳教時所編繪。主圖為橢圓形的世界地圖，並附有一些小幅的天文圖和地理圖。儘管利氏地圖在圖形輪廓和文字說明方面還很不精確，甚至有錯誤之處，但在當時已不失為東亞地區最詳盡的世界地圖。

旋龜 清　汪紱圖本

《山海經》中的旋龜有二。一是《南山經》中杻陽山的旋龜，其為鳥首，音若判木。二是此處密山之旋龜，其為鳥首鱉尾，叫起來好像敲擊木棒的聲音。

古樂器之鐘

春秋　樂器　高 36.4 釐米　口寬
18.1 釐米

傳說洛水之中盛產鳴石，此石
撞擊後能發出巨大的聲音，是
製作樂器的好材料。古人的樂
器材料除了石材之外，還有很
多種，例如：青銅。後來，銅鐘
不僅是造價極高的樂器，也是
地位和權力的象徵，專供上層
階級用於各種儀典及日常娛樂
活動之用。這個鐘為邾宣公之
父邾悼公所造。

脩辟魚

清　汪紱圖本

脩辟魚形似青蛙，白嘴，鳴叫時
聲音如同鷄鷹，人若吃了牠的肉
可治療白癬。

密山周邊

　　谷山再往西七十二里，是密山。山的南坡盛
產美玉，山的北坡則蘊藏著豐富的鐵礦。豪水從
這座山發源，向南奔騰而去，最後注入洛水。水
中有很多旋龜，長得和杻陽山的旋龜大同小異，
有一個鳥頭，但尾巴卻像鱉，牠發出的聲音就好
像在敲擊破木。密山雖然礦產豐富，但山體光禿。
岩石裸露，沒有花草樹木來保持水土。

　　密山再往西一百里，是長石山。山上環境也
很惡劣，不生長花草樹木，但同樣也蘊藏有豐富
的金屬礦物和各色美玉。在密山的西面有一道幽
深峽谷，叫做共谷，谷裡與谷外完全是兩個世界，
這裡滿是綠意盎然的竹林。共水從山谷發源，注
入洛水，水中盛產鳴石。傳說鳴石是一種青色玉
石，撞擊後會發出巨大聲響，甚至七、八里外都
能聽到，是製作樂器的好材料。

　　長石山再往西一百四十里，是傅山。山上岩
石裸露，沒有花草樹木，遍佈全山的是珍貴的瑤、
碧一類的美玉。厭染水從這傅山的南麓發源，向
南注入洛水，水中棲息著很多人魚，也就是娃娃
魚。傅山雖然荒涼，但在它的西面卻生長著一片
樹林，叫做墦（ㄈㄢˊ）塚。谷水從這墦塚林裡
流出，然後向東流淌，注入洛水，水底的河床上
佈滿了晶瑩剔透的珛（ㄐㄩㄣˋ）玉。

　　傅山再往西五十里，是橐（ㄊㄨㄛˊ）山。
山上林木蓊鬱，綠意盎然，林中的樹木大多是臭
椿樹，還有五倍子樹。山上向陽的南坡有豐
富的金屬礦物和各色美玉，山的北面則蘊
藏著豐富的鐵及茂密的蒿草。橐水從這

座山發源，奔出山澗後向北注入黃河。水中有很多鮭（ㄒㄧㄡ）辟魚，其外形像青蛙，卻長著白色的嘴巴，發出的聲音就如同鷦鷹鳴叫，人吃了這種魚的肉就能治癒白癬之類的痼疾。

橐山再往西九十里，是常烝山。山頂光禿，沒有花草樹木生長，但山上有許多各種顏色的堊土。潐（ㄑㄧㄠ＇）水從這座山發源，向東北流淌注入黃河，水底的河床上有很多珍貴的蒼玉。菑（ㄗ）水也從這座山發源，然後和潐水向北平行流淌，最後也注入黃河。

夸父山　夸父追日

常烝山再往西九十里，是夸父山。山上樹木蔥蘢，物產豐富。森林裡的樹木以棕樹和楠木樹為最多，樹木下面還生長著茂盛的小竹叢。山中棲息著成群的飛禽走獸，其中野獸以㸲牛、羬羊為主，而禽鳥則以赤鷩最多，山的南坡遍佈著各色美玉，而山的北坡則蘊藏著豐富的鐵礦。夸父山的北面有一片樹林，叫做桃林，這片樹林面積廣大，方圓達三百里，樹林裡有很多駿馬。

傳說遠古時期，有一個叫夸父的部族，他們生活在北方偏遠一座「成都載天」的高山上，一個個都是非常高大的巨人，力氣很大，耳朵上掛著兩條黃蛇，手上把玩著兩條黃蛇，模樣十分猙獰恐怖，但他們實際上是性情平和善良的人。有一天，一個執著又傻氣的夸父族人有一個奇怪的念頭，他看到原野上漸漸西斜的太陽，產生了對黑夜的厭惡和對光明的強烈追求，他想到：太陽就要落下，黑夜就要來臨，我不喜歡黑夜，我要

夸父追日

夸父是炎帝的後裔，也是古代神話中巨人族的一支，他雙耳貫穿兩條黃蛇，兩手各有一條黃蛇。夸父追日展現了中華民族不屈不撓的奮鬥精神。晚清的這幅夸父追日圖，表現了夸父追日的大無畏精神，但身上黃蛇的特徵已不復存在，把神話世俗化了。

黃金魚形飾件

《山海經》中有種叫鮭魚的靈獸，其形貌怪異，肉有藥用之效。這是人類對魚較原始的圖騰崇拜，這種崇拜還逐漸影響到後世。這兩件黃金的魚形飾品，魚形簡單，花紋隱約。

去追趕太陽；捉住它，就能永遠得到光明了。於是他便提起腿、邁開步，追趕那漸漸西斜的太陽。夸父的腿很長，跑得也很快，他在原野上飛奔，快得像一陣風，瞬間就跨越了千萬里，一直追到禺谷。禺谷就是太陽下山後的地方，一團巨大的紅色火球就在夸父面前，他興高采烈地舉起手來，想把這個巨大的紅色火球抱在懷中。就在這時，夸父才突然感覺自己又累又渴，剛才忘我的奔跑已經耗費了他大量體力，他不得不暫時放下已經追上的太陽，俯下身體去喝黃河、渭河的水。誰知經他這麼一喝，兩條大河的水都被他一口氣喝乾了，但他還是覺得口渴難忍，於是他向北方跑去，想喝大澤裡的水。大澤又叫「瀚海」，在雁門山的北邊，方圓千里，水勢浩瀚，完全可以解除夸父的口渴。可惜夸父還沒有到達目的地，就在中途渴死了。他頹然地像一座山似的倒了下來，發出巨大的聲響，大地都在抖動。逐漸落下的太陽把最後幾縷餘暉照在夸父的臉上，夸父感到無比遺憾，長歎一口氣後，便把手中拄著的拐杖奮力向北一拋，閉上眼睛永遠地長眠了。夸父死後，

他的身體就變成了這座巍峨高大的夸父山，而他扔出去的手杖，則變成了這片綠葉繁茂、果實累累的桃林。湖水從夸父的桃林中發源，然後向北流淌匯入黃河，水底的河床上遍佈著晶瑩剔透的瑉玉。

夸父山再往西九十里，是陽華山。向陽的南坡有豐富的金屬礦物和精美玉石，而背陰的北坡則盛產石青、雄黃。山中雜草叢生，尤以山藥爲最多，還有

千里之馬

唐顯慶二年（657 年）　全高 46.5 釐米　長 54 釐米　陝西省咸陽市昭陵博物館收藏

夸父乃中國人的先祖類人物，他是身材高大、力拔山河的神人，也是追逐太陽、永不懈怠的民族精神化身。他逐日的神速讓後人聯想到日行千里的良馬，馬在後世也被賦予了勇往直前的含義。這件跟隨儀仗隊的散馬，體格健壯，威武雄壯。

盤古創世

南宋　《盤古圖》　佚名

沒有天地，焉得萬物？盤古作為開天闢地之神功不可沒。中華文明源於盤古創世的蒙昧之初，天地豁然開朗後，逐漸出現「女媧補天」、「夸父追日」、「后羿射日」等，反映人類不斷探尋自然界的神話傳說；也相繼誕生了黃帝、顓頊（ㄓㄨㄢ ㄒㄩ、）、堯、舜、禹等載厚德而治天下的先祖。「龍種」自此代代延續；中華的歷史長河自此奔流不息；巨龍也自此君臨東方大地。

茂密的苦辛草。這種草長得很高大，外形像楸（ㄑㄧㄡ）木，結的果實像瓜，味道酸中帶甜，人吃了它就能治癒瘧疾。楊水從這座山發源，向西南流淌，最後注入洛水，水中也有很多人魚。門水也從這座山發源，但向東北流淌注入黃河，水中有很多黑色的磨刀石。緒（ㄐㄧˊ）姑水從陽華山北麓流出，向東流淌，和門水匯合，緒姑水兩岸山間蘊藏有豐富的銅。從門水到黃河，蜿蜒流淌七百九十里後注入雒（ㄌㄨㄛˋ）水。

縞羝山山系諸山神的祭祀儀式

總計縞羝山山系之首尾，自平逢山起，到陽華山止，一共十四座山，綿延七百九十里。有高大的山嶽在這一山系中，要在每年六月祭祀它，祭祀的禮儀一如祭祀其他山嶽的方法。而祭祀之後，天下才會太平。

石松

石松是一種原始的蕨類植物。石松科植物最早起源於約四億四千萬年前的志留紀，到了泥盆紀，開始出現了草本、木本、兩種孢子等多種多樣的類型。到石炭紀和二疊紀時極為繁盛，高大的木本類型構成了早期森林的主要成員，也形成了今天大量的煤炭。而中生代末期，石松科開始走向衰弱。如今，石松植物只剩下大約五個屬，而且大多分佈在炎熱潮濕的地區。

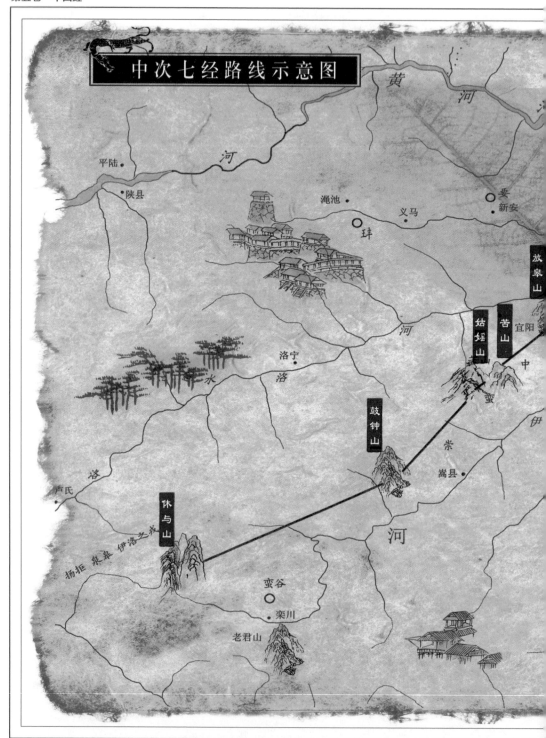

中次七经路线示意图

本圖根據張步天教授《〈山海經〉考察路線圖》繪製，圖中記載了《中次七經》中休與山到大騩山共十九座山的地理位置。

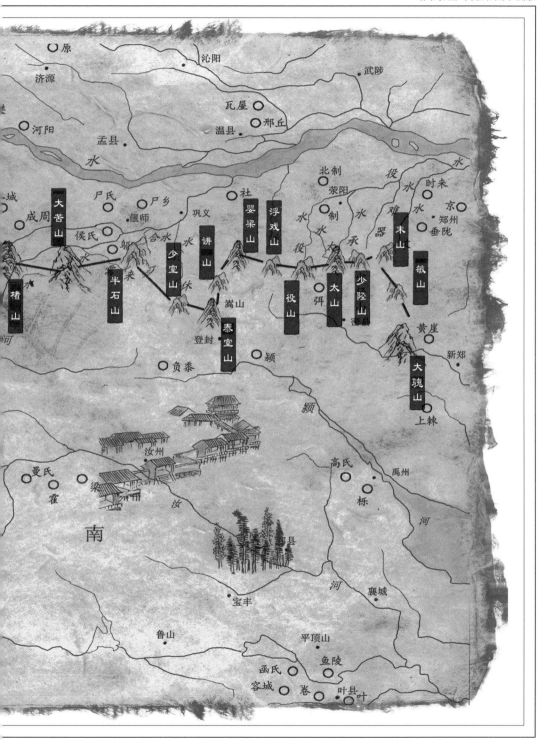

中次七經

休與山一帶

中央第七列山系叫苦山山系，山系的頭一座山，叫做休與山。山上出產一種石子，神仙帝台用它做棋子，它們有五種顏色，並帶著奇特的斑紋，形狀與鵪鶉蛋相似。帝台是一位治理一方的天帝，帝台的這些石頭棋子，是用來禱祀百神的，人佩帶上它，就不用擔心會受到邪毒之氣的侵染。休與山還出產一種草，其形狀與用來占卜的蓍（ㄕ）草類似，而葉子是紅色的，其根莖相互聯結、叢生在一起，名稱是夙條，可以用來製作弓箭的箭杆。

休與山往東三百里，是鼓鐘山。正是神仙帝台演奏鐘鼓之樂宴會諸位天神的地方。山中有一種草，莖幹是方形的，還開著黃色花朵，圓形的葉子重疊爲三層長在莖幹上，它的名字叫爲酸，能用來解百毒。山上、山下遍佈著磨刀石，山上的石質要粗糙一些，山下的則比較細膩。

錐形玉飾

新石器時代　大汶口文化　長 3.3 ~ 9.5 釐米

中國人自古就對玉喜愛有加，把玉當作純潔、美好的象徵。這種傳統觀念可追溯到遠古時代，錐形玉飾和新石器時代其他遺址中出土的大量玉器，以及遠古人類把玉當成祭祀的必備器物，都正是此觀念的例證。此器是當時常見的隨身裝飾品，古人把它帶在身上以求平安。

姑媱山　女屍

鼓鐘山再往東二百里，是姑媱山。炎帝的女兒就死在這座山上，她的名字叫女屍，死後化爲䔄草。這種草的葉子會開出黃色的花，結的果實與菟絲子的果實相似；女子服用了這種草，就會變得更漂亮。傳說這位女屍是炎帝的第三個女兒，名叫瑤姬，尚未出嫁就死了，死後葬於巫山之陽，

成為巫山女神，她的精魂變成䔷草，傳說吃了䔷草之後，就會在夢境中與瑤姬相會。李白曾有詩雲：「瑤姬天帝女，精彩化朝雲。宛轉入宵夢，無心向楚君。」

　　姑媱山再往東二十里，是苦山。山中棲息著一種野獸，名稱是山膏，其外形像普通的豬，但渾身毛皮都是紅色的，如同一團火，這種野獸喜歡罵人。山上還有一種樹木，名稱是黃棘，它開黃色的花，葉子是圓的，結的果實與蘭草的果實相似，但這種果實有毒，女人吃了就會失去生育能力，無法生育孩子。另外，山中還有一種草，長著圓圓的葉子而沒有莖幹，開紅色花卻不結果實，名稱是無條；服用了它，人的脖子上就不會長贅瘤。

　　苦山再往東二十七里，是堵山。天神天愚住在這裡，所以這座山上經常會刮起怪風、下起怪雨。山上生長著一種奇特的樹木，名叫天楄（ㄆㄧㄢˊ），莖幹是方形的，外形像葵菜。

放皋山　文文

　　堵山再往東五十二里，是放皋山。明水從這座山發源，奔出山澗後向南流淌，最後注入伊水，水底的河床上有很多蒼玉。放皋山上草木蔥蘢，裡面生長著一種奇特的樹木，其葉子與槐樹葉相似，開黃色的花卻不結果實，名字叫蒙木；服用了它，人就不會迷糊。山中有一種野獸，外形像蜜蜂，有一著條分叉的尾巴，嘴裡的舌頭還反長著，名字叫文文。

　　放皋山再往東五十里，是大苦山。山上遍

岩須

岩須，卷柏科蕨類植物，其向內捲曲似拳，枝上密生鱗片狀小葉。卷柏科植物最早出現於約三億五千萬年前，其在石炭紀時達到繁榮，它們也是最早的陸生植物之一。

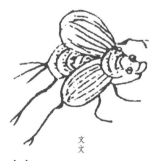

文文

文文

一種形如黃蜂的小獸，尾巴上有兩個分叉，舌頭反生，喜愛呼叫。

瑞獸 清

古人相信如同人分好壞一樣，動物也有吉凶之別。伊水中的三足龜即為吉獸，可以使人不生病。在民間傳說中，這種吉祥之獸還有很多，如這件像犀的奇獸，也是祥瑞的象徵。

盜仙草

清　河南開封　長 29 釐米　寬 23 釐米

在醫學發達的古中國，人們很早就認識到很多種具有極高醫用價值的草藥，當然從深山中發現珍稀藥材的過程是艱險的，這才有「神農採藥」、「通天犀以身試藥」的佳話。苦山一帶的山上也生長著很多草藥，如可除肉瘤的無條，使人頭腦清晰的蒙木等。後世白蛇傳的神話中，也有白蛇到長壽山偷取靈芝仙草的情節。

佈著精美的瑀珤玉，還有很多五顏六色的孅玉。山中生長著一種草，其葉子與榆樹葉相似，莖幹卻是方的，上面還長滿了尖尖的刺，名稱是牛傷。它的根莖上長有青色斑紋，吃了這種根莖，人就不會患上昏厥病，還能避免兵刃之災。狂水從這座山的南麓發源，向西南流淌，注入伊水，水中有很多三足龜，只長了三隻腳，據說名字叫蠢，雖然樣子有些奇特，卻是一種吉祥的動物。人吃了牠的肉，就不會生病，還能消除癰毒。

半石山　鮯魚　鰧魚

大苦山再往東七十里是半石山。山上生長著一種神奇的草，它一出土就結果實，然後再生長；長大可高達十尺，有紅色的葉子和花，開花後不結果實，名字叫嘉榮，人吃了它就不畏懼雷聲。來需水從半石山南麓發源，向西流

三足龜 《爾雅音圖》中，兩隻三足龜在水邊嬉戲，其中一隻形貌符合經文所記，而另一隻除龜甲外，周身還披有鱗甲，且三足似龍爪。吳本的三足龜前兩足短小，後一足異常粗大。

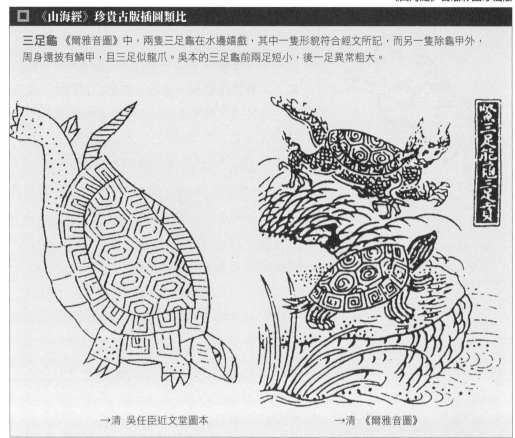

→清 吳任臣近文堂圖本　　　　　　→清 《爾雅音圖》

洈注入伊水，水中有很多鯩（ㄌㄨㄣˊ）魚，牠渾身長滿黑色斑紋，體形和鯽魚相似；人吃了牠的肉，就能精神飽滿不會疲倦，有人認為能消除腫痛。合水從半石山北麓流出，向北流洈注入洛水，水中有很多䲤（ㄊㄥˊ）魚，外形像普通的鱖（ㄍㄨㄟˋ）魚，終日隱居在水底洞穴中，渾身長滿青色斑紋，尾巴是紅色的；人吃了牠的肉就不會患上瘡毒疾病，能治好痔瘡。

少室山 帝休 䲙魚

　　半石山再往東五十里，是少室山。山上各種花草樹木叢集而生，像一個個圓形的穀倉。山林中生長著一種樹木，名稱帝休，它枝葉繁茂，葉子的形狀與楊樹葉相似，樹枝相互交叉著向四方伸展，開黃色的花朵，結黑色的果實；服用了它，人就會心平氣和，不惱怒。少室山礦產豐富，山上遍佈著精美的玉石，而山下則蘊藏著豐富的鐵。

鯑魚

形態頗為奇怪，形似獼猴，白足趾長；人若吃了牠的肉將不受蠱惑，還可以免遭兵刃之災。

梨樹

梨樹的果實味美多汁，古人極早就已發現其珍貴的藥用價值。在《山海經》的眾多怪木中，有種枏木，葉子極其像梨樹葉，這種樹也具有強大的藥效，它治的是無藥可解的嫉妒病。

休水從這座山發源，然後向北流去，注入洛水。水中生活著很多鯑（ㄌㄧ丶）魚，牠雖然是魚，但身形卻像獼猴，肚子下面還長有像公雞一樣的爪子，腳是白色的，而腳上的足趾相對而長；人吃了牠的肉，就不會疑神疑鬼，還能避免兵刃之災。

少室山再往東三十里，是泰室山。山上生長著一種奇特的樹木，其葉子的形狀像梨樹葉，上面還有紅色的紋理，名稱是枏（ㄧㄡˇ）木，人服用了它就不會嫉妒。山中還生長有一種草，其形狀像蒼朮或白朮，開白色的花朵，而結的果實卻是黑色的，果實圓潤而有光澤，類似野葡萄，名字也叫蓍草，但與姑瑤山的不同。服用了它的果實，人的眼睛就會明亮而不昏花。泰室山上還有很多漂亮的石頭。少室山和泰室山就在現在的河南省登封市，是中嶽嵩山的兩座主峰。泰室山位於少室山之東，傳說大禹的第一個妻子塗山氏生於此，山下建有啟母廟，故稱之為「太室」，即正妻，「泰」和「太」在古時是相同的，泰室山也因此而得名。而少室山居住的則是大禹的第二個妻子，塗山氏之妹，人們在山下建有少姨廟祭祀她，所以山名為「少室」。

講山附近

泰室山再往北三十里，是講山。山上遍佈各色精美玉石，林中樹木主要是柘樹及柏樹。山上還生長著一種叫帝屋的奇樹，其葉子的形狀與花椒樹葉相似，樹幹上長著倒勾刺，結的果實是紅

原始砍伐工具

新石器時代　薛家崗文化　長
43 釐米

作為薛家崗文化中典型的器物，
這類石刀一般背部較厚，有穿
孔三～十三個不等，但均為單
數，這些孔可能是用來穿繫捆
柄。這類有孔石刀會在古代人
砍伐遮風蔽雨的原始叢林時，
提供相當大的幫助。

蛇含

蛇含，薔薇科植物，葉子形如
龍牙，只是偏小，故俗名小龍
牙。「蛇含」這個名字讓人聯
想起《山海經》中那些奇異、
食人的毒草；但正好相反，它
不但沒有毒，還能解蛇毒，並
治療寒熱邪氣、毒瘡癬瘡、蛇
蟲咬傷等。

色的，用這種樹可以避除凶邪之氣。

講山再往北三十里，是嬰梁山。山上盛產貴
重的蒼玉，而這些蒼玉都附著在黑色石頭上面，
需要鑿掉它才能得到。

嬰梁山再往東三十里，是浮戲山。山中生長
著一種樹木，其葉子的形狀像臭椿樹葉，結的果
實是紅色的，名叫亢木，人吃了它的果實就可以
驅蟲避邪。汜水從這座山發源，向北奔騰流淌注
入黃河。在浮戲山的東面還有一道峽谷，因峽谷
裡有很多蛇而取名叫蛇谷。峽谷裡的崖壁上生長
著很多細辛，那是可以用來祛風散寒、通竅止痛
的中草藥。

少陘山一帶

浮戲山再往東四十里，是少陘山。山中生長
著一種奇特的草，名稱是薊（ㄍㄡ）草，其葉子
的形狀很像葵菜葉，莖幹是紅色的，開白色的花
朵，結的果實和野葡萄類似；人如果吃了就會充
滿智慧不愚笨。器難水從這座山發源，奔出山澗
後向北流淌，最後注入役水。

少陘山再往東南十里，是太山。山裡有一種
奇草，名稱是梨，其葉子的形狀像艾蒿葉，開紅
色的花。這種梨草能入藥，可以用來治療毒瘡等

東西兩半球圖

明　直徑 26 釐米　北京大學圖書館收藏

《山海經》將天下山脈劃為五區，所描述的地域範圍遠到黃河及長江流域以外。但顯而易見的是，古人將大地視為平的，而中國位於整個世界的中心。直至十六世紀義大利傳教士利瑪竇，把這種將世界各地的山川、洋流繪製成兩個半球的地圖帶入中國，這種「中央國家」的意識才稍稍得到改變。

鐵的農具

西漢

中國在四千多年前，農業技術就已經很發達了。鐵的開採也運用到農器上，算得上是很大的進步。這件鐵鑔頭是用來翻土和挖掘草根用的。

惡疾。太水從這座山的南麓發源，向東南流去，注入役水；承水則從這座山的北麓發源，卻向東北流淌注入役水。

太山再往東二十里，是末山。山上蘊藏著豐富的黃金，是一座寶山。末水從這座山發源，向北流入役水。

末山再往東二十五里，是役山，山上蘊藏豐富的白銀及鐵，也是一座寶山。役水從這座山發源，向北奔騰而去，沿途接納了末水、承水、太水、器難水等河流之後，注入黃河。

敏山周邊

役山再往東三十五里，是敏山。山上生長著一種這裡特產的樹木，其形狀與牡荊相似，開白色的花朵而結紅色的果實，名為葪（ㄐㄧˋ）柏。人吃了它的果實，就能補充能量，不怕寒冷。敏

山上向陽的南坡還遍佈著精美的琈珬玉。

敏山再往東三十里，是大騩山。山的北坡蘊藏有豐富的鐵，還遍佈著各種優質玉石和青色堊土。山中有一種草，其形狀像用來占卜的蓍草，但上面卻長著絨毛，開青色的花朵，結白色的果實，名稱是猿（ㄏㄣˇ）；人吃了它會延年益壽，還可以治癒腸胃的各種疾病。

苦山山系諸山神

總計苦山山系之首尾，自休與山起到大騩山止，一共十九座山，蜿蜒一千一百八十四里。其中除苦山、少室山、泰室山之外的其餘十六座山，其山神的形貌都是豬的身體、人的面孔。祭祀這些山神的禮儀是：在帶毛禽畜中選用一隻純色的羊獻祭，祀神的玉器選用一塊帶紋理的藻玉，祭獻完畢後將玉埋入地下。苦山、少室山、太室山屬於塚，塚指隆起的墳墓。山塚是天子祭祀的地方，也是祖先埋葬的場所。因此，山塚具有神聖性，不僅因爲它居於高山之巔，是山神居住的地方，是祭祀的神聖之所；同時在於它又是祖先的家園，靈魂回歸的場所，是先民嚮往的聖地。所以對這三座山的山神的祭祀要特別神聖、隆重。祭祀祂們的禮儀是：在帶毛牲畜中選用豬、牛、羊齊全的三牲做祭品，祀神的玉器選用吉玉。這三個山神的形貌都有人的面孔，但卻長有三個頭。

豕身人面十六神

清　汪紱圖本

中央第七列山系苦山山脈共十九座山，其山神有兩種不同的形貌，其中十六位山神皆爲豬身人面。圖中的十六神爲獸形神，腳爲豬蹄，人臉帶著笑。

人面三首神

清　汪紱圖本

苦山山脈的十九座山中，苦山、少室、太室三座山的山神，與其他各山的豬身人面神不同，是人面三首神。汪本中，此神三頭二手二足，身著便衣，雙手平舉。

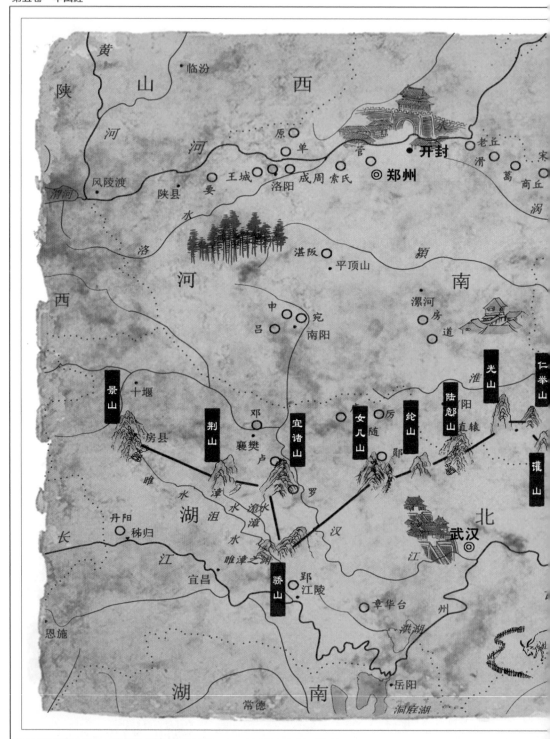

本圖根據張步天教授《〈山海經〉考察路線圖》繪製，圖中記載了《中次八經》中景山至琴鼓山共二十三座山的地理位置。

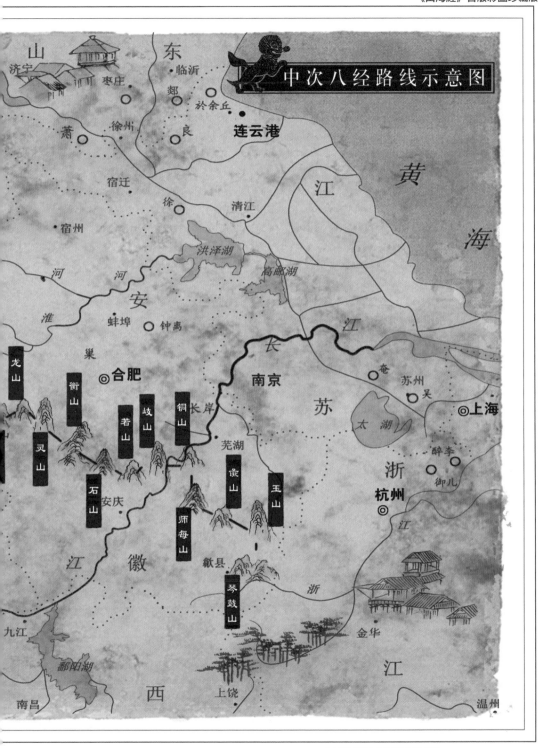

中次八经路线示意图

山东

济宁 枣庄 临沂
郯 於余丘
萧 徐州 良 连云港
宿迁 徐 清江
宿州 洪泽湖
河 河 高邮湖 江 海
安
淮 蚌埠 钟离
巢 长
龙山 合肥 南京 奄 苏州
衡山 岐山 铜山 长岸 苏 吴 上海
若山 芜湖 太湖
灵山 衡山 醉李
石山 安庆 玉山 浙 御儿
师每山 杭州
歙县
江 徽 琴鼓山 浙
九江 金华
鄱阳湖 江
南昌 西 上饶 温州

中次八經

景山一帶

　　中央第八列山系叫荊山山系，其首座山，叫做景山，山上蘊藏有豐富的金屬礦物和精美玉

【本圖山川地理分佈定位】　　　　【本圖人神怪獸分佈定位】

荊山一帶

明　蔣應鎬圖本

荊山是漳水的發源地，水中游著體形龐大的鮫魚。驕山的山神為人面獸身神驕（ㄊㄨㄛˊ）圍。女幾山上伸頸振翅的飛鳥名鴆（ㄓㄣˋ）。光山的山神為龍首人身神計蒙。岐山上站著方臉三足的山神涉蟲。

□ 《山海經》珍貴古版插圖類比

鮫魚 鮫魚也稱鯊，《爾雅音圖》中有鯊鮀圖。《禽蟲典》本的鮫魚為一胖頭肥身之魚，皮上有圓點或交錯的珠紋。

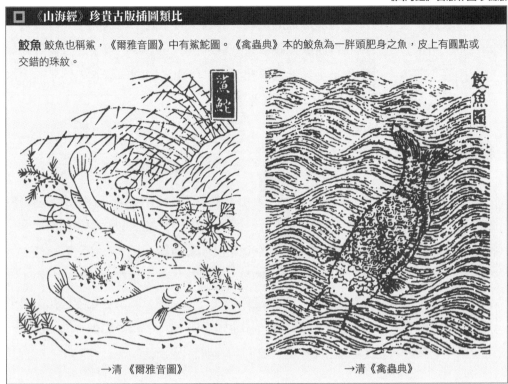

→清 《爾雅音圖》　　　　　　　　　→清 《禽蟲典》

石。山上林木枝繁葉茂，尤以柞樹和檀樹為最多。雎（ㄐㄩ）水從這座山發源，然後向東南奔流，注入長江，水底的河床上鋪滿了粟粒大小的丹砂，水中有許多彩色斑紋的魚。

景山往東北一百里，是荊山。山上背陰的北坡蘊藏著豐富的鐵，向陽的南坡則蘊藏著豐富的黃金。山上生氣勃勃，野獸成群，生長著許多犛牛，還有眾多的豹和老虎。古人把豹分為好幾種，有元豹、赤豹、白豹等，據說白豹就是貘，甚至能吃銅鐵。荊山森林裡的樹木以松樹和柏樹為多，花草則以叢生的小竹子為主，此外還有許多橘子樹和柚子樹。漳水從這座山發源，奔出山澗後向東南流淌，注入雎水，水中也盛產黃金，並生長著很多鮫魚。據說鮫魚

山形玉飾

新石器時代　良渚文化　高 4.8 釐米　寬 8.5 釐米

巍峨險峻的高山，同大海一樣，被古人視為地之精華，並有尊貴、權威的寓意。這件玉飾狀如「山」形，左右刻有頭戴羽冠的神人形象；顯示其佩戴者可能是一位集權力和宗教勢力於一身的「貴族」。

又叫沙（鯊）魚，魚皮上有珍珠似的斑紋，而且十分堅硬；尾部有毒，會螫人；其皮可以用來裝飾刀劍。傳說鮫魚腹部長有兩個洞，其中貯水養子，一個腹部能容下兩條小鮫魚；小鮫魚早上從母親嘴裡游出，傍晚又回到母親腹中休息。漳水兩岸水草豐美，棲息著眾多的山驢和麋鹿。

驕山　鼉圍

荊山再往東北一百五十里，是驕山。山上遍佈著各種精美的玉石，山下則是色彩豔麗的青雘（ㄏㄨㄛˋ，粉色陶土）。山上林木蔥翠，樹木以松樹和柏樹居多，樹下矮小的桃樹和鉤端一類的叢生灌木交錯生長。神仙鼉（ㄊㄨㄛˊ）圍居住在這座山中，其外形像人，頭上長著羊角，四肢長著虎爪，祂常常在雎（ㄐㄩ）水和漳水的深淵裡暢游，身上閃閃發光。鼉圍是驕山的一山之神，驕山也是塚，在中央第八列山系中佔有重要的位置。祂的祭祀儀式也比較隆重，要用專門獻神的酒敬祭，還要豬、羊牲禮，取血塗抹祭品後埋入地下；祀神的玉要用璧。

■ 《山海經》珍貴古版插圖類比

鼉圍 《神異典》本的鼉圍人面獸身，身後有神光環繞，以示出入有光。汪本的鼉圍赤身裸體，姿態奇異，作人形狀。《禽蟲典》中，鼉圍為人面獸形神，造型獨特。

→清《神異典》　　　　→清 汪紱圖本　　　　→清《禽蟲典》

女幾山　鴆鳥

　　驕山再往東北一百二十里，是女幾山。山上
遍佈著精美的玉石，山下則蘊藏著豐富的黃金。
山中棲息著眾多的飛禽走獸，其中有很多兇猛的
豹和老虎，還有成群的山驢、麋鹿、麖（ㄐㄧㄥ）、
麂（ㄐㄧˇ），牠們都是虎、豹的食物。山中的
禽鳥以白鷮（ㄐㄧㄠ）最多，此外還有很多的長
尾巴的野雞和鴆（ㄓㄣˋ）鳥。傳說鴆鳥是一種
吃蛇的毒鳥，其體形大小和雕相當，羽毛爲紫綠
色，頸部很長，喙是紅色的。雄鳥名叫運日，雌
鳥名叫陰諧。牠們會預報天氣，如果天氣將晴朗
少雲，則雄鳥運日先鳴；如果天上將有陰雨，則
雌鳥陰諧就先鳴。鴆鳥以劇毒的蝮蛇爲食，因此
自己體內也積聚了大量的毒素，使自己也有劇毒，
甚至連它接觸過的東西也不例外。傳說鴆鳥喝過
水的水池都有毒，其他的動物去喝必死無疑，人
要是不小心吃了牠的肉也會被毒死。古人曾用鴆

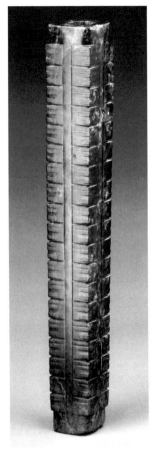

刻有早期文字的玉琮

新石器時代　良渚文化　長 19.1
釐米

玉除了遠古人類所賦予的避邪、
消災之寓意外，還是一種文化。
首先，它本身就承載著中國博大
精深的玉文化；其次，它也被看
作文化的起源。這件玉琮在近口
部隱約可見淺刻的「日月山」符
號，有人認爲是早期的文字。

《山海經》珍貴古版插圖類比

計蒙 畢本的計蒙龍首人身，昂頭拱手，一副山神的威武神情。汪本突出了計蒙播雨之神的身分，裸身赤足，長角長鬚，右手作灑雨狀。

→清 汪紱圖本　　　　　　　　　　　　　　　→清 畢沅圖本

鳥的羽毛浸泡毒酒，名爲鴆酒，以毒害他人，而後來的毒酒都叫鴆酒。雖然其有毒的惡名遠揚，但鴆鳥作爲一種猛禽，還專門捕食讓人不寒而慄的毒蛇，因此人們又把牠當成勇猛與力量的象徵，把牠捕蛇的形象鑄刻在貴重的青銅器上。

宜諸山周邊

女幾山再往東北二百里，是宜諸山。山上蘊藏著豐富的金屬礦物和各種美玉，山下則盛產色彩豔麗的青䨼。滽（ㄨㄥˊ）水從這座山發源，然後向南流淌，注入漳水，水底的河床上佈滿了溫潤的白色玉石。

宜諸山再往東北二百里是綸山。整個山頭都被茂密的森林覆蓋著，森林中的高大樹木主要是梓樹、楠樹，樹下叢生著很多桃枝之類的低矮灌木，以及許多相（ㄓㄚ）樹、栗樹、橘子樹、柚子樹等。這座山上沒有兇猛的虎、豹，因此山驢、麈（ㄓㄨˇ，鹿）、羚羊、臭（ㄔㄨㄛˋ）等性情溫順的食草野獸安詳地棲息於此，這裡是牠們的天堂。

綸山再往東二百里，是陸郹（《ㄨㄛˇ）山。山上遍佈精美的瑌珛玉，山下盛產各種顏色的堊土。山中綠草如茵，林中樹木以杻樹和橿樹爲主。

光山 計蒙

陸郇山再往東一百三十里是光山。山上遍佈著晶瑩剔透的碧玉，山下綠水環繞。天神計蒙居住在此，其形貌是人的身體、龍的頭。祂常常在漳水的深淵裡暢游；出入行動的地方，一定伴隨著狂風暴雨。計蒙是光山一山的山神，也是山川之神和風雨之神；祂雖然沒有固定的祭祀儀式，但仍然受到民間百姓的祭拜。

岐山 涉蟲

光山再往東一百五十里，是岐山。在岐山向陽的南坡，蘊藏著大量的黃金；背陰的北坡，則遍佈著能與白玉媲美的白色瑉（ㄇㄧㄣˊ）石。山上還蘊藏有豐富的金屬礦物和精美玉石，山下則到處是顏色豔麗的青䨼。山中森林茂密，林中樹木以臭椿樹為主。神仙涉蟲（ㄊㄨㄛˊ）就住在這座物產豐富的山中，其形貌是人的身體，卻長

□ **《山海經》珍貴古版插圖類比**

涉蟲 汪本的涉蟲赤身裸體，四方臉，頭上有髻，似在咧嘴微笑。《神異典》中，涉蟲的第三隻腳從胯下長出，與另外兩隻腳立於山上。

→清《神異典》

→清 汪紱圖本

廬山全景

張大千　水墨　設色　尺寸不詳
臺北故宮博物院收藏

美山是野獸的天堂，因沒有強敵侵擾，動物自由自在地生活著。這種神祕山林中生靈各居其地的和諧景象，從古至今一直受到人們追求和欣賞，也就成為中國山水畫追求的一種超凡脫俗的境界。這幅廬山全景圖採用潑墨技藝所作，潑彩形成的藍色區域被作為一個高聳的山頭，而潑墨形成的水跡則是山石與樹木，整個畫作氣勢磅礴又不失和諧。

著方形的面孔還有三隻腳。涉蠱這類山神也沒有固定的祭祀儀式。

銅山一帶

　　岐山再往東一百三十里，是銅山。山上蘊藏著豐富的黃金、白銀和鐵。山中林木茂盛，構樹、柞樹、柤樹、栗子樹、橘子樹、柚子樹等樹高低不同，交錯生長。林中野獸成群，尤以身形像豹卻沒有豹紋的犳（ㄓㄨㄛˊ）最多。

　　銅山再往東北一百里是美山。這裡是野獸的天堂，無憂無慮地棲息著許多兕、野牛、山驢、麈、野豬、鹿等大型動物，沒有虎豹等猛獸來襲擾。山上蘊藏著大量的黃金，山下則盛產顏色鮮豔的青雘。

　　美山再往東北一百里是大堯山。山上林木蒼翠，尤以松樹和柏樹居多，此外還有眾多的梓樹、桑樹、樿木樹等高大喬木，樹下生長的草大多是叢生的小竹子。這裡也是野獸棲息的好地方，生活著成群的豹、老虎等猛獸，還有很多羚羊和㲈。

　　大堯山再往東北三百里是靈山。山上蘊藏著豐富的金屬礦物和精美玉石，山下

則盛產色彩鮮豔的青雘。整個山頭都被森林覆蓋，樹木大多是桃樹、李樹、梅樹、杏樹等果樹。春天百花齊放，姹紫嫣紅；秋天則碩果累累，完全就是一個大果園。

靈山再往東北七十里是龍山。山上生長著很多寓木，寓木又叫宛童，是一種寄生樹。它又分兩種，葉子是圓的叫做蔦（ㄋㄧㄠˇ）木，葉子像麻黃葉的叫做女蘿。因它是在其他樹木上生長的，就像鳥站立樹上，所以稱爲寄生、寓木、蔦木。它們往往纏繞在別的樹上生長，顯得十分親密，因此又被視爲愛情的象徵。山上還盛產晶瑩剔透的碧玉，山下則有豐富的紅色錫土。山上山下雜草叢生，主要是桃枝、鉤端之類的小灌木叢。

龍山再往東南五十里，是衡山。山上森林茂密，蒼翠欲滴。林子裡也生長著許多寄生樹、構樹和柞樹。山中的礦產主要是黃色堊土、白色堊土等可用來刷牆的塗料。

衡山再往東南七十里，是石山。山上蘊藏有大量的黃金，山下則盛產色澤鮮豔的青雘，山上生長著許多寄生樹。

石山再往南一百二十里，是若山。山上有很多精美的琇珓玉，還出產很多赭石和封石。據說封石味道是甜的且無毒，還可以入藥。若山的山林中也生長著許多寄生樹，此外還有很多柘樹。

若山再往東南一百二十里，是彘（ㄓˋ）山。山中遍佈五顏六色的精美石頭，山上還覆蓋著茂

楊梅

物產豐富的大堯山如同一座果園，生長著不少花果，楊梅也為其中一種。它的葉子形狀像龍眼與紫瑞香，即使到了冬天也不會凋落。二月開花結果，果子未熟時極酸，成熟後則甜美如蜜。後人以之釀出一種名叫梅香酹的酒，極其名貴。

盛的柘樹林。

玉山一帶

　　羬山再往東南一百五十里，是玉山。山上蘊藏著豐富的金屬礦物和精美玉石，山下則遍佈著精美貴重的碧玉和鐵礦石。山上林木茂盛，林中樹木以柏樹居多。

　　玉山再往東南七十里，是灌山。山上也覆蓋著茂密的森林，林中的樹木大多是珍貴的檀樹。山中還盛產封石，蘊藏有很多白色錫土。郁水從這座山上發源，然後一直潛流到山下，水底的河床上有很多磨刀石。

　　灌山再往東北一百五十里，是仁舉山。山林中以構樹和柞樹爲主，山上向陽的南坡蘊藏著豐富的黃金，背陰的北坡則多出產赭石。

　　仁舉山再往東五十里，是師每山。山的南坡遍佈著各種各樣的砥礪石，山的北坡則盛產色澤鮮豔的靑雘。山上草木蔥蘢，柏樹等常靑樹和檀樹、柘樹等落葉樹混交生長，樹下則是低矮的叢生小竹子。

　　師每山再往東南二百里，是琴鼓山。山中也是滿山綠色，構樹、柞樹、椒樹、柘樹，繁盛茂密。據說琴鼓山的椒樹不同於花椒，矮小而叢生，枝幹上長滿尖刺，如果在它下面有草木生長就會被刺死。山上遍佈精美的白色瑤石，山下則出產很多洗石。山中生活的野獸以野豬、鹿最多，此外還有許多白色犀牛，而禽鳥則大多是身帶劇毒的鴆鳥。

寄生的菟絲子

菟絲子是最有名的寄生植物之一，又被稱為火焰草，也是愛情的象徵物。它在夏季生苗，初期只是伏在地面上，一旦遇到其他草木，便自斷其根，攀緣纏繞，至死不放。

荊山山系諸山神

　　總計荊山山系之首尾，自景山起到琴鼓山止，一共二十三座山，蜿蜒二千八百九十里。諸山山神的形貌都是鳥的身體而人的面孔。祭祀山神的禮儀是：在帶毛禽畜中選用一隻雄雞，取其血塗祭，然後埋入地下，並奉上一塊藻圭獻祭，祀神的米用稻米。驕山是諸山的宗主，要單獨祭祀。祭祀驕山山神時，要用精釀的美酒和完整的豬、羊獻祭，祭祀完畢後埋入地下，祀神的玉器則用一塊玉璧。

割草的石鐮

新石器時代　裴李崗文化　長20.6釐米

中山山系的植被與各類資源十分豐富，顯而易見會成為人類的宜居地。這把石鐮是七千年前黃河流域的古人收割栗粟的工具。石鐮的刃部為細密的鋸齒狀，可增加切割能力。幾千年後，今人所用的鐮刀和當初的石鐮仍有著很大的相似之處。

◇《山海經》考據

師每山—今日九華山

據考證，《中次八經》中的師每山，可能在今日安徽省池州市東南的九華山附近。九華山草木蓊郁、風景秀麗，是中國四大佛教名山之一。相傳新羅國國王的近親在九華山潛心修持七十五年，九十九歲圓寂，佛門證實他是地藏菩薩的化身，九華山由此被辟為地藏道場，山中自此寺院林立，香火不斷，濃郁的佛教氣息成為九華山的重要特色。

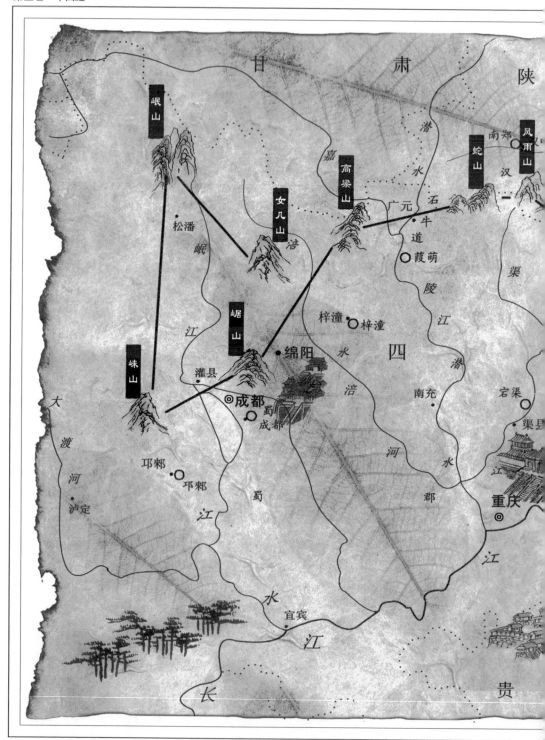

本圖根據張步天教授《〈山海經〉考察路線圖》繪製，圖中記載了《中次九經》中女幾山到賈超山共

十六座山的考據位置。

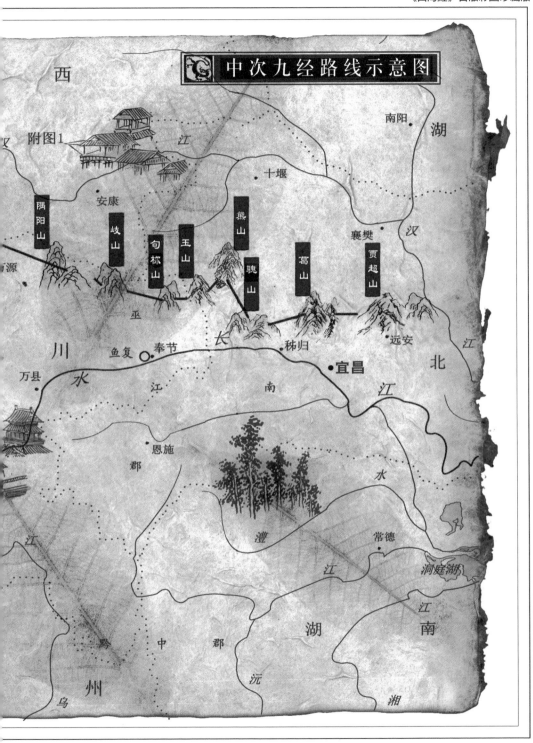

中次九经路线示意图

附图1

西

南阳

湖

十堰

汉

安康

隅阳山

岐山

句檷山

玉山

熊山

骢山

葛山

贾超山

襄樊

南源

川

平

长

水

江

鱼复

奉节

秭归

远安

北

江

万县

江

宜昌

南

恩施

郡

水

澧

常德

洞庭湖

江

江

南

湖

江

黔

中

郡

沅

州

乌

湘

中次九經

女幾山一帶　鼉

中央第九列山系是岷山山系，山系的首座山，叫做女幾山。山上有可以用作黑色染料的石墨。

岷山周邊山水

明　蔣應鎬圖本

中央第八列山系的山神皆為鳥身人面神。岷山是長江的發源地，江水中生長著名鼉（ㄊㄨㄛˊ）的彩龜。岷山上有避火奇鳥竊脂。蛇山上生長著名叫訑（ㄕˋ）狼的長尾獸。崼山上棲息著的大猴名蜼（ㄌㄟˇ）。

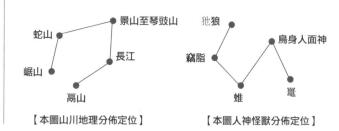

【本圖山川地理分佈定位】

【本圖人神怪獸分佈定位】

□ 《山海經》珍貴古版插圖類比

鼉 汪本的鼉形似蜥蜴，尾似魚，四足長而有爪，鱗片光彩豔麗。《禽蟲典》中，鼉造型頗為獨特，為龜形，四足有尾，正探頭張望。

→清 汪紱圖本

→清 《禽蟲典》

整座山被森林覆蓋，以櫄樹、杻樹居多，花草則有野菊和蒼術。洛水從這座山發源，向東流淌匯入長江。山中盛產雄黃，而野獸以老虎和豹為主。

女幾山再往東北三百里，是岷山。長江從岷山發源，向東北注入大海，水中有許多品種優良的龜，還有鼉（ㄊㄨㄛˊ）。鼉的形狀像蜥蜴，長可達兩丈，也就是揚子鱷。有人認為鼉是一種神魚，能橫向飛翔，卻不能直接向上騰起；能吞雲吐霧，卻不能興風下雨，尾巴一甩就能使河水潰堤。以其他的魚為食，喜歡曬太陽睡覺。鼉的皮是做鼓的好材料，鼉鼓自古以來就是國家的重要禮器。岷山上蘊藏著豐富的金屬礦物和各色美玉，山下則盛產白色珉石。山中草木生氣勃勃，樹木以梅樹和海棠樹為主。林中棲息著體形龐大的犀牛、大象及夔（ㄎㄨㄟˊ）牛。傳說夔牛比一般的牛要大很多，重

「想象」的由來

商時期 高 22.8 釐米 長 26.5 釐米 寬 14.4 釐米

象這種陸上最大的動物，很久以前就和人類和諧相處。傳說遠古時期，中原一帶的氣候比較溫暖，適合象群的生存。隨著氣候的變化，象群逐漸向南方遷徙。古人因為象群的遠去，產生了想念，這才造出了「想象」一詞。文字學上，想象的本意就是物件的想念。這件象樽是商代常見的酒器，酒可從象鼻處倒出，實用又有趣。

◇《山海經》考據

繁衍千年的犀牛

崍山曾生活著數量眾多的犀和兕。犀、兕是同象一樣的大型獸類。犀屬於哺乳類犀科，現存野生犀有五種，即印度犀、蘇門答臘犀、非洲犀、白犀和爪哇犀。兕則是中國古時候犀等大型食草類動物的總稱，此處專指獨角犀。現代野生犀已在中國滅跡。

青銅兕觥

大型祥瑞動物犀、兕，都因其可避邪而被古時人們崇拜。正如犀角被用來製作避邪之物掛在身邊一樣，兕的角也被製成酒器一觥（ㄍㄨㄥ），人們將這種酒器稱為兕觥。

可達數千斤。除此之外，林子裡還生活著眾多鳥類，尤以優雅的白翰和赤鷩（ㄅ一ˋ）居多。

崍山附近　怪蛇

岷山再往東北一百四十里，是崍山。江水從這座山發源，向東流入長江。山上向陽的南坡盛產黃金，背陰的北坡棲息著成群的麋鹿和麈。山上森林茂密，林中樹木主要是珍貴的檀樹和可以養蠶的柘樹；樹下芳草繁茂，生長著野薤（ㄒ一ㄝˋ）菜、野韭菜、白芷和寇脫之類的香草。

崍山再往東一百五十里，是崌（ㄐㄩ）山。江水從這座山發源，向東湧流注入長江。水中生長著許多怪蛇和多鰲（ㄓˋ）魚。傳說這裡的怪蛇體長可達數丈，尾巴分叉、食量很大、力氣更是驚人，常常埋伏在水中，用尾巴鉤住岸上的人、牛、馬生吞，所以又叫牠鉤蛇、馬絆蛇。山上棲息著眾多飛禽走獸，主要有夔（ㄎㄨㄟˊ）牛、羚羊、臭（ㄔㄨㄛˋ）、犀牛和兕（ㄙˋ）。山中還有一種禽鳥，與普通的貓頭鷹相似，羽毛卻是紅色的，長著一個白色的頭，名字叫竊脂，人飼養牠就可以避火。

高梁山周邊　狚狼

崌山再往東三百里，是高梁山。山上遍佈著柔軟的五色堊土，山下則盛產各種磨刀石。山上草木蔥蘢，桃枝和鉤端藤枝條交錯蔓生。山中有一種神奇的草，其形狀像葵菜，卻開紅色的花朵，結帶莢的果實，而花萼是白色的，馬吃了它能更

竊脂 《爾雅音圖》中的竊脂為鴞形巨鳥，正站立於樹枝之上。胡本中，竊脂鳥冠頗長，雙目有神，正舉步行走。

竊脂

→明 胡文煥圖本　　　　　　　　→清 《爾雅音圖》

加健壯、跑得更快，而成爲千里馬。

　　高梁山再往東四百里，是蛇山。山上蘊藏著豐富的黃金，山下多出產柔軟的堊土。山中棲息著一種野獸，外形和普通的狐狸相似，卻長著白色的尾巴，頭上還有一對長耳朵，名字叫狿（ㄕˋ）狼，牠是一種不祥之物，在哪個國家出現，那個國家就會發生內亂，人民將飽受戰爭之苦。

獨山　蜼

　　蛇山再往東五百里，是獨山。山的南坡蘊藏著豐富的黃金，北坡則遍佈白色珉石。蒲夷（ㄏ

怪蛇

怪蛇身軀龐大，力氣驚人，尾巴分叉，常用尾叉鉤取人及牲畜並吞食。

龍首形銅轅飾

戰國　高 7.5 釐米　寬 17.5 釐米
長 10.5 釐米

蜼這種猿形獸，因其雨前倒掛
的特性，而被看成是雨水的徵
兆。古人除了用蜼代表雨水外，
由於對龍的圖騰崇拜，而將龍
作為神的意象，以祈求雨水。
這件戰國時期的龍首形銅轅飾，
威武的龍首已不僅僅是雨水的
象徵，並代表了更深刻的龍文
化。

ㄨㄥ）水從這座山發源，向東奔騰注入長江，水
底遍佈著晶瑩的白色玉石。山上野獸成群，尤以
犀牛、大象、熊、羆（ㄆㄧˊ）等大型猛獸為多，
樹上還棲息著許多猿猴、蜼（ㄌㄟˇ）。蜼就是
一種長尾猿，其身體像獼猴，鼻孔外露上翻，尾
巴很長，可達四、五尺。牠能預報雨水，將要下
雨的時候就倒掛在樹上，用尾巴或兩根手指塞住
鼻孔，以免雨水流入。傳說古時江東地區的人養
過這種長尾猿猴，訓練牠接物取物，身手非常矯
健。因為蜼能預報雨，所以人們往往把它當成下
雨的象徵。於是在八卦的圖畫中，畫龍表示雲，
畫雉表示雷，畫虎表示風，而畫蜼則代表雨。

隅陽山周邊

　　鬲山再往東北三百里，是隅陽山。山上蘊藏
著豐富的金屬礦物和精美玉石，山下則遍佈著色

◻ 《山海經》珍貴古版插圖類比

蜼 《爾雅音圖》中的蜼，長尾繞過頭頂塞進鼻子，突出了蜼以尾塞鼻的特點。汪本的蜼倒掛在樹枝
上，刻畫了蜼懸掛於樹的特性。《禽蟲典》中，蜼為人面猴，與經文所記不同。

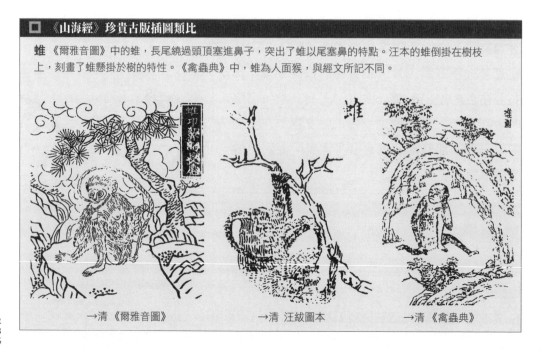

→清 《爾雅音圖》　　　　　→清 汪紱圖本　　　　　→清 《禽蟲典》

伏羲始創八卦圖

西漢　葡千秋墓室壁畫局部

伏羲時代，先民在勞動過程中，逐漸發現了一些自然界的變化規律，如日月運行、四季變化、草木榮衰等。在此基礎上，伏羲意識到天和地、白天和黑夜、男人和女人等都是相對應的存在，於是悟出了陰陽概念，並按四面八方排列創造了八卦。伏羲的一畫開天，打開了人們理性思維的閘門。不過，八卦的產生不是只有一個源頭，應是中國遠古先民集體智慧長期積累的結晶。

無花果

無花果自古就被認為是一種奇草、怪木，因為其樹葉厚大濃綠，而所開的花又很小，經常被樹葉掩蓋，人們不易察覺，常常是果子露出時，花已脫落，所以叫它「不花而實」的無花果，所以又名天生子。其營養豐富，具有很好的食療效果和藥用價值。

澤豔麗的青雘。山上林木蓊郁，樹木大多是梓樹和桑樹，樹下則生長著茂盛的紫草。徐水從這座山發源，向東流淌注入長江；河水清澈，能看見水底遍佈著粟粒大小的丹砂。

隅陽山再往東二百五十里，是岐山。山上有豐富的白銀，山下則蘊藏著豐富的鐵。山上樹木茂盛，減水從這座山發源，向東南奔騰而去，最後流入滔滔長江。

岐山再往東三百里，是勾欄（ㄇ一ˊ）山。山上遍佈著各種精美玉石，山下蘊藏著豐富的黃金；山中的樹木主要是櫟樹和柘樹，樹下花草爭奇鬥豔，尤以芍藥最為嬌豔誘人。

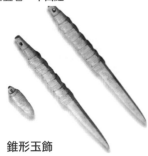

錐形玉飾
新石器時代　良渚文化　長3.3
～12釐米

錐形玉飾中間是四方體、三節，
每一節分太陽和陰爻兩部分；太
陽在上，陰爻居下，組成一個標
準的八卦風字。錐形玉三節四
面，共十二個標準的八卦風字。
該玉飾是新石器時代晚期常見
的佩飾；也有學者認為此器造型
奇特，似有某種隱喻，不可能只
是單純的佩飾，其用途有待進一
步研究。

熊山神　清　汪紱圖本

熊山上有個奇怪的洞穴，原是熊
的居住地，後來卻經常有神人出
入，熊山神就住在裡面。汪紱將
熊山神描繪成一個身著明清時文
人衣著的人，與經中其他山神的
形象極不協調。

風雨山附近

勾山再往東一百五十里，是風雨山。山上蘊
藏著豐富的白銀，山下遍佈著柔軟的石涅。山中
樹木茂盛，主要以椆樹和櫄樹最多，另外還有不
少楊樹。宣余水從這座山發源，向東湧入長江，
水中棲息著很多水蛇。山林裡有成群的山驢、麋
鹿和塵（ㄓㄨˇ）；而山中也有令人生畏的豹和
老虎；樹上還棲息著大量的白鷂（ㄐㄧㄠ）。

風雨山再往東二百里，是玉山。山南陽面蘊
藏著豐富的銅，山北陰面則蘊藏有豐富的黃金。
山中樹木以豫章樹、楢樹、杻樹等大樹為主。野
獸以野豬、鹿、羚羊為最多，而禽鳥大多是身帶
劇毒的鴆鳥。

玉山再往東一百五十里，是熊山。山中有一
個神奇的洞穴，它原來是熊的巢穴，但時常有神
人出入。這個洞穴一般是夏季開啓而冬季關閉；
如果某年冬季開啓了，來年就必定會發生戰爭，
傳說中會預知戰爭的奇怪現象。除了熊山的洞穴
以外，還有鄴西北鼓山上的石鼓。如果石鼓自鳴，
就會天下大亂，與熊山石穴有異曲同工之妙。山
上遍佈著溫潤的白色玉石，山下則有豐富的白銀。
森林裡的樹木以臭椿樹和柳樹居多，而花草則以
寇脫草最為常見。

騩山一帶

熊山再往東一百四十里，是騩（ㄍㄨㄟ）山，
山上向陽的南坡盛產美玉、黃金，背陰的北坡則
蘊藏豐富的鐵。山上沒有高大的樹木，只有眾多
的桃枝竹、牡荊樹、枸杞樹等低矮灌木生長。

馳山再往東二百里，是葛山。山上蘊藏豐富的黃金，山下遍佈著類似美玉的𤭖（ㄐㄧㄢ）石。山上柤（ㄓㄚ）樹、栗子樹、橘子樹、柚子樹、楢樹、杻樹競相生長，山林中棲息著成群的羚羊和臭（ㄔㄨㄛˋ），樹下生長的花草主要是嘉榮草。

葛山再往東一百七十里，是賈超山。南坡多出產黃色堊土，北坡則遍佈著精美赭石。山中柤樹、栗子樹、橘子樹、柚子樹交錯成林，而細長柔韌的龍鬚草則覆蓋了林中的草地，它是編織草席的好材料。

岷山山系諸神的祭祀禮儀

總計岷山山系之首尾，自女幾山起到賈超山止，一共十六座山，綿延三千五百里，諸山山神的形貌都是馬的身體及龍的首。祭祀山神時，要在帶毛牲畜中選用一隻公雞做祭品埋入地下，並用稻米祀神。其中文山、勾山、風雨山、騩山，是神聖之山，祭祀這四座山的山神要敬獻美酒，用豬、羊二牲做祭品，祀神的玉器要選用一塊吉玉。因為熊山是諸山的首領，祭祀熊山山神要用更高規格的禮儀：除敬獻美酒外，還要用豬、牛、羊三牲做祭品，祀神的玉器要選用一塊玉璧。祈求消除戰爭災禍時，要手持盾斧跳舞；祈求福祥時，要穿戴整齊，手持美玉跳舞以表誠心。

馬身龍首神

清　汪紱圖本

馬身龍首神是中央第九列山系的群山山神。汪本中，馬身龍首中山神為獸形神，龍首後仰，馬身披有長長的鬃毛，甚是威風。

栗子樹

山上除了蘊藏豐富的黃金、美玉外，還覆蓋著各種樹木，栗子樹就是其中之一。栗子樹有著悠久的生長歷史，其樹高二、三丈，苞上多刺如刺蝟毛。

本圖根據張步天教授《〈山海經〉考察路線圖》繪製，《中次十經》中首陽山到丙山的九座山，其考據位置皆在圖中得以表現。

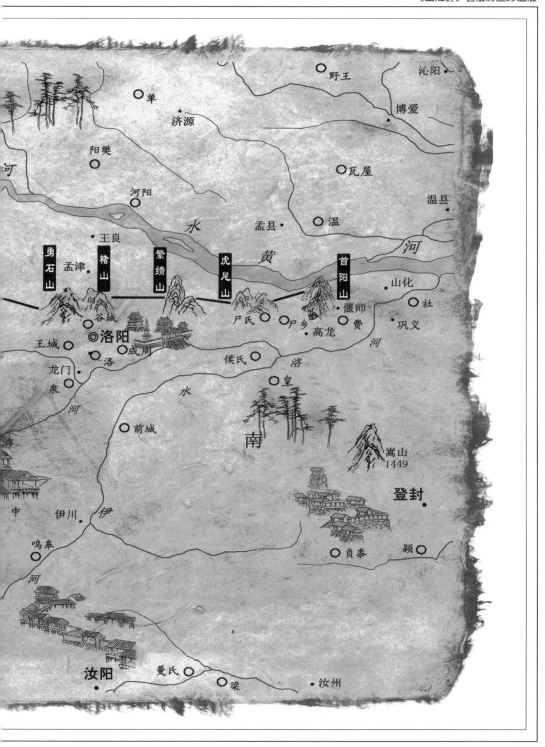

（此路線形成於春秋、戰國時期）

中次十經

首陽山　伯夷、叔齊

中央第十列山系的首座山，叫做首陽山。山上蘊藏有豐富的金屬礦物和精美玉石，但山頂光禿，沒有生長花草樹木。

首陽山又稱雷首山，因為是伯夷、叔齊的隱居地而聞名遐邇。伯夷、叔齊是孤竹國國君的兩個兒子，父親死後，遺命叔齊繼位，而叔齊認為伯夷是長子而讓位於他；但伯夷卻認為父命不可違，便逃跑了。叔齊也不肯繼位，也逃跑了。

人們只好擁立孤竹君的第三子繼位。但是正值商末，伯夷和叔齊聽說西伯侯姬昌（就是周文王）樂於贍養老人，於是便投奔他。沒想到西伯侯已經死了，伯夷和叔齊到了那裡，正值西伯侯的兒子武王抬著西伯侯的牌位向東行軍，討伐商紂。伯夷和叔齊拉住了武王的馬韁阻止，勸說：「父親死了卻不葬，還以他的名義挑起戰爭，這難道是孝嗎？以諸侯的名份卻弒殺君王，這難道是仁嗎？」武王的隨從上前要殺他們，太公姜尚立即上前阻止，並讚歎說：「此義人也。」攙扶伯夷、叔齊離去。後來武王平定了商紂，天下歸順了周朝，但是伯夷和叔齊認為這是恥辱，仍堅持操守，不吃周朝的糧食，就隱居在

令人敬佩的伯夷與叔齊

伯夷和叔齊是商末周初著名的遁世隱者，他們因「義不食周粟」，而餓死在首陽山中，其高尚的氣節受到後人高度讚譽。司馬遷在《史記·伯夷列傳》中專門為其立傳一篇，歌頌他們視為比生命還重要的「義」字。圖中的二人坐於大樹下閒談，一副淡然超凡的神態。

首陽山，僅靠採集野菜充饑。

後來山上有位婦人說：「你們仁義忠心於商朝，不食周粟，但這野菜也是周朝的草木啊。」二人更覺羞憤，竟然絕食而死，死後就葬在首陽山。由於伯夷、叔齊忠於國家，歷代對他們推崇備至，稱其二人爲「二賢人」、「二君子」，歷代文人都曾撰文稱頌，首陽山也因此名揚天下。

虎尾山一帶

首陽山再往西五十里，是虎尾山。山上林木茂盛，花椒樹、椐樹交錯生長。山上到處都有封石，南面的山坡上蘊藏著豐富的黃金，北面的山坡上則有豐富的鐵。

虎尾山再往西南五十里，是繁繢（ㄅㄨㄟˋ）山。山上樹木蓊鬱，樹木大多是栒樹和杻樹，樹下則覆蓋著桃枝竹、鉤端藤之類的草木叢。

繁繢山再往西南二十里，是勇石山。山上光禿荒涼，岩石裸露，不生長花草樹木，但這裡蘊藏有豐富的白銀，山上處處水聲潺潺，瀑布倒掛。

勇石山再往西二十里，是複州山。山上有茂密的檀樹林及黃金。檀樹林中棲息著一種怪鳥，外形和貓頭鷹相似，卻只有一隻爪子和一條豬的尾巴，名稱是跂（ㄑㄧˊ）踵，是一種凶鳥，牠在哪個國家出現，那個國家就會發生大瘟疫。

楮山周邊

複州山再往西三十里，是楮山。山上蔥蘢蒼翠，山上還遍佈著各種顏色的堊土。

胡椒樹

胡椒樹產於我國西部，它屬於火性，性很燥，吃了胸腹舒暢，受到很多人的喜愛。很久以前，人們就根據胡椒的辛辣口感，將其作為調味料使用。但不能長時間過量食用，否則對脾、胃、肺都會有損傷。

青銅鳥頭

高 40.3 釐米　三星堆二號坑出土文物

遠古人類對鳥的崇拜，一方面呈現在將鳥想像成形貌怪異的凶鳥，如獨足怪鳥跂踵；一方面又會賦予鳥某種神性，如這件象徵太陽神崇拜的鳥形器。傳說，天上有十個太陽，是由神鳥背著太陽東升西沉。這些鳥形器和鳥飾都跟這些古代傳說的觀念一致。

楮山再往西二十里，是又原山。向陽的南坡
遍佈著色澤豔麗的青䨼，背陰的北坡則有豐富的
鐵礦石。山中禽鳥以鸜鵒（ㄑㄩˊㄩˋ）為最多。
鸜鵒就是八哥，渾身黑色，但翅膀上有一些白色
羽毛，展開雙翼後就像一個「八」字。據說這種
鳥喜歡在水中洗浴，下雪時則喜歡群飛。八哥的
舌頭很發達，修剪牠的舌頭能讓牠效仿人說話。

複州山一帶

明　蔣應鎬圖本

中央第九列山系的山神都是馬
身龍首神。複州山上的獨足怪
鳥為跂踵。又原山上能模仿
人說話的鳥是鸜鵒。豐山上，
猴形山神耕父被一圈神光環繞
中。瑤碧山上的毒鳥名鴆。支
離山上尾巴似勺的奇鳥是嬰
勺。依帖（ㄍㄨ）山上生長著
名獜（ㄌㄧㄣˋ）的披甲怪獸。

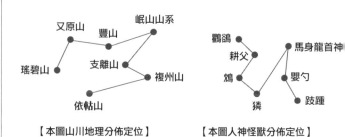

【本圖山川地理分佈定位】　　【本圖人神怪獸分佈定位】

鸓鴒 《吳友如畫寶》中，突出了鸓鴒渾身黑色、翅有白毛的特徵。《禽蟲典》的鸓鴒身軀嬌小，輕盈地立於枝頭上。汪本的鸓鴒雙翼伸展，正展翅飛翔。

鴒

鸓鴒

→清 《吳友如畫寶》　　　　　→清 《禽蟲典》　　　　　→清 汪紱圖本

又原山再往西五十里，是涿（ㄓㄨㄛ）山。

涿山再往西七十里，是丙山。林中主要有梓樹、檀樹及杻樹。

首陽山山系諸神的祭祀禮儀

　總計首陽山山系之首尾，自首陽山起到丙山止，一共九座山，綿延二百六十七里。諸山山神的形貌都是龍的身體和人的面孔。祭祀山神要選用一隻雄雞獻祭後埋入地下，並用黍、稷、稻、粱、麥等五種糧米祀神。楮山是諸山的宗主，祭祀楮山山神要用豬、羊二牲做祭品，並進獻美酒來祭祀，選用一塊玉璧，祀神後埋入地下。騩山是諸山山神的首領，祭祀山山神要進獻美酒，用豬、牛、羊三牲做祭品；祭祀時還要讓女巫師和男祝師一起跳舞，並選用一塊玉璧來祭祀。

觀伎畫像磚

東漢時期製作　縱 38 釐米　橫 44.7 釐米　四川省博物館收藏

原始歌舞是巫術禮儀的重要組成部分，具有濃郁的神祕色彩。上古時期的歌舞活動都與原始圖騰崇拜或祭祀聯想在一起，人們敲擊出有節奏的聲音，扭動身體，試圖透過這種方式獲得某種神祕的強大力量，進入和神靈溝通的神異境界。到了後世，歌舞逐漸演變成一種娛樂活動，帶給人們快樂的享受。圖中的男女舞者動作誇張，氣氛熱烈。

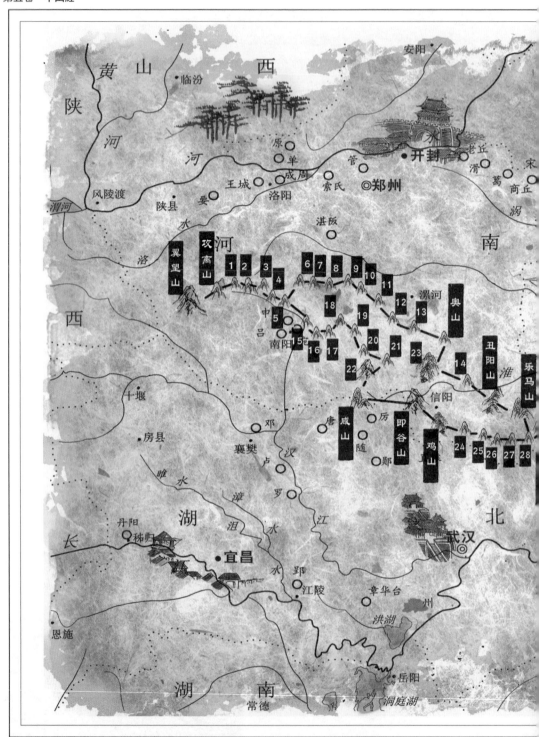

1·高前山 2·遊戲山 3·倚帝山 4·鯢山 5·豐山 6·雅山 7·兔床山 8·皮山 9·章山 10·瑤碧山 11·
䧿山 12·董理山 13·帝囷山 14·羅山 15·依　山 16·大騩山 17·白山 18·朝歌山 19·大孰山 20·視
山 21·宣山 22·前山 23·曆石山 24·卑山 25·虎首山 26·嬰山 27·嬰侯山 28·從山 29·畢山 30·

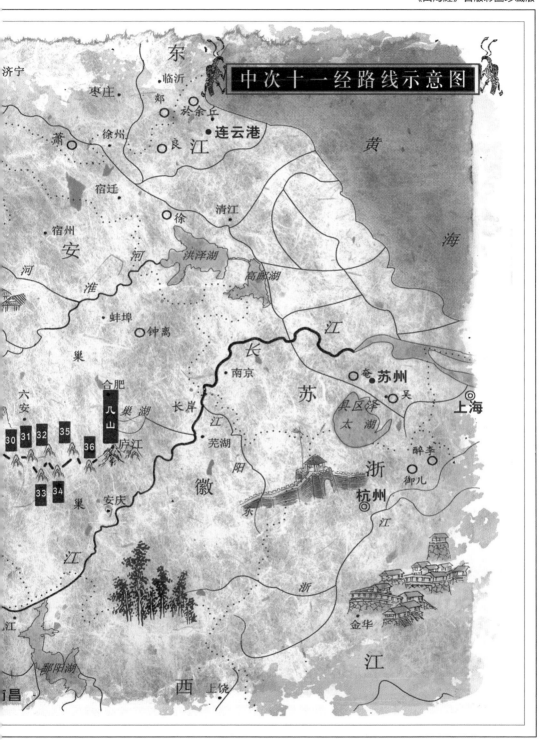

中次十一经路线示意图

嫗山 31・鮮山 32・區吳山 33・大支山 34・聲匋山 35・服山 36・杳山

本圖根據張步天教授《〈山海經〉考察路線圖》繪製，圖中記載了《中次十一經》中翼望山至
幾山共四十八座山的所在位置。（此路線形成於戰國時期）

中次十一經

翼望山 蛟

中央第十一列山系也叫荊山山系，山系的首座山叫做翼望山。湍水從這座山發源，注入濟水；貺（ㄎㄨㄤˋ）水也從這座山發源，向東南流淌，注入漢水，水中棲息著很多蛟（ㄐㄧㄠ）。蛟的外形像蛇，卻有四隻腳，頭很小，脖子也很細，脖頸上還長有白色肉瘤，大的有十幾圍粗（註：十圍約等於一米多），卵如瓦罐大小，十分兇猛，會吞食人。蛟是龍的一種，居住在水中，能夠引起洪水。翼望山風景秀麗，山上生長著松柏林，山下則覆蓋有茂密的漆樹和梓樹林。山上向陽的南坡蘊藏有豐富的黃金，背陰的北坡則多出產精美的瑉（ㄇㄧㄣˊ）石。

朝歌山周邊

翼望山再往東北一百五十里，是朝歌山。潕（ㄨˇ）水從這座山發源，然後向東南流入滎（ㄒㄧㄥˊ）水，水中有很多人魚。山上有梓樹、楠木樹，野獸以羚羊、麋鹿最多。樹下生長一種草，名字叫莽草，它是一種毒草，能夠毒死魚。

朝歌山再往東南二百里，是帝囷（ㄐㄩㄣ）山。山的南坡遍佈著精美的瑤琈玉，山的北坡蘊藏有豐富的鐵。帝囷水從這座山山頂發源，然後潛流到山下。山上棲息著很多長有四隻翅膀的鳴蛇，這種鳴蛇在中央第二列山系濟山山系的鮮山

蛟—揚子鱷

荊山山系的首座山翼望山是貺水的發源地，水中生長著很多蛟。據考證，蛟可能就是現今的揚子鱷。揚子鱷是一種古老而又極其稀有的動物，牠的身上至今仍具有遠古時代爬行動物的特徵，所以被稱為「活化石」。牠驚人的力量以及與龍幾分相像的外形，讓古人敬畏，甚至一些民族將其作為圖騰崇拜。

上也有，牠一出現就會天下大旱。

　　帝囷山再往東南五十里，是視山。覆蓋全山的是茂盛的野韭菜。山中低窪的地方有一泉水，名叫天井，夏天有水，到了冬天就枯竭了。山頂上還有茂密的桑樹林，遍佈著優質堊土，蘊藏著金屬礦物和精美玉石。

　　視山再往東南二百里，是前山。山上櫧（ㄓㄨ）樹和柏樹在這裡交錯成林。山的南坡盛產貴重的黃金，山的北坡則遍佈著漂亮的赭石。

豐山　雍和　耕父

　　前山再往東南三百里，是豐山。山中棲息著一種奇獸，外形像猿猴，卻長著紅色的眼睛和嘴巴，還有黃色的身體，名字叫雍和。牠名字雖然好聽，卻是一個災獸；牠在哪個國家出現，那個國家就會發生重大恐怖事件。除災獸雍和外，神仙耕父也居住在這座山裡，牠常常在山中的清泠淵遊玩。牠不是一個吉祥之神，牠在哪個國家出現，那個國家就要衰敗。耕父雖是山川之神，但可能因為牠是旱鬼，所以對牠並沒有固定的祀禮，不過民間仍有祭祀此神的習俗。這座山還有九口大鐘，這些鐘對霜很敏感，會應和霜的降落而鳴響。山上有豐富

為黃帝開路的騰蛇

長 54 釐米　寬 9.9 釐米　三星堆二號坑出土文物

傳說黃帝在西泰山召開「鬼神大會」，蚩尤帶領著一群虎狼在前面開路，更有鳳凰飛舞在空中，騰蛇伏竄在地上，整個隊伍盛大而莊嚴。這件青銅蛇形飾件與傳說中的騰蛇形態極為相似，可能就是古人所認為的騰蛇。

□ 《山海經》珍貴古版插圖類比

耕父 汪本的耕父和其他圖本的猴形神不同，為文人打扮，頭向一邊扭去，顯示了山神的傲氣。《神異典》中，耕父衣袖隨風飄擺，立於水邊，後有神光環繞。

→清　汪紱圖本　　　→清　《神異典》

紫杉

紫杉和松柏一樣，是一種非常古老的植物，其在地球上的歷史可追溯到二百五十萬年前，為第四紀冰川遺留下來的古老物種。紫杉是雌雄異株的裸子植物，它的每粒種子外面都長有一個杯狀亮紅色的假種皮，遠遠望去，猶如綠樹間點綴著無數顆紅瑪瑙石，豔麗奪目。

雍和

雍和是一種形似猿猴的災獸，紅眼紅嘴，毛呈黃色。只要牠出現的地方就會發生很恐怖的事件。

的黃金，山下是成片的森林，以構樹、柞樹、杻樹、櫨樹為主。

兔床山一帶　鴒

豐山再往東北八百里，是兔床山。其向陽的南坡蘊藏有豐富的鐵。山上草木蔥蘢，森林裡的樹木以櫹樹和芧樹最多，而樹下的花草則以雞谷草為主，這種草的根莖形狀類似雞蛋，味道酸中帶甜，人吃了它就能增強體質，延年益壽。

兔床山再往東六十里，是皮山。山上有大量的柔軟堊土，還遍佈著漂亮的赭石。山上草木茂盛，覆蓋著四季常青的松柏林。

皮山再往東六十里，是瑤碧山。山上覆蓋著蓊郁的森林，樹木以梓樹和楠樹為主。山的北面盛產色澤豔麗的青雘，南面有豐富的白銀。山中棲息著一種禽鳥，外形似普通的野雞，常以蜚蟲為食，名為鴒。這裡的蜚蟲可不是《東次四經》中太山上那種滅絕一切的蜚獸，而是一種臭蟲，雖然有害但卻無毒。瑤碧山的鴒鳥也不是前文所提到的有毒鴒鳥，牠以蜚蟲為食，是無毒的。

支離山　嬰勺

瑤碧山再往東四十里，是支離山。濟水從這座山發源，向南奔騰流入漢水。山中飛翔著一種禽鳥，名字叫嬰勺，外形和普通的喜鵲相似，卻長著紅色的眼睛和嘴巴及白色的身體，尾巴很奇特，與酒勺的形狀相似，牠也因此而得名！這座山中還有很多體形龐大的牯牛、羬羊。

支離山再往東北五十里，是秩簡（ㄓ
ㄟ ˋ ㄉㄧㄠˊ）山。山上生氣勃勃，松樹和柏
樹四季常青，橙樹和桓樹枝繁葉茂。

秩簡山再往西北一百里，是堇理山。
山上有很多常青的松樹、柏樹和梓樹。堇
理山背陰的北坡遍佈著色彩豔麗的青䨼，
並蘊藏有豐富的黃金。山上野獸成群，尤
以豹和老虎最多。林中棲息著一種禽鳥，
外形與一般的喜鵲類似，但卻是青色的身
體、白色的喙、白色的眼睛及白色的尾巴，
名字叫青耕。牠是一種吉鳥，人飼養牠可
以避除瘟疫，不受流行疫病侵擾。

依軲山一帶　犰

堇理山再往東南三十里，是依軲（ㄍ
ㄨ）山。山上成林的樹木主要有杻樹、橿
樹和柤樹。山中生長著一種野獸，外形像
普通的狗，卻長著老虎一樣的爪子，身上
還佈滿鱗甲，名字是犰（ㄉㄧㄣˋ）。牠
生性活潑，擅長跳躍撲擊，人如果吃了牠
的肉就能預防瘋癲病。

依軲山再往東南三十五里，是卽谷山。
山上遍佈著各類精美玉石，山中有很多黑
豹，成群的山驢、麈、羚羊和臭在豹爪下謹慎生
活。南坡盛產珚石，北坡則盛產靑䨼。

□ 《山海經》珍貴古版插圖類比

嬰勺　汪本的嬰勺正伸展翅膀，回首鳴叫，大大
的勺形尾巴非常誇張。《禽蟲典》中，一隻鵲
形小鳥立於樹枝之上，翹起的尾巴像酒勺。

→清 《禽蟲典》

→清 汪紱圖本

■ 《山海經》珍貴古版插圖類比

猲 汪本的猲狗頭狗尾，渾身長有鱗甲，正抬頭大步行
走。《禽蟲典》中，一隻腿部有鱗甲的狗形獸，揚起長
長的尾巴，立於山崖之上。

→清 汪紱圖本

→清《禽蟲典》

虎食人卣

商　全高 35.7 釐米　（日）泉
屋博物館收藏

原始山林中虎豹之類的猛獸頻
繁出沒，給類似鹿、羚羊、驢
之類的弱小動物帶來了生存壓
力，同時也使人類的生命安全
受到威脅。這種恐懼一直延續
到後世，這件卣（一ㄡˇ）即真
實展現了虎食人的場景，觸目
驚心，反映了當時人類的生存
環境。

雞山附近

　　卽谷山再往東南四十里，是雞山。山上林木
繁茂，高大挺拔的梓樹遮天蔽日，鬱鬱蔥蔥的桑
樹隨處可見，樹下韭草叢生，散發出誘人的香味。

　　雞山再往東南五十里，是高前山。山上有一
條潺潺小溪，水溫冰涼而又清澈見底，這是神仙
帝台所用過的仙水、美酒，清冽甘甜；人如果飲
用了這種溪水，就不會患上心痛病。山上蘊藏有
豐富的黃金，山下遍佈著漂亮的赭石。

　　高前山再往東南三十里，是遊戲山。山上樹
木高大，杻樹、橿樹、構樹交錯生長，山中還遍
佈著精美的玉石及味甜可以入藥的封石。

　　遊戲山再往東南三十五里，是從山。山上覆

蓋著松樹和柏樹。從水由這座山山頂發源，然後潛流到山下，水中棲息著很多三足鱉，其尾巴分叉，吃了牠的肉，人就不會患上疑心病。傳說三足鱉的名字叫能，也是大禹的父親鯀（《ㄨㄣˇ）所化。據說人吃了三足鱉就會被毒死，但是這種尾巴分叉的三足鱉卻是一種良藥。

嬰硬山周邊 猴

從山再往東南三十里，是嬰硬（一ㄣ）山。山上覆蓋著松樹和柏樹，山下則生長著青翠欲滴的梓樹和櫄（ㄔㄨㄣ）樹。

嬰硬山再往東南三十里，是畢山。帝苑水從這座山發源，奔出山澗後，向東北流淌，注入視水，水中出產很多晶瑩剔透的水晶石，還棲息著許多身形像蛇但有腳的蛟，山上遍佈著瑀珚玉。

畢山再往東南二十里，是樂馬山。山中棲息著一種野獸，外形和刺蝟類似，全身毛皮赤紅，猶如一團火，名稱猴（ㄌㄧˋ）。牠是一種災獸，在哪個國家出現，那個國家就會有瘟疫流行。

樂馬山再往東南二十五里，是葳（ㄓㄣ）山。山中溪水潺潺，彙聚成河，形成視水，向東南流去，注入汝水。水中棲息著很多娃娃魚，及很多身形像蛇但有腳的蛟，此外，還有很多頡。據說頡是一種棲息在水中，皮毛青色而形態像狗的動物，就是現今的水獺。牠嗜好捕魚，即使飽腹之後，牠還會無休止地捕殺魚類，以此為樂。水獺十分聰明伶俐，又酷愛捕魚，經過一段時間的訓練，就可以成為漁民效勞的捕魚高手。

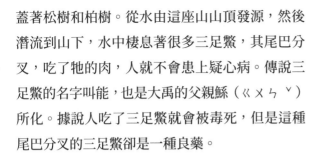

松樹

松樹因其四季常青、壽命長久的特性，自古就被認為是仙樹。據《抱樸子》記載，老松樹皮中能自然凝聚成脂，脂乃樹的津液精華，在土裡不腐朽。日積月累中，老松樹餘氣結為茯苓，而千年松脂則化成琥珀。

羊首勺

商　全長 17.5 釐米　勺身 4.8 釐米　勺徑 9.5 釐米　陝西省博物館收藏

瑤碧山中的嬰勺形貌奇特可愛，尾巴像酒勺，給人們留下深刻的印象。這件勺子造型也頗為奇特，勺柄端為羊首狀，雙目圓睜，柄上還有一羊一虎。

□《山海經》珍貴古版插圖類比

狙如 汪本的狙如頭像猴，身體像鼠，毛色深重，汪紱說牠的毛皮可作為服飾保暖。《禽蟲典》中，一白色小獸坐在山崖上，返身向下張望。

→清 汪紱圖本

→清《禽蟲典》

猴

清 汪紱圖本

猴是一種形如刺蝟、毛皮赤紅的災獸；牠在哪裡出現，那裡就會發生瘟疫。

嬰山一帶

蔵山再往東四十里，是嬰山。山下遍佈著色澤豔麗的青雘，山上則有金屬礦物和玉石。

嬰山再往東三十里，是虎首山。林中有不計其數的粗樹、椆樹、椐樹枝繁葉茂。

虎首山再往東二十里，是嬰侯山。山上遍佈味甜、可以入藥的封石，山下則有紅色錫土。

嬰侯山再往東五十里，是大孰山。殺水從這座山發源，向東北流入發源於蔵山的視水，河流兩岸到處是柔軟的白色堊土。

大孰山再往東四十里，是卑山。山上森林茂密，不計其數的桃樹、李樹、粗樹和梓樹。

倚帝山周邊 狙如

卑山再往東三十里，是倚帝山。山上遍佈著
精美的玉石，山下蘊藏著豐富的黃金。山中棲息
著一種野獸，外形與獻（ㄈㄟˋ）鼠（一種叫聲
像狗的鼠）類似，但長著白色的耳朵和嘴巴，名
字叫狙（ㄐㄩ）如，牠也是一種災獸，在哪個國

倚帝山附近

明 蔣應鎬圖本

倚帝山中棲息著一種叫狙如的
小獸。鮮山上的長毛長尾奇獸叫
豝（一ˊ）即。曆石山上樣子
像狸的獸為梁渠。夫夫山上，山
神於兒正把玩兩蛇立於滔滔大
江的浪尖之上。即公山中生長著
一種龜形獸叫蛫（ㄍㄨㄟˇ）。

【本圖山川地理分佈定位】　　【本圖人神怪獸分佈定位】

桃樹

《玄中經》記載，九疑山出產一種巨桃，其核半邊可裝一公升水。蜀後主有桃核杯，半邊可裝五公升水，過一段時間後，桃核內的水便有了酒味。這就是古人所稱的仙桃。桃在古代被認為是仙果，有長壽之意。卑山上也生長著茂密的桃樹，碩果累累。

獸面紋鋪首

東周 高 21 釐米

倚帝山中的怪獸狙如，是災難的象徵；對於那些人力所不能左右的災難，遠古人類除了設想相應的動物作為預兆外，還想像出一些驅邪避難的神獸，用他們來驅除隨時可能到來的凶難。這種獸面紋的鋪首就有此寓意，圓眼粗鼻、面目猙獰的獸面，具有鎮宅除邪的作用。

家出現，那個國家裡就會兵禍連連。

倚帝山再往東三十里，是鯢山。鯢水從這座山的山頂發源，然後潛流到山下，沿岸有很多堊土。山上有豐富的黃金，山下則盛產青雘。

鯢山再往東三十里，是雅山。澧水從這座山發源，向東流淌注入視水。水中生長的魚，個個體形龐大。山上覆蓋著茂密的桑樹林，山下則生長著柤樹林，山中還蘊藏著豐富的黃金。

宣山 帝女桑

雅山再往東五十里，是宣山。淪水從這座山發源，然後向東南奔騰而去，注入視水，水中也棲息著很多蛟。山上生長著一棵巨大的桑樹，其樹幹竟有五十尺粗，樹枝交錯伸向四面八方；樹葉巨大，有一尺多長；樹幹上還佈滿了紅色的紋理。開花的時候，青色的花萼托著黃色的花朵，十分耀眼。這棵巨樹，名叫帝女桑。傳說南方赤

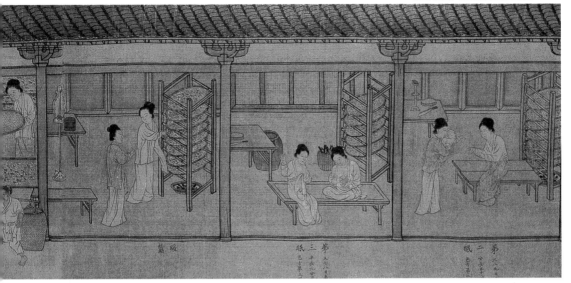

帝之女學道得仙，在南陽宣山的桑樹上銜柴做巢，用了十五天做成。她有時變成白鵲，有時又變回女人。赤帝看到後十分悲慟，懇請她回家，但沒有成功。最後赤帝惱羞成怒，用火燒了樹，烈火中帝女得道升天，因此這棵桑樹後來便叫帝女桑。

衡山一帶

宣山再往東四十五里，是衡山。山上盛產色澤鮮豔的青雘，還生長著茂盛蒼翠的桑樹林。

衡山再往東四十里，是豐山。山上多出產可以治病的封石，林中有高大挺拔的桑樹遮天蔽日；另外還有大量的楊桃，其形狀和一般的桃樹相似，但樹幹卻是方的，可以用來醫治皮膚病。

豐山再往東七十里，是嫗（ㄩˋ）山。山上遍佈著優良玉石，山下則蘊藏著豐富的黃金。山上雜草叢生，特別是雞谷草長得最為繁盛。

蠶織圖

佚名　長卷　絹本　設色　縱27.5釐米　橫513釐米　黑龍江省博物館收藏

宣山上有棵巨大的桑樹，傳說為南方赤帝之女得道成仙之處。帝女桑祭祀可能出自對桑蠶的崇拜，古先民為祈求桑蠶豐收，自然希望桑樹枝繁葉茂，桑葉供應充足。而且洪荒時代以來女人負責採集，男人負擔狩獵；女人養蠶紡線，男人耕田勞作，使人們對桑蠶的崇拜更加普遍。這幅蠶織圖反映了農戶養蠶織布的生產過程，反映了蠶織業在後世的發展。

狻**即** 汪本的狻即樣子像狗，口吐火焰，突出了其作為火獸的神格。《禽蟲典》中，一尖嘴小獸拖著長長的白色尾巴，正順著山坡而下。

狻即

狻即圖

→清 汪紱圖本

→清《禽蟲典》

桑樹

桑樹在我國已有七千多年的歷史，早在遠古時期，很多山嶺上就生長著鬱鬱蔥蔥的桑樹林。商代時，甲骨文中已出現桑、蠶、絲、帛等字形。到了周代，採桑養蠶成為常見農活。我們的祖先對桑樹進行了改良，增加了產量，並使樹株壽命長達百年，甚至千年。

鮮山　狻即

　　嫗山再往東三十里，是鮮山。山上楢樹、杻樹、橿樹枝繁葉茂，樹下草叢中生長著一簇簇帶刺的萱冬，萱冬就是薔薇，花開時絢爛多彩。山上向陽的南坡蘊藏有豐富的黃金，而背陰的北坡則蘊藏著豐富的鐵。山中棲息著一種野獸，外形像體形高大、皮毛濃密、悍猛力大的西膜之犬，卻有紅色的嘴巴和眼睛，還有一條白色的尾巴。牠是一種災獸，一旦出現就會發生大火災；也有說法認為會有兵亂。牠的名稱是狻（一ˊ）即。

章山周邊

　　鮮山再往東三十里，是章山。山上向陽的南

坡多出產黃金，背陰的北坡則遍佈著漂亮的石頭。皋水從這座山發源，彙集各路山溪後向東流淌，注入灃水。水底的河床上遍佈著一種又輕又軟、又易斷易碎，名叫胞（ㄎㄨㄟˋ）石的石頭。

　　章山再往東二十五里，是大支山。向陽面也有豐富的黃金，樹木主要是構樹和柞樹，沒有生長交錯繁複的低矮灌木叢和花草。

　　大支山再往東五十里，是區吳山。山上也被森林覆蓋，成林的樹木主要是粗樹。

　　區吳山再往東五十里，是聲匈山，山上生長著構樹林，樹下遍佈著晶瑩剔透的精美玉石，山上還盛產可以入藥的封石。

　　聲匈山再往東五十里，是大騩山。山上向陽的南坡蘊藏著豐富的黃金，背陰的北坡則遍佈著各種各樣的磨刀石。

踵臼山附近　梁渠　駅鵌

　　大騩山往東十里是踵臼山。山上寸草不生。

　　踵臼山再往東北七十里，是曆石山。茂密繁盛的牡荊樹和枸杞樹覆蓋全山，山上向陽的南坡蘊藏著大量黃金，背陰的北坡則遍佈著各種粗細磨刀石。山中的荊棘叢中棲息著一種野獸，外形和野貓類似，卻有白色的頭和老虎的鋒利爪子，名叫梁渠。這是一種災獸，牠出現在哪個國家，那個國家就烽煙四起，會有兵戈之亂。

　　曆石山再往東南一百里，是求山。求水從這座山的山巔發源，潛流到山下，水底的河床上鋪滿了優良的赭石。山中草木蔥蘢，到處是高大的粗樹，樹下是一簇簇矮小叢生的媔竹。山的南坡

黃金手杖

長 143 釐米　三星堆出土

嫗山以東的山脈蘊含豐富的金礦，尤以大騩山的南坡出產最盛。黃金質地柔軟，光澤鮮亮，在遠古時代就已被利用來彰顯身分。這支金手杖由重約 0.5 公斤的純金製成，據說可能是當時蜀王魚鳧（ㄈㄨˊ）氏的權杖，上端有 46 釐米長的平雕紋飾圖案，有人物、魚、鳥和箭等圖案，顯示了古人極為純熟的鍛造及冶煉技術。

■ 《山海經》珍貴古版插圖類比

䴉鵌 胡本的䴉鵌為一隻大鳥，白色羽毛，而頭頸毛色較深，雙足有力。汪本的䴉鵌翼大尾長，頭白身黑，張開翅膀似乎要騰空飛起。

→清 胡文煥圖本

→清 汪紱圖本

模仿魚紋與漩渦的彩陶

新石器時代 大汶口文化 高
17.4 釐米

彩陶，專指新石器時代一種先在坯（ㄆㄧ）體上彩繪，然後入窯一次燒成的彩繪陶器。此壺的中間一面扁平，兩側各有一環耳，另一面中間有一豎鼻與扁平腹部的一面相對，三個附耳繫繩之後，便於背在肩上攜帶。壺身的黑白彩同心圓、白彩渦紋及白色圓點，皆是古人創造的抽象化魚紋及漩渦圖紋。

蘊藏有豐富的黃金，山的北坡蘊藏有豐富的鐵。

求山再往東二百里，是醜陽山。山上覆蓋著茂密的森林，林中的樹木大多是欄樹和椐樹。林中飛翔著一種禽鳥，其外形和一般的烏鴉類似，卻長著紅色的爪子，名為䴉鵌（ㄓㄨˋ ㄊㄨˊ）。牠是一種吉鳥，人飼養牠可以避火。

奧山一帶

醜陽山再往東三百里，是奧山。山中都是高大茂密的松樹、杻樹和橿樹交錯生長，山上向陽的南坡盛產璇珸玉。奧水從這座山發源，接納山上各路小溪後，向東注入瀄（ㄑㄧㄣˋ）水。

奧山再往東三十五里，是服山。山頭覆蓋著茂密的粗樹林，山上蘊藏有豐富的封石，山下則蘊藏著大量的紅色錫土。

服山再往東三百一十里，是杳（ㄧㄠˇ）山。山中雜草叢生，尤其是嘉榮草長得特別繁盛，山

上還蘊藏有豐富的金屬礦物和精美玉石。

　　杏山再往東三百五十里，是幾山。山上草木繁盛，栒樹、檀樹、柤樹遮天蔽日，各種香草鋪滿了林中空地。山中棲息著一種野獸，其模樣和普通的豬相似，但身上的毛皮是黃色的，還長著白色的頭和尾巴，名字叫聞獜（ㄌㄧㄣˋ）。牠是一種災獸，一旦出現就會帶來狂風。

荊山山系　諸神之祭祀

　　總計荊山山系之首尾，自翼望山到幾山共四十八座山，蜿蜒三千七百三十二里。諸山山神的形貌都是豬的身體和人的頭。祭祀時要在帶毛禽畜中選用一隻雄雞，取其血來塗祭再埋入地下，選用一塊玉珪獻祭，祀神的米要用精選出來的黍、稷、稻、粱、麥五種糧米。禾山是諸山的首領，祭祀禾山山神要選用豬、牛、羊三牲做祭品，進獻後埋入地下，而且要將牲畜倒著埋；有時不必三牲全備，可以不用牛，選用一塊玉璧獻祭。堵山、玉山是諸山的宗主，祭祀時選用豬、羊二牲做祭品，祭祀後也要將牲畜倒著埋，玉器要選用一塊吉玉。

蜀黍

古人很早就開始種植黍、稷、稻之類的農作物，人們不但用來食用，還選用上等的糧食作為祭祀時的祭品，後世的人祭祀時就經常用蜀黍來代替稷。蜀黍質地堅硬，有黏性的可以和糯米釀酒；黏性不強的也可做成糕餅、煮粥。不過，種植蜀黍的地時間長了，容易有蛇出沒。

吃魚的歷史

長 11.5 ～ 12.5 釐米　體厚 2.4 釐米　南越王墓文物

魚類成為人類的腹中之食，甚至可以追溯到荒古時代。那時候的人們不但自己捕食魚類，還巧妙地利用工具，如：訓練愛捕魚的水獺；既利用了這種動物的天性，又滿足了自身的需求。這幾件兩千年前的陶魚，或許也可算作人類食魚歷史的物證。

本圖根據張步天教授《〈山海經〉考察路線圖》繪製，圖中記載了《中次十二經》中篇遇山到榮餘山共十五座山的地理位置。

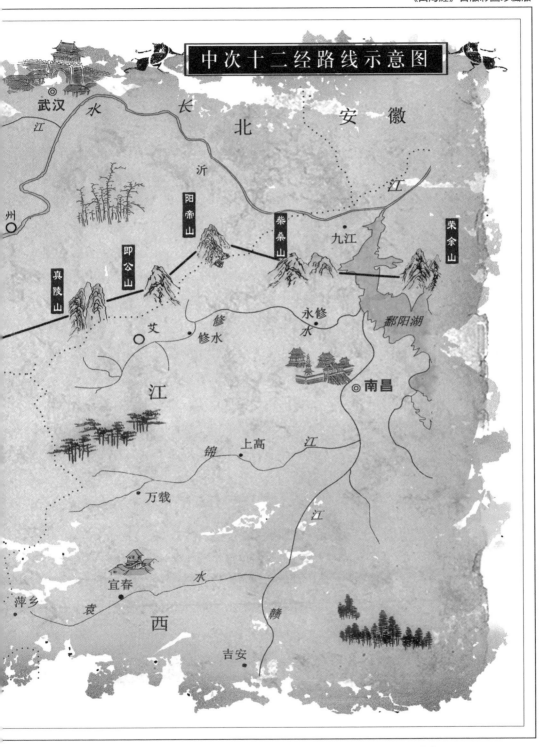

中次十二经路线示意图

武汉
长江水
北
安徽
沂江
州
阳帝山
即公山
柴桑山
九江
荣余山
真陵山
艾
修水
永修水
鄱阳湖
江
南昌
锦
上高
江
万载
江
宜春
水
江
萍乡
袁
西
赣
吉安

（此路線形成於戰國時期）

中次十二經

篇遇山一帶

　　中央第十二列山系叫洞庭山山系，山系的首座山叫做篇遇山，山頂光禿荒涼，岩石裸露，寸草不生，但這座山中蘊藏有豐富的黃金。

　　篇遇山再往東南五十里，是雲山。這也是一座石頭山，山上草木稀疏。但這裡生長著一種桂竹，傳說它有四、五丈高，莖幹合圍有二尺粗，葉大節長，形狀像甘竹而外表是紅色的。這種桂竹毒性強，人若被它的枝葉刺中，必死無疑。這座山上蘊藏著豐富的黃金，山下遍佈精美溫潤的瑤珷玉。

　　雲山再往東南一百三十里，是龜山。山上森林茂密，構樹、柞樹、椆樹和椐樹繁盛。山上蘊藏有大量黃金，山下遍佈著石青、雄黃及成片的扶竹。扶竹就是邛（ㄑㄩㄥˊ）竹，其節稈較長，中間實心，很適合製作手杖，所以叫扶竹，又叫扶老竹。

　　龜山再往東七十里，是丙山。山上是茂密的竹林，但竹林裡的竹子都是筀（ㄍㄨㄟˋ）竹，就是雲山上那種有劇毒的桂竹。山上還蘊藏著豐富的黃金、銅和鐵，除了竹子外，山上沒有別的花草樹木。

　　丙山再往東南五十里，是風伯山。山上蘊藏有豐富的金屬礦物和精美玉石，山下遍佈著瘦石以及帶有花紋的漂亮石頭，還蘊藏有豐富

品種繁多的竹

洞庭山山系處處可見繁茂的竹林。人們認為竹的根部有雄、雌二枝，雌枝可以生筍，每隔六十年開一次花，花一結實，竹子隨即枯死。竹的種類頗多，用途也各不相同，有些可以入藥，有些則可食用。

的鐵。山中林木繁茂，以柳樹、
杻樹、檀樹、構樹爲最多。在風
伯山東邊有一片樹林，叫做莽浮
林，林中古木參天，這裡還是鳥、
獸的天堂，衆多禽鳥野獸在林中
繁衍。

夫夫山 山神於兒

　　風伯山再往東一百五十里，
是夫夫山。山上蘊藏著大量貴重
黃金，山下遍佈著色彩豔麗的石
青、雄黃。山中草木茂盛，桑樹、
構樹鬱鬱蔥蔥，樹下簇擁著低矮
的竹叢，還有成片的雞谷草，像毯子一樣鋪在林
中空地上。神仙於兒就住在這座山裡，祂是夫夫
山的山神，又是山川一體神，其形貌是人的身體，
但手上卻握著兩條蛇。祂常常遊玩於長江的深淵
中，出沒時身上會發出耀眼的光彩。傳說於兒就
是操蛇之神，祂聽說愚公要世世代代矢志不移地
移走太行山、王屋山時，就去稟告了天帝。天帝
被愚公的誠意所感動，就派了誇娥氏的兩個兒子
去背走那兩座大山，一座山放在朔東、一座山放
到雍南。也有人認爲於兒就是兪兒，是登山神。
傳說齊桓公北伐孤竹國時，在離卑耳之溪不到十
里的地方，忽然有一個身高一尺左右，穿戴整齊，
但脫去右邊衣袖的小人，騎著馬奔馳過去。桓公
感到非常奇怪，就問管仲。管仲回答說，祂可能
是名叫兪兒的登山之神，祂有著人的形貌，身高
卻僅有一尺；執政的君主治國有方，國家繁榮時，

纏蛇的月孛

元　山西芮城　壁畫《朝元圖》
局部

古人對蛇的信仰由來已久，山經
時代就有很多山神、水神以操
蛇、踐蛇或纏蛇的形象出現，
如夫夫山的山神於兒就是操蛇之
神。對蛇的崇拜一直延續到後
世，道教星命家將日、月和金、
木、水、火、土五行加上羅睺（ㄏ
ㄡˊ）、計都、紫氣、月孛（ㄅ
ㄟˋ），合稱十一曜，其中的
月孛星君就是頭頸繞蛇的形象。
月孛是月球距離地球最遠的點。
占星學上，月孛代表本能的想
法、欲望，及宿命的緣分和影響
等。

□ 《山海經》珍貴古版插圖類比

神於兒 《神異典》本的神於兒為完全的人形，身纏兩蛇，穩穩地站立於波浪之上。汪紱將神於兒「身操兩蛇」理解為「手操兩蛇」，汪本的於兒正雙手各操一蛇，和其他圖本不同。

→清 《神異典》

→清 汪紱圖本

人操蛇屏風銅托座

高 31.5 釐米　寬 15.8 釐米　三星堆出土

在原始社會，蛇被賦予神祕與死亡的意義，有「操蛇」之力則象徵神性及主宰生死的能力。此器是漆木屏風左右翼障的下轉角構件，其下部以人口銜、手抓、腳夾五條相互交纏的蛇為造型，紋飾精緻細膩。

祂才顯現。這位神人騎馬在前方走，為人指路，祂如果脫去衣袖，就表示前面有水；而脫去右邊衣袖，則表明從右方涉水比較安全。當桓公一行人到了卑耳之溪後，水性好的人說，從左邊涉水的話，水深到達人的頭頂；而從右邊過水，則很安全。作為夫夫山的山神，神於兒能主宰江淵，出入時神光四射，可知山神於兒同時又是江河之神。而作為山川一體神，最大的特點就是與蛇相伴，或操蛇、戴蛇，或耳朵掛蛇。蛇屬水，屬土、屬陰，是江河之神、山川之神偉大神格的標誌，是神溝通兩個世界的巫具和動物助手。神於兒就操有兩蛇，一蛇在上，在於兒身上繞了兩圈，一頭一尾從於兒的雙手鑽出；另一蛇在下，蛇頭在於兒的前身，蛇身在其腹部往上繞了兩圈，蛇尾

則纏在胸前。蛇成了許多神的重要標誌，除了夫夫山的山神於兒，洞庭怪神也有操蛇、戴蛇的特徵。人蛇關係在古代文化中很常見，古人對蛇的信仰以及人與蛇的親密關係由來已久，人身纏蛇形象及蛇形、蛇紋圖案，大量出現在商周時期的器具上。

洞庭山 帝二女

　　夫夫山再往東南一百二十里，是洞庭山。這是一座寶山，山中礦產豐富，山上蘊藏著豐富的

洞庭山

明　蔣應鎬圖本

洞庭山是天帝的兩個女兒居住的地方，圖中二女作淑女裝扮，美麗飄逸，正在滔滔江面上遨遊。

黃金，山下則有白銀和鐵。山上被森林覆蓋，林中的樹木以柤樹、梨樹、橘子樹、柚子樹居多，到了秋天，樹上碩果累累。樹下生長著一叢叢的蘭草、蘼蕪、芍藥、芎藭之類的香草。天帝的兩個女兒就住在這座山裡，她倆常在長江水的深淵中遊玩。她們乘著澧水和沅水吹來的清風，在幽清的瀟水和湘水的淵潭上暢遊，往返於九條江水之間，她倆出入時必定有旋風急雨相伴。這兩位帝之女，就是帝堯的兩個女兒娥皇和女英，帝堯把她們許配給自己選定的接班人舜。帝堯去世後，她們曾經幫助舜帝機智地擺脫了弟弟象的百般迫害，而成功地登上王位，事後還建議舜以德報怨，寬容和善待以前的敵人。她們的美德因此被記錄在冊，受到民眾的廣泛稱頌。舜帝登基之後，曾與兩位心愛的妃子泛舟海上，傳說他們的船用煙燻過的香茅爲旌旗，又以散發清香的桂枝爲華表，並在華表的頂端安裝了精心雕琢的玉鳩，華美之極。舜帝晚年，洪水也已經被能幹的大禹制伏，四方鼎定，於是舜帝便巡察南方，不料在蒼梧突然病故，葬在九嶷（一　ˊ）山。和他共患難的妻子娥皇和女英聞訊後，悲痛得肝腸寸斷。她們在奔喪到南方的路上，一路失聲痛哭，眼淚像泉水般湧出，灑在山野的竹子上，形成美麗的斑紋，世人稱之爲「斑竹」或「湘妃竹」。當她們走到湘水時，不幸風波驟起，

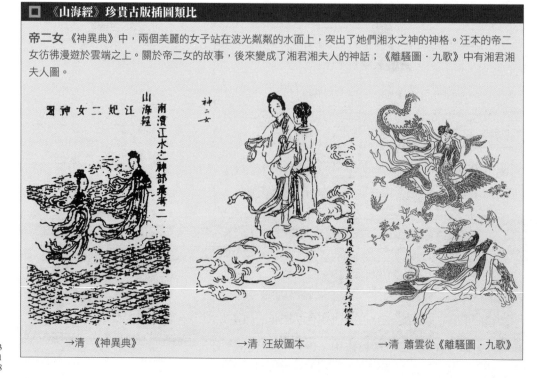

□ 《山海經》珍貴古版插圖類比

帝二女　《神異典》中，兩個美麗的女子站在波光粼粼的水面上，突出了她們湘水之神的神格。汪本的帝二女彷彿漫遊於雲端之上。關於帝二女的故事，後來變成了湘君湘夫人的神話；《離騷圖·九歌》中有湘君湘夫人圖。

→清　《神異典》　　　　→清　汪紱圖本　　　　→清　蕭雲從《離騷圖·九歌》

打翻了船，她們也就遺恨地淹死在江中，成了湘水中的神靈及洞庭山的山神。當她們心情和悅時，就在秋風徐徐、落葉紛紛的美景中，到淺灘上漫步閒聊，遠遠就可以看見她們閃閃發亮的美麗雙眼。如果她們心情不好，想起了從前的傷心事，她們就會怨恨上天沒有給她們再見夫君一面的機會，因此出入時必定有旋風驟雨相伴，彷彿要把這股怒氣發洩到人間。洞庭山中還居住著很多怪神，他們形貌像人，但身上繞著蛇，左右兩隻手也握著蛇。山上的森林中還棲息著許多怪鳥。

暴山周邊　蚑

　　洞庭山再往東南一百八十里，是暴山。山上棕樹、楠木樹遮天蔽日；枝條眾多的牡荊樹、枸

洛水女神（局部）

顧愷之　長卷　絹本　設色　縱27.1釐米　橫572.8釐米　北京故宮博物院收藏

如洞庭之神的帝二女一樣，洛水之神也是美麗的女神。三國文學家曹植，描述了他與洛水女神相遇的動人愛情故事。洛水中的女神，身邊圍繞著一些奇異的生靈，如：長著一對長長鹿角的海龜，還有長著豹頭的怪魚。他們雖然奔馳在江水之上，卻沒有飛濺的水花，如同騰飛於空中一般。這烘托出水神超群的神格，同時增強了故事的傳奇性和神祕感。

以怪獸裝飾的折觥

西周早期　高 28.7 釐米　陝西省周原博物館收藏

折觥（《ㄨㄥ）分為蓋與器身兩部分。蓋頭為獸形，高鼻鼓目，兩齒外露，長有兩隻巨大曲角，兩角之間夾飾一個獸面，可能是遠古工匠根據羚羊的形象製作而成。折觥頸部兩側各飾一條卷尾顧首的龍，下部裝飾著一個饕餮紋面。

蛫

清　汪紱圖本

蛫是種形如烏龜的吉獸，其身體呈白色，頭為紅色。汪本中此獸形態像鼠。

杞樹交錯生長；低矮的竹子、箭竹、𥰡（ㄇㄟˋ）竹、箘（ㄐㄩㄣˋ）竹簇擁叢生。山上蘊藏著豐富的黃金和貴重的美玉，山下遍佈著帶有彩色花紋的石頭，並蘊藏有豐富的鐵。林中野獸成群，棲息著眾多麋、鹿、麂等性情溫順的食草動物，樹上棲息著兇猛的鷲（ㄐㄧㄡˋ）鷹等猛禽。

暴山再往東南二百里，是卽公山。山上蘊藏著豐富的黃金，山下遍佈著精美的琈珋玉。林中樹木以柳樹、杻樹、檀樹、桑樹爲最多。山中有一種野獸，外形如普通的烏龜，但身體是白色的，頭是紅色的，牠的名字叫蛫（《ㄨㄟˇ），牠是一種吉獸，人如果飼養牠，就不會遭受火災。

卽公山再往東南一百五十九里，是堯山。山上背陰的北坡多出產黃色的堊土，而向陽的南坡則蘊藏著豐富的黃金。山上樹木密佈，牡荊樹、枸杞樹枝條蔓生；隨風搖擺的柳樹婀娜多姿；珍貴的檀樹亭亭玉立。樹下雜草叢生，特別是山藥、蒼術等尤爲繁盛。

堯山再往東南一百里，是江浮山。山上蘊藏有豐富的銀，還遍佈著各種粗細磨刀石。山頂光禿裸露，沒有花草樹木。卽便如此，山中也有很多野獸，主要以野豬、鹿爲主。

江浮山再往東二百里，是眞陵山。山上出產大量的黃金，山下遍佈著精美玉石。山中各種樹木混雜生長，尤其是構樹、柞樹、柳樹、杻樹長得十分茂盛。樹下野草鋪滿了山間空地，特別是一種可以醫治瘋癲病的榮草最爲茂密。

眞陵山再往東南一百二十里，是陽帝山。山上到處是含銅量很高的優質銅礦石。森林覆蓋了

整個山頭，生長著櫨樹、杻樹、山桑樹和楮樹。林中是野獸的樂園，羚羊和麝在這裡無憂無慮地繁衍生息。

柴桑山周邊　螣蛇

陽帝山再往南九十里，是柴桑山。這座山礦產豐富，山上蘊藏著豐富的白銀，山下盛產精美的碧玉，山中到處是柔軟如泥的泠石和漂亮的赭石。山上森林茂密，以柳樹、枸杞樹、楮樹、桑樹最爲茂盛。山中棲息的野獸以麋和鹿爲主，此外，還有許多白蛇和飛蛇。飛蛇就是螣（ㄊㄥˊ）蛇，又叫螣蛇。傳說牠能夠興霧騰雲而飛行於其中，屬於龍一類。但牠也會死，曹操曾作詩說：「神龜雖壽，猶有竟時。螣蛇乘霧，終爲土灰」。

柴桑山再往東二百三十里，是榮餘山。這也是一座礦產豐富的寶山，山上蘊藏著豐富的銅，山下則蘊藏著豐富的銀。山中柳樹、枸杞樹繁榮滋長，這座山裡也棲息著許多怪蛇、怪蟲。

洞庭山山系諸山神的祭祀禮儀

總計洞庭山山系之首尾，自篇遇山起到榮餘山止，一共十五座山，綿延二千八百里。諸山山神的形貌都是鳥的身體、龍的頭。祭祀山神的禮儀是：在帶毛禽畜中宰殺一隻公雞、一頭母豬做祭品，祀神的米用精選的稻米。夫夫山、卽公山、堯山、陽帝山，都是諸山的宗主，祭祀這幾座山的山神都要

◇《山海經》考據

真陵山在今幕阜山東

據考證，《中次十二經》中的真陵山，應該在湖北省陽新縣幕阜山東端；而東南方的陽帝山，也在湖北省陽新縣境內一帶。幕阜山，古稱天嶽山，岳陽即因地處天岳山之南而得名。幕阜山古老而奇異，山中多險崖、奇木、幽谷，山上還有沸沙神泉，據說有求必應，人們經常從四面八方前來祈求禱告。

牡荊樹

即公山上的牡荊樹是一種極易存活的樹種，生長極快，枝蔓伸展得很廣。牡荊的根、葉、花、實皆可入藥。古人還常用灼爛的牡荊枝條治療膿瘡。

枸杞

枸杞，又稱為西王母杖，在洞庭山東南的許多山脈中都生長得很繁盛，而今天也處處都能見到。枸杞春天生苗，六、七月份開花，結出紅色的果實，曬乾後入藥可補精益氣。

鳥身龍首神

清　汪紱圖本

中央第十二列山系的山神皆為鳥身龍首的形貌。汪本的此神正伸展雙翅，龍首向天，非常威風。

陳列牲畜、玉器，而後將它們埋入地下，並用美酒獻祭。陳列所用的牲畜要在帶毛禽畜中選用豬、羊二牲祭祀；祀神的玉器要用吉玉。洞庭山、榮餘山是神靈顯應之山，祭祀這二位山神也都要陳列牲畜、玉器，而後埋入地下，並用美酒獻祭，但所陳列的牲畜要豬、牛、羊齊全的三牲獻祭；祀神的玉器要用十五塊精美的玉珪、十五塊精美的玉璧，並用青、黃、赤、白、黑五色繪飾它們。

中山經總述

以上是中央經歷之山的記錄，總共一百九十七座山，蜿蜒長達二萬一千三百七十一里。

總計天下名山共有五千三百七十座，分佈在大地之東西南北中各方，一共綿延六萬四千零五十六里。

大禹說：天下的名山，從頭到尾一共五千三百七十座，綿延六萬四千零五十六里，這些山分佈在東西南北中各方。把以上的山記在《五藏山經》中，原因是除此以外的小山太多，不值得一一記述。廣闊的天地從東方到西方共二萬八千里，從南方到北方共二萬六千里，江河源頭所在之山是八千里，江河流經之地是八千里，盛產銅的山有四百六十七座，盛產鐵的山有三千六百九十座。這些山是天下地上劃分疆土、種植莊稼的憑藉，也是戈和矛產生的緣由，刀和鍛興起的根源，因而能幹的人富裕有餘，笨拙的人貧窮不足。在泰山上行祭天禮，在泰山南面的

小山梁父山上行祭地禮，一共有七十二家，或得或失的運數，都在這個範圍之內，國家財寶可以說是從這塊大地取得的。

以上是《五藏山經》共五篇，經文中共有一萬五千五百零三個字。

大禹像

山東省嘉祥縣武梁祠東漢畫像石拓片

傳說大禹治水時為了疏導洪水，曾走遍四方的山川湖海，對天下地理瞭若指掌。在山東武梁祠西壁畫像的拓片上，夏禹頭戴斗笠，左手前伸；右手執耜（ㄙˋ，翻土的工具），回首而顧。身旁有榜題曰：「夏禹長於地理，脈泉知陰，隨時設防，退為肉刑」。

第六卷

海外南經

《海外南經》中記述，四海之內皆有日月星辰照耀和春夏秋冬四季，大地之上的生靈除了中國外，還有許多民族，如羽民國、厭火國、交脛國、反舌國、三首國等。

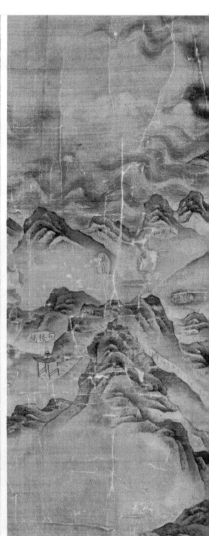

福建沿海圖（局部）

清　絹繪　縱 36 釐米　橫 661.5 釐米　北京圖書館收藏

瀏覽全圖，無論是今日福建附近的名勝古跡、宮牆橋門，還是今日廈門附近的村落房舍、海島山川，都繪製得極為詳盡美觀。圖上的山川也都採用了傳統的形象畫法，色彩艷麗，生動逼真。

本圖根據張步天教授《〈山海經〉考察路線圖》繪製，圖中記載了海外南、西、北、東四經中所記述的
國家地區及山嶽河川的地理位置。

滅蒙鳥周邊

明　蔣應鎬圖本

自《海外經》開始，經中具體山脈出現較少，故蔣應鎬圖本中的山脈方位圖也相應減少，仍保留以國家、神、獸為據點的方位圖。

結胸國的人前胸皆突起一大塊。羽民國的人都身披羽毛，背生雙翅。讙（ㄏㄨㄢ）頭國的人都是半人半鳥的模樣。厭火國的人樣子像猴，口能吐火。載（ㄓㄞˋ）國的人擅長使用弓箭射蛇。而貫胸國的人胸膛都有個能貫穿前胸後背的大洞。

大地所承載的，包括上下東南西北六合之間的萬物。在四海之內，同樣都有太陽和月亮照耀，有大小星辰東升西落，又有春夏秋冬四季記錄季節，還有太歲十二年一週期以正天時。大地上的萬事萬物都是神靈造化所生成，因此萬物都各有不同的形狀，也各有不同的秉性，有的早夭，而

【本圖山川地理分布定位】

有的長壽，只有聖明之人才能明白其中的道理。

結胸國　比翼鳥　羽民國

結胸國位於滅蒙鳥的西南方，這個國家的人都長著像雞一樣的尖凸胸脯。

南山位於滅蒙鳥的東南方。從這座山裡來的人，都把蟲叫做蛇，而把蛇叫做魚。也有一種說法認為南山位於結胸國的東南方。

比翼鳥位於滅蒙鳥的東邊，牠們是一隻身上長有紅色羽毛和一隻長著青色羽毛的鳥，羽毛十分漂亮，但牠們不能單獨飛翔，因為牠們分別只有一隻翅膀、一隻眼睛，所以只有兩隻鳥的翅膀配合起來才能飛行。西方山系中，崇吾山上的蠻蠻鳥就是這種比翼鳥。雖說有人認為蠻蠻出現是大水的徵兆，但在古代神話中，比翼鳥是一種瑞鳥，牠是夫妻恩愛、朋友情深的象徵。

羽民國在滅蒙鳥的東南方，生活在這裡的人都有長長的腦袋，全身長滿羽毛。傳說羽民國的人還長著白色的頭髮，紅色的眼睛，甚至有鳥的尖喙，背上還有一對翅膀，能飛但不能飛遠；他們和禽鳥一樣，也是從蛋裡孵化出來的。在羽民國裡還棲息著許多珍貴的鸞鳥，羽民國的人就以鸞鳥的卵為食，因此染有仙氣。後來人們便把身上長羽毛與神仙聯想一起，學道的人認為，人學道修行，最開始的境界就是長生不死，而成為地仙；再繼續修行，達到更深的境界後便真正得道，身上長出羽毛，向上飛升而成為天仙。這種羽化

飛天的玉羽人

西漢　全高 7 釐米　長 8.9 釐米　陝西省咸陽博物館收藏

羽民國的人背生翅膀，以鸞鳥卵為食，全身環繞著仙氣；後世人把身生羽翅和飛天成仙聯想一起，這種思想直至漢代仍有很大的影響。如這件漢代的玉器，馬背上的羽人雙耳過肩，背生雙翼，左手握韁繩，右手持靈芝草，長方形踏板上刻有湧動的祥雲，雲和馬蹄、馬尾融為一體，襯托出一副羽人騎馬遨遊天際的神姿。反映了漢代人追求長生不老的強烈願望，也是漢代流行「羽化登升」思想的真實反映。

羽人特寫

清　蕭雲從《離騷圖·遠遊》

羽民國的人常被古人與不死思想相聯繫。《離騷圖·遠遊》中表現的即為羽人在不死之鄉的情景；其飄逸升天之姿，正是眾多道家修行者所追求的終極目標。

滄源岩畫中的羽人

「羽人」之類的神話有著非常豐富的內涵，這幅三千年前的岩畫顯示，羽人所屬的族群，很可能是一個以禽鳥為祖先圖騰的族群。

登仙成果，也正是眾多道家修行者所追求的終極目標。另一種說法則認為，羽民國在比翼鳥棲息之處的東南方，這裡的人都長著一副長長的臉。

二八神　讙頭國

有位叫二八的神人，祂的手臂連在一起，在這曠野中為天帝守夜。傳說二八神白天隱身不見，夜間才現身巡遊，祂就是夜遊神。神人二八就棲居在羽民國的東方，棲居此處的人都有狹小的臉頰和赤紅色的肩膀，總共有十六個人。

畢方鳥棲息的地方位於滅蒙鳥的東方、青水的西方，這種畢方鳥長著一副人的面孔，卻只有一隻

腳。還有一些畢方鳥棲息在西方山脈的章莪（ㄜ
ˊ）山上，牠一出現就會帶來怪火。另有人認爲
畢方鳥棲息於二八神人的東方。

　　讙頭國位於滅蒙鳥的南方，相貌與常人相近，
不同的是背上有一對翅膀，臉上還長著鳥嘴，他
們用鳥嘴捕魚。另一種說法認爲讙頭國位於畢方
鳥棲息之處的東方，還有人認爲讙頭國就是朱國，
又稱爲丹朱國。與羽民國不同，讙頭國國民雖然
長有鳥翼，卻不能飛翔，只能把翅膀當拐杖使用。
他們每天拄著翅膀，在海邊用尖喙捕食魚蝦。除
此之外，他們還以黑黍等穀類充饑。傳說丹朱是
帝堯的兒子，爲人狠惡而頑凶，所以堯把天下讓
給了舜，而把丹朱放逐到南方的丹水做諸侯。丹
朱不滿堯的安排，聯合三苗謀反，父子反目成仇。
後來謀反失敗，丹朱投海而死，其靈魂化爲鳥。
滅蒙鳥的叫聲極爲難聽，而且牠的出現就是文士
流放的象徵，所以人們極其厭惡牠，而讙頭國的
人就是丹朱的後裔。

青銅人面鳥像

殘高 12.2 釐米　三星堆二號坑出
土文物

《中國神話傳說》中記述了黃帝
舉行「鬼神大會」的盛事，氣勢
威嚴，陣容龐大；除了有蛟龍開
道、鳳凰飛舞，以及騰蛇伏竄
外，還有畢方鳥爲黃帝駕車。畢
方鳥形態像鶴，人臉獨足，嘴裡
鳴叫著「畢方，畢方」。這件人
面鳥青銅像的造型和畢方鳥非常
相似，差別僅僅在足上。

■ 《山海經》珍貴古版插圖類比

讙頭國 汪本中的讙頭國的人右手抓魚，造型誇張。吳本的讙頭國的人，造型與汪本相似，讙頭被認為是
三苗的祖先，這幅貴州苗族繡繪中的讙頭神祖就生有一雙鳥翼。

→清 汪紱圖本　　　　　　→清 吳任臣康熙圖本　　　　　　→貴州苗族繡繪

□ 《山海經》珍賞古版插圖類比

厭火國 汪本厭火國的人的樣子像猴，口能噴火。《邊裔典》中厭火國的人上身直立，行走起來與人無異。《禽蟲典》中，厭火獸胸前生有雙乳，形象與人更加接近。

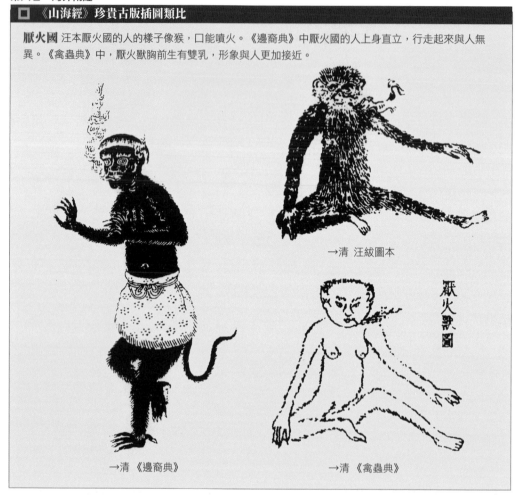

→清　汪紱圖本

→清　《邊裔典》

→清　《禽蟲典》

厭火國　三珠樹　三苗國　戴國

　　厭火國也在滅蒙鳥的南方，該國的人身形長得像猿猴，渾身都是黑色的毛髮，傳說他們以炭火爲食，所以嘴裡會吐火。和他們生活在一起的還有一種叫禍斗的食火獸，這種獸會吞食火，並且排出帶火的糞便，糞便排到某處那裡就會起火，所以古人將牠的出現看作是火災和不祥的象徵。另一種說法則認爲厭火國在朱國的東方。

　　三珠樹位於厭火國的北邊，生長在赤水岸邊。三珠樹與普通的柏樹相似，其葉子都是珍珠，另一種說法認爲這三珠樹的形狀像掃帚。傳說因爲三珠樹外觀華美脫俗，所以後世就把豪傑才俊比作三珠樹。

三苗國位於赤水的東方，那裡的人都一個跟著一個，亦步亦趨地行走。傳說堯禪位給舜時，三苗首領不同意，聯合丹朱叛變，後來失敗，三苗首領被殺死，丹朱也自投南海而死。首領死後，三苗內部發生叛亂，部分部落成員遷至南海，建立了三苗國。另一種說法則認爲三苗國就是三毛國。

戠（ㄓˋ）國在滅蒙鳥的東方，這個國家的人都是黃色皮膚，擅長使用弓箭射蛇，另一說認爲戠國在三毛國的東方。戠國又叫戠民國，其國人原是帝舜的後裔。帝舜生無淫，無淫生戠處，戠處就是戠民國的祖先。傳說戠民國生活安樂，衣食無憂。他們不用紡紗織布，卻有衣服穿；不用耕種五穀，卻有糧食吃。這裡還有鸞鳥歌唱、鳳凰翔舞、百獸群聚、和平相處。戠民國就是古代先民心中的世外桃源。

貫胸國

漢 畫像石

貫胸國的人，前胸到後背有一個貫穿的大洞，所以出行時以木棍穿胸而過，兩人抬之。

□《山海經》珍貴古版插圖類比

貫胸國 吳近文堂圖本的貫胸國國民上身赤裸，下著短褲。吳康熙圖本使用的手法，更接近現代人物的描繪。

→清 吳任臣近文堂圖本

→清 吳任臣康熙圖本

貫胸國　交脛國

　　貫胸國在滅蒙鳥的東邊，那裡的人身上都有一個從胸膛穿透的大洞，所以叫貫胸國，又叫穿胸國，貫胸國的人都是山神防風氏的後裔。傳說大禹治水時，曾在會稽山召見天下諸神，而吳越山神防風氏沒有按時趕到，令禹十分惱怒。為明正典刑，樹立威信，禹就將防風氏殺了。後來洪水平息，大禹成為部落聯盟首領，四方鼎定，便乘坐龍車巡遊海外各國。經過南方時，防風神的後裔看見禹，就張弓搭箭，準備射殺禹為祖先報仇。這時，突然雷聲大作，二龍駕車載禹飛騰而去。防風神的後裔知道闖禍了，便以尖刀自貫其心而死。禹哀念祂忠義耿直，便命人把不死草塞在祂胸前的洞中，使之死而復生，但胸口上留下的大洞卻再也不能復原，後代子孫聚集形成了貫

交脛國

清 畢沅圖本

交脛國國民個子不高，身上長毛，足骨沒有關節。

胸國。傳說貫胸國的富人出門不用坐轎，就把上
衣脫了，用一根竹棍或木頭當胸一貫，抬了就走，
十分簡單省事。另一說法認爲貫胸國在載國的東
方。

　　交脛（ㄐㄧㄥˋ）國也在滅蒙鳥的東方，
這個國家的人雙腿左右交叉，走路時也是這樣。
傳說交脛國國民個子不高，只有四尺左右，身
上長有毛，足部骨頭沒有關節，因而雙腿相互
交叉。他們走路時需格外小心，因爲一旦摔倒，

【本圖山川地理分布定位】

滅蒙鳥東

明　蔣應鎬圖本

不死國也在滅蒙鳥的東方，國內
的人可長壽不死；一人民正站在
高大的枝葉繁茂的不死樹下。岐
舌國的人的舌頭皆倒著生。周饒
國，又叫小人國，那個穿官服的
小人即爲周饒國的人。在岸邊抓
魚的長臂之人是長臂國的人。

就只能趴在地上，直到有人攙扶才能站起來。另有人認爲交脛國在穿胸國的東方。

不死民 反舌國 昆侖山

不死民居住在滅蒙鳥的東方，他們每個人的皮膚黝黑，還可以長生不死。傳說不死民居住的地方位於流沙以東、黑水之間。那裡有一座員丘山，山上長有不死樹，吃了這種樹的枝葉、果實就可以長生不老；山下還有一泉水，名叫赤泉，喝了這赤泉的水也可以長生不死。因爲這兩種東西，所以不死民都不知死亡爲何物。另一說法認爲不死民在貫胸國的東方。

反舌國也位於滅蒙鳥的東方，這個國家的人舌頭都倒著生長，舌根長在嘴唇邊上、舌尖伸向喉嚨。因爲有這種特殊構造，所以他們有自己的特殊語言，別國的人都聽不懂。另一說法認爲反舌國在不死民的東方。

昆侖山也在滅蒙鳥的東方，其山勢雄偉，山基呈四方形。另一說法認爲昆侖山在反舌國的東方，山基向四方延伸。

壽華之野 三首國 周饒國

后羿曾與鑿齒在一個叫壽華的荒野發生激戰。驍勇善戰的后羿後來射死了鑿齒。他們交戰的壽華之野就在昆侖山的東方。那次交戰中，后羿手拿弓箭，鑿齒手持盾牌，另一說法爲鑿齒拿著戈。

三首國也在滅蒙鳥的東邊，這裡的人

不死國

清 蕭雲從《天問圖》

不死國的人謂之不死民，其皮膚黝黑，可長壽不死。不死國內有不死樹，食其果可長命百歲；還有赤泉，飲其水可長生不老。不死民正是因此二物才長壽不死的。圖中所繪即為神情俊逸，身披樹葉，手握青枝，雲霞湧聚中的長壽之人。

□ 《山海經》珍貴古版插圖類比

長臂國 吳本的長臂國國民都有三丈長的手臂,比身體還長出一大截。汪本中,長臂國的人三丈長的手臂在水中捕魚不用彎腰。

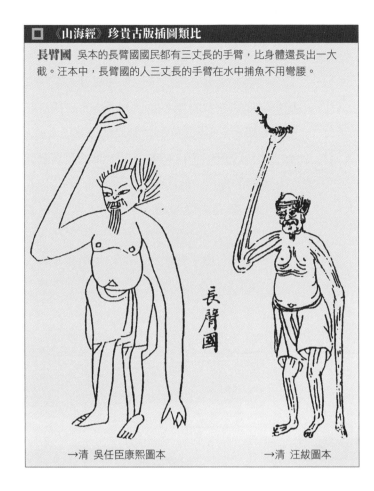

→清 吳任臣康熙圖本　　　　　　→清 汪紱圖本

青銅箭矢

戰國 長 23.5 釐米

傳說中,在壽華的原始荒野,后羿與鑿齒展開對決,驍勇善戰的后羿憑藉其出神入化的箭法,最終射死了鑿齒。箭是一種古老的兵器,在古人的進攻、防守甚至是捕獵中,都有很大的作用。這枚箭矢的箭頭與箭杆全由青銅製造;且箭頭部分鏤空,極其精美。

一個身體長著三個頭。傳說他們三個頭上的五官是相通的,呼吸時,一口氣會同時從每個鼻孔進出;一個腦袋上的眼睛看到的東西,其他兩個腦袋上的眼睛也會看見;一個張嘴吃東西,另外兩張嘴也就不饞了。

　周饒國在滅蒙鳥的東方,這個國家的人身材比較矮小,個個都是侏儒。卽便如此,他們的穿戴都十分整齊講究、文質彬彬。他們居住在山洞中,生性聰明,能製造各種精巧的器物,還會耕田種地。另一說法認爲周饒國在三首國的東方。

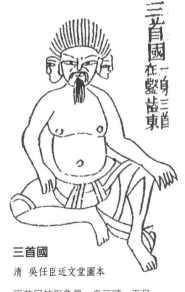

三首國

清 吳任臣近文堂圖本

三首民的形象是一身三頭,而且三個頭上的五官彼此相通。

長臂國 狄山 氾林

長臂國在滅蒙鳥的東方，那裡有個人正在水中捕魚，他的左右兩隻手各抓著一條魚。傳說長臂國的人都有三丈長的手臂，比身體還長一大截，去水中捕魚時可以不用彎腰。另一說法認為長臂國在焦饒國的東方，他們在大海中捕魚。

狄山，帝堯去世後葬在這座山的南邊，而帝嚳（丂ㄨˋ）去世後葬在這座山的北邊。山中野獸眾多，有熊、羆、花斑虎、長尾猿、豹、三足烏、視肉。視肉是傳說中的一種神奇野獸，

祝融

明　蔣應鎬圖本

祝融是火神，南方天帝炎帝的後裔，也是炎帝的佐臣，管轄方圓一萬二千里的地域。祝融為人面獸身，出入乘二龍。圖中此神人身獸爪，左右手臂處各噴出一串火焰，以示其火神神格。

外形像牛肝，上面還長有兩隻眼睛。牠的肉能吃，而且總是吃不完；割去一塊吃了後，不久又會重新生長出來，完好如故。籲咽和文王也埋葬在這座狄山，另一種說法則認為這是湯山。還有一說稱這裡有熊、羆、花斑虎、長尾猿、豹、離朱鳥、鶹鷹、視肉、虖（ㄏㄨ）交等飛禽走獸。山的附近還有一片方圓三百里大小的氾林。

祝融

　　南方的祝融神，長著野獸的身體和人的面孔，出入時乘坐著兩條龍。傳說祝融是火神，是炎帝的後裔，也是炎帝身邊的大臣，祂居住在南方，是南方之神，同時還是司夏之神。南嶽衡山的珠峰名叫祝融峰，就是根據火神祝融的名字命名的。相傳上古時期，人類發明了鑽木取火，但生火之後卻不會保存火種，也不會控制火。祝融由於跟火親近，因而成了管火、用火的高手，黃帝曾任命祂為管火的火正官。因為祂熟悉南方的情況，黃帝又封祂為司徒，掌管南方一萬二千里地界內的事物。祂住在衡山，死後葬在衡山。為了紀念祂的重大貢獻，當地的人們將衡山的最高峰命名祝融峰。水神共工曾與祝融交戰，結果失敗，共工怒觸不周山，導致天傾，洪水氾濫。後來鯀竊天帝的息壤以埋堵洪水，違背了天帝之命，天帝又令祝融誅殺鯀於羽山山麓。

玉龍

新石器時代　紅山文化　高 26 釐米

龍是中國人心中的神物，不僅有著上天入地、呼風喚雨的神力，也是某些特別神人的坐騎，是主人顯赫身分及無邊神力的標誌。如南方之神祝融，出入即駕兩龍。

紅山文化玉龍曾有「中華第一龍」的美譽，這件由墨綠色玉製成的玉龍就是其中一件，其形象帶有濃厚的幻想色彩，顯示出成熟龍形的想像。

◇《山海經》考據

狄山—九疑山

經文這裡指出帝嚳、帝堯、帝舜、文王均葬在狄山，一些學者認為狄山是今日的九疑山。古人為了緬懷聖賢，又為表彰帝王葬所，會將諸帝王葬所依附於同一處，如《大荒南經》中提到帝舜與叔均葬在蒼梧之野，就屬於這種情況。

第七卷

海 外 西 經

《海外西經》中記述了海外從西南角到西北角的國家及地區，還有那裡發生或流傳的神話故事；如禹將王位傳給兒子啟，進而打破了禪讓的傳統；刑天與黃帝之戰，展現了一場古代部族的戰爭。這些傳說剔除神話色彩，就是可供考據的歷史。

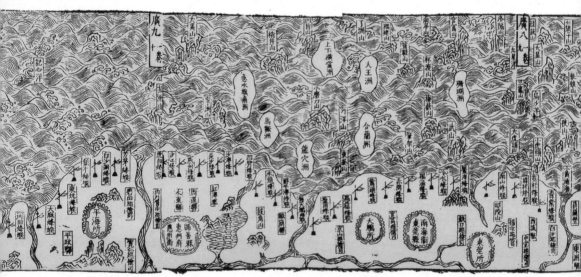

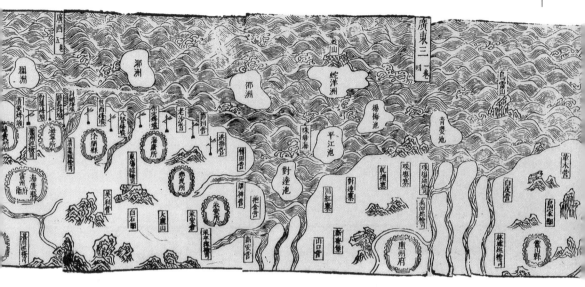

全海圖注（局部）　明 雕版墨印 縱 30.6 釐米 橫 1309.3 釐米 北京圖書館收藏

該圖是一幅軍事防禦圖，包括海防和江防兩部分。圖上沿海島嶼描繪詳細，沿江圖主要表示沿江兩岸的駐防情況和治安情況。此圖用於對外防禦倭寇，對內防備盜賊，製圖目的非常明確。

滅蒙鳥　大運山

海外從西南角到西北角的國家地區、山嶽河川分別記錄如下。

滅蒙鳥在結胸國的北邊，身上有青色的羽毛和紅色的尾巴，色彩鮮豔，十分美麗，滅蒙鳥就是孟鳥。帝顓頊（ㄓㄨㄢ ㄒㄩˋ）有個孫女，名叫修。女修在織布時，有一隻玄鳥生了個卵，女修吃下卵後，生了個兒子取名大業。大業又娶少典的女兒少華爲妻，生了大費。大費再生兩個孩

夏後啟

明　蔣應鎬圖本

禹是中國古代傳說中三皇五帝中的一員；夏後啟即禹的兒子，是傳說中夏代的君主。他是神性英雄，正駕著兩龍飛翔於雲霧彩霞聚集的天空中。

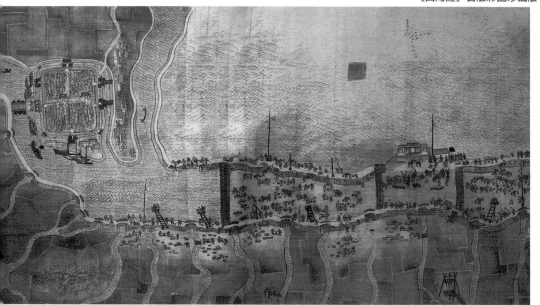

子,一個叫大廉,便是鳥俗氏;另一個叫若木,便是費氏。大廉的玄孫叫孟戲、仲衍,他們都長得像鳥,會說人的語言,他們都是滅蒙鳥的國民。

大運山山勢巍峨,高三百仞(一說八尺爲一仞,另一說七尺爲一仞),屹立在滅蒙鳥的北邊。

夏後啟

夏後啓在一個名叫大樂野的地方觀看《九代》樂舞。他乘駕著兩條巨龍,飛騰在雲霧之上。他左手握著一把羽毛做的華蓋,右手拿著一隻玉環,腰間還佩掛著玉璜,正在專心地欣賞樂舞,大樂野就在大運山的北邊。另一說法認爲夏後啓觀看樂舞《九代》是在大遺野。

夏後啓就是大禹的兒子啓,他是夏代的君主。傳說大禹爲了治水,直到三十歲也沒有結婚,他治水路經塗山,看到一隻九尾狐從山中跑了出來,

治淮圖卷

清 趙澄

是中國農耕經濟承載的歷史發展,治國與治水始終密不可分。針對黃河流域的水患,大禹率領族人展開了浩大的治水工程。據考證,當時大禹治水的足跡穿越了河北東部、河南東部、山東西部、南部,以及淮河北部。在大禹之後,一代代炎黃子孫以精誠合作的精神對抗自然之力,這種強大凝聚力留在了每個中國人的血脈裡,成為中華民族的不滅之魂。

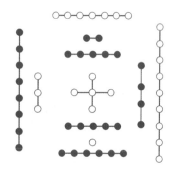

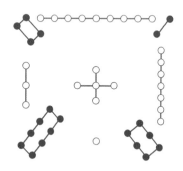

河圖與洛書

河圖與洛書是中國古代流傳下來的兩幅神祕圖案，歷來被認為是河洛文化的傳承、中華文明的源頭，被譽為「宇宙魔方」。

想起了塗山當地流傳著一首歌謠：「誰見到了九尾狐，誰就可以爲王；誰娶了塗山的女子，誰的家道就會興旺。」於是禹便決心娶一個塗山的女子爲妻。當時塗山部落的首領有一個女兒，名叫女嬌，文雅秀麗。大禹在會見塗山部落首領時看見了她，彼此一見傾心，便在一個叫桑台的地方結了婚。

後來禹因爲要去四方治水，便離開了女嬌，把她安頓到都城安邑，後來又住在太室山。大禹治水期間，數度路過家門而不入。女嬌離鄉背井，丈夫又不在身邊，思念之苦在所難免。於是在禹偶爾回家的時候，她就堅決要求跟隨丈夫一起出發，禹只好勉強答應了。

當時正值禹治水到了軒轅山，大禹要把這座山打通，好將河水引向東面。這是一個浩大的工程，爲了給丈夫補充體力，女嬌便決定爲大禹做飯親自送去。大禹答應了，他在軒轅山的山崖下架設了一面鼓，和妻子約定，如果他敲鼓三聲，便是上山送飯的信號。

女嬌回去做飯之後，大禹便搖身一變，成爲一隻毛茸茸的大黑熊，使盡力氣帶領百姓鑿山開道。但就在禹奮力工作之時，他的爪子不小心刨起了三顆小石子，不偏不倚正好打在山崖下的鼓上，而忘我工作的禹對此毫無察覺。女嬌聽到鼓聲後急急忙忙趕來送飯，正好看到丈夫所化的黑熊在拼命地刨拱石塊，她萬萬沒有想到自己的丈夫竟是一頭粗莽的黑熊，既吃驚又害怕，大叫一聲，扔下了送飯的籃子，轉身逃走。

禹聽見妻子叫喊，才停止了手上的工作，在後面追趕過來。兩人一直跑到了嵩高山下，這

時候女嬌已經精疲力竭，倒在路邊變成了一個大石頭。後面追上來的禹又急又氣，大聲喊道：「還我兒子！」聽到叫喊，大石便向著北方裂開，從中生出一個小孩，禹便給他取名叫啓。啓就是開裂的意思，故啓又名開，在父親治水的歲月中，啓漸漸長大了。

禹治水成功後，被人們推舉為舜的接班人，不久舜就禪位給大禹，而自己去四方巡遊。舜去世後，禹正式成為首領，他兢兢業業，將天下治理得井井有條。

相傳，上古伏羲氏時，洛陽東北孟津縣境內的黃河中浮出龍馬，背負一幅圖獻給伏羲，即河圖。伏羲依此而演成八卦，後為《周易》來源。又相傳大禹時，洛陽西洛寧縣洛河中浮出神龜，背馱一圖，獻給大禹，即洛書。大禹依此治水成功，遂劃天下為九州，定九章大法，治理社會。

大禹在他晚年的時候，準備效仿堯舜，由人們推舉一個賢能的人來接替自己。最初，人們推舉舜在位時就掌管刑法的皋（《ㄠ）陶，但是沒等接任，皋陶就病死了，後來又推舉伯

舜受禪讓

望祀山川圖　清　《欽定書經圖說》插圖

舜在登上帝位的最初，便即刻舉行了拜祖、審查曆法、望祀山川這一系列的典禮。之後，他順利地接替了堯。在大禹晚年，也曾準備效仿堯舜，由人們推舉一個賢能的人來接替自己。

原始玉環

龍山文化 直徑 13 釐米

玉以其溫潤細緻及所負載的文化，成為中國人崇拜的對象。玉用來製造器皿的最初時間非常遙遠，已不可考。玉器的形態繁多，除了用作飾品外，還有如玉璜、玉環之類的特殊形態，常用來祭祀，它們被賦予了某種仙性；夏君主啟腰間就佩帶玉環。這件玉環為璿璣式，可能是原始的自然崇拜器物。

中國傳說中的三皇五帝圖

山東嘉祥武梁祠漢畫像石

三皇五帝是中國古代傳說中的英雄和聖人，是中華民族的祖先。圖中間一排從右到左分別為：人類祖先伏羲和女媧，他們首尾相連；祝融，火的發明者；神農，農耕的創始者；黃帝，文明的建立者；顓頊，堯，舜；大禹，夏朝的建立者；最後一位是夏朝末代君主桀。其中，禹的兒子啟，後來成為夏朝君主，他頗具神性，歷史上有很多關於他的傳說。

益為大禹的繼承人。

伯益在大禹治水時是一名主要的助手，他發明了一種鑿井的方法，還擅長畜牧和狩獵，曾教會人們用火燒的辦法來驅趕林中的野獸。所以在當時人們的心目中，伯益是僅次於大禹的一位英雄。

隨著大禹王位的鞏固，他越來越覺得自己好不容易得來的王權，應該由自己的兒子來接管，而不能讓別人來繼承。於是他暗中鍛煉自己的兒子，讓啟參與治理國事，而只給伯益一個繼承人的名分並無實權。過了幾年，啟由於把國事處理得很好，在人們心目中的地位逐漸提升。伯益做為繼承人，卻沒有新的政績，他過去的功勞被人們漸漸淡忘。大禹去世後，啟就真的執掌了王權，而多數部族的首領也都表示效忠於啟。

伯益看到事情變成這個樣子，十分惱怒。他本是東夷人，便召集東夷部族率軍反抗。而啟早有防備，他從容應戰。經過一番較量後，

終於將伯益的軍隊打敗。啓爲了慶祝勝利，在鈞台舉行了大規模的宴會，公開宣佈自己是夏朝第二代國君。從此，父亡子繼的家天下制度，便取代了任人唯賢的公天下制度。

儘管啓打敗了伯益，但許多部族對他改變禪讓傳統的做法，表示強烈的反對。有一個部族首領有扈氏，就站出來公開反對夏啓的做法，要求他還位於伯益。於是，夏啓就和有扈氏在一個叫甘澤的地方發生了戰鬥。結果有扈氏被打敗，其部落的成員被罰爲奴隸。從此，夏啓的王位日益鞏固，再也沒人敢反對他了。

大禹是天神鯀的兒子，具有超人的神力，因此他的兒子啓也具有神性。據說他曾三次駕龍上天，到天帝那裡做客，曾偷偷地把天宮的樂章《九辯》和《九歌》記下，在大運山北的大遺之野演奏，這便是樂舞《九招》、《九代》的由來。大遺野便是夏後啓觀看《九代》樂舞的地方。

漠北之戰

油畫 中國人民革命軍事博物館收藏

古代各個部落之間的戰爭促進了民族的融合，同時戰爭也伴隨社會的革命，帶來新的格局。夏啟曾和有扈氏在甘澤一戰，有扈氏被打敗，其部落的成員被罰為奴隸。從此，父亡子繼的家天下制度，便取代了任人唯賢的公天下制度。

三身國　一臂國　奇肱國

　　三身國在夏後啓所在之地的北邊，該國的人長著一個頭，卻有三個身體。他們都姓姚，以黍為食，身邊有四隻鳥陪伴，這些人都是帝俊的後代。當年帝俊的妻子娥皇所生的孩子就是一首三身，後代繁衍生息形成了三身國。

三身國周邊

明　蔣應鎬圖本

三身國皆一首三身。一臂國的人只有正常人一半的身體，所以也叫半身人，騎著怪馬行走的半身人正是此國人。而三目一臂騎馬之人是奇肱國的人。刑天曾與黃帝爭奪神位，失敗後被砍去頭顱，手持斧盾的無頭人便是。

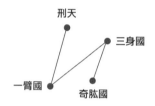

【本圖人神怪獸分布定位】

三身國 郝本的三身國國民為一首三身六手六足，正面的手舉於胸前，側面四手向左右平舉，六足同時著地作站立狀。而汪本的三身國國民只有三身和三手。

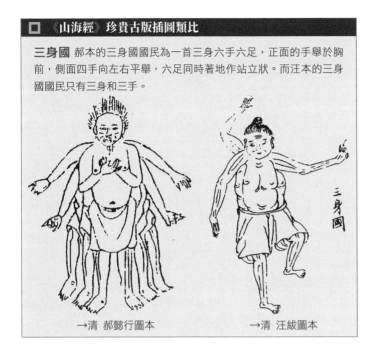

→清 郝懿行圖本　　　　　　→清 汪紱圖本

象徵政權的玉鉞

新石器時代 良渚文化 長 16.3 釐米 寬 13 釐米

鉞（ㄩㄝˋ）本是兵器，然而玉鉞卻非武器，應是由鉞演化而來的一種典禮上用的儀器。良渚的鉞已做得非常考究，不僅鉞體磨製規整、光潔，有些還雕琢了神徽紋飾。玉鉞作為禮儀的象徵，也是古代軍事首領的象徵。由於戰爭的結果直接決定了政權的歸屬，所以鉞這種器物後來也從軍權的象徵物，演變成了政權的象徵物。

　　在三身國以北的地方，有一個名叫一臂國的地方，這裡的人都只長著一條胳膊、一條腿，在臉的正中長著一隻眼睛、一條眉毛、一個鼻孔和一張嘴，也就是只有普通人一半的身體。他們又叫比肩民或半體人，因為他們就像比目魚、比翼鳥一樣，必須兩兩並肩連在一起才能正常行走。這個地方還有一種黃色的馬，長著像老虎一樣的斑紋，但和這裡的人一樣，也都只長著一隻眼睛和一條前蹄，是一臂國民的坐騎。

　　奇肱（ㄍㄨㄥ）國位於一臂國的北邊。該國的人只長著一條胳膊，卻有三隻眼睛。眼睛有陰有陽，陰在上而陽在下；陽眼用於白天，陰眼用於夜間，所以他們在夜間也能正常工作。他們平時出門，常騎著一種名叫吉量的神馬，這種吉量馬又叫吉良或吉黃，毛皮白色，有斑爛的花紋，馬鬃赤紅色，雙目金光閃閃，據說騎上吉良馬的

一臂國

清 汪紱圖本

一臂國國民只有普通人一半的身體，只能像比目魚、比翼鳥一樣，兩兩並肩一起才能正常行走，所以又叫比肩民或半體人。

人可長壽活到千歲。

奇肱國的人因為只有一臂，不如其他人靈活，所以十分珍惜時間，就算夜間也用陰眼工作不休息。勤能補拙，雖然只有一條胳膊，但他們擅長製造各種靈巧的機械而聞名於世。在當地生長著一種鳥，長著兩個頭，身上羽毛紅黃相間，就棲息在奇肱國國民的身旁。奇肱國人就用巧手做出各種捕鳥的小器具，以捕殺牠們。

另外他們能製造飛車，這種飛車造型奇特，做工精緻，能順風遠行。傳說商湯時期，奇肱國的人曾乘坐飛車順風飛行，突然一陣猛烈的西風刮來，把他們的飛車連同人一起吹到了豫州一帶，湯王於是派將士砸壞了他們的車，使他們不能回去。毀壞的飛車也被他們藏起來，不讓當地百姓看見。但是這些都難不倒奇肱國人，他們在豫州等待時機，十年之後，刮起了東風，他們便又造了一輛飛車，乘坐飛車順著東風飛了回去。

大禹考察水情時，曾經到過奇肱國，曾見過奇肱國的飛車情形。當時，大禹鑿通方山，穿過三身國繼續西行。一天，遠處空中突然出現了一種酷似飛鳥的車子，同行的伯益說：「這是什麼東西，我們過去看個究竟吧。」大家贊成，於是郭支口中發出號令，大家騎乘的兩條巨龍連忙掉轉方向，跟著那飛車前行。走沒多久，那飛車漸漸降落。禹等人一看，是個繁盛之地，樓舍街市接連不斷，無數飛車停在一起。沿途所見人民都只有一隻手，卻有三隻眼睛，

奇肱國

清 汪紱圖本

奇肱的意思就是獨臂，奇肱國之人都只有一隻胳膊。和奇肱國比較相像的還有一國，名叫奇股國，其國人皆為獨腳。這兩國的人都有三隻眼睛，而且都是有特殊本事的異人。他們擅長製造各種精巧的機械來捕捉禽獸，又能製造飛車，乘風遠行。

奇肱國

一隻在上、兩隻在下，成品字形。
又遇到幾個同樣面貌之人，各騎著
一匹渾身雪白、朱鬣（ㄌㄧㄝˋ）
金眼的馬。伯益指給大禹看：「這
個就是從前在犬封國看見的，騎了
之後可以活到千歲的吉量馬，難道
此地之人都是長生不死的嗎？」

　　在路旁樹林裡，眾人遇見兩
個獵戶，他們在林中埋設機關，有
三隻野獸已經跌入陷阱之內。獵
戶二人將三獸逐個捉出捆縛，扛
在肩上，兩人雖然只有兩條臂膀，
但絲毫不覺得吃力費事。大禹等趕
忙上前問：「請問貴國何名？」那
獵戶說：「奇肱國。諸位遠方來的
客人，是要打聽敝國情況嗎？從此
地過去幾十步，有一間朝南舊屋，
屋中有一折臂老者，請諸位去問他吧。」說著，
扛著野獸逕自而去。大禹等依他所言走到舊屋，
果然見一老者獨坐其中。只見他先站起來問：
「諸位可是中華人嗎？不知諸位到此是做何種
貿易，還是為遊歷而來？」大禹說：「都不是，
只因看見貴國飛車精妙，特來探訪個究竟。」
老者說：「既然如此，待老夫指引諸位去參觀
吧。」說完站起身來往外先行，大禹等跟在後
面。

　　行至一里之外，只見一片廣場上停著不少
飛車，這時正巧見到二人坐在車中，只用手指
猛地一扳，頃刻間只聽得機械聲轟隆作響，車

冶煉圖

佚名　線描

奇肱國之人頗具智慧，且勤於工
作，製造出了飛車等在當時極為
先進的機械，顯示了中國古人傑
出的智慧。能夠反映古中國燦爛
文明的事蹟還有很多，如在很早
以前中國人就已掌握的冶鐵技
術。

□ 《山海經》珍貴古版插圖類比

刑天　吳本的兩個刑天造型相似，均以乳為目，以臍為口，滿面笑容，雙手揮舞干戚，只是線條著墨不同。《神異典》本的刑天立於水邊，威猛異常。

→清　吳任臣康熙圖本

→清　吳任臣近文堂圖本

→清　《神異典》

表現「執干戚舞」的象形文字

商　《殷周金文集成》　中華書局

干是盾，是防禦性武器；戚如長把斧，是進攻性武器。執干戚而舞的舞蹈形式，從遠古一直流傳到至今。

身已漸漸上升；升到七、八丈高，改平行向前方飛去，非常平穩。大禹等走到車旁，仔細觀察那車的構造，車身都是用柴荊柳棘編成，裡外四周有無數齒輪，大大小小，不計其數。每輛車上僅可容坐二人，所以長寬不到一丈。

座位前又插著一根長木，那老者說：「這飛車雖然能自己升降，但如有風力相助，更會如虎添翼。」隨後便一一介紹起車內設施及其用途：「這根長木就是預備有風的時候掛帆布的。」又指著車內一個機關說：「這是上升用的，扳著這個機關車就能升到高空。」又指著另一個機關說：「這是下降用的，要降落地面，便扳著這個機關。」又指著兩個說：「這是前進的，這是後退的。」另外，在車的前端有一塊突出的圓形木板，老者介紹說：「這是控制轉向的，如同船上的舵一樣。」大禹等且聽且看，心中佩服他們的創造之妙、工藝之精。那老者看罷

便繼續說：「敝國之人爲天所限，只有一臂，
做起事來萬萬不如他國人靈活，所以加倍努力
工作。乘坐飛車是爲了來往較遠之地節省時間，
並非貪圖安逸。」隨後又說：「敝國人三眼分
爲陰陽，在上的是陰，在下的是陽。陽眼用於
日間，陰眼用於夜間，所以敝國人夜間也能工
作，無需用火，這是敝國人的長處。」

【本圖古國神獸分佈定位】

丈夫國一帶

明 蔣應鎬圖本

丈夫國內全是男人、沒有女子，
那個衣冠楚楚的佩劍者便是丈
夫國的人。往北是巫咸國，雙頭
蛇並封就棲息在其東邊。女子國
中的兩名女子正在水中沐浴。軒
轅國皆人面蛇身，尾交於頭上。
白民國內有一種叫乘黃的長尾
獸。肅慎國的人沒有衣服，平日
身披豬皮，腰圍樹葉的便是肅慎
國的人。

祭祀卜辭

商　河南安陽市殷墟出土

古人祭祀的對象包括天、地、日、月、風、雨、山川、祖先等神靈，繁雜的祭祀典禮除了自己舉行外，還請巫師之類的神人代而進行；因為巫師能溝通人神、往返天地，具有很深的神祕色彩。如在刑天與黃帝曾經交戰的地方的北邊，兩位女巫正在祭祀神靈。這片甲骨上刻有兩段卜辭，是祭祀祖先所用。

刑天　女祭　女薎

　　刑天與黃帝爭奪神位，展開了一場廝殺，結果刑天失敗，被黃帝砍下了腦袋，成了「斷頭將軍」，黃帝把刑天的頭埋在常羊山。失去了頭顱的刑天並沒有死，也沒有屈服，他以雙乳為目，以肚臍為口，一手拿著盾牌、一手舞動巨斧，欲與黃帝再決勝負。刑天本是炎帝的臣子，原本沒有名字，後來被黃帝砍去了頭顱之後才叫刑天，刑天就是斷首的意思。

　　此後，他成了一位無頭天神，以身體為臉，絡腮鬍鬚，面帶笑容。這一形象被古代一種叫做「干戚」的舞蹈吸收，「干」就是盾，「戚」就是長斧，就是模仿刑天不屈不撓的戰神精神。

　　在刑天與黃帝交戰之地的北邊，居住著一位叫做祭和一位叫做薎（ㄇㄧㄝˋ）的女巫，她們正好位於兩條小河的中間。女巫薎手裡拿著一個兕角小酒杯，女巫祭手裡捧著一塊肉，她們正在祭祀神靈。

鵁鳥　鶹鳥　丈夫國　女醜屍

　　鵁（ㄎㄟ　ˋ）鳥和鶹（ㄌㄢˇ）鳥棲息在女巫祭之地的北邊，身上羽毛的顏色青中帶黃。雖然模樣漂亮，卻是一種不祥之鳥，牠們飛經哪個國家，那個國家就會敗亡。鵁鳥有人的面孔，神氣活現，整日棲息在山上。另一說法認為這兩種鳥統稱維鳥，是青色鳥、黃色鳥聚集在一起時的混稱。

　　丈夫國位於維鳥棲息之處的北邊，那裡的

巫醫診病

東漢　縱 94.5 釐米　橫 91.5 釐米

山東省微山市兩城鎮出土

巫師們採集仙藥為百姓治病。這幅畫像生動地重現了古代巫醫診病的場景。圖案分為上下兩層，上層為四個仙人騎獸而坐；下層右上角，一名鳥身人面的巫醫正在為三個人診病，左下方有一水樹（靠水的樓閣），有人在水中網魚，亭子裡有人觀看，作品豐富、活潑有趣。

人都衣冠楚楚、身佩寶劍，頗有英雄氣概。這裡的國民全是男子、沒有女人。他們是怎麼來的呢？傳說殷帝太戊曾派王孟等一行人，到西王母所住的地方尋求長生不死藥，他們走到此地斷了糧，不能再往前走了，只好滯留此地，以野果為食、以樹皮做衣。由於隨行人員中沒有女人，所以人人終身無妻。他們每人都從自己的身體中分離出來兩個兒子，也有一說法認為兒子是從背部的肋骨之間鑽出來的，所以兒子一生下來，本人便立即死去。這些人和他們的兒子從此在這裡生根繁衍，久而久之，便形成了丈夫國。丈夫國離玉門關有兩萬里之遙。

　　在丈夫國的北邊，橫躺著女醜的屍體，她是被十個太陽的熱氣烤死的。屍體橫臥在山頂上，死的時候她用右手遮住臉，十個太陽高高懸掛在天上，炙烤著大地。女醜是古代一位女巫的名字，她雖然死了，但其靈魂仍然存活，常常附於活人身上，供人祭祀或行使巫事。

巫咸國　並封　女子國　軒轅國

　　巫咸國位於女醜屍體的北邊，這是一個由巫師組成的國家，所有的人都右手握

龍形並封

戰國 長9釐米

並封這類雌雄同體的現象，在觀念上對人們影響很大，可能是一種古老的自相交配原始觀念的遺留，類似這種動物在神話傳說中有很多描繪。這件戰國的雲紋雙龍首玉璜，兩端皆鏤雕一張口露齒的側面龍首，和原始並封的形態頗為相像。

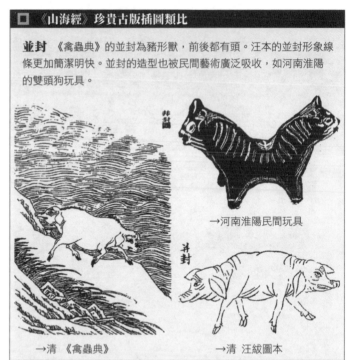

◻ 《山海經》珍貴古版插圖類比

並封 《禽蟲典》的並封為豬形獸，前後都有頭。汪本的並封形象線條更加簡潔明快。並封的造型也被民間藝術泛吸收，如河南淮陽的雙頭狗玩具。

→河南淮陽民間玩具

→清 《禽蟲典》

→清 汪紱圖本

軒轅國

清 汪紱圖本

軒轅國的人為人面蛇身，尾交於頭上，或許這正是古神話中黃帝的形象特徵。引人深思的是，這種「人面蛇身，尾交首上」的造型有著很深的寓意，最早出現於仰韶文化。可是到底做何解釋，至今仍是個無法解開的文化之謎。

著一條青蛇，左手握著一條紅蛇，樣子十分詭異。巫咸國境內有座登葆山，是巫師們來往於天上與人間的通道，他們到天上把人民的請求傳達給天帝，隨後又從那裡下來向人民轉達天帝的意旨。他們在沿途採集一些名貴的仙藥，替民間百姓醫治病患。

有一種名叫並封的怪獸就棲息在巫咸國的東邊，牠的外形像普通的豬，卻前後都有頭，渾身毛皮是黑色的。有人認為並封雌雄同體，也有人將所有雙頭、雌雄同體的神獸形象都稱作並封。

女子國位於巫咸國的北邊，有兩個女子居住在這裡，四周有水環繞。傳說女子國境內有一池神奇的泉水，名叫黃池，婦人只需在黃池中沐浴卽可懷孕生子。若生下男孩，三歲便會

死去；若是女孩，則會長大成人。所以女子國的人都是女人而沒有男人。女子國離九疑山二萬四千里。

在女子國的北邊，有一個地方叫軒轅國，這個國家的人即使不長壽，也都能活到八百歲，所以彭祖在他們那裡不能算是長壽。軒轅國的人有人的面孔，卻長著蛇的身體，尾巴盤繞在頭頂上。傳說黃帝就出生在這個國家。

窮山 沃野 龍魚 白民國

窮山位於軒轅國的北邊，這個地方也住人，這裡的弓箭手都不敢向著西方射箭，因為黃帝威靈所在地軒轅丘就在西邊，他們敬畏黃帝，以致於不敢拉弓。軒轅丘也位於軒轅國北部，呈四方形，四周被四條大蛇圍繞守衛著。在四條蛇的北邊，有個叫做沃野的地方，有居民在那裡生活。每天鸞鳥自在地歌唱，鳳凰在天上鳴叫飛舞。鳳凰生下的蛋，居民就食用它；蒼

◇《山海經》考據

龍魚─穿山甲

對於龍魚這種生物的考證，近代有學者提出了全新的見解。因為龍魚是一種外形像狐狸的小型野獸，所以牠的原型很可能是穿山甲。古人認為穿山甲能穿山越嶺，掘洞而居，非常神奇，所以想像出「有神力的人騎著龍魚遨遊在廣大的原野上，就像騎著天馬遨遊在天上一般」的景象。

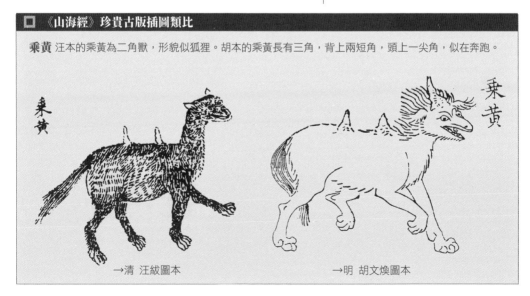

■ 《山海經》珍貴古版插圖類比

乘黃 汪本的乘黃為二角獸，形貌似狐狸。胡本的乘黃長有三角，背上兩短角，頭上一尖角，似在奔跑。

→清 汪紱圖本

→明 胡文煥圖本

天降下的甘露，居民就飲用它，凡是他們想要的都能事事如願。那裡的野獸與人居住在一起，相互之間和睦相處而沒有爭鬥。沃野的人用雙手捧著鳳凰蛋而食，有兩隻鳥在前面飛舞，就像在引導他們一般。

有一種既可在水中居住又可在山中生活的

肅慎國一帶

明　蔣應鎬圖本

在肅慎國的北方有個長股國，其國人皆腿長無比：站在海中，雙手捧著一條剛抓上來的魚的人，即為長股國國民。西方之神蓐收，正騎乘二龍，騰雲駕霧，上天入地，巡視八方。

● 蓐收

長股國 ●

【本圖人神怪獸分布定位】

《山海經》珍貴古版插圖類比

蓐收 《離騷圖·遠遊》中的蓐收一臉威武，正在雲端大步行走，把風伯雷公都甩在身後。胡本的蓐收神情威嚴，左耳掛蛇，傳達出一種肅殺之氣。

→明 胡文煥圖本

→清 蕭雲從《離騷圖·遠遊》

龍魚，就棲息在沃野的北邊，龍魚的外形和一般的鯉魚相似，另有一說認為龍魚是一種外形像狐狸的小型野獸。有神力的人騎著龍魚遨遊在廣大的原野上，就像騎著天馬在天上一般。還有人認為鰲魚棲息在沃野的北邊，這種魚的外形也與鯉魚相似。

白民國位於龍魚棲息地的北邊，居住在那裡的人，皮膚像雪一樣白，整日披頭散髮。白民國境內有一種叫做乘黃的野獸，其外形與一般的狐狸相似，但脊背上長有角，牠是一種祥瑞之獸。人如果騎上牠就能長壽，活到二千歲。還有人說乘黃的身體像馬，但卻有龍的翅膀，背部長著兩個角。傳說黃帝就是在乘坐乘黃之後，才飛天成仙的。

長股國 清 畢沅圖本

長股國的人腿長三丈，傳說民間雜技表演所踩的高蹺，就是模仿長股國國民的長腿所發明的。

肅愼國 長股國 蓐收

　　肅愼國位於白民國的北邊，肅愼國的國民平時沒有穿衣服，只把豬皮披在身上，冬天要塗上厚厚的一層油才能抵禦寒冷，日子過得十分艱苦。肅愼國境內有一種樹木，叫做雄常樹，具有一種「應德而生」的神力。一旦中原地區有英明的帝王繼位，雄常樹就會生長出一種樹皮，供肅愼國的人製成衣服穿在身上。傳說聖帝在位時，就曾穿過用這種樹皮做的衣服。另外，這個國家的人還擅長拉弓射箭，他們用的弓長四尺；因為力大無比，所以只需用石頭做箭頭，就可以把野獸殺死。傳說春秋時期，陳侯就曾經在自己的庭院中撿到這種箭。

　　長股國位於雄常樹的北邊，那裡的人都赤裸著上身，披散著頭髮。傳說長股國國民善於捕魚，他們的身體跟普通人一樣，只是雙腿奇長無比，可達三丈，行走時就像踩高蹺一般。於是他們就用自己的優勢和《海外南經》中的長臂國國民相互配合，曾有人看見一個長股國的人背著一個長臂國的人在海中捉魚，他們根本不用划船，身上的衣服一點也不會被浪花濺濕，另一說法為長股國叫長腳國。

　　西方之神名叫蓐收，祂左耳上有一條蛇，也乘駕著兩條龍四處飛行。蓐收是西方天帝少昊之子，是西方刑神、金神，又是司日入之神，居住在西方的泑山中，掌管著西方一萬二千里的地界。祂人面虎爪，耳朵上纏繞著蛇，手上拿著斧鉞，鎮邪驅魔，威風凜凜。蓐收又是司秋之神，掌管秋季事宜。

第八卷

海外北經

《海外北經》除了記述無啟國、一目國、柔利國、深目國、無腸國等國家的奇異風貌外，還記載了蠱神許配給馬、大禹殺相柳等傳說故事。

全海圖注（局部） 明 雕版墨印 縱 30.6 釐米 橫 1309.3 釐米 北京圖書館收藏

該圖是一幅軍事防禦圖，包括海防和江防兩部分。圖上沿海島嶼描繪詳細，沿江圖主要表示沿江兩岸的駐防情況和治安情況。此圖用於對外防禦倭寇，對內防備盜賊，製圖目的非常明確。

海外從西北角到東北角的國家地方、山嶽河川分佈情況記錄如下。

無啟國 燭陰 一目國 柔利國

無啓國位於長股國的東邊，其國民的奇特之處在於他們都不生育後代。傳說他們居住在洞穴裡，沒有男女之別，生活非常簡單，有時

一目國以東地區

明　蔣應鎬圖本

一目國的人一隻眼睛長在臉正中間。獨手獨足、頭反生者是柔利國的人。相柳是隻九頭蛇身的怪物。深目國的人眼睛深深陷在眼眶中。聶耳國的人耳朵巨大無比，且常使喚兩隻花斑大虎做僕人。

【本圖古國神獸分佈定位】

僅靠呼吸空氣爲生，偶爾會吃幾條小魚，有時則乾脆撿拾泥土食用。他們死後就埋入土中，奇特的是他們人雖已經死了，但是心臟卻依然跳動不已，屍體也不會腐爛。等到一百年（有一說是一百二十年）以後，他們又會復活，從泥土裡爬出來重生。所以在他們看來，死亡就好像是睡大覺，如此周而復始，以致這裡的人雖然沒有後代，家族依然人丁興旺。

鐘山的山神名叫燭陰，祂威力巨大，睜開眼睛人間便是白晝，閉上眼睛便是黑夜；一吸氣天下便是寒冬，一呼氣便是炎夏，一呼吸就生成風。他平時不喝水、不吃食物、不呼吸，他的身體有千里長，居住在無啓國的東邊。祂的樣子也很奇特，長著人的面孔、蛇的身體，全身赤紅，就住在鐘山腳下。也有人把祂叫做燭龍，認爲祂是一位威力跟盤古相當的創世神。

一目國位於鐘山的東邊，這個國家裡的人相貌奇特，臉的正中央有一隻眼睛，赤身光腳，腰繫著一條布。另一說法認爲他們的獨目爲橫目，像普通人一樣也有手腳。

在一目國的東邊有個叫做柔利國的地方，這個國家的人都只長有一隻手、一隻腳，而且膝蓋是反著長的，腳彎曲朝上。另一種說法是柔利國又叫留利國或牛黎國，傳說因爲他們身上沒有骨頭，所以手腳都向上反長著。

相柳

天神共工有個臣子名叫相柳氏，他的相貌十分兇惡。巨大的青色蛇身上面長著九個頭，

一目國

清 汪紱圖本

一目國國民只在臉的正中長有一隻眼睛。

◇《山海經》考據

柔利國源於喪葬習俗

一些學者懷疑有關柔利國的描寫，記錄的是漠南北先民的喪葬習俗。「一隻手、一隻腳」是一個人的側面像，「膝蓋是反長著的，腳彎曲朝上」是埋葬時死者的姿勢。近代蒙古族人的葬禮上，人們用木板製成方櫃，在死者身上纏上白布，以坐姿固定在裡面，而這正是文中柔利國國民的樣子。

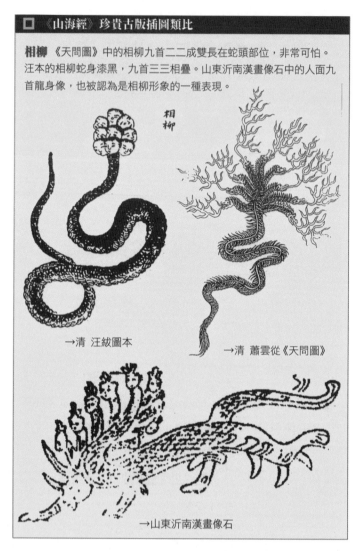

《山海經》珍貴古版插圖類比

相柳《天問圖》中的相柳九首二二成雙長在蛇頭部位，非常可怕。汪本的相柳蛇身漆黑，九首三三相疊。山東沂南漢畫像石中的人面九首龍身像，也被認為是相柳形象的一種表現。

相柳

→清 汪紱圖本

→清 蕭雲從《天問圖》

→山東沂南漢畫像石

威風凜凜的玉龍

商後期　縱 8.1 釐米　橫 5.6 釐米

「謙謙君子，溫潤如玉」，玉自古成了中國人心目中高雅品性的象徵，有時是人神合一的通靈寶物，一如威力神奇的創世神燭龍。這件玉龍雖龍身短小，但密佈的雲雷紋、重環紋、菱形紋等飾紋，使其顯得威風凜凜。

每個頭上都是人的臉。不僅如此，這九個頭分別在九座山上吃食物。他一吞一吐，所觸及的地方便會成為沼澤，並發源出溪流。沼澤中的水苦澀無比，人獸都無法飲用。在發洪水的時候，他便出來助紂為虐，大禹平息洪水以後便殺死了他，之後大禹發現，相柳死後流出的血液彙聚成河，發出腥臭刺鼻的氣味，所流經的地方五穀不生。大禹動手掘填被相柳血液浸壞的土地，但填塞了多次，又塌陷下去。大禹沒

辦法，乾脆挖了一個池子，讓血流到裡面，並用挖掘出來的泥土爲衆神修造了幾座帝台，統稱爲共工台。這帝台位於昆侖山的北邊、柔利國的東邊。

關於相柳的劣跡，另有傳說記載。相傳在帝堯時代，相柳霸佔了雍州以西的地區，荼毒生靈、侵滅諸侯，百姓民不聊生。當時，大禹領命治水，到了共工藩國內雍州以西，發現了相柳的殘暴，發誓不誅此妖誓不爲人。原來，自從相柳被共工孔壬委命留守之後，便遵從孔壬所教的方法，豢養了一班凶人，替他在百姓中選擇身寬體胖之人，供他吞食，而他自己卻隱藏在幕後。同時又假仁假義，對那些瘦弱的百姓施以恩惠；或者助之以米糧，或者從肥胖的人身上敲詐些食物出來，一半拿來塡飽自己，一半分給瘦弱的百姓，以獲得扶助弱者的美名。其實他何嘗有憐憫的美德，不過是想把他們養肥再來享用罷了；另外，借此假仁假義，還博得一班瘦弱之人的稱譽，以掩飾他的殘酷，可謂一舉兩得。所以幾十年來，遠方之人，還不甚知道相柳的底細，以爲不過是共工孔壬的臣子而已。看到他幾十年來，身長體粗、膏油滿腹，就可見吃人之多。

共工台　深目國　無腸國　聶耳國

因爲敬畏共工威靈所在的共工台，射箭的人都不敢面向北方。共工

深目國

清　《邊裔典》

深目國的人，眼睛深深陷在眼眶裡。

聶耳國

清　汪紱圖本

聶耳國又叫儋耳國，其國人居住在孤懸於海中的小島上。那裡的人都長著一對長長的耳朵，一直垂到胸前，走路時用雙手托著。

台位於相柳的東邊，與黃帝威靈所在的軒轅丘相似，四方形狀，每個角上盤踞著一條蛇。牠們身上的斑紋與老虎相似，頭都朝向南方，共同守衛著共工台。

深目國位於相柳氏所在之地的東邊，那裡的人臉上只有一隻眼睛，且深陷在眼眶裡面，平時總是舉起一隻手，就像對人打招呼的樣子。另一說法認為深目國在共工台的東邊。

無腸國位於深目國的東邊，那裡的人個子高大，與眾不同的是他們的肚子裡都沒有腸子。他們的腹部就像直筒一般，吃下的食物在肚腹之中暢通無阻，不消化就直接排出體外。食物雖不能停留，但只要在腹中一過就飽，排泄物實際上也還是新鮮的食物。所以那裡的富貴人家，都將排泄之物收好，留給僕婢食用，或留給自己下頓再吃。以致於一餐之食可以一而再、再而三地反覆食用。

在無腸國的東邊有個聶耳國，這個國家的人身邊都有兩隻花斑大虎陪伴，虎身上的花紋如同雕畫一般。聶耳國又叫儋（ㄉㄢ）耳國，其國民姓任，是東海海神禺虢（ㄍㄨㄛˊ）的後裔，他們每個人都長著又長又大的耳朵，一直垂到肩膀下面；為了行動靈活，他們在行走時不得不用手托住自己的大耳朵。傳說聶耳國的人，耳朵大到可以用一隻耳朵墊在身下，一隻耳朵當被子蓋在身上。聶耳國的疆域在海水環繞的孤島上，所以居民時常能看到出入海水的各種怪物，那兩隻老虎就站在他們的東邊守護。

夸父國

　　有位神人夸父要與太陽賽跑，他不停地追趕，最後終於追上了太陽。這時的夸父口渴難忍，想要喝水，於是俯身去喝黃河和渭河中的水，直到把這兩條河的水喝乾，還是沒能解渴，又準備向北去喝大澤中的水；結果還沒走到，

【本圖人神怪獸分佈定位】

夸父國一帶

明 蔣應鎬圖本

夸父國的人皆身材高大，且雙手操蛇。跂踵國的人也身材高大，踮腳巨人即為跂踵國之民。北海內有種形似馬的神獸名叫駒騄（ㄊㄠ ˊ ㄊㄨ ˊ）；還有一種野獸名駁，也形似馬，以虎豹為食；還有名叫羅羅的虎形獸。

夸父

明 蔣應鎬圖本

夸父，與太陽賽跑的神人，也是人類的先祖及山林萬物的締造者。白雲繚繞、天地氤氳（ㄧㄣ ㄩㄣ）中，一輪巨日光彩奪目，神人夸父邁開大步，衣帶飄揚，追逐遠方的太陽。

就渴死在半路了。他臨死之前所拋出的拐杖，變成了鄧林，鄧林就是桃林；而他自己也變成了一座山，在中央第六列山系中，就有神人夸父所化的夸父山。

夸父國位於聶耳國的東邊，這個國家的人都是巨人，個個身材高大，赤身光腳穿著短褲，右手握著一條青蛇，左手握著一條黃蛇。夸父追日時，其手杖所化的鄧林就在夸父國的東邊。這片鄧林其實只有兩棵樹木，但其樹冠非常大，所以二木成林，整整覆蓋了方圓三百里的地方。

傳說在上古時代有個夸父族，是炎帝的後裔，他們身材高大，驍勇善戰。追日的夸父就是這一巨人族中的一員。在炎帝與黃帝的戰爭中，這個部族被黃帝的神龍—應龍所敗，後來

夸父的遺裔組成了一個國家，這便是夸父國。另一說法則認爲夸父國叫博父國。

禹所積石山 拘瘦國 跂踵國 歐絲之野

在博父國的東邊，有一座山名叫禹所積石山，這裡是黃河水流入的地方。由於大禹治水疏通了這裡的山道，當地人爲了紀念大禹的恩德，便起了這樣的名。

拘瘦（一ㄥˇ）國位於禹所積石山的東邊，那裡的人脖子上都長著一顆大肉瘤，這顆肉瘤拉拽著脖子，以致人們走路時不得不用一隻手托著。另一說法認爲拘瘦國叫做利纓國。

有一種叫做尋木的巨樹，高達千里，直插雲霄，它就生長在在拘瘦國的南邊、黃河上游的西北方。

跂踵國位於拘瘦國的東邊，這裡的人身材都很高大，兩隻腳也非常大。傳說他們都只用腳趾頭走路，腳跟不著地，看起來躡手躡腳，所以稱爲跂踵，也叫跂踵、支踵。另一說法則認爲跂踵國國民的腳反向生長在腿上，如果往南走，留下的足跡就會向著北方，所以又稱反踵國。

蠶神

歐絲之野位於反踵國以東，有一個女子正跪倚著一棵桑樹吐絲。

有三棵沒有枝幹的桑樹，生長在歐絲之野

跂踵國

清 汪紱圖本

汪本的跂踵國圖，突出了跂踵國的人用腳趾頭走路、腳跟不著地的特點。

的東邊，這三棵桑樹雖然高達百仞，卻不長枝葉，只有光禿禿的樹幹。

關於這個女子和這三棵桑樹，曾流傳過這樣一個傳說。黃帝在戰敗蚩尤以後非常高興，大擺慶功宴，命令手下的樂官演奏樂曲，讓戰士們隨著音樂跳起雄壯威武的舞蹈。就在作樂慶功的時候，天上突然飄然下來一位女神。她手裡握著兩捆細絲，一捆顏色像金子一樣燦爛，一捆顏色像白銀一樣耀眼。這位女子自稱是蠶神，特地趕來把精美的蠶絲獻給黃帝，作為慶功宴上的賀禮。這位蠶神是一個美麗的女子，唯一讓人覺得奇怪的是，她身上披著一張白色的馬皮。而這馬皮就好像包裹在她身上一樣，與她合而為一，根本拿不下來。如果她把馬皮

紡織圖

東漢　畫像石拓本　江蘇銅山縣洪樓出土　江蘇省徐州漢畫像石藝術館收藏

從圖中我們可以看出織布、絡紗、搖緯的全部過程。坐在織布機旁的農家婦女正轉身接抱被送來的嬰兒，緊張忙碌的工作中，滲透著血脈親情，生活氣息十分濃郁。

左右收攏，整個身體就會被馬皮包覆、合為一體，變成一條白色的蟲，長著馬的頭，在地上不停地蠕動。

蠶神解釋說，她住在北方的荒野，其東邊有三棵高達百仞、只有主幹沒有枝葉的大桑樹。她常常半跪著趴在一棵樹上，以桑葉為食，然後從嘴裡吐出發光的絲。用這些絲就能織成美麗的絲綢，而絲綢就可以給人做衣裳了。

因為日日吐絲，所以她居住的荒野就叫做歐絲之野。黃帝聽了大為讚賞，就請蠶神教婦女紡織。黃帝的妻子嫘祖也親自培育幼蠶，並在百姓中推廣。從此，中華大地就有了美麗的絲織品，中國也就成了絲綢的故鄉。

然而這位蠶神是從何而來，又為何身披馬皮呢？原來在上古時期，有一個美麗的女孩，她的父親被強盜掠走，只剩下母親與她相依為命。家中有一匹白馬是父親曾經的坐騎，這匹馬每天由女孩精心餵養，漸漸對她產生了感情。女孩的母親自丈夫被掠走之後，日日牽掛，看到丈夫以前的坐騎思念更甚，便對馬說：「馬啊！假如你能去把我丈夫接回來，我一定將我女兒許配給你做妻子。」

馬聽到這句話，竟然掙脫韁繩飛奔出去，

蠶神

明 木刻插圖 摹本

傳說女孩與白馬後來升天成仙，女孩被封為九宮仙嬪，白馬就陪伴在她身旁。圖中蠶神身姿秀美，白馬伴其左右，周圍雲霧繚繞，顯然身處仙境。

美麗的錦綾

縱 75 釐米 橫 48 釐米 湖南省博物館收藏

從原始大地上生長的高大桑樹，到古人很早就掌握的養蠶技術，這些都為我國古老的絲織業，賦予種種神祕絢麗的色彩。絲綢也是中國古文明的重要組成部分，這件錦綾上繡有瘦長菱形紋，簡單而雅緻。

馬的重要性

秦 全長 225 釐米 高 152 釐米 秦俑博物館收藏

馬承載了中國幾千年的交通運輸工作，即使在車子出現以後，很長一段時間內的拉車任務，主要還是由馬來承擔。由於馬和人們的生活息息相關，古人不免構想出一些關於馬的神話傳說，如蠶神被許配給馬，馬死後她終身披馬皮的故事。這件秦始皇陵一號銅馬車，製作非常複雜，也異常精美。

如風馳電掣一般。也不知經歷了多少艱險，終於在幾天之後找到了女孩的父親。父親見到馬又驚又喜，但是筋疲力盡的馬回頭望望來路，發出悲鳴。父親顧不得心中的疑惑，騎上白馬回到了家中。

見到父親被救了回來，一家人十分歡喜；想到這馬如此通人性，待牠比以往更盡心，總是用最好的草料來餵牠。但這馬非但不吃，而且每每看見女孩從院子裡進出，都會神情異常，又叫又跳。

父親覺察到這種情況之後覺得非常奇怪，便私下問妻子，妻子只好將她對馬說的話告訴了丈夫。父親聽後十分惱怒：「人與畜怎能結婚呢？」他雖然感激這白馬對自己的救命之恩，但無論如何也不能將女兒許配給馬，辱沒家門。他將女兒鎖在房裡，不讓她出門。白馬看不到女孩，脾氣比之前更加暴躁，日日嘶鳴不已。為了避免白馬在家裡長期作怪，父親乾脆在院子裡埋伏弓箭，狠心將馬射死，並剝下馬皮，

晾在院子裡的樹枝上。

一天，父親有事出門，女孩在院子裡看見了馬皮，心裡怨恨，就將其從樹上扯下，踩在腳底罵：「你本是個畜生，為什麼想娶人當妻子呢？現在招來這樣的屠剝，為何這樣自討苦吃……」話音未落，那馬皮突然從地上跳躍起來，包裹在女孩身上，然後飛快往門外跑去，轉眼間就消失在遠方。女孩的母親看到這一情景目瞪口呆，回過神之後她拼命追趕，卻不見女兒的影子；一直等到丈夫回來，她才將此事告訴了他。

丈夫聽到這話十分詫異，便四處尋找，最後在一棵大樹的枝葉間，發現了全身包裹著馬皮的女兒，她已經變成了一條蠕動的蟲，慢慢搖動著她那馬一樣的頭，從嘴裡吐出一條條潔白的長長細絲，纏繞在身體上。

於是人們把她叫做「蠶」，因為她吐絲纏繞自己；又把這棵樹叫做「桑」，因為這位女孩在這裡喪失了年輕的生命，這就是蠶的由來。這位女孩後來居住在歐絲之野，成為蠶神；那馬皮也一直披在她身上，和她永不分離。

氾林　務隅山　平丘

在三棵桑樹的東邊，有片樹林，名叫氾林。氾林方圓三百里，它的下方被一片沙洲環繞。

又有一座務隅山，帝顓頊就葬在它的南邊，而北邊則埋葬著帝顓頊的九位嬪妃。另一種說法則認為這裡野獸成群，棲息著熊、羆、花斑虎、離朱鳥、鸱鷹、視肉等珍禽異獸。

珍貴的古玉

紅山文化時期　長 16 釐米

傳說松枝在千年之後化為茯苓，再過千年化為琥珀，又過千年才能化作一種名叫遺玉的美玉，所以此玉特別珍貴。遺玉的形成過程表達了古人重玉、愛玉的感情。紅山文化的時間為西元前四千到前三千年，其遺址中出土了大量的玉器，這件獸形玉玦即是其一。

蠶

蠶又叫孕絲蟲，屬陽性，喜乾燥。蠶是一種古老而神奇的生靈，其壽命非常短暫，二十七天就衰老了。有一種蠶非常神奇，牠並非吐絲結繭化蛾，而是胎生，幼蟲與母同老，這種蠶被稱為神蟲。蠶這種生物吐絲的特性，使其成為我國絲綢發展不可或缺的一部分。

在三棵桑樹的東邊，有兩座山；在兩山相夾的山谷中，有兩個大丘處於其間，這就是平丘。這裡有遺玉，傳說遺玉是一種美玉，要經過三千年才能形成；松枝先在千年化爲茯苓，再過千年化爲琥珀，又過千年才能化爲遺玉，因此遺玉十分珍貴。這裡還有青馬、視肉等異獸，以及楊柳樹、甘柤樹、甘華樹等奇樹。傳說甘柤樹的枝幹都是紅色的，花是黃色的、葉子是白色的、果實是黑色的，整棵樹看上去五彩繽紛；甘華樹與甘柤樹相似，其樹幹也是紅

禺彊

明　蔣應鎬圖本

北方之神禺彊，是黃帝之孫，東海海神禺號之子。其人面鳥身，耳掛蛇腳踏蛇，於茫茫雲海、碧浪滔天中，乘兩條蒼勁的神龍，威風凜凜地於天地之間遨遊。

《山海經》古版彩圖珍藏版

羅羅

清 《禽蟲典》

羅羅為虎名，古代稱青虎為羅羅。今雲南彝（一ˊ）族仍稱虎為羅羅；信仰虎的彝族人，也自稱羅羅人。圖中的羅羅是一隻斑身虎，正端坐於山頭之上。

色的，卻開黃色的花。除了這三種樹外，平丘還生長著成片的果樹。

撲食之虎

戰國 高 21.9 釐米 長 51 釐米 重 26.6 公斤 河北省文物研究所收藏

這件金銀虎噬鹿銅屏風座，猛虎弓身弩步，撲食弱小的幼鹿；一副弱肉強食的場面極為驚心動魄。這種獸中之王自古是威猛、力量的象徵，但牠也有溫順的一面，聶耳國的人出入都有兩隻花斑大虎做僕人。和龍一樣，用虎做僕人或坐騎，是主人不平凡身分的象徵。

騊駼 禺彊

北海內有一種野獸，外形和普通的馬相似，名字叫騊駼（ㄊㄠˊ ㄊㄨˊ）。騊駼又叫野馬，是一種良馬，善於奔跑，但性情剛烈，不可馴服；牠也是一種瑞獸，如果中原有聖明天子在位治理天下，牠就會出現。北海內有一種野獸，名稱是駮，外形像白色的馬，長著鋸齒般的牙，會吃老虎和豹。春秋戰國時期，齊桓公騎著一匹馬行至深山，遠遠有隻老虎望見他嚇得不敢上前，齊桓公便問管仲：「我只是騎了一匹馬，老虎見了竟然如此害怕，這是什麼原因？」管仲回答：「你是不是騎著駿馬迎著太陽飛馳？」桓公說：「是呀，那又如何？」管仲說：「這正是駮馬跑起來的樣子啊！駮專吃虎、豹，所以老虎一見就害怕了。」另外，還有一種白色的野獸，外形像馬，名稱是蛩蛩（ㄑㄩㄥˊ）。還有一種青色的野獸，其外形像老虎，名稱是羅羅。這種羅羅獸就是青虎，後來南方少數民族就稱老虎爲羅羅。

北方之神禺彊，長著人的面孔和鳥的身體，耳朵上掛著兩條青蛇，腳底下還踩著兩條青蛇，威風凜凜地在海天之間遨遊。禺彊和北方之帝顓頊，共同管理著北方一萬二千里的地域，祂還是北海海神、北風風神，掌管冬季。傳說祂有兩種形象；當祂是風神的時候，祂就是鳥的身體，腳踩兩條青蛇，伴隨著寒冷的風；是北海海神的時候，則是魚的身體，但有手有腳，駕馭兩條龍。

第九卷

《海外東經》記錄了大人國、君子國、黑齒國、毛民國、勞民國等海外一些國家和地區的獨特風貌、地理物產、民俗傳說等。那些奇異的國家，可能是古人對有別於自己的外族的奇特想像，或者是中華民族與外族早期交流的遺存。

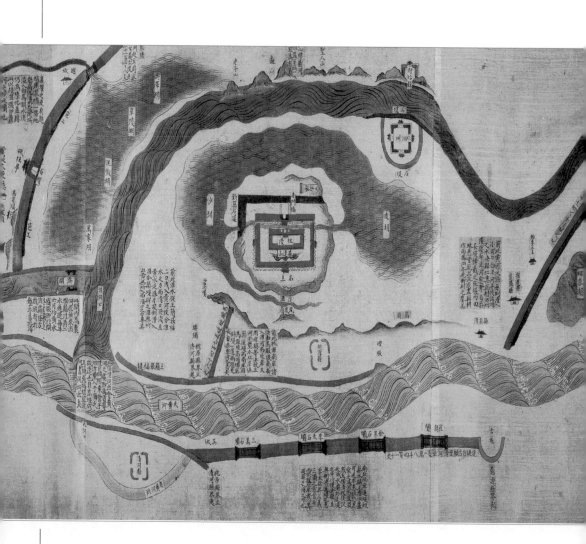

河防一覽圖（局部） 潘季訓 1590 年 彩色摹繪本 縱 45 釐米 橫 2008 釐米

治河專家潘季訓的這幅河防圖，將東西流向的黃河與南北流向的運河，並排在一個畫面中。黃河為黃色，在上方；運河為綠色，在下方。巧妙的組織、絢麗的色彩及對河防應注意問題的詳細説明，都使它成為河防圖中當之無愧的珍品。

以下是海外從東南角到東北角的國家地區、山嶽河川分佈的記錄。

狄山以北

明　蔣應鎬圖本

狄山是埋葬帝堯的地方。狄山以北，耳掛青蛇的人面獸是天神奢比屍。北邊還有兩頭虹虹（ㄏㄨㄥˊ），橫跨山水，掛於天上。朝陽谷中居住著名為天吳的人面八頭虎身神。青丘國內有一種九尾狐。毛民國的人全身長毛。勞民國的人全身黑色，以採食野果為食。

蹉丘　大人國　奢比屍

第一個是蹉（ㄐㄧㄝ）丘，這裡有神奇而

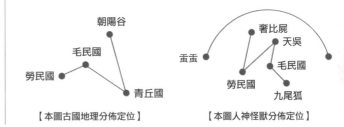

【本圖古國地理分佈定位】　　　【本圖人神怪獸分佈定位】

奢比屍 《神異典》本的奢比屍人面獸身，裸體圍腰，四肢呈蹄形，如人般站立。胡本中，奢比屍面帶微笑，四足著地，如獸在行走。汪本的奢比屍端坐回首。

奢比尸神圖

奢比尸

→清 汪紱圖本

→清 《神異典》

→明 胡文煥圖本

珍貴的遺玉；靑馬、視肉等怪獸；楊柳樹、甘柤樹、甘華樹等樹木；還有上百種果樹茂盛生長。這座鹺丘就在東海邊，被兩座山夾著。另一種說法則認爲鹺丘就是嗟丘，還有一說法認爲這座生長各種果樹的鹺丘，位於帝堯埋葬地狄山的東邊。

大人國在狄山的北邊，這個國家的人身材比一般人高大，他們擅長撐船，也有人說他們會製造木船。傳說大人國的人，要在母親的肚子裡孕育三十六個年頭才能出生，一出生頭髮就已經白得像雪了，而且身材魁梧得像巨人。他們能夠騰雲駕霧飛行，卻不會走路，因爲他們是龍的後代。有一說法爲大人國在鹺丘的北邊。

天神奢比屍位於狄山的北邊，祂有野獸的身體、人的面孔，大大的耳朵上還掛著兩條靑蛇。傳說奢比屍就是黃帝身邊的大臣奢龍所化。當年黃帝剛成爲部落首領時，得奢龍，辨別出東方；得祝融，辨別出南方；得火封，辨別出西方；得後土，

大人國　清　《邊裔典》

大人國的人身材高大，擅長撐
船。《邊裔典》之大人國圖中，
一大人持刀坐在船旁，此「大
人」有可能是原始的造船操舟的
工匠神。

雙頭蛇　蚩蚩
山東武氏祠漢畫像石

蚩就是虹的古字，其字形是一個
雙頭同體的動物象形，古人認為
虹是雙首大口吸水的長蟲，橫跨
在山水之上。

辨別出北方，並將四方事務分別交給他們去
辦理。另一說法爲奢比屍就是肝榆屍，位於
大人國的北邊。

君子國　蚩蚩　天吳

　　君子國位於狄山的北邊。這個國家的人
個個衣冠整齊，腰間還佩帶著寶劍。他們以
野獸爲食，每個人都使喚兩隻花斑老虎在身
邊做侍從。君子國的人雖然能役使老虎，卻
十分斯文，爲人謙讓而不好爭鬥。據說在君
子國中，農民都相互禮讓於田畔，行人都相
互禮讓於道路，不管是官員還是百姓、貴族
還是貧民，個個言談舉止都彬彬有禮。在他
們國家的市集上，賣家要交付上等貨、收低價；
而買家則是要拿次等貨、付高價，以致於你推
我讓，一項交易要經過很長的時間才能完成。
這個國家的國王還頒佈法令，臣民如有進獻珠
寶的，除將進獻之物燒毀外，還要遭受刑罰。
另外，君子國裡生長著一種熏華草，早晨開花、
傍晚就凋謝了。另一說法爲君子國在肝榆屍神
的北邊。

　　蚩蚩（ㄏㄨㄥˊ）在狄山的北邊，它的前
後兩端各有一個頭。蚩蚩其實就是彩虹，古人
認爲虹是一種雙頭大口吸水的長蟲，橫跨山水，
掛在天上，還有雌雄之分，單出名爲虹，雌雄
雙出名爲蜺。另一說法認爲在君子國的北邊。

　　朝陽谷居住著一個神仙，叫做天吳，祂就
是所謂的水伯。祂住在北邊的兩條水流中間。
天吳神獸樣子十分威風，身體像野獸，有八個

頭，而且每個頭都有人的面孔，同時身上還有八隻爪子、八條尾巴，背部的毛皮青中帶黃。

九尾狐 豎亥 黑齒國

青丘國位於狄山的北邊。這個國家的百姓都以五穀爲主食，穿的也都是絲帛織成的衣服。在境內棲息著一種狐狸，長著四隻爪子、九條尾巴，牠就是《南山經》中青丘山上的那種九尾狐。九尾狐這種神獸，有的人叫牠三壽或王壽。傳說大禹年已三十還未娶妻，到了塗山後，唯恐誤了結婚的時間，國人無制度可遵循，便說：「我如果娶妻，必定有吉光才好。」話音剛落，便有一隻九尾白狐走到大禹面前。大禹高興地說：「白色表示我應穿的衣服顏色，牠有九條尾巴是我爲王的證據。」於是大禹便在

夔龍紋壺

戰國 高 51.5 釐米 河北省博物館收藏

大人國之人從孕育之始就顯示了不平凡的神性，需懷胎整整三十六年；而落地後不會走路，卻能夠騰雲駕霧。他們的種種不平凡歸於一個原因，即他們是龍的後裔。龍是古人崇拜的圖騰，凡和龍沾上邊的生靈，皆被賦予某種神性。而龍形或龍紋器物，也似乎具有某種尊者之感。這件夔（ㄎㄨㄟˊ）龍紋刻銘方壺，龍態矯健，精美絕倫。

◻ 《山海經》珍貴古版插圖類比

天吳 胡本的天吳大頭周圍有七個小頭，大頭面露微笑。汪本的天吳，人臉極具寫實風格。

→明 胡文煥圖本　　　　　　　→清 汪紱圖本

九尾狐　清　汪紱圖本

九尾狐四足九尾，是種神獸。

巨大青銅神樹

高 384 釐米　台座直徑 92.4 釐米

傳說中，沸騰的湯谷中有一棵高大的扶桑樹，太陽從東邊的扶桑上升起，然後又落在西方的弱木上，起起落落都是由神鳥所背負。這棵巨大的青銅神樹上棲息著神鳥，與傳說中的扶桑樹極為相似。據考證，它是太陽崇拜神話觀念的神樹，同時具有巫術、宗教，甚至世俗政治權力標誌的多重含義。

塗山娶了兩位妻子，她們分別叫做女嬌和女攸。而那隻九尾狐，便是青丘國的神獸九尾狐。另一說法爲青丘國在朝陽谷的北邊。

天帝命令天神豎亥用腳步測量大地，豎亥走得很快，讓他去測量大地再合適不過。他從最東端走到最西端，一共是五億十萬九千八百步。豎亥右手拿著算籌（古代一種十進位計算工具），左手指著青丘國的北邊。另一說法是大禹命令豎亥測量大地，測量的結果也是五億十萬九千八百步。

黑齒國在狄山的北邊，這個國家的人喜歡染齒，所以牙齒的顏色漆黑。他們以稻米爲食、以蛇佐餐，此國居民都會役使蛇，所以每個人身上都圍著一條紅蛇和一條青蛇。黑齒國的人是用一種草把牙齒染黑，另一說法認爲黑齒國在豎亥所在之地的北邊，那裡的人腦袋是黑色的，以稻米爲食，而他們身邊只有一條紅蛇。

湯谷　雨師妾國　玄股國

黑齒國北邊有湯谷，湯谷中生長著一棵扶桑樹。湯谷就是十個太陽洗澡的地方，因爲太陽熾熱，把谷裡的水都燒沸騰了，所以叫湯谷。就在沸騰的水池中間，有一棵高大的樹木，這就是扶桑樹，它的下半截在水下，樹枝則伸出水面之上，九個太陽住在下面的樹枝上，沐浴在水中；一個太陽則掛在上面的樹枝上，正準備出去照亮大地。

雨師妾國位於狄山的北邊。那裡的人渾身漆黑，兩隻手各握著一條蛇，左邊耳朵上掛著

□ **《山海經》珍貴古版插圖類比**

雨師妾 胡本中的雨師妾為人面獸身裸體，有乳、臍以及陰毛。汪本中，此神身黑有乳。雨師妾有乳，似某統帥蛇族的女巫，掛蛇與操蛇為她布雨作法的巫具與標誌。

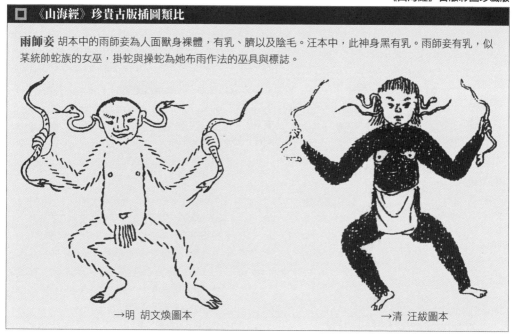

→明 胡文煥圖本　　　　　　　　　→清 汪紱圖本

一條青蛇，右邊耳朵掛著一條紅蛇。另一說法認為雨師妾國在十個太陽所在地的北邊，那裡的人都長著黑色身體和人的面孔，兩隻手各拿著一隻靈龜。也有人認為雨師妾是雨師之妾，一個統帥蛇族的女巫，生著人面獸身、裸體。蛇乃是她布雨作法的巫具與標誌。

　　玄股國位於狄山的北邊。那裡的人大腿是黑色的，身上穿著用魚皮做的衣服，以鷗鳥蛋為食。他們能馴鳥，每個人都馴化兩隻鳥在身邊跟隨。另一種說法認為玄股國在雨師妾國的北邊。

毛民國 勞民國 句芒

　　毛民國在狄山的北邊。這個國家的人渾身長滿了長長的黑毛，樣子像豬熊一樣。他們身

◇**《山海經》考據**

古老的天圓地方觀念
秦半兩（一組）　戰國時期鑄造

豎亥丈量土地的結果，文中只提到東到西的距離，這是因為古人信奉蓋天說，認為天圓地方。海外經記四陬（ㄗㄡ），表示地呈方形，南北與東西距離大致相等，所以豎亥測地只記錄了東西距離。戰國時期，秦國鑄造了半兩錢，形狀是圓形內有方孔，這是一種統治符號，代表的就是「天圓地方」。秦統一以後，這種錢幣開始在全國使用。

■ 《山海經》珍貴古版插圖類比

毛民國 胡本毛民國的人身披長毛長髮。汪本中，毛民國人赤身裸體、身長濃毛，引人注意的是其臉部及眼部的刻畫極其入微。

→明 胡文煥圖本　　　　　　　　　　→清 汪紱圖本

勞民國

清 《邊裔典》

勞民國的人手腳皆黑，吃木或草的果實，而且身旁總有一隻雙頭鳥。圖中的勞民國的人正是臉與雙手皆黑，但未表現出另外兩個特點。

上的毛就好像箭一般堅硬，所有的人身材矮小、不穿衣服，居住在山洞裡。另一說法則認爲毛民國位於玄股國的北邊。傳說東晉年間，吳郡司鹽都尉戴逢在海邊航行時得到一條小船，船上有男女共四個人，全都身材矮小，全身長著硬毛，就像豪豬一樣。因爲語言不通，戴逢便把他們送往丞相府，但半路上，四個人死了三個，只剩一個男的還活著。當地官府賜給他一個女人，並讓他們成親，後來他們還生了一個兒子。他在中原住了很多年後，才漸漸懂得他人說話，時常說他是來自毛民國的人。

勞民國在狄山的北邊，這個國家的人全身

都是黑色的，就像雨師妾國一樣。他們採集野果野草爲食，每個人身邊都有一隻鳥供他們召喚，這種鳥只有一個身體，卻長著兩個頭，有的人稱勞民國爲教民國。另一說法認爲勞民國位於毛民國的北邊，那裡的人臉、眼睛、手腳全是黑的。

東方之神叫句（《ㄡ）芒，其神貌是鳥的身體、人的面孔，駕馭著兩條龍上天入地。句芒名重，是西方天帝少昊之子，後來卻成爲東方天帝伏羲的輔佐。他們共同管理著東方一萬二千里地域。句芒還是春天生長之神，又叫靑

句芒

明　蔣應鎬圖本

傳説句芒是西方天神少昊之子，後來成為東方天帝伏羲的輔佐。祂也是生命之神，管理春天萬物的生長。祂為鳥身人首，四方臉，穿素衣，正乘著矯健的雙龍飛翔於繚繞的白雲中，為人們帶來春天的氣息。

帝，古代每到立春時節，全國上下都要祭祀句芒，百官都要身穿青衣、戴青色的頭巾。句芒還是生命之神，傳說有一次，鄭穆公白天來到一座廟內，有一位神進來，那神長著鳥的身體、四方的臉。鄭穆公見了嚇得想跑，那神卻說：「不必害怕，天帝知道你施行德政，派我來為你贈壽十九年；並使你國家繁榮昌盛、六畜興旺。」穆公再叩頭拜問：「請問尊神大名？」神說：「我是句芒。」

《海內南經》描繪的諸多事物中，八棵桂樹構成的森林讓人好奇；不敢睡覺的伯慮國、割耳朵做裝飾的離耳國令人驚詫；而體形龐大可吞象的巴蛇，則讓人毛骨悚然。

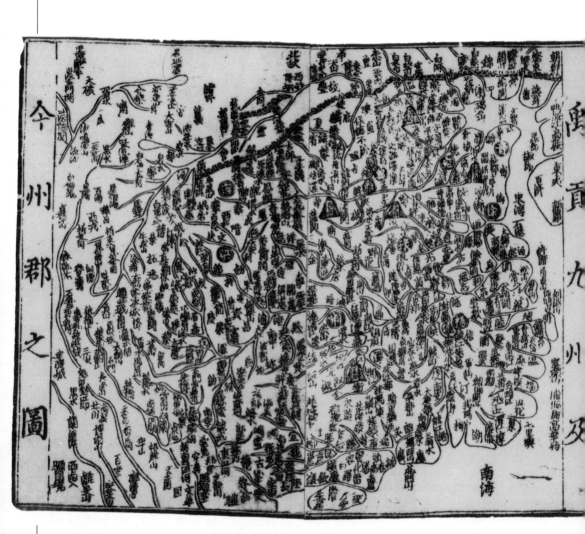

禹貢九州及今州郡之圖　蔡沈　南宋　雕版黑印　北京圖書館收藏

禹貢所載隨山濬川之圖 蔡沈 南宋 雕版黑印 北京圖書館收藏

這兩幅圖選自《書集傳》。「禹貢九州及今州郡之圖」（左頁圖）表現的地域西起昆侖山，東至東海，南至海南島、越南，北及朔漠。「禹貢所載隨山濬川之圖」（右頁圖）繪製了禹貢九州的山脈、河流、四方部落等情況。二圖地域涵蓋廣泛，描繪清楚細膩。

　　本圖根據張步天教授《〈山海經〉考察路線圖》繪製，圖中記載了海內南、西、北、東四經中所出現的
山川河流及國家地區的所在位置。

海内四经示意图

醉儒圖

清　黃鼎　絹本　設色　縱 115.5 釐
米　橫 57 釐米　廣東省博物館收
藏

圖畫上，在一片參天的蒼松翠柏
之中，一儒者赤裸上身，正在地
上酣睡，從周圍散著幾個酒罈可
以看出他不拘小節、樂天知命的
性格。這種暢快灑脫的生活，可
能正是整日愁眠的伯慮國的人，
一生渴望而不可即的。

以下介紹的是海內由東南角往
西的國家地區、山嶽河川的情況。

三天子鄣山　桂林　伯慮國

甌（ㄡ）位於海中的中部，閩
也位於海中，在它的西北方向有起
伏的山巒。另一種說法則認爲閩中
的山也位於海中。

三天子鄣山位於閩的西北方。
另一種說法認爲三天子鄣山在海中。

在番隅的東面，又有一片森林，
名叫桂林，這片森林其實只有八棵
桂樹，但它們樹幹粗壯、樹冠廣大，
八棵就成了一片森林。

伯慮國、離耳國、雕題國、北
朐（ㄑㄩˊ）國都位於郁水的南岸。
郁水發源於湘陵南山。

傳說伯慮國的人一生最怕睡覺，
生怕一睡不醒，因此日夜愁眠。這
個國家向來沒有被子、枕頭，就算
有床，也是爲短暫歇息而設，從來
不用於睡覺，以致於該國國民終年昏昏沉沉。
有人盡力堅持數年沒有睡覺，到最後精神疲憊，
支撐不住便一覺睡去，任憑他人呼喚，也沒有
醒。其親屬見狀悲哭，以爲他就此睡死不再醒
來。而睡著的人往往要等到好幾個月後才能睡
醒，其親友知道他睡醒時，都趕來慶賀，以爲
他死裡逃生。這裡的人越是怕睡，就越是精神
萎靡，一睡不醒的人往往就更多；反過來，睡

死的人越多，人們就越害怕睡覺，就形成了惡性
循環，正所謂「杞人憂天，伯慮愁眠」。

離耳國 雕題國 梟陽國

離耳國則有另一種風俗，就是其國民都喜歡
用鋒利的刀子，將耳朵割成好幾條，令其下垂，
以此來作為裝飾。他們不食五穀，僅以蚌類及薯

【本圖古國地理分佈定位】　　【本圖人神怪獸分佈定位】

梟陽國一帶

明 蔣應鎬圖本

梟陽國的人嘴大唇長，會吃人。
而外形似牛的獨角獸名兇。方圓
三百里的樹林一氾林以西，還有
處狌狌棲息之地。往西北方，有
許多犀牛，那些三角牛便是。弱
水之中，棲息著龍首蛇身的怪獸
窫窳。氐人國人皆為人面魚身。

□ 《山海經》珍貴古版插圖類比

梟陽國　《邊裔典》的梟陽國人有二種形態，一為人面鳥身，雙手操蛇，右手送蛇入口吃下；二為人面人身，全身黑。汪本的梟陽國民人面獸身，巨口大笑，更接近經文所述。吳近文堂圖本的梟陽國的人線條明確清晰。

→清 《邊裔典》　　　　　→清 汪紱圖本　　　　　→清 吳任臣近文堂圖本

螺螄殼

新石器時代　仰紹文化

古人很早就以魚、蚌之類為食，如離耳國之人不食五穀，僅以蚌類及薯芋等為食；還有溘（ㄔㄢˇ）河岸邊的半坡原始村人，除了在溘河內釣魚、叉魚、網魚外，還在岸邊採集螺螄（ㄙ）食用。先民為了吸食螺螄肉，還特意在螺螄尾部敲一小孔。這種飲食文化經過幾千年的傳承，保留至今。

芋等為食。

雕題國國民也有奇特的習慣，他們會在臉上紋黑色的花紋，在身上畫魚鱗圖案，以致有人把他們看成是魚。雕題國所有的女子成年之後，都會特別在額頭刺上細花紋表明身分，因此，雕題國的女子也叫刺面女。

梟陽國位於北朐國的西邊。他們有普通人的面孔，卻長著長長的嘴唇，據說他們的嘴唇大到能遮住額頭，以致看不見東西。他們渾身漆黑，身上還長有長毛，腳跟在前而腳尖在後，一看見人就張口大笑，左手還握著一根竹筒。有人認為梟陽是介於人和獸之間的一種野人，是傳說中的山精。他們性情兇暴，不但不怕人，還喜歡抓人。

傳說他抓到人後，便張開大嘴，把長長的嘴唇蓋在額頭上後大笑，笑夠了才動手吃人。

聰明人便想出一種辦法來對付他：拿兩隻竹筒套在手臂上，等他把自己捉住，正張口大笑準備吃的時候，就迅速從竹筒中抽出雙手，並用隨身攜帶的尖刀，把怪物長長的嘴唇釘在他的額頭上，讓他眼睛看不見東西，只能乖乖地束手就擒，而手中還莫名其妙地抓著那兩根竹筒。傳說梟陽怕火的劈啪聲，於是人們進山時往往帶上爆竹，用來嚇跑他。

兕 蒼梧山 氾林 狌狌 犀牛

兕（ㄙˋ）棲息在帝舜埋葬之地的東邊、

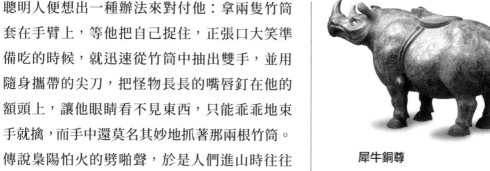

犀牛銅尊

酒器 高 34.1 釐米 長 58.1 釐米

中國古代做成動物形的酒尊不乏其例，如犀尊、牛尊等，這些動物都被認為是可避邪的祥瑞之獸。這件金銀銅犀尊，犀牛昂首佇立，體態雄健，為古代中國的蘇門犀的形象。

狌狌

清 蕭雲從

《欽定補繪離騷圖·天問圖》

狌狌（ㄕㄥ）除了愛喝酒和穿草鞋外，還能說人話，圖中的狌狌誇張地伸著長舌，明顯表現牠的這一特點。

■ 《山海經》珍貴古版插圖類比

氐人　吳本的氐人上身為人、下身為魚，雙手作划水狀。汪本中，氐人脖子以上為人，脖子以下為魚，有手。

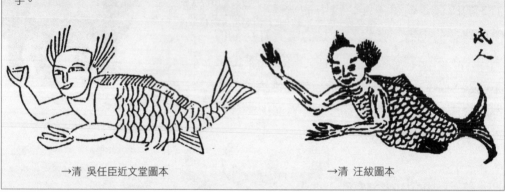

→清　吳任臣近文堂圖本　　　　　　　　　　　　　　→清　汪紱圖本

湘水的南岸。兕的外表像一般的牛，毛皮是青黑色的，頭上有一隻角。兕被稱為文德之獸，是威力的象徵，因此其形象常常鑄在青銅器上。

在兕棲息之地的西邊，是風景秀麗的蒼梧山。賢明的帝舜死後葬在蒼梧山的南邊，而頑惡的帝丹朱葬在蒼梧山的北邊。相傳丹朱是帝堯的兒子，他是個不肖之子，無惡不作，堯便率兵討伐他。丹朱兵敗後，便投江而死。帝堯又同情他，允許他的妻子到南海生活，其子孫繁衍成了朱國。

氾林方圓三百里，生長在狌狌棲息之地的東邊。

狌狌很有靈性，能知道人的姓名，外貌和普通的豬相似，卻長著人的面孔。牠們喜好喝酒，常常因此招來殺身之禍。當地人把酒糟和草鞋扔在路旁，牠們看見酒，就會成群結隊地趕來，嘗嘗酒、試試鞋，不一會便醉了。草鞋彼此相連，它們彼此拽著摔倒後誰也跑不了，人們便輕易捉住牠們。狌狌生活在帝舜埋葬之

螺螄殼

新石器時代　仰韶文化

《山海經》中出現了一些龍首形象的怪獸，牠們或惡或善，神通廣大，威力不凡。龍首這種神聖的標誌，在後世中逐漸被用到器物上。這件龍首柄銅釜，龍首高昂，形象生動，為器物平添了一股霸氣。

地蒼梧山的西邊。

狌狌棲息處的西北邊有犀牛，犀牛也是一種吉獸，可以避邪。外形和一般的牛相似，但全身的毛皮都是黑色的。犀牛的角像水牛，有一角、二角、三角之別，以三角最珍貴。因爲犀牛角是精華靈氣所聚，所以能解毒、煞毒。

孟塗 窫窳 建木

夏朝國王啓有一個大臣名叫孟塗，在巴地做主管訴訟的神。巴人到孟塗那裡告狀，而孟塗透過觀察，發現告狀者中誰衣服上有血跡，誰就理屈，便下令將其拘禁起來，不會隨便冤枉人，這是他愛護生靈的德政。孟塗住在一座山上，這座山在丹山的西邊，丹山在丹陽的南邊，而丹陽就在巴地的範圍之內。

怪獸窫窳（一ㄚˋ ㄩˇ）長著龍的頭，棲息在弱水之中，位於能知道人姓名的狌狌棲息地的西邊，牠的外形就像是比野貓大的貙（ㄔ ㄨ，形大如狗，毛紋似狸），長著龍頭，十分兇惡且會吃人。傳說窫窳原本是一位天神，長著蛇的身體和人的臉孔，後來他被貳負的下臣所殺，天帝念他罪不至死，命開明東的群巫用不死藥救活了牠。復活後的窫窳變化成了一個

玉質魚幣

西周

人魚的形象在古代神話傳說中不乏出現，如人面魚身的氐人國。這應該源於古人對魚類的熟悉，或者是傳說中魚為龍的遠親的說法。魚的形象在後世也比較多見，如這兩件魚形貨幣，可能是殷商中期，居住在黃淮間的部族所創造使用的。

■ 《山海經》珍貴古版插圖類比

旄馬　胡本的旄（ㄇㄠˊ）馬十分威武，馬鬃很長。汪本中，旄馬四肢有十分明顯毛的特徵。

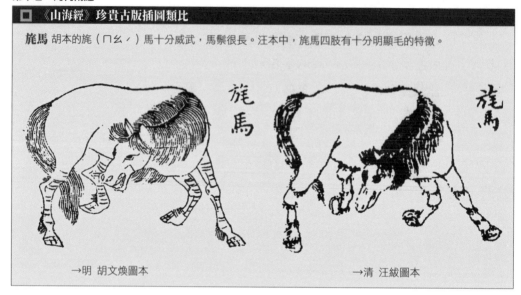

→明 胡文煥圖本　　　　　　　　　→清 汪紱圖本

龍頭怪獸，專門吃人，以此來發洩牠被冤殺的怨恨。

　　有一種神奇的樹木，形狀像牛，樹皮輕輕一拉就會剝落，就像冠帽上的纓帶，或像黃色的蛇皮。它的葉子像羅網，果實像欒樹結的果實，樹幹像刺榆樹，這種神樹的名字叫建木。它生長在窫窳所在之地以西的弱水邊上。建木非常高大，通達於天，各路神仙就從這裡往返於天地之間，是天地的中心。

氐人國　巴蛇　旄馬

　　氐（ㄉㄧ）人國位於建木所在之地的西邊，這個國家的人都有人的面孔、魚的身體，看上去胸以上是人、胸以下是魚，只有鰭而沒有腳。氐人國的國民是炎帝的後裔，所以他們頗有神通，能夠在天地之間往返。傳說大禹治水勘查黃河時，曾經看見水中有一個長人，那人對大禹說他就是黃河的河神。他的樣子與氐人國的人相差無幾，也長著白色的面孔和魚的身體。

　　巴蛇體形巨大，能吞下大象，牠吞下大象後要經過三年才能消化完全，吐出大象的骨頭；如果吃的是獐、鹿之類的動物，骨頭就不吐了，直接在體內完全消化。如果品德高尚的人吃了巴蛇的肉，就不會有心痛或肚痛之類的疾病。巴蛇外表皮膚的顏色是青色、黃色、紅色和黑色混合，色彩斑斕。另一說法認為巴蛇是黑色的身體、青色的頭，盤踞在犀牛所在之地的西邊。傳說巴蛇產於嶺南，長可達十丈。和

巴蛇相似的還有一種蚺蛇，它比巴蛇小一些，雖不能吞象，但能吞食鹿，吞下肚後鹿的骨頭則直接穿過鱗甲排出體外，而蚺蛇還安然無恙。

旄馬的外形像普通的馬，馬鬃長長地垂下，四條腿的關節上都有很長的毛。旄馬又叫豪馬，傳說周穆王西狩的時候，就曾經用豪馬、豪牛、龍狗和豪羊爲牲禮來祭祀文山。旄馬生活在巴蛇盤踞之地西北邊的一座高山南邊。

匈奴國、開題國、列人國都位於海內的西北方。

巴蛇吞象

明 蔣應鎬圖本

巴蛇張著血盆大口，正盯著一隻毫無警覺的大象，猶如箭在弦上，一觸即發。

第十一卷

海內西經

《海內西經》的國家及地區中，流傳著一些奇異的傳說，如貳負臣反綁雙手、腳戴枷鎖幾千年；九頭獸神色威嚴守護昆侖山；三頭人盡忠職守為鳳凰看守琅玕樹……，這些都是古人對世界獨特的認識和想像。

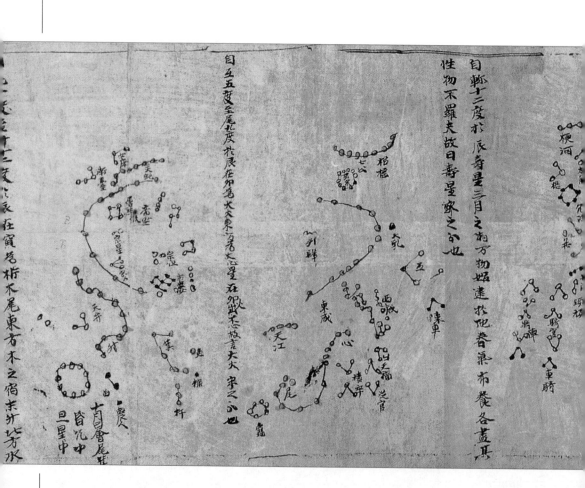

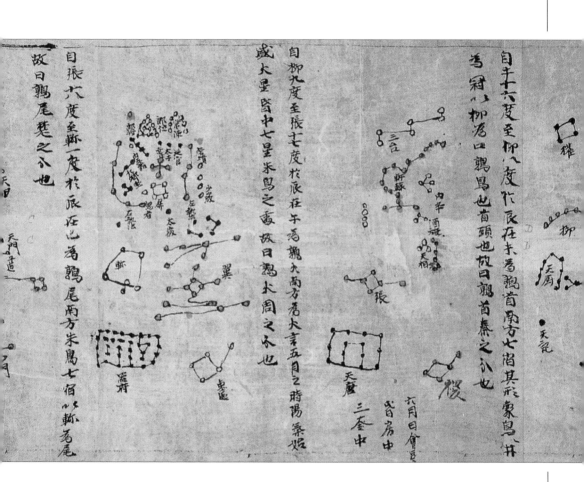

敦煌星圖 唐 長卷 縱 25.5 釐米 橫 185.8 釐米 （英）倫敦大英博物館收藏

這幅敦煌星圖是世界上最古老的全天星圖。用紅、黑兩色繪製，共繪恒星 1350 多顆。並把北極附近的星畫在圓圖上，把赤道附近的星畫在橫圖上，開創了我國星圖的科學繪製法。

　　以下依次是海內由西南角向北的國家地區、山嶽河川的分佈情況。

貳負臣危

　　貳負神的臣子名危，貳負是一個人面蛇身的天神，祂和危合力殺死了另一個天神窫窳（前文已提到過）。可是窫窳並沒有犯多大錯誤，這令

昆侖山一帶

明　蔣應鎬圖本

被綁在樹上的人是傳說中的貳負神。而人面蛇身神天神窫窳就是被祂所殺。昆侖山的山坡上，站著人面九頭形的山神開明獸。

【本圖古國地理分佈定位】

昆侖山 —— 疏屬山

開明獸 —— 貳負臣危

開明獸 —— 窫窳

【本圖人神怪獸分佈定位】

貳負臣危 汪本的貳負臣雙手與頭髮一起反縛於身後，雙足均上枷。吳本中，貳負臣也是雙手與髮反綁在身後，但只有右腳上枷。

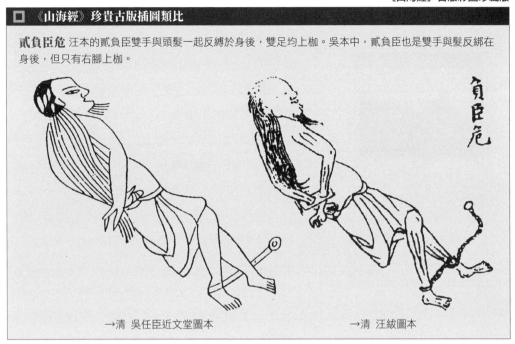

→清 吳任臣近文堂圖本　　　　　　　　　→清 汪紱圖本

黃帝十分惱怒，便把貳負和危拘禁在疏屬山中，並在右腳戴上枷鎖，還用祂們自己的頭髮反綁住雙手，拴在山中的大樹下，就位於開題國的西北邊。傳說幾千年後，西漢的宣帝命人開鑿上郡的發磐石，結果在石下發現一個石室，裡面有兩個人，全都赤裸被反綁著，腳上還戴著枷鎖。當時的人們不認識，便將這兩個人用車運往長安，但在途中這兩個人都變成石頭人，不能動也不能言語。宣帝覺得很奇怪，便召集群臣詢問，卻沒有人知道。劉向回答說：「這是黃帝時的貳負神和祂的臣子危，祂們犯了殺神的大罪，但黃帝不忍心殺死祂們，便流放祂們在疏屬山中，並套上枷鎖。黃帝認為，如果後世有聖明的君主出現，就會把祂們放出來。」宣帝不相信，認為劉向是在妖言惑眾，要把他逮捕入獄。這時劉向的兒子劉歆站出來解救他的父親，他說：「如果以少女的乳汁餵食祂們，祂們就會復活過來。」宣帝便命人對這兩個石人餵少女的乳汁，結果祂們果然重新復活，還能說話。宣帝便問祂們的來歷，回答的和劉向所說的一模一樣。宣帝龍顏大悅，拜劉向為大中大夫，其子劉歆為宗正卿。

群山 流沙

　　大澤方圓一百里，是各種禽鳥生卵、孵化幼鳥和脫換羽毛的地方。大澤位於雁

流沙即沙漠戈壁

經考證，《山海經》中的流沙指的是一片廣闊的區域，很可能是今天甘肅省敦煌到新疆羅布泊，從西到南的沙漠戈壁地帶。

農業的發展

新石器時代　良渚文化　長 20.3 釐米　高 18.1 釐米　厚 1.4 釐米

后稷死後仍受到人們的愛戴，源於他生前在農業方面的突出貢獻。他不但教民種植作物，還發明了一些農具來使農活變得簡單。石破土器是犁的雛形，人類祖先發明它的初衷，大概是想讓翻土變得簡易、輕便，反映了遠古人類重視農業的思想，為後世農業的發展奠定了基礎。

門的北邊。

雁門山，是大雁冬去春來的地方，位於高柳山的北邊。高柳位於代地的北邊。

后稷的埋葬之地，有青山綠水環繞。后稷葬在氐人國的西邊。

流黃酆（ㄈㄥ）氏國，疆域有方圓三百里大小。有道路通向四方，國土中間有一座大山。流黃酆氏國在后稷所葬之地的西邊。

流沙的發源地在鐘山，沙子和水一起流動，出鐘山後向西流動，然後再折向南，流過昆侖山，繼續往西南流入西海，在海邊形成沙洲，稱為黑水之山。這種流沙其實是河流，只是水中含沙量很大，在河道中形成一個個沙洲。這種沙洲十分鬆軟，人或馬站在上面必定陷落。

西南諸國　昆侖山

東胡國位於大澤的東邊。東胡國就是後來的鮮卑。傳說當年高辛氏帝嚳巡狩於海濱，留下少子厭越居住在北夷，並建立都城於紫蒙之野，其後人為慕容氏，這就是東胡國的開端。

夷人國位於東胡國的東邊。

貊（ㄇㄛˋ）國位於漢水的東北邊。它靠近燕國的邊界，後來被燕國所滅。漢朝時在貊國故地又建立起一個國家，名叫扶餘國，這個國家出產名馬、赤玉、貂皮，還出產一種珍珠，大如紅棗，十分珍貴。

孟鳥棲息在貊國的東北邊。這種鳥的羽毛色彩絢爛，紅、黃、青三種顏色相互摻雜，十分漂亮。

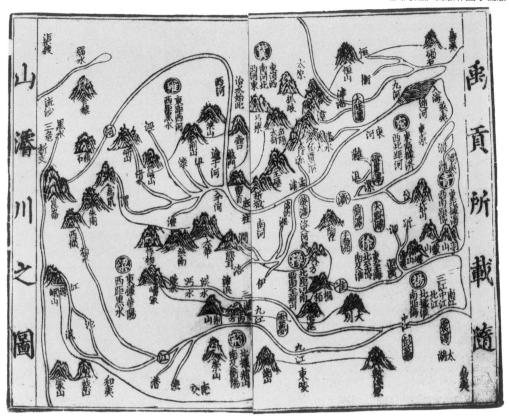

禹貢所載隨山浚川之圖

蔡沈 宋 《書集傳》

這幅地圖是還原禹貢山川情況的歷史地圖，內容是禹貢九州和各州的山脈、河流、湖泊和四方部落等，《山海經》中很多重要地名在圖上均有出現。

海內的昆侖山，屹立在大地的西北方，是天帝在下界的都城。昆侖山方圓八百里，高一萬仞。山頂生長著一棵像大樹的稻穀，高達四丈，莖幹需五人合抱。昆侖山的每一面都有九個井，每個井都用玉石製成的欄杆圍起來，每一面有九道門。帝都宮殿的正門面對東方，迎著朝陽，叫做「開明門」。門前有一隻神獸叫開明獸，牠威風凜凜地站在門前。這裡是眾多天神聚集的地方，牠們聚集在昆侖山上的八方山岩之間，赤水的岸邊。開明獸面向東方，守護著這座「百神所在」的宮城。這座山山勢險峻，如果沒有后羿的本領，根本不可能攀上這座山。后羿登過這座山，為了向西王母求長生

不老藥，嫦娥吃了這種藥才奔向月宮。

昆侖諸水

赤水從昆侖山的東南麓發源，流到昆侖山東北方，轉向西南在厭火國的東邊注入南海。

黃河水從昆侖山的東北角發源，流到昆侖山的北邊，再折向西南流入渤海，又從海中流出，往北流一直流入大禹疏導過的積石山。

洋水、黑水從昆侖山的西北角發源，折向東方東流一段之後，再折向東北方朝南流淌，一直到羽民國的南邊注入大海。

弱水、青水從昆侖山的西南角發源，然後折向東方東流一段後又朝北流去，最後折向西南方，流經畢方鳥所在地的東邊。

開明獸　鸞　鳳　山下奇珍

昆侖山的南邊有一個深達三百仞的水潭。那裡有一個像虎一樣的威猛神獸，名叫開明獸。牠長有九顆頭，每個頭上都有像人一樣的面孔，朝東站立在昆侖山的山頂上，開明神獸是前文中昆侖山上黃帝帝都的守衛者。前面《西次三經》中提到的陸吾，則爲老虎的身體以及九條尾巴，還有人的面孔及老虎的爪子。有人認爲牠也是昆侖山的守衛神、西王母的役獸，其實牠就是開明神獸。

開明神獸的西邊有鳳凰和鸞鳥棲息，牠們頭上頂著蛇，腳下踩著蛇，胸前還掛了一條紅色的蛇。鳳凰是百鳥之王，祥瑞之神鳥。文獻

稻受到的優待

遠古社會，農作物由於解決了人們的吃飯問題，而被當成是上天所賜之福澤；連其早期的種植及推廣者后稷，都被賦予不平凡的身世。農作物中的主要角色「稻」，當然也享有不平凡的「待遇」，如傳說中昆侖山頂上就生長著一棵像大樹一樣的稻穀；而且稻除了用來食用外，還是祭祀中不可缺少的祭品。

記載牠是：頭像雞，脖頸像蛇，下巴像燕子，背像龜，尾像魚，身高六尺上下，色彩斑斕。

　　開明神獸的北邊有視肉等怪獸，還有珠樹、文玉樹、玗（ㄩˊ）琪樹、不死樹等各種神木。珠樹的果實吃了就可以長生不死、青春永駐；文玉樹上生長著五彩美玉；玗琪樹上則生長著紅色玉石；而不死樹則可以提煉不死藥，當年后羿向西王母討的不死藥就是這種樹煉成的。

【本圖人神怪獸分佈定位】

開明獸周邊

明　蔣應鎬圖本

在開明神獸的北邊，那隻毛羽華麗、回首眺望的大鳥是鳳凰。此處還有能長出珍珠美玉的奇樹名為服常樹，上面一立一臥兩個三頭人。樹枝上站立著的是樹鳥。還有一隻六首怪物名為六首蛟。

□ 《山海經》珍貴古版插圖類比

開明獸 汪本的開明獸九個大小相同的頭，作三三等距排列。《禽蟲典》中，開明獸八個頭圍著一個大腦袋做不規則排列，蹲坐在山洞中，似乎正在把守開明門。

→清 汪紱圖本

→清 《禽蟲典》

結玉之樹

紅山文化 長23.5釐米

玉雖然美好，但開採、加工都比較困難，於是古人透過豐富的想像，描畫出類似文玉樹之類的奇樹，能夠結出五彩美麗的玉，這充分表達了古人愛玉的情結。這件玉圭形式特殊，上端呈丫字形，全體呈黑色沁斑，距今已有六千年以上的歷史。

這些神樹上棲息著鳳凰、鸞鳥，牠們頭上都戴著一個像盾牌的東西。這裡還有離朱，即太陽裡的神鳥，也叫三足烏，是西王母身邊的使者，祥瑞的象徵。

眾巫 三頭人 山南異獸

開明神獸的東邊有巫師神醫巫彭、巫抵、巫陽、巫履、巫凡和巫相，他們圍在窫窳的屍體周圍，手捧不死藥來抵抗陰鬱的死氣，企圖要使窫窳復活。窫窳後來雖然復活，但卻變成了吃人的龍頭怪獸。

有一種神樹名叫服常樹，上面有個長著三顆頭的人，靜靜看守著附近的琅玕樹。琅玕樹是種奇樹，它的樹身粗壯，枝頭上結著類似珠玉的果實，名叫琅玕。傳說琅玕樹是專門為鳳凰而生的，為了提供食物給牠。三頭人名叫離

珠，是黃帝時候的明目者；因爲琅玕樹異常珍貴，黃帝特地派他日夜守護。他每天用三個頭上的六隻眼睛輪流看守，一刻不敢疏忽。

　　開明神獸的南邊有一棵絳樹，樹上有一種樹鳥，牠有六個頭；還有蛟龍，牠身體和尾巴都長得像蛇，但生著四隻腳、六個頭；還有蝮蛇、長尾猿、豹等蟲蛇野獸，及許多鳥秩樹生長在瑤池周圍；同時還有誦鳥、鶉（ㄙㄨㄣˇ）鳥等飛禽和怪獸視肉。

龍見

清　《吳友如畫寶》

六首蛟是一種造型奇異的動物，蛇身蛇尾，六首四腳。民間視四足之蛟為龍，將其看作祥瑞、神聖的象徵。清代《吳友如畫寶》以圖畫方式，記述了九江北岸廣濟縣蛟龍出現的奇觀，但見天際雲霧繚繞處，蛟龍屈身擺尾，眾人皆仰視訝然。

在《海內北經》描述的諸多奇異的內容中，逢蒙恩將仇報偷襲后羿、犬封國犬夫人妻、窮奇顛倒黑白的故事都很神祕奇幻；另外，對仙人居住之地列姑射山和蓬萊山的描述也給人留下深刻的印象。

東西兩半球圖 明 直徑 26 釐米 北京大學圖書館收藏

義大利傳教士利馬竇，將世界五大洲、三大洋繪製在兩個圓之中的新鮮畫法，引起了中國學者的關注，打開了中國人進一步認識世界的大門。此圖各大洋的地理分佈，基本近似於現代的世界地圖，在傳達世界地理知識上有明顯的作用。

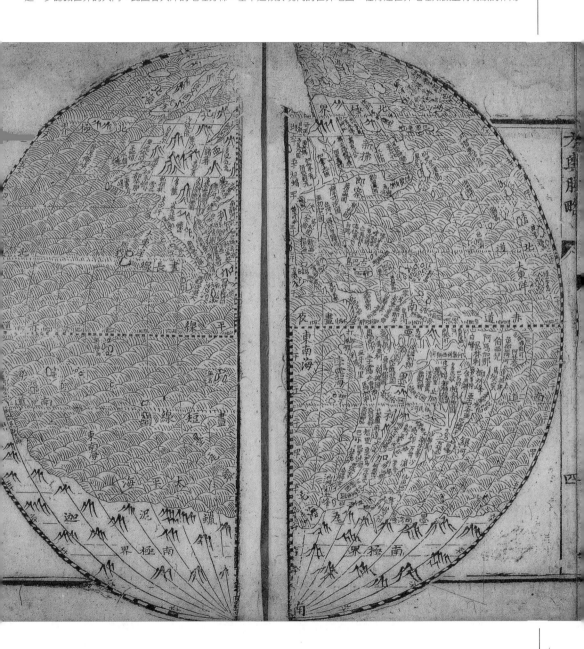

以下依次是海內由西北角向東的國家地區、山嶽河川的記錄。

蛇巫山

蛇巫山，上頭有一個人面向東方站立，手裡拿著一根棍棒。另一說法是認爲蛇巫山叫做龜山。傳說那站立的人是后羿的學生逢蒙，當

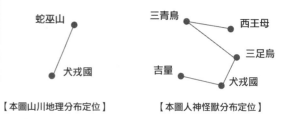

【本圖山川地理分布定位】　　　【本圖人神怪獸分布定位】

蛇巫山一帶

明　蔣應鎬圖本

蛇巫山上端坐著山神西王母；天空中飛翔著為她取食的三青鳥；腳邊還有三足之鳥名為三足烏。戎國中，跪地女子正謙恭地向自己的犬丈夫進獻食物；還有一種馬，名吉量，善奔跑。

弋鳥圖

東漢　畫像磚拓本

四川省大邑縣安仁鄉出土

這幅弋鳥圖描繪的是古人射獵的場面。荷塘深處，一群大雁驚飛而起，岸邊兩人盤坐，拉弓弋射，情景緊張而真切，與故事中后羿、逢蒙的比賽的情節契合。

年后羿在射日除害之後，收了逢蒙做他的學生。逢蒙原是山中一名獵手，十分靈敏勇敢，后羿也很喜歡他，讓他在自己身邊，將所有的本領都教給他。

得到了后羿親傳，逢蒙的射藝突飛猛進，他的威名也傳遍天下。當時凡是人們提到射箭之人，都會把逢蒙和后羿相提並論，都說后羿是天下第一、逢蒙天下第二。后羿看到逢蒙的本領越來越高強，也十分高興。但逢蒙就不一樣了，他不想永遠當第二，希望有一天能成爲天下第一。

有一次，后羿和逢蒙比賽射箭，當時天空正好有一群大雁飛過，后羿讓逢蒙先射。逢蒙連射三箭，領頭的三隻大雁應弦而落，三支箭正好射中三隻大雁的頭部。天上的大雁受到了驚嚇，四散亂飛。就在這時，后羿也射出了三箭，同樣有三隻大雁應弦落地，而且每隻也都

玉鴞

商代　高9釐米

逢蒙因嫉妒后羿出神入化的箭法，而趁其不備攻擊他，這是人類的嫉妒心在作怪。《北山經》中有種黃鳥，外形像貓頭鷹，人如果吃了牠的肉，就不會產生嫉妒心。貓頭鷹這種頗為怪異的鳥，一直都被賦予某種神祕的色彩。貓頭鷹是鴞（ㄒㄧㄠ）的俗稱，這件玉鴞形態簡單，卻極富神韻。

是頭部中箭。逢蒙看到這種情況，才知道老師的本領已經爐火純青，自己即使再苦練也難以超越。於是他對后羿不滿越來越強，成天處心積慮地想要除掉這位「天下第一」。

此後，逢蒙在后羿身邊表現得更加老實恭順，目的是使后羿放鬆警惕，好找時機下手。他用桃木做了一根棍棒隨身攜帶，說可以用來打野獸，也可以用它來鉤挑獵物，不用下馬就能得到。后羿覺得言之有理，也沒有起疑心。

有一次，他們二人去蛇巫山狩獵，后羿站在山腳下，仰頭射向天上的大雁，逢蒙則在他身邊用桃木棒收拾獵物。后羿已經射落了一隻雁，就在他瞄準第二隻的時候，逢蒙突然用木棒對準后羿狠狠敲下去。后羿雖然有所察覺，但為時已晚，桃木棒正好重重地擊中他的後腦。鮮血從頭上直流下來，后羿無力反抗，輕蔑地看了逢蒙一眼後就倒下了。

后羿死後，其靈魂做了宗布神，統轄天下萬鬼，讓惡鬼不敢再害人。因為鬼的首領后羿是被桃木棒殺死的，所以鬼都怕見桃木，而民間也用桃木來避邪。

西王母　三青鳥

在昆侖山的北面，西王母靠倚著小桌案，頭戴玉製的髮飾。在西王母的南面有三隻勇猛善飛的青鳥，正在為西王母覓取食物。西王母既是司災厲刑罰的天神，又是玉山與昆侖山的山神，曾經設宴招待過遠道而來的周穆王。三青鳥是三隻神鳥，牠們頭上的羽毛是紅色的，

眼睛漆黑，棲息在西方第三列山系中的三危山上，名字分別是大鵹（ㄑ一ㄡ）、少鵹和青鳥，當年周穆王就曾到過牠們棲息的地方。西王母身邊除了有三青鳥之外，還有三足烏、九尾狐，牠們和三青鳥一樣，都是西王母的使者。

傳說大禹在河西治理洪水的過程中，西王母給予他很多的幫助，才使大禹圓滿完成了治水任務。大功告成之後，大禹也曾經被三青鳥使引見，見過西王母，當面向她道謝。那天，大禹乘龍離開蓬萊，忽見一個道者向他拱手道：「聽說足下一直想覲見西王母，我奉太上真人之命前來告知，如今她已前往鐘山，請足下到鐘山去。」青鳥向大禹道：「既然太上真人如此吩咐，我們就往鐘山去吧。」

足足走了半日，忽見前面高山矗天，少鵹道：「這便是了。」大禹下車觀看，只見此地景象與蓬萊不同，幽雅之中兼帶蕭穆之氣；瑤草琪花，處處開放。面前一座金色宮城，城門

《山海經》古版彩圖珍藏版

黑臉西王母

河南鄭州東漢畫像磚

原始神話中的西王母面相猙獰，到漢代仍有留傳，這幅畫像中西王母的黑臉形象即為其一。

西王母及其隨從

四川漢畫像磚

西王母的形象在不斷演變的過程中，其山神神格日漸淡化，而部眾卻日益擴充，除常見的三青鳥、三足烏、九尾狐、玉兔、開明獸外，又增加了鳳凰、蟾蜍、人首蛇身神等。

橫額上「閶闔」二字，每字足有十丈大小。只見城門開放，一隊仙人飄然而至，是西王母派來迎接大禹的。爲首的兩人向三青鳥說道：「王母懿旨，叫汝等陪文命到行宮中休息。」

三青鳥便帶大禹及天將等另向別路而行，街道寬闊，富麗堂皇。其間衆仙來往穿行，或者步行，或者騎鸞驂（ㄔㄢ）鶴，見了大禹，無不拱手爲禮。大鷙道：「這座山上，仙人爲數過萬；就算是我也不能一一區別。」大禹道：「他們都各司何職？」大鷙道：「有些有職司，有些並無職司；無職司的大都是新近得道、功

金母

清　《吳友如畫寶》

後世的典籍中，西王母又稱金母，《吳友如畫寶》中，尊貴優雅的金母置身於雲霧繚繞的神話世界中。

行尚淺，於是便奉命伺候上仙。」

　　大禹道：「既已成仙，還要伺候誰？」大驚道：「此間雖說都是神仙，但亦分尊卑長幼；等級卑下的，應去侍奉等級高上的，彷彿人間僕役伺候主人一般。剛才前來歡迎文命的一班人便是伺候王母的侍從。能夠伺候王母已經實屬難得，其他神仙名位並不高，但是仍需伺候，下神非常辛苦。如此逐級下壓，無可逃避。所以下界有些修仙之人得道之後並不急於上升，而情願在下界多住一萬八千年，以避免伺奉之苦。」

　　到了次日，大禹跟著三青鳥出了行宮，只見已有一輛車子停在門口，它將大禹帶到一處宏大無比的宮殿前。眾人下車後穿過大屋，後面是個極大的花園，方圓足有百畝，奇花異草競相開放，正面階前有無數的神仙列隊相迎，大禹細看，男男女女，駢肩疊背，足有幾百位。

　　忽見一個妙齡女仙排眾而出，向大禹行禮道：「先生已到鐘山，歸功於九天了。家母不過略盡綿薄之力，何功之有，豈敢當這個謝字？請不要說謝，家母自然出來相見。」原來此女便是王母第四女南極王夫人林容真。大禹聞聽此言道：「大功之成，全由王母，某奉聖天子所托前來跪謝，何敢違天子之命於草莽？還請夫人代達下情，文命方不辱君命。」林容真依舊代王母辭謝，大禹又固請。正在相持之時，一老者高聲說道：「主人太謙，客人又太過至誠，雖都是美德，卻害得我們站在這裡苦等。我等不才，來做個調人。俗語說：『恭敬不如從命。』文命見了主人，只要口中多說兩個謝字，跪拜

三青鳥

清　汪紱圖本

三青鳥是為王母取食的侍者，常常與九尾狐一起出現在西王母題材的畫作中。

臥犬

清末　象牙小煙碟　直徑 5.4 釐米

盤瓠渾身錦繡、五色斑斕，十分漂亮。帝嚳十分喜歡這隻狗，經常將牠帶在身邊。畫中的小犬雖不及盤瓠錦繡華麗，但也乖巧稚拙，惹人喜愛，牠正舒展四肢，在樹下小憩。

大禮盡可免去。如此一來，主人之心既安，文命歸去亦可以覆命於天子。衆位認爲如何？」

大禹無奈，只能說道：「既然如此，文命莫敢不從。」此時衆人散開，大禹才得以觀見西王母。

大行伯　犬封國

有個叫大行伯的神人，手握一把長戈。傳說大行伯是水神共工的兒子修，修十分愛好遠遊，他常常坐著舟車雲遊天下，每到一個地方，都要飽覽當地美景才返回，故後世奉他爲祖神。在他的東面有犬封國，天神貳負的屍體也在他的東邊。

犬封國也叫犬戎國，那裡的男人個個長得像狗，但身穿長袍，像人般坐在地上；而女子都長得很美，長髮披肩，短衣短褲。她們都要

犬戎國
苗族剪紙

畬族祖圖生動再現了盤瓠殺房王立功的故事。這種關於犬人的傳說有很多，苗族剪紙講述的就是龍狗與苗王女生下六男六女，繁衍人類的故事。

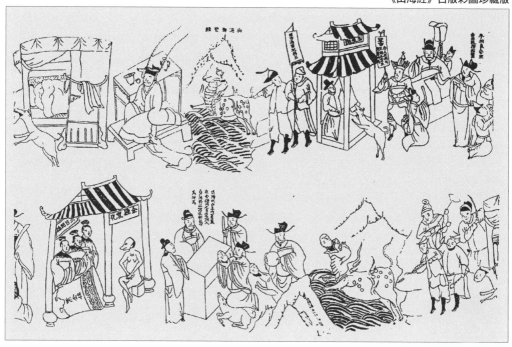

跪在地上捧著酒食向自己的丈夫進獻，而且不敢抬頭仰視。相傳犬封國的祖先是一條神狗，名叫盤瓠（ㄏㄨ丶）。他的來歷頗為神奇，傳說高辛氏帝嚳為帝時，他的夫人忽然得了耳痛病，整整疼了三年，訪遍天下名醫也沒有好轉。後來有一天，她忽然從耳朵裡面挑出一條金蟲，大如蠶繭，原來是牠在夫人的耳朵裡作怪。帝嚳的夫人就將這條蟲用瓠盛著、用盤子蓋著，不久這條蟲變化為一隻狗，從瓠中跳了出來。牠渾身錦繡、五彩斑斕，十分漂亮。因為牠是從盤子和瓠裡面跳出來的，因此帝嚳就給牠取名叫盤瓠。帝嚳十分喜歡這隻狗，經常將牠帶在身邊。

就在這時，有個諸侯房王挑起叛亂，帝嚳憂慮國家危亡，便在天下招募勇士，並發出懸賞令：「要是有人能夠斬獲房王的首級來獻，

盤瓠國

畬族祖圖

畬族將盤瓠（ㄏㄨ丶）奉為先祖，該圖以敘事的手法，描繪了盤瓠從出生到智取房王首級，再到娶妻繁衍犬戎國的過程。

人類忠誠的夥伴——狗

漢

中國自古就有「狗不嫌家貧」的俗語，讚揚的就是狗的忠誠。人類對狗的感情由來已久，這件兩千多年前的陶狗，樣子憨厚，正搖尾示好。

將賜黃金千兩，並賞賜美人。」但群臣見房氏兵強馬壯，都認為難以獲勝，久久無人領命。

就在這天，盤瓠突然失蹤，帝嚳派人到處尋找也沒有看到牠的蹤影。就這樣過了三天，盤瓠突然出現，還帶著房王的首級。帝嚳喜出望外，但這個消息頓時震憾滿朝。

原來盤瓠獨自去了房王的營帳，房王看到之後十分高興，對左右群臣說：「高辛氏將要亡國了啊！連他的狗都拋棄主人來投靠我，我一定能成功！」於是便大設酒宴，慶祝這條神狗加入他們。當夜房王喝得酩酊大醉，一回到帳中便沉沉睡去，盤瓠就趁此機會，咬斷房王的脖子，取下首級，然後一路奔回到主人身邊。

帝嚳見這條狗竟然如此神勇，便賜給牠美食，可是牠不吃也不喝，變得鬱鬱寡歡。一天之後，就連帝嚳呼喚牠，牠也不應了。帝嚳問道：「你為什麼不吃東西，叫你也不來呢？難道是怨恨我沒有賞賜你嗎？我現在就兌現我的諾言，賞你黃金、美女，好不好？」盤瓠聽到這話，立即跳躍起來。於是帝嚳就封盤瓠為桂林侯，賜他美女五人及土地。

後來盤瓠與眾女生下了三男六女，這些孩子出生的時候，雖然具有人的形貌，但卻有犬尾。其後代子孫昌盛，就稱為犬戎之國。因為盤瓠是以犬的身分獲得封賞，所以犬戎國又叫犬封國。在他們的家庭中，如果誕生了男孩必定是狗的樣子，而生了女孩長大後便會出落成美人。男子的地位很高，每天吃飯時妻子都要跪在地上，手捧食物向丈夫進獻。

犬戎國出產一種文馬，身上毛皮純白，鬃

神性之馬

秦代　長 215 釐米　全高 163 釐米

馬在人類生活中扮演很重要的角色，自古就被賦予奇幻的色彩，如日行千里的汗血寶馬、能食虎豹的馬，以及騎上後能長命千歲的吉量馬等。這件陶馬為秦始皇陵中的戰馬，體態健壯高大，是秦始皇強大武裝力量的重要組成部分。

毛卻是紅色的，兩隻眼睛像黃金一樣閃閃發光。
這種馬又叫吉量，騎上牠就能使人長壽千歲。
這種文馬奇肱國也有。傳說犬戎國曾敬獻吉量
給周文王，後來商紂王知道此事，便拘文王於
羑（ㄧㄡˇ）里，姜太公與散宜生只好牽著這
匹吉良獻給紂王，以解救文王。

【本圖人神怪獸分布定位】

貳負神周邊

明　蔣應鎬圖本

貳負神為人面蛇身神。鬼國的人
皆獨目。那隻狗形獸是蜪犬。而
虎形有翼獸名為窮奇。天空中飛
著有毒的大蠭（ㄈㄥ）。山上奔
跑的為闔（ㄊㄚˋ）非的人面
獸。

鬼國

清　《邊裔典》

鬼國即獨目國，他們只有一隻眼睛，且長在臉的正中央。清《邊裔典》中的鬼國之人，造型十分奇特，人面蛇身，一眼長在臉正中，配上巨鼻闊嘴，與鬼國的名字剛好相配。

據比屍

明初　《永樂大典》卷九

據北屍即據比屍，他脖子已經被折斷了，頭折在後面，披頭散髮，一隻手也不知去向，樣子不忍目視。

鬼國　蜪犬　窮奇

　　鬼國位於貳負神屍體的北邊，那裡的人都只有一隻眼睛。這隻眼睛長在臉的正中位置，加上巨鼻寬口，看起來很恐怖。另一說法認爲貳負神的屍體在鬼國的東邊，鬼國的人都長著人的面孔、蛇的身體。

　　蜪（ㄊㄠˊ）犬的形體和一般的狗類似，渾身毛皮都是青色的，是一種兇惡的食人獸。牠吃人的方法很特別，是從人的頭開始吃起。

　　窮奇的外形像老虎一般，兩肋還生有翅膀，吃人的時候也是從頭部開始吃起。窮奇在蜪犬的北邊。另一說法則認爲窮奇吃人是從腳開始吃起的。有傳說記載，窮奇並非見人就吃，而是會選擇。牠專門吃忠信正直的君子，而見到那些惡逆兇殘之人，竟然會捕捉野獸向他們進獻，以討好他們，就像是小人走狗。窮奇就是西方第四列山系中邽山上的窮奇獸，牠顛倒黑白，助紂爲虐，人們十分痛恨牠，將牠與渾敦、檮杌（ㄊㄠˊ ㄨˋ）、饕餮並稱爲「四凶」。

帝台　大蠭　闒非　據比屍　環狗國

　　帝堯台、帝嚳台、帝丹朱台、帝舜台，各自有兩座台，每座台都是四方形，屹立在昆侖山的東北邊。相傳這八座台是大禹殺死怪獸相柳後，爲了掩蓋他的腥臭血液所築的台。

　　有一種大蠭（ㄈㄥ），外形像螽（ㄓㄨㄥ）斯；傳說大蠭的腹部大如水壺，裡面有毒液，螫人後就能將人殺死。還有一種朱蛾，外形像

蚍蜉（ㄆㄧˊ ㄈㄨˊ，一種大蟻）。

　　蟜（ㄐㄧㄠˇ）是一種奇特的動物，有人的身體，卻長著老虎的斑紋，還有強健的小腿肚，棲息在窮奇的東邊。另一說法是蟜的樣子像人，是昆侖山北邊獨有的。

　　闒（ㄊㄚˋ）非也是一種人面獸，長著人的臉孔，身體卻是野獸，渾身青色。

據比屍周邊

明 蔣應鎬圖本

天神據比的屍體只有一隻手臂，脖子也被折斷了。環狗國的人皆是狗頭人身，袜是一種非常可怕的惡鬼，那個豎眼人便是。而頭上長三隻角的人是戎國人。林氏國國內有種形如駿馬的怪獸是騶吾。

【本圖古國地理分布定位】　　【本圖人神怪獸分布定位】

□《山海經》珍貴古版插圖類比

騶吾 胡本的騶吾為一隻帶斑紋的猛虎，尾長及腰。汪本中，騶吾形似猛虎，桀驁強悍。

騶吾

→明 胡文煥圖本　　　　　　　　　　→清 汪紱圖本

袜

袜
清 汪紱圖本

袜的身形似人，有黑色的頭，眼睛和眉毛都是豎著生長，樣子十分可怕。

天神據比的屍首不堪入目，脖子被折斷了，披散著頭髮，一隻手也不知去向。

環狗國，這裡的人都長著狗的面孔，身體卻和常人無異。另一說法則認為牠們是刺蝟的樣子而又像狗，全身為黃色。

袜 戎國 騶吾 氾林

袜（ㄇㄛˋ）這種怪物很可怕，其身形似人，腦袋為黑色，眼睛和眉毛都是豎著長的，赤身裸足，只在腰間圍一條毛皮。袜就是鬼魅，是一種山澤中的餓鬼，對付他們，要請出十二神獸中的雄伯獸。

戎國，這個國家的人長著人的頭，頭上還有三隻角，赤身裸足，生活在崇山峻嶺之中，傳說戎國又叫離戎國。

　　林氏國有一種珍奇的野獸，其大小和老虎差不多，毛皮上有五種顏色的斑紋，尾巴比身體長，名字叫騶（ㄗㄡ）吾，騎上牠就可以日行千里。騶吾是一種仁德忠義之獸，據說牠從不踐踏正在生長的青草，而且只吃自然老死的動物的肉，非常仁義。同時騶吾還是一種祥瑞之獸，當君王聖明仁義的時候，騶吾就會出現。

　　昆侖山南邊生長著一片生氣勃勃的樹林，名叫氾林，其方圓三百里。

冰夷

明　蔣應鎬圖本

深三百仞的從極之淵，是黃河水神冰夷的居住地，河神常由此出遊，駕雙龍翱翔於雲水之間。

后羿射白龍

清　蕭雲從《天問圖》

畫中的白龍為河伯所化，牠因為
作惡多端被后羿一箭射中右眼。

大蟹

清　汪紱

大蟹身廣千里，舉起牠的螯就比
山還高。

冰夷

　　從極淵有三百仞深，是冰夷神常常乘龍出遊的地方。冰夷神的相貌是人面魚身，祂乘著兩條龍，巡遊在天地江河之間。另一說法則認為從極淵叫做忠極淵。冰夷又名馮夷、無夷，祂就是河伯。傳說祂是華陰潼鄉堤首人，因服用仙藥八石而升仙，成為河伯。一說祂於八月上庚日渡河溺死，後來天帝便署祂為河伯。祂是個浪蕩風流之神，要求人們每次祭祀祂的時候，都要進獻一位美女，祂才保佑來年不發生大洪水。

　　英雄后羿聽說河伯竟向人間索要美女，還經常在人渡河的時候將人拉下水溺死，於是便決心除掉河伯。他在水邊等了幾天幾夜，終於等到了河伯出現。當時河伯化身為白龍，在水邊兜遊，正好被后羿見到，於是后羿拈弓搭箭，射中了白龍的右眼。

　　河伯痛不欲生，便上天見天帝：「請你為我報仇，殺掉后羿！」天帝問道：「你為什麼被他射到了呢？」河伯回答說：「我當時變成白龍出水遊玩，正好被他看到。」天帝便批評河伯：「如果你安分守己待在你的深淵中，后羿如何能射得到你？現在你浮出水面，就跟蟲蛇鳥獸一樣，他射殺你也是應該的，他又有什麼罪呢？」河伯無言以對，只得作罷。

王子夜屍 宵明 燭光 倭國

陽汙山，黃河的一條支流從這座山發源；凌門山，黃河的另一條支流從這座山發源。

王子夜的屍體，兩隻手、兩條腿、胸脯、腦袋、牙齒都被斬斷，分散在不同的地方。傳說這裡的王子夜就是王亥，他是主管人間畜牧之神，有一天在諸侯國有易做客的時候，與有易的王妃相互愛慕，結果發生了淫亂之事。有易的君主綿臣十分生氣，便將他殺死，並將屍首肢解，分散在各地，慘不忍睹。後來殷商君主微爲王亥報仇，滅掉了有易國，殺死了國君綿臣。

帝舜的第三個妻子登比氏生了宵明、燭光兩個女兒，她們住在黃河邊的大澤中，兩位女神的靈光能照亮這方圓百里的地方。帝舜的另外兩位妻子就是帝堯的女兒娥皇和女英，她們在帝舜去世後，自投湘江殉夫，成爲湘水之靈。

蓋國位於大燕國的南邊、倭國的北邊，倭國隸屬於燕國。傳說倭國位於大海內，國內人口以女子爲主，他們穿的衣服都不用針線縫合，只是隨便的向身上一披，並且用紅色的顏料塗抹身體。該國一個男子可以娶數十名女子爲妻，而這數十名妻子之間並不會產生忌妒之心。

列姑射山一帶

明　蔣應鎬圖本

列姑射山是海中神山，乃神仙居住的地方。大海中，棲息著一種巨蟹名為大蟹；還有一種叫做陵魚的人面魚。海面上繚繞的雲端中，還矗立著仙山蓬萊山，一些得道神仙會聚於此。

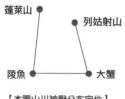

【本圖山川神獸分布定位】

朝鮮　列姑射山　大蟹

　　朝鮮位於列陽的東邊，北臨大海，南倚高山，列陽隸屬於燕國。在周武王滅商後，商朝大臣箕子便率領五千商朝遺民東遷至朝鮮，武王將其封爲諸侯，後來這個國家被燕國人衛滿所滅。

　　列姑射山在大海的河州上，東邊第二列山系中就有姑射山、北姑射山、南姑射山，它們合稱列姑射山。這裡有神仙居住，其肌膚像冰雪一樣潔白，亭亭玉立，祂不食五穀雜糧，只吸風飲露，騰雲駕霧，駕馭飛龍，游乎四海之外。祂的精神凝聚，能使萬物不受災害，年年

五穀豐登。

姑射國在海中，就位於列姑射山上。在射姑國的西南部，有巍峨的高山環繞。

大蟹生活在海裡，據說這種大蟹身廣千里，舉起牠的螯就比山還高，所以它只能生活在水中。傳說有人曾經在海裡航行，看到一個小島，島上樹木茂盛，便下船上岸，在水邊生火做飯；飯才做了一半，就看見島上森林已經淹沒在水中了。於是急忙上船，划到遠處才看清楚，原來剛才的島是一隻巨大的螃蟹，森林就長在牠的背上。可能是生火的時候將牠灼傷，才迫使牠現身。

騰雲飛龍

春秋　高 8.5 釐米

列姑射山和蓬萊山一樣是傳說中的仙山，上面有神仙居住，山上的神仙駕馭飛龍，騰雲駕霧，徜徉於雲海之間，吸食雨露。這件雲龍紋玉琮表現的即是蒼勁飄逸的神龍，遊走於繚繞翻騰的雲海中，輕靈飄灑的姿態透出仙家之氣。

□ 《山海經》珍貴古版插圖類比

陵魚 汪本和郝本中的陵魚雖造型稍有差異，但均作人狀，人面魚身有角，人手人足，且雙足如人般站立在水面或土地上。

→清 汪紱圖本　　　　→清 郝懿行圖本

蓬萊仙境圖

清 袁耀 絹本 設色 縱 163 釐米 横 22.6 釐米 北京故宮博物院收藏

此圖以蓬萊仙境的傳說為題材，畫作氣勢恢弘，描繪出山川湖海的壯麗景象。畫上遠山近巒兀立在天海雲霧的圍繞中，仙境圖景就在雲煙幻滅之中顯現。

陵魚　大鯾　明組邑　蓬萊山

　　陵魚長著人的面孔，而且有手有腳，但身體卻像魚，生活在海中。傳說陵魚一出現，就會風濤驟起。有人認爲陵魚就是人魚，又叫鮫人；她們都是美麗的女子，生活在水中，皮膚潔白、長髮烏亮。眼中流出來的淚水會變成晶瑩璀璨的珍珠，她們能像陸上生活的少女一樣紡紗織布。傳說有一天，一名鮫人從水中出來，隱去魚尾，寄住在陸上的一戶人家中，天天以賣紗爲生。在將要離開的時候，她向主人索取一個容器，對著它哭泣，轉眼間變成了滿盤的珍珠，以此來答謝主人。

　　大鯾（ㄅㄧㄢ）魚生活在海裡。鯾魚其實就是魴魚，其體形像樹葉。

　　明組邑生活在海島上，這是一個海中的部落。

　　蓬萊山屹立在海中。蓬萊、方丈和瀛洲並稱海上三仙山，傳說它在渤海之中，山上的飛禽走獸都是白色的，上面有仙人宮室，都是用黃金美玉建造的，裡面住著長生不死的仙人，藏著不死之藥。這座仙山也是位在一個大鼇

（ㄠˊ，海中大鱉）的背上，被鰲馱著悠遊於
滄海之中。

　　大人國進行貿易的市集在海裡。大人國地
處東海之外，有人傳說大人國市集實際是海上
的海市蜃樓幻象，在山東登州海的中州島上。
春夏之際，常常能看見城郭街市，其中有物往
來，還有飛仙遨遊，變化無常。

巨鰲負地

清　蕭雲從　《天問圖》

蓬萊山為海中神山，雲中仙境。
傳說蓬萊山在渤海之中，望之如
雲，上有金玉鑄造的仙人宮室及
長壽仙人，並藏有不死神藥。
有傳說認為蓬萊五山之根互不相
連，常隨波潮上下往返，不得安
寧。於是天帝命巨鰲背負之，六
萬年輪換一次。圖中表現的即為
巨鰲背負蓬萊山的故事。

第十三卷

海內東經

《海內東經》除了記載數量眾多的山川河流外，還有一些獨具風貌的國家，如盛產羘羊的月支國和出產美玉的白玉山國，就是其中比較神祕奇特的國家。

江西輿地圖說 明 絹底 彩繪 北京圖書館收藏

此圖採用中國傳統的地物、地貌形象化的手法繪製，精細地描繪了江西省、府、縣境內的地理概況，圖幅內的山嶺、湖泊、樹木、城池、房屋等細膩逼真，色彩豔麗。

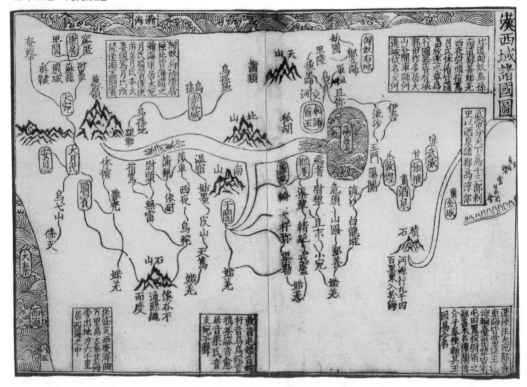

漢西域諸國圖

志磐 南宋 雕版墨印 北京圖書館
收藏

圖中標示了漢代西域主要少數民
族的分佈情況，匈奴、大宛、月
氏諸國在漢朝依然存在，在圖中
都能輕易找到。

以下依次是海內由東北角向南的國家地區、
山嶽河川的分佈情況。

西域各國

大燕國位於海內的東北角。

在流沙中的國家有埻（ㄓㄨㄣˇ）端國、
璽晚（ㄏㄨㄢˋ）國，它們都位於昆侖山的東
南邊。另一說法則認爲埻端國和璽晚國都是在
海內建置的郡，不把它們稱爲郡縣，是因爲它
們處在流沙中。

在流沙之外的國家有大夏國、豎沙國、居
繇（一ㄠˊ）國和月支國。

其中大夏國方圓二、三百里，分爲幾十個
小國。那裡氣候溫和，適宜種植五穀。其沒有

統一的君主，每個小國的首領各自自立爲王。

　　月支國產良馬、優質水果及大尾巴羬羊。傳說月支國的羬羊，光尾巴就重達十斤，可割下來當食物吃，過沒多久，它又會重新長出來。大月支原本遊牧於中國的甘肅、青海一帶，和中原有著密切的關係。在戰國時期盛極一時，當匈奴單于冒頓還是王子的時候，他就曾經被迫作爲人質，被拘留在月支國，後來才僥倖逃回匈奴。匈奴統一各族後，建立了強大的軍隊，東征西討，連當時的秦朝都難以對抗。冒頓想起被押作人質之事，便深以爲恥，最後終於攻破了月支國，將其國王的頭顱割下作爲飲酒器。

　　月支國戰敗後，被迫西遷到西域一帶，滅掉了大夏國，占其領地，和中原不再互通音信。

張騫出使西域

初唐　敦煌第 323 窟

畫面下方騎在馬上的人就是漢武帝，張騫持笏（ㄏㄨ、，手板）跪倒在他的馬前向他辭行。畫面左上方是張騫一行人西去的身影，而左上角的城廓便是他們出使西域的第一站大夏國。

玉鏃、骨鏃

新石器時期　長約 4.7 釐米

　作為一種狩獵與戰鬥工具，鏃（ㄗㄨˊ）很早就被遠古人類利用。這一組玉鏃和骨鏃共五件，磨製鋒利、有稜角，形式頗為規整。為了增強殺傷力，古人還經常在鏃頭上塗抹劇毒的汁液。

□《山海經》珍貴古版插圖類比

雷神 汪本和吳本的雷神，都是雷神的古老樣貌，即人面龍身，且都有一副鳥嘴。鳥形雷神的出現可能與佛教有關，並且這種觀念在明、清時期已十分流行。

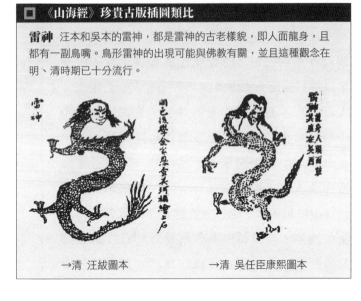

→清　汪紱圖本　　　　→清　吳任臣康熙圖本

合歡

　合歡又名絨花樹、夜合樹，樹冠開闊，如羽狀的複葉畫開夜合，故有「合歡」之名。它自古以來就是一種吉祥的樹木，象徵著舉家合歡。合歡花有安神解憂的療效，對於憤怒憂鬱、虛煩不安特別有效。

　西漢初期，漢王朝在與匈奴的交戰中吃盡了苦頭，不得不忍辱和親。到了漢武帝時期，漢朝國力強盛，漢武帝想反擊匈奴，但當他知道月支國和匈奴的深仇大恨後，就想與月支國配合，從東西夾擊匈奴，並派張騫出使西域。但當時月支國在西域生活安定，早已將仇恨忘到九霄雲外，張騫的出使並沒有促成漢朝夾擊匈奴計畫的實現，但加強了西域和中原的聯繫。後來東漢時期，月支國的一支在印度河流域開疆擴土，建立了有名的貴霜帝國，可與當時的東漢帝國相抗衡。

　西方胡人建立的白玉山國位於大夏國的東邊，蒼梧國則在白玉山國的西南邊，而它們都在流沙的西邊、昆侖山的東南麓。昆侖山位於西方胡人所在地的西邊，位置大多都在西北方。白玉山國盛產美玉，在周穆王時，西胡人進獻玉杯，便是由白玉精雕而成，晶瑩剔透。

雷神 琅邪山

　　雷澤中住著一位雷神，祂有著龍的身體、人的頭，時常在雷澤中玩耍，據說祂喜歡拍打自己的肚子玩耍。一拍肚子，便會發出轟隆隆的雷聲。雷澤在吳國的西部，據說就是太湖。

　　都州位於海中，另一說法則認為都州叫做鬱州。

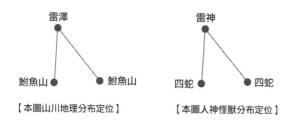

雷澤

鮒魚山 ● ──── ● 鮒魚山

【本圖山川地理分布定位】

雷神

四蛇 ● ──── ● 四蛇

【本圖人神怪獸分布定位】

雷神、四蛇

明 蔣應鎬圖本

海內的雷澤中住著一位雷神，人首龍身、威風凜凜。鮒（ㄈㄨˋ）魚山是帝顓頊的埋葬之地，有四條神蛇擔當守衛。

琅邪山位於渤海之濱，在琅邪台的東面，而琅邪台的北面有座山。另一說法則認爲琅邪山在海中，當年越王勾踐稱霸中原時，就曾經增建琅邪台，使其周長達到七里，在台上可以觀東海。他還在琅邪建立都城，控制中原。

韓雁在海中，位於都州的南邊。古代朝鮮半島有「三韓」，卽三個國家：馬韓、辰韓和弁韓，而韓雁是其中之一的別名。始鳩位於海中，在韓雁的南邊。會稽山位於大越國以南。

河流

從岷山中流出三條江水，首先是長江從汶山流出，再者北江從曼山流出，還有南江從高山流出。高山坐落在成都的西邊。三條江水匯合後向東流淌注入大海，入海處在長州的南邊。

浙江從三天子都山發源，三天子都山位於蠻地的東邊、閩地的西北邊，最終注入大海，其入海口位於餘暨的南邊。浙江就是錢塘江。

廬江也從三天子都山發源，最終注入長江，入江口在彭澤的西邊。另一種說法爲入江口在天子鄣。

淮水從餘山發源，餘山坐落在朝陽的東邊、義鄉的西邊。淮水最終注入大海，入海處在淮浦的北邊。

湘水從帝舜埋葬之地九疑山的東南角發源，向西環繞流去，最終注入洞庭湖。傳說洞庭湖深不可測，其中有水道直通大海。另一說法爲湘江注入的是東南方的凱撒。

漢水從鮒（ㄈㄨˋ）魚山發源，帝顓頊葬

玉琮之中的天地觀

新石器時代　良渚文化　高4.4釐米

玉琮是一種內圓外方的筒形玉器，為中國古代重要的禮器之一。但它的功能遠遠超出了祭祀土地，內圓外方表示天和地，中間的穿孔則表示天地之間的溝通。從孔中穿過的棍子就是天地柱，即天梯。在絕大部分的琮上有動物圖像，表示巫師透過天地柱和動物的協助下溝通天地。因此，玉琮被認為是中國古代通天的象徵。

四蛇 四蛇的形象大量出現在戰國青銅器的紋飾中，戰國銅鏡和方鏡上的四蛇紋飾，表明四蛇具有神聖功能。

戰國銅鏡　　　　　　　　　　　　　　戰國方鏡

在鮒魚山的南邊，他的九個嬪妃葬在鮒魚山的北邊，四條巨蛇從山腳四面蜿蜒而出，伸頸吐信，護衛著神山。我國古老的觀念認爲，人死後的靈魂要回歸故里，高山是祖先的居所，是靈魂最好的歸宿地。四蛇是諸神與神山的守衛者，又是靈魂世界的指引者，蛇屬水，與帝顓頊北方水神的神格相合，因此又是顓頊的動物夥伴。鮒魚山就是符禺山，就是現在的北鎮醫巫閭山。帝顓頊是黃帝的孫子，是北方的最高天帝，幽都的主人，又被稱作黑帝，由禹彊輔佐，主管北方的水域。他同時還是冬神，負責管理一切冬季事務。

濛水從漢陽西邊發源注入長江，入江之處位於聶陽的西邊。溫水從崆峒山發源，崆峒山坐落在臨汾南邊，最終注入黃河，入河處在華陽的北邊。

潁水從少室山發源，少室山在雍氏的南邊，最終在西鄢的北邊注入淮水。另一說法爲潁水在緱（ㄍㄡ）氏注入淮水。

汝水從天息山發源，天息山在梁勉鄉的西南邊，最終在淮極的西北邊注入淮水。另一說法則認爲汝水的入淮處在期思的北邊。

涇水從長城山的北麓發源，這座山在鬱郅（ㄓˋ）長垣的北邊，最後流入渭水，入河口在戲地的北邊。

渭水從鳥鼠同穴山發源，向東流入黃河，入河處在華陰的北邊。

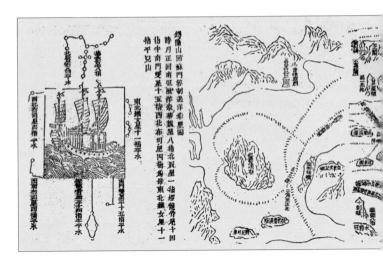

黃淮合流故道入海圖（下圖）

清 雕版套印 北京圖書館收藏

關於淮河的由來有一個動人的傳說。相傳某年，一隻大蛟喝光了湖水，化作一位年輕人，混進一處村落，每次下大雨，他就趴在地上把雨水喝光，害得那個地方旱災連連。後來這件事被天上一位神仙得知，祂便來到此地將蛟龍制伏，並用鐵鍊一頭拴住蛟的心，一頭在自己手裡，並逼迫蛟將喝下的水全部吐出來。於是，神仙牽著蛟龍走過的地方變成了一條大河，後人稱為「淮河」。淮河也是中華文明的發源地之一，與黃河一樣孕育了華夏民族。這幅圖表現了將洪澤之水集中於清口，與黃河合流後東流入海的情況。

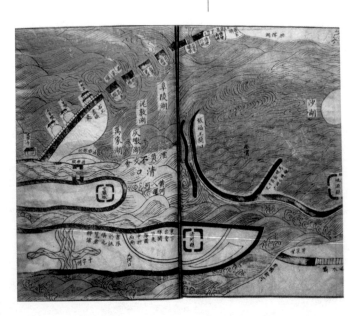

白水從蜀地流出，向東南流注入長江，入江處在江州城下。

沇水從象郡鄳（ㄊㄢˊ）城的西邊發源，向東邊流淌，在下雋的西邊和長江匯合匯入洞庭湖。

贛水從聶都東邊的山中發源，向東北流注入長江，入江處在彭澤的西邊。

泗水從魯地的東北方流出，然後向南流，再往西南流經湖陵的西邊，再轉向東南流入東海，入海處在淮陰的北邊。

郁水從象郡發源，向西南流注入南海，入海處在須陵的東南邊。

肆水從臨武的西南方流出，向東南流注入大海，入海口在番禺的西邊。

湟水從桂陽西北的

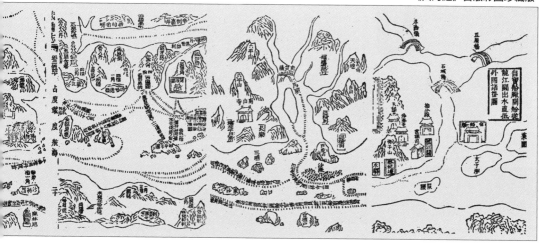

山中發源，向東南流注入肄水，入河口位於敦浦的西邊。

洛水從上洛西邊的山中發源，向東北流注入黃河，入河處在成皋的西邊。

汾水從上窳（ㄩˇ）的北邊流出，向西南流注入黃河，入河處在皮氏的南邊。

沁水從井陘山的東邊發源，向東南流注入黃河，入河處在懷的東南邊。

濟水從共山南邊的東丘發源，流過鉅野澤注入渤海，入海處在齊地琅槐的東北方。

潦水從衛皋的東邊流出，向東南流注入渤海，入海處在潦陽。

虖（ㄏㄨ）沱水從晉陽城南發源，向西流到陽曲的北邊，再向東流注入渤海，入海處在章武的北邊。

漳水從山陽的東邊流出，向東流注入渤海，入海處在章武的南邊。

海外、海內經共八篇，經中共四千二百二十八字。

鄭和七次出使航海圖（局部）

明 手卷式 北京圖書館收藏

在無法談及任何航海經驗的時代，《山海經》中對海內東北角的描繪實在是極其鮮活生動。在華夏歷史上，再一次探索海外未知地域是發生在十四世紀的明代，鄭和奉皇命曾七次下西洋。該圖由右至左繪製了鄭和船隊，自南京至長江口的航行線路及沿途的地理情況。

第十四卷

大荒東經

《大荒東經》中記錄了大人國、小人國、黑齒國等奇異國家的獨特風貌，也記述了許多奇幻的傳說故事，如「天帝少昊以百鳥任文武百官之職」、「王亥僕牛」等。

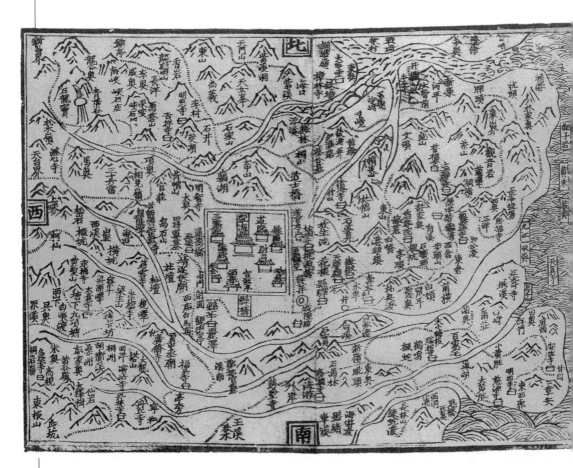

寧海縣境圖 南宋 雕版墨印 北京圖書館收藏

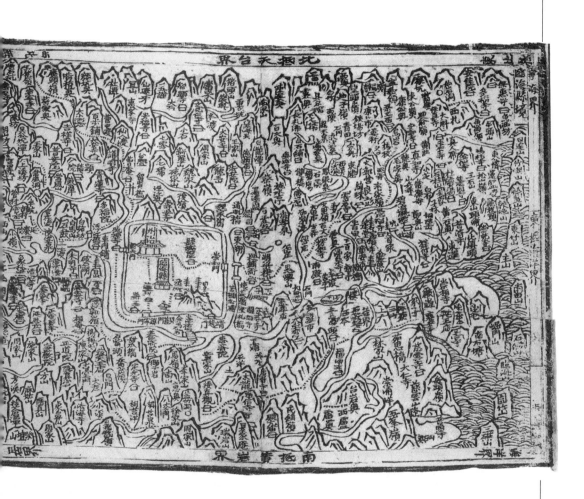

臨海縣境圖 南宋 雕版墨印 北京圖書館收藏

這兩幅圖選自《嘉定赤城志》。雖為縣級區域普通地理圖，卻極為詳細地繪出全縣的山川、道路、村鎮、寺廟和鹽場等，並標註名稱。在志書的縣圖中表示如此眾多的內容，尤其是很大比重地表示自然地理要素，在古今地圖中極為罕見。

本圖根據張步天教授《〈山海經〉考察路線圖》繪製，圖中記載了大荒東、南、西、北四經中各地區的地理位置。

◇《山海經》考據

大壑是古人對大海的誤識

大壑有「無底之谷」的意思，反映了古人對於大海認識的侷限。古人見到萬水千川注入大海，而海的水位卻恆定不變，便猜測其間存在無底深谷。《大荒南經》記載，九個太陽被后羿射下後，變成了海中的沃燋（ㄨㄛ、ㄐㄧㄠ，古代傳說中東海南部的大石山），方圓達四萬里，厚也四萬里，四方海水都往這邊湧入。但因沃燋是九個太陽所化，所以溫度極高，海水澆到上面立即就被汽化消失不見。所以大江大河雖然向東注入大海，但海水從不溢出，這是古人的推測。

大人國 清 汪紱圖本

大人國中之人，據說身高十丈。今見胡本中的大人，雙臂交於胸前，雙腿作蹲曲狀。

大壑 少昊國

東海以外有一道很大的溝壑，傳說這條溝壑之下沒有底，名叫歸墟，天下的水都注入到這裡，但歸墟裡的水卻從無增減。這條溝壑周圍是少昊建國的地方，少昊就在這裡撫養帝顓頊成長。少昊是上古的帝王，名叫摯（或鷙ㄓ、），以金德爲王，所以號稱金天氏。

傳說少昊建國時，有鳳凰來朝賀，於是便以鳥爲圖騰，並且任用各種鳥兒作爲文武百官。分工則根據不同鳥類的特點而定；鳳凰總管百鳥，燕子掌管春天，伯勞掌管夏天，鸚雀掌管秋天，錦雞掌管冬天。另五種鳥來管理日常事務。以孝順著稱的鵓鴣（ㄅㄛ、ㄍㄨ）掌管教育，兇猛威武的鷙鳥掌管軍事，公平穩重的布穀掌管建築，威嚴剛正的雄鷹掌管法律，巧言善辯的斑鳩掌管言論。九種扈鳥掌管農業，五種野雞分別掌管木工、漆工、陶工、染工、皮工等。各種類的鳥分工合作，各盡其才、各司其職。因此，一到朝聖的時間，便會百鳥齊鳴，只聽得鶯歌燕語，紛亂嘈雜。而一國之君少昊就根據諸鳥的彙報來論功行賞。百鳥們無不感激少昊的慈愛和德政，同時佩服他的智慧。後來少昊去往西方，成了西方的天帝。

大人國

少昊國附近有一座甘山，甘水從這座山發源，流匯形成甘淵。

大荒的東南角有座高山，名稱是皮母地丘。

東海以外，大荒之中，有座大言山，是太陽和月亮升起的地方。

還有一座波谷山，大人國就在這山裡。那裡有做買賣的市集，就在叫做大人堂的山上。有一個大人正蹲在上面、張開雙臂。他的雙腿雙臂奇長無比，雙手碩大，兩耳作招風狀，赤身裸體，長髮披肩。有傳說記載，遠古時期大人國居民的身材比現在更高大，一步就能跨出數百里。但為什麼現在變矮了呢？原來在遠古時代，深不可測的歸墟中漂浮著五座仙山：第一座叫岱輿；第二座叫員嶠；第三座叫方壺，也就是方丈；第四座叫瀛洲；第五座叫蓬萊。這五座山巍峨高大，山腳周長達三萬里，山頂周長也有九千里；每山相隔七千里，山上居住著無數的神仙，他們一天就能往返於各仙山之間，生活逍遙安樂。

但有一點美中不足的，就是這五座山漂浮在海上，沒有根基，經常隨潮水波浪上下流動，眾神都因此感到煩惱，於是向天帝求援。天帝也擔心這五座山隨波逐流，漂向北方極地，使眾神失去棲身之所。於是命令北海海神禺強用十五隻巨鱉背負仙山，將它們分成三組，每六萬年一輪替。從此這五座仙山就穩固屹立在原地了。

不久之後，波谷山大人國有一個人到東海

三友百禽圖

明 邊景昭 絹本 設色 臺北故宮博物院收藏

傳說少昊建國時，任用各種類的鳥兒作為文武百官。百鳥的形象千百年來被廣大中國人民喜愛，數不清的美術、音樂作品靈感來源於百鳥聚會的熱鬧場景。這幅百禽圖工整細緻、繁而不亂，不僅場面熱鬧有趣、其樂融融，其中也寄託了畫家對於太平盛世的無限嚮往。

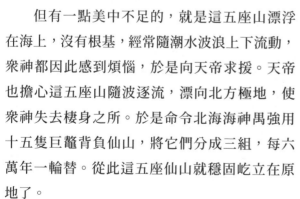

玩耍，邁著他那巨大的步伐幾步，便闖入了五座仙山的所在之地，將背負岱輿、員嶠二山的六隻巨鰲一齊釣起。玩耍一陣之後，就將它們背回國去，這幾隻巨鰲骨頭被灼燒，於是岱輿、員嶠二山便慢慢向北極漂移，最後沉入大海；山上眾多神仙失去棲身之所，不得不遷往別處。

王亥周邊

明 蔣應鎬圖本

波谷山中有個大人國，其國人身材高大；另外還有個小人國，其國人身材矮小。山嶺上站著的人面獸身神名犁𩣡（ㄌㄧˊ）屍。招搖山上有個因民國，國內有民叫王亥，圖中那位雙手抓鳥的人就是他。還有座孽搖頵羝（ㄐㄩㄣ ㄉㄧ）山，山中有湯谷，那是太陽起落的地方，日升日落都是由三足烏來運送。又有一個人面獸身、兩耳掛蛇，名為奢比屍的神。還有美麗的五采鳥，正立於水旁。

【本圖山川地理分布定位】

【本圖人神怪獸分布定位】

天帝知道後勃然大怒，就將大人國的疆域變小，國人的身高變矮。但是卽便如此，到伏羲神農時期，大人國的人身高仍然有數十丈。

小人國 犁𩩝屍 中容國

有個小人國，那裡的人被稱作靖人。和周饒國一樣，其國民身材矮小，只有九寸。每個人都赤身長髮，面有鬍鬚。位立於大人國旁邊，和大人形成鮮明反差。

有一個神人，祂有著人的面孔和野獸的身體，叫做犁𩩝（ㄌㄧㄥˊ）屍。祂人面獸身，渾身被長毛覆蓋，雙腳站立。傳說天神犁𩩝被殺死後，靈魂不死，就變成了犁𩩝屍，繼續活動。

有座滽（ㄐㄩㄝˊ）山，楊水就是從這座山發源的。

有一個蔿（ㄨㄟˇ）國，該國的人民都以黃米爲食物，還能馴化四種野獸：老虎、豹、熊和羆。舜還是庶人的時候，曾居住在嬀（ㄍㄨㄟ）水河畔，該國的國民就是他的後裔。舜曾經與豹、虎、熊、羆四種野獸爭奪神位，四獸均無法獲勝，最終臣服於舜，供他驅使，所以舜的後裔頵（ㄐㄩㄣ）國國民都有驅使豹、虎、熊、羆四種野獸的本領。

在大荒中，有座山叫做合虛山，是太陽和月亮升起的地方。

接引靈魂的羽人

曾侯乙墓內棺漆畫（局部）

木胎漆繪 湖北省博物館收藏

人面獸身的犁𩩝在死後靈魂可以不死，這是神人的特異之處。在曾侯乙墓內發現的羽人形象，人面鳥身，頭戴有兩尖的帽冠，雙翅舒展，一手持戟（ㄐㄧˇ），腹部裝飾著規則的鱗紋，尾翼呈扇形狀，傳說它可以引領靈魂升天。

小人國

清　汪紱圖本

小人國之人又被稱為靖人，其身材矮小，身高只有九寸。

鴞尊

商後期　盛酒器　河南省安陽市殷墟婦好墓出土

少昊統治時不僅以禽鳥為圖騰，牠們甚至還擔任重要的職務，可見鳥文化在古中國的影響。瑰麗奇美的青銅尊最早在商代出現，有些以鳥獸為形，這只鴞尊的雙足與尾為支撐點，頭後為器口。蓋面鑄立的鳥，造型雄奇，花紋綺麗。

有一個國家叫中容國。天帝裡有中容、晏龍、黑齒、季厘等才子八人，這中容國的人就是天帝之子中容的後裔，他們平時吃野獸的肉和樹木的果實。據說中容國這種樹叫赤木玄木，其樹葉、果實味道鮮美，吃了之後就能成仙。中容國的人也能馴化四種野獸：豹、虎、熊、羆。

有座東口山，君子國就在東口山。那裡的人穿衣戴帽一絲不苟，而且腰間佩帶寶劍，看上去溫文爾雅，頗有君子之風。

司幽國　白民國

這裡還有個國家叫司幽國。天帝生了晏龍，晏龍生了司幽，司幽生了思土，而思土不娶妻子；司幽還生了思女，思女也不嫁丈夫。他們倆就是司幽國的祖先。傳說在司幽國裡，男不娶、女不嫁，雙方只要憑感覺意念就可以相互通氣受孕，所以他們不結婚也能生下孩子。司幽國的人吃黃米飯，也吃野獸的肉，能馴化豹、老虎、熊、羆等四種野獸。

大荒中有一座高山，叫作明星山，是太陽和月亮升起的地方。

有個國家叫白民國。天帝生了帝鴻，白民國的人就是帝鴻的後代，他們姓銷，以黃米為食物，能馴化四種野獸：老虎、豹、熊、羆。《海外西經》也有白民國，那裡出產一種名叫乘黃的奇獸，外形像狐狸，只要乘坐牠，就可以活到二千歲。

有個國家叫青丘國。青丘國有一種狐狸，長有九條尾巴。

有一群人被稱作柔僕民，他們的國家名叫嬴（ㄧㄥˊ）土國，因爲境內的土壤十分肥沃。

有個國家叫黑齒國。黑齒是天帝的后代，其國民姓姜，以黃米飯爲食，也能馴化驅使四種野獸。

有個國家叫夏州國，附近有蓋余國。

天吳 折丹 禺虢 因民國

這裡有一個神人，他有八顆頭，每顆頭上都有人的臉，還有老虎的身體及十條尾巴，其名字叫天吳。

在東邊的大荒之中，有三座高山，分別叫做鞠陵於天山、東極山、離瞀（ㄇㄠˋ）山，這裡也是太陽和月亮升起的地方。有個天神名叫折丹，東方人稱他爲折。從東方吹來的風被稱作俊，正月時常有東風，預告春天的來臨，所以人們也稱俊風爲春月之風。折丹就處在大地的東極，主管俊風的起與停。

在東海的島嶼上，住著一位天神，他有人的面孔、鳥的身體，耳朵上掛著兩條黃蛇，腳底下踩著兩條黃蛇，祂名叫禺虢（ㄍㄨㄛˊ）。黃帝生了禺虢，禺虢生了禺京。禺京住在北海，禺虢住在東海，祂們都是統治一方的海神。

有座招搖山，融水從這座山中發源。那裡有一個國家叫玄股國，其國民以黃米爲食，也能馴化驅使四種野獸。

此外，有個國家叫因民國，那裡的人都姓勾，以黃米爲食物。有個人叫王亥，他是殷民族的高祖，是畜牧之神，擅長馴養牛。在上古

巨龜負山

山東沂南漢畫像石

北海海神禺彊用十五隻巨鼇（ㄠ
ˊ）背負仙山，將牠們分成三組，
每六萬年一輪替，從此這五座仙
山就屹立在原地。山東沂南漢畫
像石表現的就是巨龜負山的神話
內容。

□ 《山海經》珍貴古版插圖類比

王亥 《天問圖》中生動地表現了王亥僕牛的故事。傳說王亥能舞精彩的雙盾，並因此博得北方有易之妻的愛慕，《天問圖》中也有描繪。王亥還是信仰鳥的殷民族的先祖，汪本中的王亥雙手各捧一鳥，正將鳥頭送入口中。

→清 蕭雲從 《天問圖》　　　　→清 蕭雲從 《天問圖》　　　　→清 汪紱圖本

鳥形象牙圓雕

新石器時代 河姆渡文化 長 15.8 釐米

從河伯將有易後人化為鳥足人可以看出，在遠古社會，鳥崇拜的文化色彩非常濃厚。這件乍看像匕首的裝飾品，便是河姆渡遺址出土的鳥形象牙圓雕，也是中國最早的象牙藝術品之一，製作精緻典雅。

時期，牛既是農耕的重要工具，也是祭祀時必備的牲祭，所以飼養牛、馴牛神的地位非常高。

搖民國

傳說有一次，王亥和其弟王恒飼養了大批牛羊，並把牠們託付給北方的有易和河神、河伯看管。王亥、王恒初到有易國時，受到了有易國君綿臣的熱情招待，酒席間王亥雙手持盾起舞，竟引起了綿臣妻子的愛慕，在其弟王恒的掩護下，二人當晚就發生了淫亂之事。

這事被綿臣知道了，他一氣之下竟殺了王亥。後來王亥的兄弟王恒向綿臣求饒，得到了牛，立即就返回國中。

殷王上甲微知道這件事之後，就興師討伐

有易，並要河伯也一同征討，河伯不得不從。

彈丸之地的諸侯國有易不是殷的對手，不用幾日便被殷王所滅，國君綿臣被殺。這場戰爭過後，王亥大仇得報，而有易國境內也回到了一片荊棘的原始荒蕪狀態。

河伯原來就和有易的關係很好，不得已助殷王征討有易，心中不忍，便幫助有易的子民潛逃，把他們變成了另一個長有鳥足的民族，在一個遍地禽獸的地方，建立了一個以獸為食的國家，就叫做搖民國。搖民又叫因民、嬴民，是秦國人的祖先。

另一種說法是帝舜生了戲，戲的後裔就是搖民。

湯谷　奢比屍

在大荒之中，有一座孽搖羝山。山上有棵扶木，也就是扶桑樹，樹幹高聳三百里，葉子的形狀像芥菜葉。山上還有一道山谷叫做溫源谷，也叫湯谷，是太陽洗澡的地方。湯谷上面長了棵扶桑樹，一個太陽剛剛回到湯谷，另一個太陽便立即從扶桑樹上出去，這些太陽都負載於三足烏的背上。三足烏樣子像烏鴉，有三隻爪子。牠除了與九尾

宴樂

東漢畫像磚　四川成都出土　四川省博物館收藏

原始時期的樂舞與先民的狩獵、畜牧、耕種、戰爭等多方面的生活有關，人們常把自己打扮成狩獵的物件或氏族的圖騰，後來這種舞蹈作為王侯貴族酒席間的助興表演。王亥的慘劇也是從宴會樂舞開始的，酒席間，他雙手持盾起舞，舞得十分精彩，結果竟引起綿臣妻子的愛慕，也引來了殺身之禍。

三足烏

清　蕭雲從　《天問圖》

三足烏有雙重身分：一是西王母的使者和侍者，常與三青鳥、九尾狐一同出現，構成西王母神話的原始圖像。二是太陽鳥，是太陽的運載工具。太陽與鳥相合的觀念出現極早，在后羿射日的神話中，就有射中九日，九日中烏皆死的傳說。蕭雲從所作的后羿射日圖中，被射下來的太陽也都是烏。

狐、三青鳥一起作爲西王母的侍者外，同時牠還擔負著載日日的職責。有人認爲三足烏是日中之精，當時后羿十個太陽中射中九個，日中之烏被射死，從此不再危害人間。

又有一個神人，祂有人的面孔、碩大的耳朵以及野獸的身體，耳朵上掛著兩條靑色的蛇，其名叫奢比屍。

有一群有著五彩羽毛的鳥，是和鳳凰一樣的祥瑞之鳥，牠們兩兩相伴，翩翩起舞，天帝帝俊從天上下來和牠們交友。帝俊在下界的兩座祭壇，就由這群五彩鳥掌管著。帝俊是殷族的天帝，祂長著鳥頭。

在大荒中，有一座山名叫猗天蘇門山，也是太陽和月亮升起的地方。

女和月母國　應龍

猗天蘇門山附近有個國家叫壎（ㄒㄩㄣ）民國。國境內有綦（ㄑㄧˊ）山、搖山、𩒺（ㄙㄥˋ）山、門戶山、盛山、待山等山峰。山上也有一群五彩鳥翩翩起舞。

在東荒中，有座壑明俊疾山，也是太陽和月亮升起的地方，山的附近也有一個中容國。

在東北海外，又有三青馬、三騅馬、甘華樹。這裡還有遺玉、三青鳥、三騅馬、視肉怪獸、

甘華樹、甘柤樹等珍禽異獸，玉樹瓊枝。

有個國家叫女和月母國。那裡有一個神人名叫鵷（ㄨㄢˇ），從那裡吹來的風被稱作狻（一ㄢˇ）。神人就處在大地的東北角，以便控制太陽和月亮，使它們不要錯亂地出沒，並規定它們升起落下的時間。

在大荒的東北角，有一座凶犁土丘山。

應龍住在南方，因為它殺了神人蚩尤和神人夸父，再也不能回到天上。天上沒了應龍興雲布雨，下界從此年年乾旱。於是人們若遇乾旱，就扮成應龍的樣子求雨。天帝看到這種情

應龍

明 蔣應鎬圖本

一片雲霧中，神力超凡的應龍伸展雙翼，雙目有神地自由遨翔，顯得蒼勁有力，威武有神性。

形，會滿足人們的願望，降下甘霖。相傳殷初商湯看到肥遺蛇，結果招致長達七年的旱災，後來商湯便模仿應龍的樣子，做了一條土龍來求雨，過不了多久，天空果然烏雲密佈，瞬間大雨滂沱，終於結束了七年之旱。

傳說應龍又是龍中最神異者，蛟千年化爲龍，龍五百年化爲角龍，角龍再過千年才能化爲應龍。同時牠還是黃帝的神龍，在黃帝與東方九黎族首領蚩尤的戰爭中立下了功勞。

東海之中有座流波山，這座山離東海有七千里。山上棲息著一種神獸，外形像普通的牛，身上的毛皮青蒼色，但沒有犄角，僅有一

雷澤之神

明　蔣應鎬圖本

東海中有座流波山，入海七千里；山上棲息著一種形如牛的獨足獸名夔，牠是雷澤之神。

應龍 禹平治洪水時，應龍曾立下功勞。《天問圖》中有所描繪，應龍正以尾畫地，駕龍指揮者想必是大禹。胡本則為我們展示了應龍靜態的形象。

→清 蕭雲從 《天問圖》

→明 胡文煥圖本

隻蹄。牠出入海水時有大風大雨相伴，並發出如同太陽和月亮的光芒，吼叫的聲音如雷鳴，這種神獸名叫夔（ㄎㄨㄟˊ）。黃帝曾經得到牠，用牠的皮蒙鼓，再拿雷獸的骨頭敲打，聲響能傳到五百里以外，威震天下。

相傳黃帝與蚩尤在逐鹿大戰時，玄女為黃帝製作了夔牛鼓八十面，每面鼓聲震五百里，威風至極。當時蚩尤有著銅頭鐵額，能吃石頭，還能飛空走險。但黃帝用夔牛鼓連擊九下，蚩尤竟然被震懾住，再也不能飛，最終被黃帝捉住殺死。

玉夔龍璜

西周 長 15.4 釐米

夔紋在商、周的青銅器中極為常見，變化繁複，多數與龍的形象近似，但最突出的特徵是只有一足，這一點與具有神通的獨足夔牛十分相似。這件玉璜玉質溫潤，色澤呈褐色，雕刻精美，佈滿夔龍紋。

《大荒南經》中包含了許多奇異的內容，不死國和小人國的傳說很有意思。聞名後世的「后羿射日」也出自此經，其中十個太陽的母親羲和，經常為太陽們洗澡並監督它們輪流到天空值班的故事，更是讓人感動。

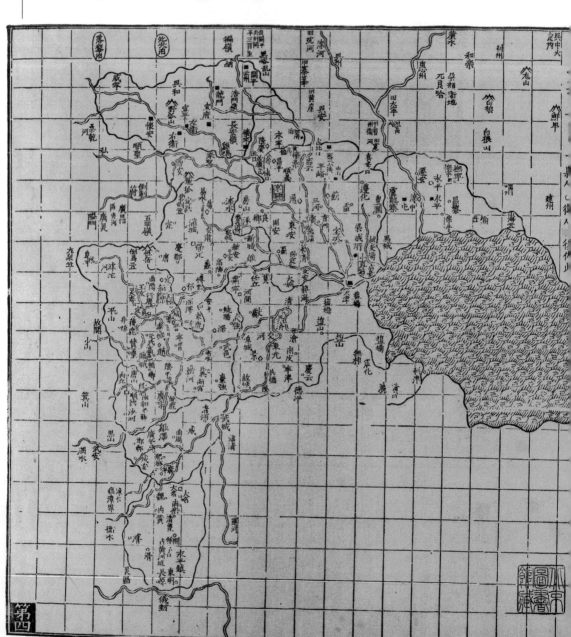

廣輿圖・北直隸輿圖　羅洪先　明　刻本　北京圖書館收藏

廣輿圖·遼東邊圖 羅洪先 明 刻本 北京圖書館收藏

這兩幅圖都採用方格坐標的繪製手法,其比例尺為每方一百里,因此,地圖的精確度非常高。其中「北直隸輿圖」(左頁圖)是現存北京附近及河北地區最早的一幅地圖,而「遼東邊圖」(右頁圖)也成為明中晚期編纂地理文獻時的重要參考資料。

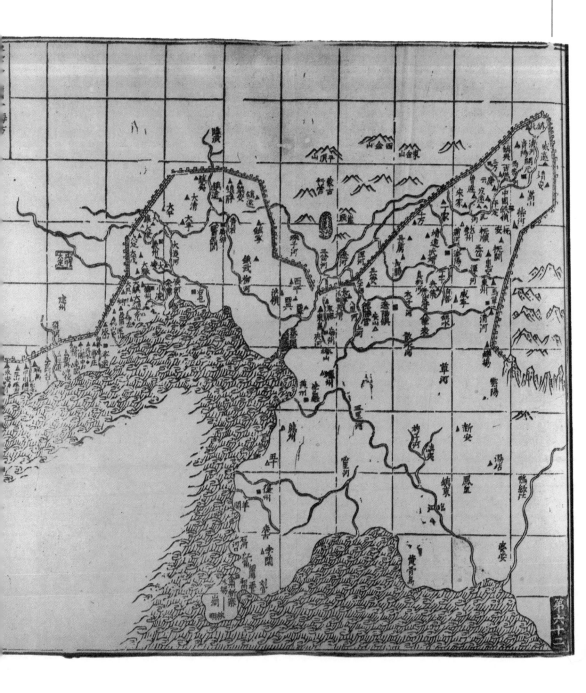

雙雙　蒼梧之野

在南海以外，赤水以西，流沙以東，生長著一種野獸，它的脖子左右分開，兩邊各長有一個狗頭，四隻眼睛都專注地看著前方，其名稱是跋（ㄔㄨ ˋ）踢，傳說跋踢就是述蕩。在

黑水一帶

明　蔣應鎬圖本

南海之外，有種雙頭獸名為跋踢。山巔上還有隻三身怪鳥叫雙雙。黑水南岸棲息著一種名為玄蛇的大黑蛇。另一座巫山，山上有外形如巨鹿的塵（ㄓㄨ ˇ）。大荒之中的不庭山，住著三身國的人。

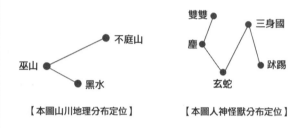

【本圖山川地理分布定位】　【本圖人神怪獸分布定位】

趺踢的附近還有三隻青色的野獸連在一起，名字叫雙雙。雙雙這種奇獸的身體雖然連在一起，卻有各自獨立的心志，只不過礙於身體相連，必須要一起行動罷了。也有人認爲雙雙是種奇鳥，是三青鳥的合體，在一個身體上生著兩個頭，尾部有雌雄之分，所以一隻雙雙鳥便是一對夫婦，它們雙宿雙飛，常被用來比喻愛情。

還有一座山叫阿山。在南海之中，又有一座泛天山，從昆侖山發源的赤水最終注入泛天水中。在赤水的東岸，有個地方叫蒼梧之野，帝舜與他的兒子叔均都葬在那裡。當年帝舜南巡到蒼梧而死去，就地埋葬，商均也因此留下，死後也葬在那裡。這裡生氣勃勃，飛禽走獸不計其數，有花斑貝、離朱鳥、鷂鷹、老鷹、烏鴉、兩頭蛇、熊、羆、大象、老虎、豹、狼、視肉等怪獸。

黃鳥 清《爾雅音圖》

黃鳥作爲生物鏈上重要的一環，與玄蛇、塵形成了一物克一物的制衡關係。

玄蛇 黃鳥 三身國

有一座榮山，榮水就從這裡發源。在黑水的南岸，棲息著一種巨蛇，它全身漆黑，名叫玄蛇，又叫元蛇，能夠吞食塵、鹿。塵的個頭要比鹿大，它的尾巴能製作拂塵來拂掃塵土。既然玄蛇能夠吞食塵，看來其大小也和巴蛇差不多。

這裡還有一座山叫巫山，在巫山的西面棲息著黃鳥。天帝的不死之藥就藏在巫山的八個齋舍中。黃鳥棲息在這裡，監視著那條玄蛇，不讓牠偷吃黃帝的不死藥。塵喜歡吃藥草，玄

雙雙

清 郝懿行圖本

雙雙是多體合一的奇鳥或奇獸。《山海經》中的雙雙，有兩種形象，一是三青獸合體，二是三青鳥合體。

羽人

西漢　陝西省西安市西北郊出土

羽人的形象最早見於商代，人頭鳥身或鳥頭人身的皆有，反映出遠古時代就對鳥崇拜。西漢時期的文物中也常能見到羽人，這尊西漢時期的青銅羽人，長臉、兩耳碩大豎立高出頭頂，腦後梳有錐形髮髻。背部有雙翼，膝下也有鱗狀垂羽，與《山海經》中對「羽民國」居民的描述很是貼近。

蛇捕食塵，黃鳥又監管玄蛇；三者是相互制衡的關係。

大荒群山

在大荒之中，有座不庭山，榮水最終流到這座山下。這裡住著一種人，他們有三個身體。帝俊的妻子叫娥皇，這三身國的人就是他們的後代子孫。三身國的人姓姚，以黃米為食，並已知道用火，且能馴化虎、豹、熊、羆四種野獸。山下有一個四方形的深淵，其四個角有水相連，北邊與黑水相連，南邊和大荒相通。北側的淵稱作少和淵，南側的淵稱作從淵，是帝舜沐浴的地方。

另有一座成山，甘水最終流到這座山。山中有個季禺國，他們是帝顓頊的子孫後代，也以黃米為食。還有個國家叫羽民國，這裡的人身上都長有羽毛。又有一個國家叫卵民國，其國民都會產卵，再從卵中孵化自己的後代。

大荒之中有座不姜山，黑水最終流到這座山。這座山附近又有座賈山，汔（ㄑㄧˋ）水從這裡發源。又有言山、登備山、恝恝（ㄐㄧㄚˊ）山。還有座蒲山，澧水從這座山發源。又有座隗山，它的西坡蘊藏有色澤豔麗的丹雘，它的東面蘊藏有晶瑩剔透的玉石。從隗（ㄨㄟˇ）山往南又有一座高山，漂水就從這座山中發源。除這些山之外，還有尾山、翠山。

有個國家叫盈民國，這個國家的人都姓於，以黃米為食。發生饑荒時，有人會吃樹葉充饑。

有個國家叫不死國，其國民都姓阿，以甘木這種不死樹為食，所以他們個個都長生不死。

在大荒之中，有座山叫做去痓（ㄓ丶）山。有句話說：「南極果，北不成，去痓果。」這一句有可能是巫師的咒語。

不廷胡餘　因因乎　季厘　載民國

在南海的島嶼上，住著一位天神，祂身材高大，有人的面孔，耳朵上穿掛著兩條青蛇，

【本圖人神怪獸分布定位】

宋山附近

明　蔣應鎬圖本

南海的島嶼上，有位天神名叫不廷胡餘，祂雙耳貫蛇、雙腳踏蛇。宋山上那個長有虎尾的怪神是祖狀屍。焦僥國又叫小人國，那裡的人只有三尺高。而那個在水中捕魚的有翼人是驩（ㄏㄨㄢ）頭國之民。

桃源仙境圖

自古以來，很多人把與世隔絕、安居樂業作為生活的理想目標，期望生活在一個美景相伴的人間仙境，一生豐衣足食。此圖描繪的便是這樣一個場景，在高山溪流與古樹、石磯掩映中，幾個人在幽谷中撫琴論事，神情悠然自得，好不自在。

腳底下踩踏著兩條紅蛇，雙手握拳，威武地立於山海之上，祂的四周有祥雲環抱。這位天神名叫不廷胡餘，是南海諸島的海神，那四條蛇是海神的標誌，同時也是祂上下於天地間的工具。

有個天神名叫因因乎，南方人單稱祂為因乎。從南方吹來的風稱作民。天神因因乎就棲息在大地的南極，主管風起、風停。

有座襄山和重陰山。有一個人吞食野獸肉，名叫季釐。季釐是帝俊的子嗣之一，而重陰山中居住的人都是季釐的後裔，所以稱作季釐國。又有一個深潭叫緡（ㄇㄧㄣˊ）淵。少昊生了倍伐，後來倍伐就被貶到緡淵。附近有一個水池是四方形的，名叫俊壇。

有個國家叫蔿（ㄓˋ）民國。帝舜生了無淫，後來無淫被貶到蔿居住，無淫的後代就是所謂的巫蔿民。巫蔿民姓肦（ㄈㄣˊ），以五穀為食。他們不用紡紗織布，卻自然有衣服穿；不用從事耕種，卻自然有糧食吃。那裡的鸞鳥自由自在地歌唱，鳳鳥自由自在地舞蹈。還有各種野獸，牠們都群居相處，是一個百穀生長、豐衣足食的好地方。

在大荒之中，有座山叫做融天山，山腳下有一個孔穴，海水從南面流入。

蝨民國　宋山　祖狀屍

有一個神人叫鑿齒，祂是被后羿用箭射死的。

有座山叫做蝨（ㄩˋ）山，在這裡有個蝨

民國，這裡的人姓桑，以黃米爲食，也射殺蜮，並將其作爲食物，所以又被稱爲蜮人。蜮又名短弧（狐）、射工蟲、水弩，傳說是一種非常毒的蟲，生長在江南山溪中，其樣子與鱉類似，有三隻腳，體長約二寸，口中長有弩形器官，能夠噴出毒氣射人；被射中的人，輕者生瘡，重者致死。人們往往將牠和鬼相提並論，而蜮民國的人不但不怕，還以蜮爲食。蜮民國的人經常拉弓射殺黃蛇，他們能殺死有劇毒的動物，個個都身懷絕技。

有座山叫做宋山，山上棲息著一種紅顏色的蛇，名叫育蛇。山上還生長著一種樹木，名叫楓木。傳說蚩尤被黃帝捉住後，手腳上都被戴上了枷鎖鐐銬。之後黃帝在黎山將蚩尤處死，其身上的手銬腳鐐丟棄在那裡，後來就變成了楓木。

有個神人的牙齒是方形的，有一條老虎尾巴，名叫祖狀屍。牠是人虎同體的天神祖狀被殺之後所化。

有一個小人組成的國家，名叫焦僥國，其國民都是只有三尺（約一百公分）高的侏儒，他們都姓幾（ㄐㄧ），整天赤身裸足，吃上好的稻米。

歹塗山 伯服國 昆吾

在大荒之中，有座山名叫歹（ㄒㄧㄡˇ）塗山，青水最終流到這裡。還有座雲雨山，山上有一棵仙樹叫做欒木。大禹在雲雨山砍伐樹木，發現紅色岩石上生長著這種欒木，黃色的

祖狀屍 清 汪紱圖本

祖狀之屍是人虎共體的天神，其神容為方齒虎尾。祖狀屍屬屍象，指的是天神被殺後，其靈魂不死，並以屍的形態繼續活動。

臥虎雙耳扁足銅鼎

商·越 高 30 釐米 口徑 20 釐米

據說人類始祖伏羲姓風，而《易傳·文言》中又有「雲從龍，風從虎」之說，可見自極久遠的伏羲時代起，虎就是中國文化中一個被神化的重要元素。因此，長有虎尾，可說是祖狀屍神人身分的證明之一。這件銅鼎耳上各有一拖尾臥虎，造型奇特。

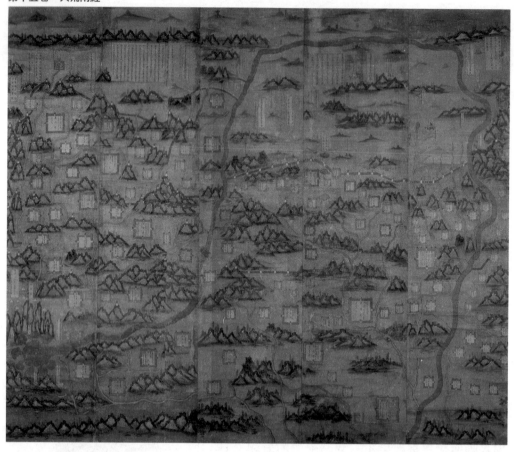

九邊圖摹本（局部）

明　縱 208 釐米　橫 567.6 釐米　遼寧省博物館收藏

大荒地區有各種奇珍異獸，也有多個少數民族分佈。為了防止遊牧民族的侵擾，明朝在邊疆地區設立九個邊防重鎮，分別命令大將統兵防禦。

莖幹、紅色的枝條、青色的葉子，它的枝、葉、果都能製成長生不死的仙藥。

有個國家叫伯服國，顓頊生伯服，伯服國的人都是他的後代，以黃米為食。伯服國附近還有一個鼬姓國，被苔山、宗山、姓山、壑山、陳州山、東州山、白水山等山峰環繞。白水從白水山上發源流向山腳，彙聚成為白淵，這是昆吾軍隊洗澡的地方。

昆吾是古代的一位英雄，名叫樊，號昆吾。傳說其父陸終娶了鬼方氏之妹為妻，稱她為女

嬇（ㄎㄨㄟˋ）。女嬇懷孕三年都沒有生育，最後將其左脅（肋骨位置）剖開，生下了三個孩子；將其右脅剖開，又生了三個孩子。第一個名樊，是昆吾；第二個名惠連，是參胡；第三個名籛（ㄐㄧㄢˇ）鏗，就是活了八百年的彭祖；第四個名求言，又叫鄶（ㄎㄨㄞˋ）人；第五個名安，是曹姓的祖先；第六個名季連，是芈（ㄇㄧˇ）姓的祖先。

張宏 驩頭國 嶽山

有群人被稱爲張宏，以捕魚爲生。他們的國家就位於海島上，稱爲張宏國，其國民都以魚爲食物，並能馴化虎、豹、熊、羆四種野獸。有人則認爲張宏國人能驅使四隻鳥。

又有一種人，長著鳥的喙及翅膀，也擅長捕魚，他們住在大荒之中，名叫驩（ㄏㄨㄢ）頭。鯀的妻子名叫士敬，士敬生了一個兒子名叫炎融，炎融的兒子名叫頭。頭人面人身，但卻有鳥嘴鳥翼，以捕魚爲生。他雖生有翅膀，卻不能飛翔，只能將它當作拐杖使用，走路的時候也扶著翅膀。除吃魚之外，他也把芑、苣、穋（ㄌㄨˋ）等蔬菜穀物和楊樹葉當成食物。頭的後代繁衍後，於是有了驩頭國。

帝堯、帝嚳、帝舜都葬在嶽山。那裡有花斑貝、三足烏、鶬鷹、老鷹、烏鴉、兩頭蛇、視肉怪獸、熊、羆、老虎、豹；還有一種朱木樹，它長著紅色的枝幹，開青色的花朵，結黑色的果實。那裡還有一座山名叫申山。

扶桑

扶桑是傳說中的東方神木，太陽每天自其下升起，至西方的若木處沉下。戰國時期曾侯乙墓出土的繡品上后羿射日的圖案，兩旁的大樹即是傳說中的扶桑。由於代表著古代的宇宙觀，歷代關於扶桑的考證非常之多，李時珍在其《本草綱目》中稱它是木槿。

彩繪鯢魚紋瓶

新石器時代　河南省廟底溝文化
遺址出土　甘肅省博物館收藏

捕魚，是原始先民重要的生產方
式之一。這個小口雙耳深腹的平
底瓶，為泥質橙黃陶，深褐色。
在它的腹部一側繪有鯢紋，即娃
娃魚的圖案，想必在當時也是部
落崇拜或食物的重要來源。該圖
案呈三角構圖，首尾相連，稚拙
生動，一氣呵成。

頑強的馬齒莧

后羿射日的神話故事或許反映著
古人經歷的災荒之年，缺少雨水
的滋潤，絕大多數植物都乾枯死
去。馬齒莧是一種極耐旱的植物，
隨處都可見到，遇到旱災時，可
以採摘它的苗煮熟曬乾後食用。

在大荒之中，有座高山，名叫天臺山，海
水從它的南邊流入山中。

羲和之國

在東海之外、甘水之間，有個羲和之國。
這裡有個女子名叫羲和，她常常在甘淵中幫她
的兒子太陽洗澡。羲和是帝俊的妻子，她爲帝
俊生了十個太陽。

帝俊有三個妻子：一是羲和；二是生十二
個月亮的常羲；三是三身國的始祖娥皇。

羲和是十個太陽的母親，十個太陽居住在
東方海外的湯谷。湯谷又名甘淵，谷中海水翻
滾，十個太陽便在水中洗澡。湯谷邊上有一棵
扶桑神樹，樹高數千丈，是十個太陽睡覺的地
方；其中九個太陽住在下面的枝條上，一個太
陽住在上面的枝條上，兄弟十個輪流出現在天
空，一個回來了，另一個才去照耀人間，每天
都由他們的母親羲和駕著車子接送。所以雖然
太陽有十個，可是人們平時見到的卻只有一個。

后羿射日

可是，這十個太陽孩子十分淘氣，往往不
遵守規定，有時會在暗中商量好，一起跑出來
玩耍，四散在廣闊無垠的天空中。他們這樣的
胡作非爲，帝俊和羲和也束手無策，只能任他
們天天這樣結伴出行。從此，大地被十個太陽
炙烤著，禾苗莊稼全都枯死了，森林也燃燒起
來，原本棲息在森林裡的窫窳、鑿齒、九嬰、

大風、封豨、修蛇等凶禽怪獸紛紛走出森林，危害百姓，百姓對它們都怨恨到了極點。

當時在位的帝堯，看到十個太陽和凶禽怪獸爲害人間，除了向天帝禱告，別無良策。帝俊身爲天帝，對帝堯的這種懇求絕不能充耳不聞；況且他也覺得孩子們的胡作非爲確實該結束了，便決心派一個擅長射箭，名叫「羿」的天神到下界，替人間除掉這些惡獸，順便警告他的孩子，讓他們恪盡職守。

后羿領了帝俊的旨命，帶著他的妻子嫦娥離開天庭。臨行之時，帝俊賜給后羿一張紅色的弓，一袋白色的箭。這華貴的神弓和神箭，

京航道里圖

清 長卷 絹底 彩繪 浙江省博物館收藏

這幅圖採用了地圖與繪畫相結合的方法，將大運河沿途的地理方位和景致融爲一體，讓觀者既有地理知識的收穫，又有感官上的愉悅享受。

后羿射日

遠古人類在思考人的起源時，創造了「女媧造人」、「盤古開天地」等神話傳說；而當先民自身能力逐步提高時，「后羿射日」、「夸父追日」這樣的神話逐漸出現。傳說后羿是弓箭的發明者，射技出神入化。他曾手持巨弓，射落天上九個太陽。從此只有一個太陽普照大地，人民得以安居樂業。

雲紋銅錞

春秋時期　高 51.4 釐米　鐵距 40.3 釐米　浙江省博物館收藏

在古代戰爭中，錞（ㄋㄠˊ）這種洪亮的打擊樂器，常被用在戰場上鼓舞士氣或歡慶最終的勝利。這件銅錞敲擊起來聲音低沉，是銅錞類器物中比較精良的。此錞整體飾有雲紋、獸面紋和乳釘紋，紋飾佈局嚴密穩重，製作工整精麗。

都是天上稀有、世間絕無的寶貴武器，剛好能配上后羿這樣的絕世射手。

后羿到下界後，在堯的王城見到了正為旱災一籌莫展的堯。堯聽說后羿就是天帝派遣到人間為民除害的天神，不禁大喜過望。百姓聽說天神后羿降臨人間，都趕到王城，聚集在廣場上，大聲吶喊和歡呼，請求后羿替他們誅除禍害。

人們最痛恨的，當然就是一起出現在天空中的這十個太陽。起初，后羿只是加以勸誡，哪知道這些驕縱慣了的天帝之子，根本不服管教，反而還藐視后羿，后羿勃然大怒：「爾等不要敬酒不吃吃罰酒！」

他分開人群走到廣場中央，拈弓搭箭，對準天空中的一個太陽，咻的一箭射上去。只見天空中一團火球無聲地爆裂了，流火亂竄，金色羽毛四散亂飛，一隻極大的金黃色三足鳥從空中墜下，噗的一聲落在海中。

再看天上，太陽就已經只剩下九個了，空

氣也似乎涼爽了些，人們不由得齊聲喝彩。

事已至此，餘怒未消的后羿再次拉弓，接二連三地向著天空射去。太陽在天空中四處分散著，不寒而慄，一支支箭像疾鳥般從弓弦上發出，只聽見咻咻咻的箭聲，而天空中一團團火球無聲地爆裂，滿天盡是流火，數不清的金色羽毛四散在空中。太陽之精三足烏一隻隻墜入海中，人們的歡呼聲響徹大地。后羿正射得歡暢而高興，站在土壇上看著后羿的帝堯，忽然想起太陽對人也有好處，是不能全部射下來的，急忙派人暗中從后羿的箭袋裡抽出了一支箭。后羿以爲十支箭都射完了，就停下來，天空中的太陽還剩下一個，地面上的人卻覺得有些冷了。

后羿指著天上最後一顆太陽說道：「從今往後，你必須日日勤懇、晝出夜息，爲大地送來光明，不得有誤，否則小心弓箭！」這最後一顆太陽也領教到后羿的神箭，只能答應。從此太陽就兢兢業業運行不息了。

后羿射下太陽後，又去四面八方爲人們除掉了凶禽怪獸，從此天下太平，人民安居樂業。人們對他感激異常，但他畢竟殺了天帝的兒子，天帝本來就非常傷心，加上羲和日日在他耳邊

菌人

清 汪紱圖本

菌人如同小人國之人一樣，身材矮小。《山海經》中所記這類小人有四：除本經之菌人外，還有《海外南經》中的周饒國、《大荒東經》中名靖人的小人國，以及《大荒南經》中的焦僥國，他們都屬於侏儒一類。

獵虎

漢畫像磚 河南禹縣出土

在古代，人的力量相對來說還是很卑微渺小的，一切強大兇惡的猛獸都足以威脅他們的生命。傳說后羿射下太陽後，又四面八方為人們除掉凶禽怪獸，得到了人們的感激與擁戴。所以，後世很多藝術作品中都有射獵的情景，以表達人們對於英雄射手的崇拜。

哭訴，他也對后羿心感厭煩，繼而慢慢疏遠了他，最後甚至不准后羿再上天庭，后羿和嫦娥也只好留在了人間。

九個太陽被射下之後，都堆在一起，變成了海中的沃燋（ㄐㄧㄠ），就位於扶桑樹的東邊，形狀像石頭，四方海水都往這邊湧入。但因沃燋是九個太陽所化，所以溫度極高，海水澆到上面便立即被汽化，消失不見。所以大江大河雖然向東注入大海，但海水從不溢出。

又有座高山名叫蓋猶山，山上生長著甘柤樹，其枝條和莖幹都是紅的，而葉子是黃的，開白色的花朵，結黑色的果實。在這座山的東邊又生長著甘華樹，其枝條和莖幹也都是紅色的，葉子是黃的。山上有一種青馬和赤馬，名叫三騅（ㄓㄨㄟ），另外還有視肉怪獸。

還有一種十分矮小的人，名叫菌人。傳說他們身高不過一寸（3.33公分），但身穿紅衣戴圓帽，乘白色的車馬，頗有威儀。人如果遇到他們的車，則可以將他們抓住吃掉，其味道有些辛辣，吃下之後就會終年不被蟲子叮咬，並能知道萬事萬物的名字，還能殺死肚子裡的三種蟲子。這三種蟲子被殺死之後，人就可以服食仙藥成仙了。

有座南類山，山上有珍貴的遺玉、青色馬、三騅馬、視肉怪獸、甘華樹。各式各樣的農作物在這裡茂盛地生長。

《大荒西經》中記述了許多奇異的神話傳說，有
人們熟悉的「共工怒撞不周山」、「姜嫄踏巨人
腳印生后稷」、「神農遍嘗草藥」等，還有不完
全為人所知的，如十二個月亮輪流照亮夜空等，
也極具神祕和浪漫色彩。

楊子器跋《輿地圖》 明 絹底 彩繪 縱 165 釐米 橫 180 釐米 遼寧省旅順博物館收藏

該圖詳細繪出了明代全國行政區域，因圖下方楊子器題寫的跋文而得名。圖中所繪地理位置基本正確，是中國傳統製圖的鼎盛時期，一幅極具代表性的地圖珍品，後世很多地圖都受其影響。

不周山 女媧之腸

在西北大海之外，大荒的一個角落，有座山山體斷裂，出現了缺口，因爲它不周全，所以名叫不周山。傳說這個缺口是水神共工所撞，祂與顓頊在此爭奪帝位，失敗之後憤怒地撞向這座山。不周山是座神山，支撐著天與地，所

長脛國一帶

明 蔣應鎬圖本

西北海之外，荒郊的一個角落，神人女媧在此居住，那個人面蛇身神即是。還有種色彩豔麗的鳥叫狂鳥。而長脛國的人皆腿長無比。龍山內有位女子用衣袖掩住自己的面容，那是女醜屍。西海的島嶼上有個神人叫弇（一弓ˇ）茲，爲人面鳥，正在山上站立著。

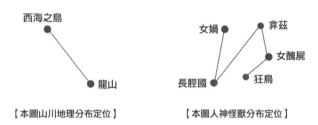

西海之島 ●

● 龍山

【本圖山川地理分布定位】

女媧 ●　　　　● 弇茲

● 女醜屍

長脛國 ●　　● 狂鳥

【本圖人神怪獸分布定位】

以山下有兩頭黃色的野獸守護。又有一
條河流，其河水一半冷一半熱，因而名
叫寒暑水。寒暑水的西邊有座濕山，東
邊有座幕山，還有一座禹攻共工國山。

　　有個國家名叫淑士國，其國民都是
帝顓頊的子孫後代。

　　有十個神人，名叫女媧之腸，因爲
他們是女媧的腸子變化而成的。他們生
活在一個名叫栗廣的原野上，就在道路
的中間居住。

女媧造人

　　傳說天神華胥生的男子名叫伏羲，生的女
子就是女媧；而伏羲身上覆蓋著鱗片，女媧則
是蛇的身體。女媧神通廣大，她一天之內就能
夠變化七十次。當時天地剛剛開闢，還沒有人
類，於是女媧手捧泥土，根據自己的形象，捏
出一個個孩子，這就是人。但做了一陣子之後，
她覺得有些疲倦，於是就用一根繩子黏附泥土
在空中揮灑，泥土落到地上，也就變成了人。
所以到後來，人的地位有所分別，就是因爲女
媧用黃土捏製之人成了富貴之人，而落到地上
的泥點所化之人成了貧賤之人。

女媧補天

　　造人之後，忽然有一天半邊天空塌了下來，
出現了許多窟窿，洪水從天空中傾瀉而下，大
地變成了海洋，民不聊生。女媧看到自己的孩

女媧之腸十人

清　汪紱圖本

女媧是化生人類的大母神，她除
了創造人類及各種文化以外，其
腸子還化作十個神人。古老的觀
念認爲，內臟代表身體的精靈，
是靈魂的通道，可見此十神有著
非凡的神性。

子遭受如此大的災難，心痛極了，於是決定親手修補殘破的蒼天。

她先在大江大河裡揀選了許多五彩石頭，生了火，將這些石頭熔煉成膠糊狀，再飛到天上用這些膠糊把蒼天上一個個漏水的窟窿填補好。

她擔心補好的天空再次坍塌，於是又殺了一隻巨鼇（ㄠ ˊ），斬下牠的四隻腳，用來豎立在大地的四方，當作擎天柱，把天空像帳篷一樣支撐起來，從此人們再也不用擔心天會塌了。

那時，在冀州這個地方，還有一條兇惡的黑龍在興風作浪、危害人民。女媧便去殺了這

狂鳥（右頁上圖）

清　汪紱圖本

狂鳥又名五彩之鳥，有冠，毛色五彩鮮豔，羽翼豐滿；是屬於鳳凰一類的神鳥。

□ 《山海經》珍貴古版插圖類比

女媧　《天問圖》中，女媧人面蛇身，長髮披肩，雙手捧著一塊巨石，作補天狀。《神異典》中，也是女媧人頭蛇身的原始形象。

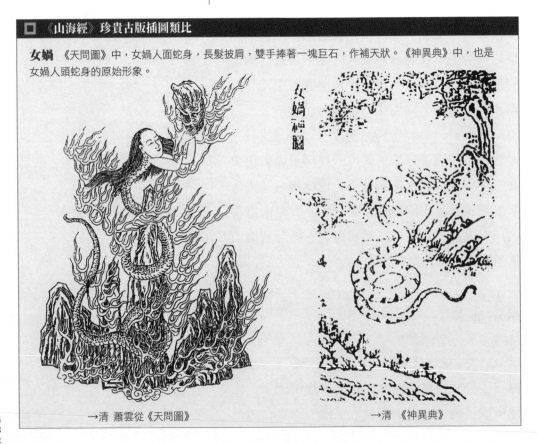

→清　蕭雲從《天問圖》　　　　　　　　　→清　《神異典》

條黑龍，同時趕走各種惡禽猛獸，使人類不再受禽獸的殘害。

還有洪水的禍患沒有平息。女媧又把河邊的蘆葦燒成灰，堆積起來，堵塞住了滔天的洪水，同時還建造出很多供人們居住的陸地。

從此，大地上又有了欣欣向榮的景象，人類又恢復了平靜的生活。女媧做完這一切，終於可以休息了。她的身體也開始分化孕育，而其中她的腸子，就化成了前面所提的十個神人。

石夷　狂鳥　西周國

這裡又有位神人名叫石夷，西方人單稱夷，祂是西方的風神，從祂那裡吹來的風稱作韋。石夷居住在大地的西北角，掌管著太陽和月亮升起落下的時間。

有一種長著五彩羽毛的神鳥，頭上有冠，名叫狂鳥，牠是鳳凰一類的吉祥之鳥。

有一座山稱作大澤長山，那裡有一個白氏國，也就是白民國。在西北海之外，赤水的東岸，有個長脛國，也就是國民腿長三丈的長股國。

又有個西周國，那裡的人都姓姬，以五穀為食。國內有個人正在耕田，名叫叔均。帝嚳生了后稷，后稷曾到天上將各種穀物的種子帶到人間。后稷的弟弟叫台璽，台璽生了叔均。叔均曾經代替父親和后稷播種各種穀物，並開始研究耕田的方法。西周國還有座山，叫雙山。

女媧補天

傳說中，天空由四根巨大的柱子支撐，突然有一天，四根柱子之一的不周山折斷，頃刻間，「天傾西北，地陷東南」，天空塌陷出一個巨大的洞，天河如瀑布般澆向大地。創世女神女媧走遍五湖四海，搜集補天彩石，用火冶煉後，終將天上的巨洞補住，使人類恢復了平靜的生活。

黑山岩畫

在農耕經濟產生之前，人類與生俱來的本領就是從大自然中獵取食物，這幅岩畫記錄了古代圍獵大型獵物的場景。雖然人們採取了集體圍獵的方式，而且有弓箭在手，但是人的力量依然顯得薄弱。先民對與自然的崇拜和敬畏佈滿了整個畫面。

帝嚳的元妃姜嫄，踩踏巨人足跡生下了棄，棄就是西周國的祖先。他從小喜歡農藝，長大後教百姓栽種五穀的方法，所以他的子孫就尊稱他為「后稷」。

后稷用木頭和石塊製造了簡單的農具，教導人們耕田種地。這些原先靠打獵和採集野果生活的人，有時免不了要挨餓，但自從跟著后稷學會了耕種，日子便比以前過得好。漸漸大家都信服了后稷在農業上的成就，於是「耕地種田」的勞動，就先在后稷母親的家鄉有邰流傳開來，後來更流傳到全國各地。繼承帝嚳做國君的堯知道了后稷的事蹟，就聘請他來掌管農業，指導百姓耕作。後來帝堯的繼承者帝舜為了表彰后稷的功績，還把有邰這個地方封給了他。這裡就是周朝興起的地方，后稷就是周人的祖先。

后稷的侄子叔均也是農業高手，他曾發明用牛來代替人力耕種的方法，使農業技術前進了一大步。

在西周國附近還有個赤國妻氏，並有座雙山。西海之外，荒涼之中，有座山名叫方山，山上有棵青色大樹，名叫櫃格松，是太陽和月

亮出入的地方。

在西北大海之外，赤水的西岸，有個天民
國，其國民以五穀爲食，並能馴化虎、豹、熊、
羆四種野獸。

北狄國　太子長琴

黃帝有一個孫子名叫始均，始均的後代子
孫便組成了北狄國。北狄是中國古代的少數民
族，他們在春秋以前居住在河西、太行山一帶，
以遊牧爲生，驍勇善戰。春秋初年，他們的勢
力增強，曾屢次與晉國交兵，並向東進發，一
度與齊、魯、衛爲界。後來他們向南滅掉了邢、
衛、溫等小諸侯國，還曾與齊、魯、宋等大國
交戰。後來狄人內亂，分爲赤狄、白狄、長狄、
衆狄等部。最後除了白狄於春秋末年建立的中
山國還存在之外，其餘各部都被晉國吞併。

北狄國附近又有芒山、桂山和榣（一ㄠˊ）
山，山上有一個人，號稱太子長琴。顓頊生了
老童，老童生了祝融，太子長琴就是祝融的兒
子。太子長琴居住在榣山上，開始創作樂曲，
從此音樂風行於人世間。

有三隻長著五彩羽毛的神鳥：分別叫凰鳥、
鸞鳥、鳳鳥。有一種野獸，其外形與普通的兔
子相似，胸部以下的雙腿與皮毛分不出來，因

《山海經》古版彩圖珍藏版

太子長琴

清 汪紱圖本

太子長琴居住於榣山之上，乃南
方之神祝融之子，喜愛創作樂
曲，是音樂的開創者。

音樂的起源

戰國 寬 19 釐米 高 11.4 釐米 河
南省博物館收藏

《琴操》記載：「伏羲作琴」。
其實，在伏羲之前的荒古時代，
人們就已經能夠製作樂器，只不
過到了文明時期，伏羲將其定名
定制罷了。關於音樂的起源，也
有很多種傳說，如太子長琴創作
樂曲，音樂之風盛行之說等。這
件曾侯乙墓出土的十弦琴，與戰
國時出土的五弦琴及七弦琴，都
記載了先秦古琴相當長的發展歷
史。

木蘭圖式

清　紙底　彩繪　北京圖書館收藏

狩獵在農耕經濟產生之前，曾是
先人最主要的食物獲取手段。在
這之後，狩獵被軍隊作為保留項
目，用於提高士兵的作戰能力。
西元 1681 年，清帝康熙為鍛鍊
軍隊，開闢了一萬多平方公里的
木蘭圍場。每年秋季，這裡都會
舉行一次軍事色彩濃厚的狩獵活
動。

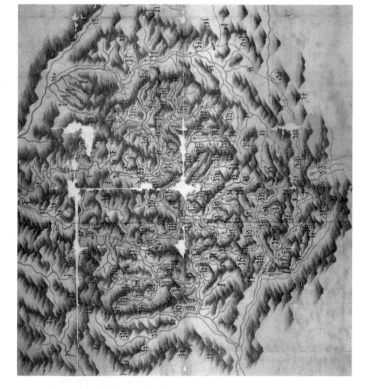

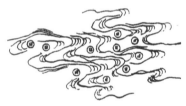

女醜屍

清　汪紱圖本

女醜是古代女巫的名字。傳說遠
古代十個太陽一起出來，將女醜
烤死了；其死後雙手掩面。古人
認為女醜雖死，但其靈魂不死，
常附在活人身上，供人祭祀或行
巫事，名為女醜屍。

為牠的皮毛青得像猿猴，把裸露的部分遮住了。

　　在荒涼偏遠處，有座豐沮玉門山，那裡是
太陽和月亮降落的地方。

靈山　沃野　三青鳥

　　又有一座靈山，巫咸、巫卽、巫朌、巫彭、
巫姑、巫眞、巫禮、巫抵、巫謝、巫羅等十個
巫師，在這山上採藥，並透過這座山往返於天
地之間，各式各樣的藥草也生長在這裡。

　　還有西王母山、壑山、海山。有個沃民國，
沃民便居住在這裡，這裡又叫做沃野。生活在
沃野的人，吃的是鳳鳥產的蛋，喝的是天上降
下的甘露。凡是他們心裡想要的美味，都能在

鳳鳥蛋和甘露中嘗到。這裡有甘華樹、甘柤樹、
白柳樹、視肉怪獸、三騅馬、璿玉瑰石、瑤玉
碧玉，以及潔白的白木樹、結滿珠子的琅玕樹、
製作白色染料的白丹、製作黑色染料的青丹，
另外還盛產白銀和鐵。鸞鳥在這裡自由自在地
歌唱，鳳鳥在這裡舞蹈，原野上還有各種野獸
的氣息。牠們群居相處，互不攻擊，一派祥和
景象，因此這裡被稱作沃野。

又有三隻青色大鳥，牠們有紅色的頭、黑
色的眼睛，一隻叫做大鵹（ㄌㄧˊ），一隻叫
做少鵹，一隻叫做青鳥。

有座軒轅台，高聳在荒涼之中。因為敬畏
軒轅台上黃帝的威靈，射箭的人都不敢向西方
射出。

偏遠處有座龍山，那裡有三個由積水形成
的大湖泊，名叫三淖（ㄋㄠˋ），是英雄昆吾
的食邑（靠封邑租稅生活）。

有個人穿著青色衣服，用袖子遮住自己的
面孔，名叫女醜屍。又有個女子國，國民全是
女子，沒有男子。

噓　弇茲

有座桃山，還有座虻（ㄇㄥˊ）山、桂山、
于土山。有個丈夫國，這個國家只有男子，沒
有婦女。

有座弇（ㄧㄢˇ）州山，山上有一隻長著
五彩羽毛的鳥，牠名叫鳴鳥。據說這裡有能歌
善舞的鳳凰，有上百種伎樂歌舞之曲。

有個軒轅國，這裡的人認為，居住在江河

弇茲

清　汪紱圖本

弇茲是西海的海神，其形貌為人
面鳥身，雙耳穿貫兩條青蛇，雙
足纏繞兩條赤蛇。

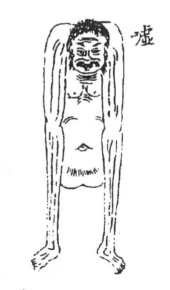

噓

清　汪紱圖本

噓沒有胳膊，兩條腿反轉著架在
頭上。

山嶺的南邊就可諸事大吉無壞事。他們的壽命都很長，壽命最短的也能活到八百歲。

在西海的島嶼上，有一個神人，祂有著人的面孔、鳥的身體，耳朵上穿掛著兩條青蛇，腳底下踩踏著兩條赤蛇，名叫弇茲，是西海的海神，和北方海神禺彊、南海海神不廷胡餘相似，只是所踏之蛇顏色不同。

日月山一帶

明　蔣應鎬圖本

日月山是天的樞紐，山上有位人面怪神名噓。玄丹山上棲息著五色鳥，其為人面鳥形；還有一種怪獸叫屏蓬，在山坡上奔跑的雙頭獸便是。金門山上生活著一種名叫天犬的奇獸。

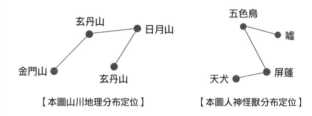

【本圖山川地理分布定位】　【本圖人神怪獸分布定位】

荒涼之中，有座日月山，那裡是天的樞紐。這座山的主峰叫吳姖（ㄐㄩˋ）天門山。山上有一個神人，其外形像人，卻沒有胳膊，兩隻腳反轉著架在頭上，其名字叫噓。帝顓頊生了老童，老童生了重和黎，帝顓頊命令重托著天用力往上頂，又命令黎撐著地使勁朝下按，於是天地徹底分開了。

傳說在少昊後期，國勢衰落，人和神雜居，十分混亂。這種情況下，顓頊接掌權力，於是命令南正重主管天，天就由神居住；火正黎主管地，地就歸屬百姓居住，恢復了原來的天地秩序，天地之間再也不混雜。黎來到大地並生了噎，噎就是前面所說的怪神噓，他住在大地的最西端，掌管著太陽、月亮和星辰運行的先後次序。

有個神人反長著臂膀，名叫天虞。

月亮的傳說

有個女子正在替月亮洗澡。她就是帝俊的妻子常義，她一共生了十二個月亮，她會幫月亮洗澡。傳說當年常義經過十二個月懷胎，竟然一次生下了十二個姑娘。她們長得一模一樣，都有一張飽滿圓潤又潔淨明亮的臉。這一張張

常羲浴月

清 汪紱圖本

帝俊的妻子常羲，經過十二個月的懷胎生下十二個月亮，個個飽滿圓潤。她非常疼愛十二個女兒，經常會幫她們洗澡。

羞答答的臉每到夜晚，就會放射出明亮清澈的銀色光輝，把漆黑的大地照亮得如同白晝。

有一次，她們姐妹十二人一起偷偷到人間玩耍，當時就被人間的美景迷住。大地上廣闊的草原、茂密的森林、奔湧的江河、蔚藍的大海、巍峨的高山、遍地盛開的芬芳鮮花，在林間呢喃自語的鳥兒，在天上也不曾看過如此美麗迷人的畫卷。使她們讚嘆不已，進而對人類生活的大地產生了濃烈的興趣。而就在玩得高興的時候，她們同父異母的哥哥—火紅的太陽結束了一天的工作，落下了西山，不知不覺中黑暗籠罩了大地。這時，她們才驚愕地發現，夜晚的大地是多麼恐怖，那一幅幅美麗的畫卷不見了，漆黑的夜色籠罩了大地，人們不得不在黑暗中生活。

於是，姐妹們便坐下來商量，想到自己那飽滿又可以放出光輝的臉龐，她們一致決定，像哥哥一樣輪流登上天空，在夜間接替太陽的工作。把光輝灑向人間，趕走夜晚所帶來的黑暗，使人們在夜晚也不致於迷惘恐懼。

她們的共同決定得到母親常羲的熱烈贊同。女兒的心靈純潔、品德高尚，願意不辭辛苦，把自己的光輝無私地奉獻給大地，母親當然非常支持她們。她安排十二個姑娘在夜晚輪流升上天空，每人一個月；十二人輪流一遍，剛好

梅下賞月圖餘集

清　立軸　紙本　水墨　縱 65.2 釐米
橫 31 釐米　上海博物館收藏

茫茫宇宙中，唯有月亮忠貞不渝地伴隨著地球，在夜空中延續著華光，亙古不變。從團圓之喜到思念之憂，中國人含蓄的情感，總會寄託於月亮。夜深人靜之時，幽幽蒼穹下一輪明月高懸。在遊子的心中，月亮代表著故鄉的山水，滿腔幽怨只有向她傾訴了。

是一年。每當夜幕降臨，她們便在夜色中緩緩上升，然後面向大地，慢慢地向西走去。就這樣，她們不知疲倦，從不怠慢，日復一日，年復一年，一直為人類忘我地工作。她們從不像哥哥們那樣調皮，而是一直兢兢業業地為大地的夜晚帶來光明。

從此，夜晚的天空因月亮姑娘的出現而變得明亮，人們也欣喜若狂。黑暗也被迫收斂了它恐怖的翅膀，夜空由此而變得格外美好。頑皮淘氣的孩子可以盡情地玩耍嬉戲，辛勤勞作了一天的人們可以祥和地休憩，歷經滄海桑田、飽經歲月風霜的老翁可以談天說地、談古論今。月光下，詩人靈感湧現，高聲吟詩作賦，留下了一篇篇千古佳作。

從此，常羲便與羲和一樣，和女兒住在一起，每日幫女兒沐浴打扮後，就親自帶著一個女兒乘九鳳拉的月亮車，巡行於夜空，為人類工作。只不過與羲和不太一樣，她安排每月由一個女兒來負責，其餘十一個女兒分工各司一月之職。因女兒比較害羞，所以夜夜出現在天空中的打扮都不太一樣；又因為是女性，所以每月會有例假在身，總有幾天是不能上天的。而其他的女兒，又因有明確分工，無法頂替值夜，所以夜空中有月圓月缺，也有無月之日。

昆侖山 炎火山

荒涼之中有座玄丹山。山上棲息

五色鳥

清 汪紱圖本

俊玄丹山的五色鳥，是一種人面鳥，也是代表亡國之兆的禍鳥。

屏蓬

清 汪紱圖本

屏蓬是一種雙頭奇獸，左右各生一頭，寓有雌雄合體之義。同《海外西經》中前後各一首的並封，以及《大荒南經》中左右各一首的跦（ㄔㄨˋ）踢有著相似之處。

神人與神獸

西漢　長徑 32 釐米　短徑 20.1 釐米　湖北省荊州博物館收藏

在金門山上，黃姖屍、比翼鳥、白鳥以及天犬共同生活。按照古人的觀念，神人與神獸為伴似乎是再自然不過的事情。這是從江陵鳳凰山漢墓出土的一件甲形木盾，上面塗有防水的漆質，正面繪有神人與神獸，神獸昂首曲身，伸開兩足，與神人同一方向，奔走欲飛。

著一種長著五彩羽毛的鳥，牠們有一副人的臉孔和頭髮。這裡還有青鴍（ㄨㄣˊ）、黃驁（ㄠˊ），這些鳥有青色、黃色，外表雖然好看，卻是凶鳥、禍鳥，牠們的出現是不祥之兆；往往牠們在哪個國家聚集棲息，那個國家就會亡國。

有個水池，名叫孟翼攻顓頊池。有座山名叫鏖鏊（ㄠˊ）鉅（ㄐㄩˋ）山，是太陽和月亮降落的地方。

有一種怪獸，其左右兩邊各長著一個頭，雌雄同體而生，名叫屏蓬。

又有三座高大的山峰，巫山、壑山和金門山，金門山上有個人名叫黃姖（ㄐㄩˋ）屍。山上有比翼鳥。還有一種白鳥，身上並不白，有青色的翅膀、黃色的尾巴、黑色的喙。另有渾身赤紅的狗，名叫天犬，牠所降臨的地方就會發生戰爭。傳說天犬降臨時，其奔跑的速度像飛一樣，天上的流星就是天犬奔過的痕跡。

在西海的南方、流沙的邊緣、赤水的後面、黑水的前面，屹立著一座大山，這就是昆侖山。山上有個神人，祂有人的面孔、老虎的身體，尾巴上有花紋及白色的斑點，祂就住在昆侖山上。昆侖山下有個弱水彙聚而成的深淵環繞著它，在這個深淵中，鴻毛都會沉下去；一般人除非乘龍，否則難以渡過。

深淵的外沿有座炎火山，一投進東西就會被燒得精光。傳說這炎火山上生長著不盡之木，這種木頭永遠也燒不成灰燼。不論白天或黑夜，這裡的火一直都在燃燒，就算是狂風暴雨也澆不滅。在不盡之木中生活著一種奇鼠，牠重達

千斤，身上還長有超過二尺長的毛。這種毛織細如絲，如果棲居火中就是赤色；出來活動時，就會變成白色。這種奇鼠用水一淹就會死，用牠的毛織成的布就是有名的火澣（ㄏㄨㄢˇ）布。這種布不怕火燒，而且就算不小心沾上污漬，只要用火一燒，污漬就會無影無蹤。

西王母　壽麻國

在昆侖山上住著一名神人，她頭上戴著玉製首飾，嘴裡有老虎牙齒，及豹的尾巴，居住在山上洞穴中，名叫西王母，是專司瘟疫、刑罰的山神，主管不死靈藥。在這座山上，世間萬物應有盡有。

大荒之中，有座山名叫常陽山，也是太陽和月亮降落的地方。

此外，有個寒荒國，這裡有兩個女神，她們一個手裡拿著盛酒的觶（ㄓˋ），一個手持

地震

繪畫　1896 年　日本

從古到今，地震都是一種可怕的災難。它以無堅不摧之勢橫行肆虐；所到之處，萬物皆被清除一空。壽麻國的人曾經遭遇地震，陸地斷裂沉沒，幸虧壽麻及時做出決定，部眾才得以保存性命。

肉板，名字分別是女祭、女薎（ㄇㄧㄝˋ）。

有個國家叫壽麻國。南嶽娶了州山的女兒爲妻，她的名字叫女虔。女虔生了季格，季格生了壽麻。壽麻國的人都是仙人，祂們站在太陽下，也看不見影子，就算高聲呼喊四面八方，也不會聽見一點迴響。壽麻國氣候異常炎熱，且沒有水源，一般人不能前往。

夏耕屍周邊

明　蔣應鎬圖本

圖中操戈而立的無頭神，就是《大荒西經》中的夏耕屍。一個三面人，只有一條右手臂，站立於山坡之上。有個神人名夏後啟，乘坐於二龍所駕的車中。還有一種六首奇鳥名鸀（ㄔㄨˋ）鳥。

【本圖山川地理分布定位】　　　【本圖人神怪獸分布定位】

夏耕屍

清 汪紱圖本

夏耕屍雖然沒了腦袋，但依然身
著盔甲，右手持戟（ㄐㄧˇ），
左手持盾。

有傳說記載，壽麻國人的祖先並不是此地
人，而是生活在南極的一個地方。當時正是壽
麻在世的時期，有一天，祂們居住的地方突然
發生地震，地面斷裂，漸漸沉沒下去，壽麻及
時做出決定，率領妻兒、族人乘坐木船，一路
向北逃去，發現此地就駐紮下來。這裡雖然氣
候惡劣，但是得以保命，是不幸中之大幸。幾
年之後，祂們派人再去探訪原來居住的地方，
發現那片陸地已不知去向。原來的族人亦不知
生死存亡，可能都隨大陸一起沉沒了。於是大
家佩服壽麻的先見之明，同時感激他的救命之
恩，於是擁立他做君主，把族名改叫壽麻之國。

曾經有一個沒有影子的人，名叫玄俗，在
市集上賣藥，他自稱來自河間。有個姓王的人
病了，吃了他的藥拉出十幾條蛇，病便好了。
姓王的人聽家人說，他的父親見過玄俗，玄俗
行走時沒有影子。王某不信，叫玄俗站在陽光
下，發現腳下果然沒有影子，於是便有人認爲
這個玄俗也是壽麻國的人。

夏耕屍

有個人沒有頭，卻還一手拿著戈、一手持
盾牌站在山上，這就是夏耕屍。夏耕是夏朝最
後一個君主桀手下的一員大將，當年成湯在章
山討伐夏桀，打敗了夏桀，並親手斬下了夏耕
的頭。因夏耕衝在最前頭，所以他被斬後並沒
有倒下去。雖然沒有了頭，他的靈魂仍然不死。
許久之後，他發覺沒了腦袋，爲逃避他的罪責，
於是流竄到巫山，至今他仍站在那裡。

三面一臂人

清 汪紱圖本

大荒山之上的這種異形人，在腦
袋的前、左、右面共長了三張臉
孔，但卻只有一隻手臂；他們還
可長壽不死。

傳說成湯攻打夏桀時，夏朝氣數將盡，天相示警，田裡的禾苗都焦枯了，厲鬼在境內嘯叫，日月星辰都不按時運行，春夏秋冬雜亂而至，一連十多個晚上都有人聽見仙鶴哀鳴。於是天帝命令湯在鑣（ㄅㄧㄠ）宮祭祀，接受亡夏之命。可是湯哪敢攻打夏桀，只是率領其軍隊在邊境徘徊不前。於是天帝命令天神降火，焚燒夏桀都城以壯湯士氣。不久有天神出現：「夏朝政德敗壞，你馬上去攻打他，我一定助你一臂之力。你既然受命於天去滅夏，又有什麼好怕的呢？現在天帝已經命令火神祝融降火，燒毀了夏桀都城的西北角，你正好可以趁此機會大舉進攻。」於是湯率領部下滅亡夏朝，臣服諸侯定都於亳，開創了商朝六百年的基業。

有個神人名叫吳回，只剩下左臂，沒了右臂。吳回是祝融的弟弟，也擔任著火正一職。

有個蓋山國，其境內有一種樹木，樹皮、樹枝、樹幹都是紅色的，葉子是青色的，名叫朱木。

有一個一臂民，他只長了一隻胳膊、一隻眼睛，連鼻孔也只有一個。

三面一臂人　夏後啟　互人國

荒郊之中，有一座大荒山，那裡也是太陽和月亮降落的地方。又有一種奇人，他們腦袋

藥祖神農

東漢畫像石　1965 年　江蘇銅山出土　江蘇省徐州博物館收藏

神農氏既是農業始祖，也是我國醫藥學的創始人。在這幅圖刻中，神農手持耒耜（ㄌㄟˇㄙˋ，古時耕地用的農具），馭使一隻大鳥，右側的月亮中有玉兔蟾蜍，下面是一藥獸，這些畫面元素揭示了神農的雙重身分。

的前面、左邊、右邊各有一張臉孔，但身上卻只有一條胳膊，他們是顓頊的後代，名叫三面一臂人。這種三張面孔的人長生不死，生活在荒野中。

　　在西南海之外、赤水的南岸、流沙的西邊，又有一名神人，祂耳朵上穿掛著兩條青蛇，駕馭著兩條龍，雲遊於天地之間，祂就是夏後啟。夏後啟曾三次到天帝那裡做客，記下了天帝的樂曲《九辯》和《九歌》，並將其帶到人間。這裡就是所謂的天穆之野，它高達二千仞，夏後啟在此以天上的《九辯》和《九歌》為藍本演奏《九招》樂曲。

　　有個互人國。炎帝的孫子名叫靈恝（ㄐ一ㄚˊ），靈恝生了互人，他就是互人國的祖先。互人國的人有著人的臉孔、魚的身體、沒有腳，卻能乘雲駕霧於天地之間。

夾竹桃

神農親自嘗試藥草，曾經一天之內就中毒七十餘次，這是因為很多看似美麗的植物都含有劇毒。夾竹桃又名啞巴花，有漂亮的桃花形花朵，顏色有紅、粉紅、白、黃等，其葉線形或線狀披針形，原產於伊朗和印度。但是夾竹桃雖然美麗，卻全株有毒。

神農氏

　　炎帝神農氏是中華民族的祖先，祂是牛首人身，是一位慈愛的天神。傳說當時有丹雀銜九穗禾飛過炎帝頭頂，正好掉落了幾顆，炎帝將這幾顆稻穀拾起，並在合適的季節種在田中，等禾苗成熟後，又將其分給百姓，並教他們耕種的方法，從此人間有了農耕，告別了連毛帶血地生吃禽獸的生活，於是人們便稱炎帝為「神農」。

　　炎帝不僅是農業之神，還是醫藥之神，祂有一條赭鞭，只要用它來鞭打各種藥草，這些

藥草有無毒性、或寒或熱的特性便能呈現出來，祂便根據這些藥草的不同藥性，為人們醫治百病；並從中挑選出能吃的草，教百姓栽種，使食品日益豐富。

傳說炎帝為了辨別各種藥草的藥性，曾經親自試嘗藥草，一天之內就中毒七十餘次。幸好祂的身體乃是透明的，能看見五臟六腑，所以雖然中毒，卻能一眼就能看出中毒在什麼地方，進而對症下藥，找到解毒方法。

但有一次，炎帝嘗到一種劇毒無比的斷腸草，因而腸子潰爛，無藥可解，獻出了生命。還有人說炎帝在嘗藥時嘗到了一種百足蟲，這蟲一吃到肚裡，一隻腳變成一條蟲，新變出來的蟲的腳又變成蟲，以致千變萬化，變成了數不清的百足蟲，因而殺死了炎帝。

炎帝對人類做出了巨大的貢獻，不幸去世後，人們將祂葬在湖南茶陵，代代祭祀，以感念祂的恩德。

魚婦　青鳥

有一種魚的身體半邊乾枯，名叫魚婦，牠是帝顓頊死了又立即甦醒而變化的。如果有大風從北方吹來，吹得泉水湧動，蛇就在這個時候變化成魚，這便是所謂的魚婦。而死去的顓頊就是趁蛇魚變化未定之機，利用魚體並重新復甦的。

有一種青鳥，其身上的羽毛是黃色的，而爪子卻呈紅色，其奇特之處在於牠一個身體上長了六個頭，這種鳥叫鸀（ㄔㄨˋ）鳥。

還有兩座高山，一座是大巫山，另一座是金山。在西南方，荒郊的另一處，

□　《山海經》珍貴古版插圖類比

鸀鳥 吳本的鸀鳥伸展羽翼，姿態可愛。《禽蟲典》本的鸀鳥神態安詳地在山坡上行走。汪本中，鸀鳥為一兇悍六首大鳥。

→清　汪紱圖本　　　　　→清　吳任臣康熙圖本　　　　　→清　《禽蟲典》

還有偏句山、常羊山。傳說黃帝斬斷刑天的頭後，就將其頭葬在常羊山，以致沒頭的刑天沒能找到自己的腦袋。

第十七卷

大　荒　北　經

《大荒北經》中記錄了很多神話傳説，最詳盡的
當數黃帝和蚩尤的戰爭，黃帝依靠應龍、女魃等
神的鼎力相助，最終大獲全勝。還有帝顓頊和他
的九個嬪妃，埋在大荒內黃河流經之地的故事，
也令人難忘。

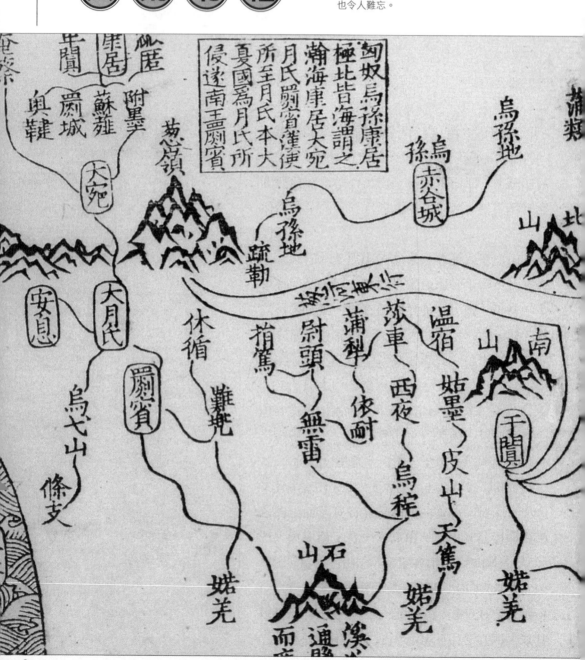

漢西域諸國圖　志磐　南宋　雕版墨印　北京圖書館收藏

此圖反映了漢代時西域諸國分佈及交通路線，圖中採用形象繪法表示天山、南山等山脈。該圖雖繪製較為粗略，卻是目前所見到繪製時間較早的一幅西域諸國圖，對研究西域地理有一定的參考價值。

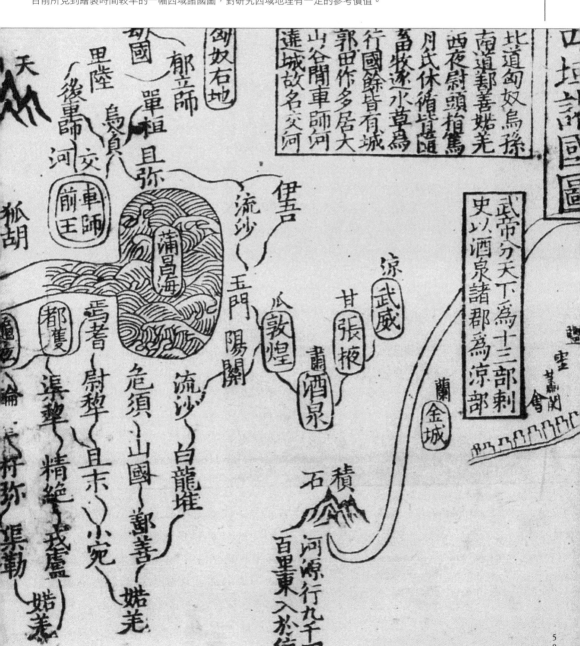

附禺山　不咸山

在東北海之外，大荒之中，黃河水流經的地方，有座高山叫附禺山，帝顓頊與他的九個嬪妃就葬在這座山中。這裡珍禽異獸遍佈，有鷂鷹、花斑貝、離朱鳥、鸞鳥、鳳鳥，還有殉葬用的各式物件。另外，青鳥、琅鳥、燕子、黃鳥、老虎、豹、熊、羆、黃蛇、視肉怪獸、璿玉瑰石及瑤玉碧玉等等，都出產於這座山。此外，有一座衛丘，方圓三百里，丘的南邊有帝俊的竹林。傳說林中的竹子名叫沛竹，其長可達百丈，莖圍達二丈五尺，竹皮厚八、九寸，取其一節就能做成船。竹林的南邊有一片紅色的湖水叫封淵。湖畔生長著三棵筆直不生長枝條的桑樹，每棵都高達一百仞。

五臺山名勝圖

清　絹底　彩繪　北京圖書館收藏

《大荒北經》一卷中記錄了大量的山川河流。五臺山是中國著名的山川之一，這幅地圖展現了五臺山的自然景觀和名勝古蹟。

衛丘的西邊又有一個深淵，名叫沈淵，那裡是帝顓頊洗澡的地方。

有個胡不與國，其國民都姓烈，以黃米為食，傳說他們是炎帝神農氏的後裔。

大荒之中，又有座山名叫不咸山。有個國

家名叫肅慎氏國。傳說肅慎國在遼東以北三千
多里，那裡的人都居住在洞穴中，不會紡織，
僅穿豬皮，到了冬天就用獵物的油脂在身體上
塗抹厚厚的一層，以此來抵禦風寒。這些人都
是射箭高手，他們的弓長達四尺，力道很強，
可以跟弩相比。箭杆用楛木的枝削成，長一尺
八寸，用青石磨尖做箭頭。箭頭上還沾有劇毒，
人獸被它射中頃刻斃命。肅慎國境內的物產有
上好的貂皮和赤玉。那裡還有一種能飛的蜚（ㄈ
ㄟ）蛭，有四隻翅膀。又有一種蛇，有野獸的頭，
但卻是蛇的身體，名叫琴蟲。

大人國 衡天山

　　有一群人身材特別高大，被稱為大人。他
們聚集在一起就組成了大人國，其國民都姓厘，
以黃米為食。有一種大青蛇，黃色的頭、體形
巨大、食量驚人，能吞食鹿一類的野獸。

琴蟲

清 絹底 彩繪 北京圖書館收藏

琴蟲是生活於不咸山上，肅慎氏
國境內的一種怪獸，牠長著蛇的
身體和野獸的頭。

神荼、鬱壘門神年畫

清 北京

神荼、鬱壘二神負責統領萬鬼，
鬼對他們都十分害怕。於是黃帝
發明了驅鬼的方法：在門板上畫
神荼、鬱壘的畫像，鬼看到後就
不敢進門了。我國漢代開始已經
有畫神荼、鬱壘於門上，做為禦
凶的門神之風俗。這幅年畫上的
門神，腰掛箭壺，相向而立，十
分威武。

猎猎

猎猎

清　汪紱圖本

叔歜國境內，有一種叫猎猎的野獸，其外形貌似熊，毛色漆黑。

用於狩獵的箭矢

商

蕭慎國位於氣候環境惡劣的北方，但仍然保持著狩獵的風俗，弓箭是其國民最擅長使用的工具。古人學會在箭頭上塗抹毒液，藉以快速殺死獵物，使狩獵活動變得更加頻繁與有效。這是商代先民所製的龍頭紋骨柄及箭矢，骨柄長13.2釐米，箭矢尺寸不一。

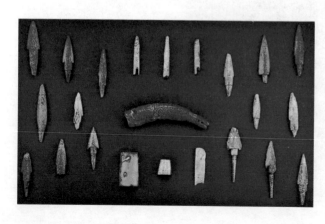

有座榆山。還有一座名字很長的山，叫鯀（《ㄨㄣˇ）攻程州山。

大荒之中，有衡天山及先民山。另有一棵樹枝盤旋彎曲廣達千里的大樹，傳說這棵樹就是度朔山上的大桃木。其枝條盤旋彎曲，在其密密麻麻的枝條東北部有一個鬼門，各種的鬼就是從這裡出入。門邊站著兩個神人，一個名叫神荼（ㄊㄨˊ），一個名叫鬱壘，祂們負責統領萬鬼。如果有惡鬼被他們抓住，就會用葦索捆起來，丟到山下餵虎，因此鬼對他們都十分害怕。黃帝便以此發明了一種驅鬼的方法：在門前立一個大桃木，門板上畫神荼、鬱壘還有老虎的畫像，門邊牆上還掛上葦索，鬼看到這些東西後，就不敢進門了。後來這種方法流傳到了民間，慢慢就演變成了春節時貼門神、年畫，掛桃木、春聯的習俗。

有個叔歜（ㄔㄨˋ）國，那裡的人都是帝顓頊的後代，他們以黃米為食，能馴化虎、豹、熊、羆四種野獸。叔歜國境內還有一種外形與熊相似的黑獸，名叫猎猎（ㄌㄝˋ）。

又有一個北齊國，那裡的人都姓姜，也能馴化虎、豹、熊、羆四種猛獸。

大荒之中，有座山名叫先檻大逢山。黃河和濟水流過海外後，又從北邊灌注到這座山下。先檻大逢山的西邊也有一座山，名叫禹所積石山。

有座陽山。附近又有座順山，順水從這座順山發源。那

裡還有個始州國，其國境內有座丹山。

有一個大澤，方圓達千里，那裡是各種禽鳥換羽毛的地方。

毛民國 儋耳國 天極山

有一個毛民國，其國民赤裸身體，渾身長毛，都以依為姓，以黃米為食。大禹生了均國，

【本圖人神怪獸分布定位】

毛民國周邊

明 蔣應鎬圖本

毛民國的人遍體長毛。儋耳國的人都有碩大的耳朵，那個長耳的人即是該國之人。北海的島嶼上，站著一位人面鳥身神，名叫禺彊。天櫃山的山坡上站立著人面九頭神九鳳；還有位神人名彊良（ㄑㄧㄤˊ），為虎頭人面神。

彊良

清　汪紱圖本

彊良是一種人虎共體的奇獸，可避邪，是古時候大儺逐疫的十二神獸之一。其虎身人面，四足為獸蹄，前肘特別長，口中銜蛇，前膝還纏繞著蛇。

均國生了役采，役采生了修鞈（ㄐㄧㄚˊ），後來大禹的曾孫修鞈殺了一個名叫綽人的人。大禹哀念綽人被殺，暗地裡幫綽人的子孫建立了一個國家，就是毛民國。

有個儋耳國，這裡人人都有一對長長的耳朵垂在肩上，做事很不方便，以致走路時不得不用雙手托著。他們都姓任，以五穀為食，是神人禺號（卽東海海神禺號）的子孫後代。在北海的島嶼上，站著一位神人，祂有人的面孔、鳥的身體，耳朵上穿掛著兩條青蛇，腳底下還踩踏著兩條紅蛇，威風凜凜，他的名字就叫禺彊。禺彊字玄冥，是北海海神，東海海神禺號是他的父親，他還有個副手，就是靈龜。禺彊曾經奉天帝之命，用十五隻巨鼇輪流背負岱輿、員嶠、瀛洲、方壺和蓬萊五座仙山，使其穩固。

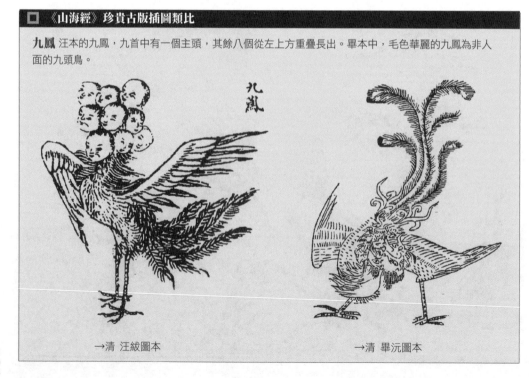

□《山海經》珍貴古版插圖類比

九鳳　汪本的九鳳，九首中有一個主頭，其餘八個從左上方重疊長出。畢本中，毛色華麗的九鳳為非人面的九頭鳥。

九鳳

→清　汪紱圖本　　　　　　　　　　→清　畢沅圖本

大荒之中，有座北極天櫃山，海水從北邊灌注到這座山中。山上有一位神人，祂有九個頭，每個頭上都有一副人的面孔，而頸部以下卻是鳥的身體，名叫九鳳，牠就是有名的九頭鳥，是人們崇拜與信仰的鳥神。又有一位神人，祂嘴裡銜著蛇，前蹄纏著蛇，長有老虎的頭和人的身體，四肢卻是獸蹄，而且前蹄特別長，這位神人名叫彊（ㄑㄧㄤˊ）良。祂能夠驅邪逐怪，古代的巫術大儺（ㄋㄨㄛˊ）儀式（以樂舞驅逐疫鬼）中就經常出現祂的身影。

載天山 相繇

大荒之中，有座成都載天山，山上也有一位神人，祂的耳上穿掛著兩條黃蛇，手上還握著兩條黃蛇，其名字就叫夸父。後土生了信，信就是夸父的祖先。而夸父曾自不量力，想要追趕上太陽，最後卻渴死了。但有另一種傳說是夸父被應龍殺死，應龍在幫黃帝殺了蚩尤以後，又在成都載天山殺死了夸父。而應龍自己則因為神力耗盡上不了天，後來就去南方居住，所以至今南方的雨水特別多。

又有個無腸國，其國民姓任。他們都是無啓國的後代，以魚為食。

水神共工有一位臣子名叫相繇（ㄧㄠˊ），他有九個頭，而身體像蛇一樣，自相纏繞成一團，貪婪地霸佔了九座神山，以供其食用。無論什麼地方，只要他張嘴一吐，那裡馬上就會出現一個大沼澤，沼澤中的味道不是辛辣就是苦澀，任何野獸都無法在附近居住。他作惡多

蚌鐮

商 農具 河南省鄭州市出土

用蚌殼磨製的彎月形鐮刀，是商代主要收割工具之一，蚌鐮不僅能收割穀穗，而且連穀物的稈（ㄍㄢˇ，禾莖）也可以收回來，可見那時的農業已脫離了原始狀態。

端，百姓對他都十分怨恨，但沒人敢靠近他。後來大禹成功治理了洪水，並殺死了相繇。相繇的血又腥又臭，流經之地任何穀物都不能生長。他就是《海外北經》中出現的相柳氏。

有座嶽山，山上生長著一種高大的竹子，名叫尋竹。另有座山名叫不句山，海水從其北邊湧入到山中。

系昆山周邊

明　蔣應鎬圖本

系昆山共工臺上，住著一個女神是黃帝女魃。融父山一帶有一個民族名叫犬戎，還有一群一目國的人，他們只有一隻眼睛。在西北方的海外，黑水的北岸，有一類人，他們長有翅膀，但不能飛翔，名叫苗民。章尾山上有一個神人，長著人的面孔、蛇的身體，他就是燭九陰，又稱為燭龍。

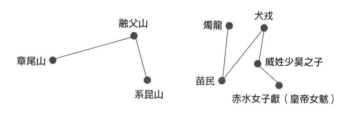

【本圖山川地理分布定位】　　【本圖人神怪獸分布定位】

系昆山

　　有座山叫系昆山，上面有座共工台，射箭的人都因爲敬畏共工的威靈，而不敢朝北方拉弓射箭。共工台上住著一個女神，她形貌醜陋，禿頭沒有頭髮，穿著青色的衣服，名叫黃帝女魃（ㄅㄚˊ），她曾經在黃帝和蚩尤的大戰中，爲黃帝立下了汗馬功勞。

黃帝、蚩尤之戰

　　相傳蚩尤原是南方一個巨人部族的首領，他有八十一位兄弟，而且個個都身長數丈，銅頭鐵額，勇猛無比。他們頭上都有兩隻尖利的角，耳朵兩旁的毛髮豎立起來就好像劍戟。他們有四隻眼睛、六隻手，雖然是人的身體，卻長著牛蹄。他們以沙子、石頭、鐵塊爲食，還善於製造各種兵器，如：長戈、大刀、戟、弓弩等等。他們個個武藝高超，能飛簷走壁，具有超人的力量。

　　蚩尤曾經是炎帝手下的大將，追隨炎帝在阪泉之野與黃帝發生激戰。後來炎帝兵敗，不得已退避到南方，做了南方的天帝。蚩尤雖然兵敗，但並不服氣，經常勸說炎帝重整旗鼓，和黃帝再次一較高下。

　　但這時的炎帝畢竟年老力衰，再也沒有和黃帝爭奪天下的雄心大志。蚩尤見炎帝懦弱無能，便決心親自領兵。他首先說服了他那些神勇的弟兄，又去鼓動南方的九黎部族。九黎自

斬首的刑具——青銅饕餮紋鉞

商 長 16.4 釐米

蚩尤倚仗著自己的蠻力，幾次挫敗了黃帝的部落，卻在最關鍵的涿鹿一戰中落敗，被黃帝斬了首級。這個商代青銅鉞（ㄩㄝˋ）就是用於斬首的刑具，表面佈滿銅綠，上面飾有商代典型的饕餮紋，鉞刃至今仍十分鋒利。

蚩尤

清 汪紱圖本

蚩尤原是南方一個巨人部族的首領，後來成為炎帝手下一員大將，他生得異常高大，勇猛無比。曾多次和黃帝展開戰爭，最終兵敗，被黃帝斬首。

古以來就對黃帝的統治不滿，自然願意與蚩尤攻打黃帝。南方山林水澤間，唯恐天下不亂的魑魅魍魎（ㄔ　ㄇㄟˋ　ㄨㄤˇ　ㄌㄧㄤˇ）等鬼怪，也都紛紛響應，投奔到蚩尤。

於是蚩尤便打著炎帝的旗號，統帥大軍，一路殺到北方，在涿（ㄓㄨㄛ）鹿這個地方，和黃帝的軍隊展開了一場殊死之戰。

一開始，蚩尤便施展魔法，騰起滿天大霧，籠罩在黃帝軍營的上方，使將士們分辨不清方向，好趁此機會率領軍隊從周圍攻殺黃帝的部隊。黃帝的軍隊被殺得人仰馬翻，損失不少。這時幸虧黃帝身邊有一位叫風後的臣子，他運用非凡的智慧，參照北斗星運轉的機制，製作了一輛指南車，車上有一個小人，不管車子怎麼轉，他的手總是指向南方。正是靠了這輛指南車的指引，黃帝才帶著他的軍隊突出重圍。

蚩尤見大霧不再起作用了，便派遣魑魅魍魎等鬼怪趁黃帝立足未穩，對他發動二次進攻。這些鬼怪都能發出一種奇怪的聲音，攝人心魄，黃帝的士兵有許多人被他們攝去魂魄，形勢非常不利。這時黃帝突然想到，這些妖魔鬼怪最怕聽見龍的聲音，於是急忙叫士兵用牛羊角做成號角，吹出龍吟的聲音。這些魑魅魍魎聽見這種聲音，一個個都膽戰心驚，四散逃開了。黃帝又獲得了喘息的機會。

在這期間，黃帝差人喚來了他的千年應龍，希望牠能發水，淹死

指南車模型

三國時期

傳說黃帝的臣子風後，參透北斗星運轉的機制，並根據這個原理製作了一輛指南車。這件指南車模型也許就是依據這一傳說所造，車上站一木人，手臂伸展，不管車子怎樣轉動，手臂總是指向南方，因此利用此車可以指示方向。巧妙的設計反映了中國古人驚人的智慧，和古代機械設計的高超技藝。

蚩尤的部眾，哪知蚩尤比應龍更厲害，請來了風伯雨師，掀起一場狂風暴雨，應龍簡直無法施展牠的本領，倒是黃帝的軍隊被淹死不少。

黃帝無奈，只好請來自己的女兒女魃。女魃就是旱精，她的身體裡全是炎熱，不管有多少水，她都能烤乾。女魃上陣後，暴風驟雨頓時無影無蹤，天空中紅日當頭，地表馬上就烘乾了。看到這種情況，蚩尤的部下個個心生疑惑，就在他們心神不定的時候，應龍率領黃帝的軍隊衝上前去，一陣突殺，將蚩尤打得潰不成軍，殺死了好幾個蚩尤的兄弟。

經過這一次失敗，蚩尤的損失相當嚴重，清點剩下的人馬，已不到半數；如果不投降，就只有全軍覆沒，大家心裡都很恐慌，這時蚩尤想到了北方的巨人族夸父。

夸父族人也是炎帝的子孫後代，在蚩尤的煽動下，夸父族人都願意為戰敗的先祖炎帝報仇，於是也捲入了這場大戰。有了夸父族人參戰，蚩尤的軍隊士氣大振、實力大增，一連與黃帝打了九仗，每戰皆捷。

黃帝節節敗退，一直退到了泰山。他日日冥思苦想戰勝之法，並祈禱於上天。天帝見黃帝一籌莫展，便派了一位鳥首人身的「玄女」下凡來為黃帝指點迷津。某天，玄女降臨在黃帝軍中，並傳授黃帝一部兵法。黃帝得了玄女的傳授，從此行軍佈陣，變幻莫測。蚩尤和夸父倚仗的只是力氣，畢竟敵不過黃帝的謀略，他們的進攻被黃帝擊破，從此節節敗退，終於在涿鹿又被黃帝包圍。

楓香樹

傳說宋山的楓木是蚩尤的刑具所化，據考證楓木很可能就是如今常見的楓香樹。楓香樹，又叫楓樹，金縷梅科，落葉大喬木，楓香樹屬，葉子在秋天變紅，非常絢麗，在南方主要觀賞的秋景就是楓香樹的紅葉。

彩陶人頭壺

新石器時代 山西省洛南縣出土

這件人頭壺為泥質紅陶，平底、背部有口。壺頭是一個天真可愛、眉清目秀的小女孩的外形，整齊的髮辮分梳於兩側和腦後，仰頭淺笑，眼睛眯成了一條線，小嘴略微張開，神態歡喜愉悅，極為生動逼真。它充滿生活氣息，是新石器時代紅陶中的珍品傑作。

拳藏旱魃
十起信名那尸大都届
火所處殺作不敢近成
以上萬爲一攻云
……（右側豎排古文注釋，字跡模糊難辨）

旱魃

清 《吳友如畫寶》

赤水女子獻就是在黃帝大戰蚩尤
時，立下戰功的女魃，她是旱精，
所到之處滴雨不至，災禍連連，
於是儘管她是黃帝的女兒，仍然
被安置在赤水以北，不得亂動。
清代《吳友如畫寶》中記述了
民間傳說的旱魃是女屍模樣的怪
物。

決戰之前，玄女爲黃帝製作了夔（ㄎㄨㄟ
ˊ）牛鼓八十面，又給他雷神的骨頭作爲鼓槌。
戰場上這些鼓果然不同凡響，每面鼓都聲震
五百里；八十面鼓齊響，聲震三千八百里。那
些能飛簷走壁的蚩尤兄弟們，都被這比雷還響
的鼓聲嚇得魂歸九天，再也不能飛起。巨人夸
父個個都用手捂著耳朵，無心戀戰。而這時黃
帝軍中的應龍大顯神威，牠翱翔天空，殺死一
個個飛不動的蚩尤兄弟和九黎族人，以及許多
夸父族人。隨即黃帝的軍隊合圍上來，將銅頭
鐵額的蚩尤生擒活捉。

黃帝對蚩尤恨之入骨，當時就下令將他殺
死，因爲怕他掙脫捆綁而逃跑，所以直到行刑

前，還不敢把他手腳上的枷鎖除去，直到已將他的頭砍下，才從他的屍體上摘下滴血的枷鎖，拋擲在大荒之中。這枷鎖頓時化作一片楓林，每一片樹葉的顏色都是鮮紅的，那便是蚩尤枷鎖上的斑斑血跡，似乎還在訴說著他的怨恨。

有意思的是蚩尤死後，四方諸侯還有不安分的，但他們都領教過蚩尤的厲害，於是黃帝便派人畫下蚩尤的形象，掛在軍隊的旗幟上，以震懾天下。天下諸侯看到旗幟後以為蚩尤還沒死，都歸順黃帝，做了他的部將。

而黃帝的神龍應龍，由於耗費了神力，加上又受了邪氣的薰染，再也上不了天，只好住在人間。

女魃儘管在作戰中立了功，但由於她所在的地方滴雨不至，災禍連年，百姓也十分痛恨。當時主持耕種的田祖之神叔均，向黃帝反映了這一情況，黃帝便下令把她安置在赤水之北，不得亂動。但女魃是個不安分的旱魃，常四處逃逸，她所到之處，百姓只好舉行逐旱魃的活動。在逐旱魃之前，先疏浚水道和溝渠，然後向她祝禱說：「神啊，回到赤水以北你的老家去吧！」據說逐旱魃以後便會喜得甘霖。

融父山周邊

有一個國家，名叫深目民國，這個國家的人都姓朌（ㄈㄣˊ），以魚類為他們的主食。

有座鐘山。山上站著一個穿青色衣服的女子，名叫赤水女子獻，她就是在涿鹿之戰中，為黃帝立下功勞的女魃。

《山海經》古版彩圖珍藏版

赤水女子獻

清 汪紱圖本

汪本之赤水女子獻為一女子立於江水之濱，她的形象更接近於普通的民間女子，並非面貌兇惡的怪物。

威姓少昊之子 清《邊裔典》

威姓少昊之子即一目國人，也叫
一目民，他們一隻眼睛生在臉的
中間，皆姓威，是少昊之子，以
黍榖為食。

苗民 清《邊裔典》

苗民即三苗國之民。三苗國又叫
三毛國，其國人生有翅膀卻不能
飛。圖中的苗民伸展巨翅，非常
神異。

大荒中有座融父山，順水就是從這座山流
出。有一個民族名叫犬戎，就是《海內北經》
中提到的犬封國，是神犬盤瓠（ㄏㄨˋ）的後
代。也有人認為黃帝生了苗龍，苗龍生了融吾，
融吾生了弄明，弄明生了兩隻白犬，一雄一雌。
這兩隻白犬相互交配，便繁衍了犬戎族人，這
個民族以肉類為食物。

商周時期，犬戎遊牧於涇渭流域，周地的
北邊，常常用馬匹等與周人交易，時常也會發
生戰爭。周穆王時，犬戎勢力強大，是周朝西
邊的勁敵，阻礙了周朝與西北各部族的往來。

於是周穆王率兵西征，抓獲了犬戎的五個
首領，並強迫其一批部眾遷至太原，進而打開
了通向西北的道路，加強了與西北各族的聯繫，
才有了後來的周穆王西狩。周幽王十一年，其
首領聯合申侯攻殺幽王於驪山下，因為幽王有
烽火戲諸侯的前科，所以沒有一個諸侯來救周
天子，西周就此亡國，周天子也東遷洛陽。到
春秋初年，犬戎又曾與秦國、虢（ㄍㄨㄛˊ）
國作戰。後來，他們一部分北遷，一部分則與
當地各族一起被秦國吞併。

又有一頭渾身赤色的野獸，外形像普通的
馬，頭卻被砍下不知去向，名叫戎宣王屍。

又有幾座山峰，分別叫做齊州山、君山、
鬵（ㄒㄧㄣˊ）山、鮮野山、魚山。

有一種人只在臉的正中間長一隻眼睛，他
們赤身光腳，腰間繫塊布。另有一說認為他們
姓威，是少昊的後代，以黃米為主食，他們就
是一目國的人。

又有一種人，他們被稱作無繼民，這個民族的人都姓任，是無骨民的後代，他們僅以空氣和魚類爲食。

在西北方的海外，流沙的東邊，有一個國家叫中輲（ㄅㄧㄢˋ）國，這個國家的人都是帝顓頊的後代，以黃米爲主食。

有一個國家名叫賴丘。還有一個犬戎國，其國內的人都長著人的面孔、野獸的身體，名叫犬戎。

苗民國

在西北方的海外、黑水的北岸，有一類人他們有翅膀，但不能飛翔，叫苗民。帝顓頊生了頭，頭就是苗民的祖先。苗民都姓厘，他們以肉類食物爲食。還有人認爲他們是一群飽食終日、淫逸無禮的刁民。

當年，堯將天下禪讓給舜，三苗的國君不同意，並聯合太子丹朱反叛，結果失敗；三苗首領也被帝堯誅殺，太子丹朱投南海自盡。但他的靈魂不死，化身朱鳥，其後代在南海建立了一個國家，就是丹朱國，也就是頭國。苗民便是頭國的後代。由於這個民族與丹朱，也就是後來的鳥有關，所以他們都保留了鳥的形態。

傳說古時候天上的神，和地上的人可以自由來往通信，後來由於地上的苗民違背了和上天定下的盟約，顓頊便命天神重、黎斷絕了天地之間的通道，從此人與神便不能直接溝通；人不能上天，只能透過巫師作法與天神交流。

地處西北的犬戎民族

唐 高 40.6 釐米

傳說犬戎族是兩隻白犬的後代，性情兇猛，西周曾因犬戎的襲擊而最終滅國，犬戎在漢代發展成爲一個人口眾多的西戎白狼國。直至唐代，中原人還習慣把一切具有彪悍性格的西北遊牧民族統稱爲犬戎。這是唐代所制的一組三件胡人騎馬俑，三匹馬各不相同，人物的形態也各自相異。

燭龍

清 蕭雲從 《天問圖》

燭龍是中國神話中的一位創世
神，又是鐘山的山神。其身長千
里，人面蛇身，通體赤紅。他的
眼睛一張一合，便是白天黑夜；
他不睡不息，以風雨為食。傳說
燭龍銜火精以照天門中，把九陰
之地都照亮了，所以燭龍又稱燭
九陰、燭陰。

大荒當中，又有幾座山：衡石山，九陰山、
灰野山，這三座山上生長著一種紅色的樹木，
有青色的葉子、紅色的花朵，名叫若木。

有一個牛黎國。這個國家的人有筋而無
骨，膝蓋反長，腳底也彎曲朝上，他們是儋耳
國人的後代。而牛黎國就是前面所提到的無骨
民，他們是無繼民的祖先。

章尾山

在西北方的海外，赤水的北岸，有座章尾
山。山上有一個神人，長著人的面孔、蛇的身
體，而且全身紅色，蛇形身體長達一千里。祂
的眼睛豎長在頭的中間，閉合起來就成了一條
直縫。祂閉上眼睛就是黑夜，睜開眼睛就是白
晝；不吃飯、不睡覺、不呼吸，僅以風雨為食。
他就是燭九陰，又被稱為燭龍。傳說燭龍曾銜
火精以照天門中，把九陰之地都照亮了，所以
祂又被稱為燭九陰、燭陰。又傳說西北極地有
一個幽冥國，那裡沒有太陽，只有燭龍銜著火
精為其照明。

第十八卷

海內經

《海內經》中記述了許多奇幻的傳說，如「華胥踏巨人腳印生伏羲」、「伏羲、女媧結合繁衍人類」、「大禹平洪水定九州」等，還記載了例如「朝鮮」、「天竺（印度）」等現今我們很熟悉的國家。

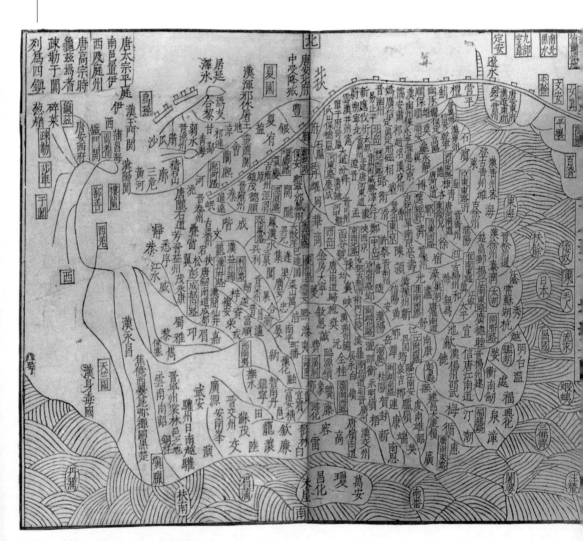

歷代地理指掌圖・古今華夷區域總要圖

稅安禮　宋　雕版墨印　縱 30 釐米　橫 23.7 釐米　北京圖書館收藏

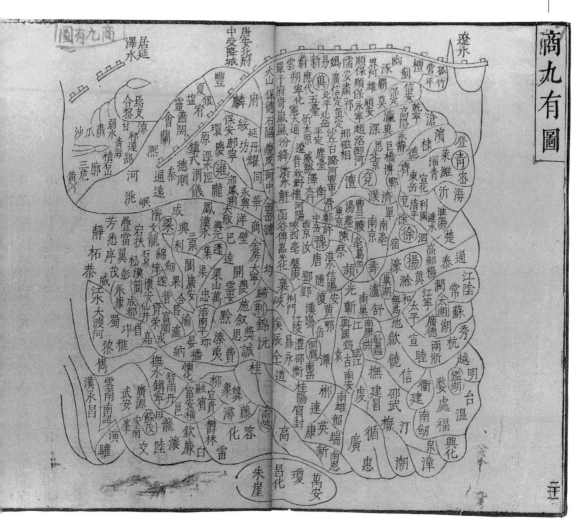

歷代地理指掌圖·商九有圖 稅安禮 宋 雕版墨印 縱 30 釐米 橫 23.7 釐米 北京圖書館收藏

這兩幅圖選自《歷代地理指掌圖》，其反映了始自帝嚳，迄於宋代的各朝地理情況，呈現雖較粗略，卻是歷史地圖的草創。其中「古今華夷地區總要說」（左頁圖）主要表示宋代全國 27 路以及古今州郡分佈大勢，而「商九有圖」（右頁圖）在宋朝疆域的底圖上，表示了商代九州的方位地域。

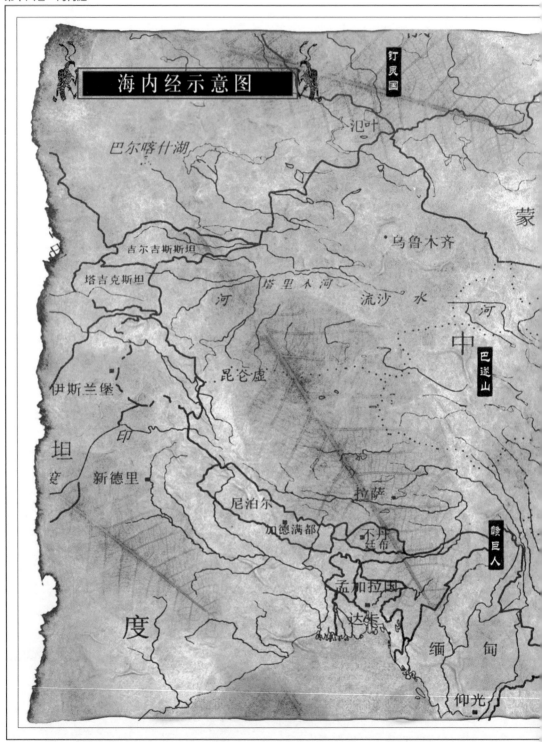

海内经示意图

釘灵国

汜叶

巴尔喀什湖

乌鲁木齐

蒙

吉尔吉斯斯坦

塔吉克斯坦

塔里木河

流沙　水

河

中

巴遂山

伊斯兰堡

印

昆仑虚

坦

度

新德里

尼泊尔

加德满都

拉萨

不丹　廷布

赣巨人

孟加拉国

达卡

缅　甸

仰光

本圖根據張步天教授《〈山海經〉考察路線圖》繪製，圖中記載了《海內經》中出現的國家地區及山川河流的所在位置。

海內諸國

在東海之內、北海的一個角落，有一個國家名叫朝鮮。又有一個國家名叫天毒，天毒國的人傍水而居，憐憫而慈愛世人。傳說此處的天毒，就是天竺，佛教卽從這裡起源。

在西海之內、流沙的中央，有一個國家，名叫壑市國。流沙的西邊，又有一個國家，名

海內神祇異人

明　蔣應鎬圖本

東海之內，有人面獸身神叫韓流。鹽長國中的山坡上站立著長有鳥首的鹽長國之民。南方的山林中生活著一種贛巨人，那個雙腳倒生、雙手過膝的人便是其一。又有一個部落，其人名黑人，為虎頭鳥足人身神。

【本圖人神怪獸分布定位】

搗練圖

張萱 唐 長卷 絹本 設色 縱147
釐米 橫37釐米 （美）波士頓
美術館收藏

嫘祖被當作上古時期勞動婦女養
蠶取絲的始祖，被古代黃帝供
奉為先蠶。養蠶為人們的生活帶
來了巨大而久遠的影響，從此以
後，中國古老的文明裡出現了絲
綢這種華美的布料。此圖描繪的
是加工絲綢的第二道工序，兩個
人一個坐在地氈上理線，另一個
坐在凳上縫紉；這道工序需要耐
心和細心。畫中的兩位宮女眼睛
緊盯著手中的工作，神態專注，
彷彿稍有疏忽就會穿錯針線。

叫泛葉國。

流沙的西面，有座山名叫鳥山，這座山孕
育了三條河流。這裡所有的黃金、璿玉瑰石、
丹貨、銀鐵，全都產於這幾條河流中。這附近
又有一座大山，名叫淮山，好水就是從這座山
發源的。

在流沙以東、黑水以西，有兩個國家，為
朝雲國與司彘（ㄓˋ）國。傳說黃帝的元妃名
雷祖，雷祖就是嫘祖，她最早從蠶神那裡學到
了養蠶、抽繭取絲的方法，並加以推廣，所以
備受人民尊敬。有一年黃帝巡遊天下，嫘祖不
幸病死在途中，黃帝感念她的功德，立即下令
要以祭祖神之禮來祭祀她。後世歷朝歷代都奉
嫘祖為先蠶，並造先蠶壇祭祀她。每年春季第
二個月的巳日，當朝的皇后就會親自或派人來
先蠶壇祭祀嫘祖並養蠶，為天下表率。

韓流

韓流

清 汪紱圖本

韓流是黃帝之孫、帝顓頊之父。
汪本的韓流人面豬嘴麟身，不同
的是所繪的人的手足，作站立
狀。

◇《山海經》考據

都廣之野——天府之國

有學者認為《山海經》中的都廣之野位於今成都平原。自戰國末年濬渠修建成功後，成都及其周邊地區一度成為西南富庶之首，加上四川盆地地處亞熱帶，自然條件良好，各種農作物年年豐收，所以成都平原也被稱為「天府之國」。

柏高

清　汪紱圖本

柏高又叫伯高，是肇山上的仙人，也是黃帝身邊的大臣。黃帝成仙後，柏高也跟著成了仙，並站在黃帝身邊。

韓流　柏高　都廣之野

雷祖生下兒子昌意，後來昌意做錯事，被貶到若水之畔居住，在那裡他生下韓流。韓流是一個人獸合體的怪神，長著長長的頭、小小的耳朵、人的面孔、豬的長嘴、麒麟的身子，雙腿膝內翻，長著小豬的蹄子，模樣十分古怪。傳說韓流後來娶了淖（ㄋㄠˋ）子族人名叫阿女的女子為妻，生下了功勳卓著的帝顓頊。

在流沙的東面、黑水流經的地方，屹立著一座山，名叫不死山。不死山就是山上生長著不死樹的員丘山。

在華山青水的東邊有座肇山。山上有個仙人名叫柏子高，柏子高就從肇山之巔往返於天地間。傳說柏子高是黃帝身邊的大臣，又叫柏高，懂得採礦之事和祭祀山神的禮儀；後來黃帝升天成仙後，柏高也飛升成仙，侍立在黃帝身旁。

在西南方黑水流經之地，有一個名叫都廣之野的地方，后稷就葬在這裡。這片原野物產豐饒，出產味道好而口感光滑如膏的菽、稻、黍、稷等糧食；各種穀物自然成長，無論多夏都能播種。

在這片原野上，鸞鳥、鳳鳥自由自在地棲息，食之不死的靈壽樹開花結果，樹林蓊鬱。還有各種飛禽走獸，牠們在這裡群居共生。這片都廣之野實在是一塊風水寶地，甚至生長在這裡的草也四季常青，就算是寒冬炎夏也不會枯死，永遠是一片生氣勃勃的景象。

若木 建木 華胥氏之國

在南海以內，黑水和青水流經的地方，有一種樹木名叫若木。許多若木在這裡聚生成林，而若水就從這成片若木林中發源，奔騰而去。

有個禺中國及列襄國。有一座高山，名為靈山，它就是十巫往返於天地之間的地方。山中樹上纏繞著一種赤紅色的蛇，叫做蝡（ㄖㄨㄢˇ）蛇，牠性情溫順，僅以吃樹木枝葉為生，而不傷害鳥獸。

又有一個鹽長國；這個國家的人個個都長著一個鳥頭，長喙圓眼，人們稱他們為鳥民。傳說帝顓頊的後裔大費生了兩個兒子：大廉和若木。大廉也就是鳥俗氏，鳥民就是他的後代。

又有九座山丘，都被水環繞著，名稱分別是陶唐丘、叔得丘、孟盈丘、昆吾丘、黑白丘、赤望丘、參衛丘、武夫丘、神民丘。這些山丘上生長著一種樹木，青色的葉子、紫色的莖幹、黑色的花朵、黃色的果實，其名叫建木。它高可達一百仞，而樹幹上卻不生長枝條，樹頂上有九根蜿蜒曲折的枝杈伸向天空，樹底下有九條盤旋交錯的根節抓住大地。它結的果實就像麻子，葉子就像芒樹葉。建木高大挺拔，是天界和人間溝通的階梯，當年大昊就憑藉建木登上了天界。這裡的建木都是黃帝親手種植的。

大昊就是太昊伏羲，他的母親是華胥。華胥居住在華胥氏之國，那裡的人入水不會被水淹死，入火不會被火燒死；用刀砍也不覺得痛，搔癢也不會覺得癢。他們在天空走路如履平地，在空曠的地方睡覺就像處在山林之中；雲霧不

鳥氏

清 汪紱圖本

鳥氏就是古書中所記載的鳥夷，一個東方的原始部落，其人皆為鳥首人身。傳說這種人鳥合體的形象，屬於以鳥為信仰的部族。

◇《山海經》考據

建木即榕樹

經考證，建木就是現今的榕樹。文中「樹頂九根蜿蜒曲折的枝杈伸向天空，樹底下有九條盤旋交錯的根節抓住大地」的描寫，可能是指這棵樹枝繁葉茂、根系發達，而「果實就像麻子，葉子就像芒樹葉」，是其果實形狀類似山毛櫸，葉子與棠梨葉相似，這些特徵均與榕樹相符。

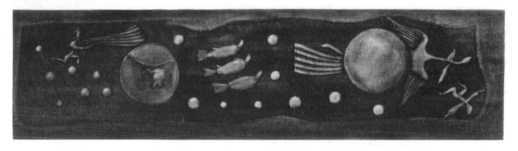

星象圖

西漢　木刻復原圖

伏羲仰頭觀天象，研究日月星辰的運行；俯身察地形，考察山川澤壑走向。這是中國最早的天文地理觀測活動。這幅木刻圖揭示了月亮、彗星、太陽、諸星宿與銀河等天體的關係，記載了豐富的天象觀測成果。

魚網墜

新石器時代

西元前 6000 到西元前 3100 年

伏羲發明了漁網，教會了百姓用網捕魚，這是中國新石器時代的陶製魚網墜。有了這些工具，人類才告別了徒手捉魚和用木棒、石塊砸魚的原始方式，捕魚的成功率大大提高了。

會擋住他們的視線，雷聲也不會混淆他們所聽到的聲音；美好或醜惡的事物都不會讓他們心動，山谷中突出的石子也不會絆著他們的腳。華胥是超脫於天地之外，萬物不侵的神人；就是她孕育了伏羲。

伏羲

　　伏羲的出生和后稷的出生有些類似，傳說在雷澤之濱有一個巨大的足印，伏羲的母親華胥在此玩耍時，因為好奇就踩了上去，結果就懷孕生了伏羲。伏羲和女媧一樣，也是中華民族的始祖。他仰頭觀天象，研究日月星辰的運行；又俯身察地形，考察山川澤壑走向；又觀察鳥獸動物皮毛的紋彩，和大地上各類植物自然生長的情況。近從自身取象，遠從器物取象，進而創造八卦，用來通曉萬事萬物變化的性質，分類歸納萬事萬物的形狀。他還發明了造福後代的針灸，又發明了漁網，教百姓用網捕魚。

　　又傳說伏羲和女媧同是華胥所生，是同胞兄妹，他們的形象都是人頭蛇身。當時宇宙初開，而地上還沒有人類，於是他們商量準備結為夫妻，但又自覺羞恥。因此二人到昆侖山，向天地祈禱：「天若同意我兄妹二人結為夫妻，

則山中雲煙全部聚合在一起；如果不同意，就讓煙雲散開吧。」結果煙雲果然聚合起來，於是女媧就和伏羲結成了夫妻。因爲害羞，女媧還用草紮成團扇，以遮擋其面孔。古代的婦人手執團扇遮面，就是從這裡起源的。他們二人結合後，就繁衍出了大地上各方人民。

廩君

傳說巴氏的兒子叫務相，是伏羲的後代。務相住在南方的武落鐘離山。比鄰而居的還有其他四個氏族，卽樊氏、曋（アㄣˇ）氏、相氏、鄭氏。這四族人住在一處黑色的洞穴中，只有巴氏一族住在紅色的洞穴中。

這五個氏族一開始各自爲政，他們爲了爭

水經注圖
楊守敬　清　縱 33 釐米　橫 21.5 釐米　北京圖書館收藏

務相居住的武落鐘離山在今湖北省，在成爲廩（ㄌㄧㄣˇ）君後，他帶領族人順夷水南下，找到了一片肥沃的土地定居繁衍。夷水就是今天的清江，長江支流之一。從這個故事我們可以看出河流水路，對於古人出行的重要意義。這幅《水經注圖》完整地反映了中國兩大水系—黃河、長江的情況。

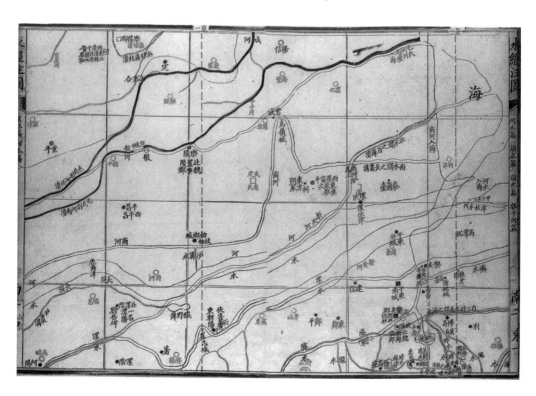

洛神賦圖（局部）

東晉　顧愷之　絹本　設色　橫
572.8 釐米　縱 27.1 釐米　北京故
宮博物院收藏

自古以來，中國江河的水邊澤畔
流傳著許多關於女神的美麗傳
說，她們與人間男子相互愛慕，
但終因「人神殊道」而無從結合。
鹽水女神的故事就是這樣一首淒
美的人神相戀而終至失戀的哀
歌，而圖中的洛水女神，最終也
不得不面臨與心愛的人惆悵分離
的命運。

鹽場採鹽圖

東漢　畫像磚拓本　四川成都羊子
山出土　重慶市博物館收藏

人類告別茹毛飲血的原始階段，
進入吃熟食的定居生活後，鹽就
逐漸成為人們生活中不可或缺的
佐料之一。那雪白的鹽也有許多
美麗的神話傳說，鹽水女神愛上
廩君的故事即是其中之一。

奪地盤互不相讓，後
來積怨越來越深，常
常爲了一點小事兵戎
相見。終於有一天，
他們各派出一些有威
望的人，坐在一起商
定出來一個解決紛爭
的辦法：每個氏族選
出代表展示神通本
領，獲勝的那人將被擁立爲王，爲五族的首領。

　　在各族比賽代表的選拔中，務相被巴氏族
推選出場。在各族代表相繼產生後，比賽正式
開始。第一個項目是擲劍，選手並排站在山頂
上，每人持有一把短劍。聽到命令後，各自把
短劍用力向對面山崖的洞穴擲去，誰能把劍擲
中山崖的洞穴，使劍倒懸穴頂，誰就算獲勝。
比賽結果很快揭曉，另外四個氏族的選手先後
都把劍擲到山澗裡，唯獨務相的劍擲中洞穴，

而且鑽進石頭，倒懸在
穴頂。五族人見到這種
精彩的場面，都不顧族
群隔閡，高聲喝彩，連
連讚嘆。

　　第二個比賽就是乘
坐雕花土船。族人事先
用泥土做好了五條船，
分別雕上花紋，停在岸
邊。比賽規則是：誰能
讓船在河道中長時間行
駛不沉沒，便是贏者。

結果，另外四個氏族的土船還沒有行駛到河的中心，便都先後斷裂，沉沒到河底；唯獨務相的土船順著河流一直漂流而下，歷經無數險灘仍然完好無損。最後，兩項比賽都是務相獲勝，五族人民一致擁戴務相當王，稱他為「廩君」。

廩君成為五族首領之後，為了使他的族人更加繁盛，便乘上那艘雕花土船，順著夷水，沿江而下。族人乘著木船緊緊跟隨，沒幾天，一行人來到了鹽水流經的那個地方，名叫鹽陽。

鹽陽的鹽水中有個女神，聽說廩君英勇善戰，又寬厚愛民，便對他十分愛慕。有一天，她現身對廩君說：「我們這裡地域廣闊，又盛產魚和鹽，希望你和你的族人不要再東奔西走，就在這裡駐足安家吧。」

廩君卻有更遠大的目標，沒有答應鹽水女神的請求。癡心的女神卻希望用愛情來挽留自己愛慕的人，於是她每天晚上悄悄跑到廩君住宿的地方陪伴，第二天清晨天剛破曉便離開帳篷，變成一隻纖弱的蝴蝶，飛舞在天空中。

山林水澤中住著許多精靈，祂們同情鹽水女神，也紛紛變成各種小蟲，飛舞在她的周圍

石球

舊石器時代　中國國家博物館收藏

務相參加的第一個比賽是擲劍。選手要把短劍用力向對面山崖的洞穴擲去。在弓箭發明之前，人們狩獵主要是用投擲的方法擊中野獸。這組石球是舊石器時期許家窯文化中最富特色的器物，直徑約為 5 ～ 10 釐米。粗大的石球可直接投擲野獸，中小型的石球用作飛石擊打獵物。

■ 《山海經》珍貴古版插圖類比

黑人 《山海經》中黑人有兩種形貌：一為汪本中的虎首鳥足人身形，二為胡本中的虎首人足形。

黑人

→清 汪紱圖本

→明 胡文煥圖本

彩繪白虎紋樣

新莽時期

廩君死後，他的魂魄化為白虎，所以巴人奉白虎為保護神。

保護她。誰知，後來小蟲越聚越多，久久不散，甚至把太陽都遮住了，整個大地天昏地暗。廩君與族人分辨不清東西南北，無法啓程，就這樣一直耽擱了七天七夜。

廩君知道這一切都是因為鹽水女神癡情所致，萬般無奈之下，他從頭上拔下一縷青絲，派人送去給鹽水女神，並留一句話：「廩君送給你這縷髮絲，表示願意和你同生共死，希望你務必把它帶在身上。」鹽水女神得到髮絲如獲至寶，便高興地把髮絲帶在身上。

隔日，當她又變成小蟲在天空飛舞，那縷青色的髮絲也隨之飄揚在天空中。這一次，廩君看清了目標，他踏上一塊天雨初晴

的陽石，彎弓搭箭，朝著青色髮絲所在「咻」
的一箭射去，鹽水女神被射中，跌落在水面上；
她隨著河水漂流，漸漸沉沒了。霎時，她身邊
的小蟲也都無影無蹤。天空如雨過天晴一般，
陽光照亮了大地，五族的人禁不住齊聲歡呼起
來。

　　廩君帶著對鹽水女神的滿心愧疚再次啟程，

【本圖山川地理分布定位】　　【本圖人神怪獸分布定位】

釘靈國一帶

明　蔣應鎬圖本

南方有嬴（一ㄥˊ）民，皆為人
面鳥足神。又有苗民，其生活的
地方有個叫延維的神，為人面雙
頭蛇，正盤踞於山坡之上。蛇山
上有種羽毛五彩的鳥名為翳（一
、）鳥，四隻結伴在天空飛翔。
還有個釘靈國，人面馬足的人即
為該國之人。

以蛇紋為裝飾的銅鏡

春秋　直徑 8 釐米

海內西南方，有幾個以禽鳥的手爪為特徵的民族，其中的黑人特別善於捕蛇。蛇是令人畏懼的一種生物，古人常以之為圖騰來崇拜。該鏡為春秋時期所鑄，正面光潔明亮，背面無其他裝飾，僅以一條盤踞的大蛇為紋樣。

翳鳥

清　汪紱圖本

翳鳥屬鳳凰一類的神鳥，也是祥瑞之鳥，羽毛五彩，身形矯健，喜好群飛。

他的部族追隨他從鹽水順流而下，終於找到一片土地肥沃的聖地。他們在這裡成立國家，名叫巴國；又建起了雄偉的都城，名叫夷城。他們的子孫就在那城裡一代代繁衍下去，成為中國西南部一個強大的氏族—「巴族」。廩君死後，他的魂魄化為白虎，所以巴人奉白虎為保護神。

海內奇人怪獸

有一種怪獸，名叫窫窳，牠長著龍的腦袋，十分兇惡。還有一種名叫猩猩的野獸，有著人的臉孔。

西南方有一個國家，名叫巴國。大昊生了咸鳥，咸鳥生了乘釐，乘釐生了後照，而後照就是巴國人的始祖。

又有一個流黃辛氏國，其疆域方圓三百里，境內有塵這種大鹿。還有一座巴遂山，澠水就從這座山發源。

另有一個朱卷國，境內有一種黑色的巨蛇，長著青色頭，身體碩大，能吞食大象，牠就是巴蛇。

南方的山林中棲息著贛（《ㄢˋ）巨人，他有人的面孔，嘴唇長長的，漆黑的身體長滿了毛，雙腳反長著，腳跟在前、腳尖在後。他一看見人就會笑，一笑他的嘴唇便會遮住自己的臉，人就可以趁機逃走。這種贛巨人就是前面所提到的梟陽國人。

還有一種黑人，他們長著老虎的頭，腳上有禽鳥的爪子，兩隻手都拿著蛇，並以吞

食毒蛇爲生。黑人可能是居住在南方，開化較晚的古代部族，持蛇吞蛇是他們信仰與生活方式的重要標誌。有學者認爲，黑人虎首鳥足、吃蛇的特點，可能是以虎首之皮和雞狀足爪裝扮起來的巫師或神靈。

還有一種人被稱做贏民，他們的腳上也長著禽鳥的爪子，上身赤裸、腰繫塊布。贏民就是前面提到的搖民，當日王亥與北方有易君主的妃子有染，被有易所殺，王亥的兒子滅有易爲父報仇。有易的殘民逃亡後建立了搖民國，他們是秦人的祖先。其生活的地方還有一種叫封豨（ㄕ ˇ）的大野豬。

還有一種人被稱作苗民，他們居住的地方有一個神，祂的樣子是人面雙首蛇身，身軀有車輪那麼粗、車轅那麼長；脖子左右分開，各長出一顆頭；他平時穿紫色衣服，戴紅色冠冕，其名叫延維。得到祂後加以貢奉祭祀，便可以稱霸天下。

延維又叫委蛇、委維或委神，是水澤之神。傳說齊桓公在大澤狩獵時，看到了延維，當時齊桓公不知那是什麼東西，就對旁邊的管仲說：「我看見鬼了，仲父你看見了嗎？」管仲卻說：「臣下什麼也沒看見啊。」齊桓公心存疑慮，回去之後便生病了，數日沒有上朝。

齊國的皇子告敖知道這件事之後，就去觀見齊桓公，說道：「這是您的心病，惡鬼怎麼能傷害到您呢？」齊桓公問：「難道沒有鬼嗎？

《山海經》古版彩圖珍藏版

延維

清 汪紱圖本

延維即委蛇、澤神，為人面雙頭蛇身神，左右各有一頭，身著紫衣朱冠；其原型為自然界中的雙頭蛇。

相顧屍

清 汪紱圖本

相顧屍，因犯錯而被殺，死時雙手被反綁，戴著刑具和戈，但其靈魂不死，仍以屍的形態繼續活動。他和《海外西經》中的貳負之臣有著相似之處。

確實就我一個人看見了啊。」皇子說：「確實也有鬼，山上有夔（ㄎㄨㄟˊ），原野中有彷徨，水澤中有委蛇。您在水澤狩獵，看到的自然是委蛇。」齊桓公就問：「委蛇是什麼形狀的？」皇子說：「委蛇大小和車轂（ㄍㄨˇ）相當，長短和車轅相近，穿紫色衣服，戴紅色冠冕。他不喜歡雷聲車響，往往支撐著腦袋站立著。誰看見他誰就能稱霸天下，所以他不是一般人所能見到的。」聽到這裡，齊桓公精神振奮，大笑起來說：「這就是我所看到的啊！」於是端正衣冠坐著和皇子聊了起來。當天，他的病就消失得無影無蹤了。後來齊桓公果然稱霸，成為春秋五霸之首。

鳳鳥頭上的花紋是「德」字，翅膀上的花紋是「順」字，胸脯上的花紋是「仁」字，脊背上的花紋是「義」字，牠一出現，天下就會太平和諧。又有一種像兔子的青色野獸，名叫䝏（ㄐㄩㄣˋ）狗。另外還有翡翠鳥，以及孔雀鳥。

海內群山

在南海之內，有座衡山，這就是南嶽，赤帝祝融居住的地方。又有菌山、桂山，還有一座三天子都山。

南方有一片山

玄豹

清　《吳友如畫寶》

玄豹似虎而略小於虎，善跳躍；撲食時，可躍三丈多高。其毛為黃色，周身黑色圓點如錢，故又稱金錢豹，性情極為兇猛。

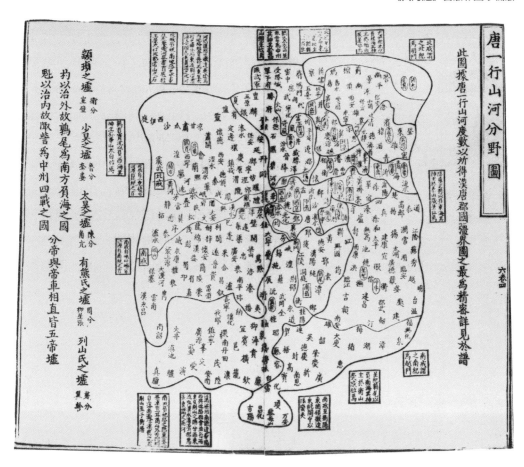

唐一行山河分野圖

此圖據唐一行山河疆數以所得淡唐郡國疆界圖之最為精密詳見於譜

顓頊之墟　宝壁
衛分

少昊之墟　參婁
魯分

太昊之墟　陳分
角亢

有熊氏之墟　周分
柳星張

列山氏之墟　黃分
翼軫

魁以治內故歐謍為中州四戰之國

帝與帝車相直皆五帝墟

酌以治外故鶉尾為南方負海之國

分帝與帝車相直皆五帝墟

六卷四

唐一行山河分野圖

南宋　唐仲友　雕版墨印　北京圖書館收藏

圖中主要表示有京城、州郡、山河，以及與之相對應的星次和星宿等，這是一種天文和地理相結合的特殊地圖，表現方法以註記和文字說明為主。該圖對於研究中國古代天文分野，以及某一地區與天空中的某一星辰相對應之山脈等地理學思想，富有參考的價值。

丘叫做蒼梧丘，還有一個深淵叫做蒼梧淵。蒼梧丘和蒼梧淵之間有座九疑山，帝舜南巡去世後，就葬在這裡。九疑山就位於長沙零陵境內。

在北海之內，有一座高山，名叫蛇山；蛇水從蛇山發源，向東流入大海。有一種五彩羽毛的神鳥，當牠成群飛起，將遮蔽上方的天空，這種鳥名叫翳鳥。這附近還有一座不距山，帝堯手下一位靈巧的工匠巧倕（ㄔㄨㄟˊ）便葬在不距山的西邊。

在北海之內，有一個雙手被反綁，戴著刑具和戈的人，名叫相顧屍。他和貳負及其臣危一樣是犯錯而被殺，其肉體已死，但靈魂不死，

近於玄色的玉蟠龍

商晚期　高 7 釐米

幽都山位於北方，在五行中屬水，山中的一切生靈都為玄色，也就是黑色。玄色是尊貴與神祕的象徵，而這件商代晚期的玉蟠龍，色澤近乎玄色，體形呈弧彎狀，梅花嘴，身上飾有剛健有力的雙線菱形紋。

仍然以屍的形態繼續活動。

伯夷父生了西嶽，西嶽生了先龍，先龍的後代便是氐羌，氐羌族的人姓乞。氐羌又稱羌戎，是古老的少數民族，商周時期在西部地區遊牧，商朝末年曾跟隨周武王伐紂。

北海之內有一座幽都山，黑水就是從這發源。北方五行屬水，崇尚黑色，所以北方幽都山上的禽鳥野獸都是黑色的，有黑色的鳥、蛇、豹、老虎，還有長有毛蓬蓬尾巴的黑色狐狸，這些都是預兆祥瑞的珍禽異獸。尤其是玄豹，這種珍獸更加罕見，牠的樣子像虎，但個頭比虎稍小，性情兇猛，善於跳躍。捕食的時候，一下就可跳出三丈之遠。牠的全身有金黃色的毛髮，其間鑲嵌有銅錢大小的黑點斑紋，華麗之至，故又稱「金錢豹」。

傳說周文王在與商紂王一戰中慘敗，被囚禁於「凌裡」監獄，周人覺得受到恥辱。文王手下有一名賢臣名叫散宜生，有一天，他在懷

驅趕野獸

高句麗　西元 4 世紀

吉林省集安縣舞踴墓壁畫

后羿在射下天空中九個太陽之後，又受命驅趕獵殺野獸，就是為了讓牠們不再危害人間。在古代，野獸時時刻刻威脅著人們的安全。人與獸對於棲息地的爭奪也越來越激烈，所以能力強的獵手往往受到人們的崇敬和愛戴，很多年輕人也喜歡選擇大型的猛獸射獵，以展示自己的力量和勇氣。

塗山得到一隻玄豹，便帶牠去向紂王進獻，紂王得到玄豹非常高興，於是下令釋放了文王。

有座大玄山，山中的人渾身黑色，被稱為玄丘民。另外有一個大幽國，其國民都居住在洞穴中，不穿衣服。還有一種赤脛民，其腿自膝蓋以下都是紅色的。

又有一個釘靈國，釘靈國也叫丁靈、丁令或馬脛國。這個國家的人自膝蓋以下的腿都長有毛，腳的樣子酷似馬蹄。他們不騎馬，卻跑得比馬還快。傳說他們用鞭子抽打自己的腳，便能像馬一樣飛奔，一日可行三百里。

帝王後裔

炎帝有一個孫子名叫伯陵，伯陵與吳權的妻子阿女緣婦私通，緣婦懷孕長達三年，才生下鼓、延、殳（ㄕㄨ）三個兒子。殳最初發明了箭靶，鼓、延二人發明了鐘，並創作了樂曲和音律。

黃帝生了駱明，駱明生了白馬，這白馬就是鯀。

帝俊生了禹號，禹號生了淫梁，淫梁生了番禺，番禺最早發明了船。番禺後來生了奚仲，奚仲生了吉光，吉光最早用木頭製造出車子，但也有傳說是奚仲發明了木車。少昊生了般，般發明了弓和箭。

封豕

清 汪紱圖本

封豕即大野豬，成年後有長長的獠牙和鋒利的足爪，而且力大驚人，橫衝直撞，經常破壞莊稼，攻擊人及家畜。

懾服於小鳥的豕

商晚期 高40釐米

豕，又稱野豬，是叢林中一種力大無窮的猛獸，由於牠缺少智慧，想降伏牠並不困難。后羿只用了幾隻箭，就活捉了奇獸封豕。而這只商代用於盛酒的豕尊，尊口為圓形，全體飾有花紋，溫馴地背著一隻華冠小鳥，顯示由崇拜鳥圖騰的部族所製，藉以顯示神鳥降伏猛獸的異能。

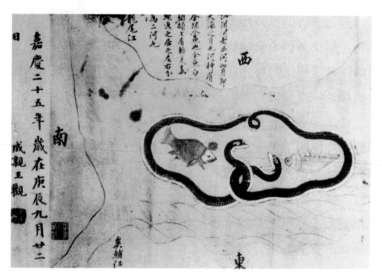

后羿除凶獸

帝俊賞賜給后羿紅色的弓和白色的矰（ㄗㄥ）箭，命他用自己的射箭技藝去扶助下界各國。從天上下來後，后羿便開始救濟世間的人們。

前面曾說到，帝堯的時候，后羿奉天帝之命下到人間為民除害，射下了九個太陽，解除了人間的炎熱乾旱之苦。可是猰貐、鑿齒、九嬰、大風、封豕、修蛇等惡禽猛獸，卻不願意回歸山林湖泊，仍然繼續為害百姓，后羿還得去誅除這些害人的惡禽猛獸。

當時猰貐在中原為害，他原本也是天神，被冤殺之後，就變成了一種龍首蛇身的怪物，從此也迷失了本性，專門以人為食，被牠殘害的百姓不計其數。后羿射日之後，首先就來到中原，誅殺猰貐。猰貐不是后羿的對手，幾個回合之後，猰貐就被他一箭射死了。

后羿殺死了猰貐，又到南方的疇華之野去殺一個叫做「鑿齒」的怪物。鑿齒有著野獸的頭、人的身體，在牠的嘴裡有長約五、六尺的牙齒，形狀像鑿子，從他的下巴穿出，這牙齒就是牠最厲害的武器，牠便藉此在南方肆意殘害人民。哪知道后羿帶著天帝賜予的神弓、神

與蛇結緣的洱海

唐　彩繪　雲南省大理市博物館收藏

蛇這種危險的動物在古時一直被認為是邪惡、恐怖的，如洞庭湖中的修蛇，還有洱海圖中那醒目的雙蛇。該地圖是作者出於祭奉河神的目的所繪製的，其中的雙蛇和一魚一螺，反映了當時洱海流傳的神話傳說。正如《雲南通志》卷十二中記載：「南支之神，其形金魚，戴金錢；北支之神，其形玉螺。二物見則為祥。」圖上方有題記：「西洱河者，西河如耳即大海之耳也，河神有玉螺金魚也……毒蛇繞魚居之左右。」圖中洱海周圍分別標出東、西、南、北四個方向，並標出其江河名稱。這幅圖雖然反映的地理內容比較有限，但仍不失為一幅區域地圖。

箭，一開始鑿齒還用一把戈應戰，不停地攻擊后羿，但是后羿的箭法太厲害，鑿齒便只好躲藏在盾牌的後面。然而這樣仍抵擋不了后羿的進攻，最後鑿齒不得不逃跑。后羿一直追殺到昆侖山，最後便在那裡將牠射殺。

此後，后羿又來到東方的青丘之澤，有一隻名叫「大風」的鷙（ㄓˋ）鳥在那裡害人。這隻大風鳥實際上就是一隻大孔雀，牠不但性情兇悍，會傷害人畜，而且牠的翅膀只要輕輕的搧動，就會帶來狂風。后羿知道這種鷙鳥能飛，恐怕一箭射去，還不能致牠死命。如果讓牠帶傷逃跑，等傷養好了之後，牠還是會回來為害人民。因此，他特地事先用一條青絲繩繫在箭尾，等那鷙鳥飛近時，一箭射去，正中胸部。因箭上有繩，鷙鳥剛要飛走，便被后羿用力拽下來，然後斬成幾段，讓牠再也不能害人。

然後后羿又去南方的洞庭湖。在湖水之中，有一條修蛇在那裡作怪，竟以掀翻漁船、吃船上的漁民為樂，以致洞庭湖濱的漁民對牠恨之入骨。后羿來到洞庭湖後，獨自駕著一隻小船，在湖中巡視，尋找修蛇的蹤跡。船剛划到湖中間，就看見修蛇昂著巨大的頭顱，吐著血紅的舌頭，掀起一排巨浪向后羿的小船游竄過來。后羿連忙拈弓搭箭，對準修蛇射去。雖然箭箭都射中要害，但修蛇也很頑強，牠一直游到后羿的船邊，向后羿進攻，逼使后羿只得拔出腰間的寶劍，與兇惡的修蛇肉搏。在滔天的白浪中，修蛇被斬成了幾段，腥臭

犧首銅匜
春秋

后羿奉命去殺死為禍天下的怪獸，這些怪獸或者長著極長的尖牙，或者體形巨大，擁有難以匹敵的神力。這件春秋時期的銅匜（一ˊ）前面飾有長著一對尖角的怪獸，製造者或許是希望憑藉著怪獸的力量來避邪。

牛耕
東漢 畫像石拓本 陝西省榆林市綏德縣出土 中國歷史博物館收藏

叔均最早發明用牛耕田的方法。自從畜力替代了人力，農耕的效率大大提升，農業作為主導的經濟地位得到確立。黃帝等賢主不斷治理國家；鯀和大禹父子二人挖掘泥土治理洪水，並度量劃定九州，一個國家的基本形態初步形成。

刺梨子

別名文光果、刺檳榔果。薔薇科。其根和果為非常珍貴的藥材，採藥時間為夏季採果，秋季挖根；曬乾或鮮用皆可。其根可健脾、止瀉；其果可解暑、助消化，對維生素 C 缺乏症有很大療效。

維護黃河堤

黃河古時被稱為「四瀆」之宗，百河之首。它哺育了中華民族的祖先，孕育了燦爛的華夏文明。但是，滾滾的黃河之水也似一匹脫韁野馬難於馴服。歷史上黃河氾濫頻繁，三年兩潰堤、百年一次大改道，因此也給兩岸人民帶來了深重的農難。

治理黃河是一場曠日持久的戰爭。歷代先民為治理黃河水患進行了長期不懈的努力，在實踐中積累了豐富的治河經驗，圖中的一些勞動者正在修築堤防，整治黃河。大禹治水的決心和勇氣也正在他們的內心激揚著。

的血流出來，染紅了半邊湖水。

后羿又來到北方的凶水之濱，那裡有一頭九嬰怪獸，牠有九顆頭，每個頭既能噴水又能吐火，十分兇惡。后羿射中九嬰的一個頭，另一個頭又開始噴火；射中那個噴火的頭，第三個頭又開始噴水。如此，后羿一共射了九箭，終於將牠殺死在波濤洶湧的凶水之上。

最後只剩下封豕了。封豕就是棲息在山林中的大野豬，有長牙、利爪，還有強大蠻力。牠不但會破壞莊稼，還會吃人和牲畜，附近一帶的人民都對牠恨之入骨。后羿連發幾箭，正好都射在封豕的腿上，它就癱倒在地上，直接被后羿生擒活捉，長牙、利爪、蠻力都沒派上用場，人們看到之後皆大歡喜。

后羿後來宰殺了封豕，用牠做出了香噴噴的肉膏，用盤子盛好，恭敬地端到天帝帝俊那

裡向他報功。哪知天帝正爲他那被殺的太陽兒子傷心，根本不買后羿的帳，還將后羿貶下天庭，做了凡人。

帝俊生了晏龍，晏龍最初發明了琴和瑟兩種樂器。

帝俊另外還有八個兒子，他們是最早創作出歌曲和舞蹈。

帝俊生了三身，三身生了義均，這位義均便是帝堯身邊的大臣巧倕（ㄔㄨㄟˊ），他最早發明各種工藝技巧。后稷最早開始播種各種農作物，他的孫子叫叔均，而叔均最早發明了使用牛耕田的方法。大比赤陰，開始受封而建國。鯀和大禹父子二人開始挖掘泥土治理洪水，並度量劃定九州。

炎帝的妻子，卽赤水氏的女兒聽訞（ㄧㄠ），爲炎帝生下了炎居，炎居生了節並，節並生了戲器，戲器生了祝融。祝融降臨到江水邊居住，在那裡生了水神共工，共工生了術器，術器的頭是平頂方形，他恢復了祖父祝融的土地。共工生了後土，後土生了噎鳴，噎鳴生了一年中的十二個月。

洪荒時代到處是漫天大水。鯀偸拿天帝的息壤用來堵塞洪水，息壤是一種可以自己生長不息的神奇土壤，只要用一小塊就會生長增加土地，以致積成山、堆成堤。大地墊上息壤之後，人們住在息壤堆積起來的高地上，洪水淹不到，只能順著溝壑流走。而鯀偸竊息壤的事被天帝發現了，祂勃然大怒，派祝融把鯀殺死在羽山的郊野，並奪回了息壤，人間從此又回到了洪水氾濫的境況。鯀雖然被殺死，但屍體三年沒有腐爛，天帝知道後，又派了一個天神到羽山的山腳下，用一把叫吳刀的寶刀剖開鯀的肚子，結果從肚子裡鑽出了一條虯（ㄑㄧㄡˊ）龍，飛上雲霄，這就是大禹。而鯀的屍體則化作一條黃龍，鑽入了羽山旁的羽淵，也有一說是化爲黃熊。天帝後來就命令禹開通河道，疏浚流水。傳說大禹治水時，應龍在他前面拽尾畫地，劃出河道；玄龜則背負息壤跟在禹的身後，禹就用息壤來造山堆堤。最終戰勝了洪水，進而將天下劃定爲九州。

《山海經》原經文

第一卷　南山經

南山之首，曰䧿山。其首曰招搖之山，臨於西海之上，多桂，多金玉。有草焉，其狀如韭而青華，其名曰祝餘，食之不饑。有木焉，其狀如谷而黑理，其華四照，其名曰迷穀，佩之不迷。有獸焉，其狀如禺而白耳，伏行人走，其名曰狌狌，食之善走。麗𪊨之水出焉，而西流注於海，其中多育沛，佩之無瘕疾。

又東三百里，曰堂庭之山。多棪木，多白猿，多水玉，多黃金。

又東三百八十里，曰猨翼之山。其中多怪獸，水多怪魚。多白玉，多蝮蟲，多怪蛇，多怪木，不可以上。

又東三百七十里，曰杻陽之山。其陽多赤金。其陰多白金。有獸焉，其狀如馬而白首，其文如虎而赤尾，其音如謠，其名曰鹿蜀，佩之宜子孫。怪水出焉，而東流注於憲翼之水。其中多玄龜，其狀如龜而鳥首虺尾，其名曰旋龜，其音如判木，佩之不聾，可以為底。

又東三百里，曰柢山。多水，無草木。有魚焉，其狀如牛，陵居，蛇尾有翼，其羽在鮭下，其音如留牛，其名曰鯥，冬死而夏生。食之無腫疾。

又東四百里，曰亶爰之山。多水，無草木，不可以上。有獸焉，其狀如狸而有髦，其名曰類，自為牝牡，食者不妒。

又東三百里，曰基山。其陽多玉，其陰多怪木。有獸焉，其狀如羊，九尾四耳，其目在背，其名曰猼訑，佩之不畏。有鳥焉，其狀如雞而三首六目，六足三翼，其名曰鶺鴒，食之無臥。

又東三百里，曰青丘之山。其陽多玉，其陰多青䨼。有獸焉，其狀如狐而九尾，其音如嬰兒，能食人，食者不蠱。有鳥焉，其狀如鳩，其音若呵，名曰灌灌，佩之不惑。英水出焉，南流注於即翼之澤。其中多赤鱬，其狀如魚而人面，其音如鴛鴦，食之不疥。

又東三百五十里，曰箕尾之山，其尾踆于東海，多沙石。汸水出焉，而南流注于淯，其中多白玉。

凡䧿山之首，自招搖之山，以至箕尾之山，凡十山，二千九百五十里。其神狀皆鳥身而龍首，其祠之禮：毛用一璋玉瘞，糈用稌米，一璧，稻米、白菅為席。

《南次二經》之首，曰柜山，西臨流黃，北望諸毗，東望長右。英水出焉，西南流注于赤水，其中多白玉，多丹粟。有獸焉，其狀如豚，有距，其音如狗吠，其名曰狸力，見則其縣多土功。有鳥焉，其狀如鴟而人手，其音如痺，其名曰鴸，其鳴自號也，見則其縣多放士。

東南四百五十里，曰長右之山，無草木，多水。有獸焉，其狀如禺而四耳，其名長右，其音如吟，見則郡縣大水。

又東三百四十里，曰堯光之山，其陽多玉，其陰多金。有獸焉，其狀如人而彘鬣，穴居而冬蟄，其名曰猾裹，其音如斲木，見則縣有大繇。

又東三百五十里，曰羽山，其下多水，其上多雨，無草木，多蝮虫。

又東三百七十里，曰瞿父之山，無草木，多金玉。

又東四百里，曰句餘之山，無草木，多金玉。

又東五百里，曰浮玉之山，北望具區，東望諸毗。有獸焉，其狀如虎而牛尾，其音如吠犬，其名曰彘，是食人。苕水出于其陰，北流注于具區。其中多鮆魚。

又東五百里，曰成山，四方而三壇，其上多金玉，其下多青雘。閱水出焉，而南流注于虖勺，其中多黃金。

又東五百里，曰會稽之山，四方，其上多金玉，其下多砆石。勺水出焉，而南流注于湨。

又東五百里，曰夷山，無草木，多沙石，湨水出焉，而南流注于列塗。

又東五百里，曰僕勾之山，其上多金玉，其下多草木，無鳥獸，無水。

又東五百里，曰咸陰之山，無草木，無水。

又東四百里，曰洵山，其陽多金，其陰多玉。有獸焉，其狀如羊而無口，不可殺也，其名曰䍃。洵水出焉，而南流注

于閼之澤，其中多芘蠃。

又東四百里，曰虖勺之山，其上多梓枏，其下多荊杞。滂水出焉，而東流注于海。

又東五百里，曰區吳之山，無草木，多砂石。鹿水出焉，而南流注于滂水。

又東五百里，曰鹿吳之山，上無草木，多金石。澤更之水出焉，而南流注于滂水。水有獸焉，名曰蠱雕，其狀如雕而有角，其音如嬰兒之音，是食人。

東五百里，曰漆吳之山，無草木，多博石，無玉。處于海，東望丘山，其光載出載入，是惟日次。

凡《南次二經》之首，自柜山至于漆吳之山，凡十七山，七千二百里。其神狀皆龍身而鳥首。其祠：毛用一璧瘞，糈用稌。

《南次三經》之首，曰天虞之山，其下多水，不可以上。

東五百里，曰禱過之山，其上多金玉，其下多犀、兕，多象。有鳥焉，其狀如鵁，而白首、三足、人面，其名曰瞿如，其鳴自號也。浪水出焉，而南流注于海。其中有虎蛟，其狀魚身而蛇尾，其音如鴛鴦，食者不腫，可以已痔。

又東五百里，曰丹穴之山，其上多金玉。丹水出焉，而南流注于渤海。有鳥焉，其狀如雞，五采而文，名曰鳳皇，首文曰德，翼文曰義，背文曰禮，膺文曰仁，腹文曰信。是鳥也，飲食自然，自歌自舞，見則天下安寧。

又東五百里,曰發爽之山,無草木,多水,多白猿。汎水出焉,而南流注于渤海。

又東四百里,至于旄山之尾,其南有谷,曰育遺,多怪鳥,凱風自是出。

又東四百里,至于非山之首,其上多金玉,無水,其下多蝮虫。

又東五百里,曰陽夾之山,無草木,多水。

又東五百里,曰灌湘之山,上多木,無草;多怪鳥,無獸。

又東五百里,曰雞山,其上多金,其下多丹雘。黑水出焉,而南流注于海。其中有鱄魚,其狀如鮒而彘毛,其音如豚,見則天下大旱。

又東四百里,曰令丘之山,無草木,多火。其南有谷焉,曰中谷,條風自是出。有鳥焉,其狀如梟,人面四目而有耳,其名曰顒,其鳴自號也,見則天下大旱。

又東三百七十里,曰侖者之山,其上多金玉,其下多青雘。有木焉,其狀如穀而赤理,其汗如漆,其味如飴,食者不飢,可以釋勞,其名曰白䓘,可以血玉。

又東五百八十里,曰禺稾之山,多怪獸,多大蛇。

東五百八十里,曰南禺之山,其上多金玉,其下多水。有穴焉,水春輒入,夏乃出,冬則閉。佐水出焉,而東南流注于海,有鳳皇、鵷鶵。

凡《南次三經》之首,自天虞之山以至南禺之山,凡一十四山,六千五百三十里。其神皆龍身而人面。其

祠皆一白狗祈,糈用稌。

右南經之山志,大小凡四十山,萬六千三百八十里。

第二卷　西山經

《西山經》華山之首,曰錢來之山,其上多松,其下多洗石。有獸焉,其狀如羊而馬尾,名曰羬羊,其脂可以已腊。

西四十五里,曰松果之山,濩水出焉,北流注于渭,其中多銅。有鳥焉,其名曰螐渠,其狀如山雞,黑身赤足,可以已臘。

又西六十里,曰太華之山,削成而四方,其高五千仞,其廣十里,鳥獸莫居。有蛇焉,名曰肥䖤,六足四翼,見則天下大旱。

又西八十里,曰小華之山,其木多荊杞,其獸多㸶牛,其陰多磬石,其陽多䃂琈之玉,鳥多赤鷩,可以禦火,其草有萆荔,狀如烏韭,而生於石上,亦緣木而生,食之已心痛。

又西八十里,曰符禺之山,其陽多銅,其陰多鐵。其上有木焉,名曰文莖,其實如棗,可以已聾。其草多條,其狀如葵,而赤花黃實,如嬰兒舌,食之使人不惑。符禺之水出焉,而北流注于渭。其獸多葱聾,其狀如羊而赤鬣。其鳥多鴖,其狀如翠而赤喙,可以禦火。

又西六十里,曰石脆之山,其木多椶柟,其草多條,其狀如韭,而白華黑實,食之已疥。其陽多䃂琈之玉,其陰多

銅。灌水出焉，而北流注于禹水。其中有流赭，以塗牛馬無病。

又西七十里，曰英山，其上多杻橿，其陰多鐵，其陽多赤金。禹水出焉，北流注于招水，其中多鮮魚，其狀如鱉，其音如羊。其陽多箭䉋，其獸多㸮牛、羬羊。有鳥焉，其狀如鶉，黃身而赤喙，其名曰肥遺，食之已癘，可以殺蟲。

又西五十二里，曰竹山，其上多喬木，其陰多鐵。有草焉，其名曰黃蓲，其狀如樗，其葉如麻，白花而赤實，其狀如赭，浴之已疥，又可以已胕。竹水出焉，北流注于渭，其陽多竹箭，多蒼玉。丹水出焉，東南流注于洛水，其中多水玉，多人魚。有獸焉，其狀如豚而白毛，大如筓而黑端，名曰毫彘。

又西百二十里，曰浮山，多盼木，枳葉而無傷，木蟲居之。有草焉，名曰薰草，麻葉而方莖，赤華而黑實，臭如蘪蕪，佩之可以已癘。

又西七十里，曰羭次之山，漆水出焉，北流注于渭。其上多棫橿，其下多竹箭，其陰多赤銅，其陽多嬰垣之玉。有獸焉，其狀如禺而長臂，善投，其名曰囂。有鳥焉，其狀如梟，人面而一足，曰橐𩿊，冬見夏蟄，服之不畏雷。

又西百五十里，曰時山，無草木。逐水出焉，北流注于渭，其中多水玉。

又西百七十里，曰南山，上多丹粟。丹水出焉，北流注于渭。獸多猛豹，鳥多尸鳩。

又西百八十里，曰大時之山，上多榖柞，下多杻橿，陰多銀，陽多白玉。涔

水出焉，北流注于渭，清水出焉，南流注于漢水。

又西三百二十里，曰嶓冢之山，漢水出焉，而東南流注于沔；囂水出焉，北流注于湯水。其上多桃枝鉤端，獸多犀兕熊羆，鳥多白翰赤鷩。有草焉，其葉如蕙，其本如桔梗，黑華而不實，名曰蓇蓉，食之使人無子。

又西三百五十里，曰天帝之山，上多椶枏，下多菅蕙。有獸焉，其狀如狗，名曰谿邊，席其皮者不蠱。有鳥焉，其狀如鶉，黑文而赤翁，名曰櫟，食之已痔。有草焉，其狀如葵，其臭如蘪蕪，名曰杜衡，可以走馬，食之已癭。

西南三百八十里，曰皋塗之山，薔水出焉，西流注于諸資之水，塗水出焉，南流注于集獲之水。其陽多丹粟，其陰多銀、黃金，其上多桂木。有白石焉，其名曰礜，可以毒鼠。有草焉，其狀如稾茇，其葉如葵而赤背，名曰無條，可以毒鼠。有獸焉，其狀如鹿而白尾，馬足人手而四角，名曰玃如。有鳥焉，其狀如鴟而人足，名曰數斯，食之已癭。

又西百八十里，曰黃山，無草木，多竹箭。盼水出焉，西流注于赤水，其中多玉。有獸焉，其狀如牛，而蒼黑大目，其名曰㹇。有鳥焉，其狀如鴞，青羽赤喙，人舌能言，名曰鸚䳇。

又西二百里，曰翠山，其上多椶枏，其下多竹箭，其陽多黃金、玉，其陰多旄牛，麢、麝；其鳥多鸓，其狀如鵲，赤黑而西首四足，可以禦火。

又西二百五十里，曰騩山，是錞于

西海，無草木，多玉。淒水出焉，西流注于海，其中多采石、黃金，多丹粟。

凡《西經》之首，自錢來之山至于騩山，凡十九山，二千九百五十七里。華山冢也，其祠之禮：太牢。羭山神也，祠之用燭，齋百日以百犧，瘞用百瑜，湯其酒百樽，嬰以百珪百璧。其餘十七山之屬，皆毛牷用一羊祠之。燭者百草之未灰，白蒂采等純之。

《西次二經》之首，曰鈐山，其上多銅，其下多玉，其木多杻橿。

西二百里，曰泰冒之山，其陽多金，其陰多鐵。浴水出焉，東流注于河，其中多藻玉，多白蛇。

又西一百七十里，曰數歷之山，其上多黃金，其下多銀，其木多杻橿，其鳥多鸚鵡。楚水出焉，而南流注于渭，其中多白珠。

又西百五十里，曰高山，其上多銀，其下多青碧、雄黃，其木多椶，其草多竹。涇水出焉，而東流注于渭，其中多磬石、青碧。

西南三百里，曰女床之山，其陽多赤銅，其陰多石涅，其獸多虎豹犀兕。有鳥焉，其狀如翟而五彩文，名曰鸞鳥，見則天下安寧。

又西二百里，曰龍首之山，其陽多黃金，其陰多鐵。苕水出焉，東南流注于涇水，其中多美玉。

又西二百里，曰鹿臺之山，其上多白玉，其下多銀，其獸多炸牛、羬羊、白豪。有鳥焉，其狀如雄雞而人面，名曰鳧

徯，其名自叫也，見則有兵。

西南二百里，曰鳥危之山，其陽多磬石，其陰多檀楮，其中多女床。鳥危之水出焉，西流注于赤水，其中多丹粟。

又西四百里，曰小次之山，其上多白玉，其下多赤銅。有獸焉，其狀如猿，而白首赤足，名曰朱厭，見則大兵。

又西三百里，曰大次之山，其陽多堊，其陰多碧，其獸多炸牛、麢羊。

又西四百里，曰薰吳之山，無草木，多金玉。

又西四百里，曰厎陽之山，其木多稷、枏、豫章，其獸多犀、兕、虎、犳、炸牛。

又西二百五十里，曰衆獸之山，其上多瑉琈之玉，其下多檀楮，多黃金，其獸多犀、兕。

又西五百里，曰皇人之山，其上多金玉，其下多青雄黃。皇水出焉，西流注于赤水，其中多丹粟。

又西三百里，曰中皇之山，其上多黃金，其下多蕙、棠。

又西三百五十里，曰西皇之山，其陽多金，其陰多鐵，其獸多麋鹿、炸牛。

又西三百五十里，曰萊山，其木多檀楮，其鳥多羅羅，是食人。

凡《西次二經》之首，自鈐山至于萊山，凡十七山，四千一百四十里。其十神者，皆人面而馬身。其七神皆人面牛身，四足而一臂，操杖以行，是爲飛獸之神；其祠之，毛用少牢，白菅爲席。其十輩神者，其祠之，毛一雄雞，鈐而不糈；毛采。

《西次三經》之首，曰崇吾之山，在河之南，北望冢遂，南望䍃之澤，西望帝之搏、獸之丘，東望蟜淵。有木焉，員葉而白柎，赤華而黑理，其實如枳，食之宜子孫。有獸焉，其狀如禺而文臂，豹虎而善投，名曰舉父。有鳥焉，其狀如鳧，而一翼一目，相得乃飛，名曰蠻蠻，見則天下大水。

西北三百里，曰長沙之山，泚水出焉，北流注于泑水，無草木，多青雄黃。

又西北三百七十里，曰不周之山。北望諸毗之山，臨彼嶽崇之山，東望泑澤，河水所潛也，其源渾渾泡泡。爰有嘉果，其實如桃，其葉如棗，黃華而赤柎，食之不勞。

又西北四百二十里，曰峚山，其上多丹木，員葉而赤莖，黃華而赤實，其味如飴，食之不飢。丹水出焉，西流注于稷澤，其中多白玉，是有玉膏，其源沸沸湯湯，黃帝是食是饗。是生玄玉。玉膏所出，以灌丹木。丹木五歲，五色乃清，五味乃馨。黃帝乃取峚山之玉榮，而投之鍾山之陽。瑾瑜之玉為良，堅粟精密，濁澤有而光。五色發作，以和柔剛。天地鬼神，是食是饗；君子服之，以禦不祥。自峚山至于鍾山，四百六十里，其間盡澤也。是多奇鳥、怪獸、奇魚，皆異物焉。

又西北四百二十里，曰鍾山，其子曰鼓，其狀如人面而龍身，是與欽䲹殺葆江于崑崙之陽，帝乃戮之鍾山之東曰嶅崖，欽䲹化為大鶚，其狀如雕而黑文白首，赤喙而虎爪，其音如晨鵠，見則有大兵；鼓亦化為鵕鳥，其狀如鴟，赤足而直喙，黃文而白首，其音如鵠，見即其邑大旱。

又西百八十里，曰泰器之山。觀水出焉，西流注于流沙。是多文鰩魚，狀如鯉魚，魚身而鳥翼，蒼文而白首，赤喙，常行西海，遊於東海，以夜飛。其音如鸞雞，其味酸甘，食之已狂，見則天下大穰。

又西三百二十里，曰槐江之山。丘時之水出焉，而北流注于泑水。其中多蠃母，其上多青雄黃，多藏琅玕、黃金、玉，其陽多丹粟，其陰多采黃金、銀。實惟帝之平圃，神英招司之，其狀馬身而人面，虎文而鳥翼，徇于四海，其音如榴。南望崑崙，其光熊熊，其氣魂魂。西望大澤，后稷所潛也；其中多玉，其陰多榣木之有若。北望諸毗，槐鬼離侖居之，鷹鸇之所宅也。東望恒山四成，有窮鬼居之，各在一搏。爰有淫水，其清洛洛。有天神焉，其狀如牛，而八足二首馬尾，其音如勃皇，見則其邑有兵。

西南四百里，曰崑崙之丘，是實惟帝之下都，神陸吾司之。其神狀虎身而九尾，人面而虎爪；是神也，司天之九部及帝之囿時。有獸焉，其狀如羊而四角，名曰土螻，是食人。有鳥焉，其狀如蜂，大如鴛鴦，名曰欽原，蠚鳥獸則死，蠚木則枯。有鳥焉，其名曰鶉鳥，是司帝之百服。有木焉，其狀如棠，華黃赤實，其味如李而無核，名曰沙棠，可以禦水，食之使人不溺。有草焉，名曰薲草，其狀如葵，其味如葱，食之已勞。河水出焉，而

南流東注于無達。赤水出焉,而東南流注
于汜天之水。洋水出焉,而西南流注于醜
塗之水。黑水出焉,而西流于大杆。是多
怪鳥獸。

又西三百七十里,曰樂游之山。桃
水出焉,西流注于稷澤,是多白玉。其中
多滑魚,其狀如蛇而四足,是食魚。

西水行四百里,曰流沙,二百里至
于蠃母之山。神長乘司之,是天之九德
也。其神狀如人而犳尾。其上多玉,其下
多青石而無水。

又西三百五十里,曰玉山,是西王
母所居也。西王母其狀如人,豹尾虎齒而
善嘯,蓬髮戴勝,是司天之厲及五殘。有
獸焉,其狀如犬而豹文,其角如牛,其名
曰狡,其音如吠犬,見則其國大穰。有鳥
焉,其狀如翟而赤,名曰胜遇,是食魚,
其音如錄,見則其國大水。

又西四百八十里,曰軒轅之丘,無
草木。洵水出焉,南流注于黑水,其中多
丹粟,多青雄黃。

又西三百里,曰積石之山,其下有
石門,河水冒以西流。是山也,萬物無不
有焉。

又西二百里,曰長留之山,其神白
帝少昊居之。其獸皆文尾,其鳥皆文首。
是多文玉石。實惟員神磈氏之宮。是神
也,主司反景。

又西二百八十里,曰章莪之山,無
草木,多瑤碧。所爲甚怪。有獸焉,其狀
如赤豹,五尾一角,其音如擊石,其名如
狰。有鳥焉,其狀如鶴,一足,赤文青質
而白喙,名曰畢方,其鳴自叫也,見則其

邑有訛火。

又西三百里,曰陰山,濁浴之水出
焉,而南流注于蕃澤,其中多文貝。有獸
焉,其狀如狸而白首,名曰天狗,其音如
榴榴,可以禦凶。

又西二百里,曰符惕之山,其上多
棕柟,下多金玉,神江疑居之。是山也,
多怪雨,風雲之所出也。

又西二百二十里,曰三危之山,三
青鳥居之。是山也,廣員百里。其上有獸
焉,其狀如牛,白身四角,其毫如披蓑,
其名曰傲㐘,是食人。有鳥焉,一首而三
身,其狀如鶚,其名曰鴟。

又西一百九十里,曰騩山,其上多
玉而無石。神耆童居之,其音常如鍾磬。
其下多積蛇。

又西三百五十里,曰天山,多金
玉,有青雄黃。英水出焉,而西南流注于
湯谷。有神焉,其狀如黃囊,赤如丹火,
六足四翼,渾敦無面目,是識歌舞,實惟
帝江也。

又西二百九十里,曰泑山,神蓐收
居之。其上多嬰短之玉,其陽多瑾瑜之
玉,其陰多青雄黃。是山也,西望日之所
入,其氣員,神紅光之所司也。

西水行百里,至于翼望之山,無草
木,多金玉。有獸焉,其狀如狸,一目而
三尾,名曰讙,其音如奪百聲,是可以禦
凶,服之已癉。有鳥焉,其狀如烏,三首
六尾而善笑,名曰鵸鵌,服之使人不厭,
又可以禦凶。

凡《西次三經》之首,崇吾
之山至于翼望之山,凡二十三山,

六千七百四十四里。其神狀皆羊身人面。其祠之禮，用一吉玉瘞，糈用稷米。

《西次四經》之首，曰陰山，上多穀，無石，其草多茆蕃。陰水出焉，西流注于洛。

北五十里，曰勞山，多茈草。弱水出焉，而西流注于洛。

西五十里，曰罷父之山。洱水出焉，而西流注于洛，其中多茈、碧。

北百七十里，曰申山，其上多穀柞，其下多杻檀，其陽多金玉。區水出焉，而東流注于河。

北二百里，曰鳥山，其上多桑，其下多楮，其陰多鐵，其陽多玉。辱水出焉，而東流注于河。

又北百二十里，曰上申之山，上無草木，而多硌石，下多榛楛，獸多白鹿。其鳥多當扈，其狀如雉，以其髯飛，食之不眴目。湯水出焉，東流注于河。

又北百八十里，曰諸次之山，諸次之水出焉，而東流注于河。是山也，多木無草，鳥獸莫居，是多衆蛇。

又北百八十里，曰號山，其木多漆、椶，其草多葯、虈、芎藭。多泠石。端水出焉，而東流注于河。

又北二百二十里，曰盂山，其陰多鐵，其陽多銅，其獸多白狼白虎，其鳥多白雉白翟。生水出焉，而東流注于河。

西二百五十里，曰白於之山，上多松柏，下多櫟檀，其獸多㸸牛、羬羊，其鳥多鴞。洛水出于其陽，而東流注于渭；夾水出于其陰，東流注于生水。

西北三百里，曰申首之山，無草木，冬夏有雪。申水出于其上，潛于其下，是多白玉。

又西五十五里，曰涇谷之山，涇水出焉，東南流注于渭，是多白金、白玉。

又西百二十里，曰剛山，多柴木，多㻬琈之玉。剛水出焉，北流注于渭，是多神䰠，其狀人面獸身，一足一手，其音如欽。

又西二百里，至剛山之尾，洛水出焉，而北流注于河。其中多蠻蠻，其狀鼠身而鱉首，其音如吠犬。

又西三百五十里，曰英鞮之山，上多漆木，下多金玉，鳥獸盡白，涴水出焉，而北注于陵羊之澤。是多冉遺之魚，魚身蛇首、六足，其目如馬耳，食之使人不眯，可以禦凶。

又西三百里，曰中曲之山，其陽多玉，其陰多雄黃、白玉及金。有獸焉，其狀如馬而白身黑尾，一角，虎牙爪，音如鼓音，其名曰駮，是食虎豹，可以禦兵。有木焉，其狀如棠，而員葉赤實，實大如木瓜，名曰櫰木，食之多力。

又西二百六十里，曰邽山。其上有獸焉，其狀如牛，蝟毛，名曰窮奇，音如獋狗，是食人。濛水出焉，南流注于洋水，其中多黃貝，嬴魚，魚身而鳥翼，音如鴛鴦，見則其邑大水。

又西二百二十里，曰鳥鼠同穴之山，其上多白虎、白玉。渭水出焉，而東流注于河。其中多鰠魚，其狀如鱣魚，動則其邑有大兵。濫水出于其西，西流注于漢水。多㻬魮之魚，其狀如覆銚，鳥首而

魚翼魚尾,音如磬石之聲,是生珠玉。

西南三百六十里,曰崦嵫之山,其上多丹木,其葉如穀,其實大如瓜,赤符而黑理,食之已癉,可以禦火。其陽多龜,其陰多玉。苕水出焉,而西流注于海,其中多砥礪。有獸焉,其狀馬身而鳥翼,人面蛇尾,是好舉人,名曰孰湖。有鳥焉,其狀如鴞而人面,蜼身犬尾,其名自號也,見則其邑大旱。

凡《西次四經》自陰山以下,至於崦嵫之山,凡十九山,三千六百八十里。其祠祀禮,皆用一白雞祈。糈以稻米,白菅爲席。

右西經之山,凡七十七山,一萬七千五百一十七里。

第三卷 北山經

《北山經》之首,曰單狐之山,多机木,其上多華草。漨水出焉,而西流注于泑水,其中多茈石文石。

又北二百五十里,曰求如之山,其上多銅,其下多玉,無草木。滑水出焉,而西流注于諸毗之水。其中多滑魚,其狀如鱓,赤背,其音如梧,食之已疣。其中多水馬,其狀如馬,文臂牛尾,其音如呼。

又北三百里,曰帶山,其上多玉,其下多青碧。有獸焉,其狀如馬,一角有錯,其名曰臛疏,可以辟火。有鳥焉,其狀如烏,五彩而赤文,名曰鵸鵌,是自爲牝牡,食之不疽。彭水出焉,而西流注于芘湖之水,其中多儵魚,其狀如雞而赤毛,三尾、六足、四首,其音如鵲,食之可以已憂。

又北四百里,曰譙明之山,譙水出焉,西流注于河。其中多何羅之魚,一首而十身,其音如吠犬,食之已癰。有獸焉,其狀如貆而赤豪,其音如榴榴,名曰孟槐,可以禦凶。是山也,無草木,多青、雄黃。

又北三百五十里,曰涿光之山,囂水出焉,而西流注于河。其中多鰼鰼之魚,其狀如鵲而十翼,鱗皆在羽端,其音如鵲,可以禦火,食之不癉。其上多松柏,其下多椶橿,其獸多麢羊,其鳥多蕃。

又北三百八十里,曰虢山,其上多漆,其下多桐椐,其陽多玉,其陰多鐵。伊水出焉,西流注于河。其獸多橐駝,其鳥多寓,狀如鼠而鳥翼,其音如羊,可以禦兵。

又北四百里,至于虢山之尾,其上多玉而無石。魚水出焉,而西流注于河,其中多文貝。

又北二百里,曰丹熏之山,其上多樗柏,其草多韭薤,多丹雘。熏水出焉,而西流注于棠水。有獸焉,其狀如鼠,而菟首麋身,其音如獋犬,以其尾飛,名曰耳鼠,食之不膭,又可以禦百毒。

又北二百八十里,曰石者之山,其上無草木,多瑤碧。泚水出焉,而西流注于河,有獸焉,其狀如豹,而文題白身,名曰孟極,是善伏,其鳴自呼。

又北百一十里,曰邊春之山,多葱、葵、韭、桃、李。杠水出焉,而西流

注于泑澤。有獸焉,其狀如禺而文身,善笑,見人則臥,名曰幽鴳,其鳴自呼。

又北二百里,曰蔓聯之山,其上無草木。有獸焉,其狀如禺而有鬣,牛尾、文臂、馬蹄,見人則呼,名曰足訾,其鳴自呼。有鳥焉,群居而朋飛,其毛如雌雉,名曰䴔,其名自呼,食之已風。

又北百八十里,曰單張之山,其上無草木。有獸焉,其狀如豹而長尾,人首而牛耳,一目,名曰諸犍,善吒,行則銜其尾,居則蟠其尾。有鳥焉,其狀如雉,而文首、白翼、黃足,名曰白鵺,食之已嗌痛,可以已癡。櫟水出焉,而南流注于杠水。

又北三百二十里,曰灌題之山,其上多樗柘,其下多流沙,多砥。有獸焉,其狀如牛而白尾,其音如訆,名曰那父。有鳥焉,其狀如雌雉而人面,見人則躍,名曰竦斯,其鳴自呼也。匠韓之水出焉,而西流注于泑澤,其中多磁石。

又北二百里,曰潘侯之山,其上多松柏,其下多榛楛,其陽多玉,其陰多鐵。有獸焉,其狀如牛,而四節生毛,名曰旄牛。邊水出焉,而南流注于櫟澤。

又北二百三十里,曰小咸之山,無草木,冬夏有雪。

北二百八十里,曰大咸之山,無草木,其下多玉。是山也,四方,不可以上。有蛇名曰長蛇,其毛如彘豪,其音如鼓柝。

又北三百二十里,曰敦薨之山,其上多櫻榆,其下多茈草。敦薨之水出焉,而西流注于泑澤。出于崑崙之東北隅,實惟河源。其中多赤鮭,其獸多兕、旄牛,其鳥多鳲鳩。

又北二百里,曰少咸之山,無草木,多青碧。有獸焉,其狀如牛,而赤身、人面、馬足,名曰窫窳,其音如嬰兒,是食人。敦水出焉,東流注于鴈門之水,其中多鮨鮨之魚,食之殺人。

又北二百里,曰獄法之山,瀤澤之水出焉,而東北流注于泰澤。其中多鱲魚,其狀如鯉而雞足,食之已疣。有獸焉,其狀如犬而人面,善投,見人則笑,其名山渾,其行如風,見則天下大風。

又北二百里,曰北嶽之山,多枳棘剛木。有獸焉,其狀如牛而四角,人目、彘耳,其名曰諸懷,其音如鳴鴈,是食人。諸懷之水出焉,而西流注于囂水,其中多鮨魚,魚身而犬首,其音如嬰兒,食之已狂。

又北百八十里,曰渾夕之山,無草木,多銅玉。囂水出焉,而西北流注于海。有蛇一首兩身,名曰肥遺,見則其國大旱。

又北五十里,曰北單之山,無草木,多蔥韭。

又北百里,曰羆差之山,無草木,多馬。

又北百八十里,曰北鮮之山,是多馬。鮮水出焉,而西北流注于涂吾之水。

又北百七十里,曰隄山,多馬。有獸焉,其狀如豹而文首,名曰狕。隄水出焉,而東流注于泰澤,其中多龍龜。

凡《北山經》之首,自單狐之山至于隄山,凡二十五山,五千四百九十里,

其神皆人面蛇身。其祠之，毛用一雄雞彘
瘞，吉玉用一珪，瘞而不糈。其山北人，
皆生食不火之物。

《北次二經之首》，在河之東，其
首枕汾，其名曰管涔之山。其上無木而多
草，其下多玉。汾水出焉，而西流注于
河。

又西二百五十里，曰少陽之山，其
上多玉，其下多赤銀。酸水出焉，而東流
注于汾水，其中多美赭。

又北五十里，曰縣雍之山，其上多
玉，其下多銅，其獸多閭麋，其鳥多白翟
白䳶，晉水出焉，而東南流注于汾水。其
中多鮆魚，其狀如儵而赤鱗，其音如叱，
食之不驕。

又北二百里，曰狐岐之山，無草
木，多青碧。勝水出焉，而東北流注于汾
水，其中多蒼玉。

又北三百五十里，曰白沙山，廣員
三百里，盡沙也，無草木鳥獸。鮪水出于
其上，潛于其下，是多白玉。

又北四百里，曰爾是之山，無草
木，無水。

又北三百八十里，曰狂山，無草
木。是山也，冬夏有雪。狂水出焉，而西
流注于浮水，其中多美玉。

又北三百八十里，曰諸餘之山，其
上多銅玉，其下多松柏。諸餘之水出焉，
而東流注于旄水。

又北三百五十里，曰敦頭之山，其
上多金玉，無草木。旄水出焉，而東流注
于印澤，其中多𩣡馬，牛尾而白身，一角

其音如呼。

又北三百五十里，曰鉤吾之山，其
上多玉，其下多銅。有獸焉，其狀如羊身
人面，其目在腋下，虎齒人爪，其音如嬰
兒，名曰狍鴞，是食人。

又北三百里，曰北囂之山，無石，
其陽多碧，其陰多玉。有獸焉，其狀如
虎，而白身犬首，馬尾彘鬣，名曰獨㹿。
有鳥焉，其狀如烏，人面，名曰鸒鷂，宵
飛而晝伏，食之已暍。涔水出焉，而東流
注于邛澤。

又北三百五十里，曰梁渠之山，無
草木，多金玉。脩水出焉，而東流注于鴈
門，其獸多居暨，其狀如彙而赤毛，其音
如豚，有鳥焉，其狀如夸父，四翼、一
目、犬尾，名曰囂，其音如鵲，食之已腹
痛，可以止衕。

又北四百里，曰姑灌之山，無草
木，是山也，冬夏有雪。

又北三百八十里，曰湖灌之山，其
陽多玉，其陰多碧，多馬。湖灌之水出
焉，而東流注于海，其中多鱓。有木焉，
其葉如柳而赤理。

又北水行五百里，流沙三百里，至
于洹山，其上多金玉。三桑生之，其樹皆
無枝，其高百仞。百果樹生之，其下多怪
蛇。

又北三百里，曰敦題之山，無草
木，多金玉。是錞于北海。

凡《北次二經》之首，自管涔之山
至于敦題之山，凡十七山，五千六百九十
里。其神皆蛇身人面。其祠：毛用一雄雞
彘瘞；用一璧一珪，投而不糈。

《北次三經》之首，曰太行之山。其首曰歸山，其上有金玉，其下有碧。有獸焉，其狀如麢羊而四角，馬尾而有距，其名曰䮟，善還，其鳴自訆。有鳥焉，其狀如鵲，白身、赤尾、六足，其名曰䴅，是善驚，其鳴自詨。

又東北二百里，曰龍侯之山，無草木，多金玉。決決之水出焉，而東流注于河。其中多人魚，其狀如䱋魚，四足，其音如嬰兒，食之無癡疾。

又東北二百里，曰馬成之山，其上多文石，其陰多金玉。有獸焉，其狀如白犬而黑頭，見人則飛，其名曰天馬，其鳴自訆。有鳥焉，其狀如烏，首白而身青、足黃，是名曰鶌鶋，其鳴自詨，食之不飢，可以已寓。

又東北七十里，曰咸山，其上有玉，其下多銅，是多松柏，草多茈草。條菅之水出焉，而西南流注于長澤。其中多器酸，三歲一成，食之已癘。

又東二百里，曰天池之山，其上無草木，多文石。有獸焉，其狀如兔而鼠首，以其背飛，其名曰飛鼠。澠水出焉，潛于其下，其中多黃堊。

又東三百里，曰陽山，其上多玉，其下多金銅。有獸焉，其狀如牛而赤尾，其頸𩑗，其狀如勾瞿，其名曰領胡，其鳴自詨，食之已狂。有鳥焉，其狀如雌雉，而五彩以文，是自爲牝牡，名曰象蛇，其鳴自詨。留水出焉，而南流注于河。其中有鮯父之魚，其狀如鮒魚，魚首而彘身，食之已嘔。

又東三百五十里，曰賁聞之山，其上多蒼玉，其下多黃堊，多涅石。

又北百里，曰王屋之山，是多石。㶌水出焉，而西北流注于泰澤。

又東北三百里，曰敎山，其上多玉而無石。敎水出焉，西流注于河，是水冬乾而夏流，實惟乾河。其中有兩山，是山也，廣員三百步，其名曰發丸之山，其上有金玉。

又南三百里，曰景山，南望鹽販之澤，北望少澤，其上多草、藷藇，其草多秦椒，其陰多赭，其陽多玉。有鳥焉，其狀如蛇，而四翼、六目、三足，名曰酸與，其鳴自詨，見則其邑有恐。

又東南三百二十里，曰孟門之山，其上多蒼玉，多金，其下多黃堊，多涅石。

又東南三百二十里，曰平山。平水出于其上，潛于其下，是多美玉。

又東二百里，曰京山，有美玉，多漆木，多竹，其陽有赤銅，其陰有玄䃤。高水出焉，南流注于河。

又東二百里，曰虫尾之山，其上多金玉，其下多竹，多青碧。丹水出焉，南流注于河。薄水出焉，而東南流注于黃澤。

又東三百里，曰彭毗之山，其上無草木，多金玉，其下多水。蚤林之水出焉，東南流注于河。肥水出焉，而南流注于床水，其中多肥遺之蛇。

又東百八十里，曰小侯之山。明漳之水出焉，南流注于黃澤。有鳥，其狀如烏而白文，名曰鴣鵰，食之不瀆。

又東二百七十里，曰泰頭之山，共水出焉，南注于虖池。其上多金玉，其下多竹箭。

又東北二百里，曰軒轅之山，其上多銅，其下多竹。有鳥焉，其狀如梟而白首，其名曰黃鳥，其鳴自詨，食之不妒。

又北二百里，曰謁戾之山，其上多松柏，有金玉。沁水出焉，南流注于河。其東有林焉，名曰丹林。丹林之水出焉，南流注于河。嬰侯之水出焉，北流注于氾水。

東三百里，曰沮洳之山，無草木，有金玉。濝水出焉，南流注于河。

又北三百里，曰神囷之山，其上有文石，其下有白蛇，有飛蟲。黃水出焉，而東流注于洹。滏水出焉，而東流注于歐水。

又北二百里，曰發鳩之山，其上多柘木。有鳥焉，其狀如烏，文首、白喙、赤足，名曰精衛，其鳴自詨。是炎帝之少女，名曰女娃，女娃遊于東海，溺而不返，故爲精衛，常衛西山之木石，以堙于東海。漳水出焉，東流注于河。

又東北百二十里，曰少山，其上有金玉，其下有銅。清漳之水出焉，東流于濁漳之水。

又東北二百里，曰錫山，其上多玉，其下有砥。牛首之水出焉，而東流注于滏水。

又北二百里，曰景山，有美玉。景水出焉，東南流注于海澤。

又北百里，曰題首之山，有玉焉，多石，無水。

又北百里，曰繡山，其上有玉、青碧，其木多栒，其草多芍藥、芎藭。洧水出焉，而東流注于河。其中有鱯、黽。

又北百二十里，曰松山。陽水出焉，東北流注于河。

又北百二十里，曰敦與之山，其上無草木，有金玉。溹水出于其陽，而東流注于泰陸之水。泜水出于其陰，而東流注于彭水。槐水出焉，而東流注于泜澤。

又北百七十里，曰柘山，其陽有金玉，其陰有鐵。歷聚之水出焉，而北流注于洧水。

又北三百里，曰維龍之山，其上有碧玉，其陽有金，其陰有鐵。肥水出焉，而東流注于皋澤，其中多礨石。敞鐵之水出焉，而北流注于大澤。

又北百八十里，曰白馬之山，其陽多石玉，其陰多鐵，多赤銅。木馬之水出焉，而東北流注于虖沱。

又北二百里，曰空桑之山，無草木，冬夏有雪。冬桑之水出焉，東流注于虖沱。

又北三百里，曰泰戲之山，無草木，多金玉。有獸焉，其狀如羊，一角一目，目在耳後，其名曰辣辣，其鳴自訓。虖沱之水出焉，而東流注于漊水。液女之水出于其陽，南流注于沁水。

又北三百里，曰石山，多藏金玉。濩濩之水出焉，而東流注于虖沱。鮮于之水出焉，而南流注于虖沱。

又北二百里，曰童戎之山。皋涂之水出焉，而東流注于漊液水。

又北三百里，曰高是之山。滋水出

焉，而南流注于虖沱，其木多椶，其草多條。滱水出焉，東流注于河。

又北三百里，曰陸山，多美玉。郻水出焉，而東流注于河。

又北二百里，曰沂山。般水出焉，而東流注于河。

北百二十里，曰燕山，多嬰石。燕水出焉，東流注于河。

又北山行五百里，水行五百里，至于饒山。是無草木，多瑤碧，其獸多橐駝，其鳥多鶹。歷虢之水出焉，而東流注于河。其中有師魚，食之殺人。

又北四百里，曰乾山，無草木，其陽有金玉，其陰有鐵而無水。有獸焉，其狀如牛而三足，其名曰獂，其鳴自詨。

又北五百里，曰倫山。倫水出焉，而東流注于河。有獸焉，其狀如麋，其川在尾上，其名曰羆。

又北五百里，曰碣石之山。繩水出焉，而東流注于河，其中多蒲夷之魚。其上有玉，其下多青碧。

又北水行五百里，至于雁門之山，無草木。

又北水行四百里，至于泰澤。其中有山焉，曰帝都之山，廣員百里，無草木，有玉金。

又北五百里，曰錞于毋逢之山，北望雞號之山，其風如飂；西望幽都之山，浴水出焉。是有大蛇，赤首白身，其音如牛，見則其邑大旱。

凡《北次三經》之首，自太行之山以至于無逢之山，凡四十六山，萬二千三百五十里。其神狀皆馬身而人面者

廿神。其祠之，皆用一藻茝瘞之。其十四神，狀皆彘身而載玉。其祠之，皆玉，不瘞。其十神，狀皆彘身而八足，蛇尾。其祠之，皆用一璧瘞之。大凡四十四神，皆用稌糈米祠之，此皆不火食。

右北經之山志，凡八十七山，二萬三千二百三十里。

第四卷 東山經

《東山經》之首，曰樕螽之山，北臨乾昧。食水出焉，而東北流注于海。其中多鱅鱅之魚，其狀如犁牛，其音如彘鳴。

又南三百里，曰藟山，其上有玉，其下有金。湖水出焉，東流注于食水，其中多活師。

又南三百里，曰枸狀之山，其上多金玉，其下多青碧石。有獸焉，其狀如犬，六足，其名曰從從，其鳴自詨。有鳥焉，其狀如雞而鼠毛，其名曰蚩鼠，見則其邑大旱。汜水出焉，而北流注于湖水。其中多箴魚，其狀如儵，其喙如箴，食之無疫疾。

又南三百里，曰勃垒之山，無草木，無水。

又南三百里，曰番條之山，無草木，多沙。減水出焉，北流注于海，其中多鱤魚。

又南四百里，曰姑兒之山，其上多漆，其下多桑柘。姑兒之水出焉，北流注于海，其中多鱤魚。

又南四百里，曰高氏之山，其上多玉，其下多箴石。諸繩之水出焉，東流注

于澤，其中多金玉。

又南三百里，曰嶽山，其上多桑，其下多樗。濼水出焉，東流注于澤，其中多金玉。

又南三百里，曰豺山，其上無草木，其下多水，其中多堪孖之魚。有獸焉，其狀如夸父而彘毛，其音如呼，見則天下大水。

又南三百里，曰獨山，其上多金玉，其下多美石。末塗之水出焉，而東南流注于沔，其中多偹鳙，其狀如黃蛇，魚翼，出入有光，見則其邑大旱。

又南三百里，曰泰山，其上多玉，其下多金。有獸焉，其狀如豚而有珠，名曰狪狪，其名自訆。環水出焉，東流注于江，其中多水玉。

又南三百里，曰竹山，錞于江，無草木，多瑤碧。激水出焉，而東南流注于娶檀之水，其中多茈羸。

凡《東山經》之首，自樕螽之山以至于竹山，凡十二山，三千六百里。其神狀皆人身龍首。祠：毛用一犬祈，衈用魚。

《東次二經》之首，曰空桑之山，北臨食水，東望沮吳，南望沙陵，西望湣澤。有獸焉，其狀如牛而虎文，其音如欽，其名曰軨軨，其鳴自叫，見則天下大水。

又南六百里，曰曹夕之山，其下多穀而無水，多鳥獸。

又西南四百里，曰嶧皋之山，其上多金玉，其下多白堊。嶧皋之水出焉，東流注于激女之水，其中多蜃珧。

又南水行五百里，流沙三百里，至于葛山之尾，無草木，多砥礪。

又南三百八十里，曰葛山之首，無草木。澧水出焉，東流注于余澤，其中多珠蟞魚，其狀如肺而有目，六足有珠，其味酸甘，食之無癘。

又南三百八十里，曰餘峨之山，其上多梓柟，其下多荊芑。雜余之水出焉，東流注于黃水。有獸焉，其狀如菟而鳥喙，鴟目蛇尾，見人則眠，名曰犰狳，其鳴自訆，見則螽蝗爲敗。

又南三百里，曰杜父之山，無草木，多水。

又南三百里，曰耿山，無草木，多水碧，多大蛇。有獸焉，其狀如狐而魚翼，其名曰朱獳，其鳴自叫，見則其國有恐。

又南三百里，曰盧其之山，無草木，多沙石。沙水出焉，南流注于涔水，其中多鵹鶘，其狀如鴛鴦而人足，其鳴自訆，見則其國多土功。

又南三百八十里，曰姑射之山，無草木，多水。

又南水行三百里，流沙百里，曰北姑射之山，無草木，多石。

又南三百里，曰南姑射之山，無草木，多水。

又南三百里，曰碧山，無草木，多大蛇，多碧水玉。

又南五百里，曰緱氏之山，無草木，多金玉。原水出焉，東流注于沙澤。

又南三百里，曰姑逢之山，無草

木，多金玉。有獸焉，其狀如狐而有翼，其音如鴻鴈，其名曰獙獙，見則天下大旱。

又南五百里，曰㞢麗之山，其上多金玉，其下多箴石。有獸焉，其狀如狐，而九尾、九首、虎爪，名曰蠪姪，其音如嬰兒，是食人。

又南五百里，曰硬山，南臨硬水，東望湖澤。有獸焉，其狀如馬，而羊目、四角、牛尾，其音如獋狗，其名曰峳峳，見則其國多狡客。有鳥焉，其狀如鳧而鼠尾，善登木，其名曰絜鉤，見則其國多疫。

凡《東次二經》之首，自空桑之山至于硬山，凡十七山，六千六百四十里。其神狀皆獸身人面載觡。其祠：毛用一雞祈，嬰用一璧瘞。

又《東次三經》之首，曰尸胡之山，北望㟹山，其上多金玉，其下多棘。有獸焉，其狀如麋而魚目，名曰妴胡，其鳴自詨。

又南水行八百里，曰岐山，其木多桃李，其獸多虎。

又南水行五百里，曰諸鉤之山，無草木，多沙石。是山也，廣員百里，多寐魚。

又南水行七百里，曰中父之山，無草木，多沙。

又東水行千里，曰胡射之山，無草木，多沙石。

又南水行七百里，曰孟子之山，其木多梓桐，多桃李，其草多菌蒲，其獸多麇鹿。是山也，廣員百里。其上有水出焉，名曰碧陽，其中多鱣鮪。

又南水行五百里，曰流沙，行五百里，有山焉，曰跂踵之山，廣員二百里，無草木，有大蛇，其上多玉。有水焉，廣員四十里皆涌，其名曰深澤，其中多蠵龜。有魚焉，其狀如鯉，而六足鳥尾，名曰鮯鮯之魚，其鳴自詨。

又南水行九百里，曰踇隅之山，其上有草木，多金玉，多赭。有獸焉，其狀如牛而馬尾，名曰精精，其鳴自詨。

又南水行五百里，流沙三百里，至于無皋之山，南望幼海，東望榑木，無草木，多風。是山也，廣員百里。

凡《東次三經》之首，自尸胡之山至于無皋之山，凡十九山，六千九百里。其神狀皆人身而羊角。其祠：用一牡羊，米用黍。是神也，見則風雨水為敗。

又《東次四經》之首，曰北號之山，臨于北海。有木焉，其狀如楊，赤華，其實如棗而無核，其味酸甘，食之不瘧。食水出焉，而東北流注于海。有獸焉，其狀如狼，赤首鼠目，其音如豚，名曰猲狙，是食人。有鳥焉，其狀如鷄而白首，鼠足而虎爪，其名曰鬿雀，亦食人。

又南三百里，曰旄山，無草木。蒼體之水出焉，而西流注于展水。其中多鱃魚，其狀如鯉而大首，食者不疣。

又南三百二十里，曰東始之山，上多蒼玉。有木焉，其狀如楊而赤理，其汁如血，不實，其名曰芑，可以服馬。泚水出焉，而東北流注于海，其中多美貝，多

苊魚，其狀如鮒，一首而十身，其臭如蘪蕪，食之不糟。

又東南三百里，曰女烝之山，其上無草木。石膏水出焉，而西注于鬲水，其中多薄魚，其狀如鱣魚而一目，其音如歐，見則天下大旱。

又東南二百里，曰欽山，多金玉而無石。師水出焉，而北流注于皋澤，其中多鰧魚，多文貝。有獸焉；其狀如豚而有牙，其名曰當康，其鳴自叫，見則天下大穰。

又東南二百里，曰子桐之山。子桐之水出焉；而西流注于餘如之澤。其中多䱤魚，其狀如魚而鳥翼，出入有光，其音如鴛鴦，見則天下大旱。

又東北二百里，曰剡山，多金玉。有獸焉，其狀如彘而人面，黃身而赤尾，其名曰合窳，其音如嬰兒。是獸也，食人，亦食蟲蛇，見則天下大水。

又東二百里，曰太山，上多金玉、槙木。有獸焉，其狀如牛而白首，一目而蛇尾，其名曰蜚，行水則竭，行草則死，見則天下大疫。鉤水出焉，而北流注于勞水，其中多鱯魚。

凡《東次四經》之首，自北號之山至于太山，凡八山，一千七百二十里。

右東經之山志，凡四十六山，萬八千八百六十里。

第五卷 中山經

《中山經》薄山之首，曰甘棗之山。共水出焉，而西流注于河。其上多杻木，其下有草焉，葵本而杏葉，黃華而莢實，名曰籜，可以已瞢。有獸焉，其狀如鼣鼠而文題，其名曰㔮，食之已癭。

又東二十里，曰歷兒之山，其上多櫔，多櫔木，是木也，方莖而員葉，黃華而毛，其實如楝，服之不忘。

又東十五里，曰渠豬之山，其上多竹。渠豬之水出焉，而南流注于河。其中是多豪魚，狀如鮪，赤喙尾赤羽，可以已白癬。

又東三十五里，曰葱聾之山，其中多大谷，是多白堊，黑、青、黃堊。

又東十五里，曰涹山，其上多赤銅，其陰多鐵。

又東七十里，曰脫扈之山。有草焉，其狀如葵葉而赤華，莢實，實如棕莢，名曰植楮，可以已癙，食之不眯。

又東二十里，曰金星之山，多天嬰，其狀如龍骨，可以已痤。

又東七十里，曰泰威之山，其中有谷曰梟谷，其中多鐵。

又東十五里，曰橿谷之山，其中多赤銅。

又東百二十里，曰吳林之山，其中多葌草。

又北三十里，曰牛首之山。有草焉，名曰鬼草，其葉如葵而赤莖，其秀如禾，服之不憂。勞水出焉，而西流注于潏水。是多飛魚，其狀如鮒魚，食之已痔衕。

又北四十里，曰霍山，其木多穀。有獸焉，其狀如狸，而白尾有鬣，名曰朏朏，養之可以已憂。

又北五十二里，曰合谷之山，是多薔棘。

又北三十五里，曰陰山，多礪石、文石。少水出焉，其中多彫棠，其葉如榆葉而方，其實如赤菽，食之已聾。

又東北四百里，曰鼓鐙之山，多赤銅。有草焉，名曰榮草，其葉如柳，其本如雞卵，食之已風。

凡薄山之首，自甘棗之山至于鼓鐙之山，凡十五山，六千六百七十里。歷兒，冢也，其祠禮：毛，太牢之具；縣以吉玉。其餘十三山者，毛用一羊，縣嬰用桑封，瘞而不糈。桑封者，桑主也，方其下而銳其上，而中穿之加金。

《中次二經》濟山之首，曰煇諸之山，其上多桑，其獸多閭麋，其鳥多鶡。

又西南二百里，曰發視之山，其上多金玉，其下多砥礪。卽魚之水出焉，而西流注于伊水。

又西三百里，曰豪山，其上多金玉而無草木。

又西三百里，曰鮮山，多金玉，無草木。鮮水出焉，而北流注于伊水。其中多鳴蛇，其狀如蛇而四翼，其音如磬，見則其邑大旱。

又西三百里，曰陽山，多石，無草木。陽水出焉，而北流注于伊水。其中多化蛇，其狀如人面而豺身，鳥翼而蛇行，其音如叱呼，見則其邑大水。

又西二百里，曰昆吾之山，其上多赤銅。有獸焉，其狀如彘而有角，其音如號，名曰蠪蚳，食之不眯。

又西百二十里，曰葌山，葌水出焉，而北流注于伊水，其上多金玉，其下多青雄黃。有木焉，其狀如棠而赤葉，名曰芒草，可以毒魚。

又西一百五十里，曰獨蘇之山，無草木而多水。

又西二百里，曰蔓渠之山，其上多金玉，其下多竹箭。伊水出焉，而東流注于洛。有獸焉，其名曰馬腹，其狀如人面虎身，其音如嬰兒，是食人。

凡濟山經之首，自煇諸之山至于蔓渠之山，凡九山，一千六百七十里，其神皆人面而鳥身。祠用毛，用一吉玉，投而不糈。

《中次三經》萯山之首，曰敖岸之山，其陽多㻬琈之玉，其陰多赭、黃金。神熏池居之。是常出美玉。北望河林，其狀如蒨如舉。有獸焉，其狀如白鹿而四角，名曰夫諸，見則其邑大水。

又東十里，曰青要之山，實維帝之密都。北望河曲，是多駕鳥。南望墠渚，禹父之所化，是多僕纍、蒲盧。䰠武羅司之，其狀人面而豹文，小腰而白齒，而穿耳以鐻，其鳴如鳴玉。是山也，宜女子。畛水出焉，而北流注于河。其中有鳥焉，名曰鴢，其狀如鳧，青身而朱目赤尾，食之宜子。有草焉，其狀如葌，而方莖黃華赤實，其本如藁本，名曰荀草，服之美人色。

又東十里，曰騩山，其上有美棗，其陰有㻬琈之玉。正回之水出焉，而北流注于河。其中多飛魚，其狀如豚而赤文，

服之不畏雷，可以禦兵。

又東四十里，曰宜蘇之山，其上多金玉，其下多蔓居之木。潚潚之水出焉，而北流注于河，是多黃貝。

又東二十里，曰和山，其上無草木而多瑤碧，實惟河之九都。是山也五曲，九水出焉，合而北流注于河，其中多蒼玉。吉神泰逢司之，其狀如人而虎尾，是好居于萯山之陽，出入有光。泰逢神動天地氣也。

凡萯山之首，自敖岸之山至于和山，凡五山，四百四十里。其祠泰逢、熏池、武羅皆一牡羊副，嬰用吉玉。其二神用一雄雞瘞之，糈用稌。

《中次四經》釐山之首，曰鹿蹄之山，其上多玉，其下多金。甘水出焉，而北流注于洛，其中多泠石。

西五十里，曰扶豬之山，其上多礝石。有獸焉，其狀如貉而人目，其名曰𪊭。虢水出焉，而北流注于洛，其中多瓀石。

又西一百二十里，曰釐山，其陽多玉，其陰多蒐。有獸焉，其狀如牛，蒼身，其音如嬰兒，是食人，其名曰犀渠。潚潚之水出焉，而南流注于伊水。有獸焉，名曰頡，其狀如獳犬而有鱗，其毛如彘鬣。

又西二百里，曰箕尾之山，多穀，多涂石，其上多㻬琈之玉。

又西二百五十里，曰柄山，其上多玉，其下多銅。滔雕之水出焉，而北流注于洛。其中多羬羊。有木焉，其狀如樗，

其葉如桐而莢實，其名曰茇，可以毒魚。

又西二百里，曰白邊之山，其上多金玉，其下多青、雄黃。

又西二百里，曰熊耳之山，其上多漆，其下多椶。浮濠之水出焉，而西流注于洛，其中多水玉，多人魚。有草焉，其狀如蘇而赤華，名曰葶薴，可以毒魚。

又西三百里，曰牡山，其上多文石，其下多竹箭、竹䉑，其獸多牝牛、羬羊，鳥多赤鷩。

又西三百五十里，曰讙舉之山。雒水出焉，而東北流注于玄扈之水。其中多馬腸之物。此二山者，洛間也。

凡釐山之首，自鹿蹄之山至于玄扈之山，凡九山，千六百七十里。其神狀皆人面獸身。其祠之，毛用一白雞，祈而不糈，以彩衣之。

《中次五經》薄山之首，曰苟床之山，無草木，多怪石。

東三百里，曰首山，其陰多穀柞，草多荒芫，其陽多㻬琈之玉，木多槐；其陰有谷，曰机谷，多𪃦鳥，其狀如梟而三目，有耳，其音如錄，食之已墊。

又東三百里，曰縣𤢖之山，無草木，多文石。

又東三百里，曰蔥聾之山，無草木，多𤭖石。

東北五百里，曰條谷之山，其木多槐桐，其草多芍藥、門冬。

又北十里，曰超山，其陰多蒼玉，其陽有井，冬有水而夏竭。

又東五百里，曰成侯之山，其上多

椿木，其草多芃。

又東五百里，曰朝歌之山，谷多美堊。

又東五百里，曰槐山，谷多金錫。

又東十里，曰歷山，其木多槐，其陽多玉。

又東十里，曰尸山，多蒼玉，其獸多麖。尸水出焉，南流注于洛水，其中多美玉。

又東十里，曰良餘之山，其上多穀柞，無石。餘水出于其陰，而北流注于河；乳水出于其陽，而東南流注于洛。

又東南十里，曰蠱尾之山，多礪石、赤銅。龍餘之水出焉，而東南流注于洛。

又東北二十里，曰升山，其木多穀柞棘，其草多藷藇蕙，多寇脫。黃酸之水出焉，而北流注于河，其中多璇玉。

又東二十里，曰陽虛之山，多金，臨于玄扈之水。

凡薄山之首，自苟林之山至于陽虛之山，凡十六山，二千九百八十二里。升山，冢也。其祠禮：太牢，嬰用吉玉。首山，魅也，其祠用稌、黑犧、太牢之具、蘗釀；干儛，置鼓；嬰用一璧。尸水，合天也，肥牲祠之，用一黑犬于上，用一雌雞于下，刉一牝羊，獻血。嬰用吉玉，彩之，饗之。

《中次六經》縞羝山之首，曰平逢之山，南望伊洛，東望穀城之山，無草無木，水多沙石。有神焉，其狀如人而二首，名曰驕蟲，是爲螫蟲，實惟蜂蜜之

廬。其祠之：用一雄雞，禳而勿殺。

西十里，曰縞羝之山，無草木，多金玉。

又西十里，曰廆山，其陰多㻸琈之玉。其西有谷焉，名曰䕫谷，其木多柳楮。其中有鳥焉，狀如山雞而長尾，赤如丹火而青喙，名曰鴒鸚，其鳴自呼，服之不眯。交觴之水出于其陽，而南流注于洛；俞隨之水出于其陰，而北流注于穀水。

又西三十里，曰瞻諸之山，其陽多金，其陰多文石。渺水出焉，而東南流注于洛；少水出其陰，而東流注于穀水。

又西三十里，曰婁涿之山，無草木，多金玉。瞻水出于其陽，而東流注于洛；陂水出于其陰，而北流注于穀水，其中多茈石、文石。

又西四十里，曰白石之山，惠水出于其陽，而南流注于洛，其中多水玉。澗水出于其陰，西北流注于穀水，其中多麋石、櫨丹。

又西五十里，曰穀山，其上多穀，其下多桑。爽水出焉，而西北流注于穀水，其中多碧綠。

又西七十二里，曰密山，其陽多玉，其陰多鐵。豪水出焉，而南流注于洛，其中多旋龜，其狀鳥首而鱉尾，其音如判木。無草木。

又西百里，曰長石之山，無草木，多金玉。其西有谷焉，名曰共谷，多竹。共水出焉，西南流注于洛，其中多鳴石。

又西一百四十里，曰傅山，無草木，多瑤碧。厭染之水出于其陽，而南流

注于洛，其中多人魚。其西有林焉，名曰
墦冢。穀水出焉，而東流注于洛，其中多
珚玉。

又西五十里，曰橐山，其木多樗，
多楢木，其陽多金玉，其陰多鐵，多蕭。
橐水出焉，而北流注于河。其中多脩辟之
魚，狀如黽而白喙，其音如鴟，食之已白
癬。

又西九十里，曰常烝之山，無草
木，多堊。潐水出焉，而東北流注于河，
其中多蒼玉。菑水出焉，而北流注于河。

又西九十里，曰夸父之山，其木多
椶枏，多竹箭，其獸多㸲牛、羬羊，其鳥
多鷩，其陽多玉，其陰多鐵。其北有林
焉，名曰桃林，是廣員三百里，其中多
馬。湖水出焉，而北流注于河，其中多珚
玉。

又西九十里，曰陽華之山，其陽多
金玉，其陰多青雄黃，其草多藷藇，多苦
辛，其狀如橚，其實如瓜，其味酸甘，食
之已瘧。楊水出焉，而西南流注于洛，其
中多人魚。門水出焉，而東北流注于河，
其中多玄礵。緒姑之水出于其陰，而東
流注于門水，其上多銅。門水至于河，
七百九十里入雒水。

凡縞羝山之首，自平逢之山至于陽
華之山，凡十四山，七百九十里。嶽在其
中，以六月祭之，如諸嶽之祠法，則天下
安寧。

《中次七經》苦山之首，曰休與之
山。其上有石焉，名曰帝臺之棋，五色而
文，其狀如鶉卵，帝臺之石，所以禱百神

者也，服之不蠱。有草焉，其狀如蓍，赤
葉而本叢生，名曰夙條，可以爲簳。

東三百里，曰鼓鍾之山，帝臺之所
以觴百神也。有草焉，方莖而黃華，員葉
而三成，其名曰焉酸，可以爲毒。其上多
礪，其下多砥。

又東二百里，曰姑媱之山，帝女死
焉，其名曰女尸，化爲䔄草，其葉胥成，
其華黃，其實如菟丘，服之媚於人。

又東二十里，曰苦山。有獸焉，名
曰山膏，其狀如逐，赤若丹火，善罵。其
上有木焉，名曰黃棘，黃華而員葉，其實
如蘭，服之不字。有草焉，員葉而無莖，
赤華而不實，名曰無條，服之不癭。

又東二十七里，曰堵山，神天愚居
之，是多怪風雨。其上有木焉，名曰天
楄，方莖而葵狀，服者不噎。

又東五十二里，曰放皋之山。明水
出焉，南流注于伊水，其中多蒼玉。有木
焉，其葉如槐，黃華而不實，其名曰蒙
木，服之不惑。有獸焉，其狀如蜂，枝尾
而反舌，善呼，其名曰文文。

又東五十七里，曰大𩵋之山，多㻬
琈之玉，多麋玉。有草焉，其狀葉如榆，
方莖而蒼傷，其名曰牛傷，其根蒼文，服
者不厥，可以禦兵。其陽狂水出焉，西南
流注于伊水，其中多三足龜，食者無大
疾，可以已腫。

又東七十里，曰半石之山，其上有
草焉，生而秀，其高丈餘，赤葉赤華，華
而不實，其名曰嘉榮，服之者不霆。來需
之水出于其陽，而西流注于伊水，其中多
鯩魚，黑文，其狀如鮒，食者不睡。合水

出于其陰，而北流注于洛，多鱬魚，狀如鱖，居逵，蒼文赤尾，食者不癰，可以爲瘻。

又東五十里，曰少室之山，百草木成囷。其上有木焉，其名曰帝休，葉狀如楊，其枝五衢，黃華黑實，服者不怒。其上多玉，其下多鐵。休水出焉，而北流注于洛，其中多䱤魚，狀如盩蜼而長距，足白而對，食者無蠱疾，可以禦兵。

又東三十里，曰泰室之山。其上有木焉，葉狀如藜而赤理，其名曰栯木，服者不妬。有草焉，其狀如荒，白華黑實，澤如蘡薁，其名曰䔄草，服之不昧，上多美石。

又北三十里，曰講山，其上多玉，多柘，多柏。有木焉，名曰帝屋，葉狀如椒，反傷赤實，可以禦凶。

又北三十里，曰嬰梁之山，上多蒼玉，錞于玄石。

又東三十里，曰浮戲之山。有木焉，葉狀如樗而赤實，名曰亢木，食之不蠱。汜水出焉，而北流注于河。其東有谷，因名曰蛇谷，上多少辛。

又東四十里，曰少陘之山。有草焉，名曰䓈草，葉狀如葵，而赤莖白華，實如蘡薁，食之不愚。器難之水出焉，而北流注于役水。

又東南十里，曰太山。有草焉，名曰梨，其葉狀如荻而赤華，可以已疽。太水出于其陽，而東南流注于沒水，承水出于其陰，而東北流注于沒。

又東二十里，曰末山，上多赤金。末水出焉，北流注于沒。

又東二十五里，曰役山，上多白金，多鐵。役水出焉，北注于河。

又東三十五里，曰敏山。上有木焉，其狀如荊，白華而赤實，名曰葪柏，服者不寒。其陽多㻬琈之玉。

又東三十里，曰大騩之山，其陰多鐵、美玉、青堊。有草焉，其狀如蓍而毛，青華而白實，其名曰猿，服之不夭，可以爲腹病。

凡苦山之首，自休與之山至于大騩之山，凡十有九山，千一百八十四里，其十六神者，皆豕身而人面。其祠：毛牷用一羊羞，嬰用一藻玉瘞。苦山、少室、太室皆冢也，其祠之：太牢之具，嬰以吉玉。其神狀皆人面而三首，其餘屬皆豕身人面也。

《中次八經》荊山之首，曰景山，其上多金玉，其木多杼檀。雎水出焉，東南流注于江，其中多丹粟，多文魚。

東北百里，曰荊山，其陰多鐵，其陽多赤金，其中多犛牛，多豹虎，其木多松柏，其草多竹，多橘櫾。漳水出焉，而東南流注于雎，其中多黃金，多鮫魚。其獸多閭麋。

又東北百五十里，曰驕山，其上多玉，其下多青䨼，其木多松柏，多桃枝鉤端。神䲢圍處之，其狀如人面，羊角虎爪，恒遊于雎漳之淵，出入有光。

又東北百二十里，曰女几之山，其上多玉，其下多黃金，其獸多豹虎，多閭麋、麖、麂，其鳥多白鷮，多翟，多鴆。

又東北二百里，曰宜諸之山，其上

多金玉，其下多青雘。滮水出焉，而南流注于漳，其中多白玉。

又東北三百五十里，曰綸山，其木多梓柟，多桃枝，多柤栗橘櫾，其獸多閭麈、䴥、㲋。

又東北二百里，曰陸郞之山，其上多㻬琈之玉，其下多堊，其木多杻、橿。

又東百三十里，曰光山，其上多碧，其下多木。神計蒙處之，其狀人身而龍首，恒遊于漳淵，出入必有飄風暴雨。

又東百五十里，曰岐山，其陽多赤金，其陰多白珉，其上多金玉，其下多青雘，其木多樗。神涉䖙處之，其狀人身而方面三足。

又東百三十里，曰銅山，其上多金、銀、鐵，其木多穀、柞、柤、栗、橘、櫾，其獸多犳。

又東北一百里，曰美山，其獸多兕牛，多閭麈，多豕鹿，其上多金，其下多青，多寓木。

又東北百里，曰大堯之山，其木多松、柏，多梓、桑，多机，其草多竹，其獸多豹、虎、䴥、㲋。

又東北三百里，曰靈山，其上多金玉，其下多青雘，其木多桃、李、梅、杏。

又東北七十里，曰龍山，上多寓木，其上多碧，其下多赤錫，其草多桃枝、鉤端。

又東南五十里，曰衡山，上多寓木、穀、柞，多黃堊、白堊。

又東南七十里，曰石山，其上多金，其下多青雘，多寓木。

又南百二十里，曰若山，其上多㻬琈之玉，多赭，多邽石，多寓木，多柘。

又東南一百二十里，曰彘山，多美石，多柘。

又東南一百五十里，曰玉山，其上多金玉，其下多碧鐵，其木多柏。

又東南七十里，曰讙山，其木多檀，多邽石，多白錫。郁水出于其上，潛于其下，其中多砥礪。

又東北百五十里，曰仁舉之山，其木多穀柞，其陽多赤金，其陰多赭。

又東五十里，曰師每之山，其陽多砥礪，其陰多青雘，其木多柏，多檀，多柘，其草多竹。

又東南二百里，曰琴鼓之山，其木多穀、柞、椒、柘，其上多白珉，其下多洗石，其獸多豕、鹿，多白犀，其鳥多鴆。

凡荊山之首，自景山至琴鼓之山，凡二十三山，二千八百九十里。其神狀皆鳥身而人面。其祠：用一雄雞祈瘞，用一藻圭，糈用稌。驕山，冢也，其祠：用羞酒少牢祈瘞，嬰毛一璧。

《中次九經》岷山之首，曰女凡之山，其上多石涅，其木多杻橿，其草多菊茮。洛水出焉，東注于江，其中多雄黃，其獸多虎、豹。

又東北三百里，曰岷山，江水出焉，東北流注于海，其中多良龜，多鼉。其上多金玉，其下多白珉，其木多梅棠，其獸多犀象，多夔牛，其鳥多翰、鷩。

又東北一百四十里，曰崍山，江水

出焉，東流注大江。其陽多黃金，其陰多櫐、蠥，其木多檀、柘，其草多薤、韭，多葯、空奪。

又東一百五十里，曰崍山，江水出焉，東流注于大江，其中多怪蛇，多鷩魚，其木多楢、杻，多梅、梓，其獸多夔牛、麢、臭、犀、兕。有鳥焉；狀如鴞而赤身白首，其名曰竊脂，可以禦火。

又東三百里，曰高梁之山，其上多堊，其下多砥礪，其木多桃枝、鉤端。有草焉，狀如葵而赤華，莢實，白柎，可以走馬。

又東四百里，曰蛇山，其上多黃金，其下多堊，其木多枸，多豫樟，其草多嘉榮、少辛。有獸焉，其狀如狐，而白尾長耳，名䖟狼，見則國內有兵。

又東五百里，曰鬲山，其陽多金，其陰多白珉。蒲鷈之水出焉，而東流注于江，其中多白玉。其獸多犀、象、熊、羆，多猨、蜼。

又東北三百里，曰隅陽之山，其上多金玉，其下多青護，其木多梓桑，其草多茈。徐之水出焉，東流注于江，其中多丹粟。

又東二百五十里，曰岐山，其上白金，其下多鐵，其木多梅梓，多杻楢。減水出焉，東南流注于江。

又東三百里，曰勾檷之山，其上多玉，其下多黃金，其木多櫟柘，其草多芍藥。

又東一百五十里，曰風雨之山，其上多白金，其下多石涅，其木多椒椐，多楊。宣余之水出焉，東流注于江，其中多蛇。其獸多閭麋，多麈豹虎，其鳥多白鷮。

又東北二百里，曰玉山，其陽多銅，其陰多赤金，其木多豫樟、楢、杻，其獸多豕、鹿、麢、臭，其鳥多鴆。

又東一百五十里，曰熊山。有穴焉，熊之穴，恒出神人。夏啓而冬閉；是穴也，冬啓乃必有兵。其上多白玉，其下多白金，其木多樗柳，其草多寇脫。

又東一百四十里，曰騩山，其陽多美玉赤金，其陰多鐵，其木多桃枝荊芑。

又東二百里，曰葛山，其上多赤金，其下多瑊石，其木多柤、栗、橘、櫾楢、杻，其獸多麢、臭，其草多嘉榮。

又東一百七十里，曰賈超之山，其陽多黃堊，其陰多美赭，其木多柤栗橘櫾，其中多龍修。

凡岷山之首，自女几山至于賈超之山，凡十六山，三千五百里。其神狀皆馬身而龍首。其祠：毛用一雄雞瘞，糈用稌。文山、勾檷、風雨、䧽之山，是皆冢也。其祠之：羞酒，少牢具，嬰毛一吉玉。熊山，席也，其祠：羞酒，大牢具，嬰毛一璧。干儛，用兵以禳；祈，璆冕舞。

《中次十經》之首，曰首陽之山，其上多金玉，無草木。

又西五十里，曰虎尾之山，其木多椒椐，多封石，其陽多赤金，其陰多鐵。

又西南五十里，曰繁繢之山，其木多楢杻，其草多枝、勾。

又西南二十里，曰勇石之山，無草

木，多白金，多水。

又西二十里，曰復州之山，其木多檀，其陽多黃金。有鳥焉，其狀如鴞，而一足彘尾，其名曰跂踵，見則其國大疫。

又西二十里，曰楮山，多寓木，多椒椐，多柘，多堊。

又西二十里，曰又原之山，其陽多青雘，其陰多鐵，其鳥多鸜鵒。

又西五十里，曰涿山，其木多穀柞杻，其陽多㻬琈之玉。

又西七十里，曰丙山，其木多梓檀，多㺝杻。

凡首陽山之首，自首山至于丙山，凡九山，二百六十七里。其神狀皆龍身而人面。其祠之：毛用一雄雞瘞，糈用五種之糈。堵山，冢也，其祠之：少牢具，羞酒祠，嬰毛一璧瘞，騩山，帝也，其祠羞酒，太牢其；合巫祝二人儛，嬰一璧。

《中次十一山經》荊山之首，曰翼望之山。湍水出焉，東流注于濟。貺水出焉，東南流注于漢，其中多蛟。其上多松柏，其下多漆梓，其陽多赤金，其陰多珉。

又東北一百五十里，曰朝歌之山。潕水出焉，東南流注于滎，其中多人魚。其上多梓枏，其獸多麢麋。有草焉，名曰莽草，可以毒魚。

又東南二百里，曰帝囷之山，其陽多㻬琈之玉，其陰多鐵。帝囷之水出于其上，潛于其下，多鳴蛇。

又東南五十里，曰視山，其上多韭。有井焉，名曰天井，夏有水，冬竭。

其上多桑，多美堊、金玉。

又東南二百里，曰前山，其木多櫧，多柏，其陽多金，其陰多赭。

又東南三百里，曰豐山。有獸焉，其狀如蝯，赤目、赤喙、黃身，名曰雍和，見則國有大恐。神耕父處之，常遊清泠之淵，出入有光，見則其國為敗。有九鐘焉，是知霜鳴。其上多金，其下多穀、柞、杻、橿。

又東北八百里，曰兔床之山，其陽多鐵，其木多藷萸，其草多雞穀，其本如雞卵，其味酸甘，食者利於人。

又東六十里，曰皮山，多堊，多赭，其木多松、柏。

又東六十里，曰瑤碧之山，其木多梓枏，其陰多青雘，其陽多白金。有鳥焉，其狀如雉，恒食蜚，名曰鴆。

又東四十里，曰支離之山，濟水出焉，南流注于漢。有鳥焉，其名曰嬰勺，其狀如鵲，赤目、赤喙、白身，其尾若勺，其鳴自呼。多㸲牛，多羬羊。

又東北五十里，曰祑䈥之山，其上多松柏、机柏。

又西北一百里，曰菫理之山，其上多松柏，多美梓，其陰多丹雘，多金，其獸多豹虎。有鳥焉，其狀如鵲，青身白喙，白目白尾，名曰青耕，可以禦疫，其鳴自叫。

又東南三十里，曰依軲之山，其上多杻橿，多苴。有獸焉，其狀如犬，虎爪有甲，其名曰獜，善駚㺄，食者不風。

又東南三十五里，曰即谷之山，多美玉，多玄豹，多閭麈，多麢臭。其陽多

珉，其陰多青雘。

又東南四十里，曰雞山，其上多美梓，多桑，其草多韭。

又東南五十里，曰高前之山。其上有水焉，甚寒而清，帝臺之漿也，飲之者不心痛。其上有金，其下有赭。

又東南三十里，曰游戲之山，多杻橿穀，多玉、多封石。

又東南三十五里，曰從山，其上多松柏，其下多竹。從水出于其上，潛于其下，其中多三足鱉，枝尾，食之無蠱疫。

又東南三十里，曰嬰硬之山，其上多松柏，其下多梓、櫄。

又東南三十里，曰畢山。帝苑之水出焉，東北流注于視，其中多水玉，多蛟，其上多㻬琈之玉。

又東南二十里，曰樂馬之山。有獸焉，其狀如彙，赤如丹火，其名曰𤟤，見則其國大疫。

又東南二十五里，曰蔵山，視水出焉，東南流注于汝水，其中多人魚，多蛟，多頡。

又東四十里，曰嬰山，其下多青雘，其上多金玉。

又東三十里，曰虎首之山，多苴、椆、椐。

又東二十里，曰嬰侯之山，其上多封石，其下多赤錫。

又東五十里，曰大孰之山。殺水出焉，東北流注于視水，其中多白堊。

又東四十里，曰卑山，其上多桃、李、苴、梓，多纍。

又東三十里，曰倚帝之山，其上多

玉，其下多金。有獸焉，其狀如鼣鼠，白耳白喙，名曰狙如，見則其國有大兵。

又東三十里，曰鯢山，鯢水出于其上，潛于其下，其中多美堊。其上多金，其下多青雘。

又東三十里，曰雅山。澧水出焉，東流注于視水，其中多大魚。其上多美桑，其下多苴，多赤金。

又東五十里，曰宣山。淪水出焉，東南流注于視水，其中多蛟。其上有桑焉，大五十尺，其枝四衢，其葉大尺餘，赤理黃華青柎，名曰帝女之桑。

又東四十五里，曰衡山，其上多青雘，多桑，其鳥多鸜鵒。

又東四十里，曰豐山，其上多封石，其木多桑，多羊桃，狀如桃而方莖，可以為皮張。

又東七十里，曰嫗山，其上多美玉，其下多金，其草多雞穀。

又東三十里，曰鮮山，其木多楢杻苴，其草多蘴冬，其陽多金，其陰多鐵。有獸焉，其狀如膜大，赤喙、赤目、白尾，見則其邑有火，名曰㺿即。

又東三十里，曰章山，其陽多金，其陰多美石。皋水出焉，東流注于澧水，其中多脆石。

又東二十五里，曰大支之山，其陽多金，其木多穀柞，無草木。

又東五十里，曰區吳之山，其木多苴。

又東五十里，曰聲匈之山，其木多穀，多玉，上多封石。

又東五十里，曰大騩之山，其陽多赤

金，其陰多砥石。

又東十里，曰踵臼之山，無草木。

又東北七十里，曰歷石之山，其木多荊芑，其陽多黃金，其陰多砥石。有獸焉，其狀如狸，而白首虎爪，名曰梁渠，見則其國有大兵。

又東南一百里，曰求山。求水出于其上，潛于其下，中有美楮。其木多苴，多嫶。其陽多金，其陰多鐵。

又東二百里，曰丑陽之山，其上多椆椐。有鳥焉，其狀如烏而赤足，名曰駅餘，可以禦火。

又東三百里，曰奧山，其上多柏杻橿，其陽多㻬琈之玉。奧水出焉，東流注于視水。

又東三十五里，曰服山，其木多苴，其上多封石，其下多赤錫。

又東百十里，曰杳山，其上多嘉榮草，多金玉。

又東三百五十里，曰几山，其木多楢、檀、杻，其草多香。有獸焉，其狀如彘，黃身、白頭、白尾，名曰聞獜，見則天下大風。

凡荊山之首，自翼望之山至于几山，凡四十八山，三千七百三十二里。其神狀皆彘身人首。其祠：毛用一雄雞祈，瘞用一珪，糈用五種之精。禾山，帝也，其祠：太牢之具，羞瘞，倒毛；用一璧，牛無常。堵山、玉山，冢也，皆倒祠，羞毛少牢，嬰毛吉玉。

《中次十二經》洞庭山之首，曰篇遇之山，無草木，多黃金。

又東南五十里，曰雲山，無草木。有桂竹，甚毒，傷人必死。其上多黃金，其下多㻬琈之玉。

又東南一百三十里，曰龜山，其木多穀、柞、椆、椐，其上多黃金，其下多青雄黃，多扶竹。

又東七十里，曰丙山，多筮竹，多黃金、銅、鐵，無木。

又東南五十里，曰風伯之山，其上多金玉，其下多痠石、文石，多鐵，其木多柳、杻、檀、楮。其東有林焉，名曰莽浮之林，多美木鳥獸。

又東一百五十里，曰夫夫之山，其上多黃金，其下多青雄黃，其木多桑楮，其草多竹、雞鼓。神于兒居之，其狀人身而身操兩蛇，常遊于江淵，出入有光。

又東南一百二十里，曰洞庭之山，其上多黃金，其下多銀鐵，其木多柤、梨橘、櫾，其草多葌、蘪蕪、芍藥、芎藭。帝之二女居之，是常遊于江淵，澧沅之風，交瀟湘之淵，是在九江之間，出入必以飄風暴雨。是多怪神，狀如人而載蛇，左右手操蛇。多怪鳥。

又東南一百八十里，曰暴山，其木多棕、柟、荊、芑、竹、箭、䉋、䈽，其上多黃金玉，其下多文石鐵，其獸多麋、鹿、麕、就。

又東南二百里，曰即公之山，其上多黃金，其下多㻬琈之玉，其木多柳杻檀桑。有獸焉，其狀如龜，而白身赤首，名曰蜼，是可以禦火。

又東南一百五十九里，曰堯山，其陰多黃堊，其陽多黃金，其木多荊、芑、

柳、檀，其草多藷藇芒。

又東南一百里，曰江浮之山，其上多銀、砥礪，無草木，其獸多豕、鹿。

又東二百里，曰眞陵之山，其上多黃金，其下多玉，其木多穀、柞、柳、杻，其草多榮草。

又東南一百二十里，曰陽帝之山，多美銅，其木多檀、杻、檿、楮，其獸多麕、麝。

又南九十里，曰柴桑之山，其上多銀，其下多碧，多泠石、赭，其木多柳、芑、楮、桑，其獸多麋、鹿，多白蛇、飛蛇。

又東二百三十里，曰榮余之山，其上多銅，其下多銀，其木多柳、芑，其蟲多怪蛇、怪蟲。

凡洞庭山之首，自篇遇之山至于榮余之山，凡十五山，二千八百里。其神狀皆鳥身而龍首。其祠：毛用一雄雞、一牝豚刏，糈用稌。凡夫夫之山、卽公之山、堯山、陽帝之山，皆冢也，其祠：皆肆瘞，祈用酒，毛用少牢，嬰毛一吉玉。洞庭、榮余山，神也，其祠：皆肆瘞，祈酒太牢祠，嬰用圭璧十五，五彩惠之。

禹曰：天下名山，經五千三百七十山，六萬四千五十六里，居地也。言其五臧，蓋其餘小山甚衆，不足記云。天地之東西二萬八千里，南北二萬六千里，出水之山者八千里，受水者八千里，出銅之山四百六十七，出鐵之山三千六百九十。此天地之所分壤樹穀也，戈矛之所發也，刀鎩之所起也，能者有餘，拙者不足。封於太山，禪於梁父，七十二家，得失之數，皆在此內，是謂國用。

第六卷　海外南經

地之所載，六合之間，四海之內，照之以日月，經之以星辰，紀之以四時，要之以太歲，神靈所生，其物異形，或夭或壽，唯聖人能通其道。

海外自西南陬，至東南陬者。

結匈國在其西南，其爲人結匈。

南山在其東南。自此山來，蟲爲蛇，蛇號爲魚。一曰南山在結匈東南。

比翼鳥在其東，其爲鳥靑、赤，兩鳥比翼。一曰在南山東。

羽民國在其東南，其爲人長頭，身生羽。一曰在比翼鳥東南，其爲人長頰。

有神人二八，連臂，爲帝司夜於此野。在羽民東。其爲人小頰赤肩。盡十六人。

畢方鳥在其東，靑水西，其爲鳥人面一腳。一曰在二八神東。

讙頭國在其南，其爲人人面有翼，鳥喙，方捕魚。一曰在畢方東。或曰讙朱國。

厭火國在其國南，獸身黑色，生火出其口中。一曰在讙朱東。

三株樹在厭火北，生赤水上，其爲樹如柏，葉皆爲珠。一曰其爲樹若彗。

三苗國在赤水東，其爲人相隨。一曰三毛國。

臷國在其東，其爲人黃，能操弓射蛇。一曰臷國在三毛東。

貫匈國在其東，其爲人匈有竅。一
曰在戴國東。

交脛國在其東，其爲人交脛。一曰
在穿匈東。

不死民在其東，其爲人黑色，壽，
不死。一曰在穿匈國東。

岐舌國在其東。一曰在不死民東。

崑崙墟在其東，墟四方。一曰在岐
舌東，爲墟四方。

羿與鑿齒戰於壽華之野，羿射殺
之。在崑崙墟東。羿持弓矢，鑿齒持盾。
一曰持戈。

三首國在其東，其爲人一身三首。
一曰在鑿齒東。

周饒國在其東，其爲人短小，冠
帶。一曰焦僥國在三首東。

長臂國在其東，捕魚水中，兩手各
操一魚。一曰在焦僥東，捕魚海中。

狄山，帝堯葬于陽，帝嚳葬于陰。
爰有熊、羆、文虎、蜼、豹、離朱、視
肉。吁咽、文王皆葬其所。一曰湯山。一
曰爰有熊、羆、文虎、蜼、豹、離朱、鴟
久、視肉、虖交。其范林方三百里。

南方祝融，獸身人面，乘兩龍。

第七卷 海外西經

海外自西南陬至西北陬者。

滅蒙鳥在結匈國北，爲鳥青，赤
尾。

大運山高三百仞，在滅蒙鳥北。

大樂之野，夏后啓於此儛九代；乘
兩龍，雲蓋三層。左手操翳，右手操環，
佩玉璜。在大運山北。一曰大遺之野。

三身國在夏后啓北，一首而三身。

一臂國在其北，一臂、一目、一鼻
孔。有黃馬虎文，一目而一手。

奇肱之國在其北，其人一臂三目，
有陰有陽，乘文馬。有鳥焉，兩頭，赤黃
色，在其旁。

形天與帝至此爭神，帝斷其首，葬
之常羊之山，乃以乳爲目，以臍爲口，操
干戚以舞。

女祭、女戚在其北，居兩水間，戚
操魚組，祭操俎。

鴛鳥、鶬鳥，其色青黃，所經國
亡。在女祭北。鴛鳥人面，居山上。一曰
維鳥、青鳥、黃鳥所集。

丈夫國在維鳥北，其爲人衣冠帶
劍。

女丑之尸，生而十日炙殺之。在丈
夫北，以右手鄣其面，十日居上，女丑居
山之上。

巫咸國在女丑北，右手操青蛇，左
手操赤蛇，在登葆山，群巫所從上下也。

幷封在巫咸東，其狀如彘，前後皆
有首，黑。

女子國在巫咸北，兩女子居，水周
之。一曰居一門中。

軒轅之國在此窮山之際，其不壽者
八百歲。在女子國北，人面蛇身，尾交首
上。

窮山在其北，不敢西射，畏軒轅之
丘。在軒轅國北，其丘方，四蛇相繞。

此諸夭之野，鸞鳥自歌，鳳鳥自
舞；鳳皇卵，民食之；甘露，民飲之，所

欲自從也。百獸相與群居。在四蛇北，其人兩手操卵食之，兩鳥居前導之。

龍魚陵居在其北，狀如狸。一曰鰕。即有神聖乘此以行九野。一曰鱉魚在夭野北，其爲魚也如鯉。

白民之國在龍魚北，白身被髮。有乘黃，其狀如狐，其背上有角，乘之壽二千歲。

肅愼之國在白民北，有樹名曰雄常，先入代帝，於此取之。

長股之國在雄常北，被髮。一曰長腳。

西方蓐收，左耳有蛇，乘兩龍。

第八卷　海外北經

海外自東北陬至西北陬者。

無𦫳之國在長股東，爲人無𦫳。

鍾山之神，名曰燭陰，視爲晝，暝爲夜，吹爲冬，呼爲夏，不飮，不食，不息，息爲風，身長千里。在無臂之東。其爲物，人面蛇身，赤色，居鍾山下。

一目國在其東，一目中其面而居。一曰有手足。

柔利國在一目東，爲人一手一足，反膝，曲足居上。一云留利之國，人足反折。

共工之臣曰相柳氏，九首，以食于九山。相柳之所抵，厥爲澤谿。禹殺相柳，其血腥，不可以樹五穀種。禹厥之，三仞三沮，乃以爲衆帝之臺。在崑崙之北，柔利之東。相柳者，九首人面，蛇身而青。不敢北射，畏共工之臺。臺在其東，臺四方，隅有一蛇，虎色，首衝南方。

深目國在其東，爲人深目，舉一手。一曰在共工臺東。

無腸之國在深目東，其爲人長而無腸。

聶耳之國在無腸國東，使兩文虎，爲人兩手聶其耳。縣居海水中，及水所出入奇物。兩虎在其東。

夸父與日逐走，入日。渴，欲得飮，飮於河渭；河渭不足，北飮大澤。未至，道渴而死。棄其杖，化爲鄧林。

夸父國在聶耳東，其爲人大，右手操青蛇，左手操黃蛇。鄧林在其東，二樹木。一曰博父。

禹所積石之山在其東，河水所入。

拘纓之國在其東，一手把纓。一曰利纓之國。

尋木長千里，在拘纓南，生河上西北。

跂踵國在拘纓東，其爲人大，兩足亦大，一曰大踵。一曰反踵。

歐絲之野在大踵東，一女子跪據樹歐絲。

三桑無枝，在歐絲東，其木長百仞，無枝。

范林方三百里，在三桑東，洲環其下。

務隅之山，帝顓頊葬于陽，九嬪葬于陰。一曰爰有熊、羆、文虎、離朱、鴟久、視肉。

平丘在三桑東，爰有遺玉、青鳥、視肉、楊柳、甘柤、甘華，百果所生，在

兩山夾上谷，二大丘居中，名曰平丘。

北海內有獸，其狀如馬，名曰騊騇。有獸焉，其名曰駮，狀如白馬，鋸牙，食虎豹。有素獸焉，狀如馬，名曰蛩蛩。有青獸焉，狀如虎，名曰羅羅。

北方禺彊，人面鳥身，珥兩青蛇，踐兩青蛇。

第九卷　海外東經

海外自東南陬至東北陬者。

嵯丘，爰有遺玉、青馬、視肉、楊柳、甘粗、甘華，甘果所生。在東海，兩山夾丘，上有樹木。一曰嗟丘，一曰百果所在，在堯葬東。

大人國在其北，爲人大，坐而削舡。一曰在嵯丘北。

奢比之尸在其北，獸身、人面、大耳，珥兩青蛇。一曰肝榆之尸在大人北。

君子國在其北，衣冠帶劍，食獸，使二大虎在旁，其人好讓不爭。有薰華草，朝生夕死。一曰在肝榆之尸北。

蚩蚩在其北，各有兩首。一曰在君子國北。

朝陽之谷，神曰天吳，是爲水伯、在蚩蚩北兩水間。其爲獸也，八首人面，八足八尾，皆青黃。

青丘國在其北，其狐四足九尾。一曰在朝陽北。

帝命豎亥步，自東極至于西極，五億十選九千八百步。豎亥右手把算，左手指青丘北。一曰禹令豎亥。一曰五億十萬九千八百步。

黑齒國在其北，爲人黑，食稻啖蛇，一赤一青在其旁。一曰在豎亥北，爲人黑手，食稻使蛇，其一蛇赤。

下有湯谷。湯谷上有扶桑，十日所浴，在黑齒北。居水中，有大木，九日居下枝，一日居上枝。

雨師妾在其北，其爲人黑，兩手各操一蛇，左耳有青蛇，右耳有赤蛇。一曰在十日北，爲人黑身人面，各操一龜。

玄股之國在其北，其爲人衣魚食驅，使兩鳥夾之。一曰在雨師妾北。

毛民之國在其北，爲人身生毛。一曰在玄股北。

勞民國在其北，其爲人黑。或曰教民。一曰在毛民北，爲人面目手足盡黑。

東方句芒，鳥身人面，乘兩龍。

建平元年四月丙戌，待詔太常屬臣望校治，侍中光祿勳臣龔、侍中奉車都尉光祿大夫臣秀領主省。

第十卷　海內南經

海內東南陬以西者。

甌居海中。閩在海中，其西北有山。一曰閩中山在海中。

三天子鄣山在閩西海北。一曰在海中。

桂林八樹在番隅東。

伯慮國、離耳國、彫題國、北胊國皆在鬱水南。鬱水出湘陵、南山。一曰相慮。

梟陽國在北胊之西，其爲人人面長唇，黑身有毛，反踵，見人笑亦笑，左手

操管。

兕在舜葬東，湘水南，其狀如牛，蒼黑，一角。

蒼梧之山，帝舜葬于陽，帝丹朱葬于陰。

氾林方三百里，在狌狌東。

狌狌知人名，其爲獸如豕而人面，在舜葬西。

狌狌西北有犀牛，其狀如牛而黑。

夏后啓之臣曰孟涂，是司神于巴，人請訟于孟涂之所，其衣有血者乃執之，是請生。居山上，在丹山西。

窫窳龍首，居弱水中，在狌狌知人名之西，其狀如龍首，食人。

有木，其狀如牛，引之有皮，若纓、黃蛇。其葉如羅，其實如欒，其木若蓲，其名曰建木，在窫窳西弱水上。

氐人國在建木西，其爲人人面而魚身，無足。

巴蛇食象，三歲而出其骨，君子服之，無心腹之疾。其爲蛇青黃赤黑。一曰黑蛇青首，在犀牛西。

旄馬，其狀如馬，四節有毛。在巴蛇西北，高山南。

匈奴、開題之國、列人之國並在西北。

第十一卷　海內西經

海內西南陬以北者。

貳負之臣曰危，危與貳負殺窫窳。帝乃梏之疏屬之山，桎其右足，反縛兩手與髮，繫之山上木。在開題西北。

大澤方百里，群鳥所生及所解。在鴈門北。

鴈門山，鴈出其間，在高柳北。

高柳在代北。

后稷之葬，山水環之，在氐國西。

流黃酆氏之國，中方三百里。有塗四方，中有山。在后稷葬西。

流沙出鍾山，西行又南行崑崙之墟，西南入海黑水之山。

東胡在大澤東。

夷人在東胡東。

貊國在漢水東北。地近于燕，滅之。

孟鳥在貊國東北，其鳥文赤、黃、青、東鄉。

海內崑崙之墟，在西北，帝之下都。崑崙之墟，方八百里，高萬仞。上有木禾，長五尋，大五圍。面有九井，以玉爲檻。面有九門，門有開明獸守之，百神之所在。在八隅之巖，赤水之際，非仁羿莫能上岡之岩。

赤水出東南隅，以行其東北。西南流注南海，厭火東。

河水出東北隅，以行其北，西南又入渤海，又出海外，即西而北，入禹所導積石山。

洋水、黑水出西北隅，以東，東行，又東北，南入海，羽民南。

弱水、青水出西南隅，以東，又北，又西南，過畢方鳥東。

崑崙南淵深三百仞。開明獸身大類虎而九首，皆人面，東嚮立崑崙上。

開明西有鳳凰、鸞鳥，皆戴蛇踐

蛇，膺有赤蛇。

開明北有視肉、珠樹、文玉樹、玕琪樹、不死樹。鳳凰、鸞鳥皆載瞂。又有離朱、木禾、柏樹、甘水、聖木、曼兌，一曰挺木牙交。

開明東有巫彭、巫抵、巫陽、巫履、巫凡、巫相，夾窫窳之尸，皆操不死之藥以距之。窫窳者，蛇身人面，貳負臣所殺也。

服常樹，其上有三頭人，伺琅玕樹。

開明南有樹鳥，六首；蛟、蝮、蛇、蜼、豹、鳥秩樹，於表池樹木，誦鳥、鶽、視肉。

第十二卷　海內北經

海內西北陬以東者

蛇巫之山，上有人操杯而東向立。一曰龜山。

西王母梯几而戴勝杖，其南有三青鳥，為西王母取食。在崑崙虛北。

有人曰大行伯，把戈。其東有犬封國，貳負之尸在大行伯東。

犬封國曰犬戎國，狀如犬。有一女子，方跪進柸食。有文馬，縞身朱鬣，目若黃金，名曰吉量，乘之壽千歲。

鬼國在貳負之尸北，為物人面而一目，一曰貳負神在其東，為物人面蛇身。

蜪犬如犬，青，食人從首始。

窮奇狀如虎，有翼，食人從首始，所食被髮，在蜪犬北。一曰從足。

帝堯臺、帝嚳臺、帝丹朱臺、帝舜臺，各二臺，臺四方，在崑崙東北。

大蠭，其狀如螽。朱蛾，其狀如蛾。

蟜，其為人虎文，脛有腎。在窮奇東。一曰，狀如人。崑崙虛北所有。

闒非，人面而獸身，青色。

據比之尸，其為人折頸被髮，無一手。

環狗，其為人獸首人身，一曰蝟狀如狗，黃色。

袜，其為物人身黑首從目。

戎，其為人人首三角。

林氏國有珍獸，大若虎，五彩畢具，尾長於身，名曰騶吾，乘之日行千里。

崑崙虛南所，有氾林方三百里。

從極之淵深三百仞，維冰夷恒都焉，冰夷人面，乘兩龍。一曰忠極之淵。

陽汙之山，河出其中；凌門之山，河出其中。

王子夜之尸，兩手、兩股、胸、首、齒，皆斷異處。

舜妻登比氏生宵明、燭光，處河大澤，二女之靈能照此所方百里。一曰登北氏。

蓋國在鉅燕南，倭北。倭屬燕。

朝鮮在列陽東，海北山南。列陽屬燕。

列姑射在海河洲中。

姑射國在海中，屬列姑射，西南，山環之。

大蟹在海中。

陵魚人面，手足，魚身，在海中。

大鯾居海中。

明組邑居海中。

蓬萊山在海中。

大人之市在海中。

第十三卷　海內東經

海內東北陬以南者。

鉅燕在東北陬。

國在流沙中者，埻端、璽睕，在崑崙墟東南。一曰海內之郡，不爲郡縣，在流沙中。

國在流沙外者，大夏、豎沙、居繇、月支之國。

西胡白玉山，在大夏東，蒼梧在白玉山西南，皆在流沙西，崑崙墟東南。崑崙山在西胡西，皆在西北。

雷澤中有雷神，龍身而人頭，鼓其腹。在吳西。

都州在海中。一曰郁州。

琅邪臺在渤海間，琅邪之東。其北有山。一曰在海間。

韓雁在海中，都州南。

始鳩在海中，轅厲南。

會稽山在大楚南。

岷三江：首大江出汶山，北江出曼山，南江出高山。高山在城都西。入海，在長州南。

浙江出三天子都，在其東。在閩西北，入海，餘暨南。

廬江出三天子都，入江，彭澤西。一曰天子鄣。

淮水出餘山，餘山在朝陽東，義鄉西，入海，淮浦北。

湘水出舜葬東南陬，西環之。入洞庭下。一曰東南西澤。

漢水出鮒魚之山，帝顓頊葬于陽，九嬪葬于陰，四蛇衛之。

濛水出漢陽西，入江，聶陽西。

溫水出崆峒，崆峒山在臨汾南，入河，華陽北。

穎水出少室，少室山在雍氏南，入淮西鄢北。一曰緱氏。

汝水出天息山，在梁勉鄉西南，入淮極西北。一曰淮在期思北。

涇水出長城北山，山在郁郅長垣北，北入渭，戲北。

渭水出鳥鼠同穴山，東注河，入華陰北。

白水出蜀，而東南注江，入江州城下。

沅水山出象郡鐔城西，入東注江，入下雋西，合洞庭中。

贛水出聶都東山，東北注江，入彭澤西。

泗水出魯東北而南，西南過湖陵西，而東南注東海，入淮陰北。

鬱水出象郡，而西南注南海，入須陵東南。

肄水出臨晉西南，而東南注海，入番禺西。

湟水出桂陽西北山，東南注肄水，入敦浦西。

洛水出洛西山，東北注河，入成皋之西。

汾水出上窳北，而西南注河，入皮氏南。

沁水出井陘山東，東南注河，入懷東南。

濟水出共山南東丘，絕鉅鹿澤，注渤海，入齊琅槐東北。

潦水出衛皋東，東南注渤海，入潦陽。

虖沱水出晉陽城南，而西至陽曲北，而東注渤海，入越章武北。

漳水出山陽東，東注渤海，入章武南。

建平元年四月丙戌，待詔太常屬臣望校治，侍中光祿勳臣龔、侍中奉車都尉光祿大夫臣秀領主省。

第十四卷　大荒東經

東海之外大壑，少昊之國。少昊孺帝顓頊於此，棄其琴瑟。

有甘山者，甘水出焉，生甘淵。

大荒東南隅有山，名皮母地丘。

東海之外，大荒之中，有山名曰大言，日月所出。

有波谷山者，有大人之國。有大人之市，名曰大人之堂。有一大人踆其上，張其兩耳。

有小人國，名靖人。

有神，人面獸身，名曰犁䫲之尸。

有潏山，楊水出焉。

有蔿國，黍食，使四鳥：虎、豹、熊、羆。

大荒之中，有山名曰合虛，日月所出。

有中容之國。帝俊生中容，中容人食獸，木實，使四鳥：豹、虎、熊、羆。

有東口之山。有君子之國，其人衣冠帶劍。

有司幽之國。帝俊生晏龍，晏龍生司幽，司幽生思士，不妻；思女，不夫。食黍，食獸，是使四鳥。

有大阿之山者。

大荒中有山名曰明星，日月所出。

有白民之國。帝俊生帝鴻，帝鴻生白民，白民銷姓，黍食，使四鳥：虎、豹、熊、羆。

有青丘之國，有狐，九尾。

有柔僕民，是維嬴土之國。

有黑齒之國。帝俊生黑齒，姜姓，黍食，使四鳥。

有夏州之國。有蓋余之國。

有神人，八首人面，虎身十尾，名曰天吳。

大荒之中，有山名曰鞠陵于天、東極、離瞀、日月所出。名曰折丹，東方曰折，來風曰俊，處東極以出入風。

東海之渚中，有神，人面鳥身，珥兩黃蛇，踐兩黃蛇，名曰禺䝞。黃帝生禺䝞，禺䝞生禺京，禺京處北海，禺䝞處東海，是惟海神。

有招搖山，融水出焉。有國曰玄股，黍食，使四鳥。

有困民國，勾姓而食。有人曰王亥，兩手操鳥，方食其頭。王亥託于有易，河伯僕牛。有易殺王亥，取僕牛。河念有易，有易潛出，為國於獸，方食之，名曰搖民。帝舜生戲，戲生搖民。

海內有兩人，名曰女丑。女丑有大蟹。

大荒之中，有山名曰孽搖頵羝，上有扶木，柱三百里，其葉如芥。有谷曰溫源谷，湯谷上有扶木。一日方至，一日方出，皆載於烏。

有神，人面、犬耳、獸身，珥兩青蛇，名曰奢比尸。

有五彩之鳥，相鄉棄沙，惟帝俊下友，帝下兩壇，彩鳥是司。

大荒之中，有山名曰猗天蘇門，日月所生。

有壎民之國，有蓁山。又有搖山。有䲖山。又有門戶山。又有盛山。又有待山。有五彩之鳥。

東荒之中，有山名曰壑明俊疾，日月所出。有中容之國。

東北海外，又有三青馬、三騅、甘華。爰有遺玉、三青鳥、三騅、視肉、甘華、甘粗、百穀所在。

有女和月母之國。有人名曰鵷，北方曰鵷，來之風曰狻，是處東極隅以止日月，使無相間出沒，司其短長。

大荒東北隅中，有山名曰凶犁土丘。應龍處南極，殺蚩尤與夸父，不得復上。故下數旱，旱而為應龍之狀，乃得大雨。

東海中有流波山，入海七千里。其上有獸，狀如牛，蒼身而無角，一足，出入水則必風雨，其光如日月，其聲如雷，其名曰夔。黃帝得之，以其皮為鼓，橛以雷獸之骨，聲聞五百里，以威天下。

第十五卷　大荒南經

南海之外，赤水之西，流沙之東，

有獸，左右有首，名曰跊踢。有三青獸相并，名曰雙雙。

有阿山者。南海之中，有氾天之山，赤水窮焉。赤水之東，有蒼梧之野，舜與叔均之所葬也。爰有文貝、離俞、鵷久、鷹、賈、委維、熊、羆、象、虎、豹、狼、視肉。

有滎山，滎水出焉。黑水之南，有玄蛇，食麈。

有巫山者，西有黃鳥。帝藥，八齋。黃鳥於巫山，司此玄蛇。

大荒之中，有不庭之山，滎水窮焉。有人三身，帝俊妻娥皇，生此三身之國，姚姓，黍食，使四鳥。有淵四方，四隅皆達，北屬黑水，南屬大荒，北旁名曰少和之淵，南旁名曰從淵，舜之所浴也。

又有成山，甘水窮焉。有季禺之國，顓頊之子，食黍。有羽民之國，其民皆生毛羽。有卵民之國，其民皆生卵。

大荒之中，有不姜之山，黑水窮焉。又有賈山，汔水出焉。又有言山。又有登備之山。有恝恝之山。又有蒲山，澧水出焉。又有隗山，其西有丹，其東有玉。又南有山，漂水出焉。有尾山。有翠山。

有盈民之國，於姓，黍食。又有人方食木葉。

有不死之國，阿姓，甘木是食。

大荒之中，有山名曰去痓。南極果，北不成，去痓果。

南海渚中，有神，人面，珥兩青蛇，踐兩赤蛇，曰不廷胡余。

有神名曰因因乎，南方曰因乎，夸

風曰乎民。處南極以出入風。

有襄山。又有重陰之山。有人食獸，曰季釐。帝俊生季釐，故曰季釐之國。有緡淵。少昊生倍伐，倍伐降處緡淵。有水四方，名曰俊壇。

有載民之國。帝舜生無淫，降載處，是謂巫載民。巫載民盼姓，食穀，不績不經，服也；不稼不穡，食也。爰有歌舞之鳥，鸞鳥自歌，鳳鳥自舞。爰有百獸，相群爰處。百穀所聚。

大荒之中，有山名曰融天，海水南入焉。

有人曰鑿齒，羿殺之。

有蜮山者，有蜮民之國，桑姓，食黍，射蜮是食。有人方扜弓射黃蛇，名曰蜮人。

有宋山者，有赤蛇，名曰育蛇。有木生山上，名曰楓木。楓木，蚩尤所棄其桎梏，是謂楓木。

有人方齒虎尾，名曰祖狀之尸。

有小人，名曰焦僥之國，幾姓，嘉穀是食。

大荒之中，有山名㱙塗之山，青水窮焉。有雲雨之山，有木名曰欒。禹攻雲雨，有赤石焉生欒，黃本，赤枝，青葉，群帝焉取藥。

有國曰顓頊，生伯服，食黍。有鼬姓之國。有苕山。又有宗山。又有姓山。又有壑山。又有陳州山。又有東州山。又有白水山，白水出焉，而生白淵，昆吾之師所浴也。

有人名曰張宏，在海上捕魚。海中有張弘之國，食魚，使四鳥。

有人焉，鳥喙，有翼，方捕魚於海。大荒之中，有人名曰驩頭。鯀妻士敬，士敬子曰炎融，生驩頭。驩頭人面鳥喙，有翼，食海中魚，杖翼而行。維宜芭苣，穋楊是食。有驩頭之國。

帝堯、帝嚳、帝舜葬於岳山。爰有文貝，離俞、鴟久、鷹、賈、延維、視肉、熊、羆、虎、豹；朱木，赤支，青華，玄實。有申山者。

大荒之中，有山名曰天臺高山，海水入焉。

東南海之外，甘水之間，有羲和之國。有女子名曰羲和，方浴日於甘淵。羲和者，帝俊之妻，生十日。

有蓋猶之山者，其上有甘柤，枝幹皆赤，黃葉，白華，黑實。東又有甘華，枝幹皆赤，黃葉。有青馬。有赤馬，名曰三騅。有視肉。

有小人，名曰菌人。

有南類之山，爰有遺玉、青馬、三騅、視肉、甘華，百穀所在。

第十六卷　大荒西經

西北海之外，大荒之隅，有山而不合，名曰不周負子。有兩黃獸守之。有水曰寒暑之水，水西有濕山，水東有幕山。有禹攻共工國山。

有國名曰淑士，顓頊之子。

有神十人，名曰女媧之腸，化為神，處栗廣之野。橫道而處。

有人名曰石夷，來風曰韋，處西北隅以司日月之長短。

有五彩之鳥，有冠，名曰狂鳥。

有大澤之長山。有白民之國。

西北海之外，赤水之東，有長脛之國。

有西周之國，姬姓，食穀。有人方耕，名曰叔均。帝俊生后稷，稷降以百穀。稷之弟曰台璽，生叔均。叔均是代其父及稷播百穀，始作耕。有赤國妻氏。有雙山。

西海之外，大荒之中，有方山者，上有青樹，名曰柜格之松，日月所出入也。

西北海之外，赤水之西，有先民之國，食穀，使四鳥。

有北狄之國。黃帝之孫曰始均，始均生北狄。

有芒山。有桂山。有榣山。其上有人，號曰太子長琴。顓頊生老童，老童生祝融，祝融生太子長琴，是處榣山，始作樂風。

有五彩鳥三名：一曰皇鳥，一曰鸞鳥，一曰鳳鳥。

有蟲狀如菟，胸以後者裸不見，青如猨狀。

大荒之中，有山名曰豐沮玉門，日月所入。

有靈山，巫咸、巫即、巫盼、巫彭、巫姑、巫真、巫禮、巫抵、巫謝、巫羅十巫，從此升降，百藥爰在。

西有王母之山、壑山、海山。有沃之國，沃民是處。沃之野，鳳鳥之卵是食，甘露是飲。凡其所欲，其味盡存。爰有甘華、甘柤、白柳、視肉、三騅、琁瑰、瑤碧、白木、琅玕、白丹、青丹，多銀鐵。鸞鳥自歌，鳳鳥自舞，爰有百獸，相群是處，是謂沃之野。

有三青鳥，赤首黑目，一名曰大鵹，一名少鵹，一名曰青鳥。

有軒轅之臺，射者不敢西嚮射，畏軒轅之臺。

大荒之中，有龍山，日月所入。有三澤水，名曰三淖，昆吾之所食也。

有人衣青，以袂蔽面，名曰女丑之尸。

有女子之國。

有桃山。有虻山。有桂山。有于土山。

有丈夫之國。

有弇州之山，五彩之鳥仰天，名曰鳴鳥。爰有百樂歌儛之風。

有軒轅之國。江山之南棲爲吉，不壽者乃八百歲。

西海陼中有神，人面鳥身，珥兩青蛇，踐兩赤蛇，名曰弇茲。

大荒之中，有山名曰日月山，天樞也。吳姬天門，日月所入。有神人面無臂，兩足反屬于頭上，名曰噓。顓頊生老童，老童生重及黎，帝令重獻上天，令黎邛下地，下地是生噎，處於西極，以行日月星辰之行次。

有人反臂，名曰天虞。

有女子方浴月。帝俊妻常羲，生月十有二，此始浴之。

有玄丹之山。有五色之鳥，人面有髮。爰有青鴍、黃鷔，青鳥、黃鳥，其所集者其國亡。

有池，名孟翼之攻顓頊之池。

大荒之中，有山，名曰鏖鏊鉅，日月所入者。

有獸，左右有首，名曰屛蓬。

有巫山者。有壑山者。有金門之山，有人名曰黃姬之尸。有比翼之鳥。有白鳥青翼，黃尾，玄喙。有赤犬，名曰天犬，其所下者有兵。

西海之南，流沙之濱，赤水之後，黑水之前，有大山，名曰崑崙之丘。有神，人面虎身，有文有尾，皆白，處之。其下有弱水之淵環之，其外有炎火之山，投物輒然。有人戴勝，虎齒，有豹尾，穴處，名曰西王母。此山萬物盡有。

大荒之中，有山名曰常陽之山，日月所入。

有寒荒之國。有二人女祭、女薎。

有壽麻之國。南岳娶州山女，名曰女虔。女虔生季格，季格生壽麻。壽麻正立無景，疾呼無響。爰有大暑，不可以往。

有人無首，操戈盾立，名曰夏耕之尸。故成湯伐夏桀于章山，克之，斬耕厥前。耕既立，無首，走厥咎，乃降于巫山。

有人名曰吳回，奇左，是無右臂。

有蓋山之國，有樹，赤皮支幹，青葉，名曰朱木。

有一臂民。

大荒之中，有山名曰大荒之山，日月所入。有人焉三面，是顓頊之子，三面一臂，三面之人不死，是謂大荒之野。

西南海之外，赤水之南，流沙之西，有人珥兩青蛇，乘兩龍，名曰夏后開。開上三嬪于天，得九辯與九歌以下。此天穆之野，高二千仞，開焉得始歌九招。

有互人之國。炎帝之孫，名曰靈恝，靈恝生互人，是能上下于天。

有魚偏枯，名曰魚婦。顓頊死卽復蘇。風道北來，天乃大水泉，蛇乃化爲魚，是謂魚婦。顓頊死卽復蘇。

有青鳥，身黃，赤足，六首，名曰䰠鳥。

有大巫山。有金之山。西南，大荒之中隅，有偏句、常羊之山。

第十七卷　大荒北經

東北海之外，大荒之中，河水之間，附禺之山，帝顓頊與九嬪葬焉。爰有鴟久、文貝、離俞、鸞鳥、鳳鳥、大物、小物。有青鳥、琅鳥、玄鳥、黃鳥、虎、豹、熊、羆、黃蛇、視肉、璿、瑰、瑤、碧，皆出衞於山。丘方圓三百里，丘南帝俊竹林在焉，大可爲舟。竹南有赤澤水，名曰封淵。有三桑無枝。丘西有沉淵，顓頊所浴。

有胡不與之國，烈姓，黍食。

大荒之中，有山名曰不咸。有肅慎氏之國。有蜚蛭，四翼。有蟲，獸首蛇身，名曰琴蟲。

有人名曰大人。有大人之國，釐姓，黍食。有大青蛇，黃頭，食麈。

有榆山。有鯀攻程州之山。

大荒之中，有山名曰衡天。有先民之山。有槃木千里。

有叔歜國。顓頊之子，黍食，使四鳥：虎、豹、熊、羆。有黑蟲，如熊狀，名曰猎猎。

有北齊之國，姜姓，使虎、豹、熊、羆。

大荒之中，有山名曰先檻大逢之山，河、濟所入，海北注焉。其西有山，名曰禹所積石。

有陽山者。有順山者，順水出焉。有始州之國，有丹山。

有大澤方千里，群鳥所解。

有毛民之國，依姓，食黍，使四鳥。禹生均國，均國生役采，役采生脩鞈，脩鞈殺綽人。帝念之，潛爲之國，是此毛民。

有儋耳之國，任姓，禹號子，食穀。北海之渚中，有神，人面鳥身，珥兩青蛇，踐兩赤蛇，名曰禺彊。

大荒之中，有山名曰北極天櫃，海水北注焉。有神，九首人面鳥身，名曰九鳳。又有神銜蛇操蛇，其狀虎首人身，四蹄長肘，名曰彊良。

大荒之中，有山名曰成都載天。有人珥兩黃蛇，把兩黃蛇，名曰夸父。后土生信，信生夸父。夸父不量力，欲追日景，逮之於禺谷。將飲河而不足也，將走大澤，未至，死于此。應龍已殺蚩尤，又殺夸父，乃去南方處之，故南方多雨。

又有無腸之國，是任姓，無繼子，食魚。

共工臣名曰相繇，九首蛇身，自環，食于九土。其所歍所尼，即爲源澤，不辛乃苦，百獸莫能處。禹湮洪水，殺相繇，其血腥臭，不可生穀，其地多水，不可居也。禹湮之，三仞三沮，乃以爲池，群帝是因以爲臺。在崑崙之北。

有岳之山，尋竹生焉。

大荒之中，有山名曰不句，海水入焉。

有係昆之山者，有共工之臺，射者不敢北嚮。有人衣青衣，名曰黃帝女魃。蚩尤作兵伐黃帝，黃帝乃令應龍攻之冀州之野。應龍畜水，蚩尤請風伯、雨師，縱大風雨。黃帝乃下天女曰魃。雨止，遂殺蚩尤。魃不得復上，所居不雨。叔均言之帝，後置之赤水之北，叔均乃爲田祖。魃時亡之。所欲逐之者，令曰：「神北行！」先除水道，決通溝瀆。

有人方食魚，名曰深目民之國，盼姓，食魚。

有鍾山者。有女子衣青衣，名曰赤水女子獻。

大荒之中，有山名曰融父山，順水入焉。有人名曰犬戎。黃帝生苗龍，苗龍生融吾，融吾生弄明，弄明生白犬，白犬有牝牡，是爲犬戎，肉食。有赤獸，馬狀無首，名曰戎宣王尸。

有山名曰齊州之山、君山、鬵山、鮮野山、魚山。

有人一目，當面中生，一曰是威姓，少昊之子，食黍。

有繼無民，繼無民任姓，無骨子，食氣、魚。

西北海外，流沙之東，有國曰中輻，顓頊之子，食黍。

有國名曰賴丘。有犬戎國。有神，

人面獸身，名曰犬戎。

西北海外，黑水之北，有人有翼，名曰苗民。顓頊生驩頭，驩頭生苗民，苗民百姓，食肉。有山名曰章山。

大荒之中，有衡石山、九陰山、洞野之山，上有赤樹，青葉，赤華，名曰若木。

有牛黎之國。有人無骨，儋耳之子。

西北海之外，赤水之北，有章尾山。有神，人面蛇身而赤，直目正乘，其瞑乃晦，其視乃明，不食，不寢，不息，風雨是謁。是燭九陰，是謂燭龍。

第十八卷　海內經

東海之內，北海之隅，有國名曰朝鮮、天毒，其人水居，偎人愛人。

西海之內，流沙之中，有國名曰壑市。

西海之內，流沙之西，有國名曰氾葉。

流沙之西，有鳥山者，三水出焉。爰有黃金、璿瑰、丹貨、銀鐵，皆流于此中。又有淮山，好水出焉。

流沙之東，黑水之西，有朝雲之國、司彘之國。黃帝妻雷祖，生昌意，昌意降處若水，生韓流。韓流擢首、謹耳、人面、豕喙、麟身、渠股、豚止，取淖子曰阿女，生帝顓頊。

流沙之東，黑水之間，有山名不死之山。

華山青水之東，有山名曰肇山，有

人名曰柏高，柏高上下於此，至于天。

西南黑水之間，有都廣之野，后稷葬焉。爰有膏菽、膏稻、膏黍、膏稷，百穀自生，冬夏播琴。鸞鳥自歌，鳳鳥自儛，靈壽實華，草木所聚。爰有百獸，相群爰處。此草也，冬夏不死。

南海之內，黑水、青水之間，有木名曰若木，若水出焉。

有禹中之國。有列襄之國。有靈山，有赤蛇在木上，名曰蝡蛇，木食。

有鹽長之國。有人焉鳥首，名曰鳥氏。

有九丘，以水絡之：名曰陶唐之丘、有叔得之丘、孟盈之丘、昆吾之丘、黑白之丘、赤望之丘、參衛之丘、武夫之丘、神民之丘。有木，青葉紫莖，玄華黃實，名曰建木，百仞無枝，有九欘，下有九枸，其實如麻，其葉如芒，大皞爰過，黃帝所為。

有窫窳，龍首，是食人。有青獸，人面，名曰猩猩。

西南有巴國。大皞生咸鳥，咸鳥生乘釐，乘釐生後照，後照是始為巴人。

有國名曰流黃辛氏，其域中方三百里，其出是塵土。有巴遂山，澠水出焉。

又有朱卷之國。有黑蛇，青首，食象。

南方有贛巨人，人面長臂，黑身有毛，反踵，見人笑亦笑，唇蔽其面，因即逃也。

又有黑人，虎首鳥足，兩手持蛇，方啖之。

有贏民，鳥足。有封豕。

有人曰苗民。有神焉，人首蛇身，長如轅，左右有首，衣紫衣，冠旃冠，名曰延維，人主得而饗食之，伯天下。

有鸞鳥自歌，鳳鳥自儛。鳳鳥首文曰德，翼文曰順，膺文曰仁，背文曰義，見則天下和。

又有青獸如菟，名曰菌狗。有翠鳥。有孔鳥。

南海之內有衡山。有菌山。有桂山。有山名三天子之都。

南方蒼梧之丘，蒼梧之淵，其中有九嶷山，舜之所葬，在長沙零陵界中。

北海之內，有蛇山者，蛇水出焉，東入于海。有五彩之鳥，飛蔽一鄉，名曰翳鳥。又有不距之山，巧倕葬其西。

北海之內，有反縛盜械、帶戈常倍之佐，名曰相顧之尸。

伯夷父生西岳，西岳生先龍，先龍是始生氐羌，氐羌乞姓。

北海之內，有山，名曰幽都之山，黑水出焉。其上有玄鳥、玄蛇、玄豹、玄虎、玄狐蓬尾。有大玄之山。有玄丘之民。有大幽之國。有赤脛之民。

有釘靈之國，其民從膝已下有毛，馬蹄善走。

炎帝之孫伯陵，伯陵同吳權之妻阿女緣婦，緣婦孕三年，是生鼓、延、殳。始為侯，鼓、延是始為鍾，為樂風。

黃帝生駱明，駱明生白馬，白馬是為鯀。

帝俊生禺號，禺號生淫梁，淫梁生番禺，是始為舟。番禺生奚仲，奚仲生吉光，吉光是始以木為車。少昊生般，般是始為弓矢。

帝俊賜羿彤弓素矰，以扶下國，羿是始去恤下地之百艱。

帝俊生晏龍，晏龍是為琴瑟。

帝俊有子八人，是始為歌儛。

帝俊生三身，三身生義均，義均是始為巧倕，是始作下民百巧。后稷是播百穀。稷之孫曰叔均，是始作牛耕。大比赤陰，是始為國。禹鯀是始布土，均定九州。

炎帝之妻，赤水之子聽訞生炎居，炎居生節並，節並生戲器，戲器生祝融，祝融降處于江水，生共工，共工生術器，術器首方顛，是復土壤，以處江水。共工生后土，后土生噎鳴，噎鳴生歲十有二。

洪水滔天。鯀竊帝之息壤以堙洪水，不待帝命。帝令祝融殺鯀于羽郊。鯀復生禹。帝乃命禹卒布土，以定九州。

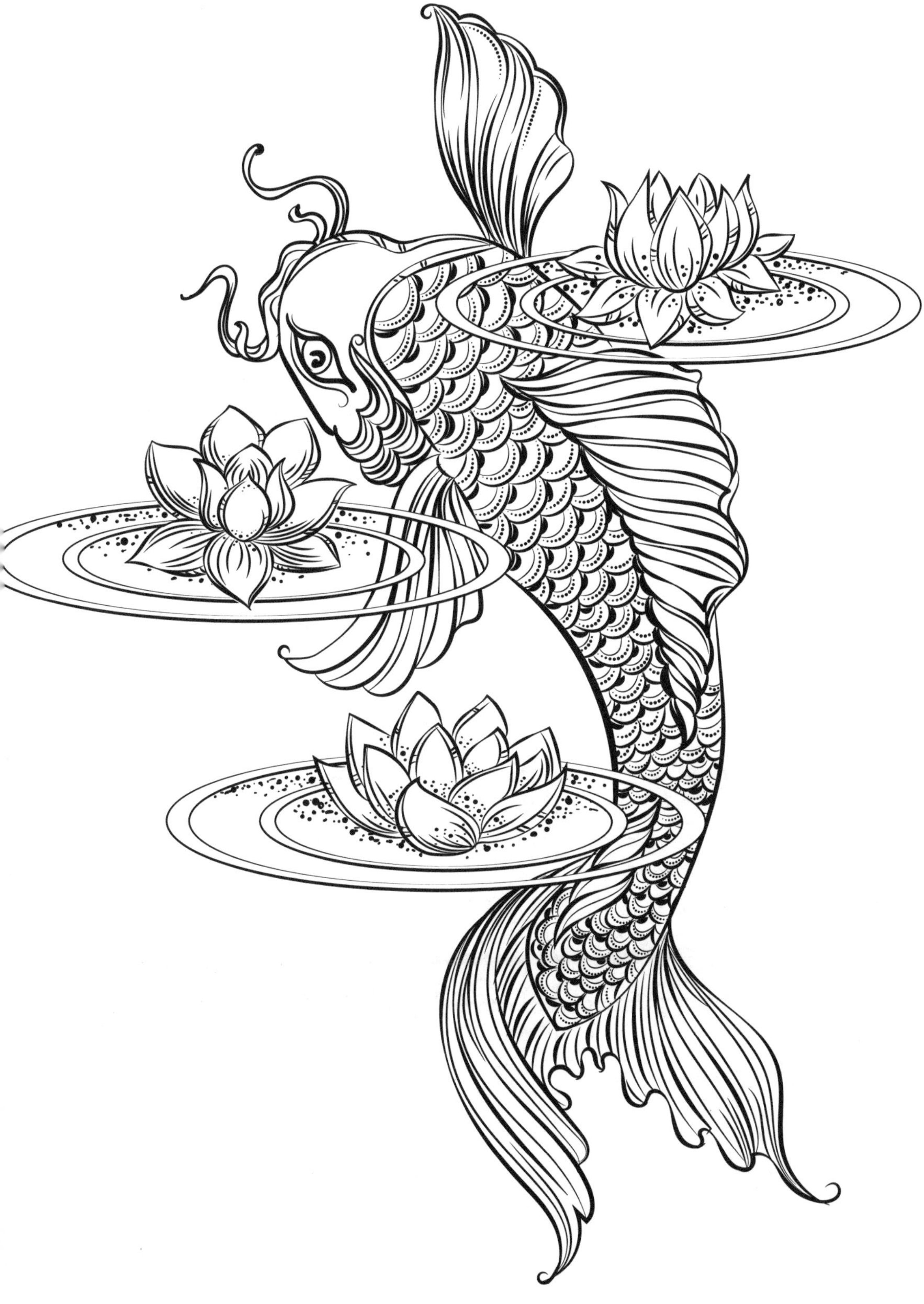

歷史典藏 01

山海經「古版彩圖珍藏版」
——一窺神祇異獸的起源，最值得典藏的上古百科全書

出版發行

橙實文化有限公司 CHENG SHI Publishing Co., Ltd
粉絲團 https://www.facebook.com/OrangeStylish/
MAIL: orangestylish@gmail.com

作　　者　徐客
總 編 輯　于筱芬 CAROL YU, Editor-in-Chief
副總編輯　謝穎昇 EASON HSIEH, Deputy Editor-in-Chief
業務經理　陳順龍 SHUNLONG CHEN, Sales Manager
媒體行銷　張佳懿 KAYLIN CHANG, Social Media Marketing
美術設計　楊雅屏 Yang Yaping
製版／印刷／裝訂　皇甫彩藝印刷股份有限公司

原著：山海經（白話全譯彩圖升級珍藏版）　© 2012 徐客
由 北京紫圖圖書有限公司
通過 北京同舟人和文化發展有限公司（ E-mail: tzcopypright@163.com）
授權給橙實文化有限公司發行中文繁體字版本，

編輯中心

ADD ／桃園市大園區領航北路四段 382-5 號 2 樓
2F., No.382-5, Sec. 4, Linghang N. Rd., Dayuan Dist., Taoyuan City 337,
Taiwan (R.O.C.)
TEL ／（886）3-381-1618　FAX ／（886）3-381-1620

總經銷

聯合發行股份有限公司
ADD ／新北市新店區寶橋路 235 巷弄 6 弄 6 號 2 樓
TEL ／（886）2-2917-8022　FAX ／（886）2-2915-8614

初版日期 2022 年 7 月